Patricia Veryan wurde in London geboren, siedelte aber nach dem Zweiten Weltkrieg nach Amerika um. Sie lebt heute in Kirkland, Washington.

Deutsche Erstausgabe 1988

Titel der Originalausgabe »Practice to Deceive«

Umschlaggestaltung Manfred Waller
Umschlagfoto Sammlung Menningen
Satz Compusatz GmbH, München
Druck und Bindung Elsnerdruck, Berlin
Printed in Germany 5 4 3 2 1
ISBN 3-426-01629-X

Patricia Veryan:
Doch alles kam ganz anders

Roman

Aus dem Englischen von Gaby Krüger-Wirrer

Knaur

Für Angie
– eine der freundlichsten, nettesten und mutigsten Frauen,
die ich kenne.

Oh, welch wirres Muster wir weben,
tritt Täuschung und Trug in unser Leben!

Sir Walter Scott, »Marmion«

Prolog

England, Juli 1741

Hector John Montgomery, fünfter Baron Delavale, war ein freundlicher, gelehrter Mann, der eine große Liebe zur Natur und zu Kindern hegte. Seine Hoffnungen auf eine große Familie wurden vereitelt, als seine schöne junge Frau ihm in einer langen und schweren Geburt ein zweites Kind schenkte; zwar überlebte sie dieses Kindbett, erlangte aber nie wieder die Blüte ihrer Gesundheit und wurde zusehends schwächer, bis sie nach vier Jahren starb. Schmerzerfüllt suchte Lord Delavale Trost in seinen Kindern. Sein Vermögen war beschränkt, aber nichts Notwendiges fehlte ihnen, und mancher Luxus wurde ihnen gestattet, wenn auch ohne allzu große Nachgiebigkeit, die nur die Selbstsucht fördert. Mit neunzehn Jahren war Geoffrey ein hübscher, gutgebauter junger Mann mit gutartigem Temperament. Penelope, vier Jahre jünger, hatte weder die Zierlichkeit ihrer Mutter noch das gute Aussehen ihres Vaters geerbt, und an ihrem letzten Schultag schlug ihre Tante Sybil entsetzt die Hände über dem Kopf zusammen und teilte ihrem Gatten mit, daß seine Nichte wenig Empfehlenswertes aufweisen konnte.

»Sie ist mindestens zwanzig Zentimeter zu groß«, erklärte Mrs. Montgomery ohne Umschweife, »sie sagt ihre Meinung in einer höchst unfeinen Art frei heraus, schreckt nicht davor zurück, irgendwelchen Herren freiweg ins Gesicht zu starren, und ist darüber hinaus dauernd in ein Buch vertieft! Der arme Delavale tut mir leid! Ein Wunder, wenn er sie je unter die Haube kriegt!«

Es stimmte, daß jede dieser beklagenswerten Eigenschaften ausreichte, um eine Debütantin zum Schicksal jener Unglücklichen zu verurteilen, die auf den Stühlen am Rand von Ballsälen herumsaßen. Aber dennoch zögerte Lord Delavale, als er eine Einladung für sich und seine Kinder erhielt, nicht deshalb, weil er fürchtete, seine Tochter könnte ihm Schande bereiten. Natürlich würde er Geoffrey mitnehmen. Der Junge hatte eine anmutige Art und würde ihm alle Ehre machen. Penelope dagegen ... Mylord runzelte unbehaglich die Stirn. Trotz der gelegentlichen giftigen Bemerkungen seiner Schwägerin war er sich wohl bewußt, daß seine angeblich reizlose Tochter seltsam anziehend wirkte. Vielleicht war es das warme, freundliche Leuchten, das in ihren klaren, haselnußbraunen Augen aufblitzte, wenn sie jemanden kennenlernte. Vielleicht war es ihre Art, sehr sanft zu sprechen, dabei aber sehr interessiert an allem zu sein, was andere zu sagen hatten; oder ihr Eifer, jeder bedrängten Kreatur zu helfen. Was auch immer der Grund war, Mylord hatte in der letzten Zeit bemerkt, daß junge Männer Penelope Anne ganz und gar nicht unattraktiv zu finden schienen, auch wenn sie manchmal Ansichten äußerte, die etwas zu klug waren, um ganz weiblich zu wirken, und obwohl ihr offener Blick nicht immer so bescheiden gesenkt war, wie es sein sollte. Es war mehr als freundlich von Sir Brian Chandler, seinem engsten Freund aus Kindertagen, sie alle nach Lac Brillant einzuladen, so lange sie bleiben konnten. Der Besitz lag in Kent, nicht weit von Dover entfernt, und war wegen seiner Pracht berühmt. Es würde ihm große Freude machen, seine Kinder nach all den Jahren einem so lieben, alten Freund vorzustellen. Nur – da waren zwei Söhne, mit denen man rechnen mußte. Der ältere, Gordon, war fünfundzwanzig. Der jüngere, Quentin, war zweiundzwanzig, und man munkelte, daß er bereits ein rechter Herzensbrecher sei.

Nun wäre es nicht unverzeihlich zu vermuten, daß ein Witwer mittleren Alters mit einer unscheinbaren Tochter am Hals die Gelegenheit sehr willkommen hieß, sie den Söhnen eines nahen Freundes vorzustellen, der noch dazu sehr wohlhabend war. In Delavales Fall traf diese Annahme jedoch nicht zu. Mylord hatte lebhaftes Interesse an Vögeln. Bedauerlicherweise teilte sein Erbe diese Vorliebe nicht. Für Geoffrey waren Vögel nur lärmende kleine Nervensägen, die ihn zu unchristlicher Stunde mit ihren schrillen Hymnen an die Morgendämmerung weckten. Penelope begleitete Delavale auf seinen langen Spaziergängen, Penelope suchte mit ihm nach Nestern, und Penelope führte die Aufzeichnungen über seine Entdekkungen mit dem Fernrohr, über Wanderzeiten und Verhalten. Sie saß Stunde um Stunde im Winter mit ihm auf einer feuchten, kalten Wiese, um den ersten Blick auf die Wildgänse, die nach Süden zogen, zu erhaschen, oder half ihm, eine Handvoll zerbrechlicher Knöchelchen und zerzauster Federn großzuziehen, die aus einem Nest gefallen war; bis sie schließlich mit Pflege und Glück und vielleicht ein wenig Hilfe des Allmächtigen einen ansehnlichen jungen Vogel freilassen konnten, damit er sich zu seinen Artgenossen gesellte. Nein, wirklich nicht! Abgesehen davon, daß Mylord seine Tochter fast ebenso sehr liebte wie seinen angebeteten Sohn, verspürte er nicht den geringsten Wunsch, Penelope zu verlieren. Ihr Verlust käme einer mittleren Katastrophe gleich. Nicht daß er etwa ein selbstsüchtiger Mann gewesen wäre. Natürlich mußte sie heiraten. Aber – sie war erst fünfzehn. Und da waren diese beiden verflixten Söhne ... Wenn sie nach ihrem Vater schlugen ... Daher kam es, daß Delavale voller böser Vorahnungen war, als er den stürmischen Bitten seiner Tochter nachgab und ihr erlaubte, ihn zu begleiten.

Als ihre beiden Kutschen in den langen, gewundenen Pfad

einbogen, der nach Lac Brillant führte, war Penelope viel zu sehr von den bewaldeten Hängen, dem überwältigenden Park, den prachtvollen Gärten und den dekorativen Springbrunnen beeindruckt, um dem jungen Mann, der im Galopp auf sie zuritt und dessen Willkommensrufe von Geoffrey ebenso überschwenglich beantwortet wurden, mehr als flüchtige Beachtung zu schenken. Der Ankömmling zügelte seinen schwarzen Araber, bis er im Schritt ging, und kam heran, um Geoffrey, der neben dem Kutscher auf dem Bock saß, die Hand zu schütteln. Erst als er weiter nach hinten kam und so zwischen ihr und der Aussicht stand, löste Penelope ihren faszinierten Blick von den drei halbkreisförmigen Blöcken des Haupthauses.

»Willkommen, Miss Montgomery; Mylord. Ich hoffe, Sie hatten eine angenehme Reise?«

Wie aus großer Entfernung hörte Penelope, wie ihr Vater auf die höfliche Frage eine höfliche Antwort gab. Sie hatte den Eindruck, daß die Kutsche aufgehört hatte zu schaukeln, daß die Räder nicht mehr rumpelten. Die getäfelten Kutschenwände waren plötzlich verschwunden, die Tür hatte aufgehört zu existieren, und so konnte sie ungehindert einen biegsamen, gelenkigen jungen Mann betrachten, der in anmutiger Haltung neben ihnen ritt. Ein junger Mann, der, seiner Höhe im Sattel nach zu urteilen, größer war als sie selbst. Er trug Reithosen aus Wildleder und glänzende Stiefel. Ein dunkelgrüner Reitmantel umspannte seine breiten Schultern, das Halstuch, das von einer glitzernden Smaragdnadel gehalten wurde, war mit Spitzen eingefaßt. Dichtes kastanienbraunes Haar, über der hohen Stirn nach hinten gekämmt, war im Nacken zusammengebunden. Buschige Augenbrauen waren fragend nach oben gezogen, in den leuchtenden grünen Augen tanzten lachende Fünkchen. Penelope wußte, daß er etwas gesagt hatte, aber sie

antwortete nicht sofort, da ihr Blick von den schmalen Gesichtszügen mit den hohen Backenknochen, der römischen Nase, dem schön geformten Mund und dem kräftigen Kinn gefesselt wurde. »Gu ... ten Tag«, sagte sie matt.
Mit einem neugierigen Blick streckte er ihr seine behandschuhte Hand entgegen. Ihre Finger glitten zwischen die seinen. Die Kutsche hatte angehalten, und er verbeugte sich im Sattel so graziös, als wäre er in einem Ballsaal, und berührte ihre Hand mit seinen Lippen.
Welch zarte Berührung. So galant und freundlich. Warme Schauer rieselten ihren Rücken hinab. Etwas in ihr regte sich, erwachte, und sie verspürte ein Prickeln, als hätte sie bis zu diesem Augenblick gar nicht richtig gelebt.
Er richtete sich wieder auf und sagte mit seiner vollen, dunklen Stimme: »Darf ich mich vorstellen? Ich bin Quentin Chandler. Es tut mir sehr leid, daß mein Bruder diesen Sommer im Norden verbringt, aber mein Vater läßt Ihnen ausrichten, daß auch noch andere Gäste dasein werden, so daß es Ihnen nicht langweilig werden wird.«
Sein kräftiger Griff wurde noch ein wenig fester, und Penelope wurde sich plötzlich bewußt, daß sie ihre Hand nicht zurückgezogen hatte, wie es schicklich gewesen wäre. Sie holte es nach, spürte, wie sie errötete, und lächelte verlegen. Quentin Chandler erwiderte ihr Lächeln, seine angeborene Freundlichkeit wurde durch sein Interesse an ihr noch vertieft.
Wir haben uns schon einmal getroffen, dachte Penelope verträumt. Vor langer, langer Zeit. Aber er weiß es nicht. Noch nicht. Und in dieser kurzen Zeitspanne hatte sie ihr Herz unwiderruflich verschenkt.
Lord Delavale hatte das Benehmen seiner Tochter mit wachsender Beunruhigung beobachtet. Als sie sich wieder ihm zuwandte, zuckte sie fast schuldbewußt zusammen. Als hätte

sie seine Anwesenheit völlig vergessen, dachte er. Ihre Wangen waren ein wenig gerötet, und in ihren Augen lag ein neuer Ausdruck, strahlende Freude, die auch ein neues Bewußtsein ihrer Weiblichkeit ausdrückte. Er stöhnte innerlich und wußte, daß seine schlimmsten Befürchtungen eingetroffen waren.

1

Juni 1746

Am Spätnachmittag begann es zu regnen, und der Wind, der launisch über die Flüsse, Böschungen und Kalksteinfelsen Oxfordshires fegte, führte in seinem Hauch die Kälte nördlicher Eisschollen mit sich. Kälte schreckte Penelope nicht, aber es gab Grenzen, und als es offensichtlich war, daß sie binnen kurzer Zeit völlig durchnäßt sein würde, klopfte sie ihrem ermüdeten Pferd sanft den Hals und lenkte es in die Allee, die zur östlichen Begrenzung von Highview führte. Hier bildeten altehrwürdige Kastanien ein Dach, das an einem heißen Tag angenehmen Schatten bot. An diesem Nachmittag jedoch war es auch unter offenem Himmel düster, der Weg lag dunkel und schweigend da, aber zumindest waren sie einigermaßen vor dem Regen geschützt, und Missy konnte hier mit weniger Mühe dahintraben als auf den aufgeweichten Feldern.

Bald kamen sie zu der Pforte und den hohen Hecken, die den Beginn der Ländereien von Highview anzeigten. Penelope hielt das Pferd an, glitt aus dem Sattel und warf die nasse Schleppe ihres Reitkleides über den Arm, als sie das Gatter öffnete. Sie blieb einen Augenblick stehen, die schmale behandschuhte Hand auf der obersten Leiste, und sah wehmütig auf den Wald, der der Witterung trotzte. Wie oft waren Geoff und sie diesen Weg entlanggaloppiert! Und wie würde er sie necken, wenn er sehen könnte, wie gesetzt und vernünftig sie abstieg und das Tor öffnete, über das sie normalerweise nebeneinander gesprungen waren. Sie seufzte traurig, blickte nach oben zu den tiefhängenden Wolken und fragte sich, wo der tapfere Geist ihres Bruders umherwandern mochte. Hier würde er nicht sein, dachte sie entschieden. Höchstens aus Liebe zu ihr. Geoff hatte Onkel Joseph verabscheut, und seine Meinung über ihre schöne Tante Sybil hatte er deutlich gesagt. »Diese Frau ist ein Geier!« hatte er erklärt, und seine dunklen Augen hatten wütend geblitzt. »Sie und dieser Schurke von Onkel konnten kaum warten, bis Papa ein anständiges Begräbnis hatte, als sie sich auch schon in Highview niedergelassen haben, um sich um meine Wirtschaft zu kümmern. *Ihre* Hilfe habe ich gerade nötig! Bei dem, was sie verprassen, kann ich mich glücklich schätzen, wenn ich mit fünfundzwanzig, wenn ich mein Erbe antreten darf, noch einen Landsitz vorfinde!«

Nur hatte sich der große, braungebrannte Geoffrey, der mit seinen dreiundzwanzig Jahren vor Kraft und Gesundheit strotzte und sich über die Fesseln ärgerte, die sein Vater ihm auferlegt hatte, bevor er die volle Macht über seinen Besitz antreten konnte, fortwährend mit seinen habgierigen Verwandten gestritten und war schließlich auf und davon gegangen, um gegen die Feinde des Königs in Schottland zu kämpfen. Erschrocken über einen Brief, in dem es hieß, ihr Bruder sei in der Schlacht von Prestonpans verwundet worden, wurde Penelope am nächsten Tag gänzlich überwältigt, als eine korrigierende Nachricht mitteilte, daß Captain Lord Delavale gefallen und von den Schotten nach der wilden Flucht der Engländer in einem anonymen Grab bestattet worden sei. Penelope, die noch um ihren geliebten Vater trauerte, mußte nun auch noch um ihren Bruder weinen, den sie seit ihrer Kindheit bemuttert und angebetet hatte. Der fette Joseph Montgomery war nun der Herr von Highview, und auf ihm und seiner schönen Frau lastete nicht mehr die bedrohliche Zukunftsaussicht, daß Geoffrey sein Erbe übernahm und sie selbst enteignet wurden.

Ein leicht vorwurfsvolles Wiehern von Missy brachte Penelope zu Bewußtsein, daß sie bewegungslos im Regen stand. Energisch straffte sie ihre hängenden Schultern und warf ihren Kummer von sich ab, als sie das Pferd durch das Tor führte, es wieder schloß und den mittleren Balken als behelfsmäßige Stufe benutzte, um wieder in den Sattel zu steigen. Geoff war nun seit fast zehn Monaten tot. Es hatte keinen Sinn, so zu trauern. Sie mußte ihren Verstand auf wichtigere Dinge konzentrieren, als sich in vergeblichem Kummer zu verzehren. Zum Beispiel, wie lange sie ihre erniedrigende Lage noch ertragen konnte – sie unterbrach ihren Gedankengang, um ihre langen, nassen Röcke zu ordnen, und sah sich nervös um. Jemand beobachtete sie. Sie wußte es so sicher, als könne sie jemanden in der Wiese stehen sehen. Sie konnte nichts entdekken, keine Anzeichen einer Bewegung außer den windgeschüttelten Zweigen von Bäumen und Büschen. Aber irgend jemand war in der Nähe, und wenn es dieser schreckliche Captain Otton war ...! Ihr Herz schlug schneller. Sie drückte dem Pferd die Absätze weit heftiger als gewöhnlich in die Flanken, und Missy schnaubte und fiel in einen leichten Galopp.

Der Regen hatte sich in ein beständiges Nieseln verwandelt, aber als Penelope die Wiese halb überquert hatte, ging er in einen Wolkenbruch über, und so war sie wieder gezwungen, ihren Weg zu ändern. Der nächste Unterschlupf war das leere Häuschen ihres ehemaligen Kindermädchens, und mit ein paar schnellen Galoppsprüngen erreichte sie das kleine Wäldchen und dann den kaputten Lattenzaun und den unkrautüberwucherten Garten, den die alte Dame früher so ordentlich gepflegt hatte. Penelope stieg im Schutz des jetzt leeren Holzschuppens neben dem Haus vom Pferd. Sie befestigte die Zügel an einem Pfosten, versprach dem triefenden Pferd, daß sie zurückkommen würde, und rannte zur Eingangstür. Sie war verschlossen, aber die Nurse hatte immer einen Schlüssel über der Tür liegen gehabt, und Penelope tastete im Staub und durch allerlei kriechendes Getier nach ihm, bis sie ihn fand.

Knarrend ging die Tür auf. Drinnen roch es modrig und abgestanden. Penelope hatte sogar den Eindruck, daß es nach Käse roch, und dachte prosaisch, daß er ganz schön schimmelig sein mußte. Sie durchquerte die kleine Diele und sah sich nach einer Decke um, mit der sie Missy abreiben konnte. Im Wohnzimmer waren die Vorhänge zugezogen, und über dem Sofa lag ein schmuddeliges grobes Leintuch, da man offensichtlich der Meinung gewesen war, es sei das einzig schützenswerte Möbelstück. Penelope nahm sie herunter. Als sie sich wieder zur Tür umdrehte, entfuhr ihr ein leiser Schreckensschrei, da sie im dämmerigen Licht eine Bewegung wahrnahm. Ihr Herz blieb fast stehen. Ihre Knie zitterten vor Schreck, und sie preßte die staubige Decke an ihre Brust. Und dann erblickte sie verschwommen den Reflex, der auf ihre Bewegung folgte, und fühlte sich ganz schwach vor Erleichterung. Was ihr solche Angst eingejagt hatte, war ihr eigenes Spiegelbild in dem alten Spiegel über dem Eichenbüffet gewesen – das war alles.

»Du törichtes Frauenzimmer ...!« japste sie und trat näher heran.

Ihre Augen gewöhnten sich langsam an das dämmerige Licht, und ihr durchnäßtes Spiegelbild deprimierte sie. Der Hut hing ihr aufgeweicht ins Gesicht, Wasser tropfte von der Krempe und floß in kleinen Bächen über ihre Haut, die Feder war abgeknickt und schief. Schwarz stand ihr nicht. Sie sah darin verwaschen und farblos aus. »Du bist kein hübsches Mädchen, liebe Nichte ...« Onkel Josephs unfreundliches Verdikt klang in ihren Ohren wider. Sie warf die Decke auf den Boden, legte beide Hände auf das Büffet und beugte sich nach vorn, um ihr Spiegelbild zu prüfen. Sie seufzte. Man konnte nicht leugnen, daß es die Wahrheit war; sie war nicht hübsch. Im Augenblick war ihr Haar natürlich eine Katastrophe, strähnig und widerspenstig, aber selbst wenn es gebürstet und ordentlich frisiert war, blieb es einfach nur mausbraun. Außer sie benutzte Puder, was auf dem Land aber selten vorkam. Sich selbst verteidigend, dachte sie, daß es manchmal honiggoldene Glanzlichter *hatte*, wenn die Sonne darauf schien. Aber ... da waren die Augenbrauen. Zu gerade, und da sie sich weigerte, sie zu zupfen, waren sie nicht so fein und dünn, wie es die Mode verlangte. Ihr Mund war voll und schön geschnitten, aber selbst der vernarrteste Verehrer hätte ihn keine rote Rosenknospe nennen können. Und ihr Kinn darunter war erstens zu energisch, und zweitens wies es nicht einmal den Verdacht eines Grübchens auf. Immerhin waren ihre Augen wirklich ganz in Ordnung; groß, offen, mit dichten, langen Wimpern und von einem warmen Haselbraun mit blauen Pünktchen. Ihr hoffnungsvoller Blick schwand. Erst gestern hatte ihre Tante geschimpft, es seien »Hexenaugen«. »Und wenn du weiterhin die Männer so direkt anschaust, anstatt deine Wimpern bescheiden zu senken, wie es sich jeder Frau ziemt, wirst du noch eine alte Jungfer, mein liebes Mädchen! Gott weiß, daß dein Onkel und ich versuchen, geduldig zu sein, aber wer hat je von einem Fratzen gehört, der so aussieht wie du und drei absolut akzeptable Anträge bekommt, um jeden verächtlich abzuweisen? Dein armer Papa muß nicht ganz richtig im Kopf gewesen sein, daß er ein so hochfahrendes Benehmen geduldet hat! An dem Tag, an dem du deine Trauerkleidung ablegst, mein Fräulein, werden diese Mätzchen ein Ende haben. Dein Onkel wird den ersten respektablen Antrag, der daherkommt, annehmen – *wenn* du in deinem Alter überhaupt noch einen Antrag bekommst! Solltest du also irgend so ein widernatürliches Gelübde abgelegt haben, dein ganzes Leben lang um einen verflossenen Liebhaber zu trauern, dann stell dich darauf ein!

Ich habe nicht vor, hier eine alte Jungfer durchzufüttern, die uns um Haus und Hof bringt, sei also gewarnt!«
Penelope hatte keineswegs ein solches Gelübde abgelegt. Eine alte Jungfer zu werden war das genaue Gegenteil ihrer Träume. Ihre Augen nahmen einen weichen Ausdruck an, und mit einem Finger zeichnete sie einen Buchstaben in den Staub auf dem Büffet. Den Buchstaben Q. Vor fünf Jahren hatte sie sich so wundervollen Hoffnungen hingegeben. Im nächsten Monat würde es fünf Jahre her sein, daß sie und Geoffrey und Papa diese herrliche Woche in Lac Brillant verbracht hatten. Trotz allem, was sich seither ereignet hatte, brauchte sie nur die Augen zu schließen, um Quentin Chandlers Adlerprofil vor sich zu sehen, seine schön geschwungenen Lippen, die immer bereit waren zu lächeln, den Schalk, der in seinen weit auseinanderstehenden dunkelgrünen Augen blitzte, sein unwiderstehliches Lächeln, bei dem man notgedrungen mitlachen mußte. Wie leicht war er mit ihnen vertraut geworden, als hätte er selbst zur Familie gehört. Und welch eine herrliche Zeit war das gewesen, ein glücklicher Tag nach dem anderen, während sie ritten oder spazierengingen oder auf den samtigen Rasenflächen von Lac Brillant Crocket spielten. Zu Ehren der Gäste hatte man eine Bootsparty und einen Ball veranstaltet. In den Häusern von Nachbarn hatte man getanzt und die Nachmittage bei Musik oder Kartenspiel verbracht, manchmal hatten sie im Freien gefrühstückt. Lachen und Freude und diese erregende Spannung, die ihr Herz zum Rasen gebracht hatte und ihr eine süße, neue Scheu verlieh, wenn Quentin ihre Hand berührte oder sie anlächelte. Er hatte sie immer freundschaftlich geneckt, und sie war voller Freude darüber gewesen, daß er offensichtlich der Meinung war, das Recht dazu zu haben.
Der Abschied war die schmerzlichste Erfahrung ihres Lebens

gewesen. Auch Quentin hatte einen traurigen Eindruck gemacht, und er hatte versprochen, noch vor Ende des Monats in Highview zu sein und die Montgomerys zu besuchen. Papa hatte mehrmals Briefe geschrieben und Sir Brian und seine Söhne gedrängt, der Einladung zu folgen, aber sie waren nicht gekommen. Im nächsten Jahr hörte Geoffrey von Freunden, daß Quentin zusammen mit dem Kaplan seines Vaters die übliche Kavaliersreise nach dem Festland machte und sich gerade in Rom aufhielt. Im Frühherbst 1744 war Lord Delavale dann im Morgengrauen hinausgegangen, um seine geliebten Vögel zu beobachten, obwohl er eine schlimme Erkältung hatte. Er war mit leichtem Fieber heimgekommen, und eine Woche später war er tot. Penelope hatte ihre Trauerkleider noch nicht abgelegt, als ihr Bruder in den Krieg geritten war, in dem er so bald fallen sollte. Während sie in Trauer war, war an Heirat nicht zu denken – noch beabsichtigte sie, den Antrag eines der Gentlemen anzunehmen, die sie vorher hofiert hatten. Wie könnte sie, da ihr Herz doch für immer Quentin Chandler gehörte? Wenn er eines schönen, strahlenden Morgens die Allee heraufreiten würde, um ihre Hand zu erbitten ... Sie seufzte sehnsüchtig. Eine sehr unwahrscheinliche Vorstellung. Aber selbst wenn er wohl nie kommen würde und sie so zum Dasein einer alten Jungfer verdammte, gab es noch ein schlimmeres Los. Das Schicksal einer alten Jungfer war dem Leben als Frau eines Mannes, den man weder schätzen noch respektieren konnte, unendlich vorzuziehen.

Geistesabwesend hob sie die Decke auf und wußte jetzt, warum sie so erschrocken war, als sie sich eingebildet hatte, jemand stünde hinter ihr. Sie hatte gedacht, es sei Roland Otton. Diese abstoßende Kreatur bewunderte sie, daran war nicht zu zweifeln. Dieser boshafte Kerl! Sie war die Tochter eines Barons. Die Familie ihres Vaters konnte ihren Stammbaum bis ins

zwölfte Jahrhundert zurückverfolgen, und Mamas Vorfahren waren unter jenen tapferen Angelsachsen gewesen, die 1066 gegen die einfallenden Normannen gekämpft hatten. Alles, was man über Otton wußte, war, daß er den Rang eines Captains für sich beanspruchte (den er sich nach Geoffreys Meinung selbst verliehen hatte) und daß er einen phantastischen Körperbau und ein so dunkles, hübsches Gesicht hatte, daß es geradezu ein Schock war, wenn man ihn zum erstenmal sah. Kaum ausreichende Gründe für einen Gentleman, eine Lady so anzusehen, wie Otton sie angesehen hatte. Aber man konnte Captain Otton – Penelope schürzte verächtlich die Lippen – auch nicht als Gentleman betrachten. Er war vor zwei Jahren nach Highview gekommen, im Gefolge Joseph Montgomerys. Als sie den Mann das erste Mal gesehen hatte, war sie in Trauer um ihren Vater gewesen; dennoch hatten Ottons freche Augen, die fast so dunkel waren wie der Stoff ihres Kleides, sie von Kopf bis Fuß gemustert und hatten zu glänzen begonnen, als sie sich wieder auf ihr Gesicht richteten und ihrem hochmütigen Stirnrunzeln begegneten. Er hatte unverfroren gegrinst und sich schwungvoll verbeugt, dann hatte er die Hand ausgestreckt, um sie ihrem Bruder zu reichen. Die Unverschämtheit des Captains war Geoffrey jedoch nicht entgangen. Er hatte die ausgestreckte Hand »übersehen«, und Otton stand von da an auf seiner Liste »verachtungswürdiger Personen«, ein Urteil, das er bis zu seinem Tod nicht revidiert hatte.
Entferntes Donnergrollen rief Penelope in die Gegenwart zurück, und ärgerlich über ihre Grübelei ging sie zur Seitentür. Ihre Bewegung war ganz unvermittelt, und sie sah einen Schatten, der durch die Diele glitt. Es *war* jemand hier! Das Blut schien ihr in den Adern zu gefrieren, und sie fühlte sich schier erstickt vor Angst. *War* Otton ihr gefolgt? Lag er etwa auf der Lauer, bereit, sich auf sie zu stürzen, wenn sie in die

Diele trat? Ein hilfloses Schluchzen stieg in ihr hoch. Sie war völlig allein. Selbst wenn sie schrie, war keine Menschenseele in Hörweite. Hilf mir, lieber Gott! dachte sie wie betäubt. Was soll ich nur tun? Sie mußte etwas tun! Sie konnte sich nicht einfach furchtsam und zitternd zusammenkauern, bis der niederträchtige Kerl kam und über sie herfiel. Die Vorstellung einer solchen Vergewaltigung erfüllte sie mit heißer Wut, und die Angst fiel von ihr ab. Wenn Otton versuchte, sie anzugreifen, würde er seine Niedertracht teuer bezahlen! Gott sei Dank, daß die liebe Nanny, als sie die Pension von Papa ausgeschlagen hatte und nach Exeter gegangen war, um dort bei ihrer Schwester zu leben, die Messer vom Gutshof in ihrem Häuschen gelassen hatte. Penelope zog die oberste rechte Schublade auf. Das große Tranchiermesser lag noch da. Ihre Finger schlossen sich um den Griff, sie hob die Decke hoch und verbarg das Messer darunter.
Ihre Nerven waren zum Zerreißen gespannt, aber mit unbeirrbarer Entschlossenheit ging sie auf die Tür zu. Außer dem Prasseln des Regens war alles ruhig, aber als sie in die Diele trat, hörte sie rechts ein schwaches Geräusch. Sie sah aus den Augenwinkeln hinüber, konnte jedoch nichts Verdächtiges sehen. Ihr Herz schlug wild, aber sie ging weiter bis zur Eingangstür. Jeden Augenblick erwartete sie, hastige Schritte zu hören. Sie spürte ein Kribbeln im Rücken, und der Griff des Messers rutschte in ihrer verschwitzten Hand. Fast hatte sie die Tür erreicht. Irgendwie gelang es ihr, sie zu öffnen, und sie betete, daß Otton nicht draußen lauerte und sie mit seinem trägen, zweideutigen Grinsen beobachtete ...
Doch nur Nebelschleier erwarteten sie. Sie nahm kaum wahr, daß es aufgehört hatte zu regnen, schloß die Tür und trat neben das Haus. Missy wieherte freundlich zur Begrüßung. Penelope ließ das Messer in die Lederscheide neben dem Steigbügel

gleiten, bevor sie das Pferd mechanisch abrieb. Als sie fertig war, hängte sie die durchnäßte Baumwolldecke über ein leeres Faß und führte Missy nach draußen. Sie war starr vor Angst, aber immer noch war nichts von dem Eindringling zu sehen. Mit Hilfe der Stufe vor der Eingangstür stieg sie wieder in den Damensattel, ihre nassen Kleider behinderten sie und machten jeden Versuch, schnell davonzureiten, zunichte. Sie wagte es nicht, ihre Furcht zu zeigen, und Missy trabte den Weg entlang. Erst dann ließ Penelope ein ersticktes Schluchzen hören. Ihre Knochen fühlten sich an wie Gummi, aber sobald sie aus dem Garten waren, trieb sie Missy zu einem leichten Galopp an.

Im ersten Moment fühlte sie sich so erschöpft, daß sie nur denken konnte, welch erstaunliches Glück sie gehabt hatte. Aber nach und nach, als ihr Schrecken nachließ und ihr Herzschlag sich wieder beruhigte, wurde ihr bewußt, daß wer auch immer in dem Cottage gewesen war, sie sehr leicht daran hätte hindern können, es zu verlassen. Vielleicht hatte irgendein hungriger Vagabund dort Schutz vor dem Regen gesucht, so wie sie ja auch, und hatte vor ihr ebensoviel Angst gehabt wie sie vor ihm. Oder – und das war eigentlich wahrscheinlicher – irgendein armer Jakobite auf der Flucht, der sich verzweifelt vor Soldaten und Kopfgeldjägern versteckte, hatte das Cottage als zeitweiligen Zufluchtsort benutzt. Sie atmete tief durch. Auf jeden Fall war ihr nichts passiert, und sie flüsterte ein kurzes Dankgebet. Als sie über die Wiese ritt, hellte sich der Himmel auf, und schließlich erreichte sie den letzten sanften Hügel und konnte die neblig verschwommenen Umrisse des großen Gebäudes von Highview Manor erkennen, während die Sonne hin und wieder karmesinrote Strahlen durch die Wolken blitzen ließ. Missy schnupperte nun den Stall und begann zu galoppieren, und als sie in das kleine Birkenwäldchen neben dem Fluß ritten, tauchte plötzlich ein Mann vor ihnen auf, und Penelope hatte keine andere Wahl, als Missy zu zügeln.

Roland Otton, bekleidet mit einem hervorragend geschnittenen olivgrünen Reitmantel, ein Florett um seine geschmeidige Taille geschnallt und einen Dreispitz flott auf das dichte, elegant gepuderte Haar gesetzt, verbeugte sich im Sattel.

»Gott sei Dank sind Sie heil und gesund, liebe Miss Montgomery! Ihr Onkel ist ganz außer sich, und Ihre Tante ist fast ohnmächtig vor Angst. Ist irgend etwas nicht in Ordnung?«

»Das einzige, was nicht in Ordnung ist, Sir«, antwortete sie scharf, »ist, daß Sie mir im Weg stehen. Seien Sie so freundlich und lassen Sie mich vorbei.«

Er dirigierte seinen hohen Kastanienbraunen auf die Seite des schmalen Wegs, ergriff aber die Zügel von Penelopes Pferd. »Entzückende Lady«, begann er.

»Captain Otton ... Lassen Sie mich durch!« zischte sie durch die Zähne.

»Aber natürlich.« Er legte die behandschuhte Hand auf sein Herz. »Wenn Sie meine Neuigkeiten nicht hören wollen ...« Seine samtig-schwarzen Augen zwinkerten. Ein Lächeln zuckte um seine hübschen Mundwinkel, und mit einer großsprecherischen Gebärde gab er ihr den Weg frei.

Etwas furchtsam ritt sie mit Missy an ihm vorbei. »Ich habe mich nicht so sehr verspätet«, sondierte sie das Terrain. »Ich kann mir kaum vorstellen, daß das meine Tante und meinen Onkel in Verzweiflung gestürzt hat.«

Otton lenkte sein Pferd neben Missy und hielt mit ihr Schritt. »Es ist mehr als die Verspätung, meine Liebe.«

Angesichts dieser Vertraulichkeit wurde Penelope starr vor Wut und rief aus: »Was ... fällt Ihnen ein!«

»O Gott!« Er legte die Hand kurz über seine funkelnden schwarzen Augen. »Meine Zunge ist nur mit mir durchgegangen. Ich entschuldige mich demütigst. Es ist nur – ich habe Ihnen so viel zu sagen.«

Wie freundlich und gewinnend sein Lächeln war. Wie sehnsüchtig bewundernd sein Blick. Und wie sehr verabscheute sie diesen schmeichlerischen Charmeur, diesen hinterhältigen jungen Mann! Aber offensichtlich sprudelte er über vor Neuigkeiten, deshalb sagte sie nur: »Ich möchte Sie doch bitten, Ihre Zunge von nun an im Zaum zu halten.«

Er seufzte, und sie ritten nebeneinander zu der alten Steinbrücke, sie neugierig und unbehaglich, er aufreizend stumm. Sie ritten schon den hochgewölbten Bogen hinauf, als sie ihm das Stichwort gab: »Nun, Sir?«

»Sie haben mich geheißen, den Mund zu halten«, antwortete er bescheiden. »Ich dachte –«

»Oh, hören Sie doch mit diesem Unsinn auf! Womit wollen Sie mich denn verspotten?«

»Verspotten ... ? Ah, wie können Sie solch grausame Worte aussprechen, liebreizende Lady? Bin ich nicht Ihr Sklave, Ihr getreuer Diener, Ihr höchster –«

»Der Diener, der am meisten übertreibt, will mir scheinen. Sprechen Sie, oder lassen Sie es bleiben. Ich bin völlig durchnäßt, Captain, und möchte auf mein Zimmer.«

»Glückliches Zimmer«, sagte er sehnsüchtig, aber als er das wütende Blitzen in ihren Augen sah, fuhr er fort: »Wußten Sie, daß sich entkommene Rebellen hier in der Gegend herumtreiben? Als Sie nicht rechtzeitig zurückkamen, befürchtete Lady Sybil –«

»Daß man mich als Geisel genommen hat?« Penelope ließ ein gänzlich undamenhaftes Schnauben hören. »Dann muß sie *tatsächlich* äußerst besorgt gewesen sein! Wenn man ein hohes Lösegeld für mich verlangt hätte, was würden dann die Bewohner der Grafschaft sagen, wenn sie sich geweigert hätte, es zu zahlen?«

Er lachte kurz auf. »Wie gut Sie sie kennen, liebe Penel ... – äh, ich meine, Miss Montgomery. Und – wie gut kenne ich Ihre Sehnsucht, von hier zu entfliehen.«
Bestürzt gab Penelope Missy eine ruckartige Parade. »Was meinen Sie damit?«
Er wendete sein Pferd und ritt es sehr nahe an sie heran, so daß er ihr ins Gesicht sah und ihre Knie sich fast berührten. Das Lächeln um seine Mundwinkel war nun verschwunden, und er blickte sehr ernst drein. »Liebe Lady, glauben Sie wirklich, daß ich die Demütigungen nicht bemerke, mit denen Sie täglich gestraft werden? Glauben Sie, ich bemerke nicht, wie Lady Sybil Sie beleidigt und herabsetzt? Mein armseliges, verletztes Herz, das nur für –«
Frostig und von oben herab unterbrach sie ihn: »Ersparen wir uns die Unruhen Ihres Herzens, Captain. Nehmen Sie ernsthaft an, daß ich Highview zu verlassen beabsichtige? Es ist mein Heim. Das Heim meiner Vorfahren. Und ich –«
»Und Sie führen dort ein unsäglich trauriges Leben.« Mit festem Griff umklammerten seine kräftigen Finger ihre Hand, die die Zügel hielt. »Liebstes Mädchen – nein! Hören Sie mich zu Ende an! Sie kennen meine Gefühle. Sie können nicht übersehen haben, wie bewundernswert ich Ihre –«
Mit zorngeröteten Wangen fiel sie ihm ins Wort: »*Was* finden Sie bewundernswert, Sir? Ich bin weder eine Schönheit, noch habe ich eine große Mitgift, die einen Mann wie Sie locken könnte! Was also –« Doch dann verschlug es ihr den Atem, und sie erschrak tatsächlich, als seine Hand sich so fest um ihre spannte, als hätte sie einen stählernen Reif um ihr Handgelenk. Er kniff seine glühenden schwarzen Augen zusammen. Mit einem Ruck zog er sie an sich. Sein zweiter Arm umfing sie, er sprang mit einer geschmeidigen Bewegung vom Pferd und zog sie mit sich, so daß sie in seine Arme fiel.

»Schönheit!« knurrte er. »Was soll ich mit diesen faden Schönheiten von heute? Was scheren mich ihre Albernheiten und ihr hohles Gekicher? Sie haben in Ihrem kleinen Finger mehr Charakter als ein Dutzend dieser Ballköniginnen in ihrem ganzen gepuderten und parfümierten Körper! Jawohl, und mehr süße Leidenschaft, das möchte ich schwören!«
Wütend, doch vergebens versuchte Penelope sich freizukämpfen. Unerbittlich wurde sie an seine Brust gedrückt. Er war größer als sie, und, einen Arm zwischen ihnen beiden festgeklemmt, den anderen von Otton festgehalten, war sie machtlos, wie sehr sie sich auch wehren mochte.
»Lassen Sie mich los, Sie gemeiner Kerl!« keuchte sie. »Oh! Wenn mein Bruder noch leben würde ...!«
»Nun, meine Liebe, er lebt nicht mehr. Aber ich – und Sie! Und was ich aus diesen liebreizenden, freimütigen Augen hervorlugen sehe, ist keine scheue Sittsamkeit, sondern das nackte Begehren Ihres leidenschaftlichen Herzens, das Sie hinter Ihrem prüden Getue verstecken.«
»Ekel!« schrie sie ihn an. »Gemeiner, unverschämter –«
Der Rest ihrer Beschimpfungen wurde erstickt, als sein Mund sich auf ihren preßte. Alle ihre Versuche, ihm zu entgehen, waren nutzlos. Ein langer, harter Kuß versengte ihre Lippen. Sein Arm schloß sich so fest um sie, daß sie kaum noch atmen konnte, und seine andere Hand wanderte ihren Hals hinab, fuhr den Umriß ihrer Brüste nach und begann ihr Gewand aufzuknöpfen. Tränen der Wut und der Erniedrigung brannten in ihren Augen, aber da es keinen Sinn hatte, sich gewaltsam zu wehren, entspannte sie sich nach und nach, bis sie schlaff und gefügig in seinen Armen lag und ihre Lippen sich unter dem beharrlichen Druck der seinen öffneten.
Otton hob den Kopf, und seine dunklen Augen glänzten triumphierend, als er sie hungrig über ihr nach hinten geneig-

tes Antlitz und ihre schöne Gestalt gleiten ließ, die nun so schlaff an seinem begierigen Körper lehnte. Er lockerte seinen Griff ein wenig und begann ihren Hals abzuküssen. »Meine Süße«, murmelte er heiser, »ich habe immer gewußt, daß –«
Mit aller Kraft riß Penelope sich los und schlug ihn aufs Ohr. Er schrie erschrocken auf und wich instinktiv zurück. Mit einem Sprung, der einem Panther Ehre gemacht hätte, gelang es ihr, einen Fuß in den Steigbügel zu setzen, und mit der Kraft der Verzweiflung schnellte sie nach oben und ergriff den Sattelknauf, um sich daran hochzuziehen.
Mit einem Ausruf sprang Otton ihr nach und hielt erst in seiner Bewegung inne, als sie ihr Pferd um ihn herum wendete, das Gesicht aschfahl, mit Augen, die so mörderisch glänzten wie die stählerne Schneide des Messers, das sie entschlossen in der Hand hielt. »Bleiben Sie stehen, Sie ekelhafter Wüstling! Bleiben Sie stehen, oder bei Gott, ich werde von diesem Messer Gebrauch machen!«
Seine Augen nahmen einen harten Ausdruck an, als er zuerst auf die unerschütterlich auf ihn gerichtete Klinge sah, dann in die Wildheit ihrer Augen. Plötzlich lachte er. »Ich habe mutige Frauen immer geliebt.«
»Daran zweifle ich nicht. Suchen Sie sich eine, die außerdem bereitwillig ist. In den Spelunken von Branbury oder Oxford werden Sie genügend finden!« Und als sie sah, daß seine dunklen Brauen sich über seiner schmalen, geraden Nase zusammenzogen, fügte sie hinzu: »Ich gehe augenblicklich zu meinem Onkel und sage ihm, daß Sie es gewagt haben, mich so anzufassen und zu beleidigen. Wenn Sie hier irgendwelche Sachen herumliegen haben, dann packen Sie sie besser, Captain Otton – oder wie immer Sie auch wirklich heißen mögen!«
Diesen Pfeil hatte sie aufs Geratewohl abgeschossen, aber der Schreck, der einen Augenblick auf seinem Gesicht zu lesen war,

zeigte offensichtlich, daß sie ins Schwarze getroffen hatte. Dann aber grinste er dreist. »Dann gehen Sie doch zu ihm. Aber er wird heute abend nicht für Sie zu sprechen sein.«

»Er wird mich vorlassen, haben Sie da nur keine Angst!«

»Wenn er es tut, was ich bezweifle, kann ich Ihnen sagen, was er Ihnen antworten wird, da ich gerade heute mit ihm einige Worte über Ihre reizende Person gesprochen habe.«

Penelope ergriff beide Zügel mit einer Hand, während sie das Messer immer noch fest in der anderen hielt, und sagte: »Sie lügen! Sie intriganter Schurke! Sie lügen!«

»Fragen Sie ihn doch«, höhnte er und kreuzte die Arme über dem breiten Oberkörper, während er zu ihr emporlachte. »Oder fragen Sie Ihre Ladyschaft. Sie weiß Bescheid.«

»Alles, was Sie betreffen könnte, Captain, interessiert mich nicht im geringsten.«

»Oho! Was für eine Aufrührerin! Aber Sie werden mir nichtsdestoweniger eine gute Frau sein!«

Sprachlos vor Schreck starrte sie ihn an.

»Jawohl – *Frau*, meine Liebe! Ich habe Ihrem lieben Onkel erzählt, daß ich mich danach verzehre, daß ich darauf brenne und vor Verlangen bebe, Sie zu heiraten und zu besitzen. Darin können Sie doch wohl nichts Entehrendes sehen – oder?« Er kicherte, als er ihr weißes Gesicht und ihre ungläubigen Augen sah. »Sie sind mein, süßes, widerspenstiges Mädchen. Und noch vor Ende des Monats habe ich Sie, weich und nackt, unter –«

Sie vergaß völlig das Messer in ihrer Hand und schlug mit den Zügelenden nach ihm. Gerade als er einen Satz machte, um eben diese Zügel zu ergreifen, gab sie ihrem Pferd energisch die Sporen, so daß die friedliche Missy erschrocken schnaubte und zu einer Art Galopp ansetzte.

Geschwind überquerten sie die Brücke, galoppierten die gewundene Auffahrt hinauf und ließen einen eleganten Herrn hinter sich zurück, der laut auflachte, als er sie wie einen Wirbelwind vorwärtsreiten sah, bevor er sich umdrehte und sein eigenes Pferd wieder bestieg.

Highview Manor war ein imposantes Gebäude mit flachem Dach, das in der Mitte eines reizvollen, wenn auch nicht allzu großen Parks lag, umgeben von einst sorgsam gepflegten Blumenrabatten. Die letzteren wurden nun nach und nach herausgerissen, da der neue Lord Delavale eine Vorliebe für reine Rasenflächen hatte. Er schimpfte über keinen Pfennig, der für das Haus oder die Dienerschaft ausgegeben wurde, aber Blumen hielt er für eine verschwenderische Extravaganz, die wesentlich mehr Gärtner erforderte, als für Rasen und Sträucher gebraucht wurden. Außerdem erklärte er, daß das quadratische, dreistöckige Backsteingebäude, das durch verzierte, weiße Balustraden aufgehellt wurde, auch ohne weiteren Schmuck beeindruckend genug sei.

Als Penelope Missy direkt zur Vordertreppe lenkte, anstatt wie gewöhnlich zu den Stallungen zu reiten, hatte sie kaum ein Auge für neue Schändungen der Blumenbeete, die Mama so geliebt hatte. Sie sprang so hastig vom Pferd, daß sie einige Schritte weiterrannte, um nicht das Gleichgewicht zu verlieren. Der Stallbursche, der herbeisprang, um Missys Zügel zu nehmen, glotzte vor Erstaunen darüber, wie eine Lady, selbst wenn sie so unaffektiert war wie Miss Penelope, die Treppe so hastig hinaufrennen konnte und ihre Röcke so unachtsam raffte, daß er fast die Stulpen ihrer Stiefel sehen konnte.

Der Lakai, der die Tür aufriß, starrte auf einen Punkt, der einen halben Meter über den herunterhängenden Resten von Miss Penelopes Hut lag. Er hatte schadenfroh beobachtet, wie ungestüm sie zur Tür rannte, und konnte es kaum erwarten, die

Dienerschaft von ihrer neuesten Unschicklichkeit in Kenntnis zu setzen.
»Wo«, fragte Penelope außer Atem, »ist Lord Delavale?«
»Ich glaube, Seine Lordschaft will nicht gestört werden, Miss«, antwortete der Lakai gedehnt, den hochnäsigen Blick immer noch auf den unsichtbaren Punkt mitten in der Luft geheftet.
»Ich habe Sie ...«, Penelopes Busen hob sich, als sie nach Atem rang, »etwas gefragt.«
Zoll um Zoll senkte der Lakai den gewohnt gelangweilten Blick, bis er in ihre blitzenden haselnußbraunen Augen sah. Als sie bemerkte, daß sie immer noch das Tranchiermesser in der Hand hielt, streckte sie es ihm entgegen. Sehr plötzlich war der Lakai gar nicht mehr gelangweilt. »Iii!« schrie er und sprang mit einem Satz zurück.
»*Penelope!*« erklang eine schrille Frauenstimme.
Penelope biß die Zähne zusammen. Zum erstenmal seit seiner Ankunft in Highview begegnete der Lakai einem eisigen Blick von ihr, was ihn dazu veranlaßte, den übrigen Dienern später zu berichten, daß Miss Penelope wahrhaft blaublütig sei. »Nehmen Sie das sofort!« befahl sie, und als er ihr ängstlich das Messer abgenommen hatte, drehte sie sich, zerzaust und durchnäßt, wie sie war, um und blickte der erzürnten, prächtigen Sybil, Lady Delavale, ins Gesicht.
Ihre Ladyschaft war auf der untersten Treppenstufe stehengeblieben, eine Hand auf der weißen Schwellung ihres wundervollen Busens, und blickte entsetzt auf ihre Nichte. Obwohl sie auf die Vierzig zuging, war Sybil Montgomery immer noch eine schöne Frau. Zierlich und zart, brauchte sie nur neben Penelope zu stehen, und sogleich fühlte die junge Lady sich so groß und plump wie ein Kamel oder eine Giraffe, wie heutzutage manche sagten. Sie besaß einen zarten, weißrosa Teint, auf ihrer schönen Haut war keine Spur einer Falte zu

sehen. Ihr goldblondes Haar war über ein Polster nach hinten frisiert, so daß es ihr Gesicht in kleinen Löckchen umrahmte, und sie hatte ein rosa Samtband hineingeflochten, das einen reizvollen Kontrast zum schwarzen Brokat ihres Watteau-Kleides mit dem viereckigen Ausschnitt und den kurzen Ärmeln bildete. Ihre großen braunen Augen konnten weich wie Samt blicken, wenn sie es wollte, nun aber blitzten sie ärgerlich, und ihr klassisch geschnittener Mund war zu einer dünnen, beleidigten Linie zusammengezogen. »Wo hast du dich nur herumgetrieben?« fragte sie. »Dein Onkel war sehr verärgert. Meiner Treu, du siehst aus wie eine getaufte Maus!«
Penelope sah auf das affektierte Lächeln des Dieners. Daß ihre Tante so taktlos war, eine solche Bemerkung vor einem Bediensteten zu äußern, überraschte sie nicht mehr. In ihrem verwirrten Kopf war momentan nur noch Platz für ein Ziel: Sie wollte herausfinden, ob Ottons Behauptungen der Wahrheit entsprachen. Deshalb ging sie an ihrer Tante vorbei und sagte nur: »Ich werde sofort zu Onkel Joseph gehen und mich entschuldigen.«
Mylady streckte schnell den weißen Arm aus, an dessen Handgelenk Diamanten schimmerten. »Er ist im Augenblick in seinem Studierzimmer beschäftigt und kann nicht – Mädchen! Bist du taub? Ich habe gesagt, er ist *beschäftigt!*«
»Ich habe es gehört, Madam.« Penelope ging weiter. »Ich werde mich ein wenig zurechtmachen und dann zu ihm gehen.«
»Das wirst du nicht! Sein geschäftlicher Berater ist hier, und mein armer Gatte hat schlechte Laune. Er möchte heute abend niemanden sehen. Du gehst besser ins Bett. Wahrscheinlich hast du dir eine Erkältung geholt, die dir als Vorwand dient, dich wie ein Dorftrampel zu benehmen! Ich schwöre, daß ich nie verstehen werde, woher du deine schlechte Kinderstube

hast, denn dein lieber Papa war zwar ein bißchen verrückt, aber ein Gentleman, und deine Mutter war aus einer guten Familie ... hat man mir gesagt.«

Schon auf halber Höhe der Treppe, hielt Penelope inne. Wie *konnte* dieses vulgäre, ungezogene Frauenzimmer sich das Recht herausnehmen, ihre Eltern zu kritisieren? Kampfbereit wandte sie sich ruckartig um, aber da wurde die Tür von neuem aufgerissen, und Roland Otton kam mit seinem eleganten Schritt durch die Eingangshalle. Penelope besann sich wieder auf ihr Vorhaben und eilte die Treppe weiter hinauf.

Lady Delavale hatte bemerkt, wie der Gesichtsausdruck ihrer Nichte sich veränderte, und sie drehte sich fragend um. »Roland!« Sie streckte ihm die Hand entgegen und schritt die Treppe hinunter, als er auf sie zukam und ihre Finger an seine Lippen preßte.

»Ein kurzes Gespräch, Madam, wenn ich bitten darf«, murmelte er, und seine Augen lächelten sie an.

Sybil sah auf den Rücken des Dieners, der sich zurückzog. »In der Bibliothek sind wir ungestört«, sagte sie und ging durch den Seitenflur voran in das große nun verlassene Zimmer.

Als die Tür sich hinter ihnen schloß, stürzte sie sich mit geöffneten Lippen in Ottons bereitwillige Arme, begierig nach einem Kuß. Hungrig preßte er sie an sich, und als er schließlich von ihrem Mund abließ und ihre Augenlider und ihr Dekolleté mit heißen Küssen bedeckte, wimmerte sie vor Entzücken. Ungehindert glitt eine Hand in ihren tiefen Ausschnitt. Sybil stöhnte, die Augen geschlossen, den Körper an ihn gepreßt. Otton beugte sich über ihre Brust, die er entblößt hatte, und widmete ihr seine ganze Aufmerksamkeit, bis Sybil vor Verlangen keuchte. »Roland ...«, flüsterte sie. »Oh ... mein Liebster ...«

Er sah auf, und ein zynisches Glitzern trat in seine Augen. »Wird er uns auch nicht überraschen?«

»Nein, nein. Er ist zu beschäftigt mit –« Erschaudernd brach sie ab und sah ihren Liebhaber ein wenig ängstlich an. »Er wird dieses gräßliche Zimmer nicht verlassen, bis sie den Widerstand dieses armen Narren gebrochen haben.«
»Was länger dauern kann, als Mylord sich vielleicht vorstellt.« Otton ordnete das Kleid Ihrer Ladyschaft. »Ich habe Chandler gesehen, als sie ihn hereingeschleppt haben. Mit solchen Typen bin ich schon fertig geworden. Delavale hätte es mir überlassen sollen, ihn auszufragen.«
Sybil schauderte von neuem, dann ergriff sie Ottons Hände, drückte sie an ihr weiches Fleisch und sagte einladend: »Aber das hat er nicht, also sind wir sicher, mein Geliebter.«
Er lächelte auf sie herab. Sie war wirklich eine entzückende Geliebte, und stets so bereitwillig. Aber – »Du bist eine heiße kleine Füchsin, nicht wahr, Sybil?« Er strich mit den Fingern über ihre Wange.
Sie neigte sich ihm entgegen. »Erwartest du etwas anderes, mit Joseph als Ehemann?«
»Immerhin hast du ihn einmal geliebt.«
Sie schmollte und antwortete verdrießlich: »Damals hatte er auch noch weniger Ähnlichkeit mit einem Walroß. Jetzt ist er nur noch hinter dem Geld her.«
»Jawohl, um *dich* zufriedenzustellen, meine Liebe.« Er grinste, als er Ärger in ihren großen braunen Augen aufblitzen sah, und fügte hinzu: »Seine momentane Jagd nach Reichtümern wird möglicherweise bald unterbrochen.«
»Nein, sage ich dir! Ich habe die Diener instruiert, daß er mit seinem geschäftlichen Berater wichtige Angelegenheiten zu besprechen hat und unter keinen Umständen gestört werden darf.«
Er führte sie zum Sofa, und als sie sich gesetzt hatte, nahm er neben ihr Platz und ergriff ihre Hand. Er begann ihre Finger zu

küssen, dann die Handfläche. Er war schon beim Handgelenk angelangt, und Sybils Augen blickten bereits wieder schmachtend, als er träge fragte: »Hast du deine Nichte ebenfalls instruiert?«

Sie runzelte die Stirn und entriß ihm ihre Hand. »Lieber Himmel, du hast heute aber seltsame Grillen, Roland! Ja. Ich habe dem Fratz gesagt, daß sie ihn in Ruhe lassen soll.«

Er kicherte. »Ich glaube, sie wird deine Anweisung nicht beachten.«

»Das würde sie aber besser, in ihrem eigenen Interesse! Wenn sie –« Sie unterbrach sich, argwöhnisch geworden durch seinen insgeheim amüsierten Gesichtsausdruck. »Und warum sollte sie das tun? Sie verachtet ihn.«

»Vielleicht, weil ... Ich habe es ihr gesagt, meine Süße.«

»Ihr gesagt? Was?«

Er küßte sie aufs Ohr und antwortete mit einem niederträchtigen Zug um den Mund: »Nun, daß ich ... um ihre Hand angehalten habe.«

Der Lakai, der durch die Halle auf die Küche zuging, blieb einen Moment stehen, als er den Schrei hörte, der aus der Bibliothek kam. Er ließ ein ausgelassenes Schnauben hören. Dieser Teufel von Otton mußte Mylady ja wirklich großes Vergnügen bereiten ... Eines schönen Tages würde Mylord die beiden in flagranti erwischen, und dann ... *dann* würden die Fetzen fliegen!

2

Im zweiten Stock von Highview Manor lagen vierzehn Schlafzimmer, vier davon hatten daneben einen Salon, und jedes besaß ein angrenzendes Ankleidezimmer; bei einigen Räumen

führten diese Ankleidezimmer noch zu einem weiteren Aufenthaltsraum, so daß eine ganze Suite entstand. Die Nordseite war für die Familie reserviert, dort lagen die Hauptwohnung und fünf große Schlafzimmer. Eines davon hatte Geoffrey, eines Penelope gehört. In den letzten Jahren war Penelope jedoch mehrmals enteignet worden und bewohnte nun ein großes, aber eher schäbiges Zimmer in der Südwestecke. Als sie im zweiten Stock anlangte, schlug sie jedoch im Gegensatz zu den Worten ihrer Tante gegenüber nicht diese Richtung ein, da sie nicht die entfernteste Absicht hegte, ihr Erscheinungsbild ein wenig in Ordnung zu bringen, bevor sie Lord Joseph gegenübertrat. Das Wissen, daß Roland Otton schon unten war und sich zweifellos mit Sybil beriet, fachte ihre Wut noch an. Vergeblich sagte sie zu sich selbst, daß Onkel Joseph, der bisher so entschlossen gewesen war, sie zu einer guten Partie zu drängen, einer Verbindung mit diesem mittellosen Handlanger nicht zustimmen würde. Schon seit geraumer Zeit war sie zu dem Schluß gekommen, daß ihr Onkel von Zeit zu Zeit in Geschäfte verwickelt war, die man bestenfalls als zweifelhaft bezeichnen konnte. Captain Ottons Dienste wurden zweifellos geschätzt, wenn sie nicht gar unentbehrlich waren. Onkel Josephs Vertrauen in den Captain konnte sehr wohl seine Zustimmung zu einer solchen Verlobung herbeigeführt haben. Während sie durch die Halle eilte, kam sie zu dem Entschluß, daß sie ihr Heil nur noch in der Flucht suchen konnte, wenn das der Fall war. Aber – zu wem? Und wohin . . . !
Endlich stand sie an der Tür des Raumes, den Delavale zu seinem privaten Arbeitszimmer erklärt hatte. Ihr Klopfen ging in einem Schwall von Flüchen unter, die durch die Mauern drangen. Schäumend vor Wut versuchte sie, den Türknauf zu drehen, aber das Schloß war abgesperrt. Nun, sie würde sich *nicht* abspeisen lassen! Sie *mußte* mit ihm sprechen, bevor

Otton Sybil betörte, für ihn zu sprechen, denn wenn das passierte, war ihre eigene Sache verloren! Sie eilte zum Schlafzimmer ihrer Tante. Es war nicht verschlossen, und eine Minute später stand sie an der Verbindungstür. Ohne das Risiko einzugehen, daß ihr der Eintritt verweigert wurde, riß sie sie auf, nur um dann wie erstarrt stehenzubleiben, und jeglicher Gedanke an ihre eigene mißliche Lage war plötzlich unwichtig.

Ein Mann lag ausgestreckt auf dem langen Sofa neben dem Kamin. Ein Mann, der zerlumpt und unordentlich aussah, die Kleider in Fetzen, das dunkle Haar wirr und zerzaust, das Gesicht blutig und mit Bartstoppeln bedeckt. Lord Delavale stand hinter dem Sofa, beide Hände auf dem Rücken, und sah durch die Rauchkringel einer dicken Zigarre auf die liegende Gestalt. Sein Busenfreund, dieser ungeschlachte Rüpel Thomas Beasley, saß auf dem Rand des Sofas, einen nassen Lumpen in der fleischigen Hand. Penelope nahm all dies in Sekundenbruchteilen wahr, als der Verletzte ein halbersticktes Stöhnen von sich gab, einen so qualvollen Laut, daß ihr das Blut in den Adern gefror. Einen Augenblick lang dachte sie verwirrt, daß die beiden Männer dem Leidenden beistanden. Dann rief Beasley triumphierend: »Siehst du, Joseph! Habe ich dir nicht gesagt, daß ich ihn wieder zu sich bringe?«

»Und gerade noch rechtzeitig«, grunzte Seine Lordschaft; die kleinen verschlagenen Augen glitzerten in seinem dicklichen Gesicht. »Nun kommen Sie schon, Major. Diese Mätzchen sind absolut unnötig. Warum machen Sie es sich selbst so schwer? Sagen Sie uns endlich, was wir wissen wollen. Wir verlangen nur –«

»Daß ich ... die Köpfe meiner Freunde ... aufs Schafott bringe. Neben meinem ... eigenen, nicht wahr?«

Diese unerschrockenen, trotzigen Worte wurden von einer

schwachen Stimme geäußert, die Penelopes Herz schneller schlagen ließ, und sie erschrak so tief, daß sie wie angewurzelt dastand, völlig unfähig, sich zu bewegen oder etwas zu sagen.
Der Mann auf dem Sofa kämpfte sich mühsam hoch, unterstützt von Delavale, der das zerfetzte Hemd packte und sein Opfer nach oben zog. Mit der Prahlerei des kleinen Mannes, der plötzlich absolute Macht ausüben kann, fauchte er: »Wäre es Ihnen lieber, wenn wir Sie dem Militär ausliefern würden? Sie würden weniger Geduld mit einem verdammten jakobitischen Verräter haben als wir, das kann ich Ihnen versichern! Und im Tower gibt es Hilfsmittel, mit denen man garantiert in kürzester Zeit die Wahrheit aus so einem Verbrecher, wie Sie es sind, herauspreßt!«
Dem Gefangenen hing der rechte Arm schlaff an der Seite herab, der Ärmel war zerrissen und zwischen Schulter und Ellbogen voller dunkelroter Flecken. Er schien äußerst erschöpft, aber er antwortete höhnisch: »Wenn das so ist – warum schieben Sie es dann auf? Liefern ... Sie mich aus, und holen Sie sich eine Verurteilung wegen –« Aber seine Worte endeten in einem Keuchen, als Beasley sein untaugliches Handgelenk ergriff und grob daran riß.
»Dieser Arm müßte von einem Chirurgen versorgt werden, mein Freund. Wir haben leider keinen zur Hand, also werde ich versuchen, mein Bestes für Sie zu tun. Armer Kerl ... Ich habe keine Erfahrung. Wie soll ich denn anfangen, Delavale?«
Seine Lordschaft warf den verletzten Mann wieder aufs Sofa und beobachtete mitleidslos, wie er sich in stiller Qual wand. »Beim Himmel, Chandler! Warum sind Sie so ein Narr? Ich wünschte nicht, daß Beasley sich um mich kümmerte, vor allem, wenn mein Arm so aussehen würde wie der Ihre! Sagen Sie uns nur, wo das Gold versteckt ist, und wir werden Sie sicher nach Frankreich bringen. Ich würde Sie sogar von

meinem eigenen Arzt behandeln lassen, denn um die Wahrheit zu sagen, ich bin ein freundlicher Mensch, und es tut mir weh, Sie in so trauriger Verfassung zu sehen.«
Chandler lachte schwach.
Delavales Hände ballten sich zur Faust, und das Rot seiner Wangen vertiefte sich gefährlich. Mit offensichtlicher Willensanstrengung hielt er seine Wut zurück und fuhr in schmeichelndem Tonfall fort: »Wenn Sie um Ihre Freunde fürchten, es wird ihnen nichts geschehen, das schwöre ich! Chandler? Verdammter Kerl, ich glaube, er ist wieder ohnmächtig! *Chandler?* Hören Sie mich? Seien Sie doch vernünftig, Mann! Ihre Sache ist verloren, Sie brauchen den Schatz nicht mehr. Was kann denn wichtiger sein als Ihr eigenes Leben? Sprechen Sie! Sagen Sie es uns! Wo ist er versteckt?«
Chandler richtete sich ein wenig auf und keuchte: »Fahren Sie ... zur Hölle!«
Mit einem enttäuschten Aufschrei begann Beasley, den Gefangenen heftig zu schütteln, und als Chandler unter dem gnadenlosen Griff schlaff zusammensackte, heulte er wütend auf. »Dieser Bursche will wohl sterben!« klagte er. »Verdammt, er stirbt lieber, Joseph!«
»Pah! Niemand stirbt für ein Ideal, außer in Heldensagen!« Aber dennoch beugte Delavale sich nach unten und spähte ängstlich. »Weißt du, was ich glaube, mein lieber Thomas? Wir haben unseren Gast schlimm vernachlässigt. Er sieht jämmerlich aus ... Ah, das amüsiert Sie, nicht wahr, Chandler? Ich will nur Ihr Bestes, und ich bin der festen Meinung, Ihre Wunde muß ausgebrannt werden, sonst werden Sie eine Infektion bekommen ...« Er sah auf seinen Freund und grinste verschlagen.
Beasleys Gesicht nahm einen bestürzten Ausdruck an. Er zog sich ein wenig zurück und kaute unbehaglich auf seiner Unter-

lippe herum, als Delavale die Asche seiner Zigarre abstreifte und sich vorbeugte, um Chandlers Hemdärmel zu zerreißen. Dieser Anblick weckte Penelope endlich aus ihrem tranceartigen Zustand, in den sie gefallen war. Mit einem entsetzten Schrei rannte sie ins Zimmer. »Aufhören! Oh – bitte, tun Sie das nicht!«

Delavale schrie erschrocken auf und zuckte zurück. Beasley wurde weiß im Gesicht und schrie schrill und entsetzt: »Diese verdammte Göre soll der Teufel holen! Wir sind erledigt!«

Chandler richtete sich auf dem Ellbogen auf und wandte sich Penelope zu, so daß sie ihn zum erstenmal voll und ganz sehen konnte. Das hagere Gesicht war kaum wiederzuerkennen, die Wangen waren eingefallen, der feingeschnittene Mund weiß und verzerrt. Aber selbst in ihrer verzweifelten Qual waren die Augen unverwechselbar, und in ihrem tiefen Grün leuchtete Erkennen auf. Eine Hand streckte sich in stummer Bitte nach ihr aus. Dann verlor er das Bewußtsein und fiel wieder ausgestreckt auf das Sofa zurück.

Wütend stürzte Delavale sich auf seine Nichte: »*Was zum Teufel –?* Du schändliches Mädchen! Wie *kannst* du es wagen, hier einzudringen?«

»Sie wird uns verraten!« schrie Beasley. »Ich *habe* dir gesagt, daß es zu riskant ist! Der Teufel soll dich holen, Joseph! Ich *habe* es dir gesagt!«

»Lieber Gott!« wimmerte Penelope, außer sich vor Sorge. »O mein Lieber ... *O Gott!* Welch ... schreckliche Grausamkeiten geschehen hier?«

Mit mörderischem Gesichtsausdruck, die kleinen, harten, braunen Augen drohend über dem schwammigen Gesicht zusammengekniffen, brauste Delavale auf. »Hier geschieht nichts, was ein patriotisches Gewissen belasten könnte, Mädchen. Das hier ist so ein jakobitischer Hund, für den Aufhängen zu gut ist und der mit seinem Kopf auf einer Speerspitze auf der Tower Bridge enden wird, wenn das Militär ihn in die Hände bekommt!«

Penelopes entsetzter Blick war immer noch auf den bewußtlosen Mann geheftet, die gefühllosen Worte ihres Onkels hörte sie kaum. »Wie können Sie ihm so weh tun«, würgte sie heraus, während sie ängstlich ihre Hände wrang. »Wissen Sie denn nicht, daß er ein lieber Freund meines Vaters ist und daß wir bei ihm zu Gast waren? Wie –« Und mit einem Schrei fuhr sie zurück, als die Hand ihres Onkels auf ihre Wange klatschte.

»Bei allem, was meine geliebte Frau und ich von Ihrem undankbaren Benehmen schon erduldet haben! Trotz unserer gemeinsamen Vorfahren haben Sie die *Frechheit*, sich hinzustellen und einen verräterischen Rebellen als Freund der Familie zu bezeichnen! Wissen Sie, was passieren würde, wenn wir verdächtig wären, Sympathien für Jakobiten zu hegen?«

»Oder – wenn entdeckt würde, daß Sie einen Flüchtling verbergen ...?«

Eine spöttische Stimme erklang hinter Penelope. Schwach vor Entsetzen, drehte sie sich schnell um, ihre Abneigung gegen den jungen Mann war bei diesem Alptraum vergessen. »Sagen Sie ihnen, daß sie aufhören sollen«, bat sie unter Tränen. »In Gottes Namen – Ich *bitte* Sie! Sagen Sie ihnen, sie sollen aufhören!«

Otton ergriff ihren Arm und lächelte auf ihr angstvolles Gesicht herab. »So ist es schon besser. Und es wäre mir viel wert, wenn ich in Ihren lieblichen Augen an Gunst gewinnen würde, meine Liebe.«

Wie ein erschrecktes Kaninchen beeilte Beasley sich, die Tür zu schließen, als wolle er Otton daran hindern, den Raum wieder zu verlassen.

»Wenn ich meinen Gewinn nicht bekomme«, warnte seine

Lordschaft ihn finster, »dann werden *Sie* Ihren Gewinn erst recht nicht erhalten, Captain. Vergessen Sie nicht, daß ich sie Ihnen« – er zeigte auf Chandler –, »daß ich sie Ihnen *um seinen Preis* versprochen habe.«

Ottons schwarze Augen glitzerten. »Ah, aber denken Sie doch nur, wieviel süßer eine willige Braut ist als eine widerstrebende. Und – ich würde eine Belohnung bekommen.«

Beasley zog die Brauen zusammen und blickte nervös von einem zum anderen.

Seine Lordschaft erstarrte, dann ließ er ein verächtliches Schnauben hören. »Unsinn! Sie sind nicht der Mann, der für eine Handvoll Kleingeld auf ein Vermögen pfeift! Dieser verrückte Rebell wird bald zusammenbrechen. Noch vor der Dämmerung, möchte ich wetten. Und dann sind wir reiche Männer. Sie, mein lieber Otton« – er grinste seine Nichte an –, »natürlich doppelt.«

Ihren Blick angstvoll auf Quentin geheftet, wußte Penelope, daß er nichts verraten würde. Nichts würde einen ehrenhaften Gentleman dazu bringen, seine Gefährten preiszugeben. Aber er war schon so schwach, lange konnte er nicht mehr durchhalten. Wenn sie ihn weiter quälten, würde er mit Sicherheit sterben. Noch nie hatte sie sich ihrem Onkel so hilflos ausgeliefert gefühlt. Verzweifelt bittend wandte sie sich an Otton und sagte mit brechender Stimme: »Wenn – wenn Sie mich wirklich lieben, Captain Otton ... Oh, *lassen* Sie es nicht zu, daß sie ihn weiter so schrecklich quälen, ich *flehe* Sie an!«

»Ich wünschte, ich könnte helfen, meine Liebe, aber –« Er lächelte wehmütig, »aber ich muß gestehen, daß Ihr Onkel jeden Schachzug bestimmt.«

Mit einem erleichterten Seufzer kehrte Beasley zum Sofa zurück.

Penelope ergriff Ottons Arm. »Es *kann* nicht sein, daß Ihnen jegliches menschliche Gefühl fehlt – jeglicher Sinn für Anständigkeit! Sie sind nicht ungebildet, und zivilisierte Menschen quälen keine verwundeten Gefangenen, nur um –«

»Nur für ein riesiges Vermögen aus Gold und Juwelen, angehäuft von den Jakobiten, um ihre verlorene Sache zu retten?«

Otton lächelte. »Meine liebe Lady, während unserer ganzen hochgerühmten Zivilisation wurden leider für viel geringere Dinge blutige Morde begangen. Und um Ihretwillen muß ich – Beasley!« Seine Stimme wurde scharf. »Sachte, Mann! Der arme Kerl ist völlig entkräftet. Wollen Sie uns eine Leiche aufhalsen, bevor wir ihm die Zunge gelöst haben?«

Wild vor Kummer und Zorn trommelte Penelope mit ihren kleinen Fäusten auf seine Brust und schluchzte hysterisch: »Das hätte ich mir denken können! Sie *sind* so verdorben! Genauso wie –«

»Ruhe!« donnerte Seine Lordschaft. »Gehen Sie auf Ihr Zimmer, Miss! Und halten Sie Ihre Zunge im Zaum, oder Sie werden es bereuen, das verspreche ich Ihnen! Ich werde mich morgen mit Ihnen befassen, wenn wir mit diesem Unruhestifter hier fertig sind! Und Sie können sich glücklich schätzen, wenn ich meine Peitsche nicht mitbringe!«

Otton runzelte die Stirn, aber als er dem verzweifelten Blick seiner versprochenen Verlobten begegnete, zuckte er die Achseln, breitete ergeben die Arme aus und seufzte: *»C'est la guerre ...«*

Penelope floh.

Regentropfen prasselten prickelnd auf ihre Wangen, die Nacht war sehr dunkel, aber Penelope rannte keuchend weiter. Sie verspürte ein Stechen in der Seite, das gegen ihr Tempo zu protestieren schien. Schließlich mußte sie stehenbleiben und ein wenig ausruhen. Sie stand da in Wind und Regen, eine

Hand auf die schwer atmende Brust gepreßt, und wartete, bis ihr hämmernder Herzschlag sich wieder beruhigte, während ihre Gedanken wild durcheinanderpurzelten. Manchmal hatte sie während der Rebellion Fetzen von Männergesprächen aufgeschnappt, die eilig abgebrochen wurden, wenn Damen in die Nähe kamen. Getuschel über gefangene Offiziere, die gefoltert wurden, weil sie sich weigerten, militärische Informationen preiszugeben. Sie hatte sich eingeredet, daß solche Bemerkungen weit übertrieben waren, daß solch abscheuliche Dinge in ihrer aufgeklärten Zeit nicht mehr geschahen. Nun mußte sie der Tatsache ins Gesicht sehen, *daß* solche Dinge geschahen. Sie hatte ihren angebeteten Quentin mit eigenen Augen leiden sehen ... Nicht auszudenken, daß so etwas Entsetzliches in Highview passiert war! Wie aufgebracht wäre Papa gewesen. Und der liebe Geoff wäre vor Zorn über die Habgier und Schlechtigkeit von Onkel Joseph explodiert ... Aber wie, um Himmels willen, konnte sie diesen entsetzlichen Dingen Einhalt gebieten? An wen konnte sie sich um Hilfe wenden? An die Diener vielleicht? Aber die meisten der liebgewordenen, vertrauenswürdigen Leute, die den Montgomerys jahrzehntelang gedient hatten, waren nach Papas Tod durch Individuen ersetzt worden, die Tante Sybil für passender hielt. Ryan, dessen stille Vornehmheit jeden kleinen Lakaien, der davon träumte, eines Tages in den hohen Rang eines Butlers aufzusteigen, voll Ehrfurcht erfüllt hatte, war ein kleiner, fast ausgemergelter Mann gewesen. Lady Sybil hatte ihn entlassen und an seiner Stelle Hargrave eingestellt, einen großen, breitschultrigen Speichellecker, der sie offensichtlich bewunderte, sich großartig verbeugte und den niedergestellteren Dienern das Leben vergällte. Papas alternder Kammerdiener, Peterson, hatte dem neuen Lord Delavale genau einen Monat gedient, bis er um seine Entlassung ersuchte; dem Haushaltsvorstand hatte er

gesagt, sein guter Ruf würde es nicht überleben, einem Mann zu dienen, der nicht nur fett war wie eine Flunder, sondern auch noch die Manieren eines Schweins hatte. Und so war es weitergegangen. Einer nach dem anderen waren neue Diener anstelle der alten erschienen; jünger, von besserem Aussehen und beklagenswert weniger gut ausgebildet. Aber selbst wenn ihre altgedienten, treuen Leute noch dagewesen wären, wie hätte sie sie um Hilfe bitten können? Einem entkommenen Jakobiten Hilfe zu leisten stand unter Todesstrafe. Und wenn der Flüchtling auch noch adliger Abstammung und so des Hochverrats schuldig war ... Sie schauderte bei der Vorstellung von lebendigen Leibern, die zerstückelt und aufgeschlitzt wurden, bis endlich der Gnadenstoß kam. Wie konnte sie irgendwelche Freunde oder Nachbarn darum bitten, ein so schreckliches Schicksal zu riskieren?
Die Erinnerung an die Qual in Quentins Augen, daran, wie er seine Hand flehentlich zu ihr hingestreckt hatte, als wüßte er selbst in seinem Elend, daß sie ihm helfen würde, wenn sie könnte, überfiel sie schmerzhaft. Was taten sie ihm wohl im Augenblick gerade an? War Onkel Joseph mit dieser widerlichen Zigarre beschäftigt ...? Verzweifelt schluchzend rannte sie weiter, bis sie erschöpft und am Rande eines hysterischen Anfalls fast über einen Baumstumpf stolperte und stehenblieb, erschrocken, sich plötzlich im Wald wiederzufinden. Wie dumm! Wie unglaublich schwach und unvernünftig benahm sie sich! Ganz und gar nicht so, wie sie sich ihr Benehmen in einer wirklich kritischen Situation vorgestellt hätte! Was erhoffte sie mit diesem überstürzten Gerenne denn zu erreichen? Unbewußt war ihr klar, daß sie dem Impuls aller erschrockenen Lebewesen gefolgt war – zu fliehen. Aber das nutzte gar nichts! Schließlich war sie die Tochter ihres Vaters, und Quentin brauchte sie so dringend. Sie war seine einzige Hoffnung. Sie

mußte einen Weg finden ... »Bitte, lieber Gott – laß mich klug sein. Laß mich Mittel finden, ihn zu retten. Oh, lieber Gott – ich liebe ihn so! Zeig mir einen Weg ...«

Und nach und nach, als sie so ganz still im Regen stand, kehrte die Vernunft langsam zurück, und ihr wilder Atem beruhigte sich. Sie mußte sofort zurück – zurück in ihr eigenes altes Zimmer ... »Das Liebesnest«, wie Geoff es immer genannt hatte. Ihr Herz machte plötzlich einen aufgeregten Satz. Das Liebesnest! Beim Himmel! Wenn man den Liebespfad noch benutzen konnte ...! Und Onkel Joseph kannte ihn höchstwahrscheinlich nicht, da er seine Kindheit nicht auf dem Herrensitz verbracht hatte. Im Winter 1689, ein Jahr vor der Geburt ihres Vaters, war ein großer Teil des Dachs von Highview während eines heftigen Sturms heruntergeweht worden, und das Innere des Hauses hatte so schwere Wasserschäden davongetragen, daß die Familie in ihr Haus in Dover umgezogen war. Großvater Montgomery war ein sparsamer Mann gewesen, und Highview war erst wieder gänzlich mit neuen Möbeln ausgestattet worden, als sein Sohn den Besitz erbte. Joseph hatte nie in dem großen Haus gelebt, bis er selbst Erbe geworden war, und Sybil hatte die einzigen Diener entlassen, die vielleicht über Ururgroßvater Phineas Bescheid gewußt hätten. Ein hübscher junger Teufel, dieser Phineas, und völlig betört von der Frau seines Bruders. Er begehrte die Lady so heftig, daß er das Haus eines Winters geschlossen und seine Frau und seine Familie großmütig aus dem Regen und der Kälte Englands in die warme Sonne Italiens gebracht hatte. Sein Verwalter jedoch war geblieben, fleißig damit beschäftigt, einen Geheimgang einbauen zu lassen, der vom Schlafzimmer des Herrn in das Zimmer führte, das die Dame seines Herzens bewohnte, wenn sie sich auf Highview aufhielt. Ein Jahrhundert später hatte Lord Hector Delavale die Geschichte in einigen alten Tagebüchern entdeckt und hatte mit seinem Sohn herumgesucht, bis sie den verbotenen Pfad fanden. Geoffrey war höchst aufgeregt gewesen, aber der Gang führte hinter den Kaminfeuern vorbei, und damals war Penelope ein abenteuerlustiges Mädchen von neun Jahren gewesen. Da er befürchtete, daß ihre bauschigen Röcke Feuer fangen und sie verbrennen könnte, wenn sie versuchte, in den Geheimgang zu gelangen, ließ Mylord Geoffrey schwören, daß er das Geheimnis für sich behalten würde. Erst zwei Jahre später hatte Penelope von dem Liebespfad ihres Vorfahren erfahren, und selbst dann hatte Geoff sich, getreu seinem Versprechen, noch geweigert, ihr den Eingang zu dem Gang zu zeigen, und sie statt dessen ausgelassen mit der ungeheuerlichen Bemerkung geneckt, wenn sie eines Tages jemanden den Kamin herunterkommen hören würde, sei das wohl eher der Geist von Lord Phineas als einer ihrer eigenen Liebhaber. Der verbotene Gang hatte schließlich seinen Reiz verloren, und während der vergangenen ereignisreichen Jahre hatte sie ihn ganz vergessen. Bis jetzt!

Mit unermeßlich größerem Mut ging Penelope den gleichen Weg wieder zurück. Jetzt gab es eine Hoffnung. Wenn sie nur – ein Zweig knackte, ganz nahe hinter ihr. Das Blut gefror ihr in den Adern. Sie wirbelte herum, dann schrie sie auf, als etwas Schwarzes und Erstickendes sie umschlang. Während sie blind um sich schlug, wurde sie gepackt und hochgehoben. Eine kultiviert klingende Männerstimme knurrte: »Tu dem Mädchen nicht weh. Immerhin ist sie eine Lady.« Eine andere Stimme antwortete, die barsch und weniger gebildet klang. »Eher eine Tigerkatze als eine Lady! Ich wette, daß sie mir ein blaues Auge verpaßt hat – wenn ich nicht ganz blind werde!« Benommen dachte Penelope, das sei immerhin ein kleiner Trost. Und mit einem leisen Seufzer wurde sie ohnmächtig.

Penelope fröstelte und blinzelte zu den ängstlichen grauen Augen eines Mannes auf, der sich über sie beugte. Nur eine einzige Kerze erhellte den Raum, aber dieser Schein beleuchtete Gesichtszüge, die ihr irgendwie vertraut waren. Ein mageres Gesicht, umrahmt von ungepudertem, dunklen Haar, das ordentlich hinten zusammengebunden war. »Kenne ich Sie irgendwoher, Sir?« fragte sie.
Bei diesem ruhigen Erwachen hoben sich die buschigen Brauen überrascht. »Nein, Madam, aber ich kenne Sie. Das genügt. Geht es Ihnen besser?«
Verwirrt und benommen fragte sie: »Ist mir denn übel geworden?«
Etwas erstaunt sah er sie an. Die Stimme eines anderen Mannes erklang aus der Dunkelheit: »Vielleicht hat sie sich eine Erkältung geholt, Mr. Gor –«
Ärgerlich wirbelte der erste Mann herum. »Keine Namen, du Narr!« Er wandte sich wieder an Penelope. »Darf man fragen, warum eine Lady allein in der Nacht herumschleicht, Ma'am?«
Jegliches Denken war so mühsam, daß sie die Stirn runzelte. »Ja ... Sie dürfen, aber ...«
»Hier.« Eine Tasse wurde ihr hingehalten. »Trinken Sie das. Das wird Ihnen guttun.«
Sie nippte und bekam einen Hustenanfall. Dennoch wurde sie gedrängt, noch einmal zu trinken, als sie sich wimmernd wieder erholt hatte. Der starke Brandy brannte ihr in der Kehle. Gestärkt rieb sie sich die Augen, entdeckte, daß sie auf einem Sofa lag, setzte sich auf und ordnete ihr Kleid, bevor sie fragte, wo sie sich befand und was passiert war.
»Ich glaube, Sie sind zumindest für eine gewisse Zeit unsere Gefangene«, antwortete der Mann, der offensichtlich Mr. Gordon war.
»Gefangene?« wiederholte Penelope ungläubig. »Aber – warum denn?«

Der zweite Mann kicherte und trat in den kleinen Lichtkreis. Er war kleiner als sein Gefährte und untersetzter gebaut, mit breiten Schultern und langen, kräftigen Armen, die die Ärmel seines Wollmantels zu sprengen schienen, und muskulösen Beinen, die in dunklen Reithosen und hohen Schaftstiefeln steckten.
»Sie nehmen das ja ganz schön ruhig auf«, sagte Mr. Gordon, der sich auf einer Stuhllehne niederließ. »Ich habe befürchtet, daß Sie noch einmal in Ohnmacht fallen.«
Was sie von dem Zimmer sehen konnte, sah vertraut aus, auch der Geruch kam ihr bekannt vor. Sie blickte sich um und antwortete abwesend: »O nein ... Du meine Güte! Wir sind ja im Häuschen meines Kindermädchens! Ah! Dann müssen Sie der Mann sein, den ich heute nachmittag hier gesehen habe!«
»Sie hat Sie also nicht entdeckt, wie, Corporal?« fragte Mr. Gordon amüsiert.
Der untersetzte Mann beäugte Penelope mit widerwilliger Bewunderung. »Sie haben es sich nicht anmerken lassen, daß Sie mich gesehen haben, Miss. Sie haben gar nicht ängstlich ausgesehen. Vielleicht dachten Sie, es sei jemand, den Sie kennen?«
»Ich dachte, es sei vielleicht ein armer ... Jakobite ...« Dieses Wort brachte ihr alles wieder zu Bewußtsein, und mit einem schwachen Schreckensschrei verstummte sie.
Die beiden Männer tauschten grimmige Blicke aus. Barsch fragte Gordon: »Haben Sie eine Vorliebe für Verräter, Madam?«
Penelope sprang auf und stand zitternd vor Angst vor ihren beiden Bewachern. »Ich habe eine Vorliebe für die Ehre, Sir. Im Krieg wie im Frieden. Und ich verabscheue – und hasse ... Grausamkeit zutiefst. Oh, Sie müssen mich *sofort* gehen lassen, weil – weil ich –« Aber ihr Kummer verriet sie, und ihre Stimme brach.

Mr. Gordon war ebenfalls aufgestanden. Er war nun sehr blaß, heftete seinen durchdringenden Blick auf sie und fragte sehr leise: »Haben Sie denn Grausamkeit mit angesehen? Sind Sie deshalb – so kopflos umhergerannt?«
Ihre Nerven spannten sich zum Zerreißen. Er konnte ein Armeespion sein. Möglicherweise hatte er sie gefangengenommen, um herauszufinden, ob ihre Familie einen entkommenen Rebellen aufgenommen hatte. Wenn Sie Onkel Joseph auch verachtete, war er doch der Bruder ihres Vaters. Wenn sie sprach, konnte sie ihn und seine törichte, boshafte Frau leicht zu einem Todesurteil wegen Hochverrats verdammen. Und Quentin würde zweifellos in den Tower geschleppt und exekutiert werden. Das kam nicht in Frage. Sie wich dem durchdringenden, forschenden Blick aus. »Ich bin ... mit einem Mann verlobt worden, gegen den ich ... eine sehr große Abneigung habe«, stammelte sie. »Ich wollte lieber wegrennen, als – «
»Unsinn!« Sein eiserner Griff packte ihre Arme wieder. »Wie erregt und kummervoll Sie auch gewesen sein mögen, Sie wären geblieben, bis Sie einen Koffer gepackt hätten, oder wenigstens *einiges* von Ihren Kleidern und Sachen. Und was hat Ihre Verlobung mit Jakobiten und Ihrer Abneigung gegen Grausamkeit zu tun? Sprechen Sie, Frau! Oder – bei Gott – «
Der Corporal kam herüber und sagte eindringlich: »Sachte, Sir! Wir gewinnen nichts, wenn wir das Mädchen einschüchtern!«
»Wenn Sie meinen Bru...«
»Mr. Gordon!«
Die barsche Stimme schnitt das letzte Wort des jungen Mannes scharf ab, aber Penelope genügte es. Sie wußte jetzt, woher sie Gordons Gesichtszüge kannte. Als er sie losließ, fragte sie voll ungeduldiger Spannung: »Sir, sind Sie verwandt mit Mr. Quentin Chandler?«

Er zuckte zurück, als hätte sie ihn geschlagen. Der Corporal fluchte leise und trat näher. Das Gesicht angespannt, fast verzerrt, zögerte Gordon zuerst, dann antwortete er: »Er ist mein Bruder. Haben Sie ihn gesehen?«
»Ja! O ja! Er ist in Highview.«
Der Corporal schnaufte hörbar. »Aber – er ist tot, oder?«
»Nein! Oder – zumindest, als ich aus dem Haus gerannt bin, war er noch am Leben.«
»Erzählen Sie mir, ich bitte Sie.« Gordon Chandlers Stimme zitterte vor Bewegung. »Haben sie nach der Armee geschickt? Oder helfen sie ihm?«
Entsetzt starrte Penelope ihn an, dann vergrub sie das Gesicht in den Händen und sank zurück auf das Sofa. »Wenn sie das nur täten!« Sie hob ihr bleiches trauriges Gesicht. »Ich schäme mich, es Ihnen zu erzählen, Mr. Chandler. Ihr Bruder ist verwundet, und – und es sieht so aus, als kenne er ein sehr tödliches Geheimnis.«
»Das riecht nach Verrat!« grollte der Corporal. »Ich habe es Ihnen gesagt, Sir, daß der Major niemandem hätte trauen sollen, sosehr er auch – «
Das hagere Gesicht immer noch zu Penelope gewandt, bedeutete Chandler ihm mit einer ungeduldigen Geste zu schweigen. »Wer hat Ihnen das gesagt, Miss Montgomery?«
»Ich habe es zufällig mit angehört. Sie – Oh, Sir, Sie *müssen* ihm helfen! Sie – Sie verhören ihn. Vielleicht gerade jetzt, während wir miteinander reden! Er braucht dringend einen Arzt, und ich fürchte, daß – wenn wir uns nicht beeilen ...«
Gordon gab einen erstickten Laut von sich und wandte sich mit hochgezogenen Schultern ab. Der Corporal ging auf Penelope zu, bis er direkt vor ihr stand, und sah sie grimmig an. »Wollen Sie damit sagen, daß Ihre Verwandten so tief gesunken sind, daß sie einen verwundeten Gentleman quälen, Miss?«

Sie senkte den Kopf und nickte kläglich.
»Wissen Sie, wieviel er ihnen gesagt hat?«
Chandler wirbelte herum. Mit erstickter, aber ärgerlicher Stimme rief er: »Nichts, verdammt! Quentin würde nie etwas sagen. Nicht, wenn das Leben von euch allen auf dem Spiel steht!«
»Das ist wahr«, sagte Penelope. »Aber er muß schnell befreit werden. Er kann nicht – er *kann* ihnen nicht mehr lange standhalten.«
Stolz reckte Gordon sein Kinn nach oben und sagte: »Sie kennen meinen Bruder nicht, Ma'am. Jetzt sagen Sie schon, ist Quentin tödlich verwundet?«
Langsam antwortete sie: »Ich habe nur gesehen, daß sein rechter Arm verwundet ist. Aber er ist sehr schwach. Wahrscheinlich hatte er lange nichts zu essen ...«
»Und wahrscheinlich hat er eine Menge Blut verloren«, warf der Corporal trübsinnig ein.
Chandler schlug mit der Faust in die Handfläche. »Wir müssen ihn da rausholen, Rob. O Gott! Hier *herumstehen* müssen und nicht zu wissen, wie wir ihn befreien sollen! Während diese Bastarde –«
Er ging zu der Anrichte hinüber, nahm ein Sattelhalfter und zog die Pistole mit dem langen Lauf heraus, die darin steckte. Der Corporal schnellte nach vorn und packte ihn am Handgelenk. »Sind Sie verrückt geworden, Sir? Sie müssen sich um jeden Preis da heraushalten! Sie sind kein Jakobite und waren nie einer!«
»Sehr richtig.« Chandler wand sich von ihm los. »Aber glauben Sie, daß ich mich heraushalte, während er langsam umgebracht wird? Bei Gott, das werde ich nicht!«
»Sie hätten keine Chance, Sir«, unterbrach Penelope schnell. »Ohne meine Hilfe würden die Leute meines Onkels Sie ergreifen, bevor Sie im Haus wären.«

Beide starrten sie an. »Sie? Warum? Es sei denn – hatte Ihr Vater vielleicht Sympathien für die Jakobiten?« fragte Chandler verwirrt.
Wahrscheinlich wäre es klug gewesen, das zu bejahen; aber mit Lügen war sie nie sehr weit gekommen, und so gab sie zu: »Nein. Er verabscheute die Sache des Prinzen. Aber er war ein ehrenwerter Gentleman und hätte Ihren Bruder niemals so grausam behandelt, welchen Anreiz es auch geben mag.«
»Ah, Sie wissen also von dem – Anreiz«, höhnte er.
Penelope hielt seinem verächtlichen Blick stand. »Ja. Und daß Quentin sich weigert, meinem Onkel zu sagen, wo der Schatz versteckt ist. Wenn es nur um das Gold geht, würde ich meinen –«
»Aber es geht nicht nur um das Gold. Bei dem Schatz ist eine Liste von allen, die etwas zu ihm beigesteuert haben.«
Sie erbleichte. »Was für ein Wahnsinn! Das ist der sichere Tod für alle, die aufgeführt sind!«
»Richtig. Und ein Tod als Verräter. Aber für einen Mann wie Delavale ein unverhoffter Glücksfall, denn es wäre eine hervorragende Gelegenheit für Erpressungen.«
Überrascht fragte Penelope: »Kennen Sie meinen Onkel, Mr. Chandler?«
Er preßte die Lippen zusammen und warf dem Corporal einen Blick zu, dann antwortete er: »Ich glaube, Ihr Vater und meiner haben sich gekannt, aber – nun, ich habe – verzeihen Sie mir – ich habe Gerüchte über Ihren Onkel gehört. Deshalb bin ich – sind wir hierhergekommen und haben Tag und Nacht alles beobachtet, in der Hoffnung, meinen Bruder abzufangen.«
»Sie *wußten*, daß Quentin nach Highview kommen würde?«
»Er ist in diese Richtung gehetzt worden. Wir wußten, daß er verwundet und verzweifelt war, deshalb hielten wir es für logisch, daß er hier Schutz suchen könnte. Um alter Zeiten

willen.« Er sah Penelope zusammenzucken und fuhr schnell fort: »Er zahlt einen bitteren Preis für jeden Augenblick, den wir noch zögern. Wir müssen jetzt etwas tun. Wie können Sie uns helfen, Miss Montgomery?«

»Ich meine«, warf der Corporal nachdenklich ein, »daß die Lady selbst Major Chandlers beste Hoffnung sein könnte.«

Gordon wurde starr. »Beim Jupiter! Natürlich, Sie haben recht! Was für ein Trottel bin ich, daß ich nicht selbst daran gedacht habe!« Forschend und abschätzig betrachtete er die niedergeschlagene Penelope. »Ihr Onkel, meine liebe Lady, wird für Ihre sichere Rückkehr einen hohen Preis zahlen.«

»Lieber Gott! Heißt das, ich bin gekidnappt?«

»Richtig. Um Sie gegen meinen Bruder auszutauschen.«

Vielleicht lag es daran, daß der ganze Tag zu schrecklich gewesen war; auf jeden Fall begann Penelope erheitert zu lachen.

»Eine seltsame Reaktion auf eine Geiselnahme«, meinte Gordon trocken. »Mein Kompliment, Ma'am. Die meisten Ladys würden Hitzewallungen bekommen.«

Sie keuchte. »Das passiert mir auch ... vielleicht. Oh, Sir – Sie können sich nicht vorstellen, wie sehr Sie mir leid tun. Wenn ich glaubte, es würde etwas nützen, würde ich zustimmen, das schwöre ich. Aber wie die Dinge liegen – ach, mein Onkel wäre entzückt, wenn Sie ihm ein solches Angebot machen würden. Er wäre entzückt, mich loszuwerden. Die einzige Verwendung, die er für mich hatte, lag darin, mich als unbezahlte Dienstbotin zu behandeln und mich in eine vorteilhafte Ehe zu verschachern. Aber jetzt soll ich mit seinem Kumpan Captain Roland Otton verheiratet werden, im Austausch für seine Hilfe und sein Schweigen, was Ihren armen Bruder betrifft, vermute ich.«

»Unsinn! Kein Mann könnte so niedrig gesinnt sein, den

Austausch unter solchen Umständen zu verweigern. Wenn schon nichts anderes, so würde doch die Furcht, was seine Freunde und Nachbarn denken könnten, sicher bei ihm ins Gewicht fallen.«

Das war dasselbe Argument, das sie im Hinblick auf eine solche Situation gebraucht hatte, aber sie mußte erkennen, daß es ihr jetzt gar nichts nützen würde. »Das einzige, was bei Delavale ins Gewicht fällt, ist Gold. Wenn er überhaupt irgendeine Reaktion auf Ihre Forderung zeigt, dann lacht er sich wahrscheinlich eine Woche lang kaputt.«

Ein bitterer Unterton klang in ihrer Stimme mit. Gordon beobachtete sie unter seinen buschigen Brauen und sagte unsicher: »Der Kerl muß ein Schurke mit rabenschwarzem Herzen sein, wenn das wahr ist, was Sie sagen. Killiam? Was meinen Sie?«

»Ich meine, daß die Lady ihre Verwandten wahrscheinlich kennt. Und daß wir am Ende sind, bevor wir überhaupt angefangen haben.«

»Nein, nein – das sind Sie nicht!« Penelope sprang auf, ihr Herz klopfte heftig. »Mr. Chandler, Ich glaube, ich kann Sie zu Ihrem Bruder bringen. Ob Sie ihn wegschaffen können, wird in Ihrer eigenen Hand liegen. Es wird sehr riskant sein, aber – ich will Ihnen helfen ... für eine Gegenleistung.«

Hoffnung leuchtete in seinen Augen auf, und er sagte ungeduldig: »Lady, wenn Sie uns zu Quentin bringen, können Sie jede Belohnung von mir verlangen, die ich Ihnen nur geben kann.«

»Mein – mein Preis ist – daß ich, wenn Sie entkommen ... mit Ihnen gehe.«

3

»Daffy! Was ist los?« Penelope schloß die Tür und eilte zu ihrer pummeligen Kammerzofe, die ihr in den letzten fünf Jahren treu gedient hatte und nun in einer Ecke des Schlafzimmers saß, das Gesicht in den Falten ihrer schneeweißen Schürze vergraben.

Phyllis Brooks sprang auf, ihr rundes, hübsches Gesicht strahlte vor Freude. »Miss Penny! Sie sind zurückgekommen! Ich war ganz sicher, daß Sie weggelaufen sind und mich im Stich gelassen haben!«

Penelope umarmte das Mädchen, und mit leisen Gewissensbissen sagte sie vorwurfsvoll: »Als würde ich so etwas Herzloses tun!«

Trotz ihrer Sprödheit und ihres manchmal geradezu puritanischen Benehmens war Brooks für Geoffrey und Penelope »Daffy« geworden, seit ihr dieser Spitzname in ihrer ersten Woche in Highview herausgerutscht war. Sie war trotz ein wenig fragwürdiger Referenzen angestellt worden, was hauptsächlich dem freundlichen Herzen des Hausvorstehers zu verdanken war, der später zu denen gehörte, die das Haus verließen. Ihre Beziehung zu Mr. Hargrave war ungemütlich, da sie etwas dagegen hatte, daß er ihr die generöse Aufmerksamkeit widmete, sie in den Hintern zu kneifen; und der Gedanke, sie könnte gezwungen sein, ihn um Referenzen zu bitten, erschreckte sie. So fiel ihr bei der Rückkehr ihrer jungen Herrin ein Stein vom Herzen. Dennoch lag noch Furcht in ihren Augen, und während sie ihre Schürze mit nervösen Fingern glättete, klagte sie: »Oh, Miss! Ich habe so etwas *Furchtbares* erlebt! Sie glauben nicht, was ich durchgemacht habe!«

Penelope sah sie einen Augenblick lang zerstreut an, dann rannte sie zum Fenster und öffnete es, um in den nächtlichen

Regen hinauszustarren. Der Wind schüttelte die Äste der großen Eiche, aber sonst hörte sie nichts, kein anderes Lebenszeichen. Was soll ich tun, wenn sie nicht kommen ...? dachte sie und drehte sich wieder zu ihrer verblüfften Kammerzofe um, sorgenvoll die Hände ringend.

Daffy kam zu dem Schluß, daß Miss Penny ganz durcheinander war, was ja auch zu erwarten war, bei dem jämmerlichen Leben, das sie führte, und mit diesem schleimigen Captain Otton, der das arme Kind jedesmal mit seinen Blicken auszog, wenn er sie sah! »Gehen Sie da weg, Miss«, drängte sie, als sie ebenfalls auf das Fenster zuging, um es zu schließen. »Sie sind ganz durchnäßt. In einer solchen Nacht nach draußen zu gehen! Was denn noch alles? Sie werden sich eine Lungenentzündung holen, wenn – «

»Nein! Bitte, laß es offen. Mir ist ... ziemlich warm. Ich bin gerannt ... um aus dem Regen zu kommen, wie du siehst. Aber sag mir jetzt, Daffy, was hat dich so aufgeregt? Hat dieser Lakai dich wieder belästigt?«

»Nein, Miss.« Ein freches Zwinkern, das eigentlich gar nicht zu ihrer Art paßte, ließ die Augen des Mädchens aufstrahlen. »Bingham ist in seine Schranken verwiesen, seit ich ihm offen gesagt habe, daß er die Hände in seinen Taschen lassen soll.«

»Was hat dich dann bedrückt?«

Daffy senkte die Stimme. »Ich habe so ein lautes Krachen und Knallen gehört, Miss Penny. Als – als würde der Teufel selbst in Mylords Studierzimmer herumtoben. Dann sind die Gentlemen zum Dinner nach unten gegangen – und sie waren ganz schön angetrunken, wenn Sie erlauben, daß ich das sage. Ich habe sie von der Treppe aus beobachtet, um zu sehen, wer als erster hinunterfallen würde, als ...« Ihre Augen wurden sehr rund, und feierlich und dramatisch fuhr sie fort: »... als ich ... es gehört habe.«

Zitternd vor Angst drängte Penelope sie: »Oh, schnell, Daffy! Als du – was gehört hast?«
»Einen ... Geist ...!« flüsterte die Zofe verängstigt. »Denn im Studierzimmer war niemand mehr, soviel ich weiß. Aber ich habe dieses schreckliche Geräusch gehört – wie eine arme Seele, die in ihrer Todsünde und Schuld stöhnte – da drinnen im Zimmer. Ich habe solche *Angst* gehabt, Miss! Ich bin gerannt –« Mit einem Schreckensschrei brach sie ab und schlang ihre Arme um Penelope.
Gordon Chandler stand da und beobachtete sie, und Corporal Killiam schloß gerade das Fenster. Beide Männer sahen sehr grimmig aus, und in Chandlers Augen lag dasselbe Entsetzen, das Penelope in ihrem Herzen fühlte.
»Was hast du gehört?« fragte sie und befreite sich sanft aus Daffys wilder Umklammerung.
Gordon nickte. »Wo ist er?«
»Ich bringe Sie hin, aber Sie müssen mich vorausgehen lassen, damit wir sicher sind, daß niemand von der Dienerschaft in der Nähe ist.« Bei diesen Worten gab Daffy ein erschrecktes Wimmern von sich, und Penelope umarmte sie beruhigend. »Ich weiß, daß dir das alles sehr seltsam vorkommen muß, liebe Daffy. Aber diese Gentlemen waren – waren Freunde von Mister Geoffrey. Mehr darf ich nicht sagen. Es ist besser für dich, wenn du nichts von der Sache weißt. Wenn wir gehen, mußt du zurück ins Gesindezimmer und bei den anderen bleiben.«
Als Daffy weiterhin nur wie betäubt auf die beiden Männer starrte, seufzte Penelope und stellte sich vor ihren Spiegel. Die durchnäßte Kreatur, die sie daraus anblickte, ließ sie entsetzt aufstöhnen. In diesem Zustand vor den Bediensteten zu erscheinen würde Aufsehen erregen. Sie holte einen cremefarbenen Schal aus ihrer Schublade und legte ihn sich um die

Schultern. Mit nervösen Blicken auf die Männer riß Daffy sich einigermaßen zusammen und nötigte ihre Herrin, sich hinzusetzen, während sie Kamm und Bürste ergriff, um ihre zerzauste Frisur wieder in Ordnung zu bringen. Als sie fertig war, dankte Penelope ihr und wandte sich zur Tür, aber die Zofe ergriff ihren Arm und flüsterte ängstlich: »Oh, Miss! Oh, *Miss!*«

Penelope küßte sie. »Was immer geschehen mag, ich bitte dich, daß du aus Liebe zu mir niemandem unten sagst, daß du meine Freunde gesehen hast.«

Die Augen voller Tränen nickte Daffy und wandte sich ab, die nassen Wangen in ihrer Schürze vergraben.

Vorsichtig öffnete Penelope die Tür immer weiter, bis sie den ganzen westlichen Gang hinuntersehen konnte, an den Treppen vorbei bis zur Tür von Geoffreys ehemaligem Zimmer. Niemand war zu sehen, aber entferntes Gelächter verriet ihr, daß Delavale und seine Freunde immer noch beim Wein saßen. Sie nickte, und Chandler und der Corporal waren sogleich an ihrer Seite. »Er ist in einem Zimmer am anderen Ende des nördlichen Gangs«, flüsterte sie. »Ich bin sicher, daß es verschlossen ist, und wenn Sie es aufbrechen, wird keiner von Ihnen das Haus lebend verlassen. Mein Onkel hat vier starke Diener, dazu noch Otton und sein Freund Beasley, und jeglicher Aufruhr hier würde noch die Pferdeknechte und Gärtner wecken.«

Chandler nickte. »Wir müssen über den Liebespfad, den Sie erwähnt haben, nicht wahr?«

»Ja. Er beginnt in dem Zimmer, das immer das Herrenschlafzimmer war. Meine Mutter legte keinen Wert auf den Ausblick aus den Fenstern, deshalb hat mein Vater die drei mittleren Räume zur Hauptwohnung gemacht. Warten Sie hier, während ich vorausgehe. Wenn ich gesehen werde, werde ich mir eine Ausrede einfallen lassen und so schnell wie möglich zurückkommen.«

Sie wollte schon losgehen, als Chandler ihren Arm packte und ihr in die Augen sah. »Wenn Sie uns betrügen, Ma'am«, sagte er unnachgiebig und unerbittlich, »versichere ich Ihnen, daß wir Ihre Verwandten mit uns zur Hölle schicken werden.«

Penelope sah ihm ernst in die Augen. »Vergessen Sie unsere Abmachung nicht«, murmelte sie.

Er ließ sie los, und sie glitt hinaus auf den Flur.

Ihre Nerven spannten sich plötzlich zum Zerreißen, und sie mußte sich zwingen, nicht zu schnell zu gehen. Jede Sekunde gewahr, auf eine Zofe oder einen Diener zu treffen, ging sie eine nach der anderen an den Schlafzimmertüren vorbei. Die Geräusche, die von unten heraufdrangen, wurden immer lauter, je näher sie dem Treppenhaus kam. Ihre Augen hefteten sich fest auf diesen kritischen Punkt, ihre Finger zerrten an ihrem Schal. Fast schrie sie auf, als sie unabsichtlich an die große Obstschüssel stieß, die auf der Kommode mit den Holzeinlegearbeiten stand, die ihr Großvater aus Indien mitgebracht hatte. Wie immer hatte Lady Sybil zu viele Blumen in das Gefäß gestopft. Ein breiter Wasserstrahl traf Penelopes Schal, und sie erwischte die Schale gerade noch, als sie schon herunterkippte. Mit zitternden Händen stellte sie sie wieder hin und eilte weiter. Von unten schien Licht herauf. Penelope zwang ihre widerstrebenden Beine, an der Treppe vorbeizugehen und stehenzubleiben, während sie, eine Hand auf dem Geländer, so tat, als würde sie hinuntergehen. Sie hatte Glück: kein Zimmermädchen, kein Diener beugte sich über die Treppe und fragte sich, was denn los sei. Von unten hörte sie wieder heiseres Lachen. Es hatte den Anschein, als würden die Männer sich ganz schön betrinken; wahrscheinlich, dachte sie, um zu vergessen, welch unmenschliche Dinge sie getan hatten.

Sie rannte zur Treppe, die in den zweiten Stock führte. Auch hier war alles ruhig und verlassen. Sie vergaß alle Vorsicht, rannte zur nordwestlichen Tür und betrat den Raum: Geoffreys ehemaliges Zimmer. In dieser kalten, leeren Dunkelheit, die nur vom matten Schimmer der Flurlampe erhellt wurde, die auf die zugedeckten Möbel schien, spürte Penelope einen Kloß in ihrem Hals. Wenn nur ... Aber jetzt war nicht die Zeit, um zu trauern. Schnell zog sie die Vorhänge zu und rannte zurück in den Flur, um eilig zu winken. Die Tür ihres Schlafzimmers öffnete sich weit. Chandler und der Corporal rannten schnell zu ihr hinüber. Sie hielt den Atem an, bis sie sicher neben ihr standen, dann führte sie sie in das Zimmer und schloß die Tür.

»Gut gemacht, Ma'am!« flüsterte Gordon. »Können wir es wagen, eine Kerze anzuzünden?«

»Nur eine. Die Vorhänge sind zwar zu, aber sie sind nicht sehr dick.«

Der Corporal holte eine Zunderbüchse aus seiner Manteltasche, und im Licht der Kerze, die er anzündete, führte Penelope sie zu dem großen Kamin. »Hier ist er irgendwo. Hinter dem Kamin.«

Gordon beugte sich hinunter und spähte hinein. »Ich kann keinen Hebel oder Griff entdecken ...«

»Ich auch nicht.« Sie kniete sich hin und betastete das rußige Mauerwerk ängstlich. »Ich weiß, daß er hier ist, aber man hat mir nie erklärt, wie man die Tür öffnet. Ich hatte den Geheimgang fast vergessen, bis – «

»Schauen Sie hierher, Sir!« Die tiefe Stimme des Corporals klang aufgeregt. »Die Stelle hier, auf der wir stehen, ist viel schmaler als der Raum über uns. Der Kamin war einmal ein ganzes Stück tiefer.«

Trotz dieser offensichtlichen Bestätigung dessen, was sie suchten, war keine Spur einer Tür oder von irgend etwas anderem zu sehen, das als Klinke hätte dienen können, und

Penelope begann zu fürchten, daß man den Kamin zugemauert hatte.
»Es ist natürlich logisch, daß ein so geheimer Gang gut versteckt worden ist.« Gordon trat einen Schritt zurück, die Kerze in der Hand. »Tasten Sie an der Kamineinfassung entlang«, schlug er vor. »Suchen Sie alles, was ein wenig nachgibt oder sich drehen läßt.«
Sie gehorchten und klopften, drehten und zerrten an dem gemeißelten Stein herum, aber ohne Erfolg. Verzweifelt riß Gordon an einem Kerzenhalter, der über dem Kamin an der Wand angebracht war, der eiserne Leuchter blieb in seiner Hand und hinterließ bröckeliges Mauerwerk. Drei Herzen, die vor Hoffnung höher geschlagen hatten, wurden enttäuscht.
»Versuchen Sie es an dem anderen, Sir«, drängte der Corporal. »Nur für alle Fälle.«
Gordon griff nach dem zweiten Leuchter, aber sein Umhang streifte die Reste des anderen, den er auf den Kaminsims gelegt hatte, und ließ ihn krachend in den Kamin fallen. Penelope hielt erschrocken den Atem an, und Gordon brummte reumütig. Killiam packte den anstößigen Gegenstand und hob ihn auf. Als er sich wieder aufrichtete, stieß er sich den Kopf an einer Ecke des Kaminsimses an. Er hatte sich schneller bewegt, als ihm bewußt gewesen war, und einen Moment lang sah er Sterne. Er schwankte und hielt sich an einem alten Eisenrost neben dem Kamin fest. Ein tiefes Knirschen drang durch den stillen Raum. Atemlos starrten die drei Verschwörer einander fragend an. Der Corporal vergaß seinen hämmernden Kopf völlig, packte den Rost mit beiden Händen und drückte ihn nach unten. Stückchen um Stückchen senkte er sich, das Eisen, das jahrelang vor sich hingerostet hatte, knirschte protestierend, und mit der Zeit wurde das Geräusch so durchdringend, daß Penelopes Herz vor Furcht, sie könnten jeden Augenblick entdeckt werden, wild schlug.

Gordon schnappte sich die Kerze, die Killiam auf einem Halter befestigt hatte, und kniete sich mit der hocherhobenen Flamme in der Hand in den Kamin. »Bei Jupiter! Hier ist die Tür!« jubelte er. »Gute Arbeit, Rob! Jetzt ist es nur noch ein Kinderspiel.«
Penelope kauerte sich neben ihn und sah, wie ein Teil der Kaminwand zur Seite glitt und eine Öffnung zum Vorschein kam, die groß genug war, daß ein Mann hindurchgehen konnte. »Gott sei Dank! Oh, Gott sei Dank!« flüsterte sie.
Eine Hand ergriff sie an der Schulter. Gordon sah sie mit einem rätselhaften Ausdruck im Gesicht an. »Und ich danke Ihnen«, sagte er inbrünstig. »Ich gestehe, daß ich meine Zweifel hatte, aber – Rob! Das ist genug! Halt du bitte Wache, während die Lady und ich durchgehen.«
Der Corporal zog ein langes Gesicht. Penelope zögerte. Mehr als alles andere in der Welt wünschte sie, mit ihm zu gehen. Aber das Knirschen des Eisenrosts konnte leicht von jemandem gehört worden sein. Widerstrebend bot sie an, zu bleiben und zu warten. »Denn wenn jemand hier hereinkommt, bin ich die einzige, deren Gegenwart irgendwie erklärt werden kann.«
»Der Corporal wird schon mit der Situation fertig werden, was auch passiert.«
Penelope machte keine weiteren Einwände, aber als sie ihm erlaubte, ihr durch die enge Tür zu helfen, wußte sie, daß die beiden ihr immer noch nicht ganz trauten, was sie auch sagen mochten. Wer könnte sie tadeln? dachte sie, und während sie Gordons gebeugter Gestalt folgte, wurde sie von der Tiefe der Zuneigung zu seinem Bruder gerührt, die ihn dazu veranlaßte, ohne zu zögern den Gang zu betreten, den er im Verdacht hatte, eine tödliche Falle zu sein.
Die flackernde Kerzenflamme erleuchtete nur einen kleinen Teil der vor ihnen liegenden Mauern, die mit Spinnweben

bedeckt waren. Die Luft war schwer und roch nach Ruß, der Boden war uneben, und Penelope hielt den Atem an, als sie hinter Tante Sybils Schlafzimmer vorbeischlichen. Der schmale Gang wurde wärmer, und als Gordon stehenblieb, war es sogar schon sehr warm.
»Wir sind am anderen Ende«, flüsterte er. »Beten Sie, Miss Montgomery.«
Penelope betete schon eine ganze Weile. Sie hörte, wie er herumtastete, dann leise fluchte, den Umhang um seine Hand wickelte und einen schweren Eisenriegel ergriff. Ihr Herz machte einen erneuten Satz, als sie einen dumpfen Aufprall hörte, gefolgt von einem nur allzu bekannten hohen Knirschen. Nach und nach wurde der Gang von rosigen, züngelnden Flammen erhellt.
»Halten Sie Ihre Röcke gut fest, Ma'am«, flüsterte Gordon über die Schulter und sprang nach unten. Hinter ihm sah Penelope den großen Kamin und das großzügige Feuer, das das Studierzimmer ihres Onkels erwärmte. Sie hörte Gordon erstickt aufstöhnen, aber was ihn auch ergriffen haben mochte, es hinderte ihn nicht daran, ihr zuerst zu helfen. »Wenigstens ist niemand hier«, flüsterte er, als er ihr die hohe Stufe hinunterhalf. »Seien Sie jetzt vorsichtig. Alles ist sehr heiß.«
Wie beim Eingang lag die Öffnung des Gangs direkt hinter dem Kaminfeuer, und heiße Luft blies in Penelopes Gesicht. Sie preßte ihre Röcke eng an sich und drückte sich vorsichtig an den glühenden Holzklötzen vorbei. Im Zimmer herrschte dämmriges Licht, nur das Öllämpchen auf dem Schreibtisch, der einmal ihrem Vater gehört hatte, brannte. Quentin lag nicht mehr auf dem Sofa, und Gordon rannte zum Schreibtisch hinüber. Dann sah sie, daß der Gefangene zusammengekauert daneben lag, die Handgelenke an einem Bein festgebunden. Er sah halbtot aus, und sie hauchte ein verzweifeltes Stoßgebet,

als Gordon seine zitternde Hand ausstreckte, um den Puls zu fühlen.
Quentin stöhnte leise. Sein dunkler Kopf fiel nach hinten und ließ ein totenbleiches Gesicht voller blauer Flecke sehen. Unter einem Schnitt über der linken Augenbraue war sein Auge mit geronnenem Blut bedeckt, aber die langen Wimpern des anderen flatterten, und er sah auf. Penelopes Herz krampfte sich mitleidig zusammen, und sie hätte weinen können vor Dankbarkeit, daß er noch am Leben war.
Gordon blinzelte heftig und legt seine Hand sanft auf die unverletzte Schulter seines Bruders. »Armer alter Bursche«, sagte er heiser. »In was für eine verdammte Patsche hast du dich da wieder gebracht.«
Quentins Lippen zitterten verräterisch. In einem grünen Auge glitzerten plötzlich Tränen, und einen Augenblick lang herrschte bewegtes Schweigen. Dann brachte er unglaublicherweise ein schwaches Grinsen zustande, das er nicht unterdrücken konnte. Matt sagte er: »Ich dachte, du würdest ... nie mehr kommen. Um Himmels willen, Gordie ... such mein Schwert. Und ... bring mich zu einem Nachttopf.«
»Ich werde das Schwert suchen«, bot Penelope sich errötend an.
Quentin, der sie wegen seines verklebten Auges nicht gesehen hatte, drehte mühsam den Kopf. »Oh ... mein Gott!« stöhnte er.
Hin und her gerissen zwischen Weinen und Lachen sagte Penelope: »Im Nebenzimmer ist ein Nachtstuhl, Mr. Chandler. Quentin – können Sie stehen?«
»Natürlich.« Neugierig lugte er zu ihr hinauf. »Ma'am ... sind Sie etwa die kleine Penny Mont...« Seine Worte erstarben in einem Keuchen, als sein Bruder ihm einen Arm unter die Schulter schob und ihn hochzuziehen begann. Er grub die

Zähne in die Unterlippe, schloß das Auge und sackte hilflos zusammen.
Penelope wurde blaß, hielt seinen linken Arm fest, und zusammen brachten sie ihn zwischen sich auf die Füße. Quentin taumelte benommen. Gordon sah ihm prüfend ins Gesicht und fragte: »Wie geht's dir jetzt, du halbe Portion?«
»Es ...«, flüsterte Quentin, »geht schon ... danke.«
Penelope flog zu der Verbindungstür zum Zimmer ihrer Tante. Zentimeter für Zentimeter drückte sie die Klinke herunter. Ihre gespitzten Ohren vernahmen kein Geräusch von innen, und sehr langsam öffnete sie die Tür. Ein kleines, flackerndes Kaminfeuer war die einzige Beleuchtung in dem leeren Zimmer, und auch hinter der offenen Tür zum angrenzenden Wohnzimmer war kein Licht zu sehen. Sie winkte Gordon, der seinen Bruder halb hinübertrug und leise sagte: »Danke, Ma'am. Versuchen Sie doch inzwischen, den Anschein zu erwecken, als wäre Quentin durchs Fenster entkommen.«
Sie drehte sich sofort um und hörte ihn leise lachend schelten: »Eine schöne Art, mich zu begrüßen! Noch dazu vor einer Lady!« Leise, aber entrüstet antwortete Quentin: »*Du* solltest nur einmal das Vergnügen kennenlernen, stundenlang ... gefesselt dazuliegen!«
Penelope rannte zum Fenster und riß es auf. Die Bäume an dieser Seite des Hauses streckten ihre Äste recht nahe herüber, aber es war unwahrscheinlich, daß Delavale und seine Männer glauben würden, daß ein Mann in Quentins Verfassung hinuntergeklettert sein könnte, ohne zu fallen. Nichtsdestoweniger zog sie einen Stuhl ans Fensterbrett, um den »Fluchtweg« glaubwürdiger zu machen. Sie fand den Schwertgurt auf dem Boden hinter dem Schreibtisch. Als sie ihn aufhob, wurden ihre strapazierten Nerven von herannahenden Stimmen alarmiert. Ärgerlich und lautstark erklärte Delavale: » ... sage dir, daß

der Narr bei weitem zu schwach ist, sich selbst zu befreien. Wahrscheinlich haben Sie ein Geräusch aus den Stallungen gehört, das ist alles. Wo ist denn dieser verdammte Schlüssel?«
Gordon führte seinen taumelnden Bruder zurück ins Zimmer und zischte: »In den Geheimgang! Rennen Sie!«
Penelope flog hinüber. Gordon beugte sich hinunter, warf sich seinen Bruder über die Schultern und folgte ihr. Ohne auf Schicklichkeit zu achten oder ihre hübschen Knöchel zu verbergen, kroch Penelope in den Liebespfad. Gordon setzte seinen Bruder ab und führte ihn um die Holzklötze herum, und Quentin kämpfte schwach darum, sich in den Gang hinaufzuziehen. Ein Schlüssel rasselte im Schloß. Für Mitleid war jetzt keine Zeit. Penelope packte Quentin an den Schultern, und Gordon schob ihn hinauf. Quentin erschauerte und lag wie tot in Penelopes Armen, aber er gab keinen Laut von sich. Gerade als Gordon heraufsprang und die Beine seines Bruders außer Sicht brachte, flog die Tür auf.
Delavale stieß einen wütenden Schrei aus. »Er ist *weg!* Dieser elende Abschaum ist *abgehauen!* Ihr sollt nicht *herumstehen,* ihr Dummköpfe! Weckt das Haus! Ruft die Pferdeburschen! *Pferde,* Männer! Und *schnell!* Oh! Dafür soll er in der *Hölle* braten!«
Sie hatten keine Möglichkeit, die Tür zum Geheimgang zu schließen. Penelope hielt Quentins Kopf an ihrer Brust gebettet und drückte sich ganz nach hinten; sie versuchte, nicht so schnell zu atmen, und hörte dem wahnsinnigen Herumbellen ihres Onkels entsetzt zu. Er brauchte nur in ihre Richtung zu schauen, dann mußte er sie sehen, da die tanzenden Flammen ihr gefährliches Versteck sicher erleuchteten. Durch diese Flammen sah sie verschiedene Paare von Männerbeinen, die in das Zimmer rannten. Mylords scharfe Anschuldigungen gegen jedermann außer sich selbst wurden abgeschnitten, als Otton

kalt sagte: »Dieses Herumgerede nützt uns gar nichts! Chandler hatte Hilfe. Er war keinesfalls in der Lage, bis zum Fenster zu kriechen, und schon gar nicht, an den Bäumen herunterzuklettern! Delavale – Ihre Pistolen! Hargrave, den Mantel Ihres Herrn. Kommen Sie – wir müssen die Umgebung durchkämmen, bevor jemand anderer die Belohnung bekommt ... äh, verlangt!«
Und mit Türenknallen, Geschrei und Gerenne waren sie fort.

»Endlich!« Gordon strich seinem Bruder das feuchte Haar aus der Stirn. »Er kommt zu sich.«
Penelope blickte von ihrer Pflege auf. Quentin blinzelte sie an, und plötzlich lag in seinen Augen solche Schwäche und solcher Schmerz, daß es ihr einen mitleidigen Stich versetzte und sie fragte: »Tue ich Ihnen sehr weh? Ich bin keine Krankenschwester, fürchte ich.«
»Nein ... das sind Sie nicht ...« Eine Spur des Schalks, an den sie sich so gut erinnerte, schlich sich in seine Augen. »Darüber bin ich ... aber keineswegs ... traurig.«
Sie fühlte, daß ihre Wangen warm wurden, und beugte sich scheu über den Verband.
Ängstlich fragte Gordon: »Wie geht es dir, du großer Dummkopf?«
»Schon viel besser ... Danke, Sir.« Mühsam sah Quentin sich um. »Wo zum Teufel sind wir?« Etwas verspätet wurde er sich bewußt, daß er halb saß, halb in Killiams Armen lag, und sagte mit einem Anflug von Frische: »Rob, du alter Halunke! Was? Habe ich ... dich auch in diese Sache hineingezogen?«
»Jawohl! Und versuchen Sie ja nie, mich mit Ihrem Unsinn loszuwerden. Ich hatte gehofft, Sie hätten einen saubere Schwertwunde abgekommen, nicht so einen häßlichen Schlamassel. Eine Musketenkugel, wie, Sir?«

»Sie ist sauber durchgegangen, also verschon uns mit deiner Schwarzseherei. Dank – euch allen, bin ich vorläufig gerettet. Und sobald die Lady – fertig ist, werden wir ...« Seine tapferen Worte brachen ab, und Quentins Augen weiteten sich, als er das zierliche Bett, auf dem er lag, und den schwachen, weiblichen Duft der Kissen bemerkte. »Zum Teufel! Sagt bloß nicht, daß ich – «

In diesem Augenblick zog Penelope den Verband fest, und als ihrem Patienten so der Atem geraubt war, sagte sie sanft: »Aber – Sie sind, Sir. Und sehr unschicklich, könnte ich hinzufügen.«

Bestürzt starrte er sie an, sein Gesicht war so weiß und abgehärmt, daß sie erneut von Furcht ergriffen wurde und Gordon bat, das Brandyfläschchen herauszuholen, das er mitgebracht hatte.

»Ich dachte, wir seien – ihnen entkommen«, keuchte Quentin. »Sind wir also immer noch in Highview? Gott – wenn sie uns finden, wird diese Lady – «

Gordon hielt ihm die Flasche hin. »Nimm einen Schluck, das wird dich wärmen. Halt ihm den Kopf, Rob.«

»Alles klar, Sir. Wissen Sie, was ich glaube? Wir werden den armen Major doch nicht begraben müssen.«

Penelope blitzte ärgerlich in Killiams schroffes Gesicht. »Lassen Sie mich die Kissen aufschütteln, dann können Sie ihn zurücklegen.«

»Kommt nicht in Frage!« Quentin blinzelte ein wenig, als der Brandy in seinem Hals brannte. »Wir müssen weg, Ma'am.« Er sah zu seinem Bruder. »Können wir, tapferer Ritter?«

Gordon nahm die Flasche zurück und stöpselte sie zu, ein leises Grinsen kräuselte seinen strengen Mund, als er den vertrauten Spitznamen hörte. »Wir werden es schon schaffen, Fußvolk. Aber man wird uns wohl dicht auf den Fersen sein.« Er wandte sich an Penelope, die zur Waschschüssel gegangen war, um

Quentins Blut von ihren Händen zu entfernen. »Sie sind eine mutige Frau, Miss Montgomery. Ich weiß nicht, wie ich Ihnen danken kann.«

Sie sah ihn scharf an. »Ich denke doch, daß Sie das wissen.«

»Nun, wenn er es nicht weiß, weiß ich es«, sagte Quentin. »Ich werde meine verderbenbringende Person so weit wie möglich aus der Nähe der Lady entfernen!«

»Wir wären sofort verschwunden, wenn es möglich gewesen wäre«, erklärte Gordon. »Wir haben es nur fertiggebracht, dich unentdeckt wegzutragen, weil Delavale draußen ein Höllenspektakel veranstaltet hat. Aber den Baum herunterzuklettern, während unten diese ganzen Kopfgeldjäger herumliefen, wäre schierer Wahnsinn gewesen.«

»In erster Linie war es wahnsinnig, mir hierher zu folgen!« Trotz dieses harten Urteils sprach Quentins Gesichtsausdruck Bände, und ernst fügte er hinzu: »Ich bin dir sehr zu Dank verpflichtet, Bruder.«

»Quatsch!« Errötend sah Gordon zu Penelope hinüber. »Nun, Ma'am? Von ihm bekomme ich keine vernünftige Antwort. Kann er reisen?«

Quentin setzte sich höher auf. »Habe ich dir das nicht gesagt?«

»Du redest dummes Zeug, wie üblich. Du bist schwach wie eine Katze.«

»Verhungert«, erklärte Quentin. »Es tut mir leid, mich zu beklagen, Miss Montgomery, aber Ihr Onkel bewirtet einen verteufelt schlecht.«

Seine grünen Augen blinzelten sie an, und als sie seinen unbezähmbaren Mut sah, stieg ihr ein Kloß in den Hals. Sie hatte von dem Leintuch, das sie für den Verband zerrissen hatte, ein viereckiges Stück abgeschnitten und beugte sich damit über ihn. »Leider kann ich das nicht abstreiten. Und dieser Arm muß in einer Schlinge bleiben.« Sehr vorsichtig begann sie, das Tuch um seinen Arm zu legen. Erst als sie sich näher zu ihm beugte, um einen Knoten zu knüpfen, beging sie den groben Fehler, wieder in seine Augen zu sehen. Als sie das Lächeln darin sah, drehte sich alles in ihrem Kopf, sie unterbrach ihre Arbeit und starrte ihn an.

Er legte seine schmale Hand über ihre zitternden Finger. »Sie waren immer schwer in Ordnung«, sagte er mit der tiefen Stimme, die sie so oft im Traum gehört hatte. »Penelope Anne ... Ich verdanke Ihnen mein Leben.«

Kleine Wellen einer sonderbaren elektrischen Ladung ließen ihre Haut erschauern. Ihr Atem wurde schneller und flacher. Da sie fürchtete, er könne es sehen und dann Bescheid wissen, senkte sie den Blick und wurde noch verwirrter, als sie sah, daß sich seine Hand um ihre geschlossen hatte. Geistesabwesend registrierte sie, daß er einen schweren goldenen Ring trug, mit einem kunstvoll geschmiedeten Drachenkopf, dessen Augen zwei funkelnde Rubine waren. Sie befreite ihre Hand und befestigte den Knoten. »Sie schulden mir nichts, Major Chandler«, sagte sie und wunderte sich, daß ihre Stimme so ruhig klingen konnte, während ihre Gefühle in einem solchen Aufruhr waren. »Ich habe mit Ihrem Bruder einen Handel abgeschlossen. Ich zweifle nicht daran, daß er sein Wort halten wird.«

Gordon biß sich auf die Lippe und vermied es, sie anzusehen. »Sie haben meine Frage noch nicht beantwortet«, wich er aus. »Wie schwer ist er verwundet?«

Sie wollten sie zurücklassen! Penelope kämpfte gegen den Drang an, zu fordern, daß ihre Abmachung eingehalten wurde. Es war ein Tag wie ein Alptraum gewesen, und Tränen brannten in ihren Augen, aber sie würde nicht weinen – sie würde *nicht!* Sie sollen es nur versuchen, mich zurückzulassen, dachte sie stolz. Sie sollen es nur versuchen! »Es ist eine häßliche Wunde und sehr entzündet, aber nicht infiziert, wie ich zuerst befürchtet habe. Wenn er Ruhe und Pflege in Ihrem Versteck hat, müßte er schnell geheilt sein.«

»*Versteck?* Mein Gott, Ma'am, wir haben kein Versteck! Wir müssen um unser Leben reiten! Selbst wenn wir Ihrem Onkel und seinen Leuten entkommen, ist Quentin immer noch ein entkommener Rebell, auf dessen Kopf eine hohe Summe steht. Jeder wird gegen uns sein. Jede Tür wird uns verschlossen sein. Wir haben hier in der Nähe Pferde versteckt, und wenn wir nur sicher zu ihnen gelangen, besteht unsere einzige Hoffnung darin, nach Lac Brillant zu gelangen, das fast zweihundert Kilometer von hier entfernt ist.«

Penelope verließ der Mut. Sie hatte die leise Hoffnung gehegt, ihre Pläne seien besser durchdacht. Sie werden eine Leiche nach Lac Brillant bringen, dachte sie.

Quentin hatte gesehen, wie Furcht die Augen dieses mutigen Mädchens verdunkelte. »Unsinn!« sagte er fröhlich. »Was machst du denn für ein Aufhebens davon.« Er schwang seine langen Beine aus dem Bett. »Ich habe mich gut ausgeruht und werde es prima durchhalten. Habt keine Angst, daß ...«

Er stand mit mehr Zuversicht auf, als er selbst fühlte. Und brach zusammen. Mit einem Sprung fing der Corporal ihn auf und setzte ihn wieder aufs Bett.

Innerlich erschrocken begegnete Gordon dem entsetzten Blick seines Bruders und sagte mit einem recht verzerrten Grinsen: »O ja, du wirst es durchhalten, in Ordnung! Ich wundere mich, du Aufwiegler, daß du nicht die Eiche hinunterkletterst und allein nach Hause wankst! Ich nehme an, daß Killiam und ich Mühe hätten, dich einzuholen.«

»Da habt ihr ja einen feinen, wackligen Prachtkerl«, knurrte Quentin unsicher. »Weißt du, ich hätte nicht gedacht, daß ich so ... so verdammt erschöpft bin.«

Beträchtlich verärgert meinte der Corporal: »Und warum sollten Sie nicht erschöpft sein, möchte ich wissen? So wie Sie aussehen, haben Sie seit einem Monat nichts mehr gegessen, ganz zu schweigen von dem Blutverlust und dem Elend, das Sie durchgemacht haben.«

»Mach dir keine solchen Sorgen, alter Junge«, sagte Gordon freundlich. »Ich bin ein Narr, daß ich je gedacht habe, daß du bis zu den Pferden kommen könntest. Macht nichts. Wir holen sie einfach näher her. Wir werden dich schon wegbringen! Schließlich haben wir dich auch gefunden, oder?«

Quentin strich sich schwach mit der Hand über die Augen. »Ich kann anscheinend nicht mehr denken. Gordie ... *wie* habt ihr mich gefunden?«

Gordons Augen wanderten unsicher zu Penelope. »Wir haben eine Nachricht bekommen.«

»Ich verstehe. Und – weiß man dann also, daß ich für Charlie gekämpft habe?« Seine Stimme wurde scharf vor Angst. »Wenn es bekannt ist, wird Lac Brillant überwacht werden, und du und Vater seid in Gefahr!«

»Sachte, sachte! Wir werden nicht überwacht. Aber wir müssen vorsichtig dorthin reiten.«

Penelope, die verzweifelt nachgedacht hatte, sagte in ihrer ruhigen Art: »Ich glaube, es wäre besser, Sir, wenn wir überhaupt nicht wegreiten würden.«

Drei Köpfe drehten sich alarmiert zu ihr um. In Gordons Augen blitzte Mißtrauen auf, und er fragte: »Ma'am? Wollen Sie sagen – «

»Ich will sagen, daß Sie keine Wahl haben«, unterbrach sie ihn. »Zuerst konnte ich nur daran denken, Quentin aus den Händen meines Onkels zu befreien. Ich sehe jetzt, daß er keinen so langen und gefahrvollen Ritt überstehen kann.«

»Er wäre in einer Woche tot«, seufzte der Corporal.

»Genau«, sagte Penelope und war zum erstenmal dankbar für den anscheinend gewohnheitsmäßigen Trübsinn dieses Mannes. »Und so, Gentlemen, scheint es mir, daß der sicherste Ort für Major Chandler – hier ist. In Highview.«
Mit entsetzt aufgerissenen Augen fuhr Quentin hoch und rief aus: »Nein! Verdammt, Sie wissen nicht, wozu Sie mich auffordern, Penny! *Nein!*«
»Man würde ihn nach einem Tag finden«, meinte Gordon gedankenvoll.
»Wenn man ihn suchen würde«, stimmte Penelope zu. »Aber hier ist sicher der letzte Ort, an dem sie nachsehen würden. Besonders, wenn Sie, Sir, und Corporal Killiam wegreiten und eine Spur legen würden, der sie folgen könnten.«
»Nein, ich sage es Ihnen!« wiederholte Quentin angstvoll.
Der Corporal kicherte. »Das wäre ein prima Trick für Ihren freundlichen Onkel, Miss. Den Major direkt unter seiner Nase verstecken, während er die Gegend nach ihm durchkämmt. Ah, ich würde etwas darum geben, das Gesicht Seiner Lordschaft zu sehen, wenn er es jemals herausfindet!«
»Habt ihr alle den Verstand verloren?« fragte Quentin wild. »Denkt doch daran, was Miss Montgomery passieren würde, wenn man mich hier findet! *Gordon!* Um Gottes willen! Ich habe einen Eid geschworen, den Teil einer Nachricht zu überbringen, für die sie vor nichts zurückschrecken würden – «
Gordon erbleichte. »Die Geheimbotschaft?« keuchte er.
Quentin nickte grimmig.
Gordon warf einen versteinerten Blick auf Penelope. »Dafür würden sie vor nichts zurückschrecken, das stimmt«, murmelte er. »Ich hätte es mir denken können, daß *du* einer der Kuriere bist! Lieber Gott!«
Penelope konnte ihre Augen nicht von Quentin losreißen. Er war verwundet, halb verhungert, erschöpft und zu geschwächt,

um sein Schicksal in die eigene Hand zu nehmen, aber er wehrte sich gegen den einzigen Weg, der sein Leben retten könnte, weil er ihres in Gefahr brachte. Schmerzvoll griff er nach seinem verwundeten Arm, und sehr sanft berührte sie seine Finger. »Sie sollten sich erholen, lieber Sir, anstatt sich so zu sorgen.« Sie blickte auf. Gordon starrte sie so ungläubig an, daß ihr dunkle, brennende Röte ins Gesicht stieg. Sie reckte ihr Kinn nach oben. »Es gibt ein Dutzend Möglichkeiten, ihn zu verstecken«, versicherte sie trotzig. »Räume, die die Diener sehr selten betreten; Zimmer, die seit dem Tod meines Vaters verschlossen sind.«

Fragend wandte er ein: »Aber – Quentins Wunden werden versorgt werden müssen. Wie können Sie – «

»Ich werde dasein und helfen.« Der Corporal legte seine Hand auf Quentins Lippen, die sich zu einer Erwiderung öffneten, und fügte bedrückt und pessimistisch hinzu: »Und wir sollten hier besser nicht zu lange herumschwatzen, denn danach zu urteilen, was ich von Ihren Verwandten gesehen habe, Miss, brauchen wir nur ein Flüstern nach draußen dringen zu lassen, und wir werden alle sterben – qualvoll und langsam!«

Penelope nickte und fröstelte bei diesen möglicherweise prophetischen Worten. »Das ist wahr. Niemand darf etwas wissen. Wir müssen mit *größter* Sorgfalt darauf achten, daß nicht eine Menschenseele – «

Die Tür wurde aufgerissen. Daffy rannte herein, warf einen Blick auf Quentin in seinen blutigen Lumpen und stieß einen schrillen Schreckensschrei aus.

4

Als erster faßte sich der Corporal. Mit einem gedämpften Fluch sprang er zu Daffy und hob sie mit starkem Arm hoch, die freie Hand preßte er ihr auf den Mund.

Gordon rannte zu der halboffenen Tür, drückte sich dann aber flach an die Wand hinter ihr. »Es kommt jemand«, flüsterte er.

»Dann – verdammt noch mal – opfert mich!« keuchte Qentin schwach. »Still!« Verzweifelt rannte Penelope zu ihm, drückte ihn aufs Bett und warf die Bettdecke unordentlich über ihn.

Der Corporal, der immer noch Daffy festhielt, die aufgehört hatte sich zu wehren, trug sie in die dämmrige Ecke hinter dem Schrank.

Penelope stürzte zur Tür, als ein Lakai herbeigerannt kam. »Oh!« schrie sie erregt, »Gott sei Dank, daß Sie kommen! Ich glaube, unter meinem Bett ist eine Maus. Bitte kommen Sie und – «

»Um Gottes willen«, murmelte der Mann leise. »Wir müssen alle mit Seiner Lordschaft gehen, Miss. Ich wage es nicht, mich zu verspäten. Sie sollten froh sein, daß es nur eine Maus ist, die Sie in Ihrem Zimmer haben.«

»Na hören Sie«, sagte Penelope mit schlotternden Knien, aber einem entrüsteten Ton in der Stimme.

Der Lakai eilte offensichtlich ungeduldig davon. Penelope schloß die Tür und lehnte sich schwach dagegen. Gordon, eine Faust immer noch zur Tat geballt, ließ sich gegen die Mauer sinken. »Hui!«

Trübsinnig fragte der Corporal: »Was sollen wir jetzt tun? Diesem Fratzen den Kragen umdrehen, Sir?«

»Beim Himmel, nein!« Penelope berührte ihre Zofe am Arm, und Daffy rollte ihre angstgeweiteten Augen zu ihr hinüber. »Daffy, mein liebes Mädchen, willst du mir dein feierliches

Gelübde geben, daß du nicht schreist, wenn der Gentleman dich losläßt?«
Daffy nickte. Vorsichtig gab der Corporal sie frei. Sofort drehte Daffy sich um und boxte ihn aufs Ohr. »Sie sind sehr dreist mit Ihren Händen, Sir!« sagte sie; anscheinend war ihre Angst im selben Augenblick, als sie freigelassen wurde, wie weggeblasen. »Versuchen Sie es doch, *mir* den Kragen umzudrehen!«
Gordon, der zum Bett gegangen war, um seinen Bruder aufzudecken, murmelte bedrückt: »Er ist wieder bewußtlos, der arme Kerl.«
Penelope warf einen besorgten Seitenblick auf Quentin und sagte: »Daffy – es tut mir so leid, daß du alles gesehen hast, ich wollte dich wirklich nicht in die Sache hineinziehen, aber – bitte, sag, daß du uns nicht verraten wirst.«
»Natürlich werde ich das nicht, Miss Penny. Und ich bin ganz schön verärgert, daß es überhaupt nötig ist, das zu fragen. Wenn Sie in die Sache verwickelt sind, dann bin ich es genauso. Sagen Sie mir nur, wie ich dem armen Gentleman helfen kann. Ist es ein Jakobite?«
Mit zusammengepreßten Lippen tauschte Gordon mit dem Corporal einen beunruhigten Blick.
»Noch eine Frau, die in unser Geheimnis eingeweiht ist«, knurrte Killiam, der gereizt sein mißhandeltes Ohr rieb. »Vielleicht sollten wir den Major am besten doch gleich mitnehmen.«
»In der Kutsche des Lord Mayors von London und mit einer Kavallerietruppe als Eskorte«, entgegnete Daffy und warf ihm einen verächtlichen Blick zu. »Ganz recht. Sie könnten es gleich so machen, am Ende wäre er genauso tot.« Sie ging zum Bett hinüber und berührte die Wange des bewußtlosen Mannes. »Heiß wie Feuer ist er. Würde mich nicht wundern, wenn er aufwacht und im Fieberwahn ist.«

Penelope folgte ihr und fühlte Quentins Stirn. Als sie ihn berührte, warf er den Kopf hin und her, und Daffy hatte recht; die Haut brannte fiebrig. Sie drehte sich um und sah Gordon in die Augen. »Damit ist die Sache erledigt. In diesem Zustand kann man ihn nicht transportieren.«
Hin und her gerissen, wandte er ein: »Und was passiert, wenn wir ihn hierlassen und er in seinem Delirium zu stöhnen anfängt?«
»Wir werden ihn knebeln«, erwiderte sie ruhig. »Und wir verschwenden Zeit, Sir. Eine der ersten Stellen, wo mein Onkel suchen wird, ist das Cottage meines Kindermädchens. Wenn Sie Ihre Pferde dort untergestellt haben – «
»Sie sind nicht dort, haben Sie keine Angst. Wir haben eine kleine Bodensenke unter dem Flußufer gefunden, nicht weit von der Brücke.«
»Den großen Dachsbau?« Den erstaunten Blick auf sein Gesicht geheftet, hauchte Penelope die Worte. »Ich habe die ganzen drei Jahre nicht mehr daran gedacht. Mein Bruder und ich haben dort immer gespielt. Wie um alles in der Welt haben Sie – «
»Natürlich werde ich es finden«, murmelte Quentin und sah sie mit entsetzten Augen, die ins Leere blickten, an. »Halten Sie mich für einen Einfaltspinsel? Das wird nicht länger dauern als ... nicht länger als ...« Seufzend schloß er die Augen wieder, und die Worte verklangen in einem unverständlichen Kauderwelsch.
Die vier, die um das Bett herumstanden, sahen einander düster an, und die Stille wurde nur von gelegentlichen Windböen unterbrochen, die durch Fugen und Ritzen hereinbliesen, die Kerzenflammen zum Tanzen brachten und den Regen gegen die Fensterscheiben wehten.

Geräuschlos schloß Penelope die Schlafzimmertür. »Hat man euch auch nicht gesehen?« fragte sie, und ihre Augen wanderten ängstlich von einem zum anderen.
»Herrje, nein, Miss«, antwortete Daffy. »Der Gentleman ist den Baum hinuntergeklettert, als wäre es kinderleicht, und er ist sicher aus dem Haus. Ist der arme Major wieder aufgewacht, Miss Penny?«
»Nein. Er hat sich auch nicht gerührt, als ich ihm seine Stiefel ausgezogen habe, der arme Kerl. Er ist voller Schnitte und Quetschungen. Er wird viel angenehmer liegen, wenn wir seine Kleider herunterhaben und ihn waschen.«
Corporal Killiam sah sie entrüstet an. »Das können wir nicht tun, Miss! Jede Minute können Ihre Verwandten uns finden, so daß wir um unser Leben rennen müssen, und der Major kann nicht in einem Nachthemd durch die Gegend sausen. Er muß angezogen bleiben.«
»Wir werden morgen Kleider für ihn finden, aber zuerst müssen wir entscheiden, wo er versteckt werden soll« sagte Penelope langsam. »Ich habe nachgedacht und nachgedacht, und der einzige Ort, der mir sinnvoll erscheint – «
»Ist das Dachgeschoß, nicht wahr, Miss?« Daffy nickte. »In vier Wochen und dreißig Tagen geht niemand dort hinauf.«
»Eben. Und stell dir nur vor, was es für ein Aufsehen erregen würde, wenn du und ich plötzlich anfingen, immer wieder Ausflüge über diese Treppen zu machen. Irgend jemand würde mit Sicherheit zwei und zwei zusammenzählen.«
Daffy zog ein langes Gesicht.
Der Corporal schaltete sich ein: »In diesem großen Haus müssen Sie ein prima Kellergeschoß haben, Ma'am. Sie brauchen mir nur den Weg zu zeigen, und ich werde den Major hinunterbringen und bei ihm bleiben. Nicht nötig, daß die beiden Damen da hinunter und herauf sausen.«

»Wir haben ein sehr großes Kellergeschoß«, bestätigte Penelope. »Und es stellt uns vor dieselben Probleme wie der Dachboden. Selbst wenn Sie die ganze Pflege des Majors übernehmen, müssen Sie mit Essen versorgt werden, Corporal. Wenn Daffy und ich versuchen würden, es Ihnen zu bringen . . .«

Killiam seufzte. Daffy sagte: »Oh, Miss! Das *ist* aber auch eine Klemme! Was sollen wir nur tun?«

Penelope reckte ihr Kinn in Erwartung des unvermeidlichen Aufschreis und sagte kühl: »Major Chandler muß bleiben, wo er ist.«

»Herrje!« quietschte Daffy mit weit aufgerissenen und entsetzten Augen.

»Beim Himmel, so was aber auch!« keuchte der Corporal, kaum weniger erschrocken. »In – in Ihrem *Bett*, Miss?«

Penelope war sich sehr wohl bewußt, daß ihre Wangen flammend rot waren, und sie antwortete ziemlich nervös: »Nein, natürlich nicht. Aber – überlegen Sie doch, niemand kommt hier herein, und – «

»Und wenn die Zimmermädchen saubermachen oder die Bettwäsche wechseln?«

»Seit mein Vater gestorben ist, bin ich gezwungen, mein Zimmer selbst sauberzuhalten.« Er sah sie ungläubig an, und Penelope fügte hinzu: »Das klingt sehr übel, ich weiß, aber es stimmt. Daffy und ich machen alles.«

»Mann . . . Aber wenn Ihre Frau Tante hereinschneit und ein wenig schwatzen will?«

Penelope lächelte bitter. »Das möchte ich sehen! Ich glaube nicht, daß sie einen Fuß in dieses Zimmer gesetzt hat, seit ich – «

Während sie noch sprach, erhob sich in der Halle eine schrille Stimme. »Ich will es in zehn Minuten haben, Simmonds, und passen Sie ja auf, daß es warm ist – nicht kochendheiß. Ich werde inzwischen ein wenig mit Miss Penelope plaudern.«

Mit kreideweißem Gesicht keuchte Penelope: »Lieber Himmel! Corporal – ins Ankleidezimmer. Schnell! Daffy, bring das Bett in Ordnung.«
Killiam warf sich Quentin eilig über die Schultern. Daffy glättete die zerdrückte Bettdecke. Penelope flog zu ihrem Toilettentisch und begann mit rasendem Herzen, ihr Haar aufzuflechten. Der Corporal konnte die Tür des Ankleidezimmers nur noch halb schließen, bevor Lady Sybil herrisch in das Schlafzimmer rauschte.
»Was – noch nicht im Bett?« schalt sie. »Ich schwöre es, du bist langsam wie eine Schnecke, Mädchen! Ich dachte, ich würde dich schon schlafend finden.«
»Welch ein Glück, daß es nicht so ist, Ma'am«, antwortete Penelope, »sonst hätten Sie mich wecken müssen.«
»Sei nicht impertinent. Schick deine Zofe weg, ich wünsche mit dir zu sprechen.«
Sybil setzte sich in den einzigen, wackeligen Lehnstuhl. Penelope blickte nervös auf Daffy und sah ihr Gesicht – es war erstarrt. Sie folgte Daffys Blick, und fast wurde ihr übel. Einer von Quentins Stiefeln lag deutlich sichtbar neben dem Bett. Mit zitternden Knien stand sie da und sagte: »Das ist alles, Daffy. Bitte, mach Wasser heiß und bring es herauf. Ich muß mich waschen.« Sie warf der versteinert dreinschauenden Daffy einen bedeutungsvollen Blick zu und trat näher zu ihrer Tante, um der Lady die Sicht zu verstellen.
»Waschen?« echote Mylady ungläubig. »Nimmst du abends für dein Gesicht Wasser? So etwas Verrücktes! Hast du keine Cremes?«
Wie betäubt hob Daffy das Bettuch auf, das Penelope für Quentins Verband zerrissen hatte, und brachte es fertig, ihr Häufchen über dem verräterischen Stiefel fallenzulassen. »Wie ungeschickt ich doch bin«, murmelte sie und beugte sich hinunter, um das Beweisstück aufzuheben.

Sybil wandte sich mit gerunzelter Stirn an sie und sagte: »Bleib stehen! Was hast du da?«
Penelope stockte der Atem.
Daffy quietschte leise auf. »Ww–was, Ma'am?« fragte sie mit dünner, pfeifender Stimme.
Schockiert rief Mylady aus: »Hast du dieses Leintuch vom Bett deines Fräuleins heruntergenommen? Lieber Himmel! Das Ding ist in Fetzen! Wirklich, Penelope, man sollte meinen, daß du Zeit für ein bißchen Flickarbeit hast! Oh, *geh* schon, Mädchen, mach zu!«
Daffy wankte hinaus.
Penelope bürstete ihr Haar mit zitternden Händen.
»Du solltest dir dieses Mädchen vom Hals schaffen«, sagte Mylady unheilverkündend. »Ich glaube, sie hat sie nicht alle beisammen.«
»Doch, Ma'am«, stammelte Penelope. »Ich bin sicher, daß sie alles mitgenommen hat.«
Sybil, der jeglicher Sinn für Humor fehlte, sagte nur ungeduldig: »Versuch bloß nicht, geistreich zu sein, Nichte, das steht dir nicht! Du weißt ganz genau, was ich meine. Dieses Mädchen ist eine halbe Idiotin. Und sieh dir nur dein Bett an – man könnte eher meinen, drei Männer hätten darin geschlafen, als daß sie das Laken gewechselt hat!«
»Ja, Tante«, sagte Penelope bescheiden. »Aber Daffy ist schon seit Jahren bei mir, und wir zahlen ihr so wenig, fürchte ich – «
»O Lord! *Bezahlen* wir diese Kreatur? Man sollte meinen, daß sie *uns* etwas zahlen sollte, weil wir ihr erlauben, hier ein Luxusleben zu führen.«
Penelope, die sich etwas erholt hatte, sagte nichts, ließ ihren Blick aber bewußt langsam durch das schäbige Zimmer wandern.
Mylady bemerkte den Blick und hatte die Anmut zu erröten.

»Ich bin nicht gekommen, um mit dir zu streiten.« Diamanten glitzerten, als sie die Hand hob, um ein Löckchen, das sich von seinem Platz gelöst hatte, neu zu befestigen. »Dein Onkel sagte mir, daß du heute abend in sein Studierzimmer eingedrungen bist, was ich dir eindeutig verboten habe – «

»Das haben Sie, Ma'am«, unterbrach Penelope sie mutig. »Aber Sie haben vergessen, mir zu sagen, daß mein Onkel und sein Freund damit beschäftigt waren, einen hilflosen Mann zu quälen – «

Mylady sprang auf, das Gesicht unter der Schminke aschfahl, die großen braunen Augen funkensprühend. »Halt deine Zunge im Zaum, Mädchen, oder du wirst es bereuen, das verspreche ich dir!«

Auch Penelope hatte sich erhoben. »Glauben Sie nicht, daß mein Onkel es vielleicht bereuen wird? Wenn die Behörden erfahren würden – «

Sybil keuchte. »Du niederträchtiges, niederträchtiges Mädchen! Dein Onkel ist ein *Patriot!* Er versuchte nur – die Verstecke von – äh, anderen Verrätern aus diesem jakobitischen Schädling herauszupressen! Und wenn du ein Wort verlauten läßt – ein *einziges* Wort, Penelope Anne Montgomery ...«

Killiam hatte Quentin auf das kleine Rollbett gelegt, auf dem Daffy gelegentlich schlief, und hörte dieser Unterhaltung gespannt zu. Er hätte besser daran getan, seine Aufmerksamkeit auf den Major zu richten, denn gerade jetzt begann Quentin, sich ruhelos herumzuwerfen, und daher entfuhr ihm ein schwaches Stöhnen. Der Corporal fuhr herum und preßte seine große Hand fest auf den Mund des Verwundeten.

Lady Sybil erstarrte. »Was war das?«

»Oh, du meine Güte«, sagte Penelope, die keine Mühe hatte, furchtsam auszusehen. »Ich hoffe, daß das nicht wieder diese schreckliche Maus war.«

Mylady runzelte unsicher die Stirn. »Es klang nicht wie – «
Die verzweifelte Penelope hatte plötzlich eine Eingebung und brach in ein gigantisches Niesen aus.
Ihre Tante hatte keine Angst vor Mäusen und war überhaupt keine furchtsame Frau. Eine Sache jedoch versetzte sie in tödlichen Schrecken – Krankheit. Sie kam in den vollen Genuß des Niesens, zuckte mit einem angeekelten Schrei zurück und tupfte ihre Wange mit einem Tüchlein aus Baumwolle und Spitze ab. »Wie *abstoßend!* Ich hätte mir etwas Besseres einfallen lassen sollen, als in dieses scheußliche Zimmer zu kommen, nur um zu sehen, wie es dir geht. Du hast dich erkältet. Und du hast mich über und über mit deinen ekelhaften Krankheitskeimen vollgeniest!«
»Es tut mir – htschi – wirklich leid. Ich bin heute nachmittag so naß geworden – htschi –, aber wenn Captain Otton mich nicht aufgehalten hätte, wäre ich – hhhhtschi –« Sie hielt ein, begann zu keuchen und nieste noch einmal gewaltig, während ihre Tante zur Tür sprang.
Im Ankleidezimmer beugte sich der Corporal über Quentin und hielt warnend einen Finger an die Lippen. Quentin nickte aufmerksam.
»Bleib in deinem Zimmer!« befahl Mylady mit schriller Stimme, während sie sich, ihr kleines Taschentuch über die Nase gepreßt, in die Halle zurückzog. »Niederträchtiges Mädchen! Es geht nicht an, daß jeder in diesem Haus mit einer scheußlichen Erkältung darniederliegt – vor allem jetzt nicht! Oh, ich bete, daß ich mich nicht angesteckt habe!« Sie schlug die Tür zu und schrie: »Simmonds! Du mußt mir Umschläge machen! Und ich werde eine schmerzstillende Arznei einnehmen. *Simmonds!* Hörst du mich ...?«
Die nörgelnde Stimme verklang.
Penelope flog geradezu ins Ankleidezimmer.

Quentin war wieder bei Bewußtsein, aber Fieberröte lag auf seinen ausgezehrten und mitgenommenen Gesichtszügen, und kaum sah er sie, als er auch schon gereizt fragte: »Sehen Sie *jetzt*, warum ich nicht hierbleiben kann?« Er kämpfte sich hoch und stützte sich auf seinen Ellbogen. »Penny, im Namen der Vernunft, laß Rob mir helfen, zu – «

»In den Tod zu rennen?« sagte sie und lächelte, als sie an seine Seite trat. »Nein, Sir, ich kann mir nicht vorstellen, daß das vernünftig sein soll. Und, wissen Sie, ich glaube, daß jetzt alles wunderbar gehen wird, weil meine Tante denkt, daß ich eine schlimme Erkältung habe. Genaugenommen ... «, fügte sie nachdenklich hinzu, »wenn ich richtig krank werden würde, würde sie mich gänzlich meiden, und niemand würde sich darüber wundern, wenn Daffy mit heißer Suppe und Krankenkost die Treppen auf und ab rennt.«

Offensichtlich nicht überzeugt, versuchte Quentin, erneut etwas zu sagen, aber sie legte ihre kühlen Finger auf seine Lippen und sagte sanft: »Machen Sie sich doch keine solchen Gedanken. Dieses Zimmer hat ein eigenes Fenster, wie Sie sehen, Sie haben also frische Luft und brauchen nicht halb zu ersticken, wenn die Tür geschlossen ist. Ich gebe zu, daß es unbequem für Sie sein wird, aber – «

»*Unbequem!* Was für ein Unsinn! Madam – *wollen* Sie mir endlich zuhören? Ich bin – «

»Sie sind schwach und erschöpft und krank, Sir. Wenn Sie sich wegen – der Schicklichkeit Gedanken machen, haben Sie keine Angst. Corporal Killiam wird mich beschützen.« Sie warf dem mürrischen Mann einen errötenden Blick zu und sah überrascht einen bewundernden Ausdruck auf seinem Gesicht. »Und ich habe meine Zofe, die mir eine äußerst respektable Anstandsdame sein wird. Nein, nein, Major. Es nützt Ihnen nicht das geringste, wenn Sie so finster dreinschauen. Ihr

Bruder ist fort *und* Ihre Pferde, und Sie bleiben hier – ob Sie wollen oder nicht.«

Joseph Montgomery hatte die Vertreibung seiner Nichte aus ihrem luxuriösen Schlafzimmer, das sie zuvor bewohnt hatte, gleichgültig mit angesehen. Was Geoffreys Zimmer betraf, blieb er jedoch eisern. Er ließ keine Gelegenheit verstreichen, um eventuellen Gästen mitzuteilen, daß er »immer noch um den Jungen trauerte«. Und wehmütig pflegte er dann hinzuzufügen, daß er, sooft seine Frau ihn auch schon darum gebeten hatte, das Zimmer wenigstens aufräumen lassen zu dürfen (denn »der liebe Geoff« war nicht gerade für seinen Ordnungssinn berühmt gewesen, das mußte man zugeben), es verboten hatte. Abgesehen von der einen oder anderen Decke über den Möbeln, mußte das Zimmer genau so bleiben, wie sein tapferer Neffe es verlassen hatte. Sicher, es waren Monate vergangen, seit die Nachricht vom Tode Geoffreys eingetroffen war, aber – und hier brach die Stimme des neuen Lord Delavale regelmäßig – aber man konnte immer noch hoffen. Es war nicht völlig außerhalb des Bereichs jeder Möglichkeit, daß ein Irrtum geschehen war. Bei einer Schlacht *passierten* solche Dinge. Angenommen, der arme Junge war schwer verwundet worden, vielleicht so sehr, daß er sein Gedächtnis verloren hatte? Angenommen, er würde sich plötzlich wieder erholen und heimkommen, nur um entdecken zu müssen, daß man über all seine persönlichen Sachen verfügt und sein Zimmer schön hergerichtet hatte, das ihm dadurch aber völlig fremd geworden war? Welch ein Schock wäre das für ihn! Nein – Mylord wollte nichts davon hören! Erst wenn ein ganzes Jahr vergangen wäre, würde er zugeben, daß sein Optimismus verrückt war. Erst wenn der September kam und wieder verging, würde er die Hoffnung aufgeben, daß sein »geliebter Neffe« noch zurückkommen könnte, um den Titel und das Erbe für sich zu beanspruchen, worauf Joseph »so freudig« verzichten würde. Je nach Art der Zuhörerschaft war Seine Lordschaft an diesem Punkt manchmal gezwungen, sich umzudrehen und zu schneuzen. Es war eine rührende Vorstellung, die manch freundliche Seele dazu gebracht hatte, eine solch selbstlose Zuneigung zu bewundern. Als Penelope zum erstenmal das Glück zuteil wurde, ihr beizuwohnen, war sie so erstaunt gewesen, daß sie gelacht und damit den Besuch schockiert hatte; sie selbst hatte danach einen so scharfen Verweis erhalten, daß sie in ihr Zimmer gegangen war und geweint hatte. Nie wieder hatte sie einen Kommentar zu dem kleinen Drama abgegeben, obwohl es häufig neu inszeniert wurde, aber es stieß sie ab, wie Joseph sich abmühte, eine solch scheinheilige Szene aufzuführen, obwohl er wußte, wie Geoff ihn und seine Frau verabscheut hatte.

Heute abend war sie das erste Mal dankbar für die Falschheit ihres Onkels, und sie schickte Daffy, um eines der Nachthemden ihres Bruders zu beschlagnahmen. Die Zofe huschte davon und kam nach ein paar Minuten mit einem Nachthemd und einem Morgenmantel, versteckt unter einem Stapel Bettwäsche und Decken, wieder. »Zum Flicken, Miss«, erklärte sie und blinzelte verschwörerisch.

Killiam öffnete auf Penelopes Klopfen hin. »Wie geht es ihm?« fragte sie, während Daffy ihm das Bettzeug reichte.

»Ich habe ihn ausgezogen und gebadet, Ma'am.« Killiam betrachtete unbehaglich das Nachthemd. »Ich halte es immer noch für besser, wenn er für alle Fälle angezogen bliebe.«

»Kann er seine Kleider denn noch tragen?«

Als Antwort entschuldigte er sich kurz und schloß die Tür, dann erschien er wieder mit Quentins Kleidern in der Hand. Penelope fuhr zusammen, als sie diese schmutzigen, blutbefleckten Lumpen sah. »Wir werden sicher etwas Besseres als diese hier finden«, versprach sie mit leicht überschnappender Stimme.

Er dankte ihr, aber nachdem er die Tür wieder hinter sich geschlossen hatte, stand sie immer noch da und starrte auf die Fetzen, die sie in der Hand hielt.

Die treue Daffy, die sie beobachtete, verließ der Mut. Sie hatte eine tiefe Zuneigung zu ihrer jungen Herrin, und kaum ein Abend verging, ohne daß sie den heiligen Franz bat, ihrer Miss Penny einen guten Ehemann zu schicken. Irgend jemand im Himmel mußte da etwas durcheinandergebracht haben. Sie hatte um einen starken, freundlichen, vernünftigen Mann in guten Verhältnissen gebetet – nicht um einen gejagten, schwerverletzten Flüchtling, der außer dem Galgen keine Zukunft hatte. Je eher Major Quentin Chandler Highview verließ, desto besser für alle Beteiligten, dachte sie.

Penelope blickte auf, sah den besorgten Gesichtsausdruck ihrer Zofe und lächelte etwas schief. »Glaubst du, wir müssen das hier verbrennen?«

»Ich glaube nicht, daß wir eine andere Wahl haben, Miss. Hier – ich mache es schon. Sie machen sich fertig für Ihr Bett. Sie sehen völlig erschöpft aus.«

»Nein, mir geht es schon gut, aber der Major muß etwas zu essen bekommen. Eine Schleimsuppe wäre am besten, aber – glaubst du, du kannst irgend etwas heraufbringen?«

Fest sagte Daffy, sie könne ein ganzes Ferkel heraufbringen, wenn sie es sich in den Kopf setzen würde, und eilte aus dem Zimmer.

Erst als die Zofe es erwähnte, hatte Penelope bemerkt, wie müde sie war, aber sie konnte sich noch nicht zum Schlafen fertig machen. Sie trug die Lumpen zum Kaminrost und schürte die paar Kohlen, die darin glimmten, bis sie eine

Flamme zustande brachte. Sie mußte die Kleidungstücke über den Schürhaken hängen, um sie zum Brennen zu bringen, und das Hemd fiel herunter, erstickte das Feuer und verursachte eine leichte Qualmwolke. Sie hustete und rieb sich die roten Augen, als Daffy mit einem vollbeladenen Tablett zurückkam.

»Du liebe Güte«, rief die Zofe und stellte ihre Last auf dem kleinen Tisch ab. »Sie haben sie ganz schön zum Brennen gebracht, wie, Miss? Am besten machen wir das Fenster ein wenig auf.« Eilig ließ sie ihren Worten Taten folgen, ein kalter Luftstrom drang herein, und sie scheuchte den Rauch mit ihrer Schürze aus dem Zimmer.

Penelope untersuchte das Tablett und entdeckte eine große Schüssel mit Suppe, mehrere dicke Brotscheiben und große Butterstücke, einen Teller mit aufgeschnittenem kalten Schweinebraten und Senfgurken, zwei Stücke Stachelbeerkuchen und eine Kanne Tee. »Wie großartig!« rief sie. »Wie hast du das nur geschafft? Hat niemand einen Verdacht?«

Daffy schnaubte verächtlich. »Dieser Tölpelhaufen? Ein neues Küchenmädchen, das Betty heißt, ist ein nettes, kleines Ding, aber der Rest von denen hat mehr Haare als Verstand. Sie sind alle ganz aus dem Häuschen, weil das Gerücht geht, daß ein Rebell im Haus gewesen sei. Die meisten Männer sind draußen auf der Jagd nach ihm und hoffen, reich zu werden, und Mrs. King ist so damit beschäftigt, Hargrave schöne Augen zu machen, daß sie sonst für nichts mehr Augen hat! Ich habe ihnen gesagt, daß Sie sich elend fühlen und Mylady Angst vor Ihren Krankheitskeimen hat, so daß Sie ein paar Tage im Bett bleiben werden.« Sie schloß das Fenster und drehte sich mit grimmigem Blick um. »Diese Bessy Simmonds ist mit mir heraufgegangen, um für M'lady Umschläge zu bringen. Sie hat Sie husten gehört, Miss. Lieber Himmel, Sie hätten sehen sollen, wie sie gerannt ist! Sie ist fast an Ihrer Tür vorbeigaloppiert, als ob Sie die Beulenpest und nicht eine einfache Erkältung hätten.«

»Oh – was für ein *Glück!*« rief Penelope aus, als sie von dieser medizinischen Fehldiagnose hörte.

»Genau, Miss, und zur rechten Zeit.«

Sie gaben die Suppe und die Hälfte des anderen Essens dem Corporal, der es dankbar in Empfang nahm, dann setzten sie sich wieder an das kleine Feuer und teilten sich ihr Abendessen.

Sie waren noch nicht ganz fertig, als ein Klopfen ertönte. Daffy quietschte und sprang auf, die Schürze vor ihrem Mund, wie es ihre Gewohnheit war, wenn sie erschrak. Penelope, die befürchtete, ihr Onkel sei zurückgekehrt, sprang ebenfalls alarmiert auf, dann aber bemerkte sie, daß das Klopfen aus dem Ankleidezimmer kam, nicht vom Flur. Schwach vor Erleichterung rief sie: »Kommen Sie herein!«, und der Corporal trat vorsichtig ein, entschuldigte sich dafür, die Ladys zu stören, und verlieh der Hoffnung Ausdruck, daß er sie nicht erschreckt habe.

»Oh, nein«, antwortete Daffy sarkastisch, während sie eine Hand auf ihre Brust preßte. »Mein armes Herz ist mir geradewegs in die Kniekehlen gerutscht, das ist alles!«

»Da unten ist auch viel mehr Platz«, räumte der Corporal ein und betrachtete die erwähnte Körperpartie. Daffys ärgerlicher Blick brachte seine blauen Augen zum Blinzeln, und er sagte zu Penelope: »Major Chandler schickt Ihnen respektvolle Grüße, Ma'am, und es wäre sehr freundlich von Ihnen, wenn Sie einen kurzen Blick auf ihn werfen könnten – ob er nun präsentabel aussieht.«

Als Penelope in den kleinen Raum schlüpfte, war Quentin jedoch eingenickt. Das Rollbett war etwas zu klein für ihn, und seine Füße hingen über den Rand hinaus. Sie trat näher und sah ihn ängstlich prüfend an. Das dichte, kastanienbraune Haar

war noch naß von den Anstrengungen des Corporals und klebte in feuchten Locken an seiner Stirn. Erlittenes Leid und Elend hatten tiefe Furchen zu beiden Seiten der Nase und zwischen den Augenbrauen eingegraben; er sah älter aus, als er war, und so krank und erschöpft, daß ihr Herz sich zusammenzog. Wer hätte es sich träumen lassen, dachte sie traurig, daß sich der schneidige, sorglose junge Mann von vor fünf Jahren in diesen schwachen, hilflosen Flüchtling verwandeln würde? Mit Sicherheit war er himmelweit von dem unerschrockenen Helden entfernt, von dem sie geträumt hatte, daß er eines Tages den Weg heraufreiten und sie als Braut begehren würde ... Und dennoch, sie liebte ihn nur um so mehr und konnte nur dankbar sein, daß sie hier gewesen war, um ihm zu helfen, als er sie so dringend gebraucht hatte.
Als fühle er ihre Gegenwart, öffnete er die Augen, und das augenblickliche schmerzliche Stirnrunzeln wich einem warmen Lächeln. Er streckte seine dünne Hand aus, griff nach der ihren und führte sie an seine Lippen, während er einen wahrlichen Wortschwall tiefster Dankbarkeit murmelte, so daß sie ihn aufforderte, davon abzulassen, bevor sie dazu gezwungen war, eine solche Nervensäge aus ihrem Zimmer zu verbannen. Er ließ ein schwaches Echo des Kicherns hören, an das sie sich von früher her erinnerte.
»Oh, Quentin, Sie bräuchten einen Arzt. Wenn nur – «
»Nicht nötig«, unterbrach er sie leise. »Sie können sich nicht vorstellen, wie – wie herrlich ich mich fühle. Sauber und trocken und wohlgenährt – und wieder einmal auf einem leinenen Bettuch! Paradiesisch! Ich ... Ich hätte nie ...«, seine Lider sanken herab, »... niemals gedacht ...« Und er schlief schon wieder.
Penelope legte seine schlaffe Hand sanft zurück auf die Bettdecke und schlüpfte in ihr Schlafzimmer zurück.

Killiam und Daffy kauerten nebeneinander an dem erlöschenden Feuer, und sie gesellte sich zu ihnen, um eine erste Strategie zu entwickeln. Der Corporal würde natürlich im Ankleidezimmer schlafen. Die Bemühungen der beiden Mädchen um ein geeignetes Bett amüsierten ihn. Auf dem Boden eines gemütlichen Zimmers zu schlafen, versicherte er ihnen, sei weitaus komfortabler, als sich in einem Mohnfeld »hinzuhauen«, wenn es goß wie aus Kübeln und obendrein ein eisiger Wind wehte. »Und ruhiger ist es hier auch«, fügte er hinzu. »Ausgenommen – « Sein Gesichtsausdruck wurde plötzlich verschlossen.

Verständnisvoll sagte Penelope: »Sie haben bei Ihrem Feldzug sicher viele Freunde verloren, Corporal.«

Er räumte ein, daß das die Wahrheit sei, dann schlug er sich mit seinen großen Händen auf die Knie und stand auf. »Sie brauchen Ihren Schönheitsschlaf, Ma'am, ich werde mich nun also zurückziehen. Vielleicht sind Sie so freundlich und klopfen morgen früh leise an die Tür, wenn die Luft rein ist, sozusagen, Miss Brooks? Wenn der arme Major die Nacht übersteht, werden wir – «

»Du liebe Güte!« schrie Penelope entgeistert. »Natürlich wird er die Nacht überstehen! Ich hatte erwartet, daß er hohes Fieber haben würde, statt dessen schläft er ganz ruhig. Und *ich* werde Sie wecken, nachdem ich aufgestanden bin, weil Daffy heute nacht nicht bei mir bleiben wird.«

Erneut flog die schneeweiße Schürze nach oben. Daffys große Augen waren entsetzt aufgerissen. Ihre Proteste wurden jedoch beiseite gefegt. Penelope machte klar, daß es nicht anging, wenn ihr »Leiden« zu plötzlich ernst wurde. »Ich werde mich morgen früh wie gewöhnlich an meine Arbeit machen«, sagte sie mit einem müden, aber schelmischen Lächeln. »Ich gebe euch mein Wort, daß bis zum Nachmittag der gesamte Haushalt herzlich froh sein wird, wenn ich mich eine Woche lang ins Bett lege!«

Killiam sah verlegen aus. Er wollte schon gehen, hielt dann inne und stand wieder still da und räusperte sich, bevor er zu einer zusammenhanglosen, aber zutiefst ehrlichen Dankesrede ansetzte. »Wenn es nur um mich gehen würde, wäre es egal«, sagte er, leicht rot im Gesicht, »aber – um ihn – «, er zeigte mit dem Daumen auf das Ankleidezimmer –, »wäre es schade. Er ist – ein wahrer Aristokrat, das ist er. Der beste Offizier, unter dem ich gedient habe. Schwer in Ordnung. Immer an vorderster Front, das war er. Wenn es zum Kampf kam, konnten die Männer nur noch schauen, daß sie ihn einholten.« Die blauen Augen auf den abgewetzten Teppich geheftet, beendete er seine Rede. »Wenn Sie nicht gewesen wären, Miss, wäre er jetzt tot, weil Ihr Onkel ihm weiter zugesetzt hätte, bis sie ihn umgebracht hätten. Zweifellos. Wenn – wenn wir lebend aus dieser Sache herauskommen ...« Er sah auf, mittlerweile sehr rot im Gesicht, doch mit festem Blick. »Ich meine – Sie können auf mich zählen, Miss Penelope. Was immer auch passiert. Jederzeit. Ich werde nie vergessen, daß Sie es waren, die ihn gerettet hat. Nie!« Seine Augen wanderten zu Daffys feierlichem Gesicht. Schüchtern schluckte er. »Und Sie auch, Ma'am«. Und mit einem Satz war er im Ankleidezimmer.

Penelope war so müde, daß sie schlief, kaum daß ihr Kopf das Kissen berührt hatte. Ihr letzter Gedanke war, daß sie früh aufstehen mußte, aber sie war überrascht, als sie aufwachte und das Zimmer in pechschwarzer Dunkelheit fand. Einige Sekunden lang lag sie im Halbschlaf da, ihr war nur undeutlich bewußt, daß etwas von großer Bedeutung ihr Leben verändert hatte, aber sie konnte sich nicht recht erinnern, was es war. Plötzlich sah sie Quentins abgespanntes Gesicht vor sich. Sie keuchte leise, setzte sich im Bett auf und fragte sich, ob sie aufgewacht war, weil er geschrien hatte. Aber der Corporal war natürlich bei ihm. Wie dumm, so furchtsam zu sein. Er würde schon wieder in Ordnung kommen. Er würde sich schnell und vollständig erholen ... so Gott wollte.

Sie legte sich wieder hin, starrte in die Dunkelheit und fing sofort an, sich in Gedanken mit den vielerlei Details herumzuschlagen, die noch ausgearbeitet werden mußten. Von höchster Dringlichkeit war die Frage passender Kleidung für Quentin. Der Corporal hatte recht; er mußte jederzeit bereit sein, um sein Leben zu fliehen. Sie dachte an die naheliegendste Quelle, verwarf sie aber. Der liebe Geoff war kleiner gewesen. Sein Nachthemd hatte seinen Zweck erfüllt, aber die Ärmel reichten nur bis zur Mitte von Quentins Unterarmen. Nein, sie würde woanders suchen müssen, es sei denn –

Ihre Überlegungen wurden durch ein Geräusch unterbrochen, das sie nicht mehr gehört hatte, seit sie und Geoff als Kinder in Papas Schlafzimmer geschlichen waren, um ihn mit ihren Geburtstagsgeschenken zu überraschen. Sie konnte sich noch daran erinnern, wie überrascht sie gewesen waren und wie sie hysterisch kichernd neben dem Bett gestanden hatten, bis Papa aufgewacht war und sie gefangen hatte. Papa war ein gewaltiger Schnarcher gewesen, aber was da aus dem Ankleidezimmer drang, hätte selbst seine Anstrengungen übertroffen. Da erinnerte sie sich, daß der Corporal begonnen hatte, etwas in der Art zu sagen, daß es im Ankleidezimmer ruhig sein würde, und dann so seltsam schuldbewußt ausgesehen hatte. Kein Wunder! Sie konnte nur hoffen, daß Quentin bei diesem Lärm schlafen konnte. Aber vielleicht lagen die Sinne eines Gejagten ständig auf der Lauer vor Geräuschen, die Gefahr bedeuteten, und etwas so Harmloses wie Schnarchen würde ihn nicht stören.

Sie kuschelte sich gemütlich in ihr warmes Bett und zog die Decke weiter über ihre Ohren, aber es half nichts. Die nächste Vorstellung des begnadeten Schnarchers war deutlich zu hören, sie wunderte sich sogar, daß die Fenster nicht klapperten. Sie würde Corporal Killiam nahelegen müssen, sich eine Wäscheklammer auf die Nase zu setzen, denn dieses Schnarchen, das eines Gargantua würdig gewesen wäre, könnte leicht über sie alle Unglück heraufbeschwören.
Gähnend fiel sie erneut in Schlummer.

5

Die Bettvorhänge wurden beiseite gezogen, und Sonnenlicht flutete herein. Penelope blinzelte in diese Helligkeit und sah Daffy, die sie anlächelte.
»Wie gut Sie geschlafen haben, Miss! Es ist halb elf und ein schöner – «
Mit einem Schreckensschrei setzte Penelope sich auf, aber Daffy teilte ihr sofort mit, daß es keinen Grund zur Sorge gebe. Sie hatte lange geschlafen, was bei einer Lady mit »so einer schlimmen Erkältung« nur natürlich war. Als Daffy das Frühstückstablett über ihre Knie balancierte, warf Penelope einen Blick zum Ankleidezimmer.
»Ich habe Corporal Robert Killiam schon heißes Wasser und Master Geoffreys Rasiersachen gebracht, Miss, und Frühstück hatten die Herren vor einer halben Stunde«, teilte Daffy mit.
»Danke, Daffy.« Penelope nahm dankbar eine Tasse Tee. »Wie geht es Major Chandler? Hat er letzte Nacht schlafen können?«
»Wie ein kleines Kind, sagt der Corporal.« Daffy zog einen Stuhl mit gerader Lehne an das Bett und setzte sich auf den Rand, die Hände ordentlich auf dem Schoß gefaltet. »Er fühlt

sich heute schon wieder ganz auf der Höhe, sagt Corporal Robert Killiam.«
»Dem Himmel sei Dank!« Penny nahm sich ein getoastetes Crumpet. »Was ist mit meinem Onkel? Ist er nach Hause gekommen? Gibt es Neuigkeiten von der Jagd?«
Daffy zog ihre Mundwinkel nach unten. »Dieses schlüpfrige Ekel ist zurückgekommen.«
Penelope ließ ihr Crumpet sinken und starrte mit entsetzten Augen auf ihre Zofe. »Captain Otton? Allein?«
Daffy nickte. »Der Herr hat ihn zurückgeschickt, damit er ihm seinen Diener und seine Kleider bringt. Das war ein aufgeregtes Getrappel und Herumsuchen, über eine Stunde. Man könnte meinen, daß Seine Lordschaft für ein Jahr verreist.«
»Täte er das doch! Aber – warum kommt er nicht heim?«
»Mr. Hargrave sagt, er hätte gehört, daß der Captain der Lady erzählt hat, sie hätten eine heiße Spur von dem Rebellen gefunden.« Daffy kicherte und fügte frech hinzu: »Ich kann mir das wirklich nicht vorstellen, Miss Penny, weil er doch hier in Ihrem Schlafzimmer ist.«
Es war sehr wahrscheinlich, überlegte Penelope, daß ihr Onkel in seinem Dünkel auf die Spur eines harmlosen Reisenden gestoßen war und dem falschen Mann nachjagte. Armer Onkel Joseph! Sie lächelte in ihre Teetasse, frühstückte zu Ende, und kurz darauf saß sie gewaschen und angezogen vor ihrem Spiegel, erblickte darin Daffys nachdenkliches Stirnrunzeln und fragte: »Was ist nicht in Ordnung?«
»Sie, Miss. Schauen Sie sich nur an.«
Penelope gehorchte. Ihr dichtes Haar war sauber aufgesteckt, und sie schien über Nacht auch keinen Pickel bekommen zu haben. Fragend meinte sie: »Ich – ich sehe nichts ...?«
»Sie vielleicht nicht, Miss. Aber *sie* wird es sehen. Jede Frau würde es sehen.« Daffy warf einen Blick hinüber zum Ankleidezimmer.

Eine leichte Röte stieg Penelope ins Gesicht. Ihr Blick kehrte wieder zum Spiegel zurück, und sie betrachtete nun eher das ganze Bild als die Einzelheiten. Sie erblickte ein Mädchen, das vor Glück strahlte, dessen Wangen zart und rosig waren und dessen Augen fröhlich leuchteten. »Ich – äh, ich sehe nicht krank aus – ist es das?« stammelte sie.
Daffy verschränkte die Arme und schürzte kritisch die Lippen.
Verzweifelt sagte Penelope: »Ich weiß, daß – du das Ganze überhaupt nicht billigst, Daffy.«
»Nein, Miss. Ich billige es nicht. Um Ihretwillen.«
»Aber – du hast gesagt – ich meine, ich dachte, du wolltest dem Major helfen.«
»Ich wollte.« Daffy seufzte. »Aber – da habe ich nicht gedacht – «
Penelope fuhr herum. »Du wirst ihn doch nicht verraten?« rief sie flehend. »Bitte sei auf unserer Seite, Daffy. *Bitte!*«
Betrübt ergriff Daffy ihre ausgestreckte Hand. »Sie wissen, daß ich alles für sie tun würde, Miss. Alles!«
Penelope sprang auf und umarmte sie. »Danke, meine liebe treue Freundin. Aber – jetzt sag mir, was ich tun soll? Soll ich mein Gesicht anmalen, damit ich blaß aussehe?«
»Nicht Sie, Miss. Ich. Ich hole schnell ein paar Sachen.«
Daffy eilte hinaus und kehrte kurz darauf mit einigen Tischdecken zurück, die es offensichtlich nötig hatten, geflickt zu werden, und darunter brachte sie verschiedene Töpfchen, Fläschchen und Bürstchen zum Vorschein. Sie legte Penelope ein Tuch um die Schultern, hob ihr Gesicht hoch und begann mit solchem Selbstvertrauen mit ihrer Arbeit, daß Penelope erstaunt fragte: »Warum – ich habe noch nie gesehen, daß du so etwas benutzt – «
»Sie dürfen nicht reden, Miss, bitte. Halten Sie so still, wie Sie nur können.« Daffy beendete ihr Werk, arbeitete geschickt mit

Bürste, Augenbrauenstift und Hasenfußquaste, bis sie schließlich ein paar Schritte zurückging, ihr Werk kritisch prüfte und nickte. »So wird es gehen, denke ich.«
Penelope drehte sich gespannt zum Spiegel um und schnappte vor Überraschung nach Luft. Das strahlende Mädchen war verschwunden, statt dessen saß eine krank aussehende junge Frau mit einer roten Nase, totenblassem Gesicht und dunklen Schatten unter den Augen da. »Du meine Güte!« rief sie. »Wie hast du das nur fertiggebracht? Ich sehe tatsächlich *krank* aus.«
Daffy errötete vor Freude. »Ich habe einmal für eine – eine Schauspielerin gearbeitet. Als ich zum erstenmal gesehen habe, wie sie ihr Gesicht verändert hat, war ich ganz schön verblüfft, aber nach kurzer Zeit habe ich angefangen, ihr zu helfen. Sie – sie sagte, ich hätte eine richtige Begabung dafür.«
»Die hast du in der Tat! Aber wie kommt es, daß ich nicht weiß, daß du für eine Schauspielerin gearbeitet hast? Ist sie berühmt? Kenne ich sie?«
»O nein, Miss. Sie ist – sie ist vor fünf Jahren gestorben. Ich habe nicht darüber geredet, weil – nun, meine Mutter war mit dieser Stellung nicht einverstanden. Und ich eigentlich auch nicht. Aber sie hat sehr gut gezahlt, und – « Verängstigt sagte sie hastig: »Oh, Miss – ich hoffe, daß Sie jetzt nichts Schlechtes von mir denken?«
»*Schlecht* von dir? Ich finde es wunderbar!« Penelope stand auf und entfernte das Tuch von ihren Schultern. Sie sah zum Ankleidezimmer und zögerte; sie wußte, daß sie nicht länger warten sollte, unten in Erscheinung zu treten.
»Ich glaube, Corporal Robert Killiam rasiert ihn gerade, Miss«, sagte Daffy.
»Oh«, meinte Penelope. »Nun, dann auf in den Kampf! Halt mir die Daumen.«
Daffy nickte und rannte zur Tür, um sie ihr aufzuhalten. Als

Penelope auf den Flur trat, gab sie ihr einen ermutigenden kleinen Klaps auf den Hintern, aber als sie die Tür wieder geschlossen hatte, lehnte sie sich dagegen und wiederholte ihre eigenen Worte: »Ich würde alles für Sie tun, Miss. Alles!« murmelte sie. »Und es gibt nichts, wovor ich zurückschrecken würde, damit man Ihnen nicht weh tut!«

»Nicht jetzt, Sybil!« Eine Spur Ärger lag in Captain Ottons Stimme, als er die kleinen Hände von Mylady abwehrte und die Knöpfe schloß, die sie so hastig geöffnet hatte.

Sie stolzierte zu dem Sessel am Fenster ihres Boudoirs und setzte sich schmollend. »Du hast gesagt, du wolltest mit mir reden.«

»Genau.« Er glättete seine Spitzen und lachte plötzlich. »Ich meinte – reden, auch wenn du es nicht glaubst.«

»Auf Ehre! Etwas ganz Neues bei dir, Roly. Du wirst gesetzt. Vielleicht werden Penelope und du schließlich doch zusammenpassen.«

Sie war eifersüchtig. Amüsiert sagte er: »Unsere stolze Jungfrau ist weit davon entfernt, gesetzt zu sein. In ihren schwarzen Trauerkleidern mag sie schäbig aussehen, aber du hättest sie sehen sollen, als sie mich wegen Chandler anflehte. Das *war* Leidenschaft, meine liebe Sybil. Tief und glühend und ... rein.«

»Leidenschaft!« Rot vor Zorn sprang Mylady auf. »Der Fratz verabscheut dich! Außerdem ist sie unberührt. Was weiß *sie* schon von Leidenschaft? Und was weißt *du* von Reinheit?«

Er neigte den Kopf ein wenig. »*Touché!* Aber – es wird Spaß machen, ihr beizubringen, was *ich* weiß.«

Mit einem wütenden Aufschrei flog sie auf ihn zu und wollte ihm das Gesicht zerkratzen. Lachend packte er ihre zarten Handgelenke, zog sie an sich und küßte sie lange und intensiv.

Als er seinen Kopf wieder hob, lag sie schlaff und mit geschlossenen Augen an seiner Brust.

»Nichts davon hat irgend etwas«, murmelte er, sich sehr bewußt, wie er seine Karten ausspielen mußte, »mit unserer entzückenden, äh ... Liaison zu tun, meine Liebe.«

Mylady legte ihren goldhaarigen Kopf zurück und blinzelte sehnsüchtig zu ihm hinauf. »Teufel!«

Er kicherte und hielt sie auf Armeslänge von sich entfernt fest. »Jetzt mußt du mir zuhören, Sybil, denn die Sache ist von höchster Dringlichkeit – für uns alle.« Er führte sie zu dem Stuhl am Fenster und fuhr ernst fort: »Delavale glaubt, wir seien unserem wertvollen Rebellen dicht auf der Spur, und – «

»Und du glaubst das nicht?« Sie riß sich los und sah ihn mit weit aufgerissenen, erschreckten Augen an. »Ist Joseph also hinter einer falschen Spur her? Ich hätte es mir denken können. Diese Chandlers sind schlau. Ich habe den Vater und den älteren Bruder einmal bei einer Gesellschaft kennengelernt. Sie veranstalteten mit diesem Dandy Thaddeus Briley und – oh, ich habe vergessen, mit wem sonst noch – ein Zitatenquiz. Ich langweilte mich tödlich, aber Boudreaux hielt sie für sehr belesen, also – «

»Boudreaux?« unterbrach Otton sie scharf. »Lord Boudreaux?«

Sie nickte, und mit kokett flatternden Wimpern und einem naseweisen Achselzucken sagte sie: »Er war – einmal sehr an mir interessiert, mußt du wissen.«

»Boudreaux?«

Die Ungläubigkeit in seiner Stimme ließ Myladys Augen aufblitzen. »Findest du das vielleicht so erstaunlich?«

»Ich finde es erstaunlich, daß du ihn dir nicht geschnappt hast! Er ist irrsinnig reich, nach dem, was man so hört.«

Sie zog eine Schnute. »Wie vulgär du bist. Aber – richtig, ich

hätte ihn haben können, ohne diesen niederträchtigen de Villars, der ihm Grillen in den Kopf gesetzt und seinen Onkel gegen mich aufgebracht hat – krepieren soll er dafür!«
Die letzten Worte wurden durch knirschende kleine weiße Zähne gezischt, und obwohl die Schlußfolgerung offensichtlich war, neckte Otton sie diesmal nicht. »Ich hatte selbst einige kleine Zusammenstöße mit de Villars«, sagte er nachdenklich. »Ein sehr unangenehmer Kunde. Aber das soll uns jetzt nicht kümmern – die Sache ist die, wenn wir unseren Mann erwischen, werden wir ihn wahrscheinlich nicht hierher zurückschleifen, daher ist es möglich, daß wir einige Tage lang weg sind. Wie ich Chandler kenne, wird es schwierig sein, ihn kleinzukriegen.« Er unterbrach sich und knurrte: »Armer Teufel.«
»Lieber Gott!« rief Sybil aus. »Mitleid? Von *dir?* Wird es nie aufhören, Wunder zu geben?«
Er preßte die Lippen zusammen und warf ihr einen ärgerlichen Blick zu, sagte aber nur: »Die ganze verdammte Gegend ist auf den Beinen. Wir sind offensichtlich nicht die einzigen, die wissen, daß dieser Flüchtling sein Gewicht in Gold wert ist.«
»Du m-meinst«, stotterte sie, »daß sie ihn möglicherweise *hier* . . . suchen könnten?«
»Es ist anscheinend bekannt, daß er hier vorbeigekommen ist.« Er nahm ihre Hand und fuhr eindringlich fort: »Du mußt alle Besucher selbst empfangen und die Diener instruieren, daß sie zu absolut niemandem etwas sagen.«
»Aber – was soll ich sagen?«
»Daß dein Mann und einige seiner Leute einen Verräter jagen, der hier in der Gegend gesehen worden ist. Achte darauf, daß niemand herausbekommt, daß Chandler hier im Haus war. *Vor allem* wenn seine Verwandten anfangen, hier herumzuspitzeln.«

»Das würden sie nicht wagen! Ihre Besitzungen – eingeschlossen dieser wunderbare Herrensitz in Kent – würden eingezogen, wenn man sie für Sympathisanten der Jakobiten halten würde.« Neugierig fragte sie: »Sind sie das etwa, Roland?«
»Das bezweifle ich. Quentin ist der Hitzkopf. Gordon ist ein rechter Langweiler; der Typ, der in seinem ganzen Leben keine Dummheit anstellt. Aber ich glaube, sie sind einander sehr zugetan. Gordon *kann* möglicherweise auftauchen, also – sei vorsichtig.«
Mylady nickte, wenn auch widerstrebend. »Wie schrecklich ist das alles! Und mit diesem Schafskopf Joseph werden wir wahrscheinlich in einem ganz schönen Schlamassel enden.«
Er tätschelte ihre Hand. »Oder reich, meine Hübsche. Schwerreich, denn es ist genug da, um unser ganzes restliches Leben in Luxus zu verbringen.« Sie sah ihn an, ihre Augen leuchteten bei dem Gedanken an eine solch herrliche Zukunft, und lächelnd fügte er hinzu: »Das ist schon ein wenig Blutvergießen wert – oder?«
Der Glanz verschwand aus ihren Augen. Ein wenig unbehaglich sagte sie: »Solange es nicht meines ist!«

Trübselig ging Penelope an ihre Arbeiten und nieste einer erschreckten Mrs. King etwas vor, als sie mit der Haushälterin den Speiseplan der Woche durchging; schniefte sich durch ein Gespräch mit dem Silberschmied, der schätzen wollte, welche Reparaturen bei dem großen Tafelaufsatz nötig waren, den ein betrunkener Diener fallen gelassen hatte. Es gelang ihr, ständig zu schnauben und zu husten und so jämmerliche Seufzer zu unterdrücken, daß sie zweimal beobachtete, wie ein Zimmermädchen in eines der Seitenzimmer auswich, um ihr nicht im Flur zu begegnen.
Um halb zwei ging sie zu den Ställen, um nach Missy zu sehen.

Das Pferd war gestern triefnaß geworden. Cole hatte sich natürlich um es gekümmert. Dem Himmel sei Dank, daß sie Cole noch hatten. Der große, gebeugte ältere Mann war so gescheit, wie er treu war, und er war durch alle Veränderungen im Haus hindurch geblieben, da sogar Joseph so viel Verstand hatte, ein solches Juwel von Pferdepfleger nicht zu verärgern.

»Guten Tag, meine Liebe.«

Ihr Herz machte einen erschrockenen Satz. Als sie herumwirbelte, ergriff jemand ihren Ellbogen, und sie wurde an Roland Ottons Brust gedrückt.

»Ach, Sie sehen heute aber nicht gerade blühend aus«, sagte er, und seine schwarzen Augen funkelten, als er sich über sie beugte. »Sagen Sie nicht, daß Sie noch einen Groll hegen, weil ich gestern die Partei Ihres Onkels ergriffen habe. Man muß wissen, wo man die Butter aufs Brot geschmiert bekommt. Und wenn ich eine Frau ernähren muß – «

»Seine *Partei* ergriffen? Ich würde sagen, Sie haben ihn angestiftet und ihm Beihilfe geleistet! Wie stolz müssen Sie darauf sein, Captain Otton, ihm zuzusehen, wie er einen verwundeten Mann brennt und quält! Wirklich, solchen Heldenmut kann man nur bewundern!«

Er erstarrte, dann drückte er sie enger an sich, die Arme wie Eisenbande um ihre hübsche Gestalt geschlossen. »Sie haben ein ungezogenes Mundwerk«, murmelte er. »Ich werde es zum Schweigen bringen.«

Seine Lippen öffneten sich, und er senkte den Kopf. Otton erwartete, daß sie sich verzweifelt wehrte, bemerkte aber nur, daß seine Gefangene merkwürdig atmete.

Eine Sekunde bevor er seine Lippen auf ihren unwilligen Mund pressen wollte, nieste Penelope mit aller Kraft, und ihr Kopf kam in harten, aber erfreulichen Kontakt mit seinen Vorderzähnen.

Er fluchte und ließ sie los, dann ging er ein paar Schritte zurück und hielt sich sein Taschentuch vor den Mund. »Beim Jupiter – «, begann er wütend, aber erstickt.
Penelope nieste erneut, ergriff das Taschentuch und putzte sich geräuschvoll und so heftig die Nase, daß ihr tatsächlich Tränen in die Augen stiegen. »Hhtschi ... Ich habe anscheinend eine leichte Erkältung«, schniefte sie und wischte ihre Tränen ab.
»Allerdings.« Er ging noch einen Schritt zurück.
Entsetzt sah Penelope, daß ihre Anstrengungen rosa und schwarze Flecken im Taschentuch hinterlassen hatten. »Oh, du meine Güte. Es tut mir leid, aber meine Nase blutet ein klein wenig«, log sie. »Hier.« Sie streckte ihm das mißhandelte Taschentuch entgegen. »Vielen Dank.«
»Nein, nein. Behalten Sie es.« Er lächelte ohne große Begeisterung, da seine Lippen anzuschwellen begannen. »Mein Verlobungsgeschenk.«
Penelope machte einen tiefen Knicks, sah das Glitzern in seinen Augen und nieste noch einmal, als sie sich wieder aufrichtete. Es war ein großartiges Niesen, aber sie hatte es zu gut gemeint; ihr Haar löste sich und fiel wie ein dichter Schleier über ihre Schultern.
Fasziniert ergriff Otton eine seidige Strähne und wand sie sich um den Finger. »Ich wußte gar nicht, daß Sie solch herrliches Haar haben ...«
Penelope stand still da, die Augen wachsam auf das Taschentuch gerichtet.
»Wie schade, daß ich fort muß ...« Er seufzte und ließ die Haarsträhne aus den Fingern gleiten. »Aber die Zeit wird schnell genug vergehen, denke ich, und dann werde ich heimgeritten kommen und meine – ungeduldige Braut fordern.«
»Eher«, murmelte Penelope süß, »würde ich sterben.«
»Leicht gesagt, meine Liebe. Aber wenn Sie Ihren hübschen

Mund nicht halten und etwas über gestern abend verlauten lassen – dann könnte Ihr Wunsch allzu schnell erfüllt werden. Und wir wären *alle* tot!« Er verbeugte sich. »Denken Sie daran, meine Geliebte. Adieu.«

Trotz ihrer Abneigung gegen diesen Mann verfolgten seine Worte Penelope, als sie eine halbe Stunde später zurück zum Haus ging. Nichts hätte sie dazu gebracht, im Hinblick auf Quentin anders zu handeln. Sie sorgte sich nicht darum, daß seine Gegenwart eine tödliche Bedrohung darstellte, sondern daß er seine Verletzung und die brutale Behandlung, die er durchgemacht hatte, nicht überstehen könnte. Dennoch war sie nicht so selbstsüchtig, nicht zu sehen, daß auch andere in die Sache hineingezogen wurden. Ihr Entschluß, ihm zu helfen, hatte in der Tat den Schatten von Galgen und Hinrichtung über Highview gebracht, und selbst wenn sie anführte, daß ihr gewissenloser Onkel die Situation provoziert hatte und seine Frau kaum besser war, mußte sie immer noch an Daffy denken. Die treue Zofe war schuldlos, und wenn *sie* verhaftet werden sollte ... Penelope erschauerte und verbannte die entsetzlichen Vorstellungen, die ihr in den Sinn kamen. *Wenn* das Undenkbare geschah, würde sie schwören, daß Daffy von der Anwesenheit des Rebellen nichts gewußt hatte. Und wenn der Richter fragen sollte, wie es möglich war, daß eine Zofe nicht wußte, daß zwei fremde Männer sich im Ankleidezimmer ihrer Herrin aufhielten, könnte man das damit erklären, daß Penelope sie mit der Behauptung, eine sehr ansteckende Krankheit zu haben, ferngehalten hatte – Sie hatte die Seitentür geöffnet, und ihre Gedanken wurden unterbrochen, als sich irgendwo in der Nähe eine anklagende Frauenstimme erhob.

Die ehrenwerte Haushälterin – Mrs. King. Und die Anklage wurde anscheinend Ihrer Ladyschaft vorgetragen. Penelope trat in den Flur, schlich auf Zehenspitzen bis zu der Stelle, wo er zum Haupteingang abbog, blieb dort außer Sichtweite stehen und horchte schamlos.

»– ekelhafte Kreatur, Ma'am. Und wahrscheinlich voller Flöhe und Würmer. Immer wieder habe ich dem Mädchen gesagt, daß sie ihn verschwinden lassen soll, aber sie sagt immer nur, daß Miss Penelope es ihr erlaubt.«

»Ich muß gestehen, daß ich mir nichts aus Vögeln mache«, antwortete Sybil in ungeduldigem Ton. »Aber ich verstehe wirklich nicht, warum Brooks' Kanarienvogel so ein Chaos verursachen soll. Weiß der Himmel, der Herr und ich haben genügend Sorgen, ohne daß wir auch noch so einen Wirbel um ein kleines Haustier brauchen.«

»Aber er ist so furchtbar schmutzig, Ma'am«, argumentierte die Haushälterin in ihrem weinerlichen Ton, der Penelope so aufbrachte. »Er verstreut sein Futter und seine – äh, anderen Sachen – überall herum. Ganz zu schweigen von den Krankheiten, die er wahrscheinlich überträgt. Man sagt – «

»*Krankheiten?* Fürwahr, daran habe ich gar nie gedacht! Ja, ja – Sie haben absolut recht. Sagen Sie dem Mädchen, daß es dieses Vieh wegschaffen soll. Oh, und schicken Sie den Diener meines Mannes hinauf in mein Wohnzimmer, bevor er wegreitet.«

Die Haushälterin murmelte einige unterwürfige Dankesworte, und Penelope hörte ihre Schlüssel klappern, als sie davoneilte. Triumphierend. Diese widerliche Person! Nun, Daffy sollte sich *nicht* von Jasper trennen müssen. Was sollte ein kleiner Kanarienvogel schon für Schaden anrichten? Das arme Mädchen hatte wenig genug im Leben, über das sie sich freuen konnte, und sie liebte diesen albernen Vogel innig. Penelope spähte um die Ecke. Sie sah das schwarze Kleid noch davonwallen, als Mrs. King schnell zur Hintertreppe ging. Lady Sybil stand da und blickte nieder auf etwas, das sie in der Hand hielt, dann ging sie den Flur hinunter und betrat das Frühstückszim-

mer. Ihre Bewegungen wirkten fast ein wenig verstohlen, und welchen Grund konnte es um alles in der Welt haben, daß sie um diese Zeit dort hineinging? Was auch immer der Grund sein mochte, es paßte hervorragend in Penelopes Pläne. So leise wie möglich folgte sie Sybil. Als sie an die Tür kam, erblickte sie am Fenster gegenüber ihre Tante, die einen recht übel zugerichteten Brief las. Penelope betrat das Zimmer, schlich sich so nahe heran, wie sie es nur wagte, dann ließ sie ihr schönstes Niesen ertönen. Sie beherrschte es nun wirklich recht gut, dachte sie, und das Ergebnis war umwerfend.
Lady Sybil stieß einen durchdringenden Schrei aus, fuhr hoch und ließ den Brief fallen. Sie jonglierte wild herum, erwischte ihn irgendwie, versteckte ihn hinter ihrem Rücken und wirbelte herum. Penelope hatte gehofft, die Lady zu erschrecken, aber eine so heftige Reaktion erstaunte sie doch sehr.
Sybil war totenblaß, und in ihren dunklen Augen lag die nackte Angst. »*Niederträchtiges* Mädchen!« schrie sie mit schriller Stimme. »Mußt du hier herumschleichen und deine Bazillen in jeder Ecke dieses Hauses verstreuen? Ein Wunder, daß du mich nicht so erschreckt hast, daß ich einen Anfall bekomme!« Sie preßte die Hand auf ihr Herz und sank auf einen Stuhl, der in der Nähe stand.
Trotz dieser Anzeichen von Schwäche bemerkte Penelope, daß keine Spur mehr von dem Brief zu sehen war, den ihre Tante gelesen hatte. Vielleicht war es ein Liebesbrief. Die Frage war dann – von wem? Höchstwahrscheinlich von Otton. Obwohl man bei Sybil nie wissen konnte. Die einzige Person, die eine solche Nachricht wahrscheinlich *nicht* geschickt hatte, war ihr Gatte.
»Hhtschi ... Ich wollte fragen«, schniefte Penelope und trat schuldbewußt einen Schritt zurück, »ob ich mich für das Gespräch mit dem Architekten heute nachmittag entschuldigen darf. Ich fühle mich ziemlich – «

»Ja, ja! Habe ich dir nicht gesagt, daß du in deinem Zimmer bleiben sollst?«

»Ja, Ma'am. Aber – hhtschi – ich habe gedacht, Sie hätten nur gestern abend gemeint.«

»Oh – ja, das hatte ich. Aber um Himmels willen, wir werden den neuen Ballsaal auf jeden Fall erst im Frühling anbauen lassen. Geh ins Bett, schnell! Du siehst schrecklich aus. Und was ist bloß mit deinem Haar passiert? Kann deine dumme Zofe es nicht besser aufstecken?«

Penelope senkte den Blick und sagte bescheiden, daß sie einen Zusammenstoß mit Captain Otton gehabt habe.

Mit gespielter Ruhe und innerer Wut schalt Mylady: »Sei nicht so geschmacklos. Du kannst mindestens einen Tag im Bett bleiben. *Ich* habe keine Lust, krank zu werden.«

»Danke. Aber – wenn Onkel Joseph heimkommt ...«

»Dein Onkel wird wahrscheinlich ein paar Tage fortbleiben.« Mylady erhob sich, ihre Augen blickten kalt. »Und du kannst nur hoffen, daß seine Laune sich bessert, bevor er mit dir über dein gestriges Benehmen redet!«

Zu jedem anderen Zeitpunkt hätten diese drohenden Worte Penelope in Todesangst davor versetzt, bald der Grund für einen der heftigen Wutanfälle ihres Onkels zu sein. Heute jedoch scherte sie sich einen Pfifferling darum. Quentin würde einige Tage Zeit haben, um sich zu erholen; einige Tage Ruhe, Wärme und Pflege. Hoffnung keimte in ihrem Herzen auf, und es kostete sie Mühe, die Treppe nicht hinaufzuhüpfen.

Ihr Schlafzimmer war leer, und trotz ihrer Bemühungen, den kahlen Raum ein wenig aufzuheitern, sah er trist und schäbig aus. Penelope nahm kaum Notiz von den abgetretenen Teppichen, den schlecht und recht zusammengewürfelten Möbeln oder den verblaßten Vorhängen. Ihr ungeduldiger Blick fiel gleich auf das Ankleidezimmer, sie schloß schwungvoll die Tür

und schlich auf Zehenspitzen durch das Zimmer, um plötzlich erschrocken stehenzubleiben.
Die Geräusche eines Kampfes drangen von drinnen heraus: leise, heisere Stimmen, Stolpern, Trappeln, ein Krach, als etwas zu Boden fiel. Otton mußte gekommen sein! Er hatte sich vielleicht hier heraufgeschlichen, um ihr aufzulauern, und den Flüchtling entdeckt! Verzweifelt suchte sie im Zimmer nach einem Gegenstand, der ihr als Waffe dienen könnte. Daffy hatte den großen Kupferkrug, in dem sie heute morgen das heiße Wasser heraufgebracht hatte, noch nicht weggeräumt. Penelope packte ihn und riß die Tür auf.
Sie hatte Captain Otton zu Unrecht verdächtigt. Quentin und der Corporal waren es, die in dem engen Raum so verzweifelt miteinander kämpften. Penelope bemerkte erstaunt, daß der Verletzte Hemd, Reithosen und Socken trug, aber keine Stiefel, und daß dieser Mann, der gestern an der Schwelle des Todes zu stehen schien, nun so heftig kämpfte, daß der Corporal Mühe hatte, ihm nicht weh zu tun.
»Sir«, flehte Killiam. »Oh, Sir – hören Sie auf! Um Gottes willen, Major – ich will Sie nicht schlagen!«
»Dann gib auf«, schnaubte Quentin. Er wand sich los und hob den linken Arm, seine Faust war geballt und sah recht schlagkräftig aus, gleichgültig, wie dünn sie war.
Der Corporal wich aus, erblickte Penelope und schrie: »Er weiß nicht, was er anstellt, Miss! Helfen Sie mir – sonst muß ich ihn mit Sicherheit niederschlagen!«
»Unsinn«, antwortete Penelope, die sich von ihrem Schreck erholt hatte. »Treten Sie ihm einfach auf die Zehen.«
Killiam trat ihn kräftig. Quentin fluchte, beugte sich hinunter und ergriff seinen Fuß, dann sank er schwer atmend und mit gesenktem Kopf auf den Bettrand.
Penelope wechselte mit dem Corporal einen besorgten Blick.

»Wollten Sie uns so bald verlassen, Major Chandler?« fragte sie ganz förmlich.

»Das ist ... doch wohl selbstverständlich ...«, keuchte er, ohne aufzusehen.

»Ich bin im Stuhl eingedöst, Miss«, gestand der Corporal kleinlaut. »Als ich aufgewacht bin, habe ich ihn vollständig angezogen vorgefunden, wie er gerade versuchte, sich die Stiefel anzuziehen. Fragen Sie mich nicht, wo er die Klamotten her hat – ich habe keine Ahnung. Aber er war fertig, um sich davonzuschleichen, wie Sie gerade gesagt haben. Und nicht sicherer auf den Beinen als ein kleines Kind!«

»Was für eine Dummheit«, erklärte sie. »Quentin – ich habe geglaubt, daß Sie – «

»Was, Ma'am?« Er warf den Kopf hoch. Er war sehr blaß, die blauen Flecken stachen grell von seiner weißen Haut ab. »Haben Sie vielleicht geglaubt – daß ich ein verspätetes ... Verantwortungsgefühl verspürt habe?«

»Wenn Sie das hätten, Sir«, erwiderte sie und setzte sich neben ihn, »würden Sie nicht versuchen hinauszurennen, bevor Sie stark genug sind! Eine Stunde würde ich Ihnen geben, bevor sie über die Männer meines Onkels stolpern. Wirklich, ich hätte nicht gedacht, daß Sie seine Pflege am Sonntag so genossen haben, daß Sie sich danach sehnen, zu ihm zurückzukehren!«

»Ich versichere, er hätte mich nicht noch einmal in seine Hände bekommen. Nicht lebendig.«

Er sagte das leise, aber es gab keinen Zweifel, daß er es ernst meinte, und Penelope zitterte, während ein entsetzliches Gefühl der Hilflosigkeit sie kalt überlief. Sie brachte einen spöttischen Blick zustande. »Aber, aber, das ist ja eine überstürzte Flucht! Und so unnötig! Mein Onkel jagt einem Phantom hinterher und wird erst in einigen Tagen zurückerwartet, also können Sie gemütlich hierbleiben, bis – «

»*Gemütlich!*« Mit schneidender Stimme schrie er erregt: »Wie kann ich ruhig sein, während ich mich hier herumdrücke wie – wie ein verdammter Judas und weiß, daß ich den Schatten des Todes über Sie alle bringe? Können Sie sich vorstellen, wie ich mich gefühlt habe, als ich zum Fenster hinausgesehen habe und dieser Bastard Sie betätschelt hat – und Sie es nicht gewagt haben, ihm in sein dreckiges Gesicht zu schlagen?«

So, das war also der Grund! Sie verbarg ihre Freude, daß er sich so darüber aufregte, daß Otton sie bedrängt hatte, und sagte: »Haben Sie gedacht, ich bitte um Ihr Leben im Austausch für meine Tugend? Ich fürchte, das würde nicht funktionieren. Otton ist bei weitem zu geldgierig.«

Quentin schalt sie aus. »Um Gottes willen, Penny!«

»Habe ich Sie enttäuscht?« Vorsichtig betastete sie ihren Kopf. »Oh, du meine Güte. Dabei dachte ich, daß ich es sehr gut gemacht habe ...«

»Sie kleine Schurkin«, sagte er unsicher. »*Was* haben Sie gemacht?«

»Wie schade, daß es Ihnen entgangen ist. Aber ich vermute, Sie waren zu sehr damit beschäftigt, Rauch und Feuer zu speien, in Ihre gestohlenen Kleider zu schlüpfen und« – sie ließ ihre Wimpern kokett flattern – »und zu schwören, meine beleidigte Unschuld zu rächen.«

Der Corporal grinste und verschränkte die Arme über seiner breiten Brust. Quentin war nicht so leicht abzuspeisen und fragte: »Was ist mir entgangen, Penelope Anne?«

»Als er mich an sein Herz drückte«, antwortete sie zimperlich, »und sich verzehrt von Leidenschaft herunterbeugte, um meine widerstrebenden Lippen zu küssen ...« Quentin schimpfte erneut, und mit solch köstlichem Ingrimm, und sie sagte seufzend: »Ich habe ihn ganz und gar vollgeniest. Furchtbar. Wonach der verruchte Captain einen stark geschwollenen Mund hatte.«

Killiam lachte entzückt auf, dann schlug er sich mit der Hand auf den Mund. »Prima, Miss!« sagte er etwas leiser.
Quentin lächelte. »Ich wette, er hätte Sie am liebsten erwürgt. Wenn ich das doch gesehen hätte. Trotzdem, mit diesem schmutzigen Kerl, der hier herumschleicht – «
»Aber er wird nicht mehr länger hier herumschleichen. Mein Onkel hat ihn nur geschickt, um seine Kleider und seinen Diener zu holen. Sie sind gerade dabei, für einige Tage zu packen. Sie scheinen in der Illusion gefangen, Sie in die Enge getrieben zu haben, lieber Sir.«
»Nun, *das* ist mal ein Glück«, meinte der Corporal.
Nachdenklich murmelte Quentin: »Wenn nur mein Bruder nicht das Phantom ist, dem Delavale folgt.«
»Oh, wie großartig von ihm«, rief Penelope und klatschte in die Hände. »Er ist gerade der Richtige dafür, Onkel Joseph auf die Spur des falschen Hasen zu locken.«
Der Corporal fiel wieder in seine gewohnt trübsinnige Art zurück und grunzte: »Und wird wahrscheinlich bald ein *toter* Hase sein!«
Quentin zuckte zusammen, und Penelope hätte seinen ergebenen, aber unheilvollen Diener am liebsten geschüttelt. »Mr. Gordon Chandler erschien mir als sehr fähiger Gentleman«, sagte sie schnell. »Und ich finde, einer von Ihnen hätte bemerken können, wie krank ich aussehe.«
Ihr kleines Ablenkungsmanöver glückte. Quentin sagte sofort voller Gewissensbisse: »Ja, als Sie hereingekommen sind, habe ich bemerkt, daß Sie abgehärmt aussehen, armes Mädchen. Haben Sie sich also wirklich erkältet? Weiß Gott, bei all diesen Sorgen und diesem Aufruhr würde es mich nicht wundern.«
»Das Dumme ist nur«, sagte Penelope, holte Ottons Taschentuch hervor und betrachtete es prüfend, »daß meine Krankheit ziemlich leicht verschwindet. Ich muß vorsichtiger sein.«

Neugierig kamen die beiden Männer näher, und sie zeigte ihnen die schwarzen und rosa Flecken. Quentin starrte sie an und rief aus: »Beim Jupiter! Es ist meisterhaft. Wollen Sie sagen, daß Sie völlig gesund sind?«

»Nicht so laut«, antwortete sie und zwinkerte ihm zu. »Meine ›Erkältung‹ hat mich von diesem widerlichen Otton befreit und mir ein Exil in meinem Bett verschafft. Oh, meine Vorstellung war großartig, ich gebe es zu, aber ohne Daffys Talent bezweifle ich, daß ich meine Tante überzeugt hätte.«

Ehrfurchtsvoll fragte der Corporal: »Miss Brooks hat das gemacht? Mann! Ich verstehe nicht, wie sie – «

Die äußere Tür flog krachend auf. Penelope sprang auf, das Herz in den Kniekehlen. Killiam wirbelte herum, und Quentin rappelte sich auf die Beine, bereit, um sein Leben zu kämpfen. Jemand rannte auf das Ankleidezimmer zu. Penelope sprang zur Tür, aber es war zu spät, und sie stieß einen erschrockenen Schrei aus, als sie aufgerissen wurde.

Mit roten Augen, Tränen auf den Wangen und verzweifelt die Hände ringend schluchzte Daffy: »Miss Penny ... Sie wollen ihn umbringen! Oh, sie wollen ihn wirklich umbringen!«

Penelope erbleichte und rief: »Hat man uns entdeckt? Kommen sie her?« Aus den Augenwinkeln sah sie, daß Quentin einen soliden Dolch zum Vorschein gebracht hatte. Der Corporal neben ihm ergriff eine lange Sattelpistole. Beide Männer sahen grimmig und verzweifelt drein.

»Es ist so grausam«, schluchzte Daffy. »Er soll nicht sterben ... bloß weil er sich ein paar Ungezogenheiten angewöhnt hat.«

»W-was ...?« flüsterte Penelope.

»Erst letzte Nacht hat er so schön für mich gesungen, als ich im Bett gelegen bin. Sogar als er zugedeckt war.«

»Lieber ... Himmel ...!«

Quentins Mundwinkel begannen zu zucken, und er murmelte ganz brav: »Ich streite alles ab!«
Fassungslos starrte Killiam vom Major zu dem verängstigten Mädchen.
»Mrs. King sagt, entweder muß ich mich von ihm trennen, oder – oder ich werde entlassen«, heulte Daffy. »Oh ... *Miss!*« Sie verbarg das Gesicht in ihrer Schürze und weinte heftig.
Penelope atmete erleichtert auf. »Alles in Ordnung, Gentlemen. Nur ihr Kanarienvogel ist in Gefahr. Legen Sie sich bitte wieder hin, Quentin.«
Die beiden Männer kämpften offensichtlich darum, ein Lachen zu unterdrücken, und sie ließ sie zurück, schloß die Tür hinter sich und führte Daffy zu einem Stuhl. »Setz dich. Und versuch dich zu beruhigen.«
Etwas in dieser ruhigen Stimme drang durch den Jammer des Mädchens. Sie senkte die Schürze und blinzelte durch ihre Tränen. »Ich – ich will diesen kleinen Schelm nicht verlieren, Miss Penny«, sagte sie heiser. »Sie – Sie *werden* mir doch helfen?«
»So wie du Major Chandler ›helfen‹ wolltest?«
Daffy sah sie einen Augenblick erschrocken an, dann schlug sie ihre geröteten Augen nieder. »Ich bin hineingegangen, um die Schüsseln zu holen, und – und der Major *bettelte* darum, daß ich ihm etwas zum Anziehen bringen sollte. Ich wollte nur helfen – «
»Du weißt, wie verzweifelt er versucht, von hier wegzukommen – um unseretwillen. Und du wußtest, daß er viel zu schwach war, um heute von hier wegzugehen. Sogar als du mich unten gesehen hast, hast du kein Wort gesagt.«
»Corporal Robert Killiam war da, und – «
»Und fest eingeschlafen. Was du auch wußtest.«
Die Zofe zuckte sichtlich zusammen, aber Penelope verhärtete

ihr Herz. »Ich kann Verrat nicht ertragen, Brooks. Ich bin gewillt – «

Daffy stöhnte jämmerlich auf und fiel auf die Knie. »Sagen Sie das nicht! Liebe Miss Penny, die ich so liebe – sagen Sie nie so etwas Furchtbares!« Sie vergrub ihr Gesicht in Penelopes Röcken und weinte neuerlich; ein anderes Schluchzen diesmal, weniger heftig, aber erfüllt von einem tieferen Kummer.

Penelope sah auf die trostlose Gestalt hinunter und fragte sich angelegentlich, warum es dem Mädchen so viel bedeutete, in einem Haus zu bleiben, wo man sie schlecht behandelte und ihr ein so knausriges Gehalt zahlte.

»Ich gebe es zu«, murmelte Daffy. »Sie haben recht, Miss. Ich habe es – absichtlich getan.« Sie blickte verängstigt auf, sah Penelopes gerunzelte Stirn und wimmerte: »Ich habe einen Ausdruck in Ihren Augen gesehen, Miss Penny. Einen Ausdruck, den ich noch nie zuvor gesehen hatte. Und – oh, Miss! Er würde Ihnen *nichts* als Kummer und Sorgen bringen. Und vielleicht noch einen schrecklichen, grausamen Tod. Ich würde eher zusehen, daß Sie mit diesem schrecklichen Otton verheiratet werden, als – Ihr lieber Papa und – und Master Geoffrey, sie würden *so* einen Mann nicht für Sie wünschen, Miss! Das würden sie nicht!«

Entsetzt sank Penelope auf einen Stuhl. »Du hättest ihn in den *Tod* geschickt? Um zu versuchen, mich zu schützen?«

»Nein, nein! Er ist schon viel kräftiger. Und – und er hätte den Corporal und wahrscheinlich – «

Penelope beugte sich vor. Sehr sanft unterbrach sie Daffy. »Wenn du mich wirklich liebst, Daffy, dann hör mir zu. Wenn Quentin Chandler jemals – *irgend etwas* durch deine Schuld geschieht ... werde ich dir mein Leben lang nie, nie verzeihen.«

Daffy hörte auf zu schluchzen. Einen Augenblick lang blieben

sie so und sahen einander still und eindringlich in die Augen. Dann sagte Daffy, nicht von Dienerin zu Herrin, sondern von Frau zu Frau: »Ich habe das nicht gewußt. Es war so kurz, ich habe nicht gedacht ...«
»Ich habe ihn vor fünf Jahren kennengelernt, weißt du.«
»Ah. Und ich habe nicht begriffen, wie es ist. Es tut mir so leid. So schrecklich leid.« Sie bekreuzigte sich und sagte sehr feierlich: »Hand aufs Herz, ich schwöre bei meinem Leben – durch meine Schuld soll dem Major nie etwas geschehen, Miss Montgomery. Und wenn ich zwischen zwei Pferde gespannt und mitten entzweigerissen werde, wird das nicht passieren!«
Die Unwahrscheinlichkeit eines solch schauerlichen Schicksals brachte ein flüchtiges Lächeln in Penelopes Augen, aber daß sie mit ihrem Nachnamen angeredet wurde, traf sie ebenso tief, wie es Daffy getroffen hatte, und ihr Blick wurde durch Tränen getrübt. Die beiden Mädchen fielen einander weinend in die Arme, dann ließen sie sich wieder los, und jede versuchte verlegen, ihre Tränen zu trocknen.
»Dann verzeihen Sie mir also?« fragte Daffy ängstlich.
»Jetzt, da wir einander richtig verstehen, natürlich.«
»Und – und Sie werden mich *nie* wieder – Brooks – nennen, bitte, Miss?«
»Nur wenn du mir Grund dazu gibst – liebe Daffy.«
Mit einem erleichterten Seufzer stand Daffy auf, schüttelte ihre zerknitterten Röcke zurecht und glättete ihre Schürze. »In diesem Fall, Miss Penny – was ist mit meinem Jasper?«

6

Trotz seiner beharrlichen Versicherung des Gegenteils hatte die kurze Zeit seiner Aktivität Quentin erschöpft, und als Penelope später in das Zimmer kam, um den Verband zu erneuern, war er fest eingeschlafen. Mit einem innerlichen Seufzer der Erleichterung beschloß sie, ihn nicht zu wecken, blieb aber ein Weilchen und unterhielt sich flüsternd mit dem Corporal, bevor sie in ihr Zimmer zurückkehrte und sich hinsetzte, um zu flicken. Der Nachmittag war kühl, und sie hätte gerne ein Feuer im Kamin angemacht, aber ihre Tante würde wahrscheinlich denken, daß sie im Bett lag und es warm genug hatte, und wenn sie zu dieser Jahreszeit zu viel Kohle verbrauchte, würde es Ärger geben.

Als Daffy ein verspätetes Mittagessen heraufbrachte, erwachte Quentin, und eine halbe Stunde später sammelte Penelope erneut ihre Salben und Binden und Verbände zusammen.

Daffy beobachtete sie und sah, wie ihre weißen Hände zitterten. Mitleidig sagte sie: »Lassen Sie es mich diesmal machen, Miss Penny.«

Penelope kämpfte mit sich, um ihre Furcht davor zu bezwingen, die Wunde wieder zu behandeln. »Ich weiß gar nicht, warum ich heute so – so durcheinander bin«, antwortete sie mit dünner Stimme. »Gestern abend ... habe ich es ganz gut gemacht.«

»Natürlich haben Sie das. Sie waren wundervoll. Aber wir hatten alle solche Angst, daß der Major sterben könnte oder daß man uns alle finden würde. Ich glaube, wir sind irgendwie – über uns selbst hinausgewachsen. Aber es gibt keinen Grund mehr, aus dem es nötig sein sollte, daß Sie –«

»Doch. Es ist nötig.« Und Penelope, die wußte, daß ihre Angst daher rührte, daß es um Quentins Verletzung ging, daß *sein*

Körper so grausam verletzt war, straffte die Schultern. »Ich darf kein Hasenfuß sein. Der Himmel weiß, der Major ist keiner.«

Trotz dieser beherzten Worte betete sie um Kraft, als sie die Verbände durchschnitt. Der Corporal hatte ihr erzählt, daß ein einzelner Soldat Quentin am Freitag morgen angeschossen hatte. Der verzweifelte Ritt um sein Leben, zwei Tage später die Gefangennahme durch ihren Onkel und Lord Josephs nachfolgende brutale Behandlung hatten den Heilungsprozeß nicht gerade beschleunigt, aber zumindest war die Entzündung heute etwas zurückgegangen. Penelope tat ihre Arbeit so behutsam wie nur möglich, aber es war unumgänglich, daß sie ihrem Patienten hin und wieder beträchtlichen Schmerz zufügte. Er ertrug es tapfer, aber jedesmal, wenn er zusammenfuhr, zuckte sie ebenfalls. Sie konnte nicht wissen, wie bleich und verzweifelt sie aussah, und als sie aufsah, war sie überrascht, in seinen Augen, die auf sie gerichtet waren, solche Angst zu lesen, daß sie lächeln mußte. Sofort lächelten seine blassen Lippen zurück. Das Bewußtsein, daß er sich um ihretwillen gesorgt hatte, gab ihr die Kraft, ihre Übelkeit zu bezwingen, und sie plauderte unbeschwert und entlockte ihm gelegentlich eine atemlose Antwort.

Als sie fertig war, hielt der Corporal schon ein Glas Wein für jeden bereit, und sie tranken einander zu, dankbar und erleichtert, daß die Tortur vorüber war. Dann schlief Quentin ein, nachdem er ihr für ihre Pflege gedankt hatte, und der Corporal wiederholte diesen Dank, als er ihr die Tür aufhielt.

»Ich kenne nicht viele Ladys, die es fertigbringen würden, sich das anzusehen«, flüsterte er und warf einen Blick auf den verletzten Mann. »Diese verdammten Musketenkugeln! Verzeihung, Ma'am, aber es wird Monate dauern, bis er wieder er selbst ist, besonders mit den Verbrennungen, die Ihr Onkel –«

»Nein, nein«, unterbrach Penelope ihn eilig. »Major Chandler ist jung und im Grunde von ausgezeichneter Gesundheit. Er wäre sicher nicht so mitgenommen, wenn er nicht auch noch wochenlang gehungert hätte und gejagt worden wäre. Aber dennoch glaube ich, daß er schnell genug gesund werden wird, wenn er noch drei oder vier Tage hierbleiben kann.«

»Die Chancen stehen schlecht, daß wir so lange hierbleiben«, grunzte er. »Der Major hat nur im Kopf, wie er von Ihnen wegkommt, Miss. Und wie ich ihn hierhalten soll, wenn es ihm erst einmal besser geht, ist mir schleierhaft. Er ist stur wie ein Maulesel, Miss Penelope, wenn er sich einmal etwas in den Kopf gesetzt hat. Morgen oder übermorgen werden wir ihn nicht mehr zurückhalten können, deshalb warne ich Sie. Ich kenne ihn!«

»Es wäre Wahnsinn, vor Donnerstag von hier wegzugehen! Sie dürfen das nicht einmal denken –« Sie hielt inne. Der Corporal horchte angestrengt. Da hörte Penelope die Schritte und rannte wild zu ihrem Bett, fegte die Pflegeutensilien darunter und hatte sich kaum die Decke bis unter das Kinn heraufgezogen, als sich die Tür öffnete.

Aber es war nicht Daffy. Ein Hausmädchen trug ein Tablett mit einer Kanne Tee, Biskuits und einer Schale mit frischem Obst herein. Es war ein hübsches Persönchen mit leuchtendem, rotgoldenen Haar, freundlichen blauen Augen und von einem verwirrend vornehmen Auftreten. Sie heiße Betty, sagte sie und bestätigte damit Penelopes Vermutung, daß sie das neue Hausmädchen sein mußte, von dem Daffy gesprochen hatte. Sie hatte um die Erlaubnis gefragt, das Tablett nach oben bringen zu dürfen, und sie sagte mitleidig, sie wisse, was es bedeute, krank und ganz allein zu sein. Freundlichkeit war in Penelopes Leben selten geworden, und sie war gerührt. Sie war außerdem beunruhigt, weil das sehr knapp gewesen war und nicht noch einmal vorkommen durfte. Nachdem das Mädchen gegangen war, stieg sie wieder aus dem Bett und ging ins Ankleidezimmer, um den Corporal zu beruhigen. Dann zog sie ihr Nachthemd an, entschlossen, es von nun an immer zu tragen, damit sie für den Fall, daß noch jemand ihr einen überraschenden Besuch abstattete, gerüstet war.

Es blieb jedoch alles ruhig, bis nach kurzer Zeit Daffy mit dem Käfig ihres begnadigten Kanarienvogels kam. Sie war entsetzt, ihre Herrin im Nachthemd zu finden. Penelope versuchte ihr vergebens klarzumachen, daß ihr Flanellnachthemd mit dem hochgeschlossenen Kragen und den langen Ärmeln sie weit schicklicher verhüllte als viele der hübschen Kleider, die sie getragen hatte, bevor sie ihre Trauerkleidung anlegte. Daffy war schockiert. »Denken Sie nur, Miss«, murmelte sie, als sie beisammen saßen und flickten, »wenn es jemals herauskommt, daß sie in diesem Zimmer waren – die ganze Nacht. Auf ihre *eigene* Verantwortung! Und nicht einmal ein Schloß zwischen Ihnen und ... *den Männern!*«

Mit hochrotem Gesicht glättete Penelope den Kissenbezug, den sie gerade einfaßte. »Nun, man wird es nicht herausbekommen. Und was immer du denken magst, du bist dir sicher bewußt, daß mir nichts – äh, geschieht, weil sie beide ehrenhafte Gentlemen sind.«

Daffy schniefte, ohne überzeugt zu sein.

»Außerdem«, fuhr Penelope besänftigend fort, »wirst du heute nacht hier schlafen, so daß ich geziemend beaufsichtigt bin, und wir werden es alle bequem haben.«

Diese Äußerung sollte sich nicht gerade als ihre erfolgreichste Prophezeiung herausstellen.

Quentin schlief den ganzen Abend über. Nachdem Daffy ihr Abendessen heraufgebracht hatte, begann der Corporal, ein geselliger Mensch, mit Penelope eine Unterhaltung im Flüsterton, und sie plauderten über eine Stunde und arbeiteten Fluchtpläne aus, die nacheinander alle aus dem einen oder anderen Grund fallengelassen werden mußten.

Daffy erschien mit einem Arm voller Bücher, die dankbar entgegengenommen wurden. Als sie die Bücher aus dem Regal zerrte, hatte Daffy sich jedoch nicht die Zeit genommen, die Titel zu lesen. Sie hatte eine Abhandlung über *Das gelegentliche Einsetzen von Haarausfall nach längerem Fieber*, das *Leben des Pedro Arias de Avila*, eine Abhandlung über die Versuche einer Gruppe von Missionaren, einem Stamm von Kopfjägern in Äquatorial-Afrika das Nähen beizubringen, und ein Epos über den inneren Kampf eines Erzbischofs, der eine Blumenhändlerin begehrte, gebracht. Penelope nahm sich die Biographie, und der Corporal zog sich mit einem hoffnungsvollen Glitzern in den Augen zurück, um sich mit Hilfe einer Kerze dem wollüstigen Erzbischof zu widmen.

Penelope hatte vermutet, daß die Geschichte des Señor de Avila etwas von der Farbigkeit und den Sitten eines fremden Landes enthielt. Statt dessen entpuppte das Buch sich als besonders schauerhafte Aufzählung der Taten eines Gentlemans, der offensichtlich die meiste Zeit seiner neunzig Lebensjahre damit verbracht hatte, jeden umzubringen, der auf irgendeinem Gebiet besser sein könnte als er selbst. Nach einer Stunde legte Penelope das Buch schaudernd beiseite und kuschelte sich unter die Bettdecke.

Sie war müde und schlief bald ein. Als Daffy hereinkam, wachte sie kurz auf. Die Zofe war sehr nervös, sich »vor Corporal Robert Killiam« auszuziehen, und obwohl Penelope sie schläfrig daran erinnerte, daß es dem Corporal nicht einfallen würde, die Tür zu öffnen, ohne zuerst zu klopfen und um Erlaubnis zu fragen, verbrachte Daffy zehn peinliche Minuten damit, sich unter ihrem schützenden, aber hinderlichen Nachthemd aus ihren Kleidern zu schälen.

Penelope dämmerte wieder zurück in ihren Schlummer. Ein paar Stunden später wurde sie wieder aus dem Schlaf gerissen. Zuerst meinte sie, daß Daffy im Schlaf redete, aber nach einem Augenblick machte ihr ein heiseres Kollern klar, daß der »Sprecher« Jasper war. Das war nur ein kleines Ärgernis, dachte sie, an das man sich schnell gewöhnen konnte. Ihre Augen öffneten sich ein gutes Stück weiter, als das Kollern zu einem zarten Zwitschern wurde, unterbrochen von gelegentlichem, reichlich schrillen Trillern. Penelope knirschte mit den Zähnen, zog die Bettdecke weiter über ihre Ohren und schlief schließlich wieder ein.

Daffy schlief wie ein Holzklotz, aber sie hatte die Neigung, sich plötzlich umzudrehen, wobei sie sich halb aufsetzte und wieder hinlegte und den größten Teil der Decke mit sich zog. Penelope wurde zweimal von diesem Herumwälzen geweckt, spielte mit dem Gedanken, ihre treue Zofe zu erwürgen, und verwarf ihn wieder, bevor sie wieder einzuschlafen versuchte, als eine neuerliche Störung sie veranlaßte, sich hastig im Bett aufzusetzen.

Jemand bewarf das Fenster mit Kieselsteinen. Vielleicht war Gordon Chandler zurückgekommen! Vielleicht hatte er es geschafft, durch die Patrouillen zu kommen, und hatte eine schnelle Kutsche mitgebracht, in der er sie in Sicherheit bringen wollte!

Sie schlug die Decke zurück und eilte schnell zu dem hellgrauen Viereck des Fensters. Bevor sie es erreichte, quietschte sie jedoch auf, als ihr nackter Fuß in schmerzhaften Kontakt mit etwas Hartem und Spitzem geriet. Sie stöhnte leise und hinkte zur Fensterbank, wo sie sich hinkniete und die Vorhänge auseinanderzog.

Der Mond saß hoch oben auf dem Rand einer großen Wolke; der Nachthimmel über ihr war tiefschwarz, aber am östlichen

Horizont war eine Ecke, die schon etwas grau wurde und an das unerbittliche Nahen der Morgendämmerung erinnerte. Man konnte die kahlen Blumenbeete unter dem Fenster und den Rasenstreifen zwischen ihnen und der Auffahrt recht gut sehen, und alles war vollkommen verlassen.

Verwirrt entfernte sie etwas von ihrer Fußsohle, was auch immer es sein mochte, worauf sie getreten war, und erstarrte gleich darauf, als ihre Aufmerksamkeit von einer Bewegung an der Hausecke erregt wurde. Die große Gestalt eines Mannes tauchte auf. So war es also *tatsächlich* Gordon gewesen! Sie riß das Fenster auf und lehnte sich hinaus, aber abrupt unterdrückte sie den Schrei, der ihr schon auf der Zunge lag. Als der Mann näher kam, glomm eine Pfeife, und im Mondlicht konnte man sehen, daß sein Mantel ebenfalls rot war. Erschrocken starrte Penelope hinunter, als der Soldat freundlich winkte. Ruckartig drehte sie den Kopf und entdeckte einen zweiten Mann, der von der Ostseite des Hauses kam; ein Mann, der über einer Schulter eine Muskete trug, und darüber war das tödliche Glitzern eines Bajonetts zu sehen. Sie wich zurück, und in ihrem Kopf drehte sich alles, als sie so auf dem Boden kniete. Highview wurde überwacht! Wußten sie also, daß Quentin im Haus war? Waren sie da, um seine Flucht zu vereiteln? Oder hofften sie, ihn zu ergreifen, falls er hinauskommen *sollte?*

Beunruhigt rang sie die Hände. Wenn sie den Verdacht hätten, daß er hier war, würden die Soldaten keinen Augenblick zögern, ihn zu verhaften. Sie alle zu verhaften! Sie konnten es nicht wissen. Und ihre Bewegungen waren ihr nicht hastig erschienen. Sie hatten sich eher benommen wie Männer, die sich ein wenig langweilten, als wie Männer, die etwas überwachten – oder sich bereithielten, einen gefährlichen Flüchtling festzunehmen. Penelope biß in ihr Handgelenk und überlegte, ob sie den Corporal wecken sollte. Sie entschied, daß es besser sei, ihn weiterschlafen zu lassen. Morgen brauchte er möglicherweise seinen klaren Kopf. In der Frühe würde sie herauszubekommen versuchen, warum die Soldaten da waren …

Besorgt machte sie sich wieder auf den Weg in ihr Bett und vollführte einen ängstlichen Tanz, als sie erneut auf irgend etwas Scharfes trat. Sie beugte sich zu ihren Füßen hinunter, um sie abzuwischen, und fand noch mehr davon. Ihr fiel ein, daß das Fenster geschlossen gewesen war, als sie hingekommen war. Und außerdem hatte sie keine Spur von jemandem gesehen, der Kieselsteine warf, um sie zu wecken. Wo kam dieses fürchterliche Zeug aber dann her –

Über ihr hörte sie plötzlich ein Kratzen. Als sie weiterging, prasselte ein Hagelschauer von Abfällen aus dem Vogelkäfig auf sie hernieder. Ihrem erschrockenen Keuchen folgte ein schrilles Piepsen, das sich wie ein schadenfrohes Frohlocken des Vogels anhörte.

Das war Penelopes erste Erfahrung mit Jaspers »ungezogenen Angewohnheiten«.

»Wachen Sie auf, Miss«, rief Daffy fröhlich und zog die Bettvorhänge auf. »Sie haben geschlafen wie ein Murmeltier, die ganze Nacht haben Sie keinen Pieps von sich gegeben.« Da fiel ihr auf, daß ihre Herrin sie mit einem seltsamen Gesichtsausdruck anstarrte, und sie fügte zuversichtlich hinzu, daß Miss Penny sich besser fühlen würde, wenn sie ein feines Frühstück gehabt hätte. Sie trippelte davon, um ihren Gästen etwas geschmuggeltes Brot und Schinken zu bringen und mit dem Corporal einige Scherze auszutauschen. Als sie mit rosigen Wangen und leuchtenden Augen zurückkam, stand sie Wache, während Penelope sich wusch, und half ihr, das Nachthemd zu wechseln, wobei sie – auf erheiternde Weise aufgeregt

– die Bemerkung machte, daß man einen Mann vom Militär immer erkannte, »weil sie alle solche dreisten Flirter sind«.
»Da wir schon bei diesem Thema sind«, sagte Penelope und sah ihr ängstlich forschend ins Gesicht, »hast du Soldaten um Highview herumlungern sehen?«
Daffy schnappte nach Luft und klammerte sich krampfhaft an ihre Schürze. »Oh, Miss, Sie wissen es also? Ich habe nichts gesagt, weil ich nicht wußte, was sie hier suchen, aber Betty hat mit ihnen geredet. Sie ist eine ganz Kokette, und nicht das, was ich zuerst von ihr gedacht habe, muß ich sagen.«
»Hat sie etwas erfahren?«
»Nur daß es zwei sind, die bei Sonnenuntergang kommen und Streife um das Haus gehen, wenn es dunkel ist. Nur ... heute sind noch zwei da. Sie versuchen, ihre dummen Visagen verborgen zu halten. Als ob nicht jeder sie im Gebüsch herumschleichen gesehen hätte!«
Penelopes Mut sank. »Aber – Betty weiß nicht, *warum* sie hier sind?«
»Sie sagt, daß sie wahrscheinlich ein Auge auf alle großen Güter haben, weil sie glauben, daß jemand dem Major, weil er zum Adel gehört, Schutz gewähren könnte.« Daffy seufzte tief, als sie Penelopes langes Haar bürstete. »Das macht es nicht gerade leichter, ihn von hier fortzuschaffen, nicht wahr, Miss?«
Penelope stimmte ihr zu und verlor sich in düsteren Grübeleien, bis ein Piepsen von Jasper sie an seine nächtlichen Aktivitäten erinnerte, und sie informierte seine Besitzerin ohne Beschönigung über sein Benehmen.
Daffy war voller Gewissensbisse. Jasper kratze *wirklich* »ein klein wenig« herum, aber sie würde immer schnell hinter ihm saubermachen und den Käfig irgendwo hinstellen, wo er die Miss nicht mehr belästigen konnte.

»In der Südwiese?« fragte Penelope.
»Vielleicht könnte ich ihn zu den Gentlemen hineinstellen«, schlug Daffy unschuldig vor.
»Das kannst du ganz sicher nicht! Major Chandler braucht jeden Moment Ruhe und Schlaf.«
»Nun gut, er wird heute ein neuer Mensch sein, obwohl dieser große Dummkopf Corporal Robert Killiam Sie wahrscheinlich in den Glauben versetzt hat, daß nächste Woche die Beerdigung ist! Soll ich Ihre Haare in Locken legen, wie sie früher –«
»Liebe Güte, nein! Jetzt ist nicht die geeignete Zeit, daß ich versuche, mein Aussehen zu verbessern. Bitte, schmink mir wieder meine ›Krankheit‹ hin, und sag mir – gibt es Neuigkeiten von meinem Onkel?«
Daffy flocht die dicken Zöpfe und wand sie um den Kopf ihrer Herrin. Den Mund voller Haarnadeln, murmelte sie: »Wenn es Neuigkeiten geben würde, hätte M'lady sicher ihre Dinnerparty abgesagt. Aber das hat sie nicht, also –«
»Ihre – *was?*« rief Penelope bestürzt aus. »Sie kann keine Dinnerparty geben! Wir sind in Trauer!«
»Mylord ist weg, Miss«, antwortete Daffy mit einem zynischen Achselzucken. »Und Lady Sybil beklagt sich immer darüber, wie einsam es hier ist. Obwohl sie, wenn Sie mich fragen, schon ihr Teil an Gesellschaft findet.«
Wütend murrte Penelope: »Ich nehme an, sie sagt, daß sie in drei Monaten ihre Trauerkleidung ablegen kann.«
Daffy schnaubte verächtlich und holte ihre Farbtöpfchen und Bürstchen hervor. Während das bleiche Aussehen aufgemalt wurde, sprachen sie nicht miteinander, aber Penelopes Gedanken arbeiteten geschäftig. Sie beschloß, daß sie später einmal unten erscheinen mußte, um möglicherweise herauszubekommen, warum die Soldaten da waren und wie lange sie bleiben würden. Diese Aussicht war trübe, denn wenn sie einmal ihre

gewohnte Routine wieder aufnahm, würde man erwarten, daß sie ihre Mahlzeiten unten mit ihrer Tante einnahm, und es würde viel schwieriger sein, Essen hier heraufzuschmuggeln. Als Daffy fertig war, zog sie besorgt ihren Morgenmantel an und ging zum Ankleidezimmer.

Ihr leises Klopfen wurde von Quentin beantwortet, der Geoffreys Morgenmantel über seinem Nachthemd trug, und ihre Augen wurden kurzzeitig von Kummer erfüllt, als sie ihn sah. Quentin, der gleich bemerkte, daß ihr Gesichtsausdruck sich verändert hatte, und den Grund dafür erriet, verbeugte sich leicht, und auf ihre Proteste erklärte er heiter, daß es ihm ausgezeichnet gehe und daß er von Land's End bis John O'Groats reiten könne, wenn es nötig sei.

Penelope lachte ihn an, ihr Herz hüpfte vor Freude, weil seine Augen nicht mehr fiebrig glänzten, sein Grinsen so sorglos war, wie sie es in Erinnerung hatte, und obwohl er noch dünn und blaß war, seine Blutergüsse nicht mehr so schrecklich aussahen.

Auch er hatte sie prüfend angesehen. Mit einer Spur Ärger in der Stimme sagte er: »Sie sind müde, glaube ich. Ich bezweifle, daß Sie gut geschlafen haben, mit Ihrer Zofe, die das Bett mit Ihnen geteilt hat.« Er führte sie zum Stuhl, tat so, als überhöre er ihre Bitte, sich wieder niederzulegen, und setzte sich statt dessen auf das ordentlich gemachte Bett.

Neugierig blickte Penelope sich um.

»Wenn Sie nach meinem Burschen suchen«, sagte er launig, »er ist zum Barbier gegangen.«

Ein geringschätziges Schnauben drang hinter dem Bettuch hervor, das in einer Ecke des kleinen Zimmers aufgehängt worden war, um ein abgeschlossenes Fleckchen zu schaffen.

»Gütiger Gott«, rief Penelope in gespieltem Entsetzen. »Wollen Sie etwa sagen, daß wir – ganz allein sind, Sir?«

Sie beschwor so die unbeschwerten Neckereien wieder herauf, die sie vor fünf Jahren so genossen hatten. Quentin stieg sofort in ihr kleines Drama ein und sagte drohend: »*Ganz* allein, schöne Lady! Und beide, bitte bemerken Sie das, in unserem Nachtgewand! Wahrhaftig, wenn ich nicht ein ausgekochter Schurke wäre, wäre ich höchst schockiert!« Sie kicherte, und er fuhr mit seiner normalen Stimme fort: »Sie sind wirklich kompromittiert, wissen Sie.«

Sie bemerkte, daß sie errötete, und antwortete leichthin: »Unsinn. Sie und der Corporal haben sich mehr als gentlemanlike verhalten. Ich glaube, weder mein Vater noch mein Bruder hätten Sie hinausgeworfen.«

Trotz dieses Leugnens hatte ihr Puls sich beschleunigt, denn was er sagte, stimmte in der Tat. Sie war sich nicht bewußt, daß sie nervös über ihren Gürtel strich, bis er seine Hand einen Augenblick um die ihre schloß und ihre Finger beruhigte. Sie blickte scheu auf und sah in seinen Augen einen so zärtlichen Ausdruck, daß sie nur froh sein konnte, schon zu sitzen, weil ihr sonst die Knie nachgegeben hätten.

»Wo diese prächtigen Gentlemen im Augenblick auch sein mögen«, sagte er sanft, »ich verpfände Ihnen mein Wort, daß ich Ihr Vertrauen nicht mißbrauchen werde. Wirklich, Penelope Anne, Sie müssen wissen, wie sehr ich Sie – liebe und ehre ...«

Penelopes Herz schlug ohrenbetäubend. Die Freude schnürte ihr die Kehle zu, und das sichere Wissen, daß er dabei war, sich zu erklären, überwältigte sie.

» ... so sehr«, fuhr seine tiefe, schöne Stimme fort, »als wären Sie meine eigene liebe Schwester. Die Schwester, die ich leider nie gehabt habe.«

Sie fühlte sich, als hätte sie einen Dolchstoß ins Herz erhalten. Sie erstarrte fast, und einen Moment lang brauchte sie ihre ganze Entschlossenheit, um nicht zu zeigen, wie verletzt sie war. Irgendwie brachte sie eine Antwort heraus und wunderte sich, daß ihre Stimme so ruhig klingen konnte. »In diesem Fall möchte ich auch ein schwesterliches Recht ausüben. Oh, ich – ich weiß, daß Sie sich Gedanken über meine Sicherheit machen, aber nur weil Sie schon wieder kräftiger sind, dürfen Sie sich auch nicht überschätzen. Wenn Sie heute ein wenig aufsitzen und morgen vielleicht ein wenig herumgehen, genügt das.«

»Ein wenig!« spottete der Corporal, »Huh! Eine Meile ist er schon herumgelaufen. Und hat arg mit seinen Kräften herumgewirtschaftet!«

»Oh, Quentin«, rief Penelope aus. »Bitte warten Sie bis morgen, bis Sie herumlaufen.«

»Morgen werde ich fort sein.« Seine Worte waren ruhig, aber sein Blick fest und entschlossen.

»Sie *können* nicht!« rief sie entsetzt.

Wieder streckte er die Hand nach ihrer aus und ergriff sie. »Liebste Penelope Anne, ich war so gut wie tot, und Sie haben mir eine unbezahlbare zweite Chance des Lebens und der Freiheit gegeben. Es gibt keine Worte, um Ihnen dafür zu danken, was Sie getan haben – die Gefahren, die Sie eingegangen sind, aber – nein!« Er ließ ihre Hand los, um die seine auf ihre Lippen zu legen, die sich schon öffnen wollten. »Sie vergeuden nur Ihre Worte. Diesmal werde ich es mir nicht ausreden lassen. Heute abend, wenn es ganz dunkel ist, werden wir aufbrechen.«

Schweigend und wie betäubt sah sie ihn an. In Gedanken hatte sie ihm die Rolle eines passiven Invaliden zugewiesen und sich selbst die Aufgabe gestellt, seine Befreiung zu arrangieren. Erst gestern war er ihrer Beurteilung nach noch zu schwach gewesen, mehr zu tun, als sich ihren Entschlüssen zu beugen.

Jetzt wurde ihr klar, daß dieser unverwüstliche junge Mann nicht zu denen gehörte, die sich lange dem Willen anderer unterwarfen, und daß sie ihre ganze List aufbieten mußte, um ihn daran zu hindern, sich selbst in neues Unheil zu stürzen.
Er senkte seine Hand und beobachtete sie recht traurig.
»Ich wiederhole es – Sie können nicht, Major. Militär überwacht das Haus«, sagte sie.
Quentin atmete mit einem leisen zischenden Laut ein, aber er sagte nichts.
Der Corporal, in Hemdsärmeln und mit kleinen Bergen von weißem Seifenschaum neben der Nase und an einem Ohr, kam eilig hinter dem Laken hervor und fragte: »Sie haben sie gesehen, Miss?«
Penelope nickte und erzählte ihnen die Einzelheiten.
Killiam stöhnte, setzte sich aufs Bett, nahm das Handtuch über seiner Schulter und begann sein Gesicht abzuwischen, wobei er völlig vergaß, daß eine Lady anwesend war und er weder Jacke noch Krawatte trug.
Während sie ängstlich Quentins finsteres Gesicht beobachtete, fügte Penelope hinzu: »Sie sehen also, es ist nicht daran zu denken.«
»Im Gegenteil«, brummte er. »Dadurch wird es nur noch dringender.«
Verzweifelt fragte Killiam: »Nun, Sir – wie in Gottes Namen können Sie von hier weggehen, wenn sie draußen sind und darauf warten, daß Sie ihnen Ihr Gesicht zeigen? Wahrscheinlich sind sie alle wild auf eine Beförderung.«
»Oder auf die Belohnung«, sagte Quentin langsam.
»Wenn sie wüßten, daß Sie hier sind«, sagte Penelope, »würden sie hereinkommen und Sie suchen, glauben Sie nicht?«
»Zweifellos würden sie das. Nein, meine Liebe, bis jetzt wissen sie nichts von meinem illegalen Aufenthalt. Es ist weit wahr-

scheinlicher, daß Ihr freundlicher Onkel von seinem Gewissen geplagt wird. Vielleicht hat er sich vorgestellt, daß ich Freunde oder Verwandte erreicht habe, die erpicht darauf wären, meine – nicht gerade sanfte Behandlung durch ihn zu rächen. Oder vielleicht hat er gedacht, ich könnte selbst zurückkehren und das Haus in Brand stecken oder etwas Ähnliches.«

»Aber was könnte er ihnen gesagt haben, ohne seine eigene Rolle bei der Sache zu verraten?«

»Wahrscheinlich hat er sich irgendeine Geschichte ausgedacht, daß er weggerufen wurde und besorgt war, seine Ladys schutzlos zurückzulassen, wenn mordgierige Rebellen sich in der Gegend befinden.«

»In diesem Fall sind wir eine Zeitlang sicher«, meinte Penelope hoffnungsvoll. »Nachdem Onkel Joseph zurückgekehrt ist und die Wachen abgezogen werden, können Sie sich fortstehlen.«

»Danke, Ma'am«, sagte er mit zögerndem Lächeln. »Aber das wird nicht reichen. Ich breche heute abend auf.«

»Gott!« stöhnte der Corporal. »Was habe ich Ihnen gesagt, Miss? Major, bei dem Preis, der auf Ihren Kopf steht, ist es höchstwahrscheinlich, daß die gesamte Gegend auf den Beinen ist. Sagen Sie mir, wie Sie da durchkommen wollen. Sagen Sie mir nur – «

»Halten Sie Ihren Mund!« brauste Quentin auf, plötzlich ganz hochmütige Autorität.

»Sie werden mich nicht dazu bringen, meinen zu halten«, erklärte Penelope wütend. »Wenn ich schon in den Tod geschleppt werden soll, habe ich die Absicht – «

»*Sie!*« schrie er, offenkundig entsetzt. »Bei Gott, von mir werden Sie nicht mit hineingezogen! Warum, zum Teufel, sollte ich die Bedrohung, die durch meine Gegenwart über Highview liegt, beseitigen, nur um Sie in noch größere Gefahr zu bringen? Haben Sie doch etwas Verstand, Penny!«

Die brüderliche Freimütigkeit dieser Worte wirkte auf ihre überreizten Nerven wie Öl auf eine Flamme. »Verzeihung, Sir.« Sie stand da mit erhobenem Kinn, die Stimme voll Verachtung. »Ich bin im Augenblick wohl zu sehr von Abscheu erfüllt, um vernünftig zu sein.«

Er stand ebenfalls auf und sagte mit einem schwachen, liebevollen Lächeln: »Ich weiß, was Sie vorhaben, Penelope Anne. Das geht nicht. Sicher verstehen Sie, warum ich – «

»Penelope Anne«. So pflegte er sie vor Jahren zu nennen, und er hatte den Namen immer auf eine Weise ausgesprochen, die sie schließlich für zärtlich gehalten hatte. Daß er ihn jetzt aussprach, nachdem er sie seine Schwester genannt hatte, versetzte sie noch mehr in Wut, und bleich vor Zorn wandte sie sich gegen ihn. »Ich habe dieser – dieser riskanten Sache unter einer Bedingung zugestimmt, Major Chandler. Und Ihr Bruder hat einen Eid geschworen, sich an meine Bedingungen zu halten. Nun wollen Sie sein Wort brechen und seine Ehre beschmutzen. Schämen Sie sich!«

Seine bleichen Wangen röteten sich, und er wandte sich einen Augenblick lang ab, aber als er ihr wieder ins Gesicht sah, hatte er sein Kinn entschlossen nach oben gereckt. »Denken Sie, was Sie wollen«, sagte er ruhig. »Aber ich werde Sie *nicht* an den Galgen bringen. Noch hätte mein Bruder das getan. Wenn Sie mich deshalb verachten oder Ihren Handel bereuen, nun« – er lächelte schwach –, »die Soldaten warten draußen. Sie brauchen sie nur zu rufen.«

Er wußte, daß sie das nicht tun würde. In diesem Augenblick hätte sie ihn schlagen können. Sie erwiderte seinen festen Blick, ihre eigenen Augen loderten vor Zorn. Dann fuhr sie herum und ging mit hocherhobenem Kopf hinaus, aber sie war sich leider bewußt, daß es schwierig war, in einem Flanellnachthemd und einem häufig geflickten, verblaßten Morgenmantel königlich auszusehen.

»Nach allem, was wir getan haben«, wütete Penelope. »Nach allem, was wir riskiert haben! Wie kann er so dumm sein? So hochmütig entschlossen, alles wegzuwerfen?«
»Weinen Sie nicht, mein Lämmchen«, sagte Daffy, packte Penelope wieder ins Bett und stellte ihr das verschmähte Frühstückstablett auf den Schoß. »Schließlich ist er nur ein Mann. Und es gibt keinen einzigen, der eine Frau nicht früher oder später rasend macht.«
Diese prosaischen Worte bestürzten Penelope. Plötzlich wurde ihr klar, daß sie an Quentin nicht wie an ein menschliches, sondern eher wie an ein gottähnliches Wesen gedacht hatte, von makellosem Aussehen und Charakter, von heiterer, freundlicher Art und unerschütterlicher Liebenswürdigkeit, zumindest insoweit, als es sie anging. Sie hatte gerade zuvor einen flüchtigen stählernen Blick erhascht, als er auf den armen Corporal losgegangen war. Sie war verletzt gewesen, als er so scharf mit ihr geredet hatte ...
Während sie ihr in das ausdrucksvolle Gesicht sah, hantierte Daffy geschickt mit Teekanne und Tasse und murmelte: »Er hat sich verändert, nicht wahr, Miss?«
Hatte er sich verändert? Oder war es einfach so, daß sie ihn nie richtig gekannt hatte? Hatte sie ihn mit Eigenschaften ausgestattet, die er nicht besaß? Die kein Mensch besaß? Unvoreingenommen dachte sie: Ich bin ein dummes, naives Mädchen, das sich in ein Traumbild verliebt hat, das es nicht gibt. Und sofort begann sie, seine guten Eigenschaften aufzuzählen. Sein Mut und seine Warmherzigkeit. Die Art, wie er sie betrachtete, wenn sie mit ihm sprach, so als wäre das, was sie zu sagen hatte, im Augenblick die wichtigste Sache der Welt für ihn. Sein schlagfertiger Sinn für Humor, der Ausdruck seines Mundes, der sofort seine Laune verriet; das Lächeln, das immer in seinen grünen Augen schlummerte. Sie lächelte schwach und

zärtlich und dachte: Und die Art, wie eine Haarlocke ihm ständig über die Stirn fällt ... Und sie wußte, daß es nichts ausmachte, wenn er weniger perfekt war, als sie ihn sich vorgestellt hatte, daß es ihr Fehler war, sich ein so gottähnliches Bild von ihm gemacht zu haben – und sich vorzustellen, sie könne mit einer solchen Perfektion leben, selbst wenn sie sie errang. Sie erfuhr mehr über Quentin Chandler – Gutes und Schlechtes – und sie liebte ihn um so mehr ...

»Nach einer schönen heißen Tasse Tee werden Sie sich besser fühlen«, sagte Daffy freundlich. »Oh, welch ein Jammer! Er ist nicht sehr heiß, Miss.«

Penelope hörte kaum zu, nahm die Tasse und rührte Zucker in den lauwarmen Tee. »Er will *heute abend* fort, Daffy«, sagte sie. »Man wird ihn fangen oder töten ... Oh, was soll ich nur tun? Er ist so halsstarrig dazu entschlossen!«

»Er war schon immer so, sagt Corporal Robert Killiam.« Daffy warf einen Blick auf die verschlossene Tür des Ankleidezimmers und beugte sich über den Bettrand. »Sagen Sie nur ein Wort, und ich und Corporal Rob werden den Major niederschlagen und fesseln, bevor er auch nur aufwacht. Rob wußte, daß der Major das vorhat, und ihm ist es überhaupt nicht recht. Er hat es mir gesagt –«

Vor Überraschung aus ihren verzweifelten Gedanken gerissen, fragte Penelope: »Er hat es dir gesagt? Wann?«

»Was? Oh – äh, nun, es war gestern abend, Miss. Der Major schlief, als ich heraufkam, und Sie auch. Corporal Robert Killiam hörte mich, als ich die Tür aufmachte, und er klopfte ganz leise und fragte – wirklich ganz höflich – ob er vielleicht noch einen Tropfen Wasser haben könnte.« Sie errötete, als sie Penelopes Erstaunen sah. »Nun – nun, es ist so, wie Sie gesagt haben, Miss. Sie sind ehrenwerte Gentlemen, alle beide. Und ich dachte, solange Sie davon überzeugt sind, dann –«

»So, du hinterlistiger kleiner Fratz! Als ich aufgewacht bin und gesehen habe, wie du dich ausgezogen hast, bist du also vorher die halbe Nacht da drin gesessen und hast mit dem Mann Patiencen gelegt!«
»Nein, nein, Miss! Nur ganz kurz, und – o hoppla!«
»Hoppla, allerdings! Schlingel! Die ganze Zeit so tun, als könntest du den armen Corporal nicht leiden, aber heimliche Kartenspiele mit ihm machen, kaum daß ich meine Augen geschlossen habe!«
»Sie *wissen*, daß ich ein anständiges Mädchen bin«, verteidigte sich Daffy. »Und überhaupt, diese große, ungeschickte Kreatur kann ich gerade brauchen.« Ihre kleinen runden Finger fingen an, das Ende der schneeweißen, aber sehr mißhandelten Schürze zu einer dünnen Rolle zu drehen. Mit ziemlich beiläufiger Stimme fuhr sie fort: »Obwohl ... so ein schlechter Kerl scheint er nicht zu sein, und ... und ...«
»Und er hat schöne breite Schultern, hübsche blaue Augen und schönes, dickes Haar – oder, du kleines Biest?« sagte Penelope und bebte vor Lachen.
Daffys Augen blitzten sie an und begannen zu zwinkern. »Nun, was das angeht«, sagte sie in ihrer zimperlichen Art, »das könnte ich nicht sagen, Miss Penny. Ich gebe zu, daß ich ihn keine Schimpfwörter habe benutzen hören – oder zumindest nicht viele. Aber ich verstehe nicht, wie ein Mädchen sich für einen Mann interessieren könnte, der immer so barsch und düster ist. Auch wenn er so treu ist, wie man nur sein kann, und sein Leben für den Major geben würde.«
»Meine Güte«, brummte Penelope, die sich eine Scheibe kalten Toast vom Tablett genommen hatte und nun ein kleines, zusammengefaltetes Stück Papier ablöste, das an ihm geklebt hatte. »Was – um alles in der Welt ...?«
Butter war auf das Blatt getropft, und als sie es neugierig

auseinanderfaltete, sah sie, daß ein Teil der Schrift so verwischt war, daß sie fast unleserlich war. Dennoch brachte sie es mit einiger Mühe fertig, die Nachricht laut zu lesen:

»Viele Grüße, R., zu deinem besonderen Tag. Wenn ich an all die Jahre zurückdenke, frage ich mich, ob du dich wohl an den Fliegenden Holländer erinnerst? Was war das für ein Bursche! Ich habe immer geglaubt, daß er seinen eigenen traurigen Mangel an *semper paratus* auf dich übertragen hat. Ich hoffe, du hast es geschafft. Ich weiß nicht mehr, wie alt du warst, aber gerade heute mußte ich lachen, als ich daran dachte, wie du Mars gebissen hast. Ich hoffe, daß die schweren Zeiten schnell vergehen, so schnell wie die letzten Jahre. Herzlichst, S. K.«

»Wie seltsam«, murmelte sie verblüfft.
»Nun, für Sie kann es nicht sein, Miss. Ihr Name fängt nicht mit R. an.«
»Aber wie kommt es deiner Meinung nach auf mein Tablett? Es sieht fast so aus, als hätte man es absichtlich versteckt.«
»Welcher Unterschied wäre das, Miss Penny? Es sagt nichts, was irgendeinen Sinn ergibt. Wer immer dieser R. ist – Oh, ich glaube, es ist für diesen widerwärtigen Captain Otton. Er ist der einzige R., der mir einfällt – « Daffys Augen wurden sehr rund. »Oh – meine Güte!«
»Corporal Rob!« Im Nu war Penelope aus dem Bett, rannte durchs Zimmer und vergaß ganz ihren Morgenmantel, bis Daffy mit einem leisen Schrei herbeiflog und ihn ihr umlegte. Der Corporal antwortete auf das Klopfen, und Quentin wandte sich vom Fenster ab, einen mißbilligenden Ausdruck in den Augen.

Penelope streckte Killiam die Nachricht hin. »Das war unter meinem Toast, Corporal. Wir glauben, daß es für Sie bestimmt ist.«

Der Corporal schüttelte verblüfft den Kopf über die Nachricht, aber Quentin, der herankam, um sie zu nehmen und zu untersuchen, sagte mit plötzlicher Heftigkeit: »Mein Bruder hat mir das geschrieben! R. steht für *Rabble*, Fußvolk.« Er sah auf Penelope, seine Augen funkelten vor Aufregung. »Sie werden bemerkt haben, wie respektlos er mich anredet.«

»Sind Sie sicher?« fragte sie zweifelnd. »Es ist mit S. K. unterzeichnet.«

»Ich würde seine Schrift nicht verwechseln. Und er würde es nicht wagen, mit seinen eigenen Initialen zu unterschreiben, aus Angst, jemand könnte die Nachricht abfangen und zwei und zwei zusammenzählen.« Seine Brauen zogen sich zusammen. »S. ... K. ... Ah! Ich hab's! Sir Knight, der tapfere Ritter – natürlich! Ich nannte ihn immer so, als wir Kinder waren, weil er der ältere ist und den Titel erben wird.«

»Aber was bedeutet das alles, Sir?« fragte Daffy. »Wer ist dieser holländische Herr, von dem Mister Gordon spricht?«

Der Corporal grunzte: »Wenn es ein Bursche ist, der plötzlich Flügel bekommen hat, dann sollte man meinen, daß die ganze Welt seinen Namen kennt.«

»Nicht Flügel«, sagte Penelope eifrig. »Segel, glaube ich. Ist das nicht die Legende von dem Kapitän des übel beleumdeten Schiffes, der dazu verdammt war, für immer zu segeln und keinen Hafen zu finden? Ein Geisterschiff – oder nicht?«

»Richtig«, sagte Quentin und starrte weiter mit nachdenklich gerunzelter Stirn auf die verwischte Nachricht. »Mein ›besonderer Tag‹ verwirrt mich aber. Heute ist nicht mein Geburtstag.«

»Es sei denn, Ihr Bruder will andeuten, daß es ein besonderer

Tag *werden* wird«, schlug Penelope vor. »Aber – was hat der Fliegende Holländer damit zu tun?«
»Er war unser Kutscher. Mein Vater nannte ihn so, weil er sich immer verirrte.« Chandler seufzte ein wenig wehmütig. »So ein guter Bursche ... Aber – was das heißt, daß er *semper paratus* gewesen sein soll ... Gott!«
»Was bedeutet das, Major?« fragte Killiam. »Das ist Latein – oder?«
»Ja. Und mein Latein war immer so miserabel.« Quentin wandte sich kläglich an Penelope. »Liebe Lady, haben Sie Latein gelernt? *Semper* bedeutet immer – oder für immer – glaube ich ...«
»Ja, ich bin sicher, das heißt es. Aber ... *paratus* ...« Sie preßte in einem verzweifelten Versuch der Konzentration die Hände auf die Schläfen. »Oh, meine Güte! Ich weiß es – aber ... Es fällt mir nicht ein ...«
Enttäuscht fragte Quentin: »Können wir es wagen, Daffy hinunter in Ihre Bibliothek zu schicken?«
»Wenn ich mich da unten blicken lasse, Sir«, sagte Daffy, »erlauben sie mir möglicherweise nicht mehr, daß ich wieder heraufkomme. Sie sind alle ganz aus dem Häuschen, damit alles bereit ist für die Dinnerparty Ihrer La'ship, und – «
»Bereit!« Jubelnd schaltete Penelope sich ein, »Das ist es! *Semper paratus* bedeutet ›allzeit bereit‹!«
»Gutes Mädchen!« Er schlang seinen gesunden Arm um sie und drückte sie fest, ließ sie aber ziemlich abrupt los und wandte seine Aufmerksamkeit wieder dem Brief zu, während Penelope darum betete, daß er nicht bemerkt hatte, wie ihre Wangen um die Ränder ihrer aufgemalten Blässe herum brannten.
»Was heißt das, daß Sie jemanden gebissen haben sollen, Major?« fragte der Corporal.

Quentin las leise: »›Ich kann mich nicht erinnern, wie alt du warst, aber gerade heute mußte ich darüber lachen, wie du einmal Mars gebissen hast ...‹ Wie alt ich war ...« Mit gerunzelten Brauen dachte er an die Zeit zurück. »Ich muß etwa – acht gewesen sein, glaube ich. Nein! Ich war neun, weil ich gerade in den Ferien nach Hause gekommen war. Mars war unser Hund – ein dummes, großes, liebes Tier, immer mehr in den Pfoten als im Hirn. Ich stolperte, als ich versuchte, ihm auszuweichen, weil er anfing verrückt zu spielen, als er mich zurückkommen sah. Ich fiel über den alten Dummkopf und schlug mir den Mund an einem Stuhl auf. Alles war voller Blut – meinem Blut. Aber mein Papa sagte, ich hätte den Hund gebissen!« Er grinste Penelope an. »Um mich abzulenken, wissen Sie.«
»Ja, wie lieb von ihm. Aber worauf will Ihr Bruder hinaus, meinen Sie? Auf den Hund? Oder ...«
»O nein. Ich glaube, er meint mein Alter zu jener Zeit. Versuchen wir doch einmal, alles zusammenzusetzen, ja? Heute ... ein Kutscher ... die Ermahnung, daß ich bereit sein muß. Und die Zahl neun.« Ernst sah er in ihre gespannten Gesichter.
»Lieber Gott!« rief Penelope aus. »Ihr Bruder schickt eine Kutsche hierher! Heute abend um neun!«
»Der Himmel segne uns!« sagte Daffy staunend. »Wer hätte gedacht, daß es *das* bedeutet?«
»Niemand sonst – hoffe ich«, sagte Quentin und blinzelte sie an.
Besorgt rief Penelope: »Wie sollen wir ihn nur aufhalten? Der arme Mann – er wird geradewegs in eine Falle fahren!«
»Ja.« Killiam nickte trübselig. »Die Soldaten werden ihn ergreifen, und bevor die Kutsche davonfahren kann, wird es zum Galgen gehen!«

Grübelnd sagte Quentin: »Ich frage mich ...« Alle starrten ihn an, und er fuhr fort: »Ich bin ganz sicher, daß die Soldaten danach trachten, mich *draußen* zu halten. Sie durchsuchen die Kutsche wahrscheinlich, wenn sie ankommt, aber ich werde nicht drin sein, versteht ihr? Ich muß nur noch schnell hineinschlüpfen, wenn sie erst fertig sind.«
»Und – wie bitte«, sagte Penelope, » wie glauben Sie, können Sie das fertigbringen, ohne gesehen zu werden?«
»Es macht nichts, wenn ich gesehen werde – von den Soldaten auf jeden Fall.« Nervös ging er zum Fenster. »Ich könnte ganz lässig ums Haus spazieren, nachdem der Kutscher alle Untersuchungen über sich hat ergehen lassen, die man von ihm verlangt, und ...« Er wirbelte herum, warf die Arme hoch und kam mit leuchtenden Augen wieder auf sie zu. »Meine lieben Freunde, schaut nicht so besorgt drein. Ich muß nur ... nur ...« Mit verwirrtem Blick hielt er inne, dann schwankte er.
Der Corporal sprang zu ihm hin, um ihn zu stützen, führte ihn zum Bett und setzte sich mit ihm, die Arme um die dünnen, hängenden Schultern. »Waren zu lange auf den Beinen. Was haben Sie denn erwartet?« grollte er böse und betrachtete prüfend Quentins Gesicht, wie ein besorgter Angehöriger.
»O ... nein«, widersprach Quentin, schwach, aber unbezähmbar. »Ich bin nur ... ein bißchen müde, vielleicht.«
Penelope füllte ein Glas mit Wasser aus dem Krug, den sie auf dem Bücherstapel abgestellt hatten. »Wenn Sie nicht einmal ein paar Minuten lang stehen können, Major Chandler, dann möchte ich Sie zwei Stockwerke hinuntertrippeln, hinten ums Haus herumgehen und« – sie gab ihm das Glas – »lässig zur Kutsche spazieren sehen.«
»Würden auf der Nase liegen, bevor Sie am Fuß der Treppe wären«, prophezeite der Corporal.

Gedemütigt durch die besorgten Gesichter um ihn herum, trank Quentin sein Wasser und schwieg.
»Aber natürlich«, murmelte Daffy in der betretenen Pause, »wenn der Major ein bißchen schwach in den Knien ist und nicht gehen kann ... kann er doch immer noch humpeln. An einem Stock.«
Sie starrten sie an.
»Was meinen Sie, Mädchen?« fragte Killiam in einem Ton, den Penelope noch nie vorher in seiner Stimme gehört hatte.
Errötend antwortete Daffy: »Ich meine, wenn er ... ein *älterer* Herr wäre.«
Sie sahen einander wortlos an und wagten kaum, sich die Szene vorzustellen, die diese Worte heraufbeschworen.
Mit atemloser Stimme, die vor erneuter Hoffnung zitterte, fragte Quentin: »Daffy – könntest du etwa ...?«
Sie stürzte beinahe auf ihn zu, ihre Augen funkelten. »Ja, Sir! O ja, ich könnte wirklich!«
»Sie könnten meinen Major in einen alten Herrn verwandeln?« fragte der Corporal ehrfürchtig. »So, daß die Leute es *glauben* würden?«
»Da können Sie sicher sein, daß Sie nichts merken würden«, antwortete sie stolz.
»Gott segne Sie, Mädchen!« sagte Quentin, der ihre Behauptung begeistert aufnahm. »Aber – meiner Treu! Was ist mit Kleidern? Freund Ottons Stiefel passen, aber sein extravaganter Stil würde sich für einen älteren Herrn nicht schicken.«
»Machen Sie sich darüber keine Gedanken«, sagte Penelope. »Die Kleider meines Vaters werden ihren Zweck erfüllen, wenn man sie, wenn es überhaupt nötig ist, ein bißchen für Ihr momentanes Gewicht umändert.«
Der Corporal, der einen gesunden Respekt vor der ruhigen Vernunft dieses Mädchens entwickelt hatte, sah sie gespannt an. »Sie haben doch noch etwas im Sinn, glaube ich, Miss.«

Sie lächelte ihn an. »Ja, das habe ich. Es wird immer besser. Quentin, meine Tante gibt heute abend eine Dinnerparty.«

»Aha!«

»Genau. Sie fängt wahrscheinlich gegen fünf Uhr an, obwohl ich bezweifle, daß sie vor halb acht oder acht zu Tisch gehen werden. Mit ein wenig Glück können wir Sie zu der Zeit, wenn die Kutsche ankommt, nach unten bringen, und ein ›älterer‹ Gast kann die Party meiner Tante frühzeitig verlassen.«

Gespannt fragte er: »Wie soll ich an Ihrem Butler vorbeikommen? Er wird die Gäste sicher kennen.«

»Ja. Wir müssen also an der Seitentür sein, bevor der Kutscher vorfährt, und wir werden hinausgehen, als wären wir ein wenig herumspaziert, während wir auf ihn warteten.« Sie preßte die Hände zusammen und machte einen kleinen Freudensprung. »O Quentin! Wie herrlich, wenn – wenn wir es zusammen schaffen!«

Das »Wenn« verursachte ihm ein momentanes Unbehagen, das aber sogleich durch seinen gewohnten Optimismus gebannt wurde. »Bei Gott, wir werden es schaffen!«

Erst als sie und Daffy zurück in ihrem Schlafzimmer waren, unterbrach Penelope ihr geschäftiges Pläneschmieden und sagte nachdenklich: »Wer auch immer diese Nachricht mit meinem Toast hereingeschickt hat, muß wissen, daß der Major hier ist.«

»Herrje!« kreischte Daffy und verschwand hinter ihrer Schürze.

»Es muß ein Freund sein«, fuhr Penelope fort, »sonst wären wir schon vorher verhaftet worden.«

»Nun ja – das stimmt«, stammelte Daffy, und ihre Augen tauchten wieder auf. »Aber – wer kann es sein?«

»Ich glaube, wir sollten nicht versuchen, das zu erraten. Wir haben einen Freund, der es nicht zu riskieren wagt, erkannt zu werden. Diesen Wunsch müssen wir respektieren.« Und sie dachte: Und beten, daß dies alles keine Falle ist ...

7

Ein großer Teil der Verantwortung für ihren verzweifelten Plan lag auf Daffys Schultern. Sie mußte hinauf in den Dachboden huschen, wo Lord Hectors Truhen aufbewahrt wurden, und sie mußte ein passendes Gewand für Major Chandlers geplantes neues Ich aussuchen. Seine verstorbene Lordschaft war in vieler Hinsicht ein konservativer Gentleman gewesen, aber da er eine hervorragende Figur besaß, hatte er Freude an Kleidern gehabt und eine sehr schöne Garderobe und mehrere Perücken besessen, die noch in gutem Zustand waren. Daffy füllte einen Wäschekorb mit Kleidern und Accessoires, warf ein Bettuch über ihre Beute und lieferte sie in Penelopes Schlafzimmer ab, bevor sie nach unten ging, um ihre weniger strafbaren Tätigkeiten wieder aufzunehmen.
Glücklicherweise war im Ankleidezimmer ein Bügeleisen. Penelope schürte das Feuer und hatte das Eisen bald erhitzt. Sie machte sich an die Arbeit und verbrachte die folgende Stunde damit, die Rockschöße von einigen Mänteln, einige Kniehosen und mehrere Hemden ihres verstorbenen Vaters zu bügeln. Der Stapel von Krawatten und Rüschen schien endlos, aber als sie diese mühsame Aufgabe hinter sich hatte, verließ sie schnell das Ankleidezimmer, so daß Killiam Quentin dabei helfen konnte, seinen geliehenen Staat anzuprobieren.
Penelope wartete hoffnungsvoll, aber als der Corporal schließlich den zukünftigen »alten Gentleman« zur Besichtigung hereinführte, verließ sie der Mut. Die Perücke war ziemlich aus der Mode, mit dicken Locken, die locker um den Kopf gelegt

und im Nacken lang waren, zusammengehalten von einer großen schwarzen Satinschleife. Der blaue Satinrock und die Kniehosen paßten gut, aber trotz seines abgespannten Aussehens und der seidigen weißen Locken brachte Chandler es fertig, elegant, schneidig und nicht ein Jahr älter auszusehen.
»Wir müssen ganz auf Daffy bauen«, seufzte Penelope.
Dieses begabte Mädchen, das kurze Zeit darauf mit einem Tablett, auf dem ihr Mittagessen stand, ins Zimmer kam, war weniger bestürzt über die jugendliche Erscheinung des Majors als über seinen Mangel an Skrupeln, die Kleider eines Toten zu tragen. »Ist Ihnen dabei nicht ein wenig ... gruselig, Sir?« fragte sie und gab Quentin ein Stück Kümmelkuchen.
Offensichtlich überrascht von der Frage, antwortete er: »Warum denn, nein. Ich hatte Lord Hector gern, als er lebte. Warum sollte ich ihn als Toten fürchten? Er war ein sehr gutmütiger Herr, der nicht im geringsten etwas dagegen hätte, da bin ich sicher.«
»Das kann er wohl nicht mehr«, sagte sie, verbarg ihr Kinn und sah feierlich drein. »Aber – seine Kleider anhaben! Sogar seine *Perücke!* Herrje! Ich würde mich richtig heimgesucht fühlen.«
Quentin starrte sie an, dann lachte er so heftig, daß er seine Heiterkeit dämpfen mußte. »Eine – eine heimgesuchte Perükke, beim Jupiter«, sagte er vergnügt. »Wie soll ich das bloß überleben?«
Penelope beobachtete ihn mit leichtem Herzen, als sie seine Fröhlichkeit sah, und dachte: Du mußt nur überleben, mein Liebster. Irgendwie ... überleben.
Sie brachte ihn dazu, sich nach ihrem gemeinsamen Mahl auszuruhen, damit er besser für die Aktivitäten des Abends gerüstet war, aber als sie ging, war er, obwohl er auf dem Bett lag, eifrig damit beschäftigt, den Corporal bei der Kleiderauswahl zu überwachen. Killiam war entschlossen, Chandler ver-

kleidet als Diener des »alten Gentleman« zu begleiten, und er war ebenso überzeugt, daß sie scheitern mußten, wie sein Major auf einen glücklichen Ausgang vertraute. Penelope schloß die Tür hinter Killiams trübsinniger Aufzählung aller möglichen bösen Ereignisse, die die Chancen, seinen nächsten Geburtstag noch zu erleben, verringerten, und trat auf den Gang.

Während sie langsam die Treppe hinunterging, überdachte sie wohl zum hundertsten Male ihre eigenen Pläne. Sie hatte sie Daffy anvertraut und das Fräulein damit so erschreckt, daß sie nur froh sein konnte, sich zuvor einen Eid auf völlige Verschwiegenheit gesichert zu haben. Wenn ein gewisser hübscher junger Flüchtling Wind von ihren Plänen bekommen würde, konnte kein Zweifel an *seiner* Reaktion bestehen! Penelope lächelte schwach. Es reicht, wenn es soweit ist, dachte sie.

Sie war ganz sicher, daß sie von ihrer schönen Tante gehörige Schelte zu erwarten hatte, und als sie die Lady in der Halle traf, war sie gelinde erstaunt, einem bestürzten Blick zu begegnen, der rasch einer wahren Flut der Erleichterung und Entschuldigungen Platz machte, das Krankenzimmer nicht »so oft besucht zu haben, wie ich es hätte tun sollen, aber du weißt, wie schrecklich anfällig ich für Krankheiten bin«. Ihre Tante versicherte ihr, sie sehe »wirklich schlecht« aus und dürfe nicht einmal daran denken, etwas zu tun, außer wieder in ihr Bett zu gehen und zu ruhen. »Bis morgen bist du bestimmt wieder ganz erholt«, fügte Mylady hinzu, als sie sich daran erinnerte, daß der Hilfsgeistliche vorhatte, vorbeizukommen, und daß sie nicht die geringste Absicht hatte, sich mit den Fragen zu befassen, die der Mann zweifellos stellen würde.

Penelope hustete sich durch überschwenglichen Dank und sagte in edlem Martyrium, sie würde nur in die Küche gehen und sich vergewissern, daß dort alles in Ordnung war.

Lady Sybils weiße Hände schlossen sich blitzschnell in einem bemerkenswert festen Griff um den Arm ihrer Nichte. Nicht im Traum würde sie es sich einfallen lassen, erklärte sie, der »armen Penelope« zu erlauben, sich einer so ermüdenden Pflicht zu unterziehen. Sie selbst würde nach Cook sehen. »Und es wäre besser für sie, wenn ich sie nicht dabei ertappe, mit diesen ekelhaften Soldaten herumzuscharwenzeln«, murrte sie mit gerunzelter Stirn.

Das war eine goldene Gelegenheit, und Penelope ergriff sie sofort, indem sie ausrief, als sei sie höchst erschrocken: »Soldaten, Ma'am? Oh – wollen Sie sagen, wir stehen unter Hausarrest?«

»Um Himmels willen, warum sollte ich so etwas sagen?« antwortete Ihre Ladyschaft und warf einen nervösen Blick auf den Flur. »*Was* wird dir als nächstes einfallen, dummes Mädchen?«

»Aber – aber warum sollten denn Soldaten dasein, außer um – «

»Sie sind gekommen, um uns zu *beschützen*«, zischte Sybil verärgert. »Dein Onkel hatte soviel Verstand, Schutz anzufordern, als er das Haus verließ – schließlich schwärmen Verräter in der Nachbarschaft herum und – « Sie brach ab, glättete ihre gerunzelte Stirn und verzog ihre Lippen zu einem ziemlich schiefen Lächeln. »Auf jeden Fall besteht kein Grund zur Sorge, sondern die Anwesenheit der Soldaten erlaubt es uns, nachts ohne die Angst zu schlafen, unsere Kehlen durchgeschnitten zu finden, wenn wir morgens aufwachen! Geh in dein Bett, Mädchen, und ich sage Cook, sie soll dir ein Dienstmädchen mit einem Tablett hinaufschicken, so daß du frühzeitig zu Abend essen kannst.«

»Sie sind zu gut.« Penelope schniefte laut. »Wirklich, ich weiß gar nicht, wie das möglich ist, aber ich fühle mich halb verhungert.«

»Ein sehr gutes Zeichen. Nun – lauf zu.«
Penelope »lief« mit langsamen, müden Schritten und fragte sich, wie weit Sybil gehen würde, um ihre unerlaubte Dinnerparty geheimzuhalten. Als sie ihr Schlafzimmer betreten hatte, ging sie sofort zur Tür des Ankleidezimmers und klopfte. Der Corporal öffnete die Tür einen Spalt und flüsterte, daß der Major nicht angekleidet sei. Schelmisch rief Penelope: »Sagen Sie ihm, daß die Soldaten nur deshalb hier sind, um aufzupassen, daß er mir nicht die Kehle durchschneidet, während ich schlafe.«
Sie hörte ein unterdrücktes Lachen, und der Corporal grinste breit.
»Wer hat Ihnen das gesagt, Penelope Anne?« fragte Quentin.
»Meine Tante. Und ich kenne sie gut genug, um zu sehen, daß sie nicht die leiseste Ahnung hat, daß Sie – neben meinem Schlafzimmer herumlungern, Sir.«
Er kicherte und teilte ihr mit, sie sei eine Schwester, wie man sie unter Tausenden nicht fand. Ärgerlich ging Penelope zum Fenster hinüber und setzte sich in ihren zerbeulten, aber bequemen Schaukelstuhl.
Es war ein schöner Nachmittag, der Wind trieb einen Schwarm kleiner Wolken über den Himmel, so daß sie aussahen wie ein Haufen eiliger Schäfchen. Während sie sie beobachtete, erinnerte Penelope sich daran, daß sie und Geoffrey immer Gesichter oder andere Dinge, manchmal sogar ganze Lebewesen in den wechselnden Wolkengebilden gesehen hatten. Sie versuchte, sich ihren Bruder auf einem dieser himmlischen Schafe sitzend vorzustellen, wie er vielleicht mit liebenden Augen auf sie heruntersah, aber sie fand wie schon oft zuvor, daß sie Geoffrey nicht mit einer so heiligen Beschäftigung in Verbindung bringen konnte; daß sie ihn vielmehr überhaupt nicht mit dem Tod in Verbindung bringen konnte. Und das war lächer-

lich, denn wenn er noch leben würde, dann hätte er ganz sicher längst Verbindung zu ihr aufgenommen.
Ihre Gedanken wandten sich dem bevorstehenden riskanten Unternehmen zu. Der Corporal hatte leider recht; ihre Chancen, Quentin sicher fortzubringen, waren erschreckend gering. Ein Dutzend möglicher Katastrophen jagten nacheinander durch ihre bedrückten Überlegungen. Wenn er in die Enge getrieben würde, dann würde er kämpfen, das wußte sie. Angenommen, er würde in Ketten fortgeschleppt, um dem Verrätertod ins Auge zu sehen? Was würde sie tun? Wie könnte sie weiterleben – ohne ihn? Sie begann zu zittern, legte sich die eiskalte Hand über die Augen und bemühte sich, solch schreckliche Vorstellungen zu verbannen.
Eine vertraute und doch fremde Stimme grollte: »Madam – Sie sind meine Gefangene! Ergeben Sie sich?«
Mit einem Keuchen sah Penelope auf. Eine schreckliche Gestalt stand neben ihr. Ein taumelndes, schielendes Wesen mit einem riesigem schwarzen Schnurrbart. Ein buntes Halstuch war um seinen Kopf gebunden, über einem Auge hing eine Augenklappe, im anderen glitzerte lüsterne Verdorbenheit.
Penelopes Mund öffnete sich, und sie starrte auf die Gestalt, zu erschrocken, um etwas zu antworten. Ihr Handgelenk wurde von einem überraschend kräftigen Griff umklammert. Sie wurde von ihrem Stuhl hochgezogen, herumgewirbelt, nach hinten gebogen und, völlig aus dem Gleichgewicht, in dieser würdelosen Stellung festgehalten, während das eine grüne Auge zu ihr herunterlachte. Der Schnurrbart schien für ihren Ergreifer eine beträchtliche Behinderung zu sein, denn er war ein- oder zweimal dazu gezwungen, ihn auszuspucken, als er wild schnaubte: »Glauben Sie, die Geißel der Spanischen Hand wartet, niederträchtiges Frauenzimmer? Sie sind in meiner – in meiner Gewalt! Ah, zittern Sie nur! Verärgern Sie mich, und

ich lasse Sie an den Daumen vom Rahnock hängen oder kielholen – oder – äh, sonst etwas dieser Art. Stellen Sie mich zufrieden, und ich werde Sie mit Geschenken überschütten, so wie – «

An dieser Stelle mußte die Geißel der Spanischen Hand äußerst erstaunt feststellen, daß sie selbst mit Geschenken überschüttet wurde. Einem gedämpften, piepsenden Kollern folgte ein nachdrückliches Scharren, und dann prasselte ein Hagel von Kies, Körnern und anderem Unrat auf den gemeinen Piraten nieder. Die verblüffte Geißel war so unbesonnen aufzusehen. Die zweite Ladung bekam er mitten ins Gesicht. Mit einem Aufschrei des Ekels ließ er seine Gefangene los und brachte sich mit einem Satz in Sicherheit, wobei er mit dem Ärmel über sein beschmutztes Gesicht wischte und seinen Schnurrbart verschob. »Verflucht ... kleiner Plagegeist ...!« schnaubte er, zupfte an seinen Haaren und blickte mit einem Ausdruck des Abscheus auf Jasper.

Penelope kicherte erheitert. Als Quentin sie finster ansah, bemerkte er, daß er sie fallen gelassen hatte, und half ihr mit reuevollen Entschuldigungen auf die Beine.

»Machen Sie sich nur lustig, herzloses Mädchen. Aber nach dem mageren Mittagstisch bin ich immer noch heißhungrig. Ich bin gerade in der Laune, einen gebratenen Vogel zu verschlingen.«

»Lassen Sie Ihre mörderischen Pläne, Sir. Was um alles in der Welt glauben Sie hier zu tun, frage ich Sie?«

»Sie zum Lachen bringen«, erklärte er und hatte prompt vergessen, daß er beleidigt war. »Ich erinnere mich, was für ein entzückendes kleines Lachen Sie hatten, Penny, und ich habe nicht viel davon gehört.«

Schnell löste sie ihre Hand aus seinem warmen Griff und schalt: »Also nur deshalb halten Sie es für nötig, uns alle mit

Ihrer dummen Schauspielerei in Gefahr zu bringen?« Sein Grinsen verblaßte, und er nahm die Augenklappe und den Schnurrbart ab. Sie bereute ihre barschen Worte und fuhr fort: »Außerdem, die Anwesenheit eines älteren Herrn in meinem Schlafzimmer könnte ich vielleicht noch erklären, aber wie in aller Welt soll ich die Gegenwart eines schurkischen Piraten begründen?«

»Sie könnten sagen, daß ich so tief in Verderbnis gesunken war, daß Sie sich aus christlicher Nächstenliebe dazu gezwungen fühlten, mir einen Rettungsanker zuzuwerfen. Was Sie in der Tat getan haben, liebe kleine Penelope Anne.«

Seine Lippen waren jetzt ernst, aber das Lächeln war in seine Augen zurückgekehrt, so daß Lachfältchen sich in den Augenwinkeln kräuselten und Penelope von solch brennender Sehnsucht durchflutet wurde, daß sie fast froh war zu hören, wie schnelle Schritte auf dem Gang nahten.

Auch Quentin hörte sie. Mit einem Satz war er im Ankleidezimmer und hatte die Tür hinter sich geschlossen. Penelope glättete ihr Kleid, ließ sich auf den Stuhl fallen, und die Tür öffnete sich, um das Küchenmädchen Betty hereinzulassen, das ein Tablett trug, beladen mit zahlreichen zugedeckten Schüsseln und Terrinen.

»Mylady sagte mir, ich solle nicht vergessen, Ihnen eine schöne Portion zu bringen, weil Sie sehr hungrig seien, Miss Penelope«, sagte sie mit ihrer leisen, scheuen Stimme.

Penelope dankte ihr und hob die Deckel hoch. Sie fand gebackenes Huhn vor, Rindfleisch- und Schinkenscheiben, ein Stück Schweinepastete, grüne Erbsen, Bohnen in Sahnesoße, einige Stücke Schokoladenkuchen, Obst, Nüsse und Käse. Alle Portionen waren reichlich. Überrascht rief sie aus: »Lieber Himmel! Das reicht, um mich eine Woche lang zu ernähren!«

Das Mädchen blinzelte bestürzt. »Habe ich es falsch gemacht,

Miss? Ich weiß, daß Ihre Zofe ihre Mahlzeiten hier oben mit Ihnen einnimmt, und so habe ich gedacht ...«
Penelope sah sie ruhig an. Betty blickte zurück und wagte ein unsicheres Lächeln. Hätte sie sich zu erkennen geben wollen, dachte Penelope, wäre dies der geeignete Augenblick gewesen. »Ich muß gestehen, daß ich sehr hungrig bin«, sagte sie. »Ich bedanke mich sehr.«
Betty knickste anmutig und ging. Penelope trug das beladene Tablett zum Ankleidezimmer und stieß mit dem Schuh gegen die Tür. Killiam öffnete sie und nahm das Tablett. Sein dickes braunes Haar war sauber frisiert. Er trug einen strengen braunen Rock, beige Breeches, und an den Füßen hatte er derbe Schnallenschuhe, die ihr bekannt vorkamen, aber sicher niemals Lord Hector gehört hatten. Quentin stand neben dem Bett, bekleidet mit einem tiefblauen Samtrock über einem Wams aus blausilbernem Brokat; ein leises, erwartungsvolles Lächeln umspielte seinen Mund, während er sie beobachtete. Die weißen Kniehosen paßten überraschend gut, und silberne Schnallen glänzten auf seinen hochhackigen Schuhen. Auf einen Ebenholzstock mit geschnitztem, versilberten Griff gestützt, sagte er: »Wer ist nun diese hübsche Kreatur, die einem armen alten Gentleman Geschenke bringt?«
Penelope, die wieder zu Atem gekommen war, räumte ein: »Ich gebe zu, daß ich groß bin, aber ich glaube, unser neues Mädchen hat mich mit Gargantua verwechselt!« Sie brachte es fertig, kritisch auszusehen, und fügte hinzu: »Daffy sollte bald heraufkommen, um Sie ein paar Jahre älter zu machen, Major. So wie Sie jetzt aussehen, hält man es für wahrscheinlicher, daß Sie mit diesem Stock fechten, als sich darauf zu stützen.«
»Es wäre nicht das erste Mal«, antwortete er und gab ihr einen der Teller, die sie für ihre Mahlzeiten gehortet hatten. »Sie wären überrascht, Penny, wie gut ein Mann sich mit einem soliden Stock verteidigen kann.«

Sie erwiderte, sie bete darum, daß es nicht notwendig sein würde, und trug ihren Teller zu ihrem Platz neben dem Fenster. Sie hatte wenig Appetit und hatte das Essen schon beiseite gestellt, die Nerven kribbelnd vor Anspannung, als die erste Kutsche die Auffahrt heraufrollte, ein paar Minuten später von einem zweiten Gefährt gefolgt. Penelope sah die Gäste nicht aussteigen, da der Eingang an der Westfassade des Gebäudes lag, aber als sie sich aus dem offenen Fenster lehnte, hörte sie plötzliches Stimmengewirr, das jedoch abrupt abbrach. Sie erriet, daß ihre heimlichtuerische Tante ihre Gäste gebeten hatte, so ruhig wie möglich zu sein, um ihre »leidende« Nichte zu schonen.

Penelope blickte zu der Uhr auf dem Kaminsims. Sie war ein kleines Kunstwerk aus vergoldetem Marmor, auf den ein begabter Künstler glückliche Nymphen und Schäferinnen in einer Waldlichtung gemalt hatte. Beim Anblick der Farben und der wunderbaren Kunstfertigkeit wurden Penelopes haselnußfarbene Augen wehmütig. In den letzten Tagen ihres kurzen Lebens hatte Lady Hector darum gebeten, daß man die Uhr für ihre kleine Tochter aufheben solle. Zusammen mit einer Perlenkette und einem zierlichen, topasbesetzten Kamm mit passenden Ohrringen war sie alles, was Penelope von den Sachen ihrer Mama hatte behalten können, als Joseph und Sybil Montgomery sich in Highview niedergelassen hatten. Sie fegte ihre Wehmut beiseite. Die Filigranzeiger der kleinen Uhr informierten den, der es wissen wollte, daß es kurz nach sechs war. Es war Zeit, mit ihrem Plan zu beginnen.

Sie ließ sich auf die Knie gleiten und zog den Koffer unter dem Bett heraus, den Daffy vom Dachboden hatte bringen müssen. Sie legte ihn aufs Bett und begann zu packen, wobei sie ihre Sachen sorgfältig auswählte. Es war fast sieben, und sie versteckte gerade einige liebgewordene Schmuckstücke unter ein paar Unterkleidern, als sie jemanden kommen hörte. Der Koffer war jetzt sehr schwer, aber sie hob ihn hoch und schob ihn wieder unter das Bett.

Daffy kam hereingeeilt, beladen mit dem üblichen Wäschestapel, der dazu diente, die vielen Dinge zu verstecken, die das treue Mädchen in das Zimmer schmuggeln mußte. Als sie die Tür hinter sich schloß, warf sie Penelope einen ängstlichen Blick zu. »O Miss! Bitte sagen Sie, daß Sie Ihre Meinung geändert haben. Bitte.«

Penelope schüttelte den Kopf. »Nein, liebe Daffy. Das ist meine Chance. Ich habe die Absicht, sie zu nutzen. Aber es gibt keinen Grund, warum du dich verpflichtet fühlen solltest, mit uns zu kommen.«

»Aber natürlich, Miss. Wenn Sie gehen – gehe ich auch. Jedenfalls habe ich zwei Schachteln vollgepackt, obwohl drei oder vier Koffer nötig wären, um alle Ihre Kleider – «

»Meine armen Kleider sind alle aus der Mode, fürchte ich. Ich werde mich so gut wie möglich behelfen müssen. Nun sag mir – wann führt meine Tante ihre Gäste zu Tisch?«

Mylady, sagte Daffy, habe befohlen, das Dinner um acht zu servieren. Sie trug ihre kosmetischen Mittelchen zum Ankleidezimmer, klopfte an die Tür, und nach einem erneuten besorgten Blick auf ihre Herrin ging sie hinein, um, so gut sie konnte, Quentin älter zu schminken.

Penelope zog sich ein schwarzes Kleid an, das sie normalerweise nur trug, wenn sie nach Oxford oder, was selten vorkam, in die Stadt fuhr. Sie kniff sich in die Wangen, um ihnen etwas Farbe zu verleihen, aber ihre Finger waren vor Aufregung wie Eis, und sie holte sich einen warmen Umhang, um ihn draußen zu tragen. Sie nahm sogar das unerfreuliche Buch, das sie am gestrigen Abend verschmäht hatte, und ging wieder zu ihrem Schaukelstuhl, entschlossen, sich zu beruhigen. Nach einiger

Zeit, die ihr wie eine Ewigkeit erschien, war sie weder ruhiger, noch konnte sie sich an eine Zeile erinnern, die sie gelesen hatte, obwohl sie mehrere Seiten umgeblättert hatte. Sie legte das Buch beiseite und ging hinüber zur Uhr, um zu sehen, wie spät es war. Es war jetzt zwölf Minuten nach acht. Ihr Herz machte einen aufgeregten Satz. Nicht einmal mehr eine Stunde, bis Gordons »Fliegender Holländer« kommen würde. Sie flüsterte ein kurzes, aber inbrünstiges Gebet, daß alles gutgehen möge, zog den Koffer hervor und bettete ihre kostbare Uhr hinein, dann trat sie wieder ans Fenster.

Die untergehende Sonne warf lange Schatten über den Park und ließ goldene Funken auf dem gewundenen Band des Flusses tanzen. Von mildem Licht sanft umspielt, schwang sich die kleine Brücke anmutig über das eilig dahinfließende Wasser, und zu beiden Seiten erhoben sich die immer dunkler werdenden Umrisse der Hügel gegen den rosigen Himmel. Penelope hatte plötzlich einen Kloß im Hals. Hier war sie geboren; hier war ihr einziges Heim, das sie je gehabt hatte. Wenn sie zurückblickte, konnte sie sich an so viele glückliche Augenblicke erinnern – sorglose Tage mit Papa und Geoff. Vergeudete Tage, die sie als selbstverständlich hingenommen hatte, weil sie es sich nicht hätte träumen lassen, wie schnell sie ihnen entrissen würden. Hier waren ihre Wurzeln. War sie verrückt, dies alles und sogar ihr Leben für dieses wilde Abenteuer aufs Spiel zu setzen? Aus dem Ankleidezimmer hörte sie ein leises Kichern, und ihr Puls beschleunigte sich. In Wirklichkeit hatte sie keine Wurzeln. Papa und Mama und ihr Bruder waren tot; sie hatte keinen Anspruch auf den Besitz, und ihre Erinnerungen konnte sie überallhin mitnehmen. Ihre einzige Hoffnung auf Glück lag in dem Mann, der gerade gelacht hatte. Ihre Lippen verzogen sich traurig. In dem Mann, der an sie wie an eine liebe Schwester dachte, die er nie gehabt hatte ...

Selbstmitleid war etwas Abstoßendes. Sie straffte ihre Schultern. Möglicherweise wartete am anderen Ende des Regenbogens kein Topf voll Gold auf sie. Möglicherweise bestand ihre einzige Belohnung darin, Quentin Chandler geholfen zu haben, grausamer Behandlung und dem Tod zu entgehen. Wenn das ihr Schicksal war, würde sie es annehmen und dankbar sein müssen, daß sie eine kleine Hilfe für ihn gewesen war. Sie hatte es eher gespürt als gehört, daß jemand hinter ihr stand, und fuhr herum.

Ein älterer Herr beobachtete sie. Ein stolzer Gentleman, gekleidet in Blau und Silber, dessen faltiges Gesicht von der Blässe des Alters gezeichnet war, aber keine Spuren von Hieben oder Blutergüssen zeigte. Dichte graue Augenbrauen sträubten sich drohend über grünen Augen, die vergnügt glitzerten und für die alten Gesichtszüge entschieden zu lebhaft leuchteten. Dennoch hatte der Gentleman so wenig Ähnlichkeit mit dem mitleiderregenden Flüchtling, den sie am Sonntag abend hereingetragen hatten, daß Penelope ihre Hände leise zusammenschlug und ausrief: »Oh, gut gemacht! Gut gemacht!«

Daffy lächelte recht matt. »Ich habe mein Bestes getan, Miss Penny. Aber an den Augen des Majors konnte ich einfach nichts ändern.«

»Der Himmel weiß, worüber Sie murren«, sagte Quentin aufgebracht. »Ich habe das Gefühl, als würden fünf oder sechs Tonnen Perücken über ihnen hängen! Ich kann mir nicht vorstellen, wie jemand sagen könnte, daß ich *überhaupt* Augen habe!«

»Nun, man kann«, erwiderte Penelope. »Und wie gut meine kluge Daffy Ihre übrige Person auch mit ihrer Zauberkunst verwandelt haben mag, wären Sie doch gut beraten, lieber Sir, Ihre Augen etwas gesenkt zu halten.«

»Wenn ich so herumlaufen würde«, sagte er und humpelte an

seinem Stock einher, den Kopf zur Seite gelegt und die Augen auf groteske Weise niedergeschlagen, »würden die Leute denken – «

». . . daß Sie schon jenseits von Gut und Böse sind«, unterbrach Penelope ihn vergnügt.

Er richtete sich auf und grinste sie an. »Dann werden Sie sich mit meinem alten Ich abfinden müssen, so wie die Dinge liegen.«

»Aber nicht für lange«, warf der Corporal ein. »Zeit, daß wir hinuntergehen, Sir.«

Kurze Zeit war es so, als hätte sie ein Fluch getroffen, und alle standen still und unbeweglich da.

Mit ungewohnt ernstem Gesicht trat Quentin einen Schritt nach vorn und nahm Penelopes Hände. Leise sagte er: »Wenn es auch scheitern sollte, gibt es doch keine Worte, um Ihnen für alles zu danken, was Sie getan haben. Aber wenn ich durch Gottes Gnade sicher von hier fortkomme, brauchen Sie mich, so lange ich lebe, nur zu rufen, und ich werde dasein, wenn Sie Hilfe brauchen.« Er beugte sich herunter und küßte sie sanft auf die Stirn.

Penelopes Herz schlug einen Purzelbaum, das Zimmer verschwamm vor ihren Augen und wurde in rosigen Nebel getaucht.

»Lebe wohl, liebste aller Schwestern«, sagte Quentin und trat zurück.

Das Zimmer wurde wieder klar, und Penelopes rosiger Nebel verschwand.

Corporal Killiam kam auf sie zu. »Was der Major gerade gesagt hat«, murmelte er, »nun, ich fühle – ebenso, Miss Penelope. Sie und Miss Brooks. Sie – Sie waren so – so – «

Penelope nahm sein Gesicht zwischen ihre Hände und stellte sich auf die Zehenspitzen, um ihm einen Kuß auf die Backe zu

geben. Der Corporal wurde rot wie eine Tomate und stand in stummer Schüchternheit da.
Quentin, der einen ähnlichen Abschiedsgruß auf Daffys errötendes Gesicht gedrückt hatte, drehte sich um und rief empört aus: »He! Ich habe keinen bekommen!«
»Nein. Aber Sie sind auch mein Bruder«, sagte Penelope mild. »Kommen Sie jetzt, Gentlemen. Die Luft müßte rein sein, da die Diener entweder selbst essen oder am Tisch meiner Tante servieren.« Vorsichtig öffnete sie die Tür.
Der Gang lag weit vor ihr, düster, still und kalt. Sie trat hinaus, winkte den Männern, ihr zu folgen, und mit einem letzten bedeutungsvollen Blick zu Daffy ging sie voran. Als sie die Haupttreppe erreichte, gab sie ihnen ein Zeichen, daß sie stehenbleiben sollten, während sie langsam am Treppenabsatz vorbeiging. Quentin und der Corporal drückten sich an die Wand und beobachteten sie angespannt. Niemand war zu sehen, man hörte nur das ferne Geräusch der Unterhaltung, in das Lady Sybil gelegentlich ein schrilles Kichern streute. Als sie die gegenüberliegende Seite erreichte, winkte Penelope hastig und ging weiter zur Hintertreppe.
Dies war ihrer Meinung nach der riskanteste Teil ihrer Flucht, da die Treppe fast andauernd benutzt wurde und im Erdgeschoß endete, gefährlich nahe an der Küche und der Gesindestube. Wäre Quentin kräftiger gewesen, hätte sie es für weit sicherer gehalten, wenn er wie Gordon die große Eiche hinter dem Haus hinuntergeklettert wäre, aber sie war sich bewußt, daß er trotz all seiner tapferen Unbekümmertheit schwächer war, als es aussah, und daß die Anstrengung, die Treppen hinunterzusteigen, seine Kräfte wahrscheinlich bis zum äußersten beanspruchte. Erneut blieb sie stehen und lugte um die Ecke. Und immer noch war das Glück auf ihrer Seite, denn die schmale Treppe lag verlassen da.

Sie begann hinunterzugehen. Hinter ihr nahm der Corporal den schweren Koffer in die linke Hand und ergriff Quentins linken Arm. Quentin grinste ihn sorglos an, aber er machte seinen Arm nicht los und ging hinunter, den rechten Arm, der nun nicht mehr in der Schlinge lag, auf das Treppengeländer gestützt.

Penelopes Nerven bebten vor Anspannung, als sie die letzte Stufe hinunterstieg. Aus der Gesindestube drang gedämpfte Unterhaltung, dominiert von Hargraves durchdringender Stimme. Es sah aus, als hätte das Glück sie verlassen. Die Tür stand weit offen. Penelope konnte Simmonds und Mrs. King mit dem Rücken zum Flur sitzen sehen. Ihre Hoffnung sank noch weiter, als sie Coles Stimme hörte. Der Pferdeknecht war Geoffrey sklavisch ergeben gewesen, und seit dem Tod ihres Bruders hatte sich sein Abscheu gegen die Sache der Jakobiten noch vertieft. Unentschlossen preßte sie die Hände zusammen. Jeder Moment der Verzögerung bedeutete ein größeres Risiko, entdeckt zu werden, aber sich vorwärtszuwagen, wenn diese verflixte Tür offenstand, wäre verhängnisvoll. Quentin und der Corporal warteten auf der Treppe und beobachteten sie. Sie bedeutete ihnen zu warten und ging ruhig den Flur entlang. Als sie auf die Höhe der Gesindestube kam, wurde die Tür noch weiter aufgestoßen. Cole kam heraus und bemerkte mürrisch, er würde »sie fragen«. Mit einem Blick zurück in das Zimmer fügte er hinzu: »Aber wenn ihr mich nach meiner Meinung fragt, die sind so dumm, als wenn man sie als Kinder zu heiß gebadet hätte, und beschützen uns so gut wie ein paar Chorknaben.«

Cole rühmte sich selbst, ein belesener Mann zu sein. Der Butler, den man nie etwas Komplizierteres als eine Speisekarte lesen sah, antwortete scharf, daß die Soldaten nicht wegen ihrer intellektuellen Fähigkeiten in Highview waren. »Sie sollen nur genau zielen und schnell mit dem Bajonett sein, mehr verlangt man nicht von ihnen. Aber wenn du darauf Wert legst, mit Ihrer Ladyschaft darüber zu palavern ...«

Cole grunzte und begann den Gang hinunterzugehen, blieb aber stehen, als er Penelope sah. Seine blaßblauen Augen leuchteten ergeben auf. »'n Abend, Miss«, sagte er und tippte sich respektvoll an die Stirn. »Wollen Sie Mrs. King sprechen, ich rufe – «

»Nein – bitte stören Sie sie nicht«, sagte Penelope hastig. »Ich – äh, bin heruntergekommen, um mich zu vergewissern, daß man die Soldaten zum Essen holt, aber es scheint, daß Hargrave sich bereits darum gekümmert hat. Wissen Sie, wo sie im Moment sind?«

Er grinste. »Wahrscheinlich halten sie im Gebüsch Maulaffen feil. Sie sind bestimmt nicht weit weg vom Haus, Miss. Für den Fall, daß man sie zum Dinner einlädt und sie womöglich nicht finden könnte. Außerdem – sie wollen es nicht riskieren, irgendeine Belohnung zu verpassen, die ihnen über den Weg laufen könnte.«

»Sind es nur die zwei?« fragte sie. »Ist es erlaubt, daß sie beide gleichzeitig hereinkommen?«

»Bis neun nur die zwei, Miss. Dann kommt noch ein Paar. Und haben Sie keine Angst, einer wartet an der Tür, bis sein Kamerad gegessen hat, und sieht sich um.«

Sie versicherte ihm, daß sie sehr erleichtert sei, und ging wieder zurück zur Treppe. Ihre Gedanken überschlugen sich. Was sie zuerst für einen Segen gehalten hatte, war nun zu einem noch größeren Fluch geworden. Hätten alle zwei Soldaten sicher und bequem im Gesindezimmer gesessen, hätte sie die beiden Männer nach draußen führen können, und die Gefahr, gesehen zu werden, wäre geringer gewesen. Aber wie die Dinge lagen, ein Soldat drinnen und einer draußen, würden sie bis zu zwei Stunden lang aufgehalten werden; die Kutsche würde ankommen und wieder abfahren, ohne daß sie eine Möglichkeit hatten, zu ihr zu gelangen. Jetzt hinauszuschlüpfen war ihre einzige Hoffnung – bevor Cole mit den Wachen zurückkam.

Sie hörte die Hintertür zufallen und eilte wieder auf die Gesindestube zu. Cole hatte die Tür ein wenig zugezogen, aber sie war immer noch zu weit offen. Sie achtete darauf, daß man sie von innen nicht sehen konnte, und streckte die Hand nach dem Türknauf aus, nur um sie gleich wieder zurückzuziehen.

Mrs. Kings Stimme war sehr nahe. » . . . rücksichtslos ist gar kein Ausdruck«, sagte sie einschmeichelnd. »Bleiben Sie nur sitzen, armer Mr. Hargrave, und ruhen Sie sich aus. *Ich* gehe hinauf.«

Außer sich wurde Penelope klar, daß sie die schreckliche Frau irgendwie ablenken mußte. Aber wie konnte sie hoffen, daß Mrs. King die beiden Männer, die auf der Treppe warteten, nicht bemerken würde?

Die Tür ging weiter auf. Stoffrascheln war zu hören.

»Das ist nicht nötig«, rief Hargrave in seiner schmierigen Art, »obwohl ich Ihre Freundlichkeit sehr schätze, Mrs. King. Die Plauderei ist in vollem Gange, und Mylady hat mich gebeten, sie mit dem Kuchen und dem Eis allein zu lassen. Sie schnattern jetzt wohl schon eine Stunde herum, daher habe ich Forbes hinaufgeschickt, um vor der Eßzimmertür zu warten. Wenn Mylady ihre kleine Glocke läutet, läuft Forbes herunter und holt mich.«

Mit gemurmelter Anerkennung für Mr. Hargraves gesunden Menschenverstand rauschte Mrs. King wieder zurück, aber sie ließ die Tür weit offen.

Penelope biß sich heftig in den Handknöchel. Cole konnte jede Minute mit den Soldaten zurückkommen, vor allem dann, wenn die beiden schon zuvor auf das Haus zugegangen waren. Andererseits konnte die unbeholfene kleine Jenny Forbes die Hintertreppe heruntergaloppiert kommen, um den allwissenden Butler zu holen.

Quentin spähte um die Ecke, und sie winkte ihm drängend. Er lehnte sich auf seinen Stock, entweder wegen seiner neuen Rolle oder aber weil es notwendig war, und humpelte schnell auf sie zu, Killiam auf Zehenspitzen hinterher.

»Ich gehe hinein und mache die Tür zu«, flüsterte Penelope. »Sobald ich drin bin, müssen Sie hinausgehen und sehen, daß Sie so schnell wie möglich zur westlichen Auffahrt kommen. Die Soldaten sind auf dem Weg hierher, um zu essen, aber nacheinander, so daß immer einer das Haus bewacht. Schnell – machen Sie schnell!«

Er nickte, die Augen sahen grimmig entschlossen drein. »Gehen Sie, mutiges Mädchen. Wir schaffen es schon, keine – « Mit einem erschrockenen Keuchen brach er ab.

Betty eilte die Hintertreppe herunter und kam summend den Gang entlang. Sie sah auf, erblickte die drei Gestalten, die wie zu einem Stilleben erstarrt waren, und blieb abrupt stehen.

Penelope fühlte sich wie betäubt. Abwesend bemerkte sie, wie die blauen Augen des Mädchens sich weiteten. Killiam wollte sie packen. »Schhhh!« flüsterte sie und wich ihm aus, um in das Gesindezimmer zu schlüpfen. Als sie die Tür hinter sich schloß, sagte sie fröhlich: »Es tut mir leid, daß ich mich verspätet habe, Ma'am. Aber wenn Sie noch in Stimmung dafür sind, singe ich jetzt für Sie ...«

Penelopes Knie zitterten. Vage dachte sie, daß ihr Verdacht Betty gegenüber richtig gewesen war, und unsicher ging sie weiter, kaum fähig, an diese wunderbare Rettung zu glauben.

»Wenn Sie nur kurz schauen könnten, ob die Luft rein ist, Miss Penelope«, flüsterte der Corporal ihr ins Ohr und öffnete die Seitentür.

Penelope wurde sich undeutlich der kühlen Abendluft bewußt, die nach Blüten roch; sie bemerkte den hochrot gestreiften, dämmrigen Himmel und hörte rasche Schritte, die von den Stallungen her näher kamen. »Sie kommen! Schnell!« flüsterte sie, stürmte die Stufen hinunter und in das Gebüsch neben dem Haus.
Quentin stieß einen Fluch aus, aber er hatte keine Möglichkeit, sie zurückzuhalten, und mußte ihr notgedrungen folgen. Umgeben von dichtem Laub blieben sie bewegungslos stehen. Penelope wagte kaum zu atmen, und während ein Ast sie im Ohr stach und ein Spinnennetz direkt vor ihrer Nase hing, hörte sie Cole brummen: »... seid hierhergeschickt worden, um das Haus zu bewachen und nicht um herumzusitzen und den Dienstmädchen Augen zu machen.«
Ein tiefes Lachen polterte los. »Schlottert ihr vielleicht schon vor Angst? Keine Bange, alter Knabe. Mein Kumpel hat seine Gucker fest auf die Straße geheftet, und nichts kommt vorbei an ihm, das trau' ich mich schwören.«
Cole riß die Tür auf und brummte einen lästerlichen Fluch vor sich hin. Die Tür schlug zu.
Wir haben es geschafft! dachte Penelope. Wir sind fast schon weg!
»Brillant!« rief Quentin aus. »Siehst du, alter Schwarzseher – habe ich dir nicht gesagt, daß ... alles gutgehen wird ...«
Seine Stimme wurde schwach. »Sind Sie in Ordnung, Sir?« fragte Killiam ängstlich.
»Es geht mir sehr gut«, murmelte Quentin. »Aber – ich glaube, ich sollte ... mich hinsetzen ... nur für einen Augenblick ...«
Und schnellstens sank er auf den Koffer, den der Corporal abgestellt hatte.
Penelope ließ sich neben ihm auf die Knie fallen. »Mein Armer! Sie sind noch so schwach.«

Verschwommen sah er sie an und erklärte mit schwachem Lächeln: »Nein, nein. Rennen Sie schnell, mein Mädchen. Und sehen Sie zu, daß Sie sicher ins Haus kommen, bei Gott!«
Der Corporal, der durch das Gebüsch bis zu dem Punkt gekrochen war, an dem die Auffahrt sich dem Haus näherte, kam jetzt zurück und zischte drängend: »Kutsche kommt näher!«
Er zog Quentin auf die Füße, und alle drei gingen bis zum Rand des Rasens. Penelope konnte die Kutsche weder hören noch sehen. »Sind Sie sicher, Corporal?« fragte sie.
»Zweifeln Sie nicht am alten Rob, meine Liebe«, sagte Quentin. »Er hat Ohren wie ein Sperber.«
Einen Augenblick horchten alle drei. Dann nickte Quentin, und Penelope hörte entferntes Hufgetrappel, das immer lauter wurde, bis sie befürchtete, die Diener könnten den Wagen hören. Und dann hörte sie im Haus eine süße Sopranstimme singen: »Weh nur, weh, du Winterwind, du bist freundlicher als undankbare Menschen ...«
»Gott segne dich, süße Sängerin«, murmelte Quentin, den Blick fest auf die Kutsche geheftet, die sich rasch näherte.
»Ist es der Mann, den Ihr Bruder geschickt hat, Sir?« fragte Killiam.
»Ich kann es nicht ... genau sagen ... Hol's der Teufel!«
Ein Ruf erklang. Ein Soldat trat auf die Auffahrt, die Flinte im Anschlag. Ächzend drückte Penelope sich näher an Quentin, und er legte den Arm um sie. Der Corporal fluchte leise. Die Kutsche wurde langsamer und blieb stehen, der Soldat ging darauf zu und rief etwas zum Kutscher hinauf.
»Besser dort als vor dem Haus«, flüsterte Quentin. »Aber wenn wir es schaffen wollen, gehen wir besser um die Ecke, solange der Soldat beschäftigt ist.«
Penelope sah ängstlich zur Hintertür. Daffy war noch nicht gekommen. Wenn das Mädchen aufgehalten wurde, konnte ihr

Plan scheitern. Und dann, als sie sich gerade abwandte, sah sie Daffy die hinteren Stufen herunterschleichen, zwei Mäntel über dem Arm, einen Koffer in der Hand und den Vogelkäfig in der anderen. *Jasper?* dachte Penelope, und dann waren sie schon um die Ecke und schlichen zum Haupteingang.
Gutgelaunte Rufe ertönten, und das Gespann bewegte sich wieder vorwärts. Die Kutsche kam in Sicht. Quentin murmelte: »Es *ist* unser Fliegender Holländer, zum Donnerwetter! Der gute alte Gordie kommt zu Hilfe, wie immer! Gott segne ihn!«
»Jetzt, Sir?« fragte der Corporal.
Quentin nickte und trat auf die Auffahrt. Sofort hielt der Kutscher sein Gespann an. Der Corporal schnappte den Koffer und folgte Quentin. Penelope sah sich um. Daffy kam um die Ecke, blieb aber noch im Gebüsch und wartete bis zum letzten Augenblick. Penelope ging zur Kutsche und betete, daß kein eifriger Stalljunge dahergerannt kommen möge.
Das Wesen, das über den Weg lief, war kein Stalljunge, sondern ein gepflegter schwarzer Kater, der von Daffy aufgescheucht worden war und laut sein Mißfallen äußerte, während er unter den Köpfen der vorderen Pferde davonsauste. Diese legten die edlen Ohren an, schnaubten und wieherten und warfen sich nach vorn, während der Kutscher fluchend an den Zügeln zog. In Sekundenschnelle hatte er sein Gespann unter Kontrolle, aber sie blieben fast direkt vor dem Vordereingang stehen – genau an dem Punkt, den sie alle hatten vermeiden wollen. Penelopes Herz raste. Der Corporal stöhnte: »Jetzt ist's aus!«
Quentin sagte kalt: »Man hat kein Horn gehört. Wir können immer noch sicher davonkommen«, und mit Hilfe seines Stocks ging er voran zur Kutsche.
Der bewaffnete Begleiter sprang vom Kutschbock, öffnete schwungvoll die Tür und ließ die Stufen herunter. Killiam übergab den Koffer. Der Kutscher, ein rotbackiger, vierschröti-

ger Mann, lehnte sich herunter, um Quentins Hand zu ergreifen und schluckte. »Master Quentin! Gott sei Dank!«
»Verdammt, du hast dich kein bißchen verändert, Dutch, alter Holländer«, sagte Quentin erfreut. »Ich habe mich aber gefragt, ob du mich erkennen würdest.« Er sah auf den Burschen, der den Koffer auf das Dach geworfen hatte. »Hinauf mit dir, Mann. Schnell! Hinein, Rob!«
Der Corporal kletterte ohne Protest in das Gefährt. Quentin begann die Stufen hinaufzusteigen, dann drehte er sich um. Daffy ergriff ihr Gepäck und machte sich zu ihrem Sprung in letzter Minute bereit. Quentin streckte die Hand aus, um Penelopes blaße Wange zu berühren. »Gott segne Sie«, sagte er inbrünstig.
»Schnell, schnell!« rief Penelope, und als er zurücktrat, sprang sie auf die Stufen.
»He!« sagte Quentin.
»Ich fahre mit Ihnen«, rief sie entschlossen.
»Penelope!« In empörtem, durchdringendem Ton fragte Lady Sybil: »Was um alles in der Welt *machst* du da?«

8

Verzweiflung ergriff Penelope, als all ihre Hoffnungen sich in nichts auflösten, doch sie hatte die Geistesgegenwart, die Stufen wieder hinunterzuklettern, so daß der Kutscher sein Gespann antreiben konnte. Sie drehte sich um, um ihrer Tante ins Gesicht zu sehen, Kummer schnitt ihr wie ein Messer ins Herz, aber ihre Augen blitzten trotzig. Quentin würde in Sicherheit sein – das war alles, was wirklich zählte.
Aber der Kutscher peitschte seine Pferde nicht vorwärts. Eine Hand lag auf ihrem Arm; eine tiefe, liebenswürdige Stimme

sagte: »Es ist nicht nötig, mir die Lady vorzustellen, meine kleine Penelope. Ich habe genug von der Schönheit Lady Delavales gehört, um zu wissen, wer dieses entzückende Geschöpf sein muß.«

Penelope ächzte ein instinktives »Nein!«, aber Quentin schritt an ihr vorbei.

»Mach dich nicht lächerlich, Nichte«, sagte Lady Sybil und sah diesen scharfäugigen Gentleman wohlwollend an. Gutgebaute, breite Schultern, obwohl er sich schwer auf seinen Stock lehnte. Und welch mutwillige grüne Augen. Ein alter Gauner, wenn sie je einen kennengelernt hatte! »Ich bin entlarvt«, sagte sie, streckte ihre weiße Hand aus und lächelte, weil die Lippen des Gentleman eine Spur zu lang auf ihren Fingern verweilten. »Ich glaube, wir haben uns noch nicht kennengelernt ...?«

»Ich bin John Macauley-Somerville«, sagte Quentin höflich. »Zweifellos haben Sie schon von meinem Bruder Andrew gehört. Ein charmanter Bursche, aber – berühmte Brüder können so ermüdend sein. Er hat mich losgeschickt, um nach Verrätern zu suchen. Eine äußerst anstrengende Aufgabe, Ma'am, die dazu geführt hat, daß meine Gicht mich wieder plagt. Da ich mich in der Nähe von Verwandten befand, beschloß ich, mich ihnen aufzudrängen. Aber meine Großnichte hat mir erzählt, daß der arme Hector das Zeitliche gesegnet hat.«

Penelope starrte ihn an, bewunderte die Leichtigkeit, mit der sein einfallsreicher Geist eine neue Identität erfunden hatte, wünschte aus ganzem Herzen, er wäre abgefahren, als die Möglichkeit bestanden hatte, und war dennoch auf törichte Weise dankbar, daß er sie nicht zurückgelassen hatte, um allein dem Alptraum ins Gesicht zu sehen, der sie sicher erwartet hätte. In der Kutsche wartete der Corporal, hörte stirnrunzelnd zu, eine seiner großen Hände fest um die Pistole in seinem

Gürtel geklammert. Daffy hatte schon auf die Kutsche zurennen wollen, um sich dann nur um so hastiger wieder zurückzuziehen, als sie Lady Sybils Stimme hörte. Sie spähte durch das Laub, stellte Jaspers Käfig ab und beobachtete die Szene atemlos.

»Wollen Sie sagen, daß Sie mit meinem Mann verwandt sind?« fragte Lady Sybil. »Ich habe nie gehört, daß er einen Somerville-Zweig der Familie erwähnt hat, glaube ich.«

»Wahrscheinlich nicht, liebe Lady«, räumte Quentin ein, während er seine Augen mit offener Bewunderung über ihre Gestalt schweifen ließ. »Meine Mutter war eine Tante der Mutter der verstorbenen Lady Hector. Mein armer Bruder rührt sich selten von seinem Schreibtisch in Whitehall weg, und ich war die letzten Jahre viel im Ausland, in Staatsgeschäften, wissen Sie.« Er seufzte. »Mein herzliches Beileid über das Ableben des armen Hector. Ich werde mich jetzt am besten wieder auf den Weg machen und verlasse Sie mit – «

»Nichts dergleichen«, sagte Mylady, nahm seinen Arm und lächelte ihn kokett an. »Sie müssen als unser geehrter Gast bleiben. Zumindest bis mein lieber Gatte zurückkehrt.«

Aus den Augenwinkeln sah Quentin Penelopes entsetzten Gesichtsausdruck. Er hatte es wieder einmal übertrieben, dachte er reuevoll. »Ich wünschte, ich könnte, liebreizende Lady.« Er tätschelte die schmale Hand auf seinem Arm. »Aber – leider, mein Bruder – « Aber das Schicksal machte ihm einen Strich durch die Rechnung, denn als er zurücktrat, ließ ihn eine Woge von Schwindelgefühl taumeln.

»Sie da!« rief Mylady schrill und legte mit beträchtlichem Schrecken einen stützenden Arm um »John Macauley Somerville«. »Kommen Sie und helfen Sie Ihrem armen Herrn! Seine Gicht quält ihn.«

Penelope nahm ihren Verstand zusammen und sagt: »Tante,

wirklich, ich glaube, Lord Joseph würde meinen Großonkel nicht von seiner Mission abhalten wollen. Vielleicht – «

»Schäm dich!« schrie Mylady mit großartiger Heftigkeit. »Willst *du* einen leidenden Verwandten von unserer Tür weisen? Ich kann dir versichern, daß dein seliger Papa das niemals getan hätte! Was muß Mr. Somerville – « sie unterbrach sich »ist – Mr. – korrekt?«

»Tatsächlich«, antwortete Quentin, der nicht der Mann war, auf halbem Wege stehenzubleiben, »ist mein Titel Sir John.«

Lady Sybil strahlte. Es war so viel besser, einen Verwandten mit Titel zu beherbergen, als einen ganz gewöhnlichen. Und außerdem würde sie sich erneut langweilen, wenn ihre Dinnergäste fort waren.

Sie ging voran, die Treppe hinauf, und Quentin folgte sehr ermattet mit Killiams Hilfe, während Penelope den Schluß bildete, gequält von Furcht, wohin diese unerwartete Entwicklung führen mochte.

Als sie über die Schwelle treten wollte, blieb Mylady stehen und hob erschrocken die weiße Hand. Aus dem Gebüsch neben dem Haus ertönte ein silbernes munteres Lied, ein Lobgesang aus vollem Halse.

Jasper, du kleines Scheusal! dachte Penelope bestürzt.

»Hören Sie nur«, sagte Mylady mit gefühlvoller Stimme. »Hören Sie nur das *liebe* Vögelchen!«

Im Gebüsch versetzte Daffy dem Käfig des lieben Vögelchens einen heftigen Stoß, der dieser Serenade zur Unzeit auch tatsächlich ein Ende setzte, Sie warf sich ihren Mantel über, bemühte sich, soviel von ihrem Gepäck wie nur möglich darunter zu verbergen, und machte sich auf den Rückzug zur südlichen Tür.

Lady Sybil, die mittlerweile anmutig in die Halle geschritten war, schickte einen Lakaien nach Hargrave und einen zweiten

nach Mrs. King. Als diese dienstbaren Geister erschienen, wurden sie angewiesen, Sir John Macauley-Somerville, dem vornehmen Verwandten Mylords, sofort das beste Gästezimmer zu zeigen und in seinem Ankleidezimmer ein Bett aufstellen zu lassen, so daß sein Diener in seiner Nähe schlafen konnte. Ein Lakai wurde geschickt, um für die angemessene Versorgung seiner Pferde und weiteren Diener zu sorgen. Nachdem ihre Einladung, Sir John möge sich zu ihren Dinnergästen gesellen, höflich abgelehnt worden war, sank Mylady in einen würdevollen Knicks.
»Machen Sie uns die Ehre, Sir John«, gurrte sie, »und behandeln Sie dieses Haus wie Ihr eigenes. Sollten Sie irgend etwas wünschen, so brauchen Sie nur zu läuten, und meine Diener werden Ihnen aufwarten.«
»Sir John« dankte ihr angemessen. Mylady bat Penelope, sich zu vergewissern, daß alles so war, wie sie selbst es gewünscht hätte, da es schließlich *ihr* Großonkel sei, und nachdem sie ihrem neuen Gast eine angenehme Nacht gewünscht hatte, rauschte sie davon, um sich wieder ihren vernachlässigten Gästen zu widmen.
Sie lächelte, als sie den Salon betrat. Es war nicht ihr lieber Gatte gewesen, dessen Kutsche sie zu hören glaubte, teilte sie mit. Statt dessen war es ein Verwandter Josephs gewesen. Tatsächlich ein Abgesandter von Sir Andrew Somerville – dessen Verdienste *jedermann* kannte. Sie bemerkte, daß ihre Gäste beeindruckt waren, und als einer von ihnen pflichtgemäß fragte, was es wohl sein mochte, wonach Sir John gesandt worden war, antwortete Sybil mit einem köstlichen Schaudern, er stehe sehr hoch in Regierungskreisen, und seine Aufgabe habe mit »diesen abscheulichen Verrätern in unserer Mitte« zu tun. Diese Erklärung würde ihrem Gatten gefallen, dachte sie, denn wenn ein Verfolger der Jakobiten sich in Highview

aufhielt, konnte niemand den Verdacht hegen, daß jemand dort ein hinterhältiges Spiel trieb.
Die Gäste wechselten unauffällige Blicke. Sybil schnurrte geradezu, als sie sich zu ihnen setzte. Hinter ihrem anmutigen Lächeln und ihrem leichten Geplauder verspürte sie ein angenehmes Prickeln. Das Kleid, das sie an diesem Abend trug, war tief dekolletiert. Als sie in ihren Knicks gesunken war, waren die Augen des alten Gentleman anerkennend auf diesem Anblick verweilt, der ihre Brüste fast gänzlich enthüllte. Sir John war schon recht klapprig, aber in jüngeren Tagen mußte er ein sehr gut aussehender Mann gewesen sein. Ein harmloser Flirt mit ihm würde ihr die Zeit vertreiben, bis Roland zurückkam, und konnte das fade Leben des armen alten Burschen für einen oder zwei Tage etwas aufhellen ...

»Ein oder zwei Tage!« Penelope stieß ein undamenhaftes, zorniges Schnauben aus. »Verstehen Sie nicht, Sie Don Quichotte, daß in *ein oder zwei Tagen* mein Onkel zurückkommen wird? Was wollen Sie dann tun?«
Der Länge nach auf dem Bett liegend, einen Arm hinter dem Kopf, antwortete Quentin mit einem leichten Lächeln: »Fort sein, hoffe ich. Aber – bis dahin ...« Er lachte leise. »Gott, Penelope Anne – sehen Sie nicht diese herrliche Ironie? Hier liege ich, ein geehrter Gast im Hause des Mannes, der mich ohne die leisesten Gewissensbisse zu Tode foltern wollte. Des Mannes, der genau jetzt die Gegend nach meinem wertvollen Kopf absucht, um ihn auf eine Lanze zu stecken! Und während er herumtrampelt und sucht, unter unzähligen Unannehmlichkeiten, Entbehrungen und Wutanfällen leidet, bin ich hier und komme verwöhnt und in aller Bequemlichkeit wieder zu Kräften. Ich schwelge geradezu im Luxus, esse an seinem Tisch, trinke seinen Wein und verkehre mit seiner Familie.« Er

kicherte und zitierte: »›Wir brauchen größere Tugend, um ein gutes denn um ein böses Geschick zu ertragen ...‹«

In seinen Augen war ein Glitzern, das Penelope ganz und gar nicht gefiel. Brummig sagte sie: »Lieber Himmel, Quentin! Sie sind schadenfroh wie ein frecher kleiner Junge. Vergessen Sie, daß mein Onkel lange Zeit mit Ihnen verbracht hat? Er wird sich nicht von einer Perücke und ein bißchen Farbe oder ein paar Kleidern zum Narren halten lassen!«

»Richtig. Aber machen Sie sich darüber keine Sorgen.« Er wurde ernst, setzte sich auf und betrachtete sie mit gerunzelter Stirn. »Was wird mit Ihnen geschehen, wenn sie entdecken, daß Sie mir bei meinem Betrug geholfen und ihm Vorschub geleistet haben?«

»Darüber hätten Sie nachdenken sollen, bevor Sie sich ein Vergnügen daraus gemacht haben, als Sir John Somerville aufzutreten«, wies ihn der Corporal unheilverkündend hin.

»Verdammt, du hast recht«, sagte Quentin gequält. »In jenem Moment ist mir nichts anderes eingefallen, aber ich sehe jetzt ein, daß Rob das Wesentliche erfaßt hat, denn jetzt habe ich Sie mit in meine Maskerade hineingezogen, armes Mädchen.«

»Unsinn!« rief sie aus und verteidigte ihn sofort. »Ich bin von den Stufen der Kutsche heruntergesprungen. Ein Wort von Ihnen, und der Kutscher wäre auf und davon gewesen, bevor meine Tante Ihnen die Soldaten hätte nachhetzen können.«

Seine dichten Wimpern senkten sich. »Aber Sie wissen sicher, daß ich nicht abfahren konnte, nachdem ich einmal diesen goldhaarigen Zauber erblickt hatte ...«

Penelope funkelte ihn an, sah das Zucken um seine breiten Mundwinkel und sagte: »Abscheulicher Kerl! Ich schwöre es, Sie necken einen noch genauso gern wie früher! Sie sind nicht losgefahren, weil dann alle gewußt hätten, daß Sie nicht gekommen, sondern von hier *weggefahren* sind. Und daß ich Ihnen geholfen habe.«

»Bei Gott!« rief der Corporal aus und machte eine Pause, während er einen eleganten grünen Samtmantel mit breiten, gefältelten Rockschößen aufhängte. »Daran habe ich nicht gedacht. Man hätte Sie in kürzester Zeit unters Henkersbeil gebracht, Miss!«

Die brutale Realität überwältigte Penelope plötzlich. Schnell ging sie zum Fenster, aber Quentin hatte ihre Lippen zittern sehen, stand vom Bett auf und kam ihr nach.

Sie wurde herumgewirbelt. Die funkelnden Augen lächelten auf sie herunter. Er umarmte sie fest und tröstend. Sie wurde von Tränen geblendet, während eine schmale, sanfte Hand ihr Haar streichelte. »Können Sie sich wirklich vorstellen, ich hätte es erlaubt, daß diesem lustigen, unordentlichen kleinen Kopf ein Haar gekrümmt wird?« fragte er.

Auf einmal war sie verärgert, machte sich los und kehrte ihm den Rücken zu.

»Das kann man leicht sagen, Sir«, brummte Killiam. »Aber wenn wir fort sind, wird es Miss Penelope wahrscheinlich schlimm ergehen. Man wird ihr für alles die Schuld geben und sie des Hochverrats anklagen, bevor Sie ein – «

Voll plötzlicher, heftiger Wut drehte Quentin sich zu ihm um. »Der Teufel soll dich holen! Kannst du *nie* irgend etwas Fröhliches sagen? Bei Gott, ich würde mich besser allein davonmachen, als dich Tag und Nacht stöhnen und jammern zu hören! Wenn du keinen Kampfgeist hast, warum, zur Hölle, machst du dich dann nicht aus dem Staub und fällst einem anderen armen Wicht mit deinem Trübsinn auf die Nerven?«

Die Augen waren ein loderndes grünes Feuer im weißen Gesicht, als er Killiam anfunkelte, der den Kopf senkte und still dastand, mit dem Gesichtsausdruck eines treuen Hundes, der unerklärlicherweise von seinem Herrn und Gott getreten wird.

Penelopes Herz krampfte sich zusammen, und sie protestierte:

»Nein, wie können Sie so mit ihm reden, er war doch immer so gut und so treu?« Sie wandte sich an den geprügelten Corporal. »Major Chandler ist sehr erschöpft, wissen Sie. Er hat es nicht so gemeint – «

»Mit Verlaub, Ma'am«, fuhr Quentin sie an, »ich kann mich selbst entschuldigen.« Er ging näher auf den Corporal zu, der immer noch mit jämmerlicher Miene auf den Teppich starrte, und sagte mit zerknirschter Stimme: »Ich sollte verprügelt werden für diese Worte, nach allem, was du getan hast, alter Freund.«

Den Kopf immer noch gesenkt, schluckte der Corporal: »Nicht Ihre Schuld, Sir. Ich – ich bin sicher, daß ich nicht weiß, wie oft Sie meine miesepetrigen Reden ruhig hinnehmen. Es ist – einfach meine idiotische Art. Ich kann's nicht ändern ...« Er warf einen Blick auf Penelope, die gerade das Bett glattstrich und den beiden Männern den Rücken zukehrte. Mit einer leichten Geste in ihre Richtung murmelte Killiam: »Ich weiß, warum Sie so wütend waren, aber – «

»Ich hatte keinen Grund, so in Wut zu geraten.« Quentin klopfte dem Corporal auf die hängende Schulter und fügte mit seinem warmen, gewinnenden Lächeln hinzu: »Ich bitte dich um Verzeihung, Rob.«

Der Corporal sagte nichts, er legte nur seine eigene starke Hand auf die dünnen Finger.

Penelope schüttelte die Kissen auf und kämpfte mit den Tränen. Es war dumm, so verletzt zu sein, weil er in diesem barschen Ton mit ihr gesprochen hatte. Er war immer noch sehr krank, und unter normalen Umständen wäre er zumindest noch für ein paar Tage ans Bett gefesselt gewesen, bevor er einige Schritte hätte riskieren können, anstatt mit den anstrengenden Ereignissen dieses Tages fertig werden zu müssen. Es kam ihr in den Sinn, daß sie nicht im geringsten beleidigt gewesen wäre, wenn Geoffrey sie so ausgescholten hätte. Aber Geoff liebte mich, dachte sie, und er war mein Bruder. Eine hinterhältige innere Stimme höhnte: Und genauso behandelt Quentin Chandler dich, dummes Ding! Wie dein ergebener, aber unbekümmerter Bruder. Liebe, dachte sie traurig, war eine schmerzliche Angelegenheit, wenn sie so einseitig war ...

Sie wandte sich vom Bett ab und versuchte, mit ruhiger, leidenschaftsloser Stimme zu sprechen, wie die gefühllose Kreatur, die er offensichtlich in ihr sah: »Ich glaube, diese Panne hat auch etwas Gutes – sie verschafft Ihnen noch einen Tag, an dem Sie sich ausruhen können, Major.«

Penelope Anne Montgomery war nicht gerade für die Unfehlbarkeit ihrer Voraussagen bekannt.

Am nächsten Morgen verlor Lady Sybil keine Zeit. Mit Quentins Tasse heißer Schokolade wurde ein Briefchen gebracht, das ihn einlud, sie um zehn Uhr im Frühstückszimmer zu treffen. Dies war ein Problem. Sein »Alter« mußte neu aufgetragen werden, und obwohl Daffy, die die Schokolade gebracht hatte, sofort mit ihrer Arbeit beginnen konnte, ging es nicht gerade schnell. Als sie endlich fertig war, mußten in aller Eile Lord Hectors Kleider angezogen und eine frisch gelockte Perücke aufgesetzt werden, und Quentin war schon verspätet, als er vorsichtig die Treppen hinunterstieg.

In einem unanständig leichten rosa Seidenkleid fegte Lady Sybil seine Entschuldigungen beiseite und begrüßte ihn herzlich. Etwas zu herzlich, dachte er unbehaglich, als er den koketten Blick kreuzte, mit dem sie ihn bedachte, nachdem er ihre Hand geküßt hatte.

Myladys Koketterie schwand, als Penelope sich zu ihnen gesellte. Sybil sah, daß ihre Nichte schockiert war, weil sie nicht wieder ihre Trauerkleider angelegt hatte, und wurde recht

reizbar. Aber sehr bald ging ihr auf, daß Penelope mit ihrem blassen Gesicht, ihrem mausfarbenen Haar und ihrer ruhigen Art einen wunderbar reizlosen Kontrast zu ihrer eigenen strahlenden Schönheit bildete, was sie enorm aufheiterte.
»Ich habe vor, deinen Großonkel mit auf eine Spazierfahrt zu nehmen, liebe Penelope«, erklärte sie. »Es muß viele Jahre her sein, seit Sie den Besitz besucht haben, Sir John. Ich stelle mir vor, daß es Ihnen Freude macht, ihn wiederzusehen.«
Ihre langen Wimpern flatterten, und er versicherte ihr höflich, daß es ihm das größte Vergnügen bereiten würde, aber fast verließ ihn der Mut. Auf hunderterlei Art konnte sie ihn bei einem Fehler ertappen, da er in Wirklichkeit sehr wenig über die Montgomerys wußte. Mit deutlichem Schrecken wurde er sich bewußt, daß er nicht einmal Lady Hectors Vornamen kannte. Sybil plapperte weiter, und er gab die passenden Antworten. Als sich die Gelegenheit bot, warf er Penelope einen verzweifelten Blick zu. Sie verstand die stumme Bitte richtig, aber als sie versuchte, ihn nach oben zu begleiten, wurde ihr ein Strich durch die Rechnung gemacht. Mylady bot dem »lieben Sir John« ihren Arm, und Mylady ging mit ihm bis zur Tür seines Zimmers, so daß Penelope erst ein paar Minuten später nachkommen und hineinschlüpfen konnte.
Sie traf ihn sehr elegant an, in einem grünen Rock und einer kleidsamen weißen Weste, die mit grünen Lilien bestickt war. Er war jedoch äußerst besorgt und bat sie, ihm soviel wie möglich von ihrer verstorbenen Mutter zu erzählen. »Ich fürchte sonst, daß ich uns alle durch meinen Mangel an Wissen verraten könnte.«
Penelope bezweifelte zwar, daß ihre Tante die Absicht hatte, sich über Familiengeschichten zu unterhalten, aber sie tat ihr Bestes, ihm zu helfen, indem sie alle Informationen lieferte, deren Kenntnis man von jemandem in »Sir Johns« Position

erwarten mochte, und verschiedene Verwandte beschrieb, bis Quentin stöhnte, er würde sich niemals an alle erinnern können.

»Machen Sie sich nicht solche Gedanken«, sagte sie, als sie mit ihm zur Tür ging. »Merken Sie sich nur, daß meine Mama Margaret geheißen hat, daß sie sehr schön war und Meg genannt wurde. Sie haben Sybil erzählt, Ihre Mutter sei eine Großtante von meiner gewesen. Wie hat *sie* geheißen?«

»Margaret«, antwortete er prompt und fügte freudig hinzu, »manchmal Meg genannt.«

»Nein, nein. Ich meine *Ihre* – Sir Johns – Mama.«

Er zerrte an seiner Perücke. »O Gott! Sie braucht auch einen Namen, nicht wahr? Na schön – äh, Petruschka. Den werde ich nicht vergessen.«

»Und sie wird es nicht glauben! Quentin – seien Sie doch ernst!«

Er warf ihr einen Seitenblick aus smaragdfunkelnden Augen zu. »Dann eben Catherine. Besser?«

»Sehr hübsch. Aber Sie müssen sich ihn *merken*. Ihre Mama hieß Catherine Macauley.«

»Woher haben Sie die Macauleys? Hoppla! Mein zweiter Name. Ich hatte ihn vergessen.«

»Lieber Gott! Nun – hören Sie zu ... Sie sind Sir John Macauley-Somerville. Ihre Mutter war Catherine Macauley, und sie war die Großtante *meiner* Mutter, deren Name ...?«

»Margaret war.« Er strahlte sie stolz an.

»Richtig. Und Ihr Bruder ...?«

Er starrte sie verständnislos an. »Bruder ...?«

Nun war es an Penelope, sich die Haare zu raufen. »Ihr *berühmter* Bruder, Quentin. Sir Andrew. Der Sie hierhergeschickt hat!«

»Der Himmel steh uns bei«, stöhnte Sir John Macauley-Somerville.

Dieses Stoßgebet blieb den restlichen langen Vormittag in Penelopes Gedanken haften. Sie erfüllte einige häusliche Pflichten, aber nach ein Uhr entschuldigte sie sich unter dem Vorwand, sie fühle sich nach ihrer schweren Erkältung immer noch recht matt. In Wahrheit war sie schrecklich nervös, und kaum war sie oben, schloß sie die Tür und flog zum Fenster, um vergebens Ausschau zu halten, ob auf der Straße schon eine Spur von der heimkehrenden Kutsche zu sehen war.

Sie kniete an ihrem Fensterplatz und wußte, daß es unsinnig war, sich solche Sorgen zu machen. Quentin war nicht ganz in Hochform, aber er war ein intelligenter Mann. Er würde ausgezeichnet mit seiner Geschichte weitermachen und Sybil vermutlich so bezaubern, daß sie jeglichen Verdacht fallenließ, den sie hegen mochte. Wahrscheinlich würde sie ihn trotz seiner »Jahre« attraktiv finden und mit ihm flirten, selbst wenn er schon mit einem Fuß im Grab stehen sollte. Penelope blickte finster und ging hinüber zum Schrank, um die Kleider durchzusehen, die sie in den letzten eineinhalb Jahren beiseite gehängt hatte. Ihr neuer Plan mußte fertig sein, wann immer sich eine Chance bot ... und sie hatte nicht viel Zeit.

»Aber wir haben sehr viel Zeit, lieber – Cousin.« Lady Sybil drängte sich ein kleines bißchen näher an den alten Herrn. Sie hatten die Kutsche verlassen und wanderten durch ein hübsches niedriges Wäldchen, bevor sie sich auf die Mauer setzten, die die südlichen Weiden vom Park abtrennte. Die Mauer war niedrig, aber sie hatte Sir John davon überzeugt, daß er sie hinaufheben mußte. Als er sich dann neben sie setzte, schien er etwas atemlos zu sein, aber die Hände, die ihre zierliche Taille umspannt hatten, waren wundervoll stark, trotz seines Alters. An diesem sonnigen Vormittag trug Mylady ein blau und violett geblümtes Seidenkleid mit weitgeschnittenem Rock.

Der tiefe Ausschnitt war mit zartgefältelten Spitzen eingefaßt. Ihr Haar war gepudert und hoch auf dem Kopf zusammengesteckt, um in dichten Löckchen auf ihre weißen Schultern zu fallen. Sie wußte, daß sie sehr gut aussah, und schmollend fuhr sie fort: »Gott, man könnte denken, Sie seien begierig, uns zu verlassen. Und ich Arme sitze da« – sie neigte sich wie ein scheues Mädchen zu ihm –, »so allein und voller Sehnsucht nach der Gesellschaft eines Gentleman, seit mein Gatte von mir fort ist.«

»Für die Sache des Königs, ich verstehe«, sagte Quentin, der sich unangenehm bewußt wurde, daß er besser Alter und Schwäche vorgeschützt hätte, anstatt die Lady auf diese verdammte Mauer zu schwingen. »Sie müssen ihn schrecklich vermissen, armes Kind.«

»Kind?« Spielerisch schlug sie ihm mit dem Fächer aufs Knie. »Ich bezweifle, daß so viele Jahre uns trennen, lieber Sir. Noch ...«, sie klappte den Fächer wieder auf und hielt ihn direkt unter ihre großen Augen, »... noch glaube ich, daß Sie *so* schwach sind.«

»Nun – in meinem Alter, wissen Sie, muß man – «

Hingerissen von seinem Lächeln lehnte sie sich näher an ihn und flüsterte: »Vorsichtig sein?«

Ihre Lippen waren geöffnet, als sie ihren Fächer senkte und zusammenklappte. Zarte, blaugeäderte Lider senkten sich herausfordernd über die großen braunen Augen. Und das Oberteil ihres Kleides, lächerlich klein, wie es war, rutschte herunter, so daß man leicht –

Mit Mühe faßte Quentin sich wieder und wich zurück. »Ich wollte – sagen«, stammelte er, »daß – daß wir daran denken müssen, daß wir verwandt sind, Ma'am. Und ich bin – ein sehr alter Bursche. Ihrer – äh, Munterkeit – nicht gewachsen, meine Hübsche.«

»Ich frage mich, wie es kommt«, sagte sie nachdenklich, »daß Ihr Gesicht gerade ein bißchen – sagen wir, nach mittlerem Alter aussieht. Und Ihre Augen sind sogar so ...«

Er wurde starr. »So – was, Ma'am?«

Sie kicherte. »Ich werde Ihnen nicht schmeicheln, Sie Gauner. Erzählen Sie mir von Peggy. Wie war sie? Ich habe sie nie kennengelernt.«

Peggy ..., dachte er verzweifelt. Wer, zum Teufel, ist Peggy? Sein Zögern blieb nicht unbemerkt und wurde auf die nächstliegende Weise ausgelegt. »Penelopes arme Mama«, erklärte Mylady rasch. »Joseph nannte sie immer Peggy. Sie war eine Schönheit, sagte er, also kann sie meiner Nichte nicht ähnlich gesehen haben, die so reizlos wie ein Landsknecht ist.« Sein Stirnrunzeln und sein leicht erhobenes Kinn warnten sie, und sie ergänzte: »Nicht, daß sie kein gutes Mädchen wäre – auf ihre Art.«

»Ein sehr gutes Mädchen, in der Tat«, sagte Quentin reserviert. »Aber ich nehme an, Sie haben recht, Mylady. Margaret sah eher wie der junge Geoff aus, jetzt, da Sie es erwähnen. Besonders um die – äh, Augen herum, wissen Sie.«

»Welch ein Gedächtnis! Nun, sie muß gestorben sein, damals als ... wie lange ist es her?«

Lieber Gott! dachte Quentin. »Äh – lassen Sie mich sehen ...«, murmelte er.

Mit einem überraschenden trillernden Lachen beugte sie sich zu ihm. »Was sehen Sie, Sie frecher Junge?«

Ihr weißer, runder Busen wogte direkt unter seinem Kinn. Schwach dachte er: Ich bin ein ... kranker ... alter Mann ..., und an die Mauer geklammert, antwortete er mit dünner Stimme: »Ich habe es ... vergessen.«

Immer näher an ihn gedrängt, murmelte sie: »Nicht – alles, hoffe ich?«

Hilfe! dachte Quentin.
Sybil streckte sich, um ihm einen feuchten Kuß aufs Kinn zu drücken. »Meine Güte«, sagte sie und starrte ihn neugierig an. »Sie benutzen aber viel Schminke, lieber Sir. Ich frage mich – «
Quentin sprang von der Mauer. Mylady verlor das Gleichgewicht, quiekte und taumelte. Instinktiv hielt er sie fest, dann biß er die Zähne zusammen, der stechende Schmerz, den er dabei verspürte, ließ ihn taumeln, und ihm wurde übel.
Sybil griff nach seinem Arm, um Halt zu gewinnen, dann packte sie ihn fester und lachte herausfordernd. Entweder machte er sich los, oder er würde hinfallen. Er stieß sie von sich, und um zu verbergen, daß die Landschaft vor seinen Augen ins Wanken geriet und Sybil selbst ein nebelhafter Schleier wurde, krächzte er: »Madam, ich erinnere Sie daran, daß ich ein Verwandter Ihres Gatten und Gast in seinem Hause bin.«
Wütend richtete Sybil sich auf. »Wie – können Sie es *wagen!* Seien Sie gewiß, daß ich – « Aber sie beendete ihre Drohung nicht. Die Augen des alten Gentleman waren eindeutig glasig, und kleine Schweißtropfen rieselten über seine Schläfen. Mit einem leisen Schrei der Bewunderung stürzte sie sich in seine keineswegs bereitwilligen Arme. »Welch eiserne Selbstkontrolle«, flüsterte sie heiser. »Glauben Sie, ich sehe nicht, wie sehr Sie mich begehren? Als Sie gekommen sind, habe ich sofort gesehen, daß Sie ein alter Gauner sind. Und ich habe ... Gauner seit jeher geliebt. Nun – Sie können einen ganz kleinen Kuß haben, mein armer tapferer Gentleman.«
Trotz seines schmerzenden Arms stieg in Quentins Kehle ein heiteres Glucksen auf. Diese Hure! Sie bildete sich tatsächlich ein, daß jeder Mann sie begehren mußte! Er hatte schon gehofft, sein nobler Verzicht hätte sie so verärgert, daß sie verlangte, er solle Highview sofort verlassen. Jetzt aber kam

ihm eine andere, sogar noch verlockendere Idee in den Sinn. Seine Augen begannen zu tanzen, und er beugte sich tiefer. Sie lehnte an ihm, die Augen halb geschlossen, die lächelnden Lippen einladend geöffnet, und dieser herrliche Busen wogte gegen das Oberteil ihres Kleides, das ihn nur leicht einzwängte. Es wäre doch zu schade, dachte Quentin, dies alles zu vergeuden ...

Es wurde fast halb drei, bevor die Kutsche in Sicht kam, in gemächlichem Tempo die Auffahrt entlangfuhr und einen Augenblick hinter dem Vorsprung des Hauses verschwand.
Penelope, die am Fenster von »Sir Johns« Zimmer gesessen hatte, rief ungeheuer erleichtert: »Sie kommen!« Der Corporal und Daffy ließen von ihrem Kartenspiel ab und rannten zu ihr, und alle drei spähten ängstlich hinaus, als die Kutsche erneut in Sicht kam.
»Sie waren lange aus«, murmelte Daffy.
Besorgt meinte Penelope: »Der arme Major Chandler muß völlig erschöpft sein. Ich bete nur, daß ihm nicht irgendein fürchterlicher Schnitzer unterlaufen ist. Meine Tante ist in gewisser Weise sehr schlau.«
Die Gedanken des Corporals, der sich eine ziemlich zutreffende Meinung über Myladys Charakter gebildet hatte, gingen in eine andere Richtung, aber er sagte nichts.
Das Gästezimmer ging nach Westen hinaus, und so hielt die Kutsche fast direkt unter dem Fenster. Der Diener sprang vom Bock und öffnete den Schlag. Er ließ nicht die Stufen herunter, sondern trat zurück und wartete mit ausdruckslosem Gesicht, nachdem er einen Blick hineingeworfen hatte. Die Furcht in Penelopes Herzen wurde stärker. Warum stiegen sie nicht aus? Ging es Quentin so schlecht, daß er nicht gehen konnte? Sie war nahe daran, in die Halle zu laufen, als die Stufen herunter-

gelassen wurden und Quentin ausstieg, um Mylady herunterzuhelfen. Sybil lehnte sich an ihn, und sie stiegen langsam zusammen die Treppe hinauf; sie klammerte sich an seinen Arm und sah – Penelopes Meinung nach – in einer schändlich dreisten Art zu ihm auf.
Diese abscheuliche Frau, dachte sie und eilte in die Halle. Sie will jeden Mann, der in ihren Umkreis kommt, zu ihrem Sklaven machen!
Als sie am Treppenabsatz ankam, waren die Ausflügler in der vorderen Halle. Myladys zarte Hände lagen auf der Brust des alten Gentleman, und er hielt sie fest umklammert, obwohl es schwer zu sagen war, ob er sie stützte oder sich selbst vor dem Hinfallen bewahrte.
Kochend vor Wut, zwitscherte Penelope süß: »Hatten Sie eine schöne Spazierfahrt?«
Beide fuhren zusammen, als sie sie erblickten. Penelope dachte, daß Quentin geradezu abgezehrt aussah, wenn seine Augen auch vergnügt leuchteten. In Lady Sybils Gesichtsausdruck schienen Überraschung und ein anderes Gefühl miteinander um die Oberhand zu kämpfen. Penelope konnte dieses Gefühl weder einordnen, noch kümmerte sie sich groß darum. Sie rannte die letzten Stufen hinunter und rief aus: »Meine Güte! So eine lange Fahrt war zuviel für dich, Onkel John! Ich hoffe, du hast dich nicht überanstrengt.«
Quentin verneinte mit verwirrtem Gemurmel, aber Mylady ließ ein gedämpftes Lachen hören. »Einiges mehr als eine lange Spazierfahrt wäre vonnöten, um diesen ... prächtigen Gentleman zu ermüden«, sagte sie heiser. »Nichtsdestoweniger glaube ich, daß wir uns beide ausruhen sollten, lieber Sir John.« Sie lächelte zu Quentin hinauf, mit demselben Gesichtsausdruck wie zuvor, den Penelope nun als eine Art ehrfürchtiger Bewunderung erkannte. »Wir hatten einen dummen kleinen Unfall«,

fuhr Sybil hastig fort, da sie bemerkt hatte, wie Sir John ihrer Nichte einen etwas furchtsamen Blick zuwarf. »Ich war so ungeschickt hinzufallen, und dein Großonkel war so galant, mich aufzufangen, aber ich fürchte, es hat ihn ziemlich – äh, angestrengt.«

»Keineswegs«, murmelte Quentin.

»Kein Wunder, daß Sie so müde sind, Sir«, sagte Penelope scharf. »Soll ich Sie zu Ihrem Zimmer geleiten?«

Sir John dankte ihr und sagte unbekümmert, er sei nicht so klapprig, um nicht ein paar Stufen hinaufklettern zu können. Mylady neigte sich zu seinem Ohr und flüsterte etwas, das ihn so erheiterte, daß er stolperte, und Penelope ließ ihren Arm stützend um seine Taille gleiten.

»Süßes Kind«, murmelte er. »Verdammt will ich sein, wenn mir dieses Verwöhntwerden nicht langsam gefällt.«

Als sie den zweiten Stock erreichten, nahm Mylady Sir Johns Hand und versprach ihm, den Lunch in sein Zimmer bringen zu lassen. »Sie müssen ein schönes, langes Schläfchen halten«, drängte sie ihn, »denn wir können beim Dinner nicht auf Ihre erfrischende Gegenwart verzichten. Bis sieben, dann ...« Sie zog ihre Hand zurück und murmelte ein leises, zärtliches »Adieu, lieber ... Cousin ...«

»Was für eine abstoßende Vorstellung!« fauchte Penelope, als Sybil außer Hörweite war.

Quentin warf ihr einen erschrockenen Blick zu.

»Diese fürchterliche, fürchterliche Frau«, fuhr sie fort. »Sehen Sie nur, wie erschöpft Sie sind. Quentin – *warum* in aller Welt haben Sie zugelassen, daß sie so lange mit Ihnen draußen geblieben ist?«

»Man kann – sich ihr irgendwie schwer widersetzen«, erklärte er, wobei er ihren empörten Augen geflissentlich auswich.

»Vor allem, wenn sie irgendeinen unseligen Gentleman einfangen will! Ist sie wirklich gefallen?«

»Oh, sie ist gefallen, ganz richtig.«
Penelope bemerkte sein eigenartiges, verräterisches Grinsen sehr wohl und sagte verächtlich: »Ich bezweifle nicht, daß sie sehr offenherzig war, als sie hinfiel. Wirklich, sie ist eine – « Sie brach den Satz im letzten Moment ab und endete mit den Worten: »Ich nehme an, daß Sie sich am Arm weh getan haben?«
Quentin lehnte an der Wand, als sie die Tür öffnete, und antwortete: »Nicht der Rede wert. Und – ich konnte sie ja nicht einfach – zu Boden fallen lassen, oder nicht?«
Das konnte er nicht, natürlich, räumte Penelope ein, als sie ihn der Pflege des Corporals überließ und in ihr eigenes Zimmer ging. Aber – oh, wie sehr wünschte sie, er hätte es getan! Es war ganz offensichtlich, daß Sybil völlig bestrickt war, in welchem Falle Quentins ganze Diplomatie nötig sein würde, um den Krallen der Lady zu entkommen, bevor Lord Joseph zurückkehrte. Sie seufzte. Zumindest konnte er sich noch eine Weile ausruhen. So wie er gerade ausgesehen hatte, würde er jetzt wahrscheinlich schon fest eingeschlafen sein.
Sie täuschte sich gründlich. Weit davon entfernt zu schlafen, lag Quentin mit einem Lachkrampf auf dem Bett, und seine Erheiterung äußerte sich so unbekümmert, daß Corporal Rob schließlich breit grinsend dazu gezwungen war, ihm ein Kissen aufs Gesicht zu drücken.

Penelopes bestes Trauerkleid war aus schwarzem Samt, mit weißer Spitze besetzt, viereckigem Ausschnitt, rundem Reifrock und langen Watteaufalten am Rücken, die zu einer kleinen Schleppe herabfielen. Es war ein entzückendes Kleid, aber Penelope hatte es nicht mehr getragen, seit sie vergangene Weihnachten mit zu einer kleinen Dinnerparty bei Sir Thomas Beasley eingeladen worden war. Sie keuchte um Gnade, als

Daffy unbarmherzig an den Korsettschnüren zog, aber als das Kleid über ihre hübsche Taille gezogen wurde, war sie sehr erfreut über die Wirkung.

Daffy holte Lady Margarets Perlen heraus, aber nachdem sie sie um Penelopes schlanken weißen Hals gelegt hatte, nahm sie die Kette schnell wieder weg. »Bei weitem zu früh«, entschied sie streng. »Es ist schlimm genug, daß Mylady gerade neun Monate nach Masters Geoffreys Tod in ihren hellen Farben herumtänzelt. Über *Sie* soll niemand herumtratschen, Miss Penny.«

Penelope stimmte sofort zu und fühlte sich abscheulich untreu gegen Geoffreys Andenken. »Aber« – sie berührte ihr Haar, das Daffy so streng aufgesteckt hatte, daß ihre Augenbrauen schier nach oben gezogen wurden –, »glaubst du nicht, daß ich meine Haare in Locken legen und – pudern könnte? Nur für – «

»Beim Barte des Allmächtigen, Miss!« schrie Daffy äußerst schockiert. »Und was kommt als nächstes? Wir müssen langsam vorgehen. Ich wage gar nicht auszudenken, was Mylady sagen wird, wenn sie Sie so hübsch sieht, in diesem Kleid. Langsam und vorsichtig, Miss Penny. Wie eine kranke Schnekke.« Sie sprühte einen zarten Hauch »Frühlingsmorgen« hinter das Ohr der widerstrebenden Schnecke. Hohe Absätze klapperten auf dem Gang, und Penelope, die sich erschrocken zu ihrer Zofe umdrehte, bekam den »Frühlingsmorgen« ins Gesicht. Sie nieste heftig, genau in dem Moment, als Mylady mit einem Rascheln von Seide und Spitze ins Zimmer trat.

Zarte Weiblichkeit von der Spitze ihrer hohen, gepuderten Perücke bis hin zu ihren zierlichen, mit Juwelen besetzten Schuhen, hielt Sybil ein Spitzentaschentuch an ihr Näschen und musterte ihre Nichte unbehaglich. »Gott, Mädchen – hast du immer noch diese ekelhafte Erkältung? Der Himmel weiß, daß du lange genug untätig herumgelegen bist, daß ich dachte, du hättest sie überwunden.«

»Das habe ich auch, Ma'am. Aber ich danke Ihnen für Ihre Teilnahme.«

Penelopes Ironie entging Sybils hübschem Kopf. »Du siehst nicht sehr gut aus. Du siehst schrecklich aus. Wo hast du bloß dieses altmodische Kleid gefunden? Ich schwör's, du siehst darin älter aus als Sir John. Setz dich da hinüber und versuch, in die andere Richtung zu atmen. Saffy – oder wie du auch heißt – hol mir einen Stuhl, dann kannst du gehen.«

Daffy zog den Stuhl bis zu der Stelle, an der Mylady sich verhältnismäßig sicher vor Penelopes Bazillen fühlte. Wie gut, dachte Daffy, die große Lust hatte, den Stuhl noch ein wenig nach hinten wegzuziehen, als Mylady sich setzte, daß sie der armen Miss nicht erlaubt hatte, die Perlen ihrer Mama zu tragen, da sie sicher die Aufmerksamkeit auf ihren makellosen Teint gezogen hätten. Und wenn sie ihre Locken aufgesteckt und gepudert hätte ...! Sie unterdrückte einen Schauder. Nicht, daß Miss Penny eine Schönheit gewesen wäre oder je sein würde. Aber sie hatte etwas an sich ... etwas, das die Augen aller Gentlemen auf sich zog. Und Mylady wußte das! Sie warf Penelope einen ermutigenden Blick zu, machte einen kleinen Knicks und zog sich zur Tür zurück, wobei sie sich fragte, was Lady Flirt-mit-mir – schon vor längerer Zeit hatte sie Sybil diesen Spitznamen gegeben – hier wollte. Sie sah sicher sehr flott aus in diesem rosa Kleid, dessen Mieder so tief ausgeschnitten war, daß man fast bis zur Taille sehen konnte, genug, jedem Mann den Kopf zu verdrehen. Daffy schloß schweren Herzens die Tür. Sie sehnte sich danach, Penelopes reiches Haar auf eine kleidsamere Art zu frisieren, ihr die hübschen Kleider anzuziehen, die an ihrer großen, schlanken Figur so gut ausgesehen hatten, und mit Rouge und Puder zu hantieren. Statt dessen hatte sie, dem Befehl des Majors gehorchend, alles getan, um das liebe Mädchen so unattraktiv wie möglich zu machen. An dem Kleid hatte sie natürlich nichts ändern können. Außer es »zufällig« zu zerreißen, was ihre Herrin mißtrauisch gemacht hätte. Und es wäre grausam, ihr Hoffnungen zu machen, wenn Major Chandler dann möglicherweise seinen Plan doch nicht durchführen konnte.

Als die Tür sich schloß, sagte Penelope: »Sie sehen sehr gut aus, Ma'am. Erwarten Sie Onkel Joseph zurück?«

Lady Sybil richtete einen kalten Blick auf sie. »Sei nicht unverschämt. Du weißt sehr gut, daß er nicht damit einverstanden wäre, daß ich meine Trauerkleider abgelegt habe. Ich hätte das auch tatsächlich niemals getan, wenn dein Großonkel es nicht so bitter nötig hätte, ein wenig aufgeheitert zu werden. Er scheint sehr deprimiert, der arme alte Mensch.«

Diese Einsicht überraschte Penelope, aber sie sagte nichts.

Mylady warf ihr einen Seitenblick zu und begann mit ihrem Fächer zu klappern. »Es scheint seltsam«, bemerkte sie beiläufig, »daß nie jemand in der Familie zuvor von ihm gesprochen hat.«

Mit einem nervösen Zucken sagte Penelope: »Ich bezweifle, daß irgend jemand die letzten Jahre auch nur an den Gentleman gedacht hat. Es hat einen – äh, Skandal gegeben, glaube ich. Ich weiß nicht, was es war. Die Somerville sind auch nur entfernte Verwandte meiner Mama.«

»Das hat auch der alte Herr gesagt. Er hat ... nie geheiratet ...?«

»Ich kann es wirklich nicht sagen.«

»Wie seltsam.«

»Seltsam?« echote Penelope erschrocken.

»Man möchte annehmen, daß irgendeine Frau sich einen so außerordentlich attraktiven Mann schon lange geschnappt hätte.« Sybil sah ihre Nichte lauernd an und murmelte: »Er ist jetzt natürlich alt, aber – wie alt ist er genau?«

Verzweifelt stammelte Penelope: »Ich weiß es nicht. An die siebzig, wenn man ihn so ansieht.«
»So ein Unsinn!« widersprach Sybil erzürnt. »Höchstens Anfang Sechzig. Und selbst dann ...« Sie brach ab, starrte auf den leeren Kamin, dann fuhr sie mit leiserer Stimme fort: »Es ist bemerkenswert, daß er so erstaunlich ...«
»Erstaunlich – was, Ma'am?« fragte Penelope neugierig.
»Wie?« Sybil richtete die verträumten Augen auf ihre Nichte, faßte sich wieder, stand auf und strich ihr Kleid glatt. »Nichts, was du je verstehen könntest, armes Geschöpf«, antwortete sie unfreundlich. »Ich werde meinen Gatten fragen, da du anscheinend so kläglich uninformiert über die Verwandten deiner lieben Mama bist. Lord Joseph war immer sehr stolz auf diesen Zweig der Familie.« Sie öffnete die Tür und sagte über die Schulter hinweg: »Ich habe Cook gesagt, daß wir um acht Uhr essen werden. Du brauchst vorher nicht herunterzukommen.« Und schon war sie fort, den schweren Duft ihres Parfums zurücklassend.
Penelope, die höflich aufgestanden war, starrte angstvoll auf die geschlossene Tür. Sybil war nur hergekommen, um zu versuchen, etwas über »Sir John« in Erfahrung zu bringen. Er hatte sie richtiggehend verhext, was sehr unklug gewesen war. Sie seufzte kläglich. Als ob ihm das irgend etwas helfen würde. Für ihn war es so selbstverständlich, auf Frauen anziehend zu wirken, wie es für sie selbstverständlich war, ihn nicht zu fesseln. »Du brauchst vorher nicht herunterzukommen ...« Sie nahm ihren Fächer und faltete ihn geistesabwesend auseinander, obwohl es kühl im Zimmer war. Mylady wollte mit ihrem faszinierenden Gast allein sein ...

9

»Ich habe es mir zur Gewohnheit gemacht«, murmelte Quentin in Sybils warme Halsbeuge, »niemals Fragen zu beantworten, wenn es bessere Dinge zu tun gibt.« Anstatt zu widerstreben, kicherte sie nur atemlos, und er küßte sie lange und tief. Sie saßen auf dem Sofa in einem gemütlichen Salon, der reich mit Purpur und Gold ausgestattet war. Wegen des kühlen Abends brannte ein Feuer im marmornen Kamin, die Luft war warm und duftend, und Quentin hatte darauf geachtet, daß Myladys Glas immer gefüllt war. Sybil beantwortete seine Zärtlichkeiten mit erschreckendem Feuer, und er fuhr fort, wie sie es sich wünschte, nahm sich immer mehr Freiheiten heraus, bis Sybil schwach stöhnte, die Augen geschlossen, den Kopf ergeben und voll Verlangen zurückgelehnt.

»Mach weiter«, keuchte sie glückselig. »Mein Liebling ... mein wunderbarer Geliebter ... warum hörst du auf?«

Schwindlig hob er den Kopf von ihrem duftenden Busen. »Ich bin – ein schwacher Mann, meine Süße.«

Ihre Augen öffneten sich, nachgiebig vor Leidenschaft. »Du bist großartig«, sagte sie, ihre Stimme war nur noch ein heiseres Seufzen. »Noch nie bin ich mit solchem Feuer ... und solcher Kraft geliebt worden.«

»Für einen alten Kerl mache ich es nicht so schlecht, hmm?« fragte er blinzelnd.

Sie nahm seine Hand und preßte sie an ihre Lippen. »Du bist wundervoll – selbst für einen jungen Mann! Wirklich« – sie lächelte schüchtern –, »wenn mein Gatte zurückkehrt, wird er hart in Bedrängnis kommen, sich – «

Das war die Chance, auf die er gewartet hatte. Mit einem Aufschrei des Widerwillens schob er sie weg und sprang auf. »Machen Sie mir keine solchen Vorwürfe!« rief er dramatisch. »Oh, tun Sie das nicht!«

»Was?« sagte Sybil, setzte sich auf und blinzelte ihn an. »Warum sollte ich Ihnen Vorwürfe machen?«
»Wie sollten Sie das nicht?« rief er und begann auf und ab zu gehen und mit den Armen zu fuchteln. »Hierherzukommen ... und die Gastfreundschaft meines Verwandten anzunehmen. Und – als Gegenleistung seine Frau zu verführen! Oh!« Mit einer wilden Geste warf er die Arme hoch, was Mylady unbehaglich zurückweichen ließ. »Niedertracht, dein Name ist Somerville!«
»Liebe Güte!« rief Sybil, nicht gerade begeistert von dieser neuen Seite Sir Johns. »Sie gehen sehr hart mit sich ins Gericht, glaube ich.«
Langsam und dramatisch senkte er die Arme wieder. Er seufzte. »Die anderen werden noch härter sein ... im Kloster.«
Ihr Kinn sackte herunter. »K – Kloster?«
Er ließ den Kopf hängen. »Ich lege die Gelübde ab ... nächste Woche.«
»Das ... wollen Sie tun?« keuchte Sybil, mit nachlassenden Kräften, aber aufrichtig. »Was für eine schreckliche Verschwendung!«
Äußerst amüsiert hätte Quentin diese lasterhafte Frau fast gernhaben können. Sie war gänzlich unmoralisch, grausam und ohne die geringste Spur von Treue, aber wenigstens simulierte sie weder Widerstreben noch Abneigung. Mit Mühe antwortete er ernsthaft: »Mein ganzes Leben war vergeudet.«
»Sicher nicht, lieber Sir? Sie haben es schließlich im Dienste Ihres Königs und Ihres Landes verbracht, und –«
»Und gesündigt im Übermaß, ach!« Seine Schultern sackten zusammen. »Sogar jetzt sündige ich. Bei dieser – meiner letzten Mission. Ich hatte gehofft, meine Karriere mit einem Bravourstück zu beenden. Aber als ich hierherkam – anstatt mich um meine Aufgabe zu kümmern –« Er seufzte wiederum.

Sybil hatte sich gestrafft und sagte nun scharf: »Aber ich habe es so verstanden, daß Sie *zufällig* hier vorbeigekommen sind.«
»Sagte ich das?« Er wandte sein Gesicht ab, dann sagte er energisch: »Das wird mir nichts nützen, Ma'am! Verstehen Sie nicht? Die Schuld liegt nicht bei Ihnen. Ich habe Sie ausgenutzt. Ach, ich war verhext von Ihrer Schönheit!«
Sie war ein wenig beunruhigt gewesen, aber bei seinen letzten Worten entspannte sie sich lächelnd.
»Ich kann dem Orden nicht mit einem solch schändlichen Mißbrauch der Gastfreundschaft auf meinem überlasteten Gewissen beitreten«, sagte er entschlossen. Er beobachtete ihr Spiegelbild in dem polierten Kerzenleuchter, der auf dem Kaminsims stand, und fügte hinzu: »Ich werde beichten müssen.«
Sie war zunehmend gelangweilt, und ihr Ärger zeigte sich, als sie mürrisch sagte: »Oh, ich verstehe nicht, warum sie so ein Aufhebens darum machen.«
»Wann wird Ihr Gatte zurückkehren?« fragte er und wandte sich ihr mit feierlichem Gesichtsausdruck zu.
Sybils Gesicht erhellte sich. »Keine Angst, mein Lieber, ich erwartete ihn allerfrühestens morgen.«
»Ah. Das entscheidet alles. Ich werde warten und versuchen, Worte zu finden, die mein Vergehen mildern können.«
»*Was?*« Erbleichend sprang Sybil auf. »Sie haben doch nicht etwa vor, *Joseph* zu beichten?«
Er breitete die Arme aus. »Wem sonst, Mylady?«
»Mein Gott!«
»O ja. Sicherlich ihm.«
»Nein, nein! Ich meine – ich hatte gedacht, Sie wollten dem – dem höchsten Priester beichten, oder so jemandem – «
»Dem Abt«, warf er freundlich ein, dankbar, daß ihr Wissen über diese Dinge noch geringer war als sein eigenes. »Aber das

wäre eine feige Ausflucht, Mylady. Wenn Ihr Gatte mich tadeln möchte – «

»Sie *tadeln?*« quiekte sie, eine Hand auf den wogenden Busen gepreßt. »Er wird Sie in Stücke reißen!«

Unter diesen Umständen, dachte Quentin, war das eine logische Reaktion Josephs. Er versuchte, nicht zu grinsen, und sagte mit frommer Demut: »Ich fürchte, ich verdiene es.« Er stöhnte und bedeckte die Augen mit der Hand. »Ich muß verrückt gewesen sein!«

Sybil kam der Gedanke, daß dies doch ein sehr exzentrischer alter Gentleman war. Sie war sehr erschrocken, aber bevor sie antworten konnte, öffnete sich die Tür. »Oh, komm herein, komm nur herein«, sagte sie mürrisch.

Penelope gehorchte und ließ einen raschen Blick vom gereizten Gesicht ihrer Tante zu der dramatischen Pose Sir John Macauley-Somervilles gleiten. Ein vergnügtes Glitzern trat in ihre Augen. Was hatte er vor? Sie sank in einen Knicks und sagte bescheiden, sie hoffe, er habe sich gut ausgeruht.

Quentin sah sie stirnrunzelnd an. Er hatte Daffy ausdrücklich gesagt, Penny so unattraktiv wie möglich herzurichten, und statt dessen sah sie so frisch und süß wie eine Blume aus, verglichen mit Lady Sybils Schminke und Affektiertheit. »Meine Seele kann nicht ruhen«, sagte er düster. »Nicht bevor ich mit deinem Onkel Joseph gesprochen habe.«

Bestürzt rief Penelope aus: »Lieber Himmel! Worüber, Sir?«

Er kam auf sie zu und führte sie zu einem Stuhl neben dem Feuer. »Ach«, seufzte er, wenn ich dir das erzählen würde – «

»Schämen Sie sich, Sir John«, unterbrach Sybil schrill, Furcht glitzerte in ihren Augen. »Das wäre höchst unschicklich von Ihnen. Und jedenfalls kann ich nicht genau sagen, wie lange mein Gatte fort sein wird. Es – es kann mehrere Wochen dauern.«

»Wochen?« wiederholte Penelope. »Aber – ich dachte, Sie sagten – «
Sybil machte eine herrische Gebärde, dann befühlte sie ihre Schläfe und nickte vielsagend in Sir Johns Richtung.
Bewundernd sah Penelope auf Quentins hängende Schultern. Sie konnte nicht erraten, wie der Schlingel das fertiggebracht hatte, aber es war klar, daß die Vernarrtheit ihrer Tante sich abkühlte. »Ich hoffe«, sagte sie aufs Geratewohl und betete, daß es das Richtige war, »daß es Ihnen nicht unmöglich sein wird, so lange Zeit zu warten, Sir? Ich weiß nur, daß meine Tante und ich sehr erfreut wären, wenn Sie bleiben würden.«
Sybil, deren eindringliche Signale an ihre Nichte anscheinend unbemerkt geblieben waren, sagte nun: »Dein Großonkel hat eine äußerst dringliche Verabredung, Penelope. Er tritt nächste Woche einem Orden bei.«
Quentin konnte nicht widerstehen, seinen Kopf herumzudrehen und die Wirkung dieser feierlichen Worte zu beobachten. Er wurde belohnt. Penelopes Augen wurden fast ebenso rund wie ihr hübscher Mund. In dem Wissen, daß seine eigenen Augen nur zu geneigt waren, sein eigenes Amüsement zu verraten, senkte er sie und murmelte demütig: »Sie denken sich vielleicht, daß es zu spät ist.«
»Nicht, wenn Sie bei Tagesanbruch abreisen«, sagte Sybil, die ihn falsch verstand.
»Ach – glaube nicht, daß ich das kann«, sagte er dumpf. »Es wäre um so viel erfreulicher, diese letzten Tage in Gesellschaft einer liebreizenden Lady zu verbringen. Und außerdem, wenn Ihr Gatte zurückkommt, kann ich – «
Verzweifelt stammelte Sybil: »Sie können sich auf Ihrer Reise der Gesellschaft einer Lady erfreuen, lieber Sir.«
Mit zweifelndem Gesichtsausdruck wandte Quentin sich ihr zu.

»Meine arme – Penelope«, sagte Sybil, die nach jedem Strohhalm griff, der sich nur bot, »war nun fast zwei Jahre lang in Trauer. Ich hatte vorgehabt, sie in diesen Wochen in die Stadt zu ihrer Tante Mary zu schicken, damit sie einmal etwas anderes sieht.«
Völlig verblüfft starrte Penelope sie an.
»Mein Weg führt nach Norden, nach York ins Kloster«, antwortete Quentin. »Aber zuerst muß ich natürlich noch einmal in die Stadt.«
»Nun, dann können Sie doch zwei Fliegen mit einer Klappe schlagen, lieber Sir«, gurrte Sybil. »Penelope könnte in Ihrer Begleitung sicher reisen. Sie ist ein fröhliches Mädchen und würde die letzten Tage Ihres – Ihres weltlichen Lebens sicherlich aufheitern.«
Mit leuchtenden Augen lief Penelope zu Sir John und ergriff seine Hand. »Oh! Lieber Sir, ich will mich nicht aufdrängen, aber bitte – *bitte* – sagen Sie, daß ich mit Ihnen fahren darf!«
»Das Dinner ist serviert, Mylady«, kündigte Hargrave mit klangvoller Stimme an.
Sybil entschuldigte sich und hielt mit Hargrave eine kurze geflüsterte Besprechung ab.
»Sie Zauberer! Wie haben Sie das nur fertiggebracht?« flüsterte Penelope.
»Mit Verstand, Scharfblick und Intuition.« Er grinste. Und als Sybil sich wieder ihnen zuwandte, klopfte er seiner Nichte auf die Hand und sagte: »Wie kann ich das ablehnen? Schön, Miss Montgomery. Sie dürfen mich in die Stadt begleiten.«
Sie gingen zu Tisch, zwei Menschen, die insgeheim in Hochstimmung waren, und eine dritte Person, die wehmütig überlegte, daß es besser war, die Idylle nun zu beenden, obwohl Sir John auf manchen Gebieten wirklich außergewöhnlich war.
Daffy wartete ungeduldig, als Penelope zwei Stunden später

nach oben in ihr Zimmer ging, und als sie erfuhr, wie die Dinge sich entwickelt hatten, quietschte sie und umarmte ihre Herrin überschwenglich. »Genau wie der Major es erhofft hat, Miss Penny«, rief sie aus. »Sehen Sie nur! Er hat mich gebeten, auf jeden Fall schon einmal alles fertig zu machen.« Sie führte Penelope ins Ankleidezimmer, in dem zwei bereits gepackte Koffer auf dem Bett lagen, das vor kurzem noch Quentin eingenommen hatte.

Verwirrt sagte Penelope: »Er ... hoffte, daß das passieren würde?«

»Jawohl, Miss. Mehr als das. Er hatte *vor*, daß es so ausgehen würde! Er hat nie daran gedacht, Sie zu verlassen!«

Penelope blinzelte hinunter auf die hellen Seiden- und Satinkleider, das Herz voller Dank. »Aber – warum diese? Daffy, wir haben noch drei Monate lang Trauer. Das – das kann ich nicht.«

»Der Major sagt, daß Ihre Trauerkleider sicher überall, wohin wir kommen, die Aufmerksamkeit auf sich ziehen würden. Wenn wir erst einmal fort sind, müssen Sie deshalb eine junge Lady sein, die mit ihrem Großpapa reist.«

Daffy schwatzte fröhlich weiter. Sie und Corporal Robert Killiam würden natürlich mit ihren jeweiligen Dienstherrn reisen, denn jetzt war alles perfekt in Ordnung.

Wie hätte Penelope in einem so glücklichen Augenblick ihre Erlaubnis für einen fünften Passagier versagen können? Es wurde fest vereinbart, daß Jasper mit dem »Fliegenden Holländer« Dutch Coachman und dem Pferdeknecht auf dem Kutschbock reisen würde.

Als sie Highview am nächsten Morgen verließen, fuhren sie in zwei Kutschen. Quentin hatte Sybil davon überzeugt, daß er seinen »gichtigen Fuß« auf einer langen Reise auf den Sitz gegenüber legen mußte und zwar bereit sei, die Kutsche mit seiner Großnichte zu teilen, sich aber die zusätzliche Gegenwart ihrer Zofe und seines Dieners nicht mit demselben Gleichmut vorstellen konnte. Sybil, die befürchtete, er könne auf seine geplante Beichte zurückkommen, stimmte eiligst zu, ihm Lord Hectors schon recht schäbige Reisekutsche zu leihen, in der man das Gepäck sowie Daffy und Killiam unterbringen konnte, während Sir Johns Pferdeknecht die Rolle des Kutschers übernahm.

Nachdem sie sich ohne Tränen von ihrer Tante verabschiedet hatte und in der gutgefederten Kutsche untergebracht worden war, sah Penelope aus dem Fenster und beobachtete, wie Highview aus ihrem Gesichtsfeld verschwand. Einen Augenblick lang überkam sie Trauer, als sie sich fragte, ob sie je in dieses geliebte Zuhause zurückkehren würde, aber über Quentins sicheres Entkommen war sie so außer sich vor Freude, daß sie nicht lange niedergeschlagen bleiben konnte. Der Morgen war kühl und neblig, es tropfte von den Blättern, und Nebelschwaden stiegen von den Wiesen zu den tiefhängenden grauen Wolken auf, aber sie rief glücklich aus: »Oh, wie herrlich alles ist!«

Quentin, der neben ihr saß, freute sich über ihr Entzücken ebenso, wie sie sich über die Landschaft freute. Aber er neckte sie: »Man könnte meinen, Sie hätten noch nie einen feuchten Sommermorgen erlebt.«

Mit einer heftigen Bewegung drehte sie sich zu ihm um. »Nicht einen solchen Morgen wie diesen. Oh – seit fast zwei Jahren nicht mehr. Verstehen Sie, lieber Freund? Ich bin frei! Endlich! Ich bin von ihnen allen befreit!«

Er verstand und drückte ihr mit stummem Mitgefühl die Hand. Penelope war von dem Ingrimm seiner Augen überrascht, aber sofort wich er lachend zurück. »Hat es je etwas Köstlicheres gegeben als diese verwirrten Soldaten, die mir in die Kutsche geholfen haben?«

»Oder etwas Entsetzlicheres als den Moment, als sie anmarschiert kamen?« Sie schauderte. »Ich war sicher, daß sie Sie verhaften würden.«

Er lehnte seinen Kopf an die Polster, um ihr lebhaftes Gesicht um so besser beobachten zu können. »Sie haben nicht entsetzt ausgesehen, meine unerschrockene Großnichte und gegenwärtige Enkeltochter. Sie haben sich in der Tat benommen wie ein alter Soldat. Der Himmel weiß, wie ich ohne Sie weiterkommen soll.«

Einen Augenblick lang blickten seine Augen düster, dann schlug er die Wimpern nieder und wandte sich ab, während er leichthin sagte: »Wenn wir schon davon reden – wo wohnt diese Tante von Ihnen?«

Der Gedanke, ihn zu verlassen, verscheuchte ihr kurzes Gefühl der Verwirrung. Sie antwortete: »Tante Mary hat ein hübsches kleines Haus in einem Dorf namens Hampstead, nördlich von der Stadt. Aber, Sir, sollte ich jetzt nicht dieses Kleid ablegen?«

Ursprünglich hatte sie gedacht, sie würden an einem abgelegenen Gasthaus halten, wo sie sich umziehen konnte. Aber heute morgen in aller Frühe hatte Daffy ihr ausgerichtet, daß Major Chandler höflich empfahl, sie solle ein helles Reisekleid unter ihrer Trauerkleidung anziehen, so daß sie in einem geeigneten Moment nur das Überkleid abzulegen brauche. Würden sie bei einem Gasthaus haltmachen, hatte er erklärt, würde man eine Lady, die im Trauerkleid ankam und in einem Alltagskleid wieder abfuhr, unweigerlich in Erinnerung behalten.

Quentin hatte seinem Kutscher schon Anweisungen erteilt, und bald fuhren die Kutschen auf einen ruhigen Weg, der durch ein Pappelwäldchen führte. Hier stieg Quentin aus und ging ein paar Schritte nach hinten, um sich mit dem Pferde-

knecht zu beraten, der die zweite Kutsche lenkte. Penelope zog ihr schwarzes Kleid schnell aus und verstaute es in der kleinen Tasche, die sie zu diesem Zweck mitgenommen hatte.
Kaum war sie fertig, als sie auch schon Hufgetrappel hörte, und sie hatte gerade noch Zeit, sich zu setzen, bevor eine Männerstimme rief: »Sind Sie in Schwierigkeiten, Kutscher?«
Der Kutscher, bekanntermaßen Dutch, murmelte eine Antwort, und einen Augenblick später kam ein Reiter ans Fenster. Penelope dachte, er würde ihr vielleicht zunicken und dann wieder seiner Wege gehen. Statt dessen sah er neugierig herein, nahm prompt seinen Dreispitz ab und neigte den gepuderten Kopf vor dem offenen Fenster.
»Guten Tag, Ma'am. Kann ich Ihnen irgendwie behilflich sein?«
Er schien ein netter junger Mann zu sein, dessen heller Teint und rotblonde Augenbrauen auf rotes Haar schließen ließen. Seine Augen waren blau, seine eher durchschnittliche Stupsnase voller Sommersprossen. Er hatte ein kräftiges Kinn und einen vollen Mund, der sie nun gewinnend anlächelte. Sie war sicher, daß Dutch ihm gesagt hatte, sie bräuchten keine Hilfe, und war mehr als entzückt zu bemerken, daß ein Gentleman (nach so langer Zeit!) mit ihr flirtete. »Es ist sehr freundlich von Ihnen, Hilfe anzubieten«, antwortete sie und vergaß wie üblich, sich vornehm scheu und affektiert zu geben. »Wir haben einen Augenblick angehalten, damit mein Großpapa mit unserem zweiten Kutscher reden kann.«
Er warf einen Blick nach hinten, sah einen alten Gentleman schnell herbeistampfen, und beugte sich wieder zum Fenster. »Darf ich mich vorstellen? Mein Name ist Duncan Tiele, und – «
»Wollten Sie mit mir sprechen, Sir?«
Diese brummige Stimme amüsierte Penelope. Mr. Tiele seufz-

te und wich zurück, stieg ab und streckte seine behandschuhte Hand aus. »Tiele, Sir. Duncan. Zu Ihren Diensten.«
Quentin blickte finster auf die dargebotene Hand und nahm sie mit offensichtlich geringer Begeisterung. »Danke. Aber wir brauchen im Augenblick keine Dienste.« Er drehte sich zur Kutsche um und öffnete den Schlag. »Alles in Ordnung, meine Liebe?«
Hinter ihm hob Mr. Tiele reuig die Augenbrauen hoch.
Mit einem Lachen in den Augen versicherte Penelope ihrem »lieben Großpapa«, daß sie ganz in Ordnung war. »Mr. Tiele dachte, wir seien in Schwierigkeiten, wissen Sie.«
»Ich weiß überhaupt nichts«, sagte Quentin und starrte den Möchtegern-Guten-Samariter gereizt an. »Kann ich nicht eine Minute mit meinem Kutscher sprechen, ohne daß jeder dahergelaufene Kerl gleich meine Nichte belästigt?«
»Nein, wirklich nicht, Sir«, widersprach Mr. Tiele. »Ich habe sie nicht belästigt. Ich versichere es Ihnen. Es gibt hier Banden von Halunken, die Rebellen jagen, und die sind fähig, erst zu schießen und dann zu fragen. Deshalb habe ich – «
»Und daran tun Sie richtig, Sir! England hat wahrlich keine Rebellen nötig. Noch brauche ich Ihre vielgerühmten Dienste.« Quentin begann, die Stufen herabzulassen, erinnerte sich an sein Alter und fummelte so überzeugend herum, daß der eifrige Mr. Tiele die Stufen im Nu herunterließ und den »alten Gentleman« fast hineinhob. Quentin hatte einen solchen Energieausbruch nicht erwartet und als er den kraftvollen Schub spürte, versuchte er sich loszuwinden, wobei er sich aber nur den verletzten Arm verdrehte. »Zu – zum Henker mit Ihnen, Sir!« keuchte er, aber er war zu sehr außer Atem, um mehr zu sagen, und mußte sich damit begnügen, wütend zu schnauben und seinen Stock zornig vor dem wohlmeinenden jungen Galan zu schütteln.

Mr. Tiele stieg mit leichtem Schwung wieder in den Sattel, beugte sich zum Fenster und musterte Quentin ängstlich. »Armer alter Mann«, sagte er mitleidig. »Das Herz – nicht wahr, Ma'am?«

»Gicht«, antwortete Penelope. »Nein, Großpapa, du darfst dich wirklich nicht so aufregen. Es ist mehr als freundlich von Ihnen, Ihre Hilfe anzubieten, Mr. – äh ...«

»Tiele, Ma'am. Ein blöder Name. T-i-e-l-e. Kaum ein Engländer weiß, wie man ihn schreibt, wenn er ihn nur hört, oder wie man ihn ausspricht, wenn er ihn liest.« Er grinste. »Ich verstehe nicht, wie mein Papa so dumm sein konnte, einen deutschen Namen zu erben. Ich – äh, nehme an, daß Ihr eigener Name weniger kompliziert ist, Miss ...?«

»Montgomery«, sagte sie, amüsiert von einer so dreisten Unverschämtheit.

»Und geht Sie gar nichts an«, schnarrte Quentin, der wieder zu Atem gekommen war und sich nach vorn stürzte, um Penelopes Hand wegzuschnappen, bevor der eifrige Mr. Tiele sie ergreifen konnte. »Der Teufel soll euch holen, euch junge Frechdachse! Verschwinden Sie und kümmern Sie sich um Ihre Angelegenheiten! Fahr zu, Kutscher!«

Er zog das Fenster hoch und setzte sich wieder, während die Peitsche knallte, die Pferde sich ins Geschirr legten und die große Kutsche vorwärts rollte und den armen Mr. Tiele wehmütig zurückließ.

Penelope lachte fröhlich. »Unglücklicher junger Mann! Sie waren etwas hart zu ihm, Quentin!«

»Verdammt will ich sein, wenn ich verstehe, was aus der Welt geworden ist«, erklärte er mit etwas fragwürdiger Berechtigung, aber um so beträchtlicherem Ärger. »Der Bursche wirft ein Auge auf ein hübsches Mädchen und vergißt alle Manieren, die man ihm je anerzogen hat!«

Penelopes verräterisches Herz machte einen glücklichen Satz. Zögernd fragte sie: »Bin ich – hübsch, Quentin?«
»Seien Sie nicht so eine Gans. Natürlich sind Sie das. Ein Haufen Männer würde Sie wahrscheinlich ausgesprochen – « Abrupt hielt er sich zurück. »Gott, machte der Kerl ein dummes Gesicht! Wenn ich mich in seinem Alter so benommen hätte – «
»*Sie!*« Sie kicherte erheitert. »Sie *sind* in seinem Alter! Und Sie haben keinen Anlaß zur Kritik, so wie Sie mit meiner Tante geflirtet haben!«
Er wurde rot und sah schnell weg. »Das war etwas ganz anderes.«
»Und völlig gerechtfertigt«, stimmte sie warm zu und legte ihre Hand auf seinen Arm.
Er lächelte sie an, legte seine Hand auf die ihre und sagte sanft: »Was für ein feiner Kerl Sie sind, Penny. Waren Sie immer schon. Die meisten Mädchen hätten einen Riesenwirbel gemacht.«
»Wie hätte ich das tun können«, sagte der »feine Kerl«, »wo Sie doch nächste Woche ins Kloster eintreten?«
Er zog seine Hand zurück und lachte laut auf. »Oh, meiner Treu! Erinnern Sie mich nicht daran. Könnte ich je Sybils Gesichtsausdruck vergessen? Wie eine Forelle, die nach Luft schnappt!«
Penelope stimmte in seine Heiterkeit ein, bis er atemlos hinzufügte: »Und Ihr Gesicht war auch nicht viel besser.«
»Was für eine Gemeinheit, das zu sagen! Ich gebe zu, daß ich ein wenig verblüfft war ...«
Sofort ahmte er ihr Erstaunen so übertrieben nach, daß sie empört schrie: »Oh! Gemeiner Kerl!«
Er kicherte. »So haben Sie mich schon ein- oder zweimal genannt, erinnere ich mich. In Lac Brillant.«

»Welch glückliche Tage das waren«, sagte sie mit einem Seufzer.
Er sah sie scharf an. Welch ein Narr war er gewesen, sie an die guten alten Tage zu erinnern. »Da wir gerade von Namen sprechen«, sagte er, »es ist Zeit, daß Sie Ihren ändern, meine Liebe.«
»Es ist ...?« fragte sie, plötzlich außer Atem.
»Jawohl. Sonst hetzen wir die Bande genau auf unsere Fersen!«
Der Traum verblaßte. Erschrocken fragte sie: »Sie glauben also, daß sie hinter uns her sind?«
»Ja, Penelope Anne. Und sie werden sofort auf die richtige Spur kommen, wenn sie entdecken, daß Miss Montgomery jetzt ein hübsches grünes Kleid trägt.«
»O Himmel! Natürlich! Ich hätte Mr. Tiele nicht meinen richtigen Namen sagen sollen! Was bin ich für eine Närrin!«
»Ganz genau«, neckte er sie, aber ihr Lächeln darauf war matt. Munter fuhr er fort: »Ich hoffe, Sie versinken über einen kleinen Fehler nicht in tiefe Niedergeschlagenheit. Wann, glauben Sie, wird Ihr Onkel nach Highview zurückkehren?«
»Ich hatte befürchtet ... heute vielleicht. Sie haben Sie nicht erwischt. Und Onkel Joseph ist ein Mensch, der seine Bequemlichkeit liebt. Ich bezweifle, daß er sehr viel länger von zu Hause fortbleibt.«
»Hmmm. Aber – Sie sind nicht sicher, daher können wir genausogut noch zwei Tage Vorsprung haben. Und außerdem könnte es noch eine Woche dauern, bevor sie merken, wer Sir John MacTavish-Somerville in Wirklichkeit war!«
»Ich wünschte, *Sie* würden es sich merken! Sie sind *Macauley* – nicht MacTavish!«
»Ich widerspreche einer Lady nicht gern, aber ich glaube, der arme Gentleman hat das Zeitliche gesegnet.« Er verbeugte sich so anmutig, wie die schaukelnde Kutsche es erlaubte. »Erlau-

ben Sie mir, mich vorzustellen, liebe Lady. Mr. Martin, zu Ihren Diensten.«

Penelope legte den schlanken Finger unters Kinn und neigte den Kopf. »Und ich bin Miss Anne Martin.«

»Meine Enkelin?«

Nachdenklich sah sie ihn abschätzend an. »Sie sehen wirklich nicht wie ein Großonkel oder ein Großvater aus. Vielleicht sollten Sie einfach mein Onkel sein.«

Unlogischerweise freute er sich über diese Bemerkung und zögerte. »Da müßte in unserer Verwandtschaft eine ziemliche Lücke sein. Sie sehen nicht einen Tag älter als fünfundzwanzig aus.«

»*Fünf-und-zwanzig!*« Ihre Augen blitzten empört, als sie sein verstohlenes Grinsen sah. »Oh – gemeiner Kerl! Sind Sie nie ernst?«

»Nie.«

Sie begann ihn auszuschelten, halb ernst, halb im Spaß. Quentin lehnte sich in die Polster, schloß die Augen und lächelte gutgelaunt. Aber er dachte, daß es wirklich ein Glück wäre, wenn Lord Joseph und dieser Bastard Otton nicht vor morgen zurückkehren würden, und ein noch größeres Glück, wenn Sir John Macauley-Somerville nicht so schnell als der flüchtige Rebell erkannt wurde. Dann würde die Jagd nach Rache beginnen und die Belohnung auf seinen Kopf wahrscheinlich verdoppelt werden, da man glauben würde, er habe dieses unschuldige Mädchen getäuscht und sei mit ihr als Geisel geflohen. Eine böse Aussicht. Aber in einer Sache mußte er völlig sichergehen. Bevor man ihm mit Sturmgeheul nachsetzte, mußte Penelope Anne zu ihrer Tante Mary in Sicherheit gebracht werden.

Am späten Vormittag verdunkelte sich der Himmel, und sie näherten sich der alten Stadt Oxford bei leichtem Regen. Quentin war eingeschlafen, und Penelope sah aus dem Fenster, immer noch entzückt von der ständig wechselnden Szenerie, und fragte sich, ob sie jemals schon so glücklich gewesen war. Es war ein Glücksgefühl, das von etwas anderem herrührte als ihrer Befreiung aus der trübseligen Plackerei in Highview, bemerkte sie, als sie sich zu dem Mann neben ihr umwandte. Im Schlaf war das humorvolle Zucken um seine Lippen verschwunden, und seine Mundwinkel hingen müde herunter. Viele der Falten in seinem Gesicht und die übermäßige Blässe waren natürlich aufgemalt, aber er sah wehrlos und verletzlich aus, und ihr Herz zog sich zusammen. Sie beugte sich zu ihm, um eine Locke seines kastanienbraunen Haars zurückzustreichen, die sich unter der Perücke hervorgestohlen hatte. Ein unerwartetes Geräusch ließ ihre Hand zurückfahren, und in ungläubigem Staunen starrte sie auf die feingeschnittenen, geöffneten Lippen ihres Liebsten. Anscheinend hatte sie den armen Robert Killiam ungerechtfertigt beschimpft, denn nun konnte es keinen Zweifel mehr daran geben, daß das Schnarchen, das ihren Schlaf so gestört hatte, nicht vom Corporal, sondern von Quentin kam. Ungläubig beobachtete sie ihn, dann lehnte sie sich leise kichernd zurück. *Little Snorer*, nannte sie ihn insgeheim zärtlich. Wer hätte gedacht, daß eine solch romantische Figur so unromantisch sein konnte zu schnarchen?

Ein hartes Rumpeln auf dem Dach ließ ihren Blick schnell zum Fenster gleiten. Eine Postkutsche fuhr vor ihnen an den Straßenrand, mehrere Soldaten standen im Regen und stritten sich mit dem erzürnten Kutscher und einigen aufgeregt aussehenden Passagieren. Ihre eigene Kutsche wurde langsamer und hielt an. Der Kutscher Dutch rief verärgert: »Was ist los,

Bursche?« und bekam ein diensteifriges »Kümmern Sie sich nicht darum. Fahren Sie auf die Seite!« als Antwort. Dutch knurrte eine Erwiderung. Die Kutsche schaukelte erneut vorwärts und fuhr an den Straßenrand.

Quentin schlief immer noch geräuschvoll. Penelope streckte die Hand aus, um ihn aufzurütteln, dann hielt sie inne. Das Schnarchen erhöhte die Wahrscheinlichkeit, daß er ein älterer Mann war. Vorsichtig rückte sie seine Perücke gerade und versteckte noch ein paar verräterische Strähnen seines hellen Haares, dann stellte sie sich darauf ein zu warten und wiederholte im Geiste noch einmal, was sie diesen Soldaten sagen mußte.

Ihr Puls begann zu rasen, als die Tür aufgerissen wurde und ein großer Offizier mit kalten Augen einen eisigen Blick ins Innere warf. Sein dunkler Blick verweilte ein paar Sekunden auf Quentins ausgestreckter Gestalt, dann wandte er seine Aufmerksamkeit Penelope zu und grüßte sie mit kalter Höflichkeit.

»Oh, Colonel«, rief sie mit nervöser Stimme, »was ist nur los? Mein Onkel und ich haben es sehr eilig, in die Stadt zu kommen, wegen einer dringenden Familienangelegenheit. Warum müssen Sie uns anhalten?«

»Nichts, worum Sie sich Sorgen machen müßten, vermute ich, Ma'am«, antwortete er in einem Ton, der ebenso kalt war wie die harten, dunklen Augen. »Und ich bin auch kein Colonel. Bis jetzt. Aber ich danke Ihnen für die Beförderung.«

Penelope lächelte. Sie hatte ein offenes und gewinnendes Lächeln, und der Gesichtsausdruck des Offiziers erwärmte sich ein wenig. »Major ...?« fragte sie und sah unsicher auf seine Epauletten.

»Major ist richtig, Ma'am. Fotheringay. Mariner Fotheringay.«

»Meine Güte«, murmelte sie, bevor sie sich bremsen konnte. Er lachte laut heraus, und Quentin bewegte sich, murmelte etwas Unzusammenhängendes und war wieder still.
»Schrecklich, ich weiß«, sagte der Major und war so, ohne es zu wissen, der zweite Mann an diesem Tag, der sich bei ihr wegen eines ungeliebten Namens entschuldigte.
»Nun, jetzt mag er Ihnen eine Last sein«, sagte sie. »Aber denken Sie nur – wenn Sie einmal berühmt sind, wird jeder finden, daß General Mariner Fotheringay ein wundervoll großartig klingender Name ist.«
Anscheinend war dieser kalte Jäger nicht gegen Schmeichelei gefeit. Mit einem breiten Grinsen dankte er ihr, fragte nach ihrem Namen, wo sie in der Stadt hinmußten und woher sie gekommen waren, dann blickte er wieder auf Quentin, als ein erneutes mißtönendes Schnarchen die Luft zerriß.
Ehrfürchtig sagte er: »Lieber Gott! Ihr Onkel ist aber ein explosiver Schläfer, Miss Martin.«
»Und von einem noch explosiveren Temperament, Major. Wollen Sie, daß ich ihn aufwecke?«
Er zögerte. »Wenn er die ganze Zeit geschlafen hat, Ma'am, glaube ich, daß Sie meine Fragen ebensogut beantworten können. Wir suchen einen entkommenen Jakobiten. Einen desperaten Schurken, der Ihnen den hübschen Hals durchschneiden würde, sobald er Sie sieht.« Unterbrochen durch einen heftigen, längeren Schnarchausbruch, war er gezwungen zu warten und fuhr dann mit leiserer Stimme fort: »Haben Sie auf Ihrem Weg etwas Verdächtiges bemerkt? Einen Bettler oder Landstreicher vielleicht? Groß, mager, etwa dreißig oder fünfunddreißig Jahre alt. Rötliches Haar und wahrscheinlich in sehr jämmerlichem Zustand.«
Penelopes Hände waren eiskalt. Sie runzelte die Stirn und antwortete nachdenklich: »Wir sind vor etwa fünf oder zehn

Meilen an ein paar Männern vorbeigekommen, die sich im Straßengraben herumgedrückt haben. Aber – obwohl ich mich erinnere, daß einer ziemlich groß und mager war, könnte ich mich für seine Haarfarbe nicht verbürgen, da er einen Hut aufhatte.«

»Vor ungefähr fünf oder zehn Meilen, sagen Sie?« Er kniff die Augen zusammen. »Das wäre in der Gegend von Blenheim, wenn Sie auf dieser Straße gekommen sind?«

Sie bejahte. Der Major trat zurück und schloß die Tür. Als sie das Fenster öffnete, rief er ihr zu: »Ich warne Sie, halten Sie nicht an, wenn irgend jemand um etwas zu essen bettelt, Ma'am. Wir wissen, daß unser Rebell von südwärts gekommen ist, und wir wurden gewarnt, daß er sich nun nach Osten zur Stadt wendet und versucht, dort unterzutauchen. Passen Sie auf, Miss Martin, ich wünsche Ihnen eine sichere Reise.«

Mit einem recht freundlichen Blick winkte er die Kutsche weiter, und sie verlor ihn aus dem Blickfeld, als das Gefährt vorwärtsrumpelte und quietschte und schaukelte.

Ganz schlaff vor Erleichterung warf Penelope Quentin einen Blick zu. Er beobachtete sie verstimmt.

»Fünfunddreißig, hmm?« knurrte er. »Verdammt soll er sein.«

»Sie haben also nicht geschlafen.«

»Ich habe, bis ich aufgewacht bin und bemerkt habe, daß meine undisziplinierte Nase mich verraten hat.« Er grinste bitter. »Sie hätten mich wecken sollen, Penelope Anne.«

»Ihr geräuschvoller Schlaf ließ Ihr hohes Alter glaubhafter erscheinen, lieber Sir«, sagte sie mit einem ziemlich ängstlichen Lächeln.

»Niederträchtiges Mädchen! Ich bin damit geplagt, seit so ein gemeiner Kerl mir vor ungefähr einem Jahr die Nase gebrochen hat.« Einen Augenblick schwieg er. »Als einen schönen Halsabschneider stellen sie mich dar ...«

Seine Lippen waren zusammengepreßt, und in seinen Augen war eine ungewohnte Bitterkeit zu lesen.
Besänftigend sagte Penelope: »Das ist ganz natürlich, sie versuchen die Leute zu erschrecken, damit sie Sie verraten.«
»Wie gut ich das weiß. Das nächste Mal, wenn wir angehalten werden, müssen wir herauszufinden versuchen, wieviel mein armer Hohlkopf nun wert ist. Je wertvoller er wird, desto gefährlicher ist unsere Reise.«
Penelope drückte seine Hand. »Sprechen Sie nicht so, ich bitte Sie. In ein paar Tagen sind Sie sicher in Lac Brillant, und – «
»Lac Brillant! Gott behüte! Sie glauben doch nicht, daß ich vorhabe, *dort* hinzugehen?«
Bestürzt fragte sie: »Aber sicher werden Ihr Bruder und Ihr Vater – «
»Mein *Vater?*« Er stieß ein hartes Lachen aus. »Ich dachte, Sie wüßten – Nein, natürlich, woher auch? Der liebe alte Mann ist alles andere als bei guter Gesundheit. Der Schock wäre seiner Gesundheit nicht zuträglich, da können Sie sicher sein.«
»Lieber Himmel! Wollen Sie sagen, er weiß nicht, daß Sie für Prinz Charles gekämpft haben?«
»Genau das sage ich. Und ich hoffe inständigst, daß er es niemals erfahren wird. Er mag schwach sein, aber er würde mir die Eingeweide herausreißen!«
»Wie, um alles in der Welt, haben Sie es ihm verheimlicht?«
»Ich habe unter einem anderen Namen gekämpft. Mein Bruder wußte natürlich Bescheid. Gordon und ich haben kaum Geheimnisse voreinander. Aber mein Vater ... Jupiter! Mich schaudert, wenn ich nur an seine Reaktion denke, wenn er erfahren würde, was ihm mehr als alles andere widerstreben müßte. Er ist ein glühender Anhänger der Krone.« Mit einem zynischen Lachen fügte er hinzu: »Egal wie untauglich der Mann sein mag, der sie trägt.«

Penelopes Gedanken wanderten zu ihrem Bruder und seiner festen Überzeugung von der Torheit des schottischen Prinzen. Was würde Geoff von ihrer Verbindung mit diesem Mann halten, der ihm auf dem Schlachtfeld hätte gegenüberstehen können? Der ihn sogar – sie verscheuchte diese häßlichen Gedanken. Geoff war Quentin sehr zugetan gewesen. Auch wenn er das Anliegen der Jakobiten verachtet haben mochte, wäre er doch sicherlich über die gegenwärtige wüste Verfolgung der Überlebenden in große Wut geraten.
Die Kutsche rollte gleichmäßig durch den regnerischen Nachmittag. Das Lied der Räder wurde durchdringender, als sie über eine Brücke ratterten. Sie fuhren am Cherwell entlang, die Landschaft war üppig und grün, die Bauernhäuser und kleinen Landhäuser wurden zahlreicher. Geistesabwesend nahm Penelope reetgedeckte Dächer, weißgetünchte Mauern und gepflegte Gärten wahr; in der Ferne sah sie undeutlich die Türme der altehrwürdigen Stadt. Sie richtete ihre besorgten Augen wieder auf Quentin. Er blickte ebenfalls aus dem Fenster, das Gesicht finster.
Sanft fragte sie: »Wo wollen Sie dann hingehen?«
Ein heiteres Lächeln blitzte sie an. »Nach London«, antwortete er. »Um Sie in die liebevollen Arme Ihrer Tante Mary abzuliefern.«
»Und – dann?«
»Zuerst meine Nachricht überbringen. Danach – irgendwohin. Schauen Sie nicht so ängstlich, liebes Mädchen. Ich habe Freunde, die mir helfen werden, ein Schiff zu nehmen, da *Old England,* so sehr ich es auch lieben mag, anscheinend ohne mich auskommt.«
Er lächelte leichthin, aber sie spürte die Traurigkeit hinter den heiteren Worten und legte die Hand mitfühlend auf seinen Arm. Schweigend starrte er auf ihre Hand. »Haben Sie ausreichende Mittel?« fragte sie.

»Mein Bruder wird mir Geld beschaffen – irgendwo unterwegs. Aber es ist sehr freundlich von Ihnen zu fragen, Penelope Anne.«
»Wird er genug bringen? Ich habe –« Schmerzlich dachte sie an Mamas Perlen, aber entschlossen fuhr sie fort: »Ich kann ein wenig helfen.«
Die buschigen weißen Brauen hoben sich hochmütig, das stolze Kinn reckte sich nach oben, und sie fügte hastig hinzu: »Nur geliehen, verstehen Sie. Ich erwarte, daß Sie es mir zurückzahlen – mit Zinsen.«
Er lachte leise, hob ihre Hand an seine Lippen und küßte sie. »Wirklich, ich habe Glück in diesen ... mit meinen Freunden. Aber Gordon hat dem ›Fliegenden Holländer‹ eine gutgefüllte Börse mitgegeben, und ich versichere Ihnen, daß ich sehr gut zurechtkommen werde. Nun – was ist mit meiner Nichte? Wird Ihre Tante Mary einverstanden sein, Sie auf unbestimmte Zeit aufzunehmen? Wird sie sich ihrem Onkel widersetzen, wenn er verlangen sollte, daß Sie nach Highview zurückkehren?«
Der Gedanke, daß die blasse, scheue kleine Tante Mary sich jemandem widersetzen sollte, war lächerlich. Und ihr Sohn, Cousin Donald, war ein gutaussehender Mann, aber – wie Geoff immer gesagt hatte – mehr Schein als Sein. Onkel Joseph brauchte ihn nur einmal anzuschnauzen, und Donald würde sicher dringende Geschäfte vorschützen und sich aus dem Staub machen, während die Frauen sehen konnten, wie sie zurechtkamen.
Ihre Gedanken mußten sich wohl in ihrem Gesicht widerspiegeln, denn Quentin ergriff ihre Hand fester. »*Wird* er sie zwingen, zurückzukehren?«
Langsam erwiderte sie: »Er will, daß ich Roland Otton heirate.«

»Als würden Sie das tun!« Er lachte. »Dieser gierige Hund hat kaum Glück bei Ihnen. Eher würde ich – oh, verdammt! Nicht schon wieder!«

Vor ihnen auf der Straße stand eine Barrikade, und erneut wurden sie angehalten und die Kutsche durchsucht, obwohl der Sergeant, der die Soldaten diesmal befehligte, aus einem anderen Holz war als Major Fotheringay und vor dem Zorn »Mr. Martins« zurückwich.

Als sie schließlich ihre Reise aufnahmen, hielten sie erst wieder in High Wycombe, wo Quentin beschloß, die Pferde ausruhen zu lassen und zu Mittag zu essen. Dutch fuhr in den Hof eines freundlichen Gasthofs, der »Zur Goldenen Gans« hieß, und sofort waren sie von lauten Stallknechten umringt. Der Wirt, ein kleiner, schmächtiger, nervöser Mann, hieß sie überschwenglich willkommen, und sein Entzücken steigerte sich noch, als er die zweite Kutsche in den Hof fahren sah. Penelope wurde in ein gemütliches kleines Zimmer geführt, und Daffy eilte hinter ihr die Treppe hinauf und brachte Jasper mit, der, wie sie erklärte, völlig verschreckt und außer sich war. Aber kaum hatte sie die Decken über seinem Käfig entfernt, als der Kanarienvogel auch schon eine Flut schriller Töne hören ließ, die man nur als Wut verstehen konnte, und wie verrückt in seinem Käfig herumwirbelte, mit den Flügeln schlug und heftig scharrte, so daß Vogelfutter und anderes in alle Richtungen flog.

Die beiden Mädchen sahen einander an und brachen in Gelächter aus.

»Er ist wirklich böse auf uns«, sagte Penelope.

»Wirklich, Miss. Nun«, sagte Daffy, während sie zur Tür ging und vom Zimmermädchen eine große Reisetasche entgegennahm, die sie auf dem Bett abstellte, »wenn wir auch von unserem kleinen Jasper tüchtig ausgeschimpft werden, bekommt der Major von Corporal Robert Killiam sicher noch mehr Schelte. Wollen Sie sich umziehen?«

»Ich glaube nicht.« Penelope seufzte. »Ich wünschte nur, ich hätte ein hübsches Parfum.«

»Darüber brauchen Sie nicht in Sorge zu sein, Miss Penny.« Aus einem zusammengerollten Handtuch, das vorsichtig in einer Ecke der Tasche verstaut war, zauberte Daffy ein silbern eingefaßtes Fläschchen hervor und schwenkte es triumphierend.

»*Plaisir d'Amour!*« stieß Penelope hervor. »Beim Himmel! Das ist von Lady Sybil!«

»Sie wird es nicht vermissen«, meinte Daffy lässig. »Mylady hat zwanzig Parfumfläschchen auf ihrem Toilettentisch, und dieses hat sie nie benutzt, weil sie sagt, es gefalle ›den Gentlemen‹ nicht. Roland Otton ist kein Gentleman, wenn Sie mich fragen!«

»Oh – Daffy«, sagte Penelope bestürzt, beäugte das Fläschchen aber sehnsüchtig. »Man könnte dich verhaften!«

»Oooh!« Daffy wollte nach ihrer Schürze greifen, entdeckte, daß sie sie nicht anhatte, und stammelte: »Nun ... nun, das wird man schon nicht. Und – sie schulden Ihnen einiges mehr als ein winziges Fläschchen Parfum, Miss.«

Penelope dachte, daß in dieser Bemerkung etwas Wahres lag, und nahm das Fläschchen dankbar an. Während sie sich den Duft hinter die Ohren tupfte, fragte sie: »Was wolltest du über den Corporal sagen? Ist er verärgert über Major Chandler? Ich dachte, wir seien heute recht gut vorangekommen.«

»Recht gut, wenn wir die Tatsache, daß der Major mit dem Kopf in die Schlinge rennt, nicht berücksichtigen.«

»Aber das wußten wir alle, Daffy Ich habe dich heute morgen noch gewarnt, wie groß das Risiko ist, und ich gestehe, daß es mich sehr beunruhigt hat, dich noch tiefer in diese gefährliche Sache hineinzuziehen.«

Daffy, die geschäftig Wasser in die Waschschüssel goß, hielt inne und lächelte ihrer Herrin liebevoll zu. »Unsinn, Miss Penny, für mich besteht nur ein kleines Risiko. Ich brauche nur zu sagen, daß der Gentleman mich völlig hinters Licht geführt hat – und Sie genauso. Gegen sich selbst fordert der Major das Schicksal heraus – so sagt Robert Killiam. Er ist gewarnt worden und hat die Mahnungen in den Wind geschlagen. Ich dachte, mein armes Herz würde stehenbleiben, als dieser fürchterliche Major auf unsere Kutsche zumarschiert ist. Haben Sie *jemals* schon solche Augen gesehen? Kalt wie Eiszapfen. Ich sagte zum Corporal, Corporal sagte ich – «
»Was meinst du – gewarnt?« unterbrach Penelope, nahm das seifige Tuch, das Daffy ihr reichte, und begann ihr Gesicht zu waschen.
»Na, Betty natürlich, Miss«, sagte Daffy und hielt das Handtuch bereit.
Penelope richtete sich abrupt auf und starrte sie an. »Betty! Ich hatte so gehofft, ihr danken zu können, bevor wir abgefahren sind, aber ich wagte es nicht, in die Küche hinunterzugehen und die Aufmerksamkeit auf sie zu lenken. Ich verstehe nicht, warum sie sich nicht zu erkennen gegeben hat, als sie in mein Zimmer kam. Wer ist sie, weißt du es?«
»Ich weiß, daß sie kein Küchenmädchen ist und daß sie eine wahre Freundin der Jakobiten ist – das ist alles, Miss. Und daß sie Ihnen nicht sagen wollte, wer sie ist – vielleicht war sie nicht sicher, daß Sie dem Major geholfen haben – oder sie dachte, je weniger gesagt wird, desto besser, wenn jemand von uns verhört wird, was Gott verhindere! Aber sie ist ein mutiges Mädchen und kam nach Highview, weil sie hoffte, Major Chandler eine Nachricht zu übergeben. Wenn ich das nur gewußt hätte. Aber sie hat nichts gesagt, und ich auch nicht. Sie hat alles erraten, vermute ich, und sie hat ihm gestern

zugeflüstert, daß die Straße nach London voller Soldaten ist. Und Mr. Gordon hat das auch gesagt. Er hat Dutch ausrichten lassen, den Major von der Stadt fernzuhalten, als wäre die Pest in ihr, und direkt nach Kent zu fahren. Tut er das? Nein! Reckt sein Kinn in die Höhe, wie immer, wenn er sich etwas in den Kopf gesetzt hat, sagt Corporal Robert Killiam, und los geht's wie der Teufel – wenn Sie einen so abscheulichen Ausdruck verzeihen –, und schert sich keinen Deut um die Folgen! Jetzt kommen Sie und setzen Sie sich vor den Spiegel, Miss Penny. Endlich kann Daffy Hand an Ihr schönes Haar legen und es wieder hübsch aussehen lassen. Wie habe ich darauf gewartet und mich danach gesehnt, es schön zu frisieren.«

Gehorsam setzte Penny sich vor den Toilettentisch, während Daffy ihr den Frisierumhang um die Schultern legte, aber sie war beunruhigt und sagte verärgert: »Mr. Chandler hat all diese Mühen auf sich genommen, und Betty ist so ein schreckliches Risiko eingegangen, um den Major zu warnen, und er will nicht *hören?* Lieber Gott! Ist er völlig verantwortungslos?«

»Ich gebe zu, daß er leichtsinnig ist«, sagte Daffy, die geschäftig mit Kamm und Bürste hantierte. Plötzlich kicherte sie und nahm drei Haarnadeln aus dem Mund. »Aber – beim Himmel, Miss, er ist ein reizender Halunke. Wenn ich daran denke, wie er Mylady Flirt-mit – äh, ich meine –, wenn ich an Ihren armen Onkel denke, dem genau der Mann, den er so grausam verfolgt, Hörner aufsetzt!«

Penelope erstarrte, die Farbe wich aus ihrem Gesicht, aber Daffy, die das dichte Haar ausbürstete, sah es nicht und fuhr fort: »Oh, was habe ich gelacht! Der Corporal und ich, wir ...«

Sie schwatzte weiter, ihre Stimme bildete den Hintergrund zu Penelopes Qual.

Nun ergab alles einen Sinn. Sybils anbetungsvoller Blick, als sie und Quentin von dieser allzu langen Ausfahrt zurückkehrten. Killiams insgeheim belustigter Gesichtsausdruck, als sein Herr wieder seiner Obhut übergeben wurde. Was für eine Närrin war sie gewesen! Sie hatte sich vor Sorge zermürbt, Sybil könne ihn ermüden. Ihn *ermüden!* Wenn sie zurückdachte, konnte sie wieder den seltsamen Blick sehen, den er ihr zugeworfen hatte, als sie zusammen zu seinem Zimmer gegangen waren; ein halb schuldbewußter, halb schelmischer Blick, den sie nun verstand. Heiße Tränen der Wut und der Kränkung brannten in ihren Augen. Einen schönen Schuft hatte sie sich als Mann ihres Herzens ausgesucht! Einen Mann, der stark genug war, Verfolgung und Leiden zu ertragen, aber gegen ein paar einladende, lüsterne Augen nicht gefeit war. Wenn sie daran dachte, welche *Angst* sie an diesem endlosen Vormittag ausgestanden hatte ... Starr vor Furcht, seine Schwäche könne ihn übermannen. Und die ganze Zeit hatte er Sybil umworben, Sybil geküßt und sogar – Ihre Wangen brannten. Major Quentin Chandler mochte heldenhaft und mutig sein, aber es kümmerte ihn nicht, auf wessen Herz er herumtrampelte, solange seine animalischen Triebe befriedigt wurden. Es bedeutete ihm nichts, daß *sie* alles riskiert hatte, um ihn zu retten. *Sie* war die »Schwester, die er nie gehabt hatte«. In Wirklichkeit kaum mehr wert als ein Möbelstück, das man ohne die leisesten Gewissensbisse benutzte und wieder beiseite stellte.

Und so saß sie da, steigerte sich heftig in ihre Kränkung und Enttäuschung hinein, bis sie schließlich wieder hörte, was Daffy sagte.

» ... dickköpfig wie zwei Maulesel, sagt Corporal Robert Killiam, der es ja wissen muß. Es war genauso, als Mr. Gordon ihn bat, nicht dem ›Bonnie Prince‹ zu folgen. Nicht, daß Charles nicht der schönste Prinz wäre, den es je gegeben hat, und *so* bezaubernd, sagt man. Drehen Sie Ihren hübschen Kopf jetzt so herum, bitte.«

»Dickköpfig stimmt allerdings«, knurrte Penelope verächtlich. »Sich in eine verlorene Sache zu stürzen, ohne einen Gedanken an seine Lieben.«

»Nun, was das betrifft«, sagte Daffy und drehte sich um, »für Corporal Robert Killiam geht die Sonne mit ihm auf und unter, bei all seiner Wildheit.«

»Er ist nicht der einzige, den er so eingefangen hat«, schäumte Penelope. »Meine Tante dachte offensichtlich dasselbe.«

Ein leises Lächeln schlich sich in Daffys Augen. Sie wandte ein: »Nun, ich glaube nicht, daß der Major – äh, freiwillig mit Mylady geschäkert hat, Miss. Er –«

»Er ist ein *Mann!*« brauste Penelope erbost auf. »Und sag mir bloß nicht, daß er nicht jede Minute genossen hat!«

Daffy hielt den Mund und beendete bescheiden schweigend ihr Werk, während Penelope sich schäumend vor Wut jeden kleinsten Makel im Charakter des ehemaligen Sir John Macauley-Somerville ins Gedächtnis rief.

10

Die Goldene Gans war eine beliebte Poststation, und als Penelope die Treppen hinunterstieg, darauf eingestellt, hart mit einem lasterhaften Lebemann umzuspringen, hörte sie das Gepolter einer lauten Unterhaltung aus dem Kaffeezimmer und sah blaue Rauchwolken durch den Salon ziehen, in dem Quentin wartete. Wie üblich, dachte sie und schürzte die Lippen, spielte er seine Rolle gut, denn er sah aus wie die Verkörperung aristokratischer Würde, die das derbe, rotgesichtige Individuum, das anscheinend ein reicher Bauer war, höflich ertrug.

» ... und wenn die einen stärkeren Führer gehabt hätt'n«,

erklärte der Gentleman entschieden, »wär die Geschichte vielleicht ganz anders ausgegangen, sag ich. Ganz anders. Aber wie's auch sein mag, jetzt ist's vorbei, und 's gibt keinen Grund, die armen irregeführten Idioten abzuschlachten. Und was sagen Sie dazu, Mr. Martin?«
»Jeder soll seine eigene Meinung haben, Sir«, antwortete Quentin gedehnt.
»Richtig. Und das ist nun mal meine. Die haben für ihre Meinung gekämpft. Und wenn sie den anderen nicht paßt, ist es immer nur ihr eigener Fehler.«
»Genau. Wenn Sie mich jetzt entschuldigen wollen, meine Nichte wird gleich kommen – « Quentin blickte auf, sah Penelope auf der Treppe stehen und erhob sich.
Sie stieg weiter die Treppe herab, erinnerte sich im letzten Moment an die verwirrende Fremde, die sie gerade im Spiegel gesehen hatte, und brachte es fertig, ihrem Reifrock beim Gehen einen kühnen Schwung zu verleihen, und fächelte sich kokett zu, wie Daffy es ihr gezeigt hatte.
Sir Johns Kinnlade fiel herunter. Ach, du meine Güte! Er war ja gar nicht mehr Sir John. Sie *mußte* versuchen, sich an all diese verschiedenen Identitäten zu erinnern. Himmel, wie er sie anstarrte! Sie sah ihn stirnrunzelnd an und erinnerte sich, daß sie mit Major Quentin Chandler ein Hühnchen zu rupfen hatte, gleichgültig, *welchen* Namen er im Moment auch tragen mochte!
Als sie die letzte Stufe erreichte, gab sie ihm die Hand und sagte mit blitzenden Augen, aber bescheiden gesenkter Stimme: »Lieber Onkel – ich hoffe, ich habe Sie nicht zu lange warten lassen?«
»Verd ...«, sagte Quentin schwach. »Was, in Gottes Namen, haben Sie mit sich angestellt?«
Was hatte sie alles durchgemacht! Was hatte Daffy alles durch-

gemacht! Zum erstenmal seit Jahren sah sie halbwegs wie eine liebenswerte junge Lady aus, und alles, was er sagen konnte, war: »Was haben Sie mit sich angestellt?« Dieser herzlose Schuft! Man könnte meinen, daß er nur Vetteln mittleren Alters anziehend fand!

Penelope begann heftiger zu fächeln, blickte auf den Farmer und bemerkte, daß er sie mit seinen hellblauen Augen, die aus dem roten Gesicht hervorquollen, bewundernd anglotzte. Verblüfft riskierte sie ein scheues Lächeln. Der Farmer stieß Quentin mit seinem Ellbogen in die Rippen. »Mmmhmm!«

Quentin blickte ihn verwundert an. »Oh«, brummte er. »Ah – meine Nichte, Sir. Miss Martin – Mr. Johnson.«

Der Farmer verbeugte sich so tief, wie sein Umfang es erlaubte. »Sehr erfreut, Ma'am. Kein Wunder, daß Ihr Onkel Sie mit solcher Ungeduld erwartet hat. Überhaupt kein Wunder, Ma'am. Ihr Onkel hat mir gesagt, daß Sie in die Stadt reisen. Mögen Sie das Leben in der Stadt, Miss Martin?«

Seine Augen strahlten sie an, und seine rote Nase und die roten Wangen sahen vergnügt und munter aus. Penelope entschied, daß sie sein bewunderndes Lächeln und seine warme Freundlichkeit mochte, und antwortete in ihrer angenehmen, liebenswürdigen Art.

Ihre Bemühungen hatten den Erfolg, Mr. Johnson zu bezaubern. Fast im selben Maße versetzten sie Mr. Martin in Wut. Mit eisernem Griff packte er den Ellbogen seiner Nichte, knurrte dem enttäuschten Farmer einige Abschiedsworte zu, und Penelope verlor fast den Boden unter den Füßen, als sie in den Salon gezogen wurde. »Lassen Sie das!« wetterte er, als sie den überfüllten Raum betraten. »Verdammt, wenn ich *je* einen solch empörenden Prunk gesehen habe!«

Aufgebracht protestierte sie: »Sie haben mir gesagt, lieber Onkel, ich solle eine neue Identität annehmen!«

»Ich habe nicht gemeint, daß sie *so* neu sein soll!«
»Sie haben gesagt, daß die Leute mich nicht erkennen dürfen.«
»Ich habe gemeint, die Leute sollten Sie nicht für eine Lady in Trauer halten – aber nicht für eine Operntänzerin!«
Eine *Operntänzerin!* Ausgerechnet diese rohen, undankbaren, beleidigenden – ein Kellner verbeugte sich vor ihnen, die Augen voller Bewunderung auf ihr Gesicht geheftet. Penelope lächelte ihn strahlend an. Der Kellner, der im Begriff gewesen war, ihnen einen Tisch in der Nähe der Küchentür anzubieten, in der Hoffnung auf ein Trinkgeld, wenn er ihnen dann doch den letzten am Platz am Kamin sicherte, führte sie sofort zum letzteren Tisch. Mit einer schwungvollen Gebärde zog er den Stuhl für Penelope heraus und bewerkstelligte es, sich über sie zu beugen, als er ihr half, ihn näher an den Tisch zu rücken. Als er sich verträumt wieder aufrichtete, den Kopf schwindelig von *Plaisir d'Amour*, begegnete er einem Blick des alten Gentleman, der ihm das Blut in den Adern gefrieren ließ. Er floh in die Küche.
»Ich bin sicher«, zischte Penelope zwischen den Zähnen, »daß Daffy mir nicht erlaubt hätte, das Zimmer zu verlassen, wenn sie der Meinung gewesen wäre, ich sähe nicht vollkommen *ladylike* aus.«
»Oh, sind Sie das, sind Sie das«, konterte er zornig, wenn auch nicht sehr originell. »Wollen Sie sagen, es war dieses anständige Mädchen, das Ihnen dieses vulgäre Schönheitspflästerchen unter das Auge geklebt hat? Bei Gott, ich glaube, die Hälfte der Männer in diesem Raum glotzt uns an!«
Er sah sich um und stellte mit wachsendem Zorn fest, daß beträchtlich *mehr* als die Hälfte der Männer im Raum sie anstarrten. Oder, genauer gesagt, Penelope.
Seine Nichte, die zum selben Schluß gekommen war, lächelte triumphierend und verbarg sich hinter ihrem Fächer. Mehrere gedämpfte Ausrufe waren zu hören.

Quentins Ausruf war weniger gedämpft. »Ich habe nicht übel Lust, Sie wieder nach oben zu schicken, Miss, damit Sie sich Ihr Gesicht waschen!«

»Ihre Erregung beeindruckt mich nicht im geringsten. Und ich möchte Sie daran erinnern, Sir, daß ich mündig bin.«

»Und ich möchte *Sie* daran erinnern, daß Ihr Vater mein Freund war, und was er *dazu* sagen würde – Ah, Wirt. Was haben Sie uns anzubieten? Meine Nichte hat einen etwas wählerischen Appetit, der nicht gerade gesteigert wird, wenn diese ganzen verfluchten Dummköpfe ihr Augen machen. Noch ein paar Minuten, und ich werde zu meiner Reitpeitsche greifen müssen!«

Quentin ließ seinen grimmigen Blick durchs Zimmer schweifen, und man hörte hier und da Gekicher. Aber der Wirt, der bei der Vorstellung zitterte, dieser wilde alte Gentleman könne in seinem Gastzimmer Gewalttätigkeiten provozieren, murmelte schüchtern, daß sicherlich niemand eine Beleidigung beabsichtigt habe.

Penelope fächelte sich mit glänzenden Augen zu und sah überallhin, nur nicht auf ihren schäumenden »Onkel«.

Das Roastbeef, das Quentin bestellte, war ausgezeichnet, aber er attackierte es, als wäre es lebendig serviert worden und müsse so schnell wie möglich geschlachtet werden. Penelope pickte wählerisch in ihrem Essen herum und war sich der flüchtigen, aber bewundernden Blicke, die ihr immer noch zugeworfen wurden, wohl bewußt. Quentins sporadische Ansätze zu einer Unterhaltung ignorierte sie deutlich.

Seine eigene schlechte Laune war so schnell verraucht, wie sie aufgekommen war, und mit leiserer Stimme und einem betörenden Lächeln murmelte er: »Oh, kommen Sie wieder hinter dem Gebüsch hervor, Penelope Anne. Ich hatte kein Recht, Sie zu verärgern, ich gebe es zu. Gott weiß, ich verdanke Ihnen mein Leben und werde es nie vergessen.«

»Ihre Ansicht über meine Erscheinung, lieber Sir«, antwortete sie kalt, »hat absolut nichts mit der Tatsache zu tun, daß Sie sich mir verpflichtet fühlen. Noch zwingt Sie das dazu, höflich zu sein, obwohl ich gestehen muß, daß ich verstimmt war, *vulgär* genannt zu werden!« Und ihre Augen, die seinem Blick bisher ausgewichen waren, schleuderten ihm einen so wutblitzenden Blick zu, daß er blinzelte.

»Ja, das war sehr übel. Aber – ich kann dieses Aufplustern und Geflirte nicht leiden!«

»Geflirte! Mit wem habe ich geflirtet, Major?«

»Onkel!« zischte er.

Tief erschrocken wurde sie sich bewußt, daß sie, wenn überhaupt, mit dem Tod flirtete, und bleich vor Entsetzen starrte sie ihn an.

Er zwinkerte. »Nichts passiert. Schauen Sie nicht so verdattert.«

Dieser derbe Ausdruck hob ihre Stimmung wieder, wie er es beabsichtigt hatte. Sie unterdrückte ein unwillkürliches Lächeln und atmete wieder etwas leichter, als sie sagte: »Aber – wirklich, ich habe nicht geflirtet.« Ich wüßte nicht, wie das geht, dachte sie. Und in diesem Augenblick fing sie den Blick eines Gentleman auf, der in der Nähe saß, prächtig gekleidet in einen purpurroten Samtmantel, und sofort heimlich sein Glas zu ihr erhob. Sie errötete und senkte die Augen.

»Schon wieder fangen Sie an!« rief Quentin aufgebracht aus. »In der Tat, Sie flirten nicht! Verdammt, Sie sehen aus wie Sybil!«

Empört keuchte Penelope: »Oh! Ich bin mindestens zwanzig Jahre jünger!«

»Ich habe nicht das Alter gemeint, sondern Ihr Benehmen. Außerdem – Ihr Puder macht Sie älter.«

Wie sie je so närrisch gewesen sein konnte, sich in dieses

Scheusal zu verlieben, ging über ihren Verstand. »Ach, wirklich«, sagte sie anmutig und beehrte den Gentleman im Purpurmantel mit einem schüchternen Seitenblick. »Nun, wenn ich meiner Tante ähnlich bin, muß das ein Kompliment sein, da alle Herren sie für sehr schön halten.«

»Sie ist sehr schön. Auf eine harte, berechnende – Lieber Gott! Was sage ich? Ich entschuldige mich bei der Lady. Und erlauben Sie mir, Ihnen mitzuteilen, Miss, daß ich dem Gecken in dem dunkelroten Mantel sein Monokel in den Hals stopfen werde, wenn er seine schmierigen Augen noch einmal in Ihre Richtung rollt; Sie hören also besser auf, ihn so verführerisch anzusehen.«

»Verfüh-rerisch ansehen! Ausgerechnet – «

»Ihren Namen, wenn ich bitten darf«, fragte eine laute, schroffe Stimme gebieterisch.

Sie waren so vertieft in ihren Streit gewesen, daß keiner von beiden die plötzliche Stille bemerkt hatte, als ein Sergeant eingetreten war und sich ihrem Tisch genähert hatte.

Geschult durch seine lange verzweifelte Flucht, veränderte Quentins Gesichtsausdruck sich kein bißchen. Penelope dagegen wurde weiß wie ein Laken und starrte den stämmigen Soldaten entsetzt an.

»Warum, zum Teufel, wollen Sie meinen Namen wissen?« fragte Quentin gereizt. »Es sei denn, Sie hätten zufällig eine Nachricht für mich. Was das angeht, wie heißen denn *Sie?*«

Der Sergeant, der gern die Leute erschreckte, verlor durch dieses Verhalten etwas an Boden, aber er ging schnell wieder in die Ausgangsstellung. »Mein Name ist Dexter. Und es ist nicht meine Sache, Nachrichten herumzutragen. Ich bin im Dienst, was jeder Narr an meiner Uniform erkennen könnte!« Er warf einen unheilverkündenden Blick in das stille Zimmer und brüllte: »Wir suchen Verräter. Einen Verräter besonders. Ei-

nen entkommenen Rebellen. Einen verzweifelten, blutrünstigen Burschen, wie jeder herausgefunden hat, der ihm geholfen hat.« Er heftete seinen grausamen Blick wieder auf den alten Gentleman und das Mädchen, das zu seiner Genugtuung sehr bleich aussah.
Quentin wurde sich der ängstlichen Stimmung im Raum bewußt und ärgerte sich darüber. Er lehnte sich zurück, steckte den Daumen in seine Westentasche und sagte mit breitem Lächeln: »Und Sie glauben, daß ich dieser, äh, blutrünstige Verräter bin? In der Tat, Sie sind ein tapferer Mann, mir nahezutreten, Sergeant.«
Ein Raunen ging durch den Raum, und gedämpftes Gelächter war zu hören, als der Sergeant sein beabsichtigtes Opfer mit einem harten Blick fixierte. Mit einer Stimme, die man noch in den Ställen hören mußte, räumte er ein, daß er so etwas nicht gedacht hatte. »Ich habe den Befehl, der Ihre ehrenwerte Person hoffentlich nicht stört, jeden zu befragen, der in dieses Gasthaus oder diese Poststation kommt. Sie« – er hielt Quentin einen breiten Finger voller Warzen unter die Nase – »und die Lady sind nur Leute, die ich noch nicht gefragt habe. Außer ich wäre taub und blind, was ich nicht bin, obwohl es eine Menge Leute gibt, die sich das wünschen.«
»Guter Mann«, sagte Quentin und verscheuchte die einschüchternde Hand mit einem Wink, »ich versichere Ihnen, daß meine Nichte ganz und gar nicht blutrünstig ist. Nun – zumindest nicht generell.«
Penelope suchte Zuflucht hinter ihrem Fächer, als jedes Auge sich auf sie richtete und noch mehr Gelächter zu hören war. Und verzweifelt dachte sie: Oh, *warum* muß er *jeden* Fehdehandschuh aufheben?
»Wirklich, sehr lustig«, knurrte der Sergeant errötend, zog jedoch ein mitgenommenes Notizbuch hervor. »Sagen Sie mir jetzt Ihren Namen, wenn ich bitten darf.«

»Der Teufel hol Sie Quälgeist«, sagte Quentin, setzte sich aufrecht hin und runzelte hochmütig die Stirn. »Sie dürfen nicht bitten.«
Der Sergeant, den Bleistiftstummel über seinem Notizbuch, sah auf. Der Ausdruck in seinen kleinen Augen erschreckte Penelope. »Onkel«, griff sie ein, »Sie sollten den Sergeant nicht an seiner Pflicht hindern.«
»Oh – nun gut«, sagte Quentin ärgerlich. »Mein Name ist Martin.«
»Mar-tin ...«, sagte der Sergeant und schrieb den Namen mühsam auf. »Martin – was? Wenn es Ihnen nicht zu beschwerlich ist, daß ich im Namen Seiner Majestät frage.«
»Martin«, sagte Quentin mit einem verstohlenen Blinzeln zu der belustigten Gesellschaft.
»Ja, das habe ich.« Der Sergeant funkelte ihn an. »Ich meine Ihren *Familien*namen.«
»Ich habe Ihnen meinen Familiennamen gesagt. Sind Sie wirklich taub, armer Bursche?«
Ein Mann in der Ecke, der reichlich getrunken hatte, begann erheitert zu lachen. Penelope hingegen war zu Tode erschrokken. Dieser tückische Sergeant wurde offensichtlich von Minute zu Minute wütender.
Sie hatte die Laune des Sergeanten richtig gedeutet. Er war von dumpfer Veranlagung, hegte einen Haß auf die Aristokratie und liebte seine eigene Autorität – die er oft mißbrauchte. Der schwache alte Gentleman und das hübsche Mädchen hatten wie eine leichte Beute ausgesehen. Er hatte erwartet, beide gründlich einzuschüchtern. Er hatte mehrere Gäste im Raum verängstigt, die bei der bloßen Erwähnung des Wortes »Jakobite« zitterten und nicht wagten, sich gegen seine Schikanen aufzulehnen. Daher lagen die Sympathien der meisten Anwesenden auf der Seite des alten Mannes und des Mädchens. Sie waren

wahrhaft entzückt über die Verlegenheit des Sergeanten. Dieser wurde sehr rot im Gesicht und knirschte mit den Zähnen.
»Ich opfere eine Minute von meiner wertvollen Zeit, um Sie zu warnen, Sir. Es bringt nichts ein, wenn man ein Mitglied der Streitkräfte Seiner Majestät anschwindelt.«
Quentin lächelte zu ihm hinauf. »Wie sehr Sie mich erschrekken, Sergeant.«
Kurz davor, laut zu brüllen, fragte der Lakai Seiner Majestät: »Sie wollen sagen, daß Ihr Name Martin Martin ist?«
»Beim Jupiter, das ist gut!«
Diesmal dauerte das Gelächter an. Der Sergeant funkelte seine Beute an. Ängstlich sagte Penelope: »Lieber Sir, der Mann versucht nur, seine Pflicht zu tun.« Sie lächelte den kriegerischen Sergeant an. »Dieser Gentleman ist Mr. Martin Martin aus London, und ich bin seine Nichte, Miss Anne Martin.«
Lachend sagte Quentin: »Hier haben Sie es. Befriedigt das Ihre Neugier?«
»Nein, das tut es nicht. Sie haben doch sicher eine Visitenkarte, Mr. Martin Martin?«
Penelopes Herz setzte einige Schläge lang aus.
»Natürlich habe ich eine Visitenkarte, Sergeant Unverschämt«, sagte Quentin mit gerunzelter Stirn. »Und wenn Sie erwarten, daß ich Ihnen eine gebe, um meine Identität zu beweisen, dann brennen Sie sich! Verdammt, wie weit ist es mit England gekommen, wenn ein Gentleman nicht mit seiner eigenen Nichte in einem Gasthaus essen kann, ohne von euch Kopfjägern vom Militär belästigt zu werden? Wer, zum Teufel, ist Ihr Oberst? Wenn es mein alter Freund Mariner Fotheringay ist, wird er von Ihrem frechen Verhalten hören!«
Weite Teile der Bevölkerung verabscheuten die Verfolgung der jakobitischen Flüchtlinge, und das Gelächter im Raum wich einem Gemurmel, das deutlich auf Quentins Seite war. Noch

unbehaglicher fühlte sich der Sergeant, als er von der scheinbaren Bekanntschaft des alten Burschen mit einem Offizier hörte, der die schärfste Zunge in der ganzen Armee hatte. Ein Offizier, der einem Mann das Leben vergällen konnte, wenn er ungehalten war. »Nun gut, nicht so heftig«, erwiderte er mit einem ungeschickten Versuch der Entschuldigung. »Kein Grund, etwas übelzunehmen. Wie die junge Lady sagt, ein Mann muß seine Pflicht tun, Sir.«

»Sie haben's geschafft, Mr. Martin«, rief ein Witzbold im Hintergrund. »Schütteln Sie sich die Hand und geben Sie sich einen Kuß.«

»Spendier'n Sie ihm 'nen schönen Trunk, Meister«, schlug ein anderer vor. »Dann hackt er Ihnen vielleicht nicht den Kopf ab.«

»Nicht nötig, Sir«, sagte der Sergeant und sah sehnsüchtig auf den Bierhumpen.

»Vielleicht nicht«, meinte Quentin, der keine Lust hatte, eine weitere Frage nach seiner Visitenkarte zu riskieren. »Aber ich glaube, meine Nichte hat wie immer recht, und ich war zu hart zu Ihnen. Setzen Sie sich einen Augenblick zu uns, Dexter. Ich vermute, Sie haben eine undankbare Aufgabe, hm?«

Der Sergeant steckte sein Notizbuch ein. »Ja, da haben Sie recht, Mr. Martin«, antwortete er, setzte sich und beoabachtete beifällig, wie der Kellner mit einem weiteren Humpen herbeieilte. »Auf Ihre Gesundheit, Sir und Miss!« Er trank geräuschvoll, wischte sich mit dem Handrücken den Schaum vom Mund und fuhr fort: »Man sollte meinen, daß die Leute dankbar sind, daß wir dieses Pack jagen, aber – nichts da! ›Der Krieg ist vorbei‹, winseln sie. Das reicht, um einen – « Er sah Penelopes schockiertes Gesicht und redete weiter. »Abschaum ist das, Mr. Martin. Machen sich hier breit wie die Aasgeier. Schneiden einem Mann den Hals durch, kaum daß man schaut. Und keine Frau ist sicher vor – «

»Genau«, unterbrach Quentin brüsk. »Aber es ist nicht nötig, meine Nichte mit solch entsetzlichen Dingen zu erschrecken. Ein Glück, daß wir tapfere Männer wie Sie haben, die zwischen uns und den – äh, gemeinen Kerlen stehen.«

»Jawohl, Sir. Aber wir stehen nicht mehr lang dazwischen. Nicht mehr nötig. Sind nicht mehr viele übrig.« Mit breitem Grinsen klopfte Sergeant Dexter auf seinen Säbel. »Und ein paar, die wir gefangen haben, müssen nicht mehr vors Gericht, das kann *ich* Ihnen sagen!«

Die grünen Augen seines Gegenübers blitzten plötzlich auf, aber der Sergeant hatte den Blick gesenkt und übersah dieses mörderische Funkeln. »Wissen Sie was, Mr. Martin«, sagte er langsam und höhnisch, »ich habe es vorhin schon bemerkt, und ich sehe es jetzt wieder, weil ich ein sehr aufmerksamer Mensch bin. Und ich sage – für einen alten Mann haben Sie verdammt junge Hände.« Er hob triumphierend den Blick. »Wie wollen Sie diese *seltsame* Tatsache erklären, Sir?«

Erneut starr vor Angst, überlegte Penelope, wie sie diesen abscheulichen Wilden aufhalten konnte, wenn Quentin beschloß, um seine Freiheit zu fechten.

Gänzlich unerschüttert zuckte Quentin die Achseln. »Normalerweise erkläre ich das überhaupt nicht.« Er blickte sich um und beugte sich näher. »Aber da ich sehe, daß Sie denselben verdammten Ärger haben, der mich in jüngeren Tagen geplagt hat, will ich es Ihnen sagen.«

»Wollen Sie wirklich?« Der Sergeant legte die fleischige Hand auf den Griff seines Säbels. »Es würde mich ungemein unterhalten, wie die bess'ren Leute sagen, das zu hören, also – lassen Sie mich *bitte* nicht warten, Sir ...« Er zog den Säbel ein wenig aus der Scheide, den höhnischen Blick auf Quentins ausdrucksloses Gesicht geheftet.

Tödliche Stille breitete sich aus, alle Aufmerksamkeit richtete sich auf das kleine Drama.

Quentin zögerte, dann sagte er mit verheerender Lautstärke: »Mist.«
Penelope unterdrückte ein Keuchen.
Die grausamen Augen des Sergeant weiteten sich. »Was?«
Quentin nickte sachlich.
»Mist ...?« echote der Sergeant. »Was – zur Hölle – «
»Psst!« Quentin beugte sich näher zu ihm. »Wollen Sie diese Warzen loswerden oder nicht?«
Damit hatte er einen wunden Punkt berührt. Der Sergeant fuhr zusammen, sah hinunter auf seine unansehnlichen Hände und brachte sie schnell außer Sichtweite.
»Ich weiß, wie Sie sich fühlen«, sagte Quentin. »Ich hatte den gleichen Verdruß. Schrecklich.«
Blitzschnell packte der Sergeant Quentins Handgelenk und starrte auf die anmutige weiße Hand und die sauber manikürten Nägel. »Wollen Sie mich für dumm verkaufen, oder was?« grollte er und erhob die mißtrauisch zusammengekniffenen Augen. »Sie haben niemals denselben Verdruß gehabt wie ich!«
»Schlimmer«, behauptete Quentin mit ernsthaftem Nicken. »Viel schlimmer. Mußte meistens Handschuhe tragen; sehr kompliziert«, schmückte er die Geschichte künstlerisch aus, »wenn man Musiker ist.« Er senkte erneut die Stimme und flüsterte fast: »Kein Doktor konnte mir helfen. Dumme Kerle; sie sind alle Quacksalber, wissen Sie.«
»Ha, das ist wahr«, sagte der Sergeant. »Da muß ich Ihnen recht geben. Denen hab ich oft einen Haufen gezahlt, das hab ich. Hat kein bißchen geholfen. Wie haben Sie dann was gefunden? Zigeuner? Ich hab's mit ihnen versucht. Diebisches Gesindel! Sollten aufgehängt werden, alle miteinander. Wenn Sie mir weismachen wollen, daß die – «
»Nicht im Traum würde es mir einfallen, einen intelligenten

Mann, wie Sie es sind, mit einem solchen Unsinn abzuspeisen. Ich – « Quentin blickte sich so verschwörerisch um, daß Penelope, hin und her gerissen zwischen Erheiterung und Schrekken, Mühe hatte, unbewegt dreinzuschauen. »Ich habe das Geheimnis von ...«, Quentin zischte, »von ... einer Hexe.«

»Sieh mal einer an!« Der Sergeant kreuzte zum Schutz vor solch gefährlichen Dingen schnell den Zeigefinger und den Mittelfinger seiner rechten Hand. »Das haben Sie doch bestimmt nicht getan!«

Quentin nickte feierlich. »Wenn ein Mann verzweifelt ist, Sergeant, muß er verzweifelte Maßnahmen ergreifen.«

»Und – und was sie Ihnen gesagt hat – das hat geholfen? Ihre Hände sehen seitdem ... so aus?«

»Nun, Sie sind doch nicht blind, Mann. Sie sehen den Beweis mit eigenen Augen! Und ich bin bald fünfundsechzig.«

»Na, so was aber auch!« Mit einem schlauen Aufleuchten in den Augen sagte der Sergeant: »Sir – ich wollte Ihnen vorhin keine Unannehmlichkeiten bereiten. Die Pflicht, Sie verstehen. Ich könnte – äh, Ihnen etwas bezahlen. Ein bißchen.«

»Nein, nein. Ich habe das Geheimnis gekauft, und es ist meine Sache, es zu verraten, wenn ich dazu aufgelegt bin – aber ich bin selten dazu aufgelegt, das stimmt allerdings.«

»Recht haben Sie. Ich würde es genauso machen. Aber – da ist diese junge Frau, auf die ich – so ein bißchen – ein Auge geworfen habe, Sir. Und sie hat den Kopf voller Grillen, wie alle Frauen. Bloß, es ist Zeit, daß ich mich häuslich niederlasse, sagt meine Ma. Ich – äh, nun, sie würde mich ein bißchen mehr nach ihrem Geschmack finden, wenn ich nicht diese ganzen Warzen hätte.« Ängstlich musterte er Quentin, und als er nur einem unschlüssigen Blick begegnete, fuhr er fort: »Wenn es irgend etwas gibt, das ich für Sie tun kann, Sir – im Austausch für ... oder ...«

Quentin schürzte die Lippen und sah zur Decke. »Ich wüßte nicht, was. Wir versuchen nur, so schnell wie möglich nach London zu kommen, und dabei können Sie uns nicht helfen.«
»Ich kann Ihnen nur sagen, daß das wahrscheinlich eine Woche dauern wird. Von hier nach Chelmsford, hinunter nach Wrotham und hinüber nach Reading stehen Truppen so dicht wie Ameisen um einen Siruptopf, und auf dem Rückweg wieder. Keine Mücke kommt da durch, ohne daß sie mindestens zwanzigmal pro Meile aufgehalten wird.«
Quentin rutschte das Herz in die Kniekehlen, als er antwortete: »Nun, das hilft mir gar nichts. Trotzdem« – er zuckte die Achseln –, »ich verstehe Ihre mißliche Lage, armer Kerl. Ich sage Ihnen mein Geheimnis. Trinken Sie aus!«
Erfreut leerte der Sergeant seinen Humpen und beugte sich vor, um kein Wort zu versäumen.
»Man nimmt ein Pfund Speck«, sagte Quentin leise, »und vermischt es gut mit – äh ...«
»Mit ... mit ...?« half der Sergeant nach.
»Mit Schafmist.«
»*Schaf*mist?«
»Aber nur von einem *schwarzen* Schaf«, belehrte Quentin ihn und warf einen warnenden Blick auf Penelopes zuckende Lippen.
»Warum ...«, flüsterte der Sergeant, »muß es ein *schwarzes* Schaf sein?«
Quentin runzelte die Stirn. »Verflucht, das weiß ich nicht. Ich glaube, die alte Frau murmelte etwas von Schwarzer Magie.«
»Ah – das wird's sein, das ist richtig«, nickte der Sergeant wichtigtuerisch. »*Das* ergibt einen Sinn, jawohl. Weiter, Sir, weiter!«
Quentin sprach weiter.

Von zahlreichen Kissen mit Spitzenüberzügen gestützt, hielt Lady Sybil ihren juwelenbesetzten Handspiegel hoch und betrachtete trübsinnig ihr Bild. Sie zog eine vereinzelte Locke neben ihr linkes Ohr und seufzte. »Dieses Haus ist wie ein Grab, Simmonds.«

Simmonds hielt das schwere Tablett neben dem Bett fest und fragte sich, warum, im Namen aller Heiligen, diese alberne Frau sich um ihr Gesicht Sorgen machte, wenn kein Mann da war, um es zu sehen. »Vielleicht kommt Seine Lordschaft heute nach Hause, Ma'am«, sagte sie mit teilnahmsloser Stimme.

»Das ist möglich«, sagte Sybil und seufzte erneut.

»Und – Captain Otton«, murmelte Simmonds.

Sybil wurde munterer »Wie schön das wäre. Äh – wenn die Gentlemen wieder da sind«, fügte sie hastig hinzu und begann eine einseitige Diskussion darüber, welches Kleid sie für den Vormittag wählen sollte. Zu gern würde sie das kobaltblaue weite Kleid anziehen, oder vielleicht das bezaubernde orange Kleid *à la française,* oder das weiße Taftkleid mit der herrlichen roten Stickerei.

Simmonds schenkte diesem Monolog wenig Aufmerksamkeit. Mylady würde keine andere Wahl haben, als wieder ihre Trauerkleidung anzulegen, wie beide gut wußten. Wenn sie vor Mittag die Treppen hinunterkam, war es ein Wunder, dachte die arme Simmonds, deren Hühneraugen mehr als gewöhnlich schmerzten.

An diesem Vormittag geschahen keine Wunder. Es war viertel vor zwölf, und Sybil erhob sich gerade vom Toilettentisch, als der herrische Ruf eines Kutschenhorns zu hören war, gefolgt von lauten Rufen, dem Knirschen von Rädern und dem Stampfen zahlreicher Hufe.

Simmonds stürzte eilig zum Fenster, um neugierig durch die regenbespritzten Scheiben zu lugen.

»Wer ist es? Wer ist es?« fragte Mylady in jammervollem Ton, betastete aufgeregt ihre zierliche Haube und hoffte schon halb, es sei ein gewisser älterer Gentleman mit mutwilligen grünen Augen und von bemerkenswerter Männlichkeit.
»Es ist Mylord.« Freudig fügte Simmonds hinzu: »Und Mr. Treadway!«
»Lieber Himmel, Mädchen, was kümmert es mich, wenn mein Mann von seinem Gutsverwalter begleitet wird? Ist sonst niemand dabei?«
Mylady mochte von Mr. Treadways Rückkehr nicht erfreut sein, aber in Simmonds gelangweilten Augen lag nun ein deutliches Funkeln. Die Hühneraugen waren vergessen, als sie frech hinzufügte: »Und Captain Otton, natürlich.«
»Kleines Biest«, sagte Mylady kichernd. »Mach schnell – meinen malvenfarbenen Fächer, bitte. Nun, das wird reichen.«
So kam es, daß die Gentlemen, als sie müde und schmutzig in die Halle traten, in ihren Hoffnungen enttäuscht und nach ihrer erfolglosen Suche wenig begeistert voneinander, von einer Erscheinung in einer Woge schwarzer Spitze über malvenfarbigem Satin begrüßt wurden; zierliche Weiblichkeit von der Krause der kleinen Haube bis zur Schleife des Schuhs, der unter ihrem Kleid hervorsah.
»Willkommen daheim, Mylord«, zwitscherte Sybil und streckte ihrem Gatten beide Hände entgegen.
Mylord ließ ein Grunzen hören, drückte seiner Frau einen Kuß auf die weiche Wange und bemerkte, sie sehe gesund und munter aus. »Was ich von mir oder Otton nicht gerade behaupten kann«, fügte er verdrießlich hinzu.
»Hatten Sie eine – äh, erfolgreiche Reise?« fragte Sybil, gab Captain Otton die Hand und warf ihm einen bedeutungsvollen Blick zu.
»Nein, hatten wir nicht«, erklärte Joseph dumpf. »Ich bin halb

verhungert und brauche etwas Anständiges zu essen, mein Kopf tut weh wie der Teufel, und ich sehne mich danach, den Schmutz von mir herunterzubekommen.«

Mylady rief Butler und Haushälterin. Eine Wassereimerbrigade wurde organisiert, der Koch bekam heftiges Herzklopfen, als man von ihm verlangte, innerhalb einer Stunde ein heißes Mittagessen zuzubereiten, und Diener eilten beladen mit Koffern, Truhen, Karaffen und Waschbeuteln die Treppen auf und ab.

Inmitten des ganzen Aufruhrs, als Mylord in die Richtung seines Schlafzimmers verschwunden war, entdeckte Mylady ein Paar dunkle Augen, die sie anlächelten. Sie fächelte sich zu und drehte sich mit einem koketten Schwung ihrer satinbedeckten Schultern um.

»So ein Wirbel«, murmelte Otton mit seiner tiefen, angenehmen Stimme, »und kein einziges Wort über *Ihr* Wohlergehen, Ma'am. Haben Sie es fertiggebracht, während unserer Abwesenheit nicht allzu deprimiert zu sein?«

Ein leises Lächeln umspielte Myladys roten Mund. Sie verbarg es hinter ihrem Fächer. »Ich bin ... ganz gut zurechtgekommen.«

Er kannte diesen Schimmer in ihren Augen und sah sie schärfer an. »Sybil«, murmelte er und drängte sich näher, als sie zusammen die Treppen hinaufstiegen, »was, zum Teufel, hast du angestellt?«

Sie kicherte. »Oh ... ich wurde – unterhalten. Aber kümmer dich nicht darum. Nach Josephs Verhalten zu urteilen, hat er die Sache gründlich versaut, hm?«

Otton blickte finster drein. »Wir sind schön zum Narren gehalten worden, das kann ich dir sagen. Chandler hat – « Auf die warnende Berührung ihrer Hand hin brach er ab. Ein Dienstmädchen, das er zuvor noch nie gesehen hatte, kam durch die Halle. Ein liebreizendes Mädchen mit einer hübschen Figur und rotgoldenem Haar. Sie sah nach oben, als spüre sie seine Augen auf sich, und eilte mit einem scheuen halben Lächeln davon. Hmmmmnnn ..., dachte er und faßte zusammen: »Chandler hat Freunde, und man hat uns wie einen Haufen Narren an der Nase herumgeführt, auf der Jagd nach einem Phantom, bis wir meilenweit von jeder Zivilisation entfernt in der Heide gelandet sind, die voller Zigeuner und anderer Halsabschneider war. Wir haben verdammt Glück gehabt, daß wir da heil herausgekommen sind!«

Erstaunt wandte sie sich ihm zu. »Doch nicht – wörtlich?«

»Oh, ich gebe dir mein Wort. Mit diesem verwünschten Rebellen habe ich eine Rechnung zu begleichen – und werde sie begleichen –, daran brauchst du nicht zu zweifeln!«

»Mir scheint, ihr habt sie schon beglichen, bevor er euch entwischt ist«, sagte sie trocken. »Wie der Mann euch in dem Zustand, in dem er war, entwischt sein soll, kann ich mir nicht vorstellen.«

Sie waren auf dem ersten Treppenabsatz angelangt. Otton blickte sich um und antwortete mit scharfer Stimme: »Nun, er ist es aber. Ich werde dir erzählen, wenn ich mich gebadet und die Kleider gewechselt habe. Wo ist Penelope?«

Mylady ging auf das Schlafzimmer ihres Mannes zu, hinter der das Grollen seiner Stimme zu hören war. »Oh – sie ist ... irgendwo«, rief sie munter über die Schulter.

»Natürlich ... lache ich«, sagte Penelope und trocknete seufzend ihre Tränen. »Nichtsdestoweniger war es ein schreckliches Risiko und so unnötig.«

»Glauben Sie?« Quentin half ihr in die bereitstehende Kutsche und kletterte hinein, um sich neben sie zu setzen. »Sie hielten es für ein unnötiges Risiko, und ich dachte, es sei meine Pflicht,

Sergeant Dexters Persönlichkeit zu versch ... äh, zu entwikkeln.«
Sie bemühte sich, ihn streng anzusehen, konnte ihre Erheiterung aber kaum aus den Augen verbannen.
Quentin lachte in sich hinein und nahm ihre Hand. »Nein, wirklich, Penny. Der Bursche ist ein brutaler Kerl und ein Schinder. Es wird ihm verdammt guttun, sich selbst lächerlich zu machen.«
»Ich bezweifle, ob er Ihnen zustimmt, wenn er entdeckt, wie Sie ihn übers Ohr gehauen haben.«
Die Kutsche holperte über die Pflastersteine des Wirtshaushofes und begann die Straße entlangzurollen.
Quentin grübelte: »Glauben Sie, er wird es entdecken? Er hat meine Geschichte von der Hexe wirklich geglaubt, wissen Sie. Als ob es solche Kreaturen gäbe.«
»Wenn nicht, sind aber viele Leute irregeführt.«
»Nun, natürlich, denn es gibt viel Unwissenheit – « Er brach ab und starrte sie neugierig an. »*Sie* glauben doch nicht an Hexen und Zauberer und solches Geschwätz, oder?«
»Ich habe nie eine gesehen.« Penelope machte sanft ihre Hand los. »Aber ich stimme jedem zu, der sagt: ›Es gibt mehr Dinge zwischen Himmel und Erde ...‹«
»Shakespeare, glaube ich«, murmelte er und sah müßig aus dem Fenster. »Es war im – lieber ... *Gott!*« Er setzte sich aufrecht hin und brach in schallendes Gelächter aus.
Penelope lehnte sich vor, um an ihm vorbeizusehen, und erblickte eine breite Senke voller Schafe. Die rote Uniform wirkte vor einem solchen Hintergrund verblüffend fehl am Platz. »Ooh!« quiekte sie und schlug entzückt die Hände zusammen. »Das ist doch nicht *möglich!*«
»Ver-dammt ... es ist«, keuchte Quentin. »Und – O Lord, daß mir das zu sehen vergönnt war! Sehen Sie – *sehen* Sie bloß!«

Unerschüttert drängte sich Sergeant Dexter durch die blökenden Tiere, die um ihn herumirrten, und folgte mit deutlicher Entschlossenheit einem Tier. Einem kleinen schwarzen Lamm.
Das war zuviel. Sie fielen einander in die Arme und schrien vor Lachen. Als Quentin sich etwas verspätet bewußt wurde, daß er Penelope an seiner Brust hielt, ließ er sie abrupt los und fiel atemlos in die Polster zurück. »Wahrscheinlich rennt er dem Lamm eine Woche lang im Regen nach«, sagte er.
Sie wandte ihm ihr lachendes Gesicht zu, und er betrachtete sie lange, bis ihr Schweigen aus irgendeinem Grund spannungsgeladen wurde. »Wollen Sie mir bitte sagen«, fragte er ruhig, »warum Sie so wütend auf mich waren?«
Ihre Wimpern senkten sich. Erst als er erneut von Gefahr bedroht worden war, hatte sie bemerkt, wie ungerechtfertigt ihr Ärger war. Sie hatte kein Recht, ihn zu kritisieren. *Ehefrauen* riet man, sie sollten den kleinen »Affären« ihres Gatten keine Beachtung schenken. Und sie war keine Ehefrau. Sie war nicht einmal eine Verlobte. Sie war nur eine Schwester. Und Schwestern sind nicht eifersüchtig ...
Mit seiner dünnen Fingerspitze berührte er sanft ihre Hand. »Penelope Anne?«
Sie sah auf. Kein Mann, dachte sie schwach, dürfte so schöne Augen haben. Es war unfair. Ohne rechte Überzeugungskraft antwortete sie: »Weil Sie so schreckliche – und unnötige Risiken eingehen. Als wäre das Leben nur ein Spiel. Als stünde nicht Ihr eigenes Leben auf Messers Schneide.«
Er hatte befürchtet, sie hätte entdeckt – und wäre dadurch gekränkt –, daß er ihre Tante verführt hatte. »Oh, meine Güte«, sagte er mit einem erleichterten Grinsen, »Sie fangen an, sich wie mein Vater anzuhören. Er hat mich einen hitzköpfigen Hansdampf in allen Gassen genannt.«
»Ich habe Sir Brian immer für einen sehr vernünftigen Mann gehalten.«

»Nein, wirklich, Penelope Anne! Wie können Sie böse sein? Sehen Sie mich nur an.« Er lehnte sich zurück und faltete fromm die Hände. »Bin ich nicht die Verkörperung eines respektablen Greises? Und was könnte weniger leichtsinnig sein als unsere gesetzte und ruhige Reise?«
»*Ruhige* – Reise? Die letzte Route, die wir nehmen sollten, ist die Straße nach London. Sie haben gesehen, wie oft wir heute vormittag angehalten worden sind. Sie haben die Warnungen, die Sie vor unserer Abreise erhalten haben, nicht beachtet, aber Sie müssen wissen, daß der Sergeant die Wahrheit gesagt hat.« Sie legte die Hand auf seinen Arm und sagte inständig bittend: »Ich flehe Sie an, schlagen Sie eine andere Richtung ein. Sie können Daffy und mich in einem hübschen Gasthaus zurücklassen, und wir werden sehr gut zurechtkommen, ich bin sicher. Nur – gehen Sie nicht, gehen Sie *nicht* in die Falle, die man Ihnen gestellt hat.«
Sie war todernst und ihre Sorge um ihn offenkundig. Daß es leichtsinnig war, diesen Weg zu nehmen, war ihm nur zu sehr bewußt. Er wußte auch, daß Penny ein gutes Stück sicherer wäre, wenn sie nicht von seiner gefährlichen Person eskortiert würde. Aber er war beunruhigt wegen dieser Tante Mary und wollte selbst sehen, ob die Lady genug Rückgrat hatte, um sich gegen Joseph Montgomery zu behaupten. Wenn sie sich als unzuverlässige Bundesgenossin entpuppte, würde er den Teufel tun und Penelope nicht in Hampstead lassen, damit man sie zur Heirat mit jemandem wie Roland Otton zwang! Er zuckte die Achseln und sagte gelangweilt: »Dummes Kind. Sie suchen einen übel zugerichteten jungen Mann, der halbtot ist. Wie sollen sie einen solchen Flüchtling mit einem wohlhabenden alten Gentleman in Verbindung bringen, der mit seiner Nichte reist?«
Wenn Onkel Joseph nach Highview zurückgekehrt war und

die wahre Identität von Sir John Macauley-Somerville erfahren hatte, würden sie einen älteren Mann *sehr* bald mit dem verzweifelten Flüchtling in Verbindung bringen, dachte Penelope.

Quentin, der sie verstohlen beobachtete, log: »Außerdem habe ich in der Stadt zu tun. Beruhigen Sie sich, mein Kind. Heute nachmittag kommen wir besser voran, haben Sie das bemerkt? In dieser Geschwindigkeit sind wir heute abend in Hampstead, und bevor es Nacht wird, werde ich weg sein.«

Penelope sagte nichts. Wenn er in der Stadt etwas zu tun hatte, was sie bezweifelte, konnte es nichts sehr Dringliches sein, sonst hätte Gordon ihn nicht davor gewarnt, nach London zu fahren. Wie gut, daß sie Daffy gesagt hatte, Dutch eine neue Richtung anzugeben. Sehr wahrscheinlich würde Quentin wütend sein, wenn er es erfuhr, aber dann, so Gott wollte, würde es zu spät sein umzukehren. Wieder fühlte sie eine leise Berührung auf ihrer Hand und sah hoch.

»Sind Sie immer noch böse?« fragte er, legte die Fingerspitze an ihre Mundwinkel und versuchte, sie in ein Lächeln zu ziehen.

Er sah so ungewohnt demütig aus, daß sie ihm nicht widerstehen konnte. »Nein. Ich bin nicht böse.«

Er seufzte und lehnte sich zurück. »Gut. Dann kann ich mich beruhigt ausruhen.« Er schien einzuschlafen, und sie sah ihn liebevoll an. Einen Augenblick später öffnete er ein Auge und zwinkerte schelmisch, als er zu ihr hinauflugte.

Eine heiße Welle überflutete Penelope, und die Röte stieg ihr den Hals hinauf. Hastig schloß sie selber die Augen und wandte den Kopf ab.

Einen weiteren Moment lang war Quentin sehr still und blickte sie an. Dann schlief er ein.

11

»Was ich nicht verstehe«, sagte Lady Sybil, die mit der Frucht auf ihrem Teller spielte und versuchte, nicht darauf zu achten, wie geräuschvoll Lord Joseph sein Essen verspeiste, »ist, was euch zu der Überzeugung gebracht hat, daß es Chandler war, der vor euch her geflohen ist.«

»Seine Freunde haben uns davon überzeugt, Madam«, sagte Seine Lordschaft mit belegter Stimme. »Waren immer kurz vor uns. Riefen: ›Hier entlang, Quentin‹, oder: ›Halt dich an uns, alter Bursche – du bist fast da‹, oder ähnlichen Unsinn.«

»Unsinn, dem wir vier verdammte Tage lang hinterhergelaufen sind«, brummte Otton, die dunklen Brauen gerunzelt. »Wenn ich daran denke, wie ich in diesen ekelhaften Schlamm eingesunken bin ... Und jetzt kann dieser Narr von einem Diener meine neuen Schuhe nicht finden!«

Seine Lordschaft fuchtelte mit dem Messer vor seiner Frau herum, sein frisches Gesicht wurde purpurn. »Wenn ich Jung Chandler wieder in meine Finger bekomme – verdammt, den Tag soll er verfluchen! Ich ziehe ihm die Haut bei lebendigem Leibe ab!«

»Um dieses ruhmreiche Ereignis zu beschleunigen«, sagte Otton, dessen dünne Lippen sich zu einem höhnischen Grinsen verzogen, als er Mylords Gefräßigkeit beobachtete, »sollten wir vielleicht eine – äh – Unterredung mit Miss Montgomery haben.«

Sybil wurde starr und biß sich die Lippen.

Lord Joseph rief aus: »Ja, bei Gott! Wo ist das Mädchen, Sybil? Hol sie sofort her. Sie kannte Chandler, sagte sie. Sie kann einmal von Nutzen sein.«

»Ihr fragt nicht, wie ich zurechtgekommen bin, ganz allein hier, während ihr fort wart«, wich sie schmollend aus.

Joseph sah sie an. Sie fächelte sich kokett zu, die Augen herausfordernd, und er lachte leise. »Madam Hexe! Nun schön. Wie bist du zurechtgekommen? Nicht viel zu tun für dich, armes Mädchen. Gott, bin ich froh, wenn diese verdammte Trauerzeit vorbei ist! Wie lange haben wir noch?«
»Drei Monate offiziell. Aber es war nicht so schlimm, Joseph. Ich hatte Besuch. Wenn auch klapprigen.«
»Die alte Lady Burrows, nicht wahr? Du solltest sie nicht klapprig nennen, obwohl ich zugebe – «
»*Nicht* Lady Burrows«, unterbrach Sybil ihn mit spitzbübisch geheimnisvoller Miene. »Ein Verwandter von dir, mein Lieber. Ein entfernter, das ist wahr, aber – «
»Lieber Gott! Wer hat sich hier bei dir herumgetrieben, während ich fort war? Danach, was ich von der entfernteren Verwandtschaft weiß, war es wahrscheinlich Cousin Amos – ein Schwindler sondergleichen! Ich hoffe, du hast dich nicht übers Ohr hauen lassen und – «
»Liebe Güte, Mylord! Wovon sprichst du?« Sybil setzte ihr Weinglas ab und teilte mit: »Es war Sir John Macauley-Somerville. Ein hervorragender Gentleman, einer von den Verwandten, auf die du stolz sein kannst.«
»Somerville ...?« murmelte Otton. »Ich erinnere mich nicht, daß Sie diesen Namen erwähnt hätten, Sir.«
»Ich ebensowenig. Bist du sicher, daß du keinen Schwips hast, Sybil? Du hast nicht etwa gebechert, während ich die Gegend nach diesem verdammten Galgenvogel abgesucht habe, oder?«
»Ich ›bechere‹ nicht!« wies sie ihn hoheitsvoll verärgert zurück.
»Und Sie *haben* gesagt ... Macauley-Somerville?« fragte Otton gedankenvoll. »Woher kam er, Ma'am?«
Lady Sybil beachtete ihn nicht und sagte: »Ich bezweifle, daß du in den letzten Jahren von ihm gehört hast. Seine Mutter war

eine Art angeheiratete Tante, und sein Bruder ist Sir Andrew Somerville. *Ihn* kennst du doch sicher!«

»Nun, ich – äh ... vielleicht habe ich den Namen schon gehört«, sagte Seine Lordschaft vorsichtig. »Ich kann mich nicht an jeden Kerl in meiner Verwandtschaft erinnern, meine Liebe.«

»Oh, bitte, *paß* doch auf, was ich sage, Mylord! Ich spreche von der Gattin deines armen Bruders, Lady Margaret.«

Ihr Angetrauter senkte die vollgeladene Gabel und starrte sie an. »Margaret, sagst du? Sie war eine *Halsted!*«

Neugierig schaltete Otton sich ein: »Wie hat dieser – ›hervorragende Gentleman‹ ausgesehen, Mylady? Sie sagten ... klapprig, glaube ich.«

»Ich kenne Margarets ganze Familie«, brummte Mylord und blickte finster. »Verdammt will ich sein, wenn es da einen Macauley-Somerville gibt. Wie hat er ausgesehen?«

Aufgebracht, aber langsam unbehaglich antwortete Sybil: »Er ist ein älterer Herr und ein wenig schwächlich, aber – nicht, äh, ganz gebrechlich. Und ein sehr wohlerzogener Mann. Was sein Aussehen betrifft, er war – «

»Klein und fett, mit einem häßlichen Gesicht, Grabsteinen als Zähnen und halb blind, so daß er Ihre Schönheit nicht würdigen konnte, wette ich«, sagte Otton mit einem leisen Lachen.

Verärgert tappte sie in seine Falle. »Im Gegenteil, Captain! Er war ein gutaussehender alter Herr, groß und schlank, mit weißen Zähnen, einer freundlichen, würdevollen Stimme und außergewöhnlich lebhaften grünen Augen, die – «

»*Grüne Augen?*« Krachend fiel Ottons Stuhl um. »Chandler!« schrie er, sprang auf und schlug sich mit der Faust in die Handfläche. »*Chandler*, zum Donnerwetter! Tanzt hier herum, während wir die ganze Gegend nach ihm durchkämmen!«

Sybil schauderte, griff sich mit der Hand an den Hals und

keuchte: »Sie – Sie sind verrückt! Es war ein *alter* Mann, sage ich Ihnen!«

»Er will dich necken, Sybil«, sagte Seine Lordschaft mit breitem Grinsen. »Siehst du das nicht? Chandler, wahrhaftig. Ein guter Witz! Der Mann war halbtot!«

»Wie ist er hergekommen?« fragte Otton mit grimmigem Gesichtsausdruck und wandte sich Sybil zu. »Haben Sie ihn kommen sehen?«

»Ja! Ich bin auf die Terrasse hinausgegangen, weil ich ein Gefährt gehört hatte und dachte, Sie seien vielleicht zurückgekommen, und nicht warten wollte, bis die Diener es mir meldeten. Penelope half ihm gerade in die Kutsche, als – «

»Half ihm *in* die Kutsche?« sagte Lord Joseph scharf. »Du meinst, er wollte *abfahren?*«

»Ja – nein! Das heißt – er hatte gedacht, meinen verstorbenen Schwager vorzufinden, und als Penelope ihm sagte, daß Hector gestorben ist, wollte Sir John nicht bleiben.«

»Aber Sie haben ihn überredet, nicht wahr, Ma'am?« höhnte Otton. »Hatte er Papiere? Einen Ausweis? Visitenkarten wenigstens?«

Sybils Angst wurde stärker. Hundert kleine Details fielen ihr ein und quälten sie, nicht zuletzt die erstaunliche Manneskraft des alten Herrn. »Seit ... seit wann verlangen wir einen Ausweis, wenn ... wenn Verwandte zu Besuch kommen?« fragte sie mit schwacher Stimme.

»Beim Jupiter, ich fange an zu glauben, daß Otton da etwas auf die Spur gekommen ist«, schrie Lord Joseph und knallte Messer und Gabel auf den Tisch. »Sind Sie verrückt geworden, Madam? Jeden dahergelaufenen Kerl hereinzulassen, nur weil er behauptet, ein Verwandter zu sein?«

»Aber P-Penelope ... kannte ihn! Und – und er *war* alt. Außerdem, glauben Sie, ich hätte den armen Chandler nicht gesehen? Sir John hatte keinerlei Anzeichen, daß er geschlagen worden wäre. Sein Gesicht war faltig, sein Haar und seine Augenbrauen weiß, und – «

»Schminke und eine Perücke«, schnarrte Otton.

Erschreckt von der Erinnerung an Sir Johns stark geschminktes Gesicht, argumentierte Sybil verzweifelt: »Nein! Ich sage euch – *nein!* Sie haben selbst gesagt, daß Chandler nicht einmal stehen konnte. Sir John war etwas wacklig auf den Beinen, das stimmt, aber nicht mehr ein Verwundeter als – « Und sie brach abrupt ab, eine Hand auf den Mund gepreßt.

»Red weiter, verdammt«, brüllte Seine Lordschaft.

Mittlerweile völlig entsetzt, hatte sie dennoch einen starken Instinkt, sich selbst zu schützen, und wählte ihre Worte sorgfältig. »Ich erinnere mich an einen – Vorfall. Wir spazierten im – im Garten herum und ... ich stolperte über eine Steinplatte. Sir John fing mich auf, und eine Sekunde lang sah er aus – als hätte er Schmerzen. Aber Penelope sagte, er habe Gicht, und ich hielt das für ganz natürlich. Oh – es *kann* nicht sein!« Sie wandte sich ihrem Gatten zu, die Hände bittend ausgestreckt. »Ich habe meine Fehler, Mylord – ich leugne es nicht. Aber ich bin kein törichtes Frauenzimmer. Wirklich, das bin ich nicht.« Tränen glitzerten zwischen ihren Wimpern, ihre Lippen zitterten, und sie war sehr schön. Bei all seinem Gepolter und Gedonner war Mylord ihr tief zugetan. »Ach, Unsinn«, sagte er mit einer ungeduldigen Gebärde. »Wir machen viel Lärm um nichts, Otton. Laß es gut sein. Sybil ist kein Dummkopf.«

»Das gebe ich zu«, sagte Otton. »Aber – Miss Montgomery kannte diesen Sir John Somerville, sagten Sie, Ma'am?«

»Ja, ja. Es kam mir nicht in den Sinn, an ihm zu zweifeln, da sie sich für ihn verbürgte. Als ich ihr später ein paar Fragen über ihn stellte, sagte sie tatsächlich, daß es vor langer Zeit einen Skandal um Sir John gegeben habe. Es muß etwas sehr Schokkierendes gewesen sein, da ihr Papa nie davon sprach.«

Empört rief Mylord: »Unsinn! In Margarets Familie hat es *nie* den leisesten Skandal gegeben. Der Himmel steh uns bei, ihr Großvater war so streng, daß er jeden erwürgt hätte, der das Wort nur zu flüstern wagte!«

»Wieviel – äh, später war das, als Sie Miss Montgomery gefragt haben?« erkundigte sich Otton.

»Gott – ich erinnere mich nicht.« Sybil fächelte sich zerstreut zu. »Ein oder zwei Tage vielleicht.«

»Ein oder zwei *Tage?* Wann ist er genau angekommen?«

»Oh, meine Güte! Laßt mich überlegen ... Ich hab's! Am Abend meiner Dinnerparty. Dienstag. Und ich – «

»Dinnerparty?« brüllte Mylord, hievte die massige Gestalt mühsam von seinem protestierenden Stuhl hoch und funkelte seine Frau an. »Du hattest eine *Dinnerparty?* Bist du noch ganz richtig im Kopf? Wir sind in *Trauer*, Frau! Du hast selbst gesagt, daß wir – «

»Kümmern Sie sich jetzt nicht darum!« Mit flammenden Augen griff Otton kurzerhand ein. »Wenn ich recht habe, Montgomery, dann sind wir mit dem besten Trick hereingelegt worden, von dem ich je gehört habe!«

Verärgert darüber, daß er so angefahren wurde, hatte Lord Joseph nicht übel Lust, Otton einen scharfen Dämpfer zu versetzen, aber die Habgier siegte über seinen Stolz. »Ich verstehe es nicht«, grollte er. »Wenn Chandler es irgendwie fertiggebracht *hat* zu fliehen, warum, zum Teufel, sollte er dann hierher zurückkommen?«

»Ich habe mich immer gefragt, wie er aus diesem verdammten Fenster fliehen konnte«, brummte Otton.

»Nun, aber das ist er«, sagte Mylord nachdrücklich. »Er war sicher nicht *im* Zimmer, verdammt noch mal! Und die Tür war verschlossen.«

Finster wandte Otton sich der zitternden Sybil zu und fragte:

»Ist sonst noch etwas geschehen, das Ihnen seltsam vorkam? Hatte Miss Montgomery plötzlich den Einfall, den Dachboden oder den Keller sauberzumachen? Sind große Mengen an Essen verbraucht worden?«

»Nein. Nichts Derartiges. Meine Nichte war tatsächlich recht krank. Sie hatte sich eine schwere Erkältung geholt und war ans Zimmer gefesselt.«

»Ah-h-h ...«, schnaufte Otton. »Und ihr Essen wurde ihr zweifellos auf einem Tablett nach oben getragen!« Er kniff die Augen zusammen. »Von wem?«

»Von ihrer Zofe natürlich. Dieser elenden Saffy.«

»So haben sie es also gemacht!« Otton drehte sich zu Seiner Lordschaft um. »Sehen Sie nicht? Chandler hat das Haus *nie verlassen!* Man hat ihn aus Ihrem Arbeitszimmer gebracht, während wir gegessen haben, und in einem anderen Teil des Hauses versteckt!«

»Aber – man hätte sie *gesehen!* Und ich sage Ihnen, ich habe diese verdammte Tür abgeschlossen!«

»Hol's der Teufel, wer weiß, wie sie es fertiggebracht haben? Irgendwie *haben* sie es! Wir sind übertölpelt worden, sage ich Ihnen! Verdammt gründlich übertölpelt!« Er drehte sich wieder zu der weinenden Sybil um. »Wie war dieser angebliche alte Herr gekleidet?«

»S-sehr elegant«, wimmerte Sybil. »Ein klein wenig aus der Mode vielleicht, aber feiner Samt, Satin und kostbare Spitzen.«

»Nichts von mir also«, knurrte er. »Chandler ist ungefähr einen halben Kopf größer, glaube ich, und nur Haut und Knochen. Meine Kleider würden ihm nicht passen. Obwohl meine Schuhe ihm offensichtlich gepaßt haben!«

»Meine kann er sicher nicht getragen haben«, sagte Mylord.

»Auf dem Dachboden sind noch einige – einige Truhen von deinem verstorbenen Bruder«, wagte Sybil zu sagen.

»*Da* haben sie also eingekauft«, sagte Otton. »Lord Hector war – « Er unterbrach sich, als die Tür aufging. Die Diener hatten Anweisung, sie allein zu lassen, und er sah finster drein, als der Diener Seiner Lordschaft unterwürfig hereinschlich.
»Verzeihen Sie, Mylady«, sagte das magere Individuum verwirrt. »Mylord – ich bin untröstlich, aber – hier im Haus waren Diebe, ich schwöre! Der neue Mantel Ihrer Lordschaft, der erst letzten Monat geliefert wurde, und ein Paar von Ihren Stiefeln, Captain, sind – «
Josephs schmerzliches Geheul war bis in die Küche zu hören, und sein Diener, ein nervöser Mensch, floh.
Als die Tür sich schloß, sagte Otton grimmig: »Wir haben jetzt genug, um es ihr entgegenzuhalten.« Er ging auf die Klingel zu. »Lassen wir Miss Montgomery herholen, Sir.«
»Nein ...«, sagte Sybil mit schwacher Stimme.
Zwei wütende Gesichter wurden ihr zugewandt.
»Sie ist ... fort!« wimmerte sie und brach in Tränen aus.

Quentin streckte sich, gähnte, sah aus dem Fenster und setzte sich abrupt auf. Die belebten Straßen und hohen Häuser sahen gar nicht so aus wie das liebliche, verschachtelte kleine Bergdorf Hampstead. »Zum Teufel!« rief er aus. »Sind wir vorbeigefahren?«
»Wo vorbeigefahren?« fragte Penelope unschuldig.
»Wo sind wir, in Dreiteufelsnamen? Und wie spät ist es?«
Sie sah ihn ruhig an und sagte: »Es ist fast sechs Uhr, und wir sind am Stadtrand von Reading.«
»*Reading?* Hat Dutch den Verstand verloren?« Er griff nach der Klingelschnur, aber Penelope fing seine Hand mit einer schnellen Bewegung ab.
»Nein, Sir. Er befolgt pflichtgemäß meine Anweisungen.«
Seine Brauen zogen sich zu einem dunklen Strich über der

Nase zusammen. »Sie haben ihm gesagt, er solle die Richtung ändern? Nun – verdammt noch mal, Penny – «

»Ihr Bruder hat ihm das ebenfalls gesagt.«

Er machte sich los und streckte die Hand erneut nach der Klingel aus, den Mund grimmig verzogen. »Das ist gleich behoben. Wir werden umkehren.«

Wieder wurde ihm ein Strich durch die Rechnung gemacht. Die Kutsche hielt bereits, da sie in den Hof einer großen Poststation gefahren waren, und Stallknechte rannten herbei, um die Pferde auszuspannen. »Nun gut, Ma'am«, sagte er ärgerlich. »Wir werden die Pferde wechseln und *dann* wieder zur Stadt zurückfahren! Bei Gott!« rief er mit einem plötzlichen, unerwarteten Grinsen aus, »ich kann verstehen, warum mein Kutscher sich das hier ausgesucht hat!«

Penelope folgte seinem Blick und sah das Schild, das leise an seiner eisernen Halterung hin- und herschwang. Ein prächtiges viermastiges Handelsschiff pflügte sich durch schaumüberkrönte Wellen, und der Name, der seinen Bug schmückte, war *Der Fliegende Holländer*.

»Sehen Sie«, rief Penelope triumphierend. »Das ist ein Omen, Quentin!«

»Hoffentlich ein gutes.«

Das langgestreckte Hauptgebäude war im elisabethanischen Stil erbaut. Gitterfenster funkelten im blassen Sonnenlicht des Spätnachmittags. Stockrosen blühten in verschwenderischer Pracht neben den schweren Eichentüren, und in der Luft lag der Geruch von Blumen, Heu und Pferden, überlagert von einem appetitanregenden Duft nach Essen.

»Ich bin sehr müde und – fast verhungert, lieber Onkel«, sagte Penelope seufzend, als Quentin sie zur Tür führte.

Der Griff, der ihren Arm umspannte, wurde fester. Der Kutscher kletterte auf der anderen Seite des Kutschbocks herunter, ein breites Grinsen auf dem wettergegerbten Gesicht.

»Sie kleine Teufelin«, grollte Quentin. »Sie glauben, daß Sie mich ablenken, aber – «

»Ich glaube«, antwortete Penelope bescheiden, »daß wir nicht ein einziges Mal von Patrouillen angehalten worden sind, seit wir westwärts gefahren sind, meinen Sie das?«

»Nein, das meine ich nicht. Ich versichere Ihnen, daß ich die Absicht habe, Sie bei Anbruch der Nacht sicher in Hampstead abzuliefern!«

Erzürnt rief sie: »*Warum* müssen Sie so lächerlich dickköpfig sein? Wenn Sie weiter darauf beharren, warne ich Sie, daß ich – «

Das Lachen, das seine Augen nur selten verließ, verscheuchte seinen Ärger über sie. »Was werden Sie, Sie boshaftes Frauenzimmer?« fragte er leise. »Den nächsten Kavalier behexen und – oh, mein Gott!«

»Guten Abend wünsche ich, Miss Montgomery, Sir John«, rief eine irgendwie bekannte Stimme.

»Welch ein glücklicher Zufall für dich, Nichte«, knurrte Quentin.

»Mr. Stee – äh, Tiele«, rief Penelope. »Wie nett, Sie wieder zu treffen.«

»*Sehr* nett, Ma'am.« Duncan Tieles blaue Augen leuchteten warm, als er sich über ihre Hand beugte, aber der Blick, den er Quentin zuwarf, war weniger furchtsam als abschätzend. »Wir sehen uns also wieder, Sir.«

»Das sehe ich«, antwortete Quentin gedehnt. »Darf man fragen, wohin Sie wollen, Mr. Tiele?«

Der alte Gentleman, dachte Tiele, war ganz schön direkt. Amüsiert erwiderte er: »Wenn Sie meinen – ob ich Ihnen gefolgt bin, Sir – dann ist die Antwort nein. Ich dachte, Sie wären unterwegs nach London, während meine Angelegenheiten mich nach Salisbury führen.«

»So?« sagte Quentin trocken. »Welch ein Glück.«
Tiele sah verärgert aus, und Penelope warf rasch ein: »Ja, wirklich, Sir.« Sie wandte ihr fröhliches Lächeln dem unglückseligen jungen Mann zu, ohne die entfernteste Ahnung, wie gänzlich sie ihn dadurch zu ihrem Sklaven machte. »Wir haben dieselbe Richtung, denn mein On – Großpapa und ich fahren nach – « Ihre Worte brachen ab, als Quentins Hand sich fest, aber verspätet um ihr Handgelenk schloß.
Tiele hatte sowohl ihr Stolpern über die Art ihrer Verwandtschaft als auch diesen schnellen, kräftigen Griff bemerkt. »Ist etwas nicht in Ordnung, Ma'am?« fragte er, die Augen, die plötzlich eisig blickten, auf Quentins Hand geheftet.
»Nein, nein«, sagte Penelope rasch.
Quentin dagegen grollte barsch: »Ja, es ist etwas nicht in Ordnung. Sie selbst, Sir. Ich bin verstimmt darüber, daß Sie Miss – Montgomery hinterherlaufen. Sie hat die Aufmerksamkeiten – « Er unterbrach sich kurz, als ein Offizier, gefolgt von zwei Soldaten, in den Hof ritt, und fuhr fort: »– und ständigen Belästigungen nicht nötig! Guten Tag, Mr. Tiele!« Und er zog Penelope zur Tür, wo der Wirt schon eifrig wartete. Er könne, behauptete der runde, lustige kleine Mann, der Lady »ein sehr gastliches Zimmer unter dem Dachgesims, mit einem schönen Rollbett für Myladys Zofe« zeigen. Und ein »sehr schönes Zimmer für Sie selbst, Mylor', richtig gemütlich, gerade ein paar Türen weiter von Ihrer hübschen ... äh ...«
»Nichte!« schnauzte Quentin ihn an. »Mit der ich ein Hühnchen zu rupfen habe, also führen Sie uns gleich hinauf, wenn ich bitten darf.«
Mr. Duncan Tiele, der schon einen Freund begrüßen wollte, der gerade in den Hof kam, überlegte es sich anders und kehrte noch rechtzeitig in die behagliche Eingangshalle zurück, um das Ende dieser letzten Bemerkung zu hören. Besorgt bemerkte

er, daß der alte Gentleman seinen Griff um Miss Montgomerys Arm nicht gelockert hatte und daß er die ziemlich steilen Treppen überraschend flink hinaufstieg. Stirnrunzelnd sah er ihnen nach, als er den Wirt fragen hörte: »Und wie lange werden Sie bei uns bleiben, wenn ich fragen darf, Mr. Martin?«
Sir John Macauley-Somerville antwortete kurz und ungeduldig. »Nur ein paar Stunden, Wirt. Wir werden zu Abend essen und dann weiterfahren, weil wir in Winchester eine dringende Angelegenheit zu erledigen haben.«
»So etwas ... da hol mich doch der Teufel!« stieß Mr. Tiele hervor.
»Daran habe ich nicht im geringsten gezweifelt«, sagte der Offizier und trat zu ihm. »Was ist los, Duncan?«
Tiele sah grimmig drein. »Ich glaube, mit dem alten Satan stimmt etwas nicht, Jacob.«
Captain Jacob Holt war ein breitschultriger junger Mann von nicht sehr hohem Wuchs. Sein gepudertes Haar wurde von einem dünnen schwarzen Band streng nach hinten gezogen. Bemerkenswert an seinen Zügen waren nur sein hervorstehendes Kinn, seine schmalen Lippen und die eisigen blauen Augen. Er hatte wenig Freunde, aber seine Freundschaft, wem sie einmal galt, war unerschütterlich, solange sie seine Karriere nicht beeinträchtigte. Er hatte Duncan Tiele in Eton kennengelernt und, anders als dieser sorglose junge Mann, hatte er hart für seine Studien gearbeitet, der Opfer, die seine Familie für seine Erziehung brachte, stets eingedenk. Aber wenn seine Familie auch verarmt sein mochte, hatte der Captain doch einen großen Ehrgeiz. Hinter seinem kalten Äußeren loderte eine Flamme, das wilde Bedürfnis, Erfolg zu haben, ein Machtfaktor in der militärischen Welt zu werden. Unbarmherzig verfolgte er seinen Traum und hatte sich in seinem erwählten

Beruf schon einen Namen gemacht und unvermeidlicherweise auch Feinde.
Er sah auf die nun verlassene Treppe, dann legte er seinem Freund die Hand auf die Schulter. »An deiner Stelle, alter Bursche, würde ich nicht so nahe im Kielwasser dieses reizenden Geschöpfs segeln. Ich habe ihren Großpapa, oder was er ist, gesehen.«
»Was auch immer, in der Tat«, knurrte Tiele mit knirschenden Zähnen.
»Was meinst du?«
Tiele zögerte. Den Verdacht, den er hegte, sollte man nicht aufgrund so geringfügiger Beweise herumerzählen. Besonders, wenn eine Lady in die Sache verwickelt war. Er zuckte die Achseln, klopfte Holt auf den Arm und sagte reuig: »Wunschdenken, höchstwahrscheinlich. Der alte Knabe hat mir eine recht deutliche Abfuhr erteilt.«
Sie gingen in die gut besuchte Schankstube und setzten sich an einen Ecktisch. Holt bestellte zwei Humpen Kenter Bier. »Auf dem Heimweg, Duncan, oder?«
»Nein, wirklich nicht. Ich bin unterwegs nach Salisbury, um meinen Onkel zu besuchen, bevor Brooks es tut.« Er grinste. »Du kennst ihn, glaube ich?«
Holt stieß ein ziemlich scharfes Lachen hervor. »Captain Brooks Lambert? Der Adonis von den St.-James-Truppen? Beim Jupiter, den kenne ich. Und wenn *er* weiß, daß du nach Salisbury reitest, wird er vor dir dort sein, und wenn er desertieren muß.«
»Ich glaube, *so* verzweifelt ist er nicht. Aber genug von mir und meinem beklagenswerten Cousin. Was machst du in dieser Waldeinsamkeit? Stationierungswechsel? Oder nur Rebellenjagd?«
Etwas im Ton seiner Stimme veranlaßte Holt, ihm einen

ernsten Seitenblick zuzuwerfen. »Du hast etwas gegen diese Beschäftigung?«
Einen Augenblick lang antwortete Tiele nicht. Dann sagte er mit ruhiger Freimütigkeit: »Ja. Du nicht?«
»Sie wollten die Krone stürzen. Der Preis dafür ist hoch. Wie es sich gehört.«
Mit gedämpfter Stimme sagte Tiele: »Aber – sieh doch nur, *wer* die Krone trägt, Jake.«
»Halt deine Zunge im Zaun, um Gottes willen!«
Tiele blickte sich in dem dämmrigen Raum um und erkannte mehrere Rotröcke. Nachdenklich sagte er: »Ich kann mich nicht erinnern, je eine so massive Jagd auf jemanden erlebt zu haben. Was ist los, alter Knabe? Befürchtet man einen erneuten Aufstand?«
»Dein Ehrenwort, Tiele?« Er gab es ihm sofort, und Holt sagte sehr leise: »Wir sind hinter einer kleinen Gruppe her. Vier – höchstens sechs Männer. Jeder hat einen Teil einer verschlüsselten Botschaft bei sich.«
»Worüber? Wo wollen sie sie hinbringen? Und um Himmels willen – warum? Die Rebellion ist niedergeschlagen, die Sache verloren. Was kann so bedeutend sein, um solche Verzweiflungstaten zu rechtfertigen?«
Erneut durchforschten Holts scharfe Augen den Raum. Er beugte sich näher, seine Stimme war kaum lauter als ein Flüstern. »Eine Riesensumme in Gold, Silber und Juwelen. Mehr als genug, um einen weiteren Aufstand zu finanzieren. Zumindest – um die Sache in Gang zu bringen.«
Tiele pfiff unhörbar durch die Zähne. »Beim Jupiter! Ich kann es dir nicht verübeln, lieber alter Junge. Sag ein Wort, und ich bin dabei. Schatzsuche habe ich immer schon gern gehabt, und wie befriedigend wäre es doch, in seiner freien Zeit eine Riesensumme abzuzählen. Hurtig, laß uns eilen und uns von Reichtum korrumpieren!«

»Idiot«, sagte Holt, und sein strenges Gesicht wurde von einem seltenen Grinsen aufgehellt.

»Erzähl mir mehr. Woher kommt diese Riesensumme? Von Jakobiten beigesteuert?«

Holt nickte. »Charles Stuart hat dazu aufgerufen, in der Hoffnung, die Blockade zu durchbrechen und auf dem Kontinent Söldner anzuheuern. Eine Liste wurde von allen, die etwas beigesteuert haben, angefertigt, und jedem Spender wurden Ländereien oder Entschädigungen versprochen, wenn der Krieg gewonnen sein würde.«

»Tod und Hölle! Du suchst die *Liste?*«

Wieder nickte Holt. »Sie sind alle Verräter, die ihre Netze gesponnen und ihr eigenes Verderben unterschrieben haben. Und warum, zum Teufel, schaust du so finster?«

Tiele lehnte sich zurück und sagte hart: »Ich finde es abscheulich. Der Schatz ist eine Sache. Jeder Mann für sich selbst, gilt es da. Aber – die ganze Familie eines Mannes zu zerstören, Heim und Land zu beschlagnahmen – «

»Und Köpfe«, warf der Captain mit grimmigem Nachdruck ein.

»– und all das für eine Sache, die in diesen drei Monaten gescheitert ist? Das schwärt – «

Der Captain machte eine scharfe, warnende Geste, und Tiele verstummte, als der Kellner kam und zwei randvolle Humpen vor sie hinstellte. Holt hob seinen und prostete. Tiele starrte ihn einen Augenblick an, dann grinste er und prostete zurück, beide tranken durstig.

»Warst du deshalb in Berkshire? Auf der Jagd nach diesen armen Teufeln?« fragte Tiele.

Holt starrte in seinen Humpen und fragte, ohne die Stimme zu heben: »Woher weißt du, daß ich in Berkshire war?«

»Jemand hat zufällig erwähnt, daß er dich gesehen hat. Ich kann mich nicht erinnern – doch! Es war Trevelyan de Villars.«

»Der war es?« Mit kühlem Gesichtsausdruck murmelte der Captain: »Kennst du den Gentleman gut?«
»Lieber Gott, Jake! Treve ist kein Gentleman! Frauen, Kartenspiel, Duelle – ein fürchterlicher Halunke!«
»Aber du magst diesen – äh, Halunken?«
»Ja. Er macht es einem schwer, das zu bemerken, aber er ist der beste Mensch. Sein Onkel ist ein guter Freund von meinem Vater. Lord Boudreaux. Ein prächtiger alter Kerl. Nicht wie –« Tieles liebenswürdiger Ton schwand. »Hast du je von einem Burschen namens Sir John Macauley-Somerville gehört?«
Der Captain überdachte die Frage in seiner gemächlichen, peinlich genauen Art. »Nein. Ich habe den Namen nie gehört. Warum?«
»Nichts Wichtiges. Ich wollte nur mehr über ihn wissen, das ist alles.«
Für kurze Zeit herrschte Schweigen, jeder der beiden Männer war in seine eigenen Gedanken versunken. Schließlich rührte sich der Captain, nahm seine Handschuhe und seine Reitpeitsche und sagte, er müsse sich um seine Angelegenheiten kümmern. »Wahrscheinlich komme ich später wieder zurück. Hast du vor, hier zu übernachten, Duncan? Wenn ja, werde ich mit dir essen.«
Tiele, der hoffte, ein bezaubernd ungekünsteltes Mädchen mit den sprechendsten Haselnußaugen zu sehen, die ihm je begegnet waren, antwortete, er sei noch unentschlossen. »Aber wenn ich bleiben sollte, werde ich mich dir gern anschließen.«
Sie gingen zusammen hinaus. Im Hof zögerte der Captain, dann sagte er widerstrebend: »Eins noch, Duncan. Es geht mich natürlich nichts an, aber – nimm meinen Rat an. Pfleg die Bekanntschaft mit de Villars nicht zu sehr. Noch die mit seinem Onkel.«
Erstaunt stellte Tiele ihn zur Rede: »Beim Teufel! Warum nicht?«

Mit einem schwachen Zucken um die Lippen murmelte der Captain: »Man sagt – wenn ein Mann sich mit den Hunden niederlegt, bekommt er Flöhe.« Er klopfte seinem verblüfften Freund auf die Schulter. »Paß auf, alter Bursche. Ich möchte nicht dazu gezwungen sein, *dich* in den Tower zu schleppen!« Er trat einen Schritt zurück, warf Tiele noch einen kurzen Gruß zu und rief nach seiner Ordonnanz, als er davonging.
Tiele beobachtete mit einem äußerst beunruhigten Blick, wie Holts aufrechte Gestalt verschwand, dann drehte er sich um und ging wieder auf das Gasthaus zu. Tief in Gedanken schritt er auf die Treppen zu und murmelte: »De Villars ... Beim Jupiter!«

»Ich sehe nicht ein, warum Sie so verärgert sind«, sagte Penelope, als Quentin ihr folgte und die Zimmertür hinter sich schloß. »Und wirklich, Onkel«, fügte sie streng hinzu, »es ist nicht schicklich, daß Sie hier hereinkommen!«
»Gewohnheit«, sagte er und nahm den Mantel, den sie ihm reichte. Penelope setzte sich an den Toilettentisch und begann ihr windzerzaustes Haar zu ordnen. Er beobachtete die anmutigen Bewegungen ihrer Hände. Sie hatte hübsche Hände. Und es war wirklich unglaublich, wie gut die hochgesteckten gepuderten Locken dem Mädchen standen. Während dieser ersten schrecklichen Tage in Highview war sie ihm wie eine Kombination aus einem barmherzigen Engel und einer modernen Jeanne d'Arc erschienen. Mehr als je zuvor war er sich bewußt geworden – Er riß sich zusammen und warf den Mantel auf das Bett mit den vier Säulen. »Sie wissen sehr gut, warum ich verärgert bin«, schäumte er. »Diesen verdammten Bauernlümmel hinter Ihnen herschmachten zu sehen ist wirklich abstoßend.«
»Finden Sie?« Die gelassene Lady, die ihr aus dem Spiegel

entgegensah, erfüllte Penelope noch immer mit Scheu, und sie kniff sich in die Wangen.

»Warum, zum Teufel, machen Sie das?«

»Ich habe ganz vergessen, daß Sie keine richtigen Schwestern haben, Sie armer Kerl.« Sie lächelte ihn freundlich an. »Das soll etwas Farbe in mein armes Gesicht bringen.«

Er saß auf dem Bett und, anstatt nach dem Köder zu schnappen, brummte er: »Das einzige *arme* Ding hier ist dieser Armleuchter, dieser Tiele. Wahrscheinlich tun Sie so affektiert herum, weil Sie vorhaben, hinunterzugehen und den Burschen beim Abendessen noch mehr einzufangen?« Da Penelope ihm nur ein frommes Lächeln zuwarf, fuhr er fort: »Sie können sicher sein, daß Sie diesen jungen Emporkömmling zum letztenmal sehen, denn sobald Sie sich ausgeruht haben, fahren wir nach Hampstead.«

»Ich bin im Moment weit ausgeruhter, lieber Onkel, als Sie es sind. Schauen Sie sich nur an und hören Sie auf, so unklug zu sein.«

Völlig verblüfft von dieser offenen Auflehnung blickte er in den Spiegel. Ein abgezehrter alter Mann sah ihn daraus an. »Nun, was erwarten Sie denn? Mit der ganzen verfluchten Farbe auf meiner Haut trockne ich noch aus, ich schwöre es.«

»O ja. Ich habe bemerkt, daß Sie ein wenig verkrustet sind.«

Er mußte grinsen, dann sprang er erschrocken auf die Füße, als die Tür aufgerissen wurde.

Daffy kam herein, gefolgt von Killiam, der den Vogelkäfig und einen großen Koffer trug. »Gott sei Dank, hier sind wir sicher hergekommen, Miss«, sagte Daffy, die nicht die mindeste Überraschung darüber verriet, Quentin im Zimmer ihrer Herrin zu entdecken. Sie nahm den Vogelkäfig und stellte ihn auf den Tisch. »Sie werden sich zum Dinner umziehen wollen, deswegen habe ich ein hübsches Kleid mit heraufgebracht.«

»Dann haben Sie Ihre Zeit verschwendet«, grollte Quentin. »Wir übernachten nicht hier, Daffy. Sobald ihr Ladys euch erfrischt habt, werden wir essen und nach London umkehren.«
Der Corporal sah ihn niedergeschlagen an.
Daffy, damit beschäftigt, Jaspers Welt wieder Licht zu geben, rief aus: »Oh, nein! Miss – das dürfen wir nicht!«
»Wenn Sie um meinen Ruf besorgt sind, Sir«, sagte Penelope, die aufstand und sich zu Quentin umdrehte, »erinnern Sie sich bitte daran, daß ich mit meinem Onkel und mit meiner Zofe reise und daß man mir keinen Vorwurf machen kann.«
Er streckte eine Hand aus und sagte verärgert: »Seien Sie vernünftig, Penny. Geben Sie mir nur einen – «
Er bekam beträchtlich mehr als einen ab. Jasper, zutiefst verdrossen, hatte seit dem Augenblick seiner Ankunft gekreischt, und nun, da er einmal mehr aus seiner verdunkelten kleinen Welt errettet worden war, begann er mit seinem vollen Kriegstanz. Er kratzte so heftig herum, wie er schrie, und schleuderte Dreck in alle Richtungen. Quentins geöffnete Hand bekam eine großzügige Ladung ab. Er stieß einen Schrei des Abscheus aus und warf den Schmutz zurück auf den kreischenden Vogel. »Halt den Schnabel, verdammtes Federvieh!«
»Armer kleiner Kerl«, sagte Penelope, insgeheim erfreut über diese Ablenkung. »Lassen Sie Ihren Zorn nicht an ihm aus, Onkel Martin. Sehen Sie nur, wie Sie ihn erschreckt haben.«
Da Jasper schrie, was seine kleinen, aber kräftigen Lungen hergaben, seine zierlichen Füßchen fast hin- und herflogen und die kleinen Perlaugen haßvoll auf den »alten Gentleman« geheftet waren, war diese letztere Bemerkung anfechtbar.
Der Corporal schritt ein. »Dutch bittet um ein Gespräch mit Ihnen, jetzt gleich, Major. Er wartet in den Stallungen.«
»Warum, zum Teufel, kann der Klotz nicht heraufkommen?« fauchte Quentin und wischte sich die schmutzige Hand ab.

Penelope schüttelte den Kopf. »Er hat nur sein Leben für Sie riskiert«, wies sie ihn vorwurfsvoll zurecht.
Er wurde scharlachrot und schlug die Augen nieder. »Wie ihr alle. Möge Gott mir verzeihen. Ich gehe sofort hinunter.« Er sah sie nacheinander an. »Meine armen Freunde«, sagte er, ein Bild der Zerknirschung, »wie könnt ihr mich nur ertragen?«
Er griff nach der Türklinke, als Daffy munter sagte: »Ich habe gerade denselben netten jungen Herrn gesehen, den wir heute morgen getroffen haben, Miss, deswegen habe ich das rosa Watteaukleid aus Brokat und den Reifunterrock heraufgebracht. Mir schien, als hätte der Gentleman ein Glitzern in den Augen, und – «
»Eher ein ganzes verdammtes Freudenfeuer!« rief Quentin aus, sofort wieder wutentbrannt. »Und ich habe vor, es zu löschen, ohne lange zu fackeln.« Er stampfte hinaus und warf die Tür krachend zu.
Die drei übrigen wechselten ein Grinsen.
»Ein etwas explosiver Gentleman«, sagte Penelope mitleidig.
»Allerdings, Miss«, stimmte Daffy zu und lächelte, daß ihre Grübchen aufblitzten. »Und kaum ein Wunder, so wie die Dinge liegen.«
Der Corporal, den Blick auf eben diese Grübchen geheftet, fragte: »Wie ist es ihm ergangen, Miss? Ich fand ihn recht ermüdet, als ich hereingekommen bin.«
»Er hat auf dem Weg hierher geschlafen, aber ich bezweifle, daß das Geholper auf diesen fürchterlichen Straßen seinem Arm gutgetan hat. Natürlich wird er das nicht zugeben. Corporal, wir *dürfen* nicht nach London zurückfahren.«
»Er ist um Sie besorgt, Miss. Er wäre geringer, als ich ihn kenne, wenn er nicht versuchen würde, Sie aus diesem Schlamassel herauszubringen – wie die Folgen für ihn auch sein mögen.«

Penelopes besorgte Augen wurden weich. »Wir dürfen ihm nicht erlauben, sich selbst zu vernichten, nur wegen einer närrischen Sorge um meinen guten Namen.«
Er schürzte die Lippen. »Ich weiß nicht, ob das so närrisch ist, Miss Penny. Sie *sind* mit uns durchgebrannt. Was Ihre Tante und Ihr Onkel sagen werden – «
Sie reckte das Kinn. »Das kümmert mich nicht! Ich werde nie wieder mit ihnen zusammenleben! Wenn ich sie nur ansähe, würde ich daran erinnert, was sie ihm angetan haben!« Sie ging zurück zum Toilettentisch und setzte sich, das Kinn erschöpft auf die Hand gestützt.
Daffy deutete mit dem Kopf zur Tür, und der Corporal schlüpfte hinaus.
»Sie sind müde, mein armes Liebchen«, sagte Daffy sanft. »Kommen Sie jetzt und lassen Sie mich Ihnen dieses Kleid ausziehen und Sie baden, und ruhen Sie sich aus zum Dinner. Dann gehen Sie hinunter und zeigen unserem Major, daß er nicht der einzige Fisch an der Angel ist ... wie?«
Es wurde fast halb acht, bevor Penelope ausgeruht und gebadet hatte und ihr Haar ausgebürstet und in lange gepuderte Locken frisiert war, die ihr auf die Schultern fielen. Das Watteaukleid mit der schmalen Taille, dem zierlichen Mieder und den Kellerfalten, die hinten von der Schulter bis zum Saum fielen, war eine Pracht, an die sie sich kaum erinnerte. Papa hatte ihr kurz vor seinem Tode erlaubt, es machen zu lassen, und sie hatte es nie getragen. Als die Korsettschnüre fest genug waren und sie das Kleid endlich anhatte, drehte Penelope sich mit angehaltenem Atem zum Spiegel um und blieb ganz still stehen, die Augen sehr rund. »Oh, Daffy«, flüsterte sie. »Ich sehe – richtig hübsch aus. Ich – ersticke möglicherweise, aber – ich *sehe* hübsch aus ... nicht wahr?«
Daffy musterte die schlanke, anmutige Gestalt im Spiegel. Die

Locken waren dicht und üppig, und die zarten Löckchen neben ihren Ohren verliehen dem länglichen Oval ihres Gesichts mehr Breite und ließen es weicher aussehen. Der hellrosa Brokat war mit eingewobenen dunkleren Fäden verziert, die ein zartes Blumenmuster bildeten, die Farbe betonte ihre makellose Haut noch mehr. Daffy nahm die Perlenkette aus der Schmuckschatulle, und als letzten Schliff befestigte sie einen Zweig zarter rosa Rosen in den weichen Locken.

Etwas benommen von ihrem eigenen Spiegelbild flüsterte Penelope: »Heute abend *wird* er mich ein wenig mögen ... glaubst du?«

Die Zofe blinzelte. »Jeder Mann wäre ein Einfaltspinsel, wenn er Sie nicht *sehr* mögen würde, Miss«, sagte sie. »Wahrscheinlich erwartet er Sie unten im Salon.«

»Oh, meine Güte!« Penelope ergriff Täschchen und Fächer und trippelte zur Tür, nur um im letzten Augenblick noch einmal innezuhalten. »Bin – bin das *wirklich* ich?« fragte sie und drehte sich um. »Ich träume nicht etwa ...?«

Daffy flog zu ihr hin, gab ihr einen Kuß und riß die Tür weit auf. »Ab mit Ihnen. Und – ich wünsche Ihnen einen schönen Abend.«

Sie sah zu, wie Penelope mit raschelnden Röcken den engen Gang hinunterschritt, dann schloß sie die Tür und drückte die Schürze an ihre Augen. »Sie sollte daran gewöhnt sein, so süß und liebreizend auszusehen«, erklärte sie Jasper. »Sie hätte von einer Menge netter Gentlemen bewundert werden sollen ...« Sie schniefte und flüsterte mit Tränen in der Stimme: »Mein armes Liebchen ... was wird Sie nur erwarten, mein Kleines, meine süße Lady? Oh – *was* wird Sie erwarten?«

12

Noch nie während ihres angenehmen Lebens hatte Lady Sybil solch einen Alptraum wie die wilde Fahrt nach London erlebt. Nichts hatte sie sich weniger gewünscht, als die Männer zu begleiten, denn alle waren in schrecklicher Laune. Sogar Thomas Beasley, der sie gewöhnlich äußerst schmeichlerisch behandelte, hatte sie barsch angefahren, als sie es wagte, sich darüber zu beklagen, daß sie gezwungen war, mit ihnen zu fahren. Sie *mußte* mitkommen, fauchte Mylord. Sie war die einzige, die wußte, wie Chandler nun aussah, und wenn er Penelope etwa unterwegs verlassen hatte, konnte Sybil ihn identifizieren. Und so wurde sie unsanft in die neue Kutsche verfrachtet, Joseph und Beasley stiegen mit ihr ein, und Otton ritt mit drei oder vier Stallknechten neben ihnen. Der Kutscher hatte die Anweisung bekommen, schnell zu fahren, und das Gefährt war mit einem Ruck angefahren, gefolgt von einem zweiten, in dem Simmonds, Mylords Diener und Ottons Bursche saßen.

Sie wurden wie alle Reisenden oft vom Militär angehalten, und Josephs Ärger über die endlosen Verzögerungen wurde durch den tröstlichen Gedanken gemildert, daß Chandler und seine »Großnichte« ebenso bei ihrer Flucht behindert werden mußten. Bei jedem Halt erkundigte Otton sich nach den Ausreißern, aber erst als sie nach Oxford kamen, war er erfolgreich. Ein Major mit einem Habichtsgesicht erinnerte sich an einen älteren Herrn, der mit seiner Nichte reiste. Die junge Lady war sehr charmant gewesen, und er glaubte, sie hätten gesagt, daß sie in dringenden Familienangelegenheiten in die Stadt unterwegs waren. In seinen scharfen Augen glomm Verdacht auf, als Josephs Schadenfreude sichtbar wurde, und Otton war gezwungen, schnell die Ausrede zu erfinden, sie hätten eine

Nachricht, die für den »alten Gentleman« von großem Vorteil sei.
Es war später Nachmittag, als sie diesen Kontrollpunkt verließen; kurze Zeit später hielten sie erneut an, und Otton ritt ans Fenster. Der Regen, der seit mehreren Stunden stetig gefallen war, hatte nun aufgehört, die Luft war süß und frisch, als Joseph fluchte und das Fenster herunterließ. »Doch nicht *noch* eine Durchsuchung?« knurrte er. »Hol's der Teufel, sie werden verschwunden sein, bevor wir sie einholen!«
»Das bezweifle ich, Sir. In Anbetracht der Umstände liegen wir gut in der Zeit, und wir haben nicht ein einziges Mal angehalten, um zu essen, außer den paar Minuten, als die Pferde ausgewechselt wurden.«
»Wie gut ich das weiß«, stöhnte Sybil.
»Haben Sie vor durchzufahren?« erkundigte sich Otton. »Wahrscheinlich erreichen wir Hampstead nicht vor Einbruch der Dunkelheit.«
»Wir könnten im ›Spinnrad‹ in High Wycombe übernachten«, warf Sybil hoffnungsvoll ein.
»Hmm, das könnten wir«, grunzte Joseph. »Weiß Gott, ich wäre sehr zu einem guten Beefsteak und einer Hammelpastete aus Hefeteig geneigt. Aber – wir werden nicht, also spekulieren Sie nicht weiter darauf, Madam. Wir fahren durch, Otton. Fragen Sie an jeder Poststation nach unserem verfluchten Rebellen.«
»*Naturellement*«, meinte Otton gedehnt, grinste höhnisch und wendete sein Pferd, so daß er dem Kutscher etwas zurufen konnte.
»Aber ich bin müde und hungrig und voller blauer Flecke«, jammerte Sybil mit einem reizvollen Schmollmund. »Es ist grausam, von einer Lady zu erwarten, daß sie stundenlang auf diesen fürchterlichen Straßen durchgeschüttelt und -gerüttelt wird.«

»Diese Unannehmlichkeiten kannst du dir selbst zuschreiben, weil du dich so hast übertölpeln lassen, Närrin«, bemerkte Lord Joseph mit deutlichem Mangel an Mitleid.
Beasley, der dazu nickte, gähnte und streckte sich. »Haben Sie gerade eben Ottons höhnisches Grinsen bemerkt?«
»Dem wird das Grinsen schon vergehen, wenn wir Chandler nicht wieder einfangen«, antwortete Seine Lordschaft. »Er wird weder das Geld *noch* Penelope bekommen.«
Beasley grinste, denn er mochte Roland Otton nicht. »Glauben Sie, Chandler will sie mit nach Frankreich nehmen?«
»Das bezweifle ich. Er hält sich für einen ritterlichen Mann, und welcher Gentleman würde ein Mädchen mit sich herumschleifen, während er mit Hunden gehetzt wird? Wenn sie mit ihm verhaftet würde, würde man ihr wahrscheinlich auch den Kopf abschlagen. O nein. Wenn er kann, wird er sie in Sicherheit bringen. Aber – wenn wir ihn nicht erwischen, habe ich es nicht nötig, sie einem mittellosen Taugenichts wie Roland Otton zu geben!«
»Und was ist, wenn sie nicht in Hampstead sind?« fragte Mylady.
»Dann, meine Liebe, da heute nacht Vollmond ist, fahren wir weiter, *bis* wir sie finden!«
Sybil stöhnte.

Der Besitzer des »Fliegenden Holländers« pflegte zu behaupten, daß sein Gasthaus eine der besten Poststationen im Süden sei. Alle Zimmer hatten gezogene Kerzen aus Wachs, nicht aus Talg, die Teppiche auf den glänzenden Eichenböden waren dick und bunt, die Treppen wurden immer sauber gefegt, und das Gastzimmer war elegant, mit zahlreichen schweren Eichentischen, an denen gepolsterte Stühle standen, und in der Mitte des Raums stand ein Podium, auf dem eine kultivierte Lady

mittleren Alters saß und Harfe spielte, während die Gäste sich an ihrem Dinner gütlich taten.
Penelope atmete den Geruch von Bienenwachs, Bier und Roastbeef ein, als sie die Treppen hinunterstieg. Ein Gentleman wartete in der Halle, genau wie Daffy gesagt hatte. Er betrachtete eine Statue in einer Vitrine, und sein Rücken war gebeugt. Er hatte eine französische Perücke auf, zusammengebunden mit einem blauen Samtband, das zu seinem silberbestickten blauen Mantel paßte. Zärtlich lächelnd ging Penelope hinüber zu ihm, aber als fühle er ihr Kommen, richtete er sich auf und fuhr herum. Er war kräftig gebaut und nicht groß genug, und Penelope schnappte erschrocken nach Luft.
»Miss Montgomery«, rief Duncan Tiele aus. »Ah, ich hatte so gehofft, Sie einen Augenblick zu sehen.«
So bestürzt, wie er entzückt war, stammelte sie: »Oh! Ich dachte, Sie seien – Das heißt – Ich – «
Er verbeugte sich geschmeidig, aber nicht so anmutig wie Quentin, dachte sie. Als er sich wieder aufrichtete, sagte er: »Sie sind beunruhigt, glaube ich. Wenn ich Ihnen – auf *irgendeine* Weise – helfen kann, müssen Sie es mir gestatten, oder Sie tun mir großes Unrecht.«
Die Bewunderung und die Aufrichtigkeit in den blauen Augen dieses netten Mannes mußten sie einfach beeindrucken. »Wie freundlich Sie sind«, murmelte sie.
Er streckte den Arm aus. »Darf ich Sie ins Eßzimmer führen?«
Sie legte die Hand auf seinen Ärmel. »Ich denke, mein Onkel wird jeden Moment herunterkommen, Sir. Vielleicht könnten wir für einen Augenblick in den Salon gehen?«
Wortlos führte er sie hinein, aber als er sie zum Sofa geleitet und sich selbst einen Stuhl herangezogen hatte, murmelte er: »Onkel? Ich muß Sie falsch verstanden haben, Ma'am. Ich dachte, Sie nannten den Gentleman Ihren Großpapa.«

»Sie haben ein ausgezeichnetes Gedächtnis, Mr. Tiele«, sagte sie und sah ihn unter gerunzelten Augenbrauen an.
Seine Augen hatten einen ernsten Ausdruck angenommen, der jetzt wieder einem Lächeln Platz machte. »Wenn es um eine so liebreizende Lady geht ...«
Penelope errötete und senkte den Blick. »Ich sollte das erklären.«
»Ganz und gar nicht, Ma'am. Ich bin ein Fremder für Sie, und es gibt nicht den geringsten Grund, sich dazu gezwungen zu fühlen.«
»Ich bin sicher, Sie fragen sich, warum wir so unaufrichtig sind.«
In Gedanken suchte sie nach einer glaubhaften Erklärung. Quentin hätte im Nu eine Geschichte parat, die so ein seltsames Benehmen erklären würde. Sie mußte seine Leichtigkeit nachahmen, denn sein Leben konnte auf Messers Schneide stehen.
»Sehen Sie«, sagte sie und suchte Zuflucht hinter ihrem Fächer, »ich wurde in der letzten Zeit von einem – einem äußerst entschlossenen Gentleman verfolgt. Einem mächtigen Gentleman, der mich als seine zukünftige Frau erwählt hat.«
Er runzelte die Stirn und beugte sich näher. »Und Sie wünschen die Aufmerksamkeiten dieses Mannes nicht?«
»Nein, Sir. Wenn mein Bruder noch leben würde, bestünde nicht das geringste Problem, aber – « Sie dachte: Geoff, Lieber – verzeih mir, und fuhr fort, die Stimme bei all diesen Lügen ein wenig unsicher, »aber er ist tot, und Sir John ist tief in der Schuld dieses – äh, Mannes.«
»Und Sie sind der Preis seines Ruins, ist es das?« Mit blitzenden Augen wagte Mr. Tiele es in seiner Empörung, ihre Hand zu ergreifen. »Wie abscheulich! Und so sind Sie geflohen? Haben Sie keine männlichen Verwandten, die Sie verteidigen, Ma'am? Sie haben doch sicher Bewunderer, nehme ich an – «

»Mein Onkel ist sehr streng, wie Sie gesehen haben«, sagte sie verzweifelt.
Er war ein wenig erstaunt, sagte jedoch ohne Zögern: »Mein Schwert steht Ihnen zur Verfügung, Ma'am.«
Gegen ihren Willen mußte Penny bei dieser großartigen Erklärung zwinkern. Mr. Tiele, nicht ohne Sinn für Humor, grinste und sagte jungenhaft: »Jupiter! Das klingt melodramatisch, nicht wahr? Aber nichtsdestoweniger, ich meine es ernst, Miss Montgomery! Vielleicht sollte ich mit Sir John sprechen. Er *ist* doch Ihr Onkel, nehme ich an?«
Hatte sie Onkel anstatt Großpapa gesagt? Du liebe Güte! dachte sie, antwortete aber, daß Sir John in der Tat ihr Onkel sei. Sowohl ihr Zögern als auch ihre Aufregung blieben nicht unbemerkt, und Mr. Tieles erster Verdacht kehrte plötzlich zurück. »Ich werde Sie am besten begleiten«, sagte er freundlich. »Wenn dieser Verfolger Sie einholt, kann Ihr Onkel Sie nicht verteidigen.«
»Nein! Äh, ich meine – doch, Onkel John ist jünger, als er scheinen mag, und – und würde niemals erlauben –, ich meine – «
»Aber in einer solchen Situation, Ma'am, würde er einen weiteren Verbündeten doch sicher begrüßen?«
Lieber Gott! dachte Penelope und sagte hilflos: »Nein – er ist so stolz, verstehen Sie. Und er würde – er würde denken, man wolle seine – äh, Fähigkeit, mich zu schützen, verunglimpfen!«
»Er ist ein prächtiger Mann, das gebe ich zu«, sagte er stirnrunzelnd. »Aber selbst wenn er Ihnen sehr zugetan ist – «
»Oh, das ist er, Sir. Aufopferungsvoll!«
Er preßte die Lippen zusammen. »Verzeihen Sie mir, Ma'am, aber ich glaube eher, daß Ihr Onkel – «
»Eine Erklärung verlangt!«
Zwei Köpfe fuhren herum, als diese Forderung in donnerndem

Ton erhoben wurde. Quentin stand in der Tür, beeindruckend in seinem grünen Brokatrock, die hellgrünere Weste reich mit Goldfäden durchwirkt, Halskrause und Handgelenke reich mit Spitze verziert. Sein Kopf war stolz erhoben, die Augen ein smaragdgrünes Feuer unter hochmütigen Lidern, und er strahlte richtiggehend Zorn aus.

Mr. Tiele sprang auf die Füße und sagte: »Ich versichere Ihnen, Sir – «

Gleichzeitig begann Penelope: »Ich habe nur gerade erklärt, warum – «

»Da wir mit diesem . . . Gentleman nicht bekannt sind«, unterbrach Quentin mit verächtlich gekräuselten Lippen, »sehe ich keinen Grund für Erklärungen.«

Mr. Tiele verbeugte sich. »Sir, ich habe Miss Montgomery tatsächlich gerade versichert – «

»Wie ich Ihnen schon zuvor gesagt habe«, sagte Quentin äußerst verächtlich, »braucht meine Nichte weder Ihre Versicherungen noch Ihre Aufmerksamkeiten.«

»Mir scheint, Sir John«, sagte Tiele entschlossen, »daß Ihre Nichte Schutz braucht, und – «

Quentins Augen verengten sich, und er brauste auf: »Verfallen Sie nicht dem Irrtum, ich sei so alt und klapprig, daß ich die Ladys meiner Familie nicht verteidigen könnte.«

»Bitte, lieber Onkel«, warf Penelope rasch ein, »Mr. Tiele war lediglich freundlich und besorgt.«

»Bewundernswert. Und jetzt, meine Liebe« – Quentin deutete auf die Halle –, »da der besorgte junge Mann nicht gewillt scheint, sich irgendwo andershin zu begeben, werden wir das tun.«

Tiele wandte sich an Penelope. »Ich bitte Sie, erinnern Sie sich daran, was ich gesagt habe, Ma'am. Ich stehe Ihnen jederzeit zur Verfügung.« Er beugte sich über ihre Hand, nickte Quentin flüchtig zu und schritt aus dem Zimmer.

Sobald sie allein waren, drehte Penelope sich wütend zu Quentin um. »Um Himmels willen – *warum* behandeln Sie ihn so? Er ist freundlich und ritterlich und versuchte nur – «

»Ich weiß sehr gut, was er versucht hat. Und lassen Sie mich Ihnen eines sagen, Miss, es ist kein schickliches Benehmen für eine unverheiratete Lady, sich fortzuschleichen – «

»Ich schleiche *nicht!*«

»– ein Stelldichein mit einem Fremden abzuhalten, sich Wange an Wange mit ihm zusammenzusetzen – «

Sie stieß ein empörtes Keuchen aus. »Wange an – ! *Oh!*«

»– Wange an Wange mit ihm, und in einem leeren Zimmer Händchen zu halten! Wenn Sie so weitermachen, Penelope Anne Montgomery, dann muß ich den Burschen auffordern, Sie zu heiraten, um Ihren guten Ruf zu retten!«

»*Sie* haben es nötig!« fauchte sie und fragte sich in einem Winkel ihres Herzens, warum sie so wütend war. »Mit welchem Recht – «

Noch wütender und sich wohl bewußt, warum, packte er ihre Arme und schüttelte sie ein wenig. »Mit dem Recht, daß Sie in meiner Obhut sind«, sagte er mit rauher, heiserer Stimme. »Wenn Sie sich nicht so unausstehlich eingemischt hätten, wären Sie jetzt heil und sicher in Hampstead, anstatt sich in die Arme dieses ... dieses ...«

Ihr süßer Duft hüllte ihn ein. Die großen Haselnußaugen, die vor einigen Sekunden noch vor Wut geblitzt hatten, waren weich geworden und sahen mit einem höchst verwirrenden Ausdruck zu ihm auf. Er vergaß die strenge Lektion, die er sich selbst erst vor ein paar Stunden erteilt hatte, und beendete seinen Satz zusammenhanglos: » ... aufdringlichen Kerls ... beim Jupiter, Sie sehen aber hübsch aus in diesem Kleid, Penelope Anne.«

Ohne große Überzeugung sagte sie: »Lassen Sie mich sofort los!«

Und dann, als sie zufällig über seine Schulter blickte, schnappte sie nach Luft und versuchte hastig, ihn wegzustoßen.
Sein Griff wurde fester. »Nein – warten Sie«, murmelte er. »Ich muß Ihnen sagen – «
Eine eiserne Hand packte sein Handgelenk und riß ihn herum. Ein leidenschaftlich erregtes Gesicht funkelte ihn an.
»Ich habe also doch richtig geraten«, knurrte Mr. Tiele. »Nun – Sie dreckiger alter Lump! Lassen Sie die Lady sofort los!« Und er schlug Mr. Martin Martin ins Gesicht.

»Wenn Sie nicht aufhören«, sagte Penelope ärgerlich, nahm einen Löffel Suppe und versuchte, die neugierigen Blicke nicht zu sehen, die ihnen zugeworfen wurden, »werden Sie an einer Magenverstimmung sterben, bevor Mr. Tiele Ihnen eine Frist setzt.«
Ihre beißende Bemerkung brachte ihn nur erneut zum Lachen. Quentin unterdrückte ein letztes Kichern und wischte sich die Augen mit der Serviette ab. »O Gott!« keuchte er. »Nein, wirklich, Penny – hat man je schon etwas so Köstliches gesehen? Zu denken, daß dieser dumme junge Tagedieb – «
»Der wahrscheinlich keinen Tag jünger ist als Sie selbst, Onkel.«
»Zu denken, daß er wirklich glaubte, ich hätte ... eine inzestuöse *Affäre* mit meiner eigenen Großnichte! Oh, was bin ich doch für ein Schurke!« Und er verschwand wieder hinter seiner Serviette und dämpfte damit seine Erheiterung, war aber immer noch so vergnügt, daß verschiedene Köpfe sich in ihre Richtung drehten.
»Die Leute – *starren* – her!« sagte sie zwischen den Zähnen. »Und wie Sie es amüsant finden können, daß Sie es fertiggebracht haben, morgen früh zu einem Duell herausgefordert zu werden, geht über meinen Verstand.«

Er seufzte und nippte an seinem Wein, hier und da entfuhr ihm noch ein unterdrücktes Glucksen.

»Major Chandler«, sagte Penelope mit sanfter, aber erregter Dringlichkeit, »was, bitte, wollen Sie machen?«

»*Machen?*« Er warf den Kopf zurück und sah sie fragend an. »Nun, den Narren fordern, natürlich. Wir werden hier übernachten müssen, aber das Duell selbst wird sehr früh sein und nicht lange dauern, meine Liebe.«

»Sind Sie *verrückt?* Mit diesem Arm?«

»Nun, ich kann sicher nicht mit den Füßen gegen ihn kämpfen!« Er lachte in sich hinein, als Zorn in ihren Augen glitzerte. »Nein – wirklich, liebes Mädchen, ich kann nichts machen, wissen Sie. Der Idiot hat mich geschlagen.«

Sie zerknüllte ihre Serviette und sagte nur ein allumfassendes: »*Männer!* Möglicherweise ist Ihnen das entgangen, Sir, aber wir sind dabei, einen verzweifelten Versuch zu machen, Sie außer Landes zu bekommen. Sie können sich eine solche verantwortungslose Narretei nicht erlauben. Wenn Sie sich schon nicht um meine Sicherheit kümmern, könnten Sie sich zumindest daran erinnern, daß Sie eine Wunde am Arm haben, die noch keine Möglichkeit gehabt hat zu heilen.«

»Oh, ich erinnere mich daran, Penny.« Seine Stimme war tief, sein Lächeln eine zärtliche Liebkosung. »Aber – wissen Sie, was ich vergessen hatte? Wie dunkel und funkelnd Ihre Augen werden, wenn Sie ärgerlich sind.«

Der Blick und die Worte dazu brachten sie völlig aus dem Geleise, und sie starrte ihn mit zitternder Unterlippe an. Einen stummen, verzauberten Augenblick lang waren beide sehr still, sagten nichts, berührten sich nicht. Penelope schien es, als entdecke sie Kummer hinter seinem Lächeln, und da sie erriet, daß er davon herrührte, daß sie sich bald trennen mußten, wurde ihre eigene Furcht vor dieser Trennung stärker, so daß

sie sich an diesen Augenblick klammerte, unempfänglich für das Zimmer und jeden, der darin saß, außer für diesen Mann, den sie so liebte.
Der Kellner eilte an ihrem Tisch vorbei, Gläser klirrten auf seinem Tablett.
Erschrocken sah Penelope zu ihm auf, und als sie wieder zu Quentin blickte, hatte er seine Serviette zu einem Häschen gefaltet, das über den Tischrand zu ihr hinlugte.
»Hallo, hübsche Lady«, sagte das Häschen in quiekendem Falsett und winkte ihr mit einem Ohr zu.
»*Werden* Sie wohl ernst sein?« sagte Penelope, aus ihrer Verträumtheit erwacht.
»Wie Sie wollen«, antwortete das Häschen und verbeugte sich nachlässig. »Sir Sylvester Seriös – zu Ihren Diensten.«
Es war ein so lächerlicher Hase und Quentins geflissentlich unschuldige Miene so komisch, daß sie Mühe hatte, ein unbewegtes Gesicht zu bewahren. Mit einiger Anstrengung brachte sie ein Stirnrunzeln zustande. »Ich wünschte – «, begann sie.
»Ich kann jeden Wunsch in genau fünfundsechzig Sekunden erfüllen«, quiekte Sir Sylvester. »Getötete Drachen, Ausflüge ins Märchenland, Ehemänner für hübsche Ladys in rosa Kleidern ...«
Penelope hielt den Atem an. Sir Sylvester versuchte eine Pirouette, dann winkte er einem wütend aussehenden alten Gentleman zu, der ganz aus Schnurrbart und Monokel zu bestehen schien und sich halb von seinem Stuhl erhoben hatte, um mit ungläubigem Entsetzen auf diese Vorstellung zu sehen.
»Meiner Seel'!« schnaubte der bärtige Monokelträger.
Sir Sylvester winkte ihm unerschrocken zu; eine Lady lachte amüsiert, und der alte Gentleman sank wieder auf den Stuhl.
Sehr rot im Gesicht sagte Penelope steif: »Bitte – Sir Sylvester. Geh weg.«

Der Hase drehte sich um und blickte zu Quentins nichtssagendem Lächeln hinauf. »Warum sagt sie so unfreundliche Worte, wenn ihre Augen so lachen?«
»Weil du sie in Verlegenheit bringst«, sagte Quentin ernst. »Es ist sehr, sehr ungezogen, sich in einem öffentlichen Speisezimmer so zu benehmen, und wahrscheinlich wird niemand von all diesen guten Leuten mehr mit ihr reden.«
»Oh.« Langsam faltete Sir Sylvester beide Ohren übereinander und sank unter den Tischrand. Als er fast verschwunden war, tauchte er plötzlich wieder auf, so daß Penelope und mehrere andere Gäste, die beobachtet hatten, wie der Hase nach unten glitt, fasziniert hochfuhren.
»Haben sie vorher mit ihr gesprochen?« fragte er munter.
»Nein.«
»Dann – sehe ich nicht, warum – «
»Es ist nicht deine Sache, etwas zu sehen«, sagte Quentin.
Penelope warf ein: »Außerdem hast du keine Augen!« und fuhr zurück, die Hand verdrossen auf den Mund gepreßt.
Der Hase stieß einen kleinen Schrei aus. »Sie hat mit mir geredet! Sie hat mit mir geredet! Ich werde einen Mann für sie finden!« Er nickte so heftig, daß beide Ohren nach unten fielen.
Mit rasendem Puls sah Penelope, daß mittlerweile die Hälfte der Gäste und drei grinsende Kellner sie beobachteten. »Ich frage mich«, flüsterte sie und zitterte vor Erwartung, was Sir Sylvester als nächstes sagen mochte, »warum Sie nicht eine Flagge mit der schottischen Distel schwingen, um noch mehr Aufmerksamkeit auf sich zu ziehen!«
Der Hase lugte zwischen seinen Ohren hervor. »Ihre Augen sind sehr schön, wenn sie böse ist – du hast recht gehabt. Sie wird eine prächtige Frau für einen glücklichen Mann sein.«
Penelope saß bewegungslos da, kaum fähig zu atmen.

»In diesem Fall«, piepste der Hase, »mußt du versprechen, ihren werten Verehrer nicht zu verletzen – Mr. Tiele.«
Wieder hatte er das getan. Hatte sie in diese atemlose, süße Erwartung eingelullt und sie dann mit einer Gleichgültigkeit niedergeschmettert, die jenseits jeglichen Verständnisses lag. Verletzt und schwindelig brachte Penelope es irgendwie fertig, sich wieder zu sammeln und bei seinem Unsinn mitzumachen.
»Und was ist, Sir Sylvester, wenn es Mr. Tiele gelingt, die Welt von seinem närrischen Gegner zu befreien? Was dann?«
»Nun«, sagte der Hase, »in diesem Fall wird Ihr Großonkel nicht auf Ihrer Hochzeit tanzen, nicht wahr?«
Erblassend murmelte sie: »Oh. Wie niederträchtig, so etwas zu sagen.«
»Wußten Sie nicht, daß alle Hasen niederträchtig sind?« sagte Quentin leichthin. Sehr zur Enttäuschung seines kleinen Publikums faltete er die Serviette zusammen, lächelte drei alten Ladys, die ihm applaudierten, strahlend zu und erhob sein Weinglas. »Nun – da wir gerade von Mr. Tiele sprechen, der arme heißblütige Bursche leidet wahrscheinlich darunter, daß er so tapfer war, einen schwachen alten Gentleman zu fordern.« Er wartete, aber Penelope heftete die Augen auf ihren Teller und beachtete ihn nicht, so fuhr er fort: »Bei aller Ehre, ich sollte ihn warnen, daß ich vierzig Jahre jünger bin, als er annimmt.«
»Es scheint mir weit einfacher«, sagte Penelope, mehr oder weniger ruhig, »heute nacht abzufahren, während Mr. Tiele schläft.«
Er stieß ein schockiertes Keuchen aus. »Das meinen Sie doch nicht ernst? Ein Gentleman reißt nicht aus, wenn er zu einem Duell gefordert ist! Guter Gott! Hat Geoff Ihnen *gar* nichts beigebracht?«
Sie zuckte ein wenig zusammen. »Er hat mir beigebracht, daß

Geoffrey Montgomery das nicht tun würde. Noch würde Quentin Chandler das tun, nehme ich an. Mr. Martin Martin jedoch kann nicht zur Verantwortung gezogen werden, da er nicht existiert.«

»Ah, Sie kleine Ränkeschmiedin! Ich schwöre, Sie könnten mich von jeder Art Unschicklichkeit überzeugen, wenn Sie dazu gewillt wären.«

Seine Stimme war leise, seine Augen fixierten sie spöttisch. Aber Penelope hatte keinen Zweifel daran, daß er vorhatte, im Morgengrauen mit seinem Leben zu spielen, und sie weigerte sich, sich zerstreuen zu lassen. »Sie haben mir einmal erzählt, daß Ihr Vater Sie einen verantwortungslosen Hansdampf in allen Gassen genannt hat«, sagte sie mit kalten Augen. »Ich glaube, ich verstehe jetzt, warum.«

»Autsch!« sagte er jämmerlich. »Nein, Penny – seien Sie fair. Ein Mann muß sich Schwierigkeiten stellen. Nicht davor davonlaufen.«

»Sie laufen nicht vor Schwierigkeiten davon, Quentin. Sie rennen ihnen *nach!* Hätten Sie nicht so heftig gegen seine bloße Freundlichkeit mir gegenüber protestiert, wäre nichts –«

»Bloße Freundlichkeit, bei meiner Tante Maria! Der Kerl ist völlig verrückt nach Ihnen, und Sie wissen das!«

Bescheiden sagte sie: »Wie Sir Sylvester Seriös bemerkt hat, ist Mr. Tiele mein werter Verehrer.« Und sie stand auf, so daß er ebenfalls gezwungen war, sich zu erheben und ihren Stuhl zurückzuziehen.

Er beugte sich über ihre Schulter und murmelte: »Oh, nun schön. Da Sie so beredt um sein Leben bitten, werde ich nicht gegen den dummen Kerl kämpfen.«

Erzürnt und gleichzeitig hocherfreut wirbelte sie zu ihm herum.

»Ich schulde Ihnen weit mehr, als das Leben Ihres Liebsten zu schonen«, sagte er mit vollendetem Ernst.

»Oh! Sie sind – *unmöglich!*« erklärte sie wütend und wandte sich zur Tür.
Daffy eilte bereits durch das Zimmer auf sie zu. Sie knickste. »Der Wirt würde gerne wissen, ob wir vorhaben, die Zimmer über Nacht zu behalten, Sir«, sagte sie. »Sie scheinen voll mit – «
»Was, Sie kleine Schwindlerin! Warum, zum Teufel, haben Sie sich jetzt *so* hergerichtet?«
Die volltönende Stimme gehörte zu einem großen, gutaussehenden Mann in mittleren Jahren, der mit breitem Grinsen auf sie zustürzte. Zu Tode erschrocken sah Penelope, daß ein junger Offizier, der gerade hereingekommen war und allein an einem Tisch neben dem Podest saß, sich umgedreht hatte, um sie zu beobachten.
Quentin, der das Interesse des Captains ebenfalls bemerkte und dessen Nerven sich beim Bewußtsein von Gefahr anspannten, ließ die Hand wie zufällig in die Tasche gleiten und schloß die Finger um den Kolben der kleinen Pistole, die Gordon ihm geschickt hatte.
»Oh ... meine Güte!« wimmerte Daffy.
»Noch *nie* habe ich solch eine Farce gesehen«, stieß der Neuankömmling hervor und blieb vor ihnen stehen.
»Ich glaube, ich habe noch nicht Ihre Bekanntschaft gemacht, Sir«, sagte Quentin kühl und registrierte aus den Augenwinkeln, daß der Captain sich erhoben hatte.
»Ich heiße Philpott«, sagte der große Mann grinsend. »Henry Philpott.« Er sah wieder auf Daffy. »Sie erinnern sich sicher an mich. Ich würde Sie überall erkennen, trotz dieser lächerlichen Verkleidung oder was das sein soll.«
Penelope, die wie gelähmt war, kam es vor, als würde sich alles sehr langsam abspielen. Wieder waren sie im Zentrum der Aufmerksamkeit, und die Leuten starrten neugierig. Der Sol-

dat hatte einen Schritt auf sie zugemacht. Quentin stand ganz ruhig da, aber sein geschmeidiger Körper war angriffsbereit, sein Gesicht aufmerksam und hart.

Daffys Stimme, schwach und stammelnd, durchbrach die Stille. »Sie müssen mich mit ... irgendeinem anderen Mädchen verwechseln, Sir.«

Erstaunt sah Penelope, daß das hübsche Gesicht ihrer Zofe kalkweiß war und daß sie starr vor Angst aussah.

»Unsinn«, sagte Mr. Philpott und strahlte sie weiterhin an. »Die Schöne vom Ballett? Wie könnte ich Sie vergessen? Sie sind etwas draller geworden, das gebe ich zu, aber – «

Große Tränen stiegen Daffy in die Augen. Wild zerrte sie an ihrer Schürze und versteckte sich hinter Quentin.

Mr. Philpott, den deutlicher Brandygeruch umwehte, blinzelte in verspäteter Bestürzung. »Oh – Gott! Habe ich die Katze aus dem Sack gelassen? Schau, Daffy, Liebe, ich habe – «

Mit einem erstickten Schluchzen floh Daffy, gefolgt von einer kleinen Welle der Heiterkeit.

Philpott wandte sich an Quentin. »Tut mir verteufelt leid, Sir, das sage ich Ihnen. Wußte nicht, daß das Mädchen sich – äh, gewandelt hat.«

»Ich glaube eher, Sie haben sie mit ihrer Schwester verwechselt«, sagte Quentin würdevoll. »Zwillinge, wissen Sie. Die Zofe meiner Nichte ist tief religiös, und jede Erwähnung Daffys bereitet ihr äußersten Kummer. Sie bemühte sich sehr, ihre Schwester davon zu überzeugen, ihren schlechten Lebenswandel aufzugeben, hatte aber keinen Erfolg.«

»So ist ... das ...?« Philpott beäugte Quentin zweifelnd und sagte: »Jupiter, ich hätte nicht gedacht ... Zwillinge, sagen Sie? Eine verwirrende Ähnlichkeit.« Ein Glitzern trat in seine Augen. »Ich gehe am besten zu ihr und tröste das arme Mädchen.«

»Nein, nein. Wir werden Ihre Entschuldigung gerne übermitteln. Danke, Sir. Und – guten Tag.«
Dem kühlen Hochmut des alten Gentleman konnte man sich nicht widersetzen. Mr. Philpott verbeugte sich. Quentin verbeugte sich und führte Penelope in die Vorhalle.
Einen Augenblick stand Captain Holt da und blickte dem Paar, das er bereits als Mr. Martin und Miss Anne Martin erkannt hatte, nach. Dann setzte er sich und wandte seine Aufmerksamkeit wieder dem Essen zu.

Als Quentin in sein Zimmer trat, war Killiam dabei, den Griff eines prächtigen kleinen Schwertes zu polieren, und ein weiteres lag neben ihm auf dem Bett.
»Höre, Sie haben sich etwas Schönes eingebrockt«, sagte der Corporal mit seiner gewohnten tief trübseligen Miene.
Quentin runzelte die Stirn. »Hilf mir aus dem Mantel, bitte.«
Der Corporal stand auf, befreite Quentin aus dem Mantel, den er gleich zum Kleiderschrank trug. »Hat keinen Sinn, ihm zu sagen, was für einen sturen Schädel er hat«, murrte er hörbar. »Wollen Sie einen oder zwei Ausfälle probieren, Major?« Er trat zurück, nahm ein Schwert und warf es ihm zu, ohne eine Antwort abzuwarten.
Quentin fing die Waffe geschickt auf, zuckte aber zusammen, fluchte und sagte dann inbrünstig: »Gott sei Dank konnten wir das aus Highview retten.«
Mit einem geringschätzigen Brummen nahm der Corporal das Schwert wieder an sich und setzte sich aufs Bett. »Viel Glück werden Sie damit nötig haben – oder mit irgendeinem anderen.«
»Der Teufel soll dich holen«, brummte Quentin, setzte sich neben ihn und befühlte seinen rechten Arm.
»Ich frage mich, wie es sein wird«, sagte der Corporal sinnend,

»für einen Herrn zu arbeiten, der ein hübsches ruhiges Leben führt.«
»Hast dir schon einen rausgesucht, oder?«
»Anscheinend höchste Zeit, daß ich mich umschaue.«
»Wirklich? Ich hoffe, du wirst wenigstens warten, bis sie mich beerdigen.«
»Morgen«, sagte der Corporal bedrückt. »Es sei denn, dieser nette junge Mr. Tiele hat die Spur eines Gewissens.«
Quentin seufzte. »Ich wünschte, ich wäre solch ein Narr.« Und mit einem plötzlichen schiefen Lächeln fügte er hinzu: »Ich bin es nicht, weißt du.«
»Sie wollen nur, daß die junge Lady das glaubt – wie, Sir?«
Einen Augenblick erwiderte Quentin nichts. Dann sagte er müde, während er auf seine Stiefel starrte: »Das Leben ist ein Scherz, Rob. Und das Schicksal der Spaßvogel. Entweder man lacht über alles – oder man landet im Tollhaus. Ich habe mich fürs Lachen entschieden.«
»Und Sie treten dem Schicksal gern entgegen und geben ihm eins auf die Nase, oder nicht, Sir? Trotzdem, wenn ich etwas Komisches an dieser Situation entdecken kann, können Sie mich rösten.«
»Dann denk daran, wie erleichtert der arme Tiele sein wird, wenn Sir John Macauley-Somerville Martin Martin im Morgengrauen nicht auf der Wiese erscheint. Ich zweifle nicht daran, daß der arme Kerl sich Vorwürfe macht, weil er einen alten Mann gefordert hat.«
Der Corporal seufzte, unverständlicherweise enttäuscht. »Es wird das erste Mal sein, daß *Sie* vor einem Kampf ausweichen ...«
Quentin wurde rot. »Ich habe keine Wahl. Die Nachricht zu überbringen muß mein erstes Anliegen sein.«
Killiam blieb stumm, sah ihn aber mit einem wissenden Grin-

sen an, und Quentins Röte vertiefte sich um die Ränder seiner Schminke. Scharf sagte er: »Verdammt! Ich meine das ernst!«

»Ich habe nichts gesagt, Sir. Ich habe mich nur – äh, gefragt, ob das jetzt nicht Ihr – äh, zweites ... Anliegen ist.«

Einen Moment lang starrten sie einander an; der eine ganz unschuldige Vermutung, der andere ebenso ärgerlich wie beunruhigt. Schließlich sagte Quentin fest: »Zu viele Menschenleben stehen auf dem Spiel, um meinen Treueeid neu zu vergeben, Corporal. Selbst wenn ich wollte. Ich kann nicht. Ich habe mein Wort gegeben.«

Der Major hatte aus ihm gesprochen, nicht der Freund, und der Corporal ging instinktiv darauf ein. »Jawohl, Sir. Wie Sie sagen, Sir. Was werden wir also tun?«

»Ich glaube«, sagte Quentin, »es ist Zeit, daß der alte Gentleman abreist.«

»Ich war nie ein schlechtes Mädchen, M-Miss Penny«, schluchzte Daffy, deren Worte hinter der Schürze ziemlich undeutlich waren.

»Das glaube ich ganz sicher«, sagte Penelope, die neben ihr auf dem bequemen Sofa saß, und ihr freundlich auf die Hand klopfte. »Ich nehme an, du hast deine Geschicklichkeit im Umgang mit Schminke im – äh, Ballett gelernt?«

Daffys eingehüllter Kopf nickte krampfhaft. »Ich hatte eine Begabung dafür, Miss. Und ich – ich war auch eine ungewöhnlich gute Tänzerin.« Ein gerötetes Auge lugte ängstlich über den Schürzenrand. »Nur – die Gentlemen waren immer hinter uns her.«

»Das habe ich auch gehört.« Sehr verwundert darüber, daß dieses prüde Mädchen tatsächlich eine der bekannten Operntänzerinnen von Covent Garden gewesen war, sagte Penelope: »Ich stelle mir vor, daß die Versuchungen – überwältigend sind.«

»O nein, das sind sie nicht!« Daffy wischte sich die Augen, ließ die feuchte Schürze sinken und blinzelte auf sie hinunter, während sie sie zwischen ihren nervösen Fingern zusammenrollte. »Es ist nicht so, wie Sie denken mögen – ganz und gar nicht, Miss Penny. Meine Mama sagte mir, ich solle sie mir vom Leibe halten, bis ein wirklich feiner Herr käme und mir einen anständigen Antrag machen würde.« Sie schniefte. »Am nächsten kam ich bei einem fetten alten Bankier zu einem anständigen Antrag, und seine letzte Mätresse sagte oft, er sei ein Geizhals, der die Hand immer fest auf der Geldbörse habe! *Damit* wollte ich mich nicht zufriedengeben!«

»Das ... glaube ich auch ...«, stimme Penelope schwach zu.

»Einige Mädchen hatten Glück«, fuhr Daffy fort. »Eine wurde von einem Herzog unter seinen Schutz genommen! Und eine andere fand einen Herrn, der einen eigenen Club eröffnet hat. Er kaufte ihr ein hübsches kleines Etablissement, das sie den *Salon Satin* nannte.« Daffy seufzte. »Ich habe gesehen, was aus den Mädchen wurde, die ihr gutes Aussehen oder ihre Figur zu verlieren begannen ... Also habe ich zu meiner Mama gesagt, entweder ich höre jetzt auf, oder mit mir wird es auch bergab gehen. Ich hätte nie gedacht, daß ich eine ehrbare Stelle bekommen würde, aber Mama war Zofe einer Lady und sagte mir, was ich tun mußte und wie ich mich verhalten sollte.« Sie warf einen verstohlenen, ängstlichen Blick auf Penelopes Gesicht und las dort Verwirrung. »O Miss! Bitte werfen Sie mich nicht hinaus! Ich flehe Sie an, Miss Penny! Tun Sie das nicht!«

»Lieber Gott, Daffy – warum sollte ich so etwas tun? Dank deiner Geschicklichkeit mit Schminke und Puder war Major Chandler imstande, von Highview fortzukommen. Niemals werde ich dir genug danken können!« Sie umarmte das Mädchen dankbar. »Nun – wir werden nicht mehr darüber sprechen. Es sei denn« – ihre Augen zwinkerten –, »es sei denn, Corporal Killiam hört zufällig etwas davon«

Daffy schrie auf und griff nach ihrer Schürze. Sehr blaß stammelte sie: »Sie – Sie glauben doch nicht, daß der Major es ihm erzählt?«

»Würde es wirklich so viel ausmachen, liebe Daffy?«

Das Mädchen wurde scharlachrot, dann verschwand sie in ihrer Schürze, hinter der ein unterdrücktes »O ... ja, Miss« zu hören war.

Penelope tätschelte den Punkt, der wahrscheinlich Daffys Kopf war, und sagte: »Ich bin ganz sicher, daß Major Chandler sich niemals so unritterlich verhalten würde. Außerdem warne ich dich besser vor, daß er diesem Gentleman – Mr. – äh – «

»Philpott«, ächzte es hinter der Schürze.

»Ja. Der Major hat ihm gesagt, daß er dich mit deiner Zwillingsschwester verwechselt habe.«

Mit einem Glucksen tauchte Daffy wieder auf. »So ein Prachtkerl! Hat Mr. Philpott das wirklich geglaubt? Er muß total verblüfft gewesen sein.«

»Nun ja, weißt du – ich glaube, das war er auch. Aber der Major kann manchmal so ernst und würdevoll sein. Er erzählte Mr. Philpott, du hättest versucht, deine Schwester zu bessern, aber diese ›arme Daffy‹ sei ihren eigenen schlimmen Weg gegangen. Mr. Philpott war so beeindruckt, daß er heraufkommen und sich bei dir entschuldigen wollte.«

»*Das* bezweifle ich nicht!« Daffys empörter Gesichtsausdruck wich einem Lächeln der Erinnerung. »Man denke bloß! Ausgerechnet Mr. Philpott. *So* ein unanständiger Herr! Und hat eine Frau und sechs prächtige Kinder! Oh, aber der Major ist wirklich ein seltener Kerl, nicht, Miss Penny?«

Penelopes Gedanken wandten sich dem verhinderten Duell zu. »Ja«, sagte sie mit einem dankbaren Seufzer. »Er ist ein seltener Kerl, einverstanden.«

»Mr. Tiele?« fragte Quentin gedehnt und musterte Tiele durch sein Monokel, als dieser die Tür öffnete.

Tiele, der leicht nervös aussah, nickte, die Brauen fragend hochgezogen.

»Erlauben Sie mir, mich vorzustellen. Adam Somerville. Ich bin ein Neffe des Gentleman, den Sie – äh, im Morgengrauen treffen sollten.«

Tiele starrte ihn an. Nun, da er dazu kam, darauf zu achten, war die Ähnlichkeit deutlich. Dieser Mann war natürlich jung und sah sehr gut aus, mit einem Kopf voll prächtiger kastanienbrauner Haare, die hinten zusammengebunden und ungepudert waren, und dichten dunklen Brauen über Augen von demselben leuchtenden Grün wie die seines Onkels. Das feinknochige Gesicht, die nicht sehr gerade, aber schmale Nase, der humorvolle Mund und das kräftige Kinn hätten gut von Mr. Martin in seiner Jugend sein können, dachte Tiele. Und da war noch etwas ... etwas schwer Faßbares, das sich im Hintergrund seines Gedächtnisses regte und das er nicht einordnen konnte. Er bemerkte, daß das Gesicht seines Besuchers neugierig wurde, und sagte rasch: »Verzeihen Sie, Sir. Sagten Sie, des Gentleman, den ich morgen treffen *sollte?* Ich hoffe, Sir John ist nicht unpäßlich?«

Quentin lächelte ihn auf eine Weise an, die Mr. Tiele erröten ließ. »Gott, Sie müssen mich für einen schönen Klotz halten«, entschuldigte er sich. »Kommen Sie bitte herein.«

Er geleitete Quentin zu einem Stuhl neben dem ungeheizten Kamin und versorgte ihn mit einem Glas Sherry, bevor er sich einen zweiten Stuhl heranzog und sich setzte.

»Nun – er ist es, fürchte ich«, sagte Quentin.

Mr. Tiele versuchte, sich zu erinnern.

»Unpäßlich«, half Quentin nach.

»Oh.« Sehr erleichtert log Mr. Tiele: »Es tut mir sehr leid, das zu hören.«

»Wirklich?« murmelte Quentin, der diesem köstlichen Spaß kaum widerstehen konnte.
Mr. Tiele starrte ihn an.
»Ich gebe zu«, bemerkte Quentin, erhob sein Glas und betrachtete die Kerzenflamme durch das tiefe Gold des Weines, »ich war ziemlich überrascht, daß ein Mann im Alter Onkel Johns ...«
Sein Lächeln war sehr freundlich, aber Tiele wurde scharlachrot. »Es waren – bestimmte Umstände«, sagte er steif.
»Er ist ein abgefeimter alter Schurke. Ich kann mir gut vorstellen, daß es Umstände gab.«
Tiele entspannte sich. Mit reuigem Lächeln sagte er: »Um die Wahrheit zugestehen, Somerville, ich bin froh, daß Sie gekommen sind. Miss Montgomery sollte nicht in der Obhut eines so – verliebten alten Gentleman sein.«
»Richtig. Haben Sie ihn deswegen gefordert? Ich dachte, *Sie* waren die verliebte Partei, und mein Onkel hat Sie davongejagt.« Er grinste den ärgerlichen Tiele gewinnend an.
Erneut hochrot sagte Mr. Tiele: »Ich gebe zu, daß ich Miss Montgomery für eine höchst entzückende Lady halte. Und Ihr Onkel mißbilligte meine – äh – «
»Ihren Flirt?«
»Meine Bewunderung!«
»Ich verstehe. So beschlossen Sie, den armen alten Kerl aus dem Weg zu räumen, oder?«
Tiele, der gerade an seinem Wein genippt hatte, schnaubte und verschluckte sich. Hilfsbereit klopfte Quentin ihm so kräftig auf den Rücken, daß Tiele gezwungen war, der schweren Hand auszuweichen. »Bei Gott, Somerville!« keuchte er, und Tränen traten in seine Augen. »Ich – mißbillige Ihre – Wortwahl. Allerdings, verdammt!«
»Entschuldigen Sie. Ich habe die ärgerliche Neigung, alles direkt auf den Punkt zu bringen.«

»Den Teufel tun Sie! Ich hatte keineswegs die Absicht, Ihrem Onkel das Schwert in die Brust zu stoßen! Nun – das heißt ... Äh, ich meine ...«
Tiele fand es äußerst schwierig, dem festen und leicht amüsierten Blick seines Besuchers standzuhalten. Seine Augen wichen aus, er unterbrach sich, zuckte die Achseln und gab zu: »Um die Wahrheit zu sagen, ich habe versucht, mir etwas auszudenken, um aus der Sache herauszukommen. Ich gebe zu, ich habe mich nicht darum gekümmert, wie Ihr Onkel – ich – äh – nun, ich habe sein Alter völlig vergessen. Er ist ein – bemerkenswert munterer alter Bursche.«
»Danke«, sagte Quentin. »Ich hoffe, Sie haben nicht die Absicht, mich an seiner Stelle zu fordern. Ich bin kein Fechter wie der alte Gentleman, fürchte ich.«
»Kämpft er wirklich gut?« fragte Tiele voll Interesse.
»Ausgezeichnet«, sagte Quentin bescheiden.
»Gott! Ich hätte mich nicht so schlecht zu fühlen brauchen.«
»Sie hätten sich vielleicht noch viel schlechter gefühlt, mein armer Junge. Es sei denn, Sie sind ein sehr guter Fechter.«
»Wer ist ein guter Fechter?« Captain Holt hatte unbeobachtet die Tür geöffnet und spazierte nun ins Zimmer, nickte seinem Freund zu und beäugte Quentin mit leichter Neugier.
Quentin erhob sich und lächelte leichthin, als er vorgestellt wurde. Holt hatte einen eisernen Händedruck, und Quentin spürte ihn in jedem Nerv seines Arms. Jeglicher Instinkt warnte ihn, daß dieser Soldat ein ernstzunehmender Gegner war, und trotz seines sorglosen Auftretens war er sehr auf der Hut.
»Haben wir uns schon einmal getroffen, Mr. Somerville?« fragte der Captain.
»Ich nehme an, ich erinnere Sie an meinen Onkel«, erwiderte Quentin und wurde sich dann voll Anspannung bewußt, daß

Tiele den »alten Gentleman« als Somerville kannte, er aber als Martin Martin eingetragen war. »Sie haben ihn vielleicht beim Dinner gesehen«, fuhr er leichthin fort. »Er begleitete meine Cousine Anne – ein sehr entzückendes Mädchen in einem rosa Brokatkleid.«

Holt nahm das Glas, das Tiele ihm anbot, und setzte sich ans Bettende, während die beiden anderen Männer zu ihren Stühlen zurückkehrten. »Danke, Duncan. Auf Ihre Gesundheit, Gentlemen.«

»Ganz schöne Ähnlichkeit, nicht wahr, Jacob?« sagte Tiele.

»Bemerkenswert«, stimmte Holt zu und betrachtete Quentin über sein Glas hinweg. »Du solltest im Bett liegen, Tiele. Du mußt morgen früh aufstehen. Und ich auch, dank deinem Hitzkopf.«

»Nun, du bist gerettet, alter Bursche. Du mußt mich schließlich doch nicht sekundieren. Mein Gegner ist unglücklicherweise krank geworden.«

»Mein Beileid, Sir.« Holts eisige blaue Augen blieben fest auf Quentins Gesicht geheftet. »Wünschen Sie, daß ich den Apotheker auf sein Zimmer schicke?«

»Sie sind zu freundlich, aber es ist nur eine schlimme Erkältung. Er hat eine heftige Abneigung gegen dieses Gasthaus gefaßt, und sein Kutscher hat ihn anderswo hingebracht. Ich versuchte ihn zum Bleiben zu überreden – aber genausogut hätte ich mit einer Mauer reden können. Sie wissen schon, wie diese alten Zuchtmeister sind. Ich fürchte, ich verschlimmere nur seine Gicht.«

»Klingt ganz wie mein Vater«, sagte Tiele grinsend. »Sie stehen nicht sehr hoch in der Gunst Ihres Onkels, wie?«

»Irgendwo auf Höhe des Kellergeschosses, leider«, seufzte Quentin.

»Sie überraschen mich«, sagte Holt sanft.

Quentins Nerven spannten sich wie Drahtseile, und er hob fragend die Augenbrauen.
»Ich hätte gedacht, daß Sie eher sein Liebling sein müssen«, sagte der Captain, »da Ihr Onkel Ihnen seinen Ring gegeben hat.«
Der Teufel soll den Kerl holen, dachte Quentin und blickte instinktiv auf den kunstvoll gearbeiteten Ring mit dem Drachenkopf an seiner rechten Hand. Wie kann er ihn in diesen paar Minuten unten bloß bemerkt haben? Er grinste Holt bewundernd an. »Weiß der Teufel, Sie sind ein scharfer Beobachter, Captain.«
Tiele starrte ihn unbewegt an.
Holt sagte kalt: »Das ist in meinem Beruf ein großer Vorzug.«
»Das bezweifle ich nicht. Aber in Wirklichkeit ist das nicht der Ring meines Onkels. Es ist eine Familientradition. Es gibt zehn exakt gleiche Ringe. Wenn ein männliches Kind der Familie einundzwanzig wird, bekommt es einen Drachenring, immer vorausgesetzt, einer ist verfügbar und er ist der nächste in der Linie.«
»Was für eine hübsche Tradition«, sagte Holt. »Darf ich ihn sehen?«
Quentin streckte seine Hand aus. Holt sah sich den Ring einen Augenblick interessiert an, dann ergriff er die ruhige, langgliedrige Hand. »Wissen Sie, Mr. – äh – «
»Somerville.«
»Verzeihen Sie. Aber – wissen Sie, ich muß schon einmal einen Ihrer Verwandten getroffen haben, denn diesen Ring habe ich schon einmal gesehen ... irgendwo ... Nun, ich glaube, ich gehe ins Bett. Sie wissen schon, ein armer Soldat hat nie Ruhe.«
Alle drei standen auf, Holts kräftige, untersetzte Figur bildete einen deutlichen Kontrast zu den beiden größeren Männern.

Tiele, der ihn zur Tür begleitete, bestand darauf, seine Zeche im *Fliegenden Holländer* zu bezahlen. »Wäre mein – Duell nicht gewesen«, sagte er mit einem grimmigen Blick zu Quentin, »hättest du dein Pferd nicht hier untergestellt.«
Holt zuckte die Achseln. »Wie du willst. Danke – ich werde einmal eine bequeme Nachtruhe genießen. Mein Bett in den Baracken läßt sehr zu wünschen übrig. Sehr erfreut, Sie kennengelernt zu haben – äh, Somerville.«
Quentin murmelte eine passende Floskel.
Tiele schloß die Tür hinter seinem Freund und lehnte sich stumm dagegen, bis die schnellen Schritte verklungen waren.
Quentin stellte sein leeres Weinglas auf den Tisch, dann drehte er sich zu Tiele um. »Spucken Sie's aus, was es auch sein mag«, sagte er ruhig und grimmig, gänzlich abweichend von seiner gewöhnlichen leichtherzigen Art.
»Sie verdammter Lügner«, sagte Tiele bitter. »Sie sind Quentin Chandler!«

13

Quentin reagierte so schnell, daß Tiele nur eine verschwommene Bewegung wahrnahm, bevor sich eine kleine Pistole mit unangenehm weiter Mündung auf seine Brust richtete. Die Hand, die die Waffe hielt, war unerschütterlich ruhig, der Blick aus den zusammengekniffenen grünen Augen unversöhnlich.
Ausgesprochen furchtlos trat Tiele einen Schritt nach vorn. »Bei Gott! Ich sollte Ihnen den Hals umdrehen«, erklärte er zornig.
»Ich bin ein selbstsüchtiger Mensch«, sagte Quentin, etwas überrascht von dieser Haltung. »Ich muß Ihnen widersprechen. Sie haben den Zeitpunkt sehr schlecht gewählt, Tiele. Sie

hätten die Belohnung beanspruchen sollen, solange Ihr Freund vom Militär hier war.«

»Belohnung! Das Zehnfache des Betrags wäre nötig, um mich für meinen ganzen Ärger zu entschädigen!«

»Bleiben Sie stehen!« Quentins Finger umspannten den Hahn fester. »Ich warne Sie, ich zögere nicht, davon Gebrauch zu machen.«

»Und innerhalb von zwei Minuten haben Sie zwanzig Soldaten hier im Zimmer? Unsinn!«

Quentins entschlossener Mund ließ Tiele dennoch innehalten. »Was, zum Teufel, hat Sie dazu gebracht, ein Mädchen mitzunehmen? Wußte Gordon, daß Sie das vorhatten?«

Unsicher flüsterte Quentin, »Gordon ...?«

»Ein alter Freund von mir. Er bat mich, Ihnen eine Nachricht nach Highview zu bringen, und war so schlecht informiert, Sie als schwerkranken Mann zu beschreiben, der jede Sekunde ins Gras beißen kann. Statt dessen werde ich von einem brummigen alten Zappelphilipp belästigt und ausspioniert, der Beleidigung auf Beleidigung häuft und mich zum Duell fordert!«

Quentin, nicht faul, ihm die nächstliegende Erwiderung entgegenzuhalten, ging zum Gegenangriff über: »Warum haben Sie, verdammt noch mal, nicht gleich gesagt, daß Sie von meinem Bruder kommen? Haben Sie gesehen, daß ich den Hahn zurückgeschoben habe?«

»Habe ich.« Tiele warf einen Blick auf die Pistole. »Und ich lege Ihnen bei allem Respekt nahe, ihn sehr vorsichtig loszulassen.«

Quentin folgte seiner Aufforderung. Er verstaute die Waffe wieder in seiner Tasche, streckte die Hand aus und sagte augenzwinkernd: »Tut mir schrecklich leid, daß ich so hinter Ihnen her war. Ich wundere mich, daß Sie mich nicht meinem Verderben ausgeliefert und die ganze Sache vergessen haben.«

»Das hätte ich auch.« Vorsichtig schüttelte Tiele ihm die Hand.

»Nur hat zufällig mein jüngerer Bruder in Culloden unter Ihnen gedient. Setzen Sie sich, ich schenke Ihnen ein.«
Quentin ließ sich dankbar auf den Stuhl fallen und streckte seine langen Beine aus. »Welchen Namen hat er benutzt?«
»John House. Er sagte, Sie hätten ihn immer – «
»Was – der junge Glasshouse?« Quentin richtete sich ein wenig auf, nahm den Wein an, den Tiele ihm brachte, und fragte begierig: »Wie geht es dem Jungen? Er hat sicher sein Bein verloren.«
»Ja. Vom Knie ab. Und dank Ihnen humpelt er in Brüssel auf einem Holzbein herum.« Tiele stand vor Quentin und erhob sein Glas. »Ich danke Ihnen, Sir. Wenn Sie ihn nicht vom Schlachtfeld getragen hätten ...«
»Pah! Ich wußte keinen anderen Weg, selbst aus diesem verdammten Massaker herauszukommen.«
»Sie lügen. Johnny sagte, daß Sie verwundet waren und trotzdem zurückgingen.« Tiele sah, daß Quentins blasses Gesicht errötete, und fuhr ruhig fort: »Nicht, daß Sie deshalb das Recht gehabt hätten, mich so unhöflich zu behandeln.«
Beide lachten.
»Sie waren also in Highview?« fragte Quentin.
»Ja. Natürlich erst, nachdem Sie fort waren. Ich sollte dort mit einem Dienstmädchen sprechen, aber als ich ankam, war sie weggelaufen. Ich wollte Delavale sprechen, aber ein wahrer Klotz von einem Butler sagte, er sei nach London gefahren. Ich konnte mir nur denken, daß Sie irgendwie von dort entkommen waren und wahrscheinlich versuchen würden, nach Lac Brillant zu kommen, also bin ich in diese Richtung geritten, in der Hoffnung, Sie zu warnen.«
»Mich warnen?« Mit angstvoller Stimme fragte Quentin hastig: »Bei Gott, mein Bruder wird doch nicht etwa verdächtigt?«

»Nicht daß ich wüßte.« Tiele, der bisher gestanden hatte, ging zum Bett und setzte sich. »Ich teile Ihre Überzeugungen nicht, das sollte ich Ihnen sagen.«

»Gordon ebensowenig. Wegen meiner Gefolgschaft für Prinz Charlie hatten wir unseren ersten ernsthaften Streit.«

»Wahrscheinlich genauso wie bei Johnny und mir. Mein älterer Bruder hatte gute Lust, ihn zu fesseln und gefangenzuhalten, bis die ganze verrückte Sache vorbei wäre.«

Quentins Augen flammten auf. »Warum hält jeder die Überzeugungen eines anderen, die er nicht versteht, für verrückt?« Er begegnete Tieles zornigem Blick und grinste. »Sehen Sie nur uns beide an. Noch eine Minute, und wir fangen einen Streit an, der bis zum Morgengrauen dauert, ohne etwas zu klären. Wie immer Ihre Überzeugung sein mag, ich bin Ihnen zutiefst dankbar, daß Sie mir eine Nachricht von meinem Bruder bringen. Darf ich erfahren, was Sie mir zu sagen haben?«

Obwohl sie völlig allein waren, senkte Tiele die Stimme zu einem Flüstern. »Gordon will Sie im *Cat and Kippers* treffen. Es ist ein etwas verrufenes altes Wirtshaus an der Straße nach Salisbury, etwa fünf Kilometer westlich von Winchester.«

»Wann?«

»Ich weiß nicht. Er sagte, je weniger ich wüßte, desto sicherer sei ich. Aber er war sehr besorgt darum, daß Sie ein sehr gutes Versteck für die verschlüsselte Nachricht finden sollten, denn er sagte, im Süden wimmele es von Raufbolden, die Sie lebend rösten würden, um die Geheimschrift in die Hände zu bekommen.«

Zynisch sagte Quentin: »Das ist mir wohl bewußt!« Er blickte Tiele nachdenklich an. »Nur eins – Ihr Freund, Holt ...«

»Ich kenne ihn, seit wir eingeschüchterte Jungen waren, die zur Schule geschickt wurden. Er ist ein guter Mann. Aber ...«

Tiele zögerte, dann fuhr er nüchtern fort: »Gott steh jedem bei, der ihm in die Quere kommt. Er ist unbarmherzig.«
»Und dennoch sind Sie gut befreundet mit ihm?«
»Ja. Einer seiner wenigen Freunde, denn er ist kein geselliger Typ. Und trotzdem, stünde ein Preis auf meinen Kopf und er verfolgte mich, würde ich keine Gnade von ihm erwarten. Noch würde er sie mir gewähren.«
Nach einer kurzen Pause betonte Quentin: »Sie riskieren eine Menge, wissen Sie. Wenn ich gefaßt werden sollte, weiß Holt, daß wir miteinander gesprochen haben.«
»Ich hoffe, daß ich ihn dann überzeugen kann, daß ich mich nur für die Lady interessiert habe. Ist sie übrigens tatsächlich Ihre Nichte?«
»*Nein!* Der Teufel soll Sie holen! Das ist sie nicht!«
»Oh.« Grinsend meinte Tiele: »Ich muß versuchen, Sie mir nicht länger als älteren Mann vorzustellen. Darf ich fragen, wer die Lady ist?«
»Wer sie auch sein mag«, antwortete Quentin, erhob sich und stellte sein Glas auf den Tisch. »Ich habe sie schon zu lange vernachlässigt und sage daher gute Nacht, und – «
»Und sagen es mir – Sie undankbarer Tropf!«
Mit einem Lächeln auf den Lippen schritt Quentin zur Tür. Tiele kam ihm zuvor und lehnte sich gegen die Täfelung. »Sagen Sie, Chandler – «
»*Somerville!*«
»Verdammt! Dann eben Somerville. Sagen Sie einem armen Kerl – es sei denn ... Wenn sie zu Ihnen gehört, natürlich ...?«
Einen Augenblick sah Quentin ihn etwas rätselhaft an, dann sagte er: »Nein, sie gehört nicht zu mir, Tiele, obwohl sie eine sehr liebe Freundin ist. Ich betrachte sie mehr als – als meine Schwester.«

»Nun, das ist wirklich eine verflixte Erleichterung, das muß ich zugeben. Und – ihre Familie?«
Offensichtlich hatte Gordon es für sicherer gehalten, Penelopes Verwicklung in ihr Komplott nicht zu erwähnen, dachte Quentin. »Sie ist Delavales Nichte, Sie Armleuchter«, sagte er.
Tieles Augen wurden glasig vor Schreck. »Sie wollen sagen ... sie ist eine Lady aus vornehmem Stand?«
»Ich würde meinen, daß *das* offensichtlich war!«
Unbeeindruckt von Quentins plötzlich hochfahrender Miene stammelte Tiele: »Und Sie – Sie haben sie – aus *Highview* mitgenommen? Mein Gott! Ich dachte, sie sei Ihre – «
»Nehmen Sie sich in Acht!«
»Oh ... Jupiter! Aber – Sie und das Mädchen – ich meine – Sie haben sie die ganze Zeit mitgeschleift? Allein?«
Erzürnt, weil Tieles schockierte Worte sein eigenes Schuldgefühl noch verstärkten, knurrte Quentin: »Seien Sie, um Himmels willen, nicht so ein Affe! Wir hatten ihre Zofe und meinen Diener dabei, Kutscher und Pferdeburschen gar nicht zu erwähnen.«
»Weil das etwas zu sagen hat! Sie haben das arme Mädchen gründlich kompromittiert, Chandler. Das haben Sie verdammt gut gemacht!«
Quentin funkelte ihn an, dann griff er nach der Türklinke. »Mit ein wenig Glück«, sagte er bissig, »wird irgendein edler Gentleman des Wegs kommen, der bereit ist, Miss Montgomerys unzüchtige Vergangenheit zu vergessen und – und eine ehrbare Frau aus ihr zu machen!«
Er marschierte von dannen und schritt den Gang hinunter, das Gesicht ungewohnt grimmig.
Duncan Tiele schloß die Tür hinter seinem Besucher und starrte sie dann gedankenverloren an.

»Ich bin müde«, jammerte Lady Sybil mitleidheischend. »Wir sind jetzt *stundenlang* gefahren! Joseph! Ich will schlafengehen.«

»Du kannst in der Kutsche schlafen«, grunzte er.

Sybil legte den Kopf in die Hände und schluchzte.

Mylord sah über den schmuddeligen Tisch des schmuddeligen Gastzimmers in diesem schmuddeligen Wirtshaus. »Nun? Was meinen Sie?«

Roland Otton, die Augen blutunterlaufen vor Müdigkeit, antwortete mürrisch: »Ich kann Beasley kaum tadeln, daß er aufgegeben hat, nachdem wir Hampstead erreicht hatten. Wahrscheinlich hat er etwas Gemütlicheres gefunden als diese armselige Wirtschaft.«

Mylords Urteil über Beasleys Charakter ließ Sybil die Hände über den Ohren zusammenschlagen.

»Verdammt, warum konnte Chandler nicht dorthin fahren, wo er angekündigt hat, daß er hingehen würde?« fuhr er dumpf fort. »Wenn sie bei Mary gewesen wären – «

»Dort waren sie nicht.«

»Das weiß ich, verteufelt noch mal. Wir waren uns einig, daß wir weiterfahren.«

»Richtig. Aber wir müssen trotzdem eine Zeitlang ausruhen. Selbst wenn wir die Pferde wieder wechseln, brauchen die Männer Schlaf, oder sie fahren Sie in den Graben.«

»Außerdem«, warf Sybil voller Tränen ein, »treffen wir möglicherweise auf Straßenräuber ... oder Schlimmeres.«

Diese schreckliche Möglichkeit war auch Joseph eingefallen. Er zupfte unbehaglich an seinem Ohrläppchen, dann winkte er seinem Diener, der mit Simmonds an einem Seitentisch wartete, und schickte den Mann nach dem Wirt, um für eine angemessene Unterbringung während der Nacht zu sorgen.

Die Zimmer waren die besten, die zu finden waren, und als die

jammernde Sybil in einem davon untergebracht war und Simmonds um sie herumflatterte, begaben Seine Lordschaft und Otton sich in das kleine Wohnzimmer, das Joseph widerstrebend zu seiner Suite dazugemietet hatte, und setzten sich an das unzulängliche Feuer. Das Zimmer war feucht. Es hatte wieder zu regnen begonnen, und die Regentropfen prasselten deprimierend gegen die vergitterten Fensterflügel.
»Auch wenn ich beschlossen habe, hier über Nacht zu bleiben«, sagte Seine Lordschaft düster, »sind wir auf jeden Fall nicht sehr weit gekommen, wie Sie sehen.«
Otton warf ihm einen verächtlichen Blick zu, sagte aber nur: »Das Wichtigste ist, daß wir morgen zeitig losfahren, Sir.«
»Wohin zeitig losfahren? Verdammt will ich sein, wenn ich Ihre Logik begreife, nach Westen zu fahren. Chandler wollte nach London fliehen, entweder um meine leichtfertige Nichte zu ihrer Tante zu bringen, oder nur, um in der Stadt unterzutauchen.«
»Ich bezweifle, daß er Penelope erlauben wird, ihn zu verlassen. Sie ist seine beste Tarnung. Die Soldaten suchen keinen alten Burschen, der mit seiner Großnichte reist.«
Lord Joseph starrte grübelnd auf seine zerbissenen Fingernägel, er wußte, daß er nicht auf Ottons Argumente hören, sondern statt dessen an seiner eigenen Überzeugung festhalten und zur Stadt fahren sollte. »Ich werde Sie persönlich zur Verantwortung ziehen, wenn er uns entwischt«, sagte er.
Das werden Sie allerdings, Sie fetter Esel, dachte Otton. Beschwichtigend sagte er: »Ich kann mir nicht vorstellen, daß irgendein Flüchtling an einem Plan festhalten würde, der ihn geradewegs zu den Patrouillen führt, die wir heute über uns ergehen lassen mußten, Mylord. Außerdem werden Sie zugeben, daß der letzte, der unseren Rebellen wenigstens annähernd beschrieben hat, dieser Sergeant in High Wycombe war.«

Joseph schürzte angewidert die Lippen. »Dieser verdammte Kerl stank zum Himmel!«

»Stimmt. Ein widerwärtiges Vieh. Nichtsdestoweniger, er hat unser Opfer eindeutig gesehen, und nach allem, was wir seither erfahren haben, haben Chandler und Ihre Nichte sich entweder in Luft aufgelöst oder aber die Richtung gewechselt.«

Ein diskretes Klopfen an der Tür kündigte den Kellner an, und Mylords Miene hellte sich beim Anblick eines Tabletts mit Früchten und Käse und einer Flasche Wein auf. Der Kellner stellte seine Last auf einem kleinen Tisch in Reichweite von Lord Josephs Wurstfingern ab, fing die Münze auf, die Otton ihm hinwarf, und verschwand.

Otton erhob sich, um ein Glas Portwein einzuschenken und es Joseph zu reichen. Er nahm sein eigenes Glas und setzte sich wieder in den klobigen, muffig riechenden Stuhl.

»Wenn Chandler ein wenig Hirn hat«, sagte Mylord und nahm sich eine Scheibe Cheddar-Käse, »wird er geradewegs zur Küste fahren.«

»Oder südöstlich nach Tonbridge abbiegen und dann nach Lac Brillant reiten.«

»Ha! Sein Vater würde ihm schnell die Tür zeigen! Ich würde das jedenfalls tun, unter diesen Umständen. Jeder würde das.«

Ottons Lächeln war bitter und verzerrt. »*Mein* Vater würde das tun, das versichere ich Ihnen. Aber – Sir Brian? Da bin ich nicht so sicher.«

»Dann sind Sie ein Einfaltspinsel. Ich habe Brian Chandler nur zweimal gesehen, aber er trägt den Kopf sehr hoch, das kann ich Ihnen sagen, und Lac Brillant ist sein ganzer Stolz und seine ganze Freude. Ich würde wetten, daß er jeden Mann, der schuld daran wäre, daß er es verliert, abschlachten würde, Sohn oder nicht.«

Nachdenklich sagte Otton: »Wir sind jetzt etwa eine Meile

westlich von Stoke Poges. Wenn Chandler sich um die Zeit, als sie High Wycombe erreichten, darüber klar wurde, daß sie die Stadt nie sicher erreichen würden, ist es wahrscheinlich, daß sie nach Westen fuhren, bevor sie es wagten, wieder nach Süden abzubiegen. Es ist möglich, daß er nach Reading gefahren ist, und wenn – « Er verstummte und sah zum Fenster, als unten im Hof geschäftige Aufregung zu hören war. »Anscheinend ist irgendein hohes Tier angekommen«, knurrte er und spazierte zum Fenster, um den Vorhang zurückzuziehen.

Eine große, luxuriöse Kutsche stand im Hof und war der Mittelpunkt bienenfleißiger Geschäftigkeit. Stallknechte nahmen den vier rassigen Pferden das Geschirr ab; Lakaien in braun- und cremefarbenen Livreen unter nassen, glänzenden Mänteln trugen das Gepäck ins Haus; ein hochherrschaftlicher Diener mit einer Reisetasche unter dem Arm stieg aus dem Gefährt und kämpfte mit einem Regenmantel, den er ausbreiten wollte. Bevor ihm das geglückt war, kam ein weiterer Herr aus der Kutsche zum Vorschein und stieg anmutig die Stufen hinunter. Ein großer Gentleman mit einem Dreispitz über silbernem Haar, dessen langer, wehender Kapuzenmantel prächtige Kleidung *à la française* aus schwerem roten Satin enthüllte.

»Zum Donnerwetter!« entfuhr es Otton, nicht weil er die Kleidung des Ankömmlings bewunderte, sondern wegen der hageren, aristokratischen Gesichtszüge, die vom Licht der weitgeöffneten Eingangstür erhellt wurden. »Sehen Sie, Mylord!«

Die Aufregung in der Stimme seines Gefolgsmannes machte Joseph neugierig, und er erhob sich. Als er zum Fenster kam, war es dem Diener jedoch bereits gelungen, den schützenden Regenmantel über seinen Herrn zu breiten, und Mylord sah nur noch eine große Person im Mantel und mit blitzenden

goldenen Schnallenschuhen davoneilen. »Wer war das? Wer war das?« fragte Joseph unwirsch.
»Wir haben unwahrscheinliches Glück! Sir Brian Chandler!«
»Beim Jupiter, war er das? So ein Zufall!«
»Es wäre ein *sehr* großer Zufall, wenn Sir Brian und sein Sohn in derselben Gegend Englands herumreisen würden, ohne daß der eine vom anderen weiß.«
»Ahh-h-h«, flüsterte Joseph und ging wieder ins Zimmer, während Otton die Vorhänge zuzog. »Sie – Sie glauben also, daß er den jungen Halunken treffen will?«
»Das glaube ich.« Otton grinste fröhlich. »Und unsere Suche wird so zu einem Kinderspiel! Wir brauchen nur dem Gentleman zu folgen, der uns zu seinem Sohn führen wird!« Er nahm die Flasche und füllte Delavales Glas erneut. Dann erhob er sein eigenes und sagte ausgelassen: »Auf die gefälligen Väter!«
Die Gläser stießen aneinander.
»Auf Sir Brian«, sagte Seine Lordschaft.

»Ist Ihnen nicht kalt?« fragte Quentin und führte Penelope um eine Pfütze auf der Straße herum.
Ein wenig unaufrichtig antwortete sie: »Nein, danke der Nachfrage. Ich gehe gern nach dem Regen spazieren.«
Das zumindest stimmte. Und wenn die Luft auch kühl war, war sie doch rein und erfrischend und roch süß nach frischem Gras und Wald. Sterne glänzten am Nachthimmel, und fliehende Wolken leuchteten im Mondlicht. Wenig Menschen waren um diese Stunde draußen, denn es war fast zehn Uhr, und die Landleute gingen früh zu Bett. Aus dem Fenster eines nahen Hauses drang Licht, irgendwo in der Nähe lachte jemand herzlich, und eine weiße Katze mit langem, seidigem Fell saß auf einem Zaunpfahl und miaute freundlich, als sie vorbeikamen. Quentin blieb stehen und streichelte sie. Penelope beob-

achtete ihn aus den Augenwinkeln und fragte sich, warum er sie zu einem Spaziergang hinausgebeten hatte. Vorher hatte sie gedacht, Müdigkeit in seinen Augen zu sehen, aber er hatte das verneint, und tatsächlich merkte man seinem geschmeidigen Gang und seiner leichtherzigen Art keine Erschöpfung an. Natürlich hätte sie ablehnen sollen, denn nach einem so langen, ermüdenden Tag sollte er sich ausruhen. Aber – oh, wie wundervoll war es, mit ihm allein zu sein, die gelegentliche Berührung seiner Hand auf ihrem Ellbogen zu spüren, vorsichtig um irgendwelche Hindernisse herumgeführt zu werden, als wäre sie etwas unendlich Kostbares und als dürften ihre Röcke nicht von schmutzigen Zäunen oder nassen Blättern berührt werden.

Sie gingen weiter, und nach einem Augenblick sagte sie: »Ihre Freundin folgt Ihnen.«

Die weiße Katze strich ihnen leise zwischen den engen Zaunpfählen nach, den langen buschigen Schwanz hoch erhoben.

»Du bist ein schönes Tier«, sagte Quentin und kraulte sie unter dem Hals, als sie sie eingeholt hatte. Die Katze schnurrte freundlich und rieb sich an seiner Hand. »Du mußt jetzt dableiben«, befahl Quentin. »Wenn du mir brav gehorchst, bringe ich dir einen fetten gelben Vogel zum Frühstück.«

»Gemeiner Kerl!« rief Penelope. »Ich werde Daffy sagen, was Sie mit ihrem geliebten Jasper vorhaben!«

»Geliebter Jasper, also wirklich! Dieser Vogel ist der lauteste, gräßlichste Schreihals, den ich je erlebt habe. Ein Kanarienvogel soll lieblich singen – und nicht kreischen wie eine Todesfee! Ich frage mich, wo Daffy diese abscheuliche Kreatur aufgegabelt hat.«

Sie lachte leise in sich hinein. »Vielleicht ein Geschenk von einem ihrer Bewunderer. Oh – sehen Sie, Quentin! Wie schön der Mond jetzt ist.«

Majestätisch segelte die gelbe Kugel hinter der Wolke hervor und erhellte den samtschwarzen Himmel mit seinem Leuchten. Penelopes Kapuze glitt nach hinten, als sie nach oben blickte, und einen Augenblick lang musterte Quentin ihr Profil, das in das sanfte Licht getaucht war. Der Ausdruck seiner Augen würde sie erstaunt haben, aber als sie sich ihm zuwandte, bewunderte er ebenfalls das himmlische Schauspiel.
»Ein richtiger Schmugglermond«, murmelte er wehmütig. »Ich wette, daß heute nacht an der Küste einiges los ist.«
»Und Sie möchten gerne bei ihnen sein. Oh, sehen Sie nicht so unschuldig drein, Sir. Ich erinnere mich gut an die Geschichten von Ihren Beutezügen mit den Befürwortern des Freihandels, die Sie mir und Geoff erzählt haben, und wie Ihr Papa vortäuschte, nichts davon zu wissen.«
Er grinste, nahm ihren Arm und führte sie über das Kopfsteinpflaster. Die weiße Katze folgte ihnen mit zurückgelegten Ohren und sprang in den Friedhof der friedlichen kleinen gotischen Kirche.
»Lieber Himmel!« schrie Penelope erschrocken auf.
»Verrückte Katze«, sagte Quentin launig. »Sie wird alle Geister zu Tode erschrecken.«
Während sie weitergingen, fragte sie lachend: »War Gordon bei Ihren verbotenen Beschäftigungen auch dabei?«
»Lieber Gott – nein! Er ist zu vernünftig für solche Verrücktheiten. Natürlich habe ich ihn gelegentlich hineingezogen. Armer Kerl. Ich war als Bruder eine wahre Prüfung für ihn.«
»Es scheint ihm nicht viel auszumachen. Wie haben Sie ihn hineingezogen? Haben Sie ihn überredet, mit Ihnen aufs Meer zu fahren?«
»Kaum. Er hielt das alles für verrückt und prahlerisch.«
»War es das?«
»Nicht ... ganz.« Er zögerte, dann sagte er achselzuckend:

»Ich bereue es nicht. Ich bin zufällig in die Sache hineingeschlittert und entdeckte, daß es gute Männer waren, Penny. Hungrige Männer. Ich mißbillige unsere dummen Steuergesetze, und – nun, das Leben war verdammt langweilig während der großen Ferien. Das Schmuggeln hat verflixt Spaß gemacht.«

»Spaß«, dachte sie bestürzt und sagte: »Aber Sie haben noch nicht erklärt, was Ihr Bruder mit der Sache zu tun hatte.«

»Oh – nun, eines Nachts kamen wir aus Frankreich zurück und waren fast schon zu Hause, als ein Sturm aufkam. Wir kenterten, und Sie mögen es kaum glauben, einer der Burschen konnte nicht schwimmen. Als wir – äh, den Burschen erreichten, waren die Steuereinnehmer schon dicht hinter uns her. Ich hatte mir den Knöchel ein wenig verstaucht, und Paul hatte den halben Kanal geschluckt, wir waren ein mitleiderregendes Paar. Glücklicherweise hatte Gordon nach uns gesucht. Er kam rechtzeitig mit ein paar schnellen Pferden des Wegs, und wir ritten durch einen Hagel Schüsse davon.« Er lachte leise. »Glücklicherweise hatten die anderen miserabel gezielt.«

»Lieber Himmel! Was für ein Risiko! Sie haben Glück, einen so prächtigen Bruder zu haben.«

»Ja.« Er grinste sie unschuldig an. »Ich werde wohl den Schwarzen Peter behalten. Sollen wir hier über die Straße gehen?«

Zwei Landarbeiter kamen ihnen entgegen, müde von irgendeiner späten Arbeit. Respektvoll berührten sie die Mützen und sagten in ihrem ländlichen Tonfall: »'n Abend, Sir und Ma'am.« Die weiße Katze strich wieder an ihnen vorbei und sprang auf den niedrigen Sims eines Erkerfensters. Penelope blieb stehen, um das verspielte Tier zu streicheln, und Quentin spähte durch das Fenster. Es war eine Konditorei. »Ich wünschte, sie hätten geöffnet«, murmelte er. »Dann würde ich Ihnen diesen großen Lutscher kaufen.«

Penelope lachte und betrachtete die lustigen roten und weißen Zuckerstangen, Marzipan und Nüsse, Konfekt und Teller mit Pralinen. Quentin richtete sich auf, sein Blick fiel auf das Spiegelbild des Mädchens mit dem warmen Lächeln und den klaren, beherzten Augen. Penelope sah auf, begegnete seinem Blick und brachte es nicht fertig, sich abzuwenden. So standen sie einen stillen, verzauberten Augenblick lang da und bewegten sich nicht, während diamantene Tropfen leise von den Blättern fielen und die weiße Katze schnurrend um ihre Beine strich.

Ein Karren ratterte plötzlich die Straße entlang. Quentin drehte sich rasch um und führte Penelope zurück.

Einige Minuten lang sagte keiner der beiden etwas. Der Karrenlärm erstarb, und die Nacht wurde wieder still, die nassen Pflastersteine leuchteten silbern im Mondlicht. Sie näherten sich einem etwas größeren Haus, umgeben von einem hübschen Garten, durch den die reinen Klänge einer Geige drangen, die ein vertrautes Liebeslied spielte. In leisem, reinen Bariton begann Quentin zu singen:

»Gib mir doch mein Herz zurück
Wenn ich deins nicht haben kann.
Willst du dich nicht von deinem trennen
Warum soll dann meines brennen?«

Penelope war wie benommen und schwebte im reinsten Entzücken.

Ein großer Hund tauchte aus dem Nichts auf und warf sich mit wütendem Bellen gegen den Zaun neben ihr, und sie wich mit einem erschrockenen Aufschrei zurück.

Die weiße Katze, die leise mit ihnen Schritt gehalten hatte, schoß mit einem ängstlichen Miauen davon und verschwand in

der Dunkelheit. Augenblicklich hatte Quentin den Arm um Penelope gelegt und sie schnell auf die Seite gezogen.
»Sei ruhig! Böser Hund!« schnauzte er in befehlendem Ton. Aber der Hund bellte nur um so heftiger. Vergnüglich sagte er: »Er weiß, daß er in Wirklichkeit kein böser Hund ist, sondern pflichtgemäß das Eigentum seines Herrn verteidigt. Hat er Sie erschreckt? Verzeihen Sie, aber ich habe ihn erst gesehen, als er losgesprungen ist. Hier – « Er nahm ihre Hand und hielt sie fest. »Wir sollten besser so weitergehen, glaube ich.«
Sie spazierten weiter, und Penelopes Herz schlug immer noch sehr schnell, aber nicht mehr aus Furcht. Das wilde Hundegebell verebbte in einem Knurren, bevor das Tier einem Pfiff folgte und zum Haus rannte.
»Nun, zurück zu Gordon«, sagte Quentin. »Ich werde ihn morgen treffen.«
Penelope stieß einen aufgeregten Schrei aus und fragte: »Wo? Wann? Wie haben Sie das erfahren?«
»Frage eins: im *Cat and Kippers,* in der Nähe von Winchester. Frage zwei: Wenn er selbst sich zeigt, nehme ich an. Und was Frage drei betrifft: Mein Freund Duncan Tiele hat es mir gesagt.«
Penelope blieb stehen, ihr Kinn sackte herunter. »Ihr ... *Freund?*« wiederholte sie schwach. »Aber ... aber Sie wollten sich doch mit ihm schlagen – ich dachte, Sie verabscheuen ihn.«
»O nein. Er scheint ein prächtiger Mann zu sein. Tatsächlich –«, abwesend zog er ihre Mundlinie mit der Fingerspitze nach und murmelte mit verträumten Augen »– tatsächlich hat sich herausgestellt, daß ... sein Bruder unter mir gedient hat. Ein prächtiger junger – « Er brach ab, wich zurück und beendete seinen Satz abrupt: »Alles in allem glaube ich, daß Freund Tiele ein sehr guter Mann für Sie sein wird, meine liebe kleine Penny.«

Sie war unter der sanften Berührung seiner Hand erbebt. Sie hatte sich sogar leicht an ihn gelehnt, obwohl sie es bis zu diesem Augenblick gar nicht bemerkt hatte. Sie fühlte sich, als sei sie geschlagen worden, und eine Sekunde lang bekam sie keine Luft. Dann ging sie weiter und sagte bissig: »Soll ich ihn noch heute abend heiraten, Sir? Oder hat die Zeremonie noch Zeit bis morgen?«

Ich werde *nicht* die ganze Nacht weinen, dachte Penny und beobachtete das Mondlicht, das sanft durch ihr Fenster floß. Nicht schon wieder! Sie blinzelte, tastete unter ihrer Bettdecke herum, setzte sich auf und putzte sich die Nase. Morgen mußten sie sich trennen. *Morgen!* Auf dem Rückweg hatte Quentin ihr gesagt, welch großes Glück es gewesen war, daß er Killiam und den Kutscher Dutch vorausgeschickt hatte, weil Captain Holt im Stall herumgeschlichen war, um festzustellen, ob die Kutsche des alten Gentleman wirklich abgefahren war. Sie hatte Angst vor dem Captain mit den kalten Augen, und als sie Quentin mit furchtsamer Stimme antwortete, hatte er sie damit beruhigt, daß sie Holt morgen sicher zum letztenmal sah, weil Gordon sie nach Hampstead bringen würde. »Ich werde ihn beauftragen«, hatte er fest hinzugefügt, »daß er Sie nach Lac Brillant bringen soll, wenn er nicht der Meinung ist, daß Ihre Tante Sie beschützen wird. Mein Vater wird wissen, was zu tun ist, Sie können ganz beruhigt schlafen.«
Nun, sie war nicht beruhigt. Und sie schlief überhaupt nicht. Sie war so dumm gewesen, ihr Herz einem Mann zu schenken, der ihr nicht nur nicht zugetan war, sondern auch noch die Grausamkeit besaß, abscheuliche Spielchen mit ihr zu treiben. Wahrscheinlich, dachte sie und fröstelte unter ihrer Bettdecke, war Quentin einer von den kleinen Jungen gewesen, die kleine Kätzchen mit den Schwänzen an Postkutschen festbanden,

und ... Sie unterbrach ihren Gedankengang und runzelte in der Dunkelheit die Stirn. Quentin war *nicht* so gewesen. Und damals in Lac Brillant hatte sie ihn ein- oder zweimal dabei überrascht, wie er sie seltsam forschend betrachtet hatte, als ob – Sie schnaubte ungeduldig. Lächerlich! Warum quälte sie sich so? Quentin Chandler war ein Frauenheld, wie ihr lieber Papa vor fünf Jahren gesagt hatte. Die bloße Tatsache, daß sie in diesen grünen Augen »Ich liebe dich« las, während seine Lippen aber »Ich will dich nicht haben« sagten, bedeutete noch lange nicht – Es sei denn, daß ...? Sie setzte sich wieder auf, zog sich die Bettdecke ans Kinn und blickte mit einem plötzlichen Verdacht in das monderhellte Zimmer.
Nein, das war wirklich zu dumm. Sie machte sich nur selbst etwas vor. Aber wenn sie zurücksah, erinnerte sie sich an verschiedene Gelegenheiten, bei denen sie gedacht hatte, eine atemberaubende Zärtlichkeit in seinen Augen zu sehen, und nach einem solchen Blick war immer wieder eine dieser rücksichtslos unfreundlichen Bemerkungen gefolgt. Fraglos hatte er sein Leben aufs Spiel gesetzt, als er bereits so nahe daran gewesen war, von Highview zu entkommen, und war lieber geblieben, als sie allein dem Schrecken ins Auge sehen zu lassen. Nachdenklich zog sie die Brauen zusammen. Jeder ehrenhafte Gentleman hätte dasselbe getan ... oder nicht? Aber dennoch – da war dieser Augenblick gewesen, als der arme Killiam trübselig ihre mögliche Exekution vorhergesagt hatte und Quentin so wütend geworden war. Und dann waren da noch weniger weit zurückliegende Vorfälle. Zum Beispiel, wie zornig er gewesen war, als Daffy sie so hübsch gekleidet hatte und er sie mit Tiele im Salon vorfand; ihr bittersüßes Zusammentreffen mit Sir Sylvester im Eßzimmer; die wehmütige Trauer, als ihre Augen sich im Spiegelbilde des Schaufensters getroffen hatten; das Entzücken, als er so sanft die Linie ihrer

Lippen nachgezogen hatte, und die nachlässigen Worte, die er danach geäußert hatte.
Sie saß jetzt zitternd da, die Augen weit geöffnet. Nur die verrückte Ritterlichkeit eines Don Quichotte würde von einem verliebten Mann fordern, daß er die geliebte Frau in die Arme eines anderen trieb, um sie zu schützen. Sie schnappte nach Luft. Und Quentin Chandler war sicher der Inbegriff eines ritterlichen Mannes! Er war ein Mann, der sich aus ganzem Herzen in eine verlorene Sache gestürzt und nie über die Folgen geklagt hatte. Und er war der Mann, der schwach und leidend und hilflos gegen seine einzige Hoffnung auf Rettung gekämpft hatte, aus Angst, welche Folgen es für sie haben könnte. Er war genau die Verkörperung des geliebten Einfaltspinsels, der sie aus übergroßer Liebe von sich stieß – um sie zu schonen!
»O Gott, o Gott!« flüsterte sie, die Hände um die Knie geschlungen. »Es *könnte* sein. Und wenn es stimmt – wie *dumm* bin ich dann gewesen! Ich habe die Sache völlig falsch angepackt!«

Ein schöner Morgen brach an, mit einem frischen Westwind, der das Schild des Gasthauses an seinen Ketten knarren ließ und einige Haufenwolken über den hellen Himmel trieb. Penelope stand früh auf, wie Quentin sie gebeten hatte, und gesellte sich zu »Mr. Somerville« und Mr. Tiele ins Speisezimmer, um zu frühstücken. Quentin hatte über die üblichen Späße hinaus wenig zu sagen und überließ das Feld Mr. Tiele, der Penelope entzückt in eine lebhafte Unterhaltung verwickelte. Sie neigten nicht dazu, wie Quentin beim Frühstück noch schläfrig zu sein, und fanden bald heraus, daß sie viele Interessen gemeinsam hatten, einschließlich der Liebe zu Hunden. Quentin unterbrach eine angeregte Diskussion über das Tem-

perament der verschiedenen Setter, um zu empfehlen, sie sollten sich besser so bald wie möglich auf den Weg machen.
Da Corporal Killiam sie verlassen hatte, trug der Kutscher und Pferdeknecht das Gepäck hinunter und verstaute es im Kutschkasten. Daffy eilte mit Jaspers Käfig, den sie gut vor dem Wind geschützt hatte, in den Hof hinunter. Quentins Lebensgeister waren durch seinen Morgenkaffee wieder geweckt worden, aber seine Laune hatte sich nicht genügend gebessert, um den Gedanken zu ertragen, seine Kutsche mit Jasper zu teilen. Der Vogel, erklärte er fest, mußte auf dem Kutschbock mitreisen. Ungehalten weigerte Daffy sich, ihr Haustierchen der zweifelhaften Fürsorge des Pferdeknechtes anzuvertrauen, der zeitweise in den Rang eines Kutschers erhoben worden war und den sie Penelope als einen »wahren Klotz« beschrieben hatte. Zu dem *Fliegenden Holländer* hatte sie große Zuneigung gefaßt, aber Dutch Coachman hatte den nichtexistierenden Mr. Martin und seinen Diener zu ihrem nächsten Ziel fahren müssen. Dennoch war sie bestürzt, als Quentin nachgab und sagte, Jasper könne in der Kutsche bleiben, aber er selbst würde dann auf dem Bock mitfahren. Eine lebhafte Diskussion folgte, aber Penelope hatte keineswegs die Absicht, Quentin draußen mitfahren zu lassen, und die geschickten Manöver der beiden Mädchen überzeugten ihn schließlich, daß Daffy sehr gut mit der zusätzlichen Decke über ihren Knien draußen sitzen konnte.
Zu ihrem großen Entzücken hob Duncan Tiele Daffy auf den Kutschbock, begleitet von einem kleinen Aufschrei mädchenhafter Scheu. Der Wind ließ Penelopes Röcke flattern, und Quentin grinste anerkennend, als er ihr die Stufen hinaufhalf und hinter ihr in das Gefährt kletterte.
»Ein schöner Morgen, meine Liebe«, sagte er und sah zu, wie sie ihr Kleid wieder in Ordnung brachte.

»Wenn man Wert darauf legt, daß einem Augen gemacht werden«, gab sie zurück. »Ich wundere mich, daß mein Verlobter Ihnen keins verpaßt hat, so wie Sie meine Fesseln angestarrt haben.«

Er zog die Tür zu, antwortete aber nicht gleich, und Penelope fiel auf, daß er ziemlich müde aussah. Gestern abend hatte er ihr nicht erlaubt, seine Verbände zu wechseln, und gesagt, Killiam hätte das so gut gemacht, daß es nicht nötig sei. Dann fiel ihr ein, daß Rob anscheinend besorgt um seinen Herrn gewesen war, und sie fragte ängstlich: »Ich wünschte, Sie hätten mich Ihren Arm ansehen lassen. Fühlen Sie sich nicht ganz in Ordnung? Ich hatte nicht die Absicht – «

»Mich zu schockieren?« warf er ernst ein. »Ich fürchte, das haben Sie aber, wissen Sie. Es macht nichts, wenn Sie über mich solch taktlose Bemerkungen machen, Penny. Aber – wie ich zu betonen versucht habe, Duncan ist ein sehr guter Kerl.«

Der »gute Kerl« beliebte in diesem Augenblick ans Fenster zu reiten. Er sah sehr gut aus in seinem blauen Reitmantel, makellosen Breeches und hohen Reitstiefeln. Er rief ihnen einen Gruß zu, verbeugte sich vor Penelope und ritt weiter nach vorn.

»Sagen Sie mir bitte, was ich jetzt wieder getan habe«, sagte Penelope. »Ich kann mir nicht mehr Fehler erlauben, denn ich glaube nicht, daß Mr. Tiele so töricht ist, wie Sie annehmen.«

Quentin sah leicht überrascht aus, dann antwortete er: »In dieser Hinsicht hege ich keine Zweifel. Dennoch, Penelope Anne, ich glaube, Geoff würde wünschen, daß ich Ihnen klarmache, daß eine Lady keine derben Ausdrücke benutzen sollte – wie ›jemandem eins verpassen‹.«

»Geoffrey hat mir diesen Ausdruck beigebracht.«

»Vielleicht, aber damals war er jünger, und – «

»Und am Leben«, unterbrach sie ihn bitter.

»*Was* haben Sie gesagt?«

Diese scharfe Frage ließ ihren Kopf herumschnellen, und sie sah einen ungläubigen Ausdruck auf seinem Gesicht, den sie ausnahmsweise einmal für ein echtes Spiegelbild seiner Gefühle hielt. Verwirrt erwiderte sie: »Ich sagte, daß mein Bruder – «

Und sie brach ab und blickte zum Fenster, als die Kutsche ihre Fahrt verlangsamte und nur wenig entfernt vom Gasthaus auf der Straße anhielt.

Quentin öffnete das Fenster und spähte hinaus, dann setzte er sich wieder zurück, drückte Penelope kurz die Hand und murmelte: »Nur ruhig, Kind.«

Tiele kam wieder ans Fenster, einen warnenden Blick in den Augen. Hinter ihm, gepflegt und ernst wie immer, ritt Captain Holt.

»Guten Tag, Mr. Somerville«, rief der Offizier. »Zeitig entwischt, wie?«

Gegen ihren Willen entfuhr Penelope ein Keuchen, und ihre Hand klammerte sich krampfhaft an eine Falte ihres Kleides.

Ohne auf eine Antwort zu warten, grüßte der Captain sie und lächelte erwartungsvoll.

»Ich glaube, Sie haben unseren tapferen Soldaten noch nicht kennengelernt«, sagte Quentin. »Miss Martin – Captain Holt.«

Der Captain gab eine höfliche Erwiderung auf die Vorstellung und bemerkte: »Ich nehme an, Sie fahren Ihrem Onkel nach, wie, Somerville?«

Quentin starrte ihn an. »Sind Sie anfällig für geistige Verirrungen? Warum, zum Teufel, sollte ich dem alten Brummbären nachfahren wollen?«

»Sollte ich Sie falsch eingeschätzt haben? Ich hätte gedacht, Sie wären darauf bedacht, eine Entschädigung zu erhalten.«

Jeden einzelnen Nerv angespannt, fragte Quentin: »Wofür?

Ich bin nicht sehr verärgert darüber, daß er mich aufgefordert hat, meine Cousine nach Hause zu begleiten, wenn Sie das meinen.«

»Ich nehme an, jeder Gentleman würde das für eine angenehme Aufgabe halten«, sagte der Captain verbindlich, aber mit einem leichten Glitzern in den Augen. »Nein, ich habe auf die Tatsache angespielt, daß ich gehört habe, *Sie* hätten Mr. Martins Rechnung heute morgen bezahlt.«

Die kalte Hellsichtigkeit, die Quentin in einem Augenblick extremer Gefahr immer umgab, ließ ihm Penelopes tödlichen Schrecken tief bewußt werden. Er hätte Holt mit Vergnügen erwürgen können, aber er lachte und antwortete leichthin: »Oh, so schlecht ist der alte Bursche nicht, wissen Sie. Er hat mir genug Geld zurückgelassen, um unsere Zeche zu bezahlen – und das war, verdammt noch mal, alles, was er mir zurückgelassen hat!«

»Ich wundere mich, daß Sie überrascht sind«, sagte Penelope und brachte es irgendwie fertig, ihre Stimme beiläufig klingen zu lassen. »Mein Onkel hat erraten, warum Sie sich mit uns treffen wollten. Wie konnten Sie nur ein solches Ansuchen an ihn richten, während er einen Gichtanfall hatte ...! Also wirklich, Vetter!«

»Woher, zum Teufel, hätte ich das wissen sollen? Und bei seinem ungehobelten Benehmen verstehe ich nicht – « Quentin brach ab und blickte mit einer Grimasse wieder auf die beiden Männer. »Nun, das steht jetzt nicht zur Debatte. Tiele? Reiten Sie mit uns weiter oder nicht?«

»Einen Augenblick noch, bitte«, sagte Holt, der noch nicht überzeugt war. »Ich hatte geglaubt, Sie seien zufällig in den *Fliegenden Holländer* gekommen. Haben Sie in Wirklichkeit *erwartet*, Ihren Onkel dort zu treffen, Mr. Somerville?«

Quentin sah ihn mit gerunzelter Stirn an. »Ich sehe nicht ein, daß Sie das irgend etwas angeht, Sir, aber – ja. Ich erfuhr, daß mein Onkel Miss Martin heimbegleitete und daß er vorhatte, in diesem Gasthaus anzuhalten, also habe ich ihm eine Nachricht zukommen lassen, daß ich ihn dort treffen würde.« Mit gekränkter Miene kam er der nächsten Attacke zuvor. »Ich hatte mir vorgestellt, der alte Geizhals würde mir wenigstens ein Zimmer reservieren, aber als meine Freunde mich abgesetzt hatten, stellte ich fest, daß er erwartete, ich solle *sein* Zimmer mit ihm teilen!«

»Sie sind also nicht mit Ihrer eigenen Equipage gefahren«, sagte Holt. »Ich hatte mich schon gefragt, wie Sie zu der Wirtschaft gekommen sind.«

»Zum Teufel! Herumgeschnüffelt haben Sie, Sir? Nun, wenn Sie es unbedingt wissen müssen, ich kann mir keine eigene Equipage mehr leisten, weil mein verfluchter Onkel sich geweigert hat – «

»Cousin!« rief Penelope, die völlig vergessen hatte, sich Quentins augenblicklichen Vornamen zu merken, mit einem erzürnten Blick aus. »Wie können Sie vor Fremden so von Ihrer eigenen Familie sprechen? Onkel hätte sich sehr wohl weigern können, Ihnen sein Zimmer überhaupt zur Verfügung zu stellen.«

»Nicht, wenn er wollte, daß ich *Sie* nach Hause begleiten sollte, meine Liebe.«

»Und wo genau ist – zu Hause, Miss Martin?« fragte Holt sofort.

Quentin spürte, wie Penelope zitterte. »Na, wenn Sie nicht unverschämt sind«, sagte er ungehalten. »Sie haben die Lady erst kennengelernt!«

»Ich frage in meiner offiziellen Eigenschaft«, brauste Holt auf, der langsam ärgerlich wurde.

»Das soll glauben, wer mag! Tiele – wenn dieser Bursche Ihr

Freund ist, kann ich Ihnen nur sagen, daß ich keinen Wert auf seine Art lege, einer Lady den Hof zu machen – «

»Ich habe der Lady *nicht* den Hof gemacht«, knirschte Holt, das Gesicht sehr rot.

Tiele, der mit Mühe ernst blieb, sagte: »Er versucht nur, seine Pflicht zu tun, Somerville. Sie müssen wissen, daß eine ausgedehnte Suche nach Jakobiten im Gange ist, und – «

»Nun, wenn Captain Holt meint, meine Cousine habe in Culloden gekämpft, muß er einen Spleen haben! Verdammt noch mal, ich werde mich beim alten Mariner über diese lächerliche Schikane beschweren!«

Wieder einmal entpuppte dieser Name sich als Zaubermittel. Holt erstarrte. »Sie kennen Major Fotheringay, Sir?«

»Das können Sie glauben! Sein Papa und meiner waren Schulkameraden.« Quentin machte eine Pause, als fiele ihm plötzlich etwas ein, und brummte dann wie zu sich selbst: »Vor einiger Zeit hat der alte Mariner mir einmal kräftig ins Schienbein getreten, erinnere ich mich jetzt ... Jupiter, ich könnte mir vorstellen, daß er sich freuen würde, alte Kindheitserinnerungen wieder aufleben zu lassen!« Er wandte sich an Penelope. »Hätten Sie etwas dagegen, wenn wir einen kleinen Umweg machen, Cousine? Ich habe gehört, daß Mariner in der Nähe von Oxford stationiert ist, und er schuldet mir – «

Sie interpretierte sein leichtes Stirnrunzeln richtig und antwortete schmollend: »Nun, ich *habe* etwas dagegen! Es war eine schreckliche Reise bisher und hat schon viel zu lange gedauert. Ich habe versprochen, die Nashes morgen in Coombe Bissett zu besuchen, und ich will nach Hause – und zwar *jetzt!*«

»Dann will ich Sie keinesfalls länger aufhalten«, sagte Holt. »Ich entschuldige mich für die Ungelegenheiten, Mr. Somerville. Aber – Pflicht ist Pflicht.«

Er zügelte sein Pferd, gab dem Kutscher einen Wink, und das

Gefährt rumpelte wieder vorwärts; Tiele winkte ihm noch, als er an ihm vorbeiritt.
Captain Holt ritt noch nicht gleich davon, sondern sah der Kutsche gedankenverloren nach. Sein intuitives Mißtrauen gegen Adam Somerville war offensichtlich ungerechtfertigt gewesen. Er verzog verächtlich den Mund. Der typische selbstsüchtige junge Tunichtgut, der keinen Gedanken an jemanden anderen verschwendete, kaum mehr Rückgrat als ein Huhn – und noch viel weniger ein kämpfender Rebell. Trotzdem, das Mädchen *war* weiß wie ein Laken geworden, als er sie zuerst angehalten hatte ... Und diese Geschichte mit dem alten Gentleman, der so plötzlich davongefahren war, war mehr als nur ein wenig verdächtig gewesen. Er schürzte die Lippen und lag mit sich selbst im Widerstreit, ob er ihnen einen Soldaten nachschicken sollte, der ein Auge auf sie hatte. Obwohl – Tiele war natürlich bei ihnen ...
Der Captain wendete sein Pferd und ritt langsam auf den *Fliegenden Holländer* zu.

In der Kutsche versagten schließlich Penelopes Nerven. Mit einem unterdrückten Schluchzer schloß sie die Augen und konnte ihr Zittern nicht mehr kontrollieren.
Mit einem Aufstöhnen nahm Quentin sie in die Arme. »Nein! Meine arme Kleine! Mein Gott! Wo habe ich Sie da hineingezogen! Bitte – ich flehe Sie an – *bitte* weinen Sie nicht.«
Aber sie schluchzte hilflos in seine Krawatte, und er hielt sie fest, bat sie aufzuhören, streichelte ihr Haar, zog endlich sein Taschentuch heraus und tupfte ihr ungeschickt die Tränen ab.
»Es tut mir so leid«, murmelte er besorgt. »Alles ist meine Schuld! Dieser *verdammte* Kopfjäger – Sie so zu erschrecken!«
»Nur weil ich – so Angst hatte«, schluckte sie, »h-hätte ich Sie im – im Stich lassen können ...« Sie hatte den Eindruck, daß

seine Hand, die ihre umklammerte, zitterte, und hoffnungsvoll hob sie die Augen, die in Tränen schwammen.
Er sah etwas zu gelassen aus. »Oh, machen Sie sich darüber keine Gedanken«, sagte er mit einem ermutigenden Lächeln. »Sie waren sehr glaubwürdig.«
Penelope lächelte zittrig. »Dieser Mann jagt mir Angst ein. Er scheint so unmenschlich fanatisch – so kalt.«
»Fanatisch ist er sicher. Aber mehr deshalb, weil er eine Beförderung will, als um eines Ideals willen. Machen Sie sich keine Sorgen, meine liebe Nichte. Unter uns, wir haben ihn schön eingewickelt.«
»Cousine ...«, korrigierte sie ihn heiser.
»Gott! Es wird immer schwieriger, sich alles zu merken! Auf jeden Fall, mit ein wenig Glück werden wir diese Kreatur nicht wiedersehen.« Er lehnte sich aus dem Fenster, das immer noch offen war. »He! Tiele!« rief er und zog an der Klingelschnur.
Alarmiert fragte Penelope: »Was wollen Sie tun?«
»Diesmal nichts Hochverräterisches. Hallo, Tiele. Tauschen Sie den Platz mit mir, seien Sie so nett. Ich habe das Bedürfnis, ein wenig zu reiten.« Er wandte sich Penelope zu und sagte kaum lauter als ein Flüstern: »Das gibt Ihnen die Möglichkeit, den armen Einfaltspinsel einzufangen.«
Feigling, dachte sie, aber sie brachte es fertig, erfreut auszusehen, und flüsterte zurück: »Oh, danke!«
Sie hätte schwören können, daß Quentin die Lippen zusammenpreßte, als er die Stufen herunterließ und sie allein zurückblieb.

14

Es war nicht leicht, das *Cat and Kippers* zu finden. Duncan Tieles optimistische Voraussage »etwa drei Meilen westlich von Winchester« wurde korrigiert, denn es lag mindestens sechs Meilen westlich von dieser schönen Stadt, und statt an der »Straße nach Salisbury« entlangzufahren, mußten sie dem Feldweg nach Salisbury folgen, der sie, übersät mit fürchterlichen Schlaglöchern, drei weitere Kilometer nordwärts führte, bevor das Gasthaus in Sicht kam. Schon lange bevor sie Winchester erreichten, hatte Quentin seinen edlen Einfall bereut, Tiele neben Penelope sitzen zu lassen, während er auf dem übelsten Klepper durchgerüttelt wurde, den ihm sein böses Schicksal je beschert hatte. Er war gezwungen zuzugeben, daß er noch nicht so erholt war, wie er selbst geglaubt hatte, und kaum jemals zuvor war er erfreuter gewesen, einen Ritt zu beenden.

Tieles Beschreibung des Orts war bei weitem zu optimistisch gewesen, und Quentin nahm das Wirtshaus mit wachsendem Erstaunen in Augenschein. Allein das Schild genügte, um einen Reisenden mit dem geringsten Selbsterhaltungstrieb schnellstens Reißaus nehmen zu lassen. Man konnte nur hoffen, dachte Quentin belustigt, daß derjenige, der das Schild gemalt hatte, noch einen anderen Beruf hatte, der ihm sein Leben sicherte. Sicherlich waren seine Werke nicht sehr gefragt. Die Katze war in einer höchst seltsamen Farbschattierung getigert, fast zinnoberrote Flecken wechselten sich mit weißen und hellgelben Streifen ab. Der Kopf dieser unwahrscheinlichen Katze war für den Körper um einiges zu groß, und obwohl das Fell glatt war, lockte sich ein riesiger, buschiger, gelbweißer Schweif um ihren Leib. Das letztere Merkmal mochte erklären, warum die riesigen runden Augen dieses

Geschöpfs so überrascht aussahen und den Besucher anstarrten, als wollten sie sagen: »Warum, um alles in der Welt, kommen Sie *hierher?*« Vom zweiten Teil des Namens war nichts zu sehen, die Katze prangte auf einem roten Samtkissen, aber man konnte nichts entdecken, was einem Hering nur im entferntesten ähnlich gesehen hätte.

Das Wirtshaus selbst war kaum mehr als eine drittklassige Schenke, und noch dazu eine der am wenigsten einladenden, die Quentin je gesehen hatte. Es war ein Gebilde aus verschiedenen Gebäudeteilen, die eher zufällig als planvoll zusammengefügt schienen, die Fenster mit Mittelpfosten versehen, die Mauern weißgekalkt, das Dach strohgedeckt. Das letztere schien zwar in gutem Zustand, aber das Stroh war nie sauber beschnitten worden und hing wie ungekämmtes Haar über den schmutzigen Fenstern. Das Wagenrad, das darüber hing, verwitterte langsam vor sich hin, einige Speichen hingen gefährlich herunter und stellten eine Gefahr für jeden unvorsichtigen Reisenden dar, der zufällig darunterstand. Der Kalkanstrich schien vor mindestens zehn Jahren aufgetragen worden zu sein und wies nun alle Anzeichen fortgeschrittener Räude auf. Von den Vordertüren hing die Farbe in Streifen herunter, und selbst die Stufen, die zu der nicht gerade imposanten Eingangstür führten, waren bröckelig und uneben.

»Ich schätze, Sie werden es wiedererkennen, wenn Sie es noch einmal sehen«, brummte eine bärbeißige Stimme.

Quentin wandte seinen ungläubigen Blick vom Haus ab und sah einen großen Stallknecht mit krummen Schultern, der ihn ohne große Begeisterung betrachtete. Ein Strohhalm hing diesem anrüchigen Individuum aus dem Mund, über ein rußiges Hemd fiel ein schmutziger Mantel, die Hosen sahen verheerend aus, und langes schwarzes Haar hing strähnig unter einem Gebilde herunter, das einmal ein Hut gewesen sein mochte.

»Ich hoffe sehr, daß ich nie die Gelegenheit haben werde«, sagte Quentin inbrünstig, aber seine Neugier gewann die Oberhand, und er fügte hinzu: »Wo sind die Heringe auf Ihrem Schild?«

Ein breites und seltsam vertrautes Grinsen machte sich auf dem schiefen, unrasierten Gesicht breit. »Die Katze hat sie gefressen«, sagte der Kerl und stieß ein lautes, wieherndes Lachen aus.

Die Kutsche kam angerattert. Der Stallbursche betrachtete sie grollend. »Gehört diese ganze Gesellschaft zu Ihnen?« fragte er.

»Möglicherweise«, sagte Quentin nachdenklich. »Und Sie sind möglicherweise ein Stallbursche.« Ein Paar eigentümlich schöner grauer Augen blitzte ihn mit einem unverwechselbaren Zwinkern an. »Treve!« rief Quentin aus.

»Still, du Dummkopf«, sagte der ehrenwerte Trevelyan de Villars ohne allzu großen Groll und spuckte seinen Strohhalm aus. »Wenn *Sie* ein oder zwei Minuten gebraucht haben, um mich zu identifizieren, bin ich sicher genug. Sie fahren am besten hinten herum«, wies er den Kutscher auf Zeit an und deutete nachlässig mit dem Finger auf das *Cat and Kippers*. Leise fügte er hinzu: »Wir haben gehört, Sie seien an der Schwelle des Todes. Sie sehen ziemlich lebendig aus.«

Quentins Stimmung stieg himmelhoch, und er sagte: »Das ist mehr, als ich von Ihnen sagen kann, alter Bursche. Haben Sie Nachrichten für mich?«

»Mehrere. Dieser finstere Blick ist gut. Behalten Sie den bei. Können Sie lange genug auf diesem Klepper sitzenbleiben, um der Kutsche nachzureiten?«

Quentin antwortete, das könne er, erklärte Mr. de Villars in lautem, empörten Ton, daß er ein unverschämter Trottel sei, und lenkte seine Schindmähre den schmutzigen Weg entlang in den Hinterhof.

Zwei überraschend luxuriöse Kutschen standen in der geräumigen Scheune, und Stallknechte diskutierten laut, während sie ein Gespann zueinander passender Brauner abrieben. Ein Stallbursche kam angerannt und nahm Quentin die Zügel ab. Steif kletterte er aus dem Sattel, der Junge beobachtete ihn pfiffig und erkundigte sich dann grinsend, ob er heute einen besonders guten Tag habe. Quentin warf ihm ein Geldstück zu, sagte dem Jungen zu dessen großem Entzücken, daß er das Maul halten solle, drehte sich müde um und fand Killiam in Ellbogenreichweite.

»Was soll denn *das?*« fragte der Corporal und beäugte Tieles Gaul ungläubig. »Und warum sind Sie auf ihm geritten? Ich dachte – «

»Oh, reg dich nicht so auf«, sagte Quentin kurz angebunden. »Mr. Tiele ist – verliebt in Miss Montgomery.«

»Dann sollten Sie sicher nicht – «

»So habe ich ihnen die Möglichkeit gegeben, einander kennenzulernen«, fuhr Quentin fort, der Klang seiner Stimme und der harte Blick in seinen Augen sagten, daß er sich auf keine weitere Diskussion einlassen würde.

Er ging hinüber zur Kutsche, um Penelope die Stufen herabzuhelfen, aber Tiele, der fröhlich über einen gemeinsamen Spaß lachte, sprang heraus und trat einen Schritt zurück, um ihr seinen Arm zu bieten. Quentin wechselte sofort die Richtung. Dutch Coachman rannte aus dem Stall herbei, ein breites Grinsen der Freude auf den wettergegerbten Gesichtszügen. Vor langer Zeit war er dem kleinen Jungen, dem er beigebracht hatte, sein erstes Pony zu reiten und es zu versorgen, wie ein Riese erschienen. Jetzt überragte Quentin ihn weit, aber was sich auch sonst verändert haben mochte, das Band zwischen ihnen war unerschütterlich, und sie begrüßten einander mit einer Zuneigung, die weit über die zwischen Diener und Herrn hinausging.

Penelope hatte eine reizende Fahrt genossen, da Mr. Tiele ein Mann von angenehmen Manieren und einem lebhaften Sinn für Humor war. Unter der Wärme seiner aufmerksamen Bewunderung war sie aufgeblüht, so daß er, wäre er nicht schon zu Beginn der Fahrt von ihr bezaubert gewesen, ganz sicher am Ende der Fahrt bezaubert war.

Penelope blickte sich ängstlich um, als sie die Stufen herunterschritt, und sah Quentin vertieft in eine Unterhaltung mit Dutch Coachman. Ihre Befürchtungen waren offensichtlich grundlos gewesen. Er stand mit dem Rücken zu ihr, eine Hand auf die Kutsche gestützt, ein Bild anmutiger Lässigkeit, und verriet keine Spur von Erschöpfung.

Mr. Tiele bemerkte leichthin, sie würde von der Speisekarte dieses miserablen alten Lokals überrascht sein und daß sie ein Zimmer brauchte, wo sie sich ausruhen und erfrischen konnte. Sie lächelte ihn dankbar an und betrat das klapprige alte Gebäude an seinem Arm, ohne große Hoffnung, darin bequeme Räumlichkeiten oder ein passables Essen zu finden.

Der Gang, den sie betraten, war lang, dämmrig und staubig. Sie kamen an einer geschlossenen Tür vorbei, die – einer Duftwelle von Ale und dem Summen lebhafter Unterhaltung nach zu urteilen – zur Schenke führte. Die nächste Tür ging auf, und derselbe jämmerliche Stallbursche, der die Kutsche am Vordereingang vorbeigewinkt hatte, kam auf sie zu. Er war ziemlich groß und hatte prächtige breite Schultern. Unbehaglich hielt Penelope sich näher an Tiele und fragte sich, ob er mit diesem schurkischen Kerl fertig werden würde, wenn es nötig wäre. Sie war erstaunt, als der Stallknecht sich anmutig vor ihr verbeugte, Tieles ausgestreckte Hand schüttelte und in einer tiefen, kultivierten Stimme sagte: »Er sieht besser aus, als ich befürchtet hatte. Hat man Sie verfolgt?«

»Ich glaube nicht. Aber in Reading war ein Offizier, der sich wie eine verdammte Landplage aufführte, und ich habe so eine Ahnung, daß er immer noch ein wenig skeptisch ist. Oh – verzeihen Sie, Ma'am. Erlauben Sie mir, Ihnen Trevelyan de Villars vorzustellen, der normalerweise eine Art Dandy ist. Treve, dies ist Miss Montgomery.«

Ein breites, helles Lächeln begegnete ihr. »Eine sehr tapfere Lady«, sagte de Villars bewundernd. »Ich bitte Sie, meinen schmutzigen Aufzug zu verzeihen, Ma'am.«

»Verzeihen«, rief sie aus und überwand ihr Erstaunen. »Ich ehre Sie dafür, Mr. de Villars. Sind Sie auch – Oh, lieber Himmel. Verzeihen Sie. Ich sollte nicht fragen.«

»Wenn Sie fragen wollten, ob Treve ein Jakobite ist – er ist keiner«, sagte Tiele.

»Guter Gott, nein«, bestätigte de Villars heiter. »Kann die dummen Kerle nicht ertragen, aber es ärgert mich, sie so brutal verfolgt zu sehen. Hier entlang.« Er führte sie den düsteren Gang entlang, bis sie eine noch dämmrigere Treppe erreichten.

»Wie hieß Ihr lästiger Offizier?« fragte er, als sie nach oben stiegen. »Nicht Fotheringay, hoffe ich inständigst?«

»Nein. Es war Jacob Holt. Ein Freund von mir – was uns nichts nützen wird, fürchte ich.«

Ruhig warf Penelope ein: »Major Mariner Fotheringay hat uns in der Nähe von Oxford angehalten, Sir.«

De Villars blieb einen Augenblick stehen, ein Stirnrunzeln ließ sein dunkles Gesicht noch niederträchtiger aussehen. »Beim Jupiter! Ich hätte nicht gedacht, daß er schon so weit im Süden ist.« Er warf Tiele einen Blick zu. »Er hetzt einen anderen armen Teufel, und ich sage Ihnen ganz offen, wir haben Glück, wenn wir *ihn* sicher davonbringen.«

Sie waren an einem kleinen Treppenabsatz angelangt, und ein langer Flur führte nach links und rechts, noch dunkler und schäbiger als der untere. De Villars ging nach rechts, blieb vor

der letzten geschlossenen Tür stehen, riß sie auf und ließ Penelope den Vortritt. Sie ging an ihm vorbei und blieb verblüfft stehen. Sie stand in einem bezaubernd eingerichteten Salon. Dicke Teppiche lagen auf glänzendem Eichenfußboden, an den Fenstern hingen Chintzvorhänge. Unter den Möbeln befanden sich mehrere bequeme Sessel und ein Sofa, ein langer Mahagonitisch mit Gedecken für das Mittagessen und eine Kredenz, auf der ein Silbertablett voller Karaffen und funkelnder Kristallgläser stand. Noch zwei weitere Türen waren da, eine an jeder Seite des Zimmers. De Villars führte Penelope zur rechten Tür, die er öffnete, um den Blick auf ein helles, hübsches Schlafzimmer freizugeben. Gerade als sie hineinging, wurde ein schriller Schrei ausgestoßen, und irgend etwas flog sehr schnell an ihrer Wange vorbei.
De Villars duckte sich, und wie durch Zauber hatte er plötzlich eine Pistole mit langem Lauf in der Hand. Tiele stieß einen erschrockenen Schrei aus und sprang zur Seite, und Penelope, obwohl sie Jasper kannte, fand das Flügelschlagen so nahe an ihrem Gesicht unerklärlich beängstigend, so daß ihr ein leiser, entsetzter Schrei entfuhr.
Ein schneller, leichter Schritt war zu hören. Sie wurde gepackt und herumgewirbelt. Quentin musterte sie verzweifelt. »Was ist los?« fragte er. »Bei Gott, Tiele! Ich habe sie Ihrer Obhut anvertraut! Wenn Sie – «
Im Nu hatte Penelope die instinktiven beruhigenden Worte unterdrückt, die ihr schon auf den Lippen lagen, und ergriff die prächtige Gelegenheit, die das Schicksal ihr bot. »Nein, nein ...«, ächzte sie schwach. »Es war ... nur ...« Und sie taumelte und fiel.
»Passen Sie auf!« schrie Tiele bestürzt. »Erlauben Sie, Miss – « Seine ausgestreckte Hand wurde beiseite gefegt.
»O nein, Sie nicht«, fauchte Quentin.

Penelope spürte stechende Reue, als er sie in die Arme nahm, und befürchtete, er könne seinem Arm wieder weh tun. Aber sie tröstete sich mit dem Gedanken, daß sie ebenfalls eine Schlacht zu führen und zu gewinnen hatte, und lehnte sich schlaff an die Kissen, als sie zärtlich auf das Sofa gelegt wurde.
Ein neuerlicher Schrei zerriß die Luft. Daffy drängte sich zwischen Quentin und ihre Herrin und schrie ängstlich: »Lassen Sie mich ihr helfen! Warum ist sie in Ohnmacht gefallen, das arme Mädchen? Wahrscheinlich ist sie völlig erschöpft!«
»Brandy – schnell!« schnauzte Quentin und drehte sich zu dem entgeisterten Tiele um.
»Daffy – *geh weg!«* flüsterte Penelope zwischen den Zähnen, als ihre ergebene Zofe sich über sie beugte.
Den Bruchteil einer Sekunde starrte Daffy sie an, dann warf sie sich die Schürze übers Gesicht, um ihr plötzliches verständnisvolles Lächeln zu verstecken, und wich weinend zurück.
»Zum Teufel!« schrie Quentin außer sich. »Was ist bloß passiert?«
»Ich – äh, ich glaube, der Vogel hat sie erschreckt«, sagte de Villars, dessen hellgraue Augen vor Vergnügen glitzerten.
»Mein armer Jasper ist weg«, jammerte Daffy, die entdeckt hatte, daß ihr unberechenbarer Liebling ganz oben auf der Vorhangstange saß und triumphierend zu ihnen herunterschielte.
»Unsinn«, sagte Quentin und nahm das Glas, das Tiele eilig brachte. »Penny ist das mutigste Mädchen, das ich je gekannt habe. Sie würde nicht vor diesem dummen kleinen Plagegeist erschrecken.«
»Ich versichere Ihnen, es ist nicht ungewöhnlich, daß Menschen sich ängstigen, wenn Flügel ihnen direkt vor dem Gesicht herumflattern«, sagte de Villars. »Ich habe einen Freund, der ganz verrückt nach diesen gefiederten Schädlingen ist, und

sogar er duckt sich instinktiv, wenn einer seiner kleinen Freunde auf ihn zusaust.«
Quentin hielt das Glas an Penelopes Lippen. »Hier, Liebling«, sagte er in einem zärtlichen Ton, den sie sich nie hätte träumen lassen. »Nur einen kleinen Schluck, Penelope Anne.«
»Sie schütten ihn ihr über den Hals«, kritisierte Tiele. »Lassen Sie mich ...«
»Das werde ich, verdammt noch mal, nicht tun! Bleiben Sie weg! Sie ist ganz erschöpft, das liebe Mädchen, kein Wunder. Penny – bitte, mein Liebling. Versuch, ein wenig zu trinken.«
Penelope verspürte himmelhochjauchzende Freude, als der Mann ihres Herzens sie seinen Liebling nannte. Dennoch, der Brandy, der ihren Hals heruntertropfte, war nicht sehr angenehm, und außerdem hatte sie das unangenehme Gefühl, daß de Villars jede Minute laut herauslachen konnte. Deshalb seufzte sie tief, ließ die Wimpern flattern und öffnete die Augen.
Quentin hatte sich sehr schnell davongemacht. Duncan Tiele beugte sich über sie, das Glas in der Hand und einen verwirrten Blick in seinen ehrlichen Augen.
»Oh, meine Güte«, murmelte Penelope, setzte sich auf und legte die Hand auf ihren steifen Hals. »Wie dumm von mir.« Unter ihren Wimpern warf sie Quentin einen Blick zu, der nun am Fenster stand, die Hände in die Hüften gestützt, und zu Jasper hinaufsah. »Noch mehr solche Sachen, mein lieber gefiederter Freund«, sagte er finster, »und du wirst einer sehr netten Katze serviert, die voller Hoffnung in Reading wartet.«
De Villars stellte sich neben ihn. Quentin drehte sich um und streckte die Hände aus. »Mein lieber alter Junge, wie nett von Ihnen, daß Sie Ihre dämliche Nase in diese trübe Suppe stekken.«
»Nicht wahr«, sagte de Villars gedehnt. »Ich möchte gern

hoffen, daß Sie Ihren Irrtum einsehen, Chandler, aber ich bezweifle es.«
»Ich sehe nur, daß Sie wieder einmal Ihren Hals riskieren – «
»Oh, lassen Sie das Gestammel, um Himmels willen. Mein Onkel Boudreaux hat mich da hineingezogen, und wenn ich mich nicht bei ihm einschmeicheln wollte – «
»Lügner! Seine Gefühle Ihnen gegenüber haben sich keinen Deut geändert. Versuchen Sie nicht, sich zu verstellen.«
De Villars senkte die Stimme und sagte: »Sie sind derjenige, der sich verstellt. Ich nehme an, diese liebreizende Lady ist – «
»Machen Sie sich darüber keine Gedanken«, unterbrach Quentin ihn hastig. »Sagen Sie mir nur – ist mein Bruder hier?«
»Ja. Und ich muß Sie fragen, ob Sie die Geheimschrift haben.«
»Ja. Und gut versteckt.«
»Haben Sie etwas dagegen, mir zu sagen – wo?«
Quentin sah ihn fest an. »Nein.« Er sah, wie de Villars unwillig und stolz das Kinn nach oben reckte, und wiederholte: »Nein, Treve. Ich will zu allem anderen nicht auch noch Ihr Leben riskieren. Wenn ich sie nicht an den Bestimmungsort bringen kann, wird sie mit mir verloren sein.« Er blickte niedergeschlagen auf Penelope und Duncan Tiele, der sich besorgt über sie beugte. »Gott weiß, genug unschuldige Leben sind schon in Gefahr, und ich werde – « Er unterbrach sich, als an die Tür geklopft wurde.
Der Wirt kam mit drei Küchenmädchen herein, die Schüsseln und Platten trugen und sie auf dem Tisch anrichteten.
Daffy führte Penelope in das Schlafzimmer, de Villars verschwand, und Tiele spazierte zu Quentin hinüber, der sich müde auf einem Stuhl ausgestreckt hatte und die Augen schloß.
»Sehen Sie, Chandler«, begann Tiele mit leiser, drängender Stimme.

Quentin sah zu ihm auf.
»Ich hatte keine Ahnung«, fuhr Tiele ungeschickt fort, »daß Sie – daß Miss Montgomery – «
»Gut«, sagte Quentin. »Wir sind es nicht.«
»Aber – hol's der Teufel, Mann, ich habe gesehen, wie Sie ... Ich meine – ich habe gehört, wie Sie sie Ihren – äh – «
»Ich war nur zerstreut. Das heißt – äh, ich hätte das nicht gesagt, wenn ich nicht so müde wäre. Aber – sie hat es nicht gehört, das ist alles, was zählt. Und – « Quentin erhob sich mühsam. »Wo, zum Teufel, haben Sie diese jämmerliche Schindmähre von einem Pferd aufgetrieben?«
Tiele lachte in sich hinein. »Gemietet. Mein eigenes Pferd hat sich an einem Stein verletzt. Ein schrecklicher Klepper, wie?«
Der Wirt sagte höflich: »Verzeihen Sie, Sirs. Wir haben die kalten Vorspeisen angerichtet. Wir bringen das warme Essen in zehn Minuten – ist Ihnen das recht?«
Quentin sagte ihm, daß ihnen das sehr recht wäre, und er und Tiele gingen in das zweite Schlafzimmer, um sich vor dem Essen zu erfrischen.
Penelope kam als erste zurück. Daffy hatte Wunder mit ihrem windzerzausten Haar vollbracht, ein schneeweißes Halstuch lag um ihre Schultern, und sie sah frisch und ganz erholt aus. Kaum hatte sie den Salon betreten, als die gegenüberliegende Tür aufging und Tiele, dessen Augen sich bei ihrem Anblick aufhellten, mit wehenden Spitzenjabots hereineilte.
»Geht es Ihnen besser, Miss Penelope?« fragte er und trat schnell neben sie. »Dieser niederträchtige Vogel! Nach allem, was Sie durchgemacht haben, kann man Sie nur bemitleiden.«
Sie gestattete ihm, sie zum Sofa zu führen. »Ich bin ganz in Ordnung, danke. Hat Major Chandler Ihnen also von unseren – Unannehmlichkeiten erzählt?«
»Auf jeden Fall mehr, als ich zuvor gewußt habe.« Scheu

drückte er ihre Hand. »Wie großartig Sie sich verhalten haben.«

Errötend sah sie an ihm vorbei. Quentin stand in der offenen Schlafzimmertür und sah geflissentlich weg von ihnen. »Dieses schreckliche Vieh!« rief er aufgebracht. »Sehen Sie nur, was er jetzt wieder anstellt!«

Vier Gedecke waren aufgelegt worden. In der Mitte des Tisches stand eine Schüssel mit Gurkenscheiben und kleingeschnittenen Roten Rüben. Und daneben eine flache Schale, die mit geschnittenem Sellerie, Radieschen und rohen jungen Karotten gefüllt gewesen war. Der größte Teil des Gemüses war aus der Schüssel gezogen und auf den Tisch geworfen worden. Ein kleiner Kanarienvogel zog mit entschlossenem Einsatz am letzten Selleriestückchen, das noch übrig war. Gerade als sie hinsahen, gelang Jasper diese schwierige Aufgabe. Begierig hüpfte er auf die leere Schüssel, beugte sich kurz über den Rand und stürzte sich dann in das Wasser, das sich darin angesammelt hatte. Während drei verblüffte Menschenwesen ihn beobachteten, planschte er geschäftig herum, zirpte leise, schlug eifrig mit den Flügeln und spritzte Wasser in alle Richtungen.

Tiele murmelte: »Jupiter! Was wollen Sie mit diesem Plagegeist machen?«

Quentins Blick fiel auf Penelope. Sie beobachtete ihn, die Hände verschränkt, auf ihrem Gesicht spiegelte sich sein eigenes Vergnügen. Er vergaß Tiele völlig und ging zu ihr hinüber. Sie streckte die Hände aus, und er nahm sie nacheinander und küßte sie, dann fragte er eindringlich: »Geht es Ihnen besser? Gott, ich habe vor Schreck fast den Verstand verloren.«

Sie lächelte zu ihm auf. »Ja, ich bin wieder ganz erholt. Und was ist mit Ihnen? Sie hätten niemals so lange reiten dürfen, wissen Sie. Sie sehen sehr müde aus.«

»Pah«, murmelte er, ihre Hände immer noch in den seinen,

und sah in die großen Haselnußaugen, die ihn so zärtlich anblickten. »Wenn nicht Tieles – « Der Name rief ihn in die Gegenwart zurück. Er schleuderte Penelopes Hände fast von sich und drehte sich um, das Gesicht sehr rot. »Tiele! Oh, Sie müssen mich für einen feinen Kerl halten! Haben Sie etwas gesagt?«
Tiele widerstand einem starken Drang, eine Bemerkung über die Tiefe der Verbindung zwischen Chandler und seiner adoptierten »Schwester« zu machen, und sagte trocken: »Ich habe Sie gefragt, was Sie mit unserem schamlosen öffentlich Badenden zu tun gedenken, obwohl ich vollkommen verstehe, warum Sie mich nicht gehört haben.«
Penelope errötete und verspürte Reue.
Quentin lachte gezwungen. »Was wir tun *sollten*«, antwortete er, »ist, ihm den verdammten Hals – «
Die äußere Tür ging auf. Anstelle der Küchenmädchen mit dem Essen, das der Wirt versprochen hatte, kam Gordon Chandler schnell ins Zimmer.
Mit einem erfreuten Aufschrei eilte Quentin auf ihn zu, um ihn zu umarmen und sich selbst umarmen zu lassen. »Gordie! Donner und Doria! Wie froh bin ich, dich zu sehen!«
Gordon ergriff die Hand seines Bruders und musterte sein hageres Gesicht prüfend. »Du siehst wesentlich lebendiger aus als das letzte Mal, als ich dich gesehen habe, du Riesendummkopf.« Er wandte sich an Penelope, nahm ihre Hand und drückte sie an seine Lippen. »Wofür ich Ihnen zu danken habe, Miss Montgomery, obwohl ich nie in der Lage sein werde, Ihnen angemessen zu danken.«
Ihr Lächeln war beunruhigend schelmisch, dachte er, aber sie wich aus: »Wie dankbar bin ich Ihnen, daß Sie uns Mr. Tiele geschickt haben. Er war einfach wundervoll.«
Der arme Tiele wurde sofort mit Dank überschüttet, und

Quentin, der zusätzlich Schuldgefühle hatte, wurde so demütig und ernst, daß Tiele erklärte, sofort abzufahren, wenn sie nicht mit »diesem ganzen Unsinn aufhören! Sehen Sie nur, wieviel Zeit Sie verschwenden!«

»Stimmt«, pflichtete Quentin bei, führte Penelope zu Tisch und rückte ihr einen Stuhl zurecht. »Wir fangen am besten an. Setz dich, Gordie.«

Gordon starrte wie vom Donner gerührt auf den badenden Jasper und schnappte nach Luft. »Lieber Gott! Sollte man ihn nicht wenigstens rupfen?«

Die leichte Brise hatte sich zu einem Wind entwickelt, der den Himmel emsig mit drohenden Wolken vollblies. Jenseits der zeitweiligen Zuflucht dieses seltsamen alten Wirtshauses lauerten Tod und Gefahr, deren grimmige Schatten immer dunkler wurden. Aber in dem gemütlichen Salon im ersten Stockwerk saßen sechs Menschen, die aßen, tranken und fröhlich waren, und die dunklen Schatten wurden für eine Weile aufgehalten. Das Essen war ausgezeichnet, und als die rotbackigen Küchenmädchen schließlich alle Schüsseln gebracht hatten und wieder leise davongeeilt waren, ging die Unterhaltung schnell und lebhaft hin und her, denn Gordon war so voller Fragen, wie Penelope, Quentin und Tiele begierig waren, ihre Abenteuer mitzuteilen. Sie hatten alle darauf bestanden, daß Killiam und Daffy sich zu ihnen gesellten. Aber Daffy war zu schüchtern, sich mit ihnen an denselben Tisch zu setzen, und so trugen sie und der Corporal ihre Teller zu dem kleinen runden Tisch am Fenster und mischten sich in die Unterhaltung, wenn sie aufgefordert wurden, ebenfalls etwas zu dem Geplauder beizutragen. Eine kurze Gesprächspause trat ein, als Jasper, der wieder auf die Vorhangstange zurückgekehrt war, als die Mädchen hereinkamen, heruntersauste und begann, zwischen den

Schüsseln herumzuspazieren und neugierig hier und da zu picken, bis Tiele einschritt und ein heftig schreiender Kanarienvogel eingefangen und wieder in seinen Käfig gesperrt wurde. Jasper ließ seinem Zorn auf die übliche Art freien Lauf, und Tiele, dessen Ärger noch wuchs, trat einen hastigen Rückzug an, um sich vor der Dreckflut zu retten.

Quentins Maskerade in Highview als Sir John Macauley-Somerville entlockte seinem Bruder und Tiele lautes Gelächter, und Penelope, die es fertigbrachte, abwesend dreinzusehen, als Quentin Gordon bei der Erwähnung Lady Sybils pfiffig zublinzelte, konnte nur glücklich sein, ihn so entspannt und gelöst zu sehen. »Ich kann nur dankbar sein«, sagte sie und sah alle nacheinander voll Zuneigung an, »daß so viele tapfere Männer Major Chandler zu helfen gewillt waren. Aber warum sollte Mr. de Villars helfen? Er hat deutlich gesagt, daß er keine Sympathien für die Jakobiten hat, und – « Sie brach verwirrt ab, als sie bemerkte, was sie indirekt zu verstehen gegeben hatte.

Gordon sagte mit einem leisen Lachen: »Oh, Sie dürfen nichts darauf geben, was Treve sagt, Ma'am. Die ganze Familie ist ziemlich vom rechten Wege abgekommen, um die Wahrheit zu sagen. Sein Onkel – Lord Boudreaux – war aufgebracht über die Verfolgung der Rebellen und hat beträchtliche Risiken und Ausgaben auf sich genommen, um zu helfen, wo er kann. Ich glaube, er war überrascht wie nie zuvor, als er herausfand, daß sein berüchtigter Neffe ähnlich engagiert war wie er.« Er zog eine schöne emaillierte Uhr aus der Westentasche und warf einen Blick darauf. »Quentin ...?«

»Müssen wir los?«

»Ja. Ich bedaure es, ein so vergnügliches Zusammentreffen abzubrechen, aber Treve hat – « Er sah erwartungsvoll zur Tür, als die Klinke sich hob, dann sprang er mit einem entsetzten Aufschrei vom Stuhl hoch.

Ein großer, magerer Gentleman stand auf der Schwelle. Elegant von der Spitze seiner fleckenlosen Perücke bis zu den Schnallen seiner hochhackigen Schuhe, erschien er Penelope als Inbegriff aristokratischen Hochmuts. Sie fühlte eine unbestimmte Vertrautheit, aber erst als Gordon sich beeilte, die königlich ausgestreckte Hand zu küssen, wurde ihr bewußt, wer das war.

Quentin, der einen Augenblick lang wie versteinert dagesessen hatte, sprang auf; sein Stuhl fiel krachend zu Boden. »Vater!«

»So ist es also wahr ...« Das Gesicht aschfahl, die Augen zornig funkelnd, schritt Sir Brian Chandler in die Mitte des Zimmers und beherrschte alle durch seine Gegenwart. Ein grauhaariger, makellos gekleideter Gefolgsmann, dessen verängstigter Blick vom einen der beiden bestürzten Brüder zum anderen flackerte, kam ihm nach. Sir Brian hob das Monokel ans Auge und musterte Quentin vom Scheitel bis zur Fußspitze. »Guter Gott!« flüsterte er. »Wie habe ich darum gebetet, es möge eine Lüge sein.«

Quentin eilte um den Tisch, griff nach der Hand seines Vaters und beugte sich respektvoll über die zarten weißen Finger. »Sir – ich weiß, Sie billigen es nicht, was – «

Sir Brian fegte seine Hand zur Seite. »Sie können sicher sein«, sagte er mit eisiger Stimme, »daß ich Falschheit nicht billige, Sir! Noch billige ich Hinterlist, Verrat und Lüge!«

Quentin, der wußte, was nun folgen würde, erbleichte und stand ganz still da.

»Vater«, wollte Gordon ein gutes Wort einlegen, »erlauben Sie ihm wenigstens – «

»Was? Noch mehr an Falschheiten hinzuzufügen, als er mir bisher schon erzählt hat? Die *Sie* mir wiederholt haben, weil er Sie dazu beschwatzt hat?« Glühend vor Zorn und Kränkung glitt sein Blick wieder zurück zu seinem jüngeren Sohn. »Sie sehen krank aus«, sagte er, die Stimme immer noch barsch und verzerrt. »Haben Sie es fertiggebracht, sich verwunden zu lassen?«

»Ja, Sir. Aber dank Gordon und – «

»Oh, unbedingt! Danken wir den armen Leichtgläubigen, die Sie dazu gebracht haben, Ihnen zu helfen!« Ohne die flehenden Bitten seines treuen Dieners zu beachten, ging Sir Brian auf Quentin zu, die Hände zusammengeballt. »Hat Sie *jegliche* Scham verlassen, daß Sie sich vor mich hinstellen können und damit prahlen, daß Ihre Freunde so tapfer und so selbstlos gewesen sind, das Leben zu riskieren, damit *Sie* den Folgen Ihres krassen Leichtsinns entgehen können?«

Quentin, der mittlerweile sehr bleich war, sagte: »Ich entschuldige mich nicht dafür, daß ich für eine Sache gekämpft habe, die ich zum Besten für Eng ...«

Sir Brian schnaubte voll Abscheu. Mit beherrschter, aber schrecklicher Stimme knirschte er: »Sie haben *gegen* England gekämpft, Sir! Können Sie sich vorstellen, was es für mich bedeutet, Sie einen verdammenswerten Schurken und Verräter nennen zu müssen?«

Penelope wich mit einem entsetzten Keuchen zurück.

Quentin zuckte zusammen und senkte den Kopf.

Gordon hatte seit seiner Kindheit gewußt, daß er zwar geliebt wurde, sein leicht entflammbarer Bruder aber dem Herzen seines Vaters näherstand. Und wenn er auch zeitweise deswegen verletzt gewesen war, war ihm das nie bedeutungsloser erschienen als in diesem Augenblick. »Sir«, bat er, »Sie geben ihm keinerlei Chance.«

»*Chance?*« Das Gesicht von Kummer verzerrt, rief Sir Brian aus: »Welche Chance hat er Ihnen denn gelassen? Leugnen Sie, daß Sie Verhaftung, Verhör, Ungnade und einen unsagbar schrecklichen Tod für diesen erbärmlichen jungen Springinsfeld riskiert haben?«

Den Kopf immer noch gesenkt, sagte Quentin, bevor Gordon antworten konnte: »Er wird es leugnen, aber es ist die Wahrheit, Sir.«

»Danke«, tobte sein Vater. »Ich hätte beide Söhne wegen Ihrer Tollheit verlieren können! Kann ich zu hoffen wagen, daß Sie eine Spur von Reue über das empfinden, was Sie über Ihre Freunde gebracht haben? Sehen Sie sich um, Sie tapferer Rebell. Haben Sie einen Gedanken an die Gefahr verschwendet, in die Sie dieses vornehm erzogene Kind meines liebsten Freundes gebracht haben?«

»Mein Gott!« flüsterte Quentin, und sein verängstigter Blick fiel auf Penelope. »Können Sie glauben, daß ich das *nicht* getan habe? Vater – ich bitte Sie inständigst, glauben Sie mir – «

»Ich *glaube*«, schnarrte Sir Brian und ging noch einen Schritt auf ihn zu. »Ich *glaube*, daß Sie sich keinen Pfifferling darum geschert haben, daß Ihr Bruder vielleicht die Todesstrafe auf sich nehmen muß! Ich *glaube*, daß Sie jetzt, da Sie den Preis für Ihr prahlerisches Benehmen zahlen müssen, nicht zögern, Ihren armen treuen Offiziersburschen oder jeden anderen Mann oder jede Frau in Gefahr zu bringen, die zu Ihrem Schutz nötig sind! Weiß Gott, ich bin mir darüber im klaren, daß Sie keinen Funken Gefühl für mich haben, aber – «

»Nein, nein, Sir!« Quentin streckte flehend die Hände aus. »Sagen Sie nicht etwas so Furchtbares! Stauchen Sie mich zusammen, wenn es sein muß, aber – *bitte*, Sie wissen, daß ich Sie liebe! Sie *wissen*, daß ich immer – «

»Bei Gott , *hören Sie auf* mit Ihren Beteuerungen und Ihren sturen Lügen! Der letzte Brief, den ich von Ihnen bekommen habe, wurde aus Rom abgeschickt, sagte man mir. Aus *Rom!* Und wo *haben* Sie ihn geschrieben, mein liebevoller Lügner? Nach der gräßlichen Schlacht, in der Sie Ihr Schwert gegen Ihre Landsmänner erhoben haben? Wußten Sie, daß der junge

Bremerville bei Prestonpans gefallen ist? Der sein Leben lang Ihr Freund gewesen ist? Hat *Ihr* Säbel ihn niedergestreckt?« Seine Stimme hob sich. »*War es Ihrer?*« donnerte er.
Tiele hatte sich erschrocken zur Wand zurückgezogen, aber als Quentin bei seinem Versuch zu antworten nur erstickte, unzusammenhängende Worte herausbrachte und hilflos gestikulierte, wagte er zu stammeln: »Ihr Sohn h-hat bei Prestonpans das Leben meines Bruders gerettet, Sir Brian.«
»Und deshalb verlangt er als Ausgleich das Ihre?« Der alte Mann lachte freudlos auf und taumelte.
Quentin sprang auf ihn zu, um ihn zu stützen, wurde aber grimmig zurückgestoßen. Der Diener legte den Arm um seinen Herrn, und Gordon zog eilig einen Stuhl heran. Völlig verängstigt benutzte Daffy die Gelegenheit, um auf den Gang hinaus zu schlüpfen, und Killiam folgte ihr schnell. Entsetzt von diesem schrecklichen Zusammentreffen, beeilte Penelope sich, etwas Wein einzuschenken und ihn diesem gnadenlosen Gentleman zu bringen, den sie immer als die Verkörperung von Freundlichkeit und Liebenswürdigkeit in Erinnerung gehabt hatte.
Sir Brian nahm das Glas mit zitternder Hand an. »Mein armes Mädchen, wie hat man Sie dazu gebracht, meinem unwürdigen Verräter zu helfen?«
Penelope sah hinunter in seine Augen, die von Leid und Enttäuschung gezeichnet waren. Als sie zur Seite blickte, sah sie den Mann, den sie liebte, seine Schultern waren sehr gerade, sein weißes Gesicht ausdruckslos, nur die geballten Hände verrieten seine Qual. Sie fühlte sich seltsam stark, warf ihren Stolz beiseite und antwortete ruhig: »Ich liebe ihn, Sir.«
Quentin schnappte nach Luft. Er sah sie an. Dann wandte er sein Gesicht ab, als wäre das der letzte Tropfen gewesen, der das Faß zum Überlaufen brachte.

»Sie süßes unschuldiges Mädchen!« rief Sir Brian aus. »Ich hoffe inbrünstig, daß Sie für Ihre Hingabe nicht einen schrecklichen Preis zahlen müssen. Wie stolz müssen Sie sein, mein Sohn, die Lady, die Ihnen ihr Herz gegeben hat, in Gefahr gebracht zu haben!«

Völlig vernichtet war Quentin unfähig zu einer Antwort und konnte nur betäubt und hilflos den Kopf schütteln.

Gordon sah auf seinen Bruder. Stirnrunzelnd sagte er: »Quentin *wollte* nicht, daß Miss Montgomery in die Sache hineingezogen wurde, Sir.«

»Oh, das ist wahr, Sir Brian«, sagte Penelope mit zitternder Stimme. »Er bettelte – «

Erneut lachte Sir Brian, und der Klang dieses Lachens war ein so qualvolles Zerrbild jeglicher Fröhlichkeit, daß seine Zuhörer zurückwichen. »Oh, ich weiß, wie gut *er* bitten kann, meine Liebe! Warum bitten *Sie* ihn nicht, uns zu sagen, was er sich gedacht hat, als er sich so unbekümmert auf diesen Wahnsinn eingelassen hat? Ich frage mich, ob er daran gedacht hat, daß sein Bruder zu ihm halten würde, was auch geschehen mag? Daß Gordon lieber sterben würde, als – «

»In Gottes Namen – « Quentin starrte auf den Mann, den er immer vergöttert hatte, in seinen Augen glitzerten Tränen, sein Gesicht war verzerrt vor Entsetzen, und er keuchte: »*Nein!* Sir – Sie *können* nicht glauben, daß ich so grausam und gefühllos bin?«

Bitter fuhr sein Vater fort: »Und welchen Anteil hatte *ich* an Ihrer Besorgnis, Sir Galahad? Sie müssen gewußt haben, daß Sie mit Ihren Handlungen alles vergewaltigt haben, was ich in Ehren halte! Haben Sie sich mit dem Gedanken getröstet, daß ich schnell darüber hinwegkommen würde? Haben Sie angenommen, daß es mich nicht bekümmern würde zu sehen, daß der Kopf Ihres Bruders die Tower Bridge schmückt ... neben Ihrem eigenen ...?«

Quentin senkte den Kopf noch tiefer und verstummte.
»Haben Sie einen Augenblick lang bedacht«, sagte Sir Brian mit schmerzerfüllter Stimme, »daß ... daß Lac Brillant seit fast achthundert Jahren in unserem Familienbesitz ist? *Achthundert ... Jahre!* All die Chandlers und Fromes vor uns ... Meine Eltern sind dort gestorben. Ihre liebe Mutter, die es so geliebt hat, ist dort begraben. Und Sie – *Sie* schlagen das alles in den Wind für ein hübsches Prinzchen, dessen Sache schon verloren war, bevor sie begonnen hatte!« Er stand auf und stützte sich schwer auf den Arm seines Dieners, der fast ebenso betrübt aussah wie er selbst.
»Sehen Sie mich an, Quentin Frome-Chandler«, befahl Sir Brian mit kalter, barscher Stimme.
Quentin schloß kurz die Augen und atmete tief ein, um sich Mut zu machen. Dann sah er seinem Vater gerade in die Augen.
Einen Augenblick, der wie eine Ewigkeit schien, war jeder stumm und regungslos, das einzige Geräusch, das die Stille durchbrach, war der Regen, der gegen die Fenster prasselte.
»Ich bin fertig mit Ihnen!« Sir Brian zog eine schwere Geldbörse aus seiner Tasche und warf sie Quentin vor die Füße. »Schauen Sie, daß Sie aus England wegkommen. Ich will Ihr falsches Gesicht nicht mehr sehen – «
Die Tür wurde unsanft aufgerissen. De Villars streckte das schiefe Gesicht herein, sah mit zusammengekniffenen Augen auf die dramatische Gruppe und sagte drängend: »Ihr Freund Holt ist weniger als eine halbe Meile von hier entfernt und kommt im Galopp auf uns zu. Quentin – in den Keller mit Ihnen, bevor – «
Quentin rannte ins Schlafzimmer. Er packte Mantel, Dreispitz und Florett, rannte zurück, beugte schnell das Knie vor seinem Vater, ergriff seine kraftlose Hand und drückte einen Kuß

darauf. Er warf Penelope noch einen verzweifelten Blick zu, sprang auf die Füße und rannte auf den Gang hinaus.

Mit ersterbender Stimme flüsterte Sir Brian: »Quentin …«, und sank auf den Stuhl.

Penelope lief durchs Zimmer, aber Gordon hielt sie zurück. »Nein, meine tapfere Lady«, murmelte er. »Diesmal nicht.«

De Villars unverwechselbare, vor Schreck erhobene Stimme drang vom Gang herein: »Chandler! Sie verdammter Idiot! *Nicht* da entlang! *Quentin!* Oh – um Himmels willen!«

Als hätte eine unsichtbare Hand sie alle in Stein verwandelt, warteten sie angespannt und stumm, während in jedem Herzen dieselbe schreckliche Angst lauerte.

Wie aus weiter Entfernung hörte Penelope plötzliches Hufgetrappel auf den Pflastersteinen unter dem Fenster. Sie befreite sich aus Gordons nachlassendem Griff, rannte ans Fenster und stieß es auf. Sie sah gerade noch einen Reiter, der, in den Sattel geduckt, mit halsbrecherischer Geschwindigkeit die Straße nach Norden entlanggaloppierte, um sein Pferd dann plötzlich zu zügeln und sich wieder nach Süden zu wenden. Sekunden später hörte sie einen scharfen Knall, gefolgt von einem zweiten, und sah Quentin in atemberaubender Geschwindigkeit wieder nach Norden galoppieren, dicht hinter ihm eine Gruppe von Reitern in roten Röcken, die die blitzenden Säbel gezogen hatten.

Starr vor Furcht bemerkte sie, daß jemand neben ihr stand.

»Dieser *verdammte* Esel!« knurrte Trevelyan de Villars wütend. »Dieser undankbare Kerl! Nach der ganzen *Mühe*, die ich mir gemacht habe!«

Auf der anderen Seiten murmelte Gordon: »Er lenkt sie von hier fort. Er versucht, uns zu schützen, Treve.«

De Villars fluchte.

15

Gegen vier Uhr wurde das Nieseln zu einem Platzregen, der so heftig gegen die Fensterscheiben prasselte, daß ein Teil des angesammelten Schmutzes weggewaschen wurde. Der Himmel hatte sich verdunkelt, und der Salon lag im Dämmerlicht. Im Kamin war wegen der sinkenden Temperatur ein Feuer angezündet worden, der Schein der Flammen flackerte über die bedrückten Gesichter der vier, die sich um das Feuer drängten, und erleuchtete weniger hell auch die drei ebenso niedergeschlagenen Gesichter der Diener, die in der Nähe saßen.

Eine Zeitlang hatte niemand etwas gesagt, als Sir Brian die Stille brach und wie für sich selbst murmelte: »Ich frage mich, warum – sosehr er mich aufbringt – und beschämt – , warum ich nicht aufhören kann, ihn zu lieben.«

Penelope lächelte ihn aus verschleierten Augen an, und der Schmerz, den sie fühlte, wurde angesichts dieser verlorenen Worte ein wenig leichter.

Gordon seufzte. »Ich habe Sie noch nicht gefragt, Sir, wie Sie uns gefunden haben.«

»Ich wußte, daß Sie sich Sorgen machten. Ich begann den Verdacht zu hegen, daß Quentin wieder einmal in der Klemme war ... Ich wußte, Sie würden versuchen, ihm zu helfen, wenn das der Fall war – wie üblich. Also – bin ich Ihnen gefolgt. Als wir diesen ganzen Patrouillen begegnet sind, wurde ich mißtrauisch ...« Müde zuckte er die Achseln. »Mit gutem Grund.«

»Ich verstehe.« Mit einem schiefen Lächeln sagte Gordon: »Er ist ein hoffnungsloser Fall, Sir.«

Wie vorauszusehen, funkelten die Augen seines Vaters unmutig, der edle Kopf schnellte nach oben, aber bevor Sir Brian etwas sagen konnte, fuhr Gordon nachdenklich fort: »Erinnern

Sie sich, wie er es als Zehnjähriger mit diesen Dorfflegeln aufgenommen hat, die den jungen Hund an das Schöpfrad gebunden hatten? Er scherte sich keinen Deut darum, daß es sechs waren – alle größer als er. Der Anlaß war da – also kämpfte er.«

»Und wurde übel zugerichtet! Die Sache, für die er diesmal gekämpft hat, war den Einsatz weniger wert, obwohl ich daran zweifle, daß er es sich mehr überlegt hat!«

»In dieser Hinsicht hat er sich nicht verteidigen können, Sir«, wandte Gordon ruhig ein. »Er hielt Sie für zu krank, um Ihnen seine politischen Überzeugungen offen darzulegen. Tatsächlich hat er eine sehr feste Meinung in der Sache und verspürt nur Verachtung für das Haus Hannover.«

»So wie ich nur Verachtung für einen Betrüger verspüre«, fauchte Sir Brian, und sein bleiches Gesicht rötete sich. »Wenn er ehrlich zu mir gekommen wäre, um mir seine Anschauungen darzulegen, hätte ich – «

Mit einem Mut, der Penelope Ehrfurcht einflößte, unterbrach Gordon ihn: »Sie hätten sich fürchterlich aufgeregt – so wie heute; hätten gegen ihn gewettert, so wie heute; und hätten auf glühenden Kohlen gesessen, solange er fortgewesen wäre. Nein, Sir. Quentin wagte es nicht, zu seinen geliebten Schotten zu reiten und Sie voll Kummer zurückzulassen. Sie waren noch dabei, sich von Ihrer Operation zu erholen, und ich bezweifle, daß Sie jetzt hier sitzen würden, wenn er das getan hätte.«

Sir Brian, der seinen gewöhnlich so schweigsamen Sohn erstaunt anstarrte, brummte: »Sie sind sehr beredsam, wenn es darum geht, Ihren Bruder zu verteidigen, der Sie sein Leben lang ausgenutzt und Sie immer dazu überredet hat, zu tun, was er wollte. Glauben Sie, ich hätte nicht gesehen, wie er Ihre Gutmütigkeit benutzt und mißbraucht?«

»Verzeihen Sie, aber« – Gordons Stimme wurde hart –, »das ist

nicht wahr, Sir. Tatsächlich ist Quentin in allem, was er tut, geradlinig und ehrlich. Ich bin ... verschlagener, fürchte ich.« Er hob die Hand und lächelte ein wenig, als er sah, daß sein empörter Vater bereit war, ihn zu verteidigen. »Nein, nein, das ist wirklich der Fall, Sir. In der Regel war es vergleichsweise leicht für mich, Quentin – äh, davon zu überzeugen, daß wir taten, was *er* wollte, wenn ich ihm zuvor bei verschiedenen Gelegenheiten etwas eingeprägt und dann so heftig dagegen argumentiert hatte, daß er schließlich überzeugt war, es sei das einzig Richtige.« Sein Lächeln schwand. Mit bedauerndem Achselzucken fügte er hinzu: »Bei einer Entscheidung konnte ich ihn trotzdem nicht beeinflussen. Der wichtigsten Entscheidung seines Lebens. Ich war so verzweifelt, daß wir schließlich handgreiflich wurden. Quentin versuchte mich abzuwehren, weil er nicht gegen mich kämpfen wollte. Er hatte seine Fäuste gesenkt, als ich ... ihn geschlagen habe.« Er biß sich auf die Lippe und fügte zögernd hinzu: »Ich habe ihm die Nase gebrochen.«
Sir Brians Kinn sackte herunter, und er schnappte nach Luft: »*Sie* haben das getan? Aber – er hat mir gesagt – «
»Er hat Ihnen das gesagt, wovon er glaubte, daß es Ihnen am wenigsten Kummer bereiten würde, Papa. Er hatte Angst, Sie würden nicht gerade erfreut sein zu erfahren, daß seine vollkommene Nase ausgerechnet von Ihrem Erben zusammengeschlagen wurde.«
Sir Brian sah ihn scharf an und fragte sich zum erstenmal, ob dieser junge Mann, den er insgeheim immer für klug, aber ziemlich langweilig gehalten hatte, sich seiner Meinung bewußt war. Mit erneuter Angst sagte er: »Gordon – Sie wissen, mein Junge, daß meine Liebe zu Ihnen immer genauso tief war wie die zu Ihrem Bruder.«
Errötend sagte Gordon schroff: »Danke, Sir. Aber wenn Sie

Quentin wirklich lieben, werden Sie tun, was ich verlange, und jetzt von hier wegfahren.«
»Nein! Wie können Sie verlangen, daß ich abfahre – ohne zu wissen, ob er lebt?«
»Ich verlange nur, daß Sie nach Winchester fahren. Sobald wir etwas erfahren, werden wir es Ihnen mitteilen. Treve hat einige Männer ausgeschickt, die herauszufinden versuchen, was passiert ist. Sir – «, Gordon beugte sich vor und sagte eindringlich, »er riskiert sein Leben – lassen Sie sein Opfer nicht umsonst sein.«
»Dann glauben Sie, *daß* er es opfert!« Reumütig sagte Sir Brian: »Er hat so müde und krank ausgesehen, und – Gott verzeih mir! Wenn er stirbt, und meine letzten Worte zu ihm waren so ...« Seine Stimme brach, er senkte den Kopf und bedeckte die Augen mit der Hand.
Mit einem leisen Ausruf des Mitleids lief Penelope zu ihm, kniete sich neben seinen Stuhl und nahm seine Hand. »Oh, lieber Sir – denken Sie das nicht! Können Sie wirklich glauben, Quentin wüßte nicht, daß Sie ihn lieben? Sie waren tief gekränkt und erschüttert und enttäuscht – von uns allen genauso wie von ihm. Es war völlig natürlich, daß Sie mit ihm gehadert haben! Wenn ... Gott möge es verhindern ... wenn er getötet werden sollte, würde er – würde er mit keinem anderen Gefühl als Liebe zu Ihnen sterben. Es ist nicht seine Art, lange Groll zu hegen. Sein Herz ist zu ... zu edelmütig ...« Ihre eigene Stimme brach, und die Hand, die sie umklammerte, wurde feucht von ihren Tränen.
»Lieber Gott! Was für ein weinerlicher Haufen!«
Beim Klang dieser unbekümmerten tiefen Stimme fuhren alle auf. Penelope rannte wie der Blitz durchs Zimmer und schluchzte in Quentins durchnäßten Mantel, während er die nassen, kalten Arme fest um sie schlang. Er hob ihr Kinn hoch

und küßte sie mit eiskalten Lippen zärtlich auf die Stirn, sein Haar tropfte vor Nässe. Mit einer Hand erwiderte er den festen Händedruck seines Bruders.
Er wandte die Augen seinem Vater zu. Penelope machte sich von ihm los. Ängstlich und unsicher wartete Quentin.
»Du ... verdammter Schurke!« krächzte Sir Brian und breitete die Arme aus.
Quentin seufzte erleichtert auf und stürzte sich in seine kräftige Umarmung.
Penelopes Augen schwammen, und sie mußte sich abwenden.
»Peccavi – peccavi, Sir«, keuchte Quentin und machte sich wieder los. »Bei Gott, für – für einen kranken Mann sind Sie ziemlich stark.«
»Zumindest, wenn ich jemanden verurteile«, sagte sein Vater, sah ihn finster an und fügte grimmig hinzu: »Das heißt nicht, daß Sie es nicht verdient hätten!«
»Das will ich nicht bestreiten, Sir. Aber ...« Quentin neigte den Kopf, um seinen Vater mit einem zaghaften Lächeln anzusehen, und fragte: »Haben Sie mir – ein klein wenig verziehen?«
»Nein!« schnaubte Sir Brian. Und als er dieses ängstliche Lächeln schwinden sah, sagte er: »Warum habe ich einen solchen Schurken zum Sohn? Verflixt, Quentin, ich schwöre, Sie würden noch die Giftzähne einer Schlange bezaubern!«
»Ich wäre nie auf einen solchen Vergleich gekommen, Vater – das versichere ich Ihnen.«
Sir Brian lachte. »Kommen Sie ans Feuer, mein Junge! Sie sind völlig durchnäßt. Ah! Habe ich Ihnen weh getan? Der Arm, nicht wahr?«
»Hängt an einem Faden«, sagte Quentin feierlich; ein Zwinkern schlich sich in seine Augen, als Gordon eilig einen Stuhl ans Feuer zog, Penelope ihm ein Glas Wein brachte und der Corporal ihm den tropfenden Mantel abnahm.

»Wie bist du ihnen entwischt, *Rabble?*« fragte Gordon und legte ihm die Hand auf die Schulter.
»Glänzend! Wenn ihr nur wüßtet, was ich ausgestanden habe, während ich diese Truppe von Armleuchtern im Kreis herumgeführt habe ...« Er lachte plötzlich auf, erwärmt vom Wein und vom Kaminfeuer. »Gott, in welchen Schlamm sind die geraten! Der arme Holt war dabei, sich aus einem schönen Sumpf in der Ebene von Salisbury zu befreien! Wahrhaftig, man konnte den Mann meilenweit fluchen hören! Tiele! Sie sind also dageblieben. Mein lieber Junge, wie nett von Ihnen.« Er stand auf und schüttelte Tiele die Hand, ebenso Killiam und dem stummen Diener seines Vaters, als er die Freude in ihren Augen sah.
»Kommen Sie, lassen Sie sich in trockene Kleider stecken«, sagte der Corporal, der gerührt blinzelte.
»Was er braucht, ist ein schöner langer Schlaf«, knurrte Sir Brian.
»Keine Zeit, Sir. Ich muß fort. Mit Ihrer Erlaubnis gehe ich jetzt und ziehe mich um.«
Quentin nahm Penelopes Hand und ging auf sein Schlafzimmer zu, Killiam eilte ihm voraus. Vor der Tür sah Quentin zärtlich auf sie herunter. »Sie sind ein sehr kühner Fratz«, murmelte er leise. »Aber ich nehme an, mein Papa wird nur zu erfreut sein, für Sie zu sorgen, bis ich nach Hause kommen und um Ihre Hand anhalten kann.«
»Das macht nichts, mein Liebster«, sagte sie ebenso leise. »Ich gehe mit Ihnen. So leicht werden Sie mich nicht los.«
Er lächelte und zog ihre Hand an seine Lippen. »Nichts würde mir größeres Vergnügen bereiten. Aber ich habe noch einen Auftrag zu erledigen.« Mit einem weichen Ausdruck in den Augen flüsterte er: »Und dann ... mein liebstes Mädchen ...« Er sah auf. Die anderen standen um den Kamin herum und

hatten von diesem zärtlichen Gespräch anscheinend nichts gehört und nichts gesehen. Er beugte sich herunter, küßte sie auf den bereitwilligen Mund und murmelte: »Dann werden Sie einen anderen Namen tragen.« Er küßte ihre Hand und verließ sie.

Penelope gesellte sich mit übervollem Herzen wieder zu den Gentlemen, die am Feuer standen, und einen Augenblick später ging die Tür auf, und de Villars kam herein.

Ohne große Einleitung sagte er: »Ihre Kutsche steht bereit, Sir Brian. Wir haben keine Zeit zu verlieren. Dieser verwünschte Holt kommt wahrscheinlich hierher, obwohl Ihr idiotischer Sohn unter großer Gefahr den Anschein erweckt hat, daß er an unserer schmuddeligen Wirtschaft vorbeigeritten – und nicht aus ihr gekommen ist.«

»Nur noch einen Augenblick, bitte«, befahl Sir Brian selbstherrlich und fing an, seine Dankbarkeit so demütig auszusprechen, daß de Villars, notorischer Schurke und Duellant, verwirrt von dannen floh.

Amüsiert fragte Gordon: »Tiele? Reiten Sie mit uns?«

Wie immer ganz Gentleman antwortete Tiele, daß er tun würde, was Penelope wünschte, und erklärte sich bereit, sie zu begleiten. Penelope dankte ihm, äußerte aber die Absicht, bei Quentin zu bleiben. Gordon sagte, sie müsse unter seinem Schutz reisen, und Sir Brian bestand darauf, daß sie mit ihm nach Lac Brillant fahren sollte. »Das wird eine Gelegenheit für mich sein, mich mit meiner zukünftigen Tochter näher bekannt zu machen«, fügte er mit einem liebevollen Lächeln hinzu.

Sie stritten immer noch, als Quentin zurückkam, der trotz aller Mühe zwar erschöpft, aber doch beträchtlich trockener aussah. Sein Kapuzenmantel, den Daffy sich angeeignet und vor dem Feuer ausgebreitet hatte, dampfte, war aber immer noch sehr naß. Gordon bot den seinen als Ersatz an, da entschieden worden war, daß er mit seinem Vater in der Kutsche fahren würde.

Tiele sagte: »Wir haben Miss Montgomery davon zu überzeugen versucht, daß sie den einen oder anderen von uns begleitet, aber ich fürchte, sie wird nur auf Ihr Wort hören, Quentin.«

»In diesem Fall wird sie mit Ihnen reisen, Tiele.« Über die Schulter hinweg rief Quentin nach dem Corporal, der eine Kutsche für Mr. Tiele besorgen sollte. Penelopes Hand, die er fest in seiner hielt, spannte sich. Sanft sagte er: »Wenn Holt Sie in Gesellschaft meines Vaters und meines Bruders entdeckt, müßte er ein kompletter Dummkopf sein, um nicht zwei und zwei zusammenzuzählen und meine wirkliche Identität zu erraten.«

»Nun kommen Sie schon – schnell!« drängte de Villars, der seinen Kopf wieder durch die Tür steckte.

Killiam, der Quentins Koffer trug, beeilte sich, ihm zu folgen, und Daffy, gleichfalls beladen, rannte ihnen nach.

Sir Brian stand auf. »Sie werden uns auf einem anderen Weg nachkommen, Quentin?«

»Bedauerlicherweise – nein, Sir. Oh, schauen Sie nicht so erschreckt. Wenn ich meinen Auftrag ausgeführt habe, werde ich – «

»Auftrag?« Sir Brian, der sofort ein unangenehmes Gefühl hatte, fragte: »Ich hatte geglaubt, Ihre einzige Aufgabe sei es, Ihren Kopf zu retten?«

»Schön wäre es. Aber ich habe eine Nachricht zu überbringen.«

»Einer der Knechte kann das übernehmen.« Als Quentin den Kopf schüttelte, runzelte er ungeduldig die Stirn: »Nun gut, dann – dann werde *ich* sie überbringen! Aber – «

»Vater«, sagte Quentin leise, »ich kann nicht.«

»Warum nicht? Weil es etwas mit diesen erbärmlichen, verfluchten Jakobiten zu tun hat? Bei Gott! Wenn dieser Auftrag etwas damit zu tun hat, diesen höllischen Aufruhr neu anzufachen, werde ich Sie – «

Quentin lachte. »Nein, wirklich, Sir – Sie dürfen mich nicht schon wieder in die Zange nehmen. Ich habe mich von der letzten Schelte noch nicht erholt.«

Auf Sir Brians Gesicht spiegelte sich der Widerstreit zwischen Angst und Zorn. Quentin ergriff seine Hand und sagte mitleidig: »Ich bin eine Heimsuchung, ich weiß es. Aber ich schwöre Ihnen, Sir, die Nachricht, die ich bei mir trage, hat nur mit einem Vermögen zu tun – und betrifft das Leben von sehr vielen angsterfüllten Menschen.«

»Kann man mir dann nicht vertrauen?«

»Mein Leben würde ich Ihnen anvertrauen, Sir. Aber« – Quentins Mund verzog sich zu einem drolligen Grinsen – »Sie haben keine deutlichen Sympathien für die Sache der Jakobiten.«

»Keine ... *deutlichen ...?* Weiß Gott nicht! Aber dennoch – Junge, in Ihrem Zustand können Sie nicht durch die Gegend reiten. Geben Sie mir das verfluchte Papier, und ich werde es gegen meine bessere Überzeugung übergeben, auf mein Wort – «

»Sir, ich kann nicht.«

»Können nicht? Warum, zum Teufel – «

»Nein, Sir«, warf Gordon ein. »Er kann nicht, weil die Nachricht, die er bei sich hat, den Tod bedeutet.«

Sir Brian erbleichte und schnappte nach Luft: »Der Himmel steh uns bei! Müssen wir also immer noch unter diesem Alptraum leiden?«

»Nur für kurze Zeit noch, Sir«, sagte Quentin ernst. »Ich muß nur noch die Nachricht an einen bestimmten Ort bringen. Dann komme ich sofort zu Ihnen.«

»Verdammt – ich verstehe immer noch nicht, warum – «
Ruhig, aber unbeugsam sagte Quentin: »Weil ich mein Wort gegeben habe, Sir.«
Darauf gab es keine Antwort. Sir Brian fluchte leise in sich hinein, schäumte, grollte und packte Quentin bei den Schultern.
»Elender Sprößling! Eines Tages, wenn Sie sicher aus dieser Geschichte herausgekommen sind, werden wir uns über Ihre politischen Überzeugungen unterhalten. So lange – kann ich Ihnen nicht zustimmen, kann ich Ihnen nicht helfen. Aber – « seine Stimme wurde sanfter – »noch weniger kann ich Sie aus meinem Herzen verstoßen, also muß ich wohl lächeln und es ertragen.«
Sie umarmten sich, und ohne ein weiteres Wort ging Sir Brian; sein Diener sagte noch inbrünstig: »Gott schütze Sie, Master Quentin«, bevor er dem Vater folgte.
Gordon drückte seinem Bruder noch die Hand und erbat sich einen Kuß von der schüchtern dreinschauenden Penelope.
Nur drei Menschen blieben zurück, als die Tür sich ein weiteres Mal geschlossen hatte, und Tiele sagte gekränkt: »Ich bin überrascht, daß Sie mir Ihre Lady anvertrauen, Chandler. Vor allem, da Sie mich ermutigt haben, Miss Montgomery den Hof zu machen, bevor Sie sie mir weggeschnappt haben.«
»Das war sehr übel, ich weiß«, gab Quentin zu. »Aber sehen Sie, ich dachte nicht, daß sie mich haben wollte.«
Tiele lachte. »*Was* für ein stachliger Kerl! Sie glaubten eher, Sie hätten ihr nur ein Leben voller Gefahren zu bieten.«
Mit liebevollen Augen sah Penelope auf zu ihrem Liebsten.
Quentin sah sie an und murmelte: »Was schließlich die reinste Wahrheit ist, meine Liebe.«
»Es hat keinen Zweck, wenn Sie versuchen, mir zu entkommen«, warnte sie ihn. »Sie sind in der Falle, Sir.«

Er lächelte und zog sie näher an sich. »Das bin ich in der Tat. Aber sag mir, du kleiner Schlingel – seit wann hast du mein edles Martyrium, dich in die Arme eines anderen, würdigeren Gentleman zu treiben, durchschaut?«

Das Zimmer war still und dämmrig, das weiche Licht der Flammen warf tanzende Funken auf Penelopes glänzendes Haar und schien auf die anbetungsvolle Liebe in Quentins hagerem Gesicht. Tiele schien es, als ob sie seine Anwesenheit gänzlich vergessen hatten, und er dachte, bis zu diesem Augenblick habe er noch nie einen Blick auf das immerwährende Wunder wahrer Liebe erhascht. Leise zog er sich zurück, da er in einem so kostbaren Moment nicht stören wollte.

»Ich hatte den Verdacht seit einiger Zeit«, murmelte Penelope und hob die Hand, um Quentins Wange zu streicheln. »Du warst immer so lässig und gleichgültig mir gegenüber, aber hier und da ist dir doch ein Schnitzer unterlaufen.«

»Zum Beispiel, als der Hund dich bei unserem Spaziergang erschreckt hat und ich dich beinahe geküßt habe«, sagte er mit einem reuigen Seufzer.

Sie nickte. »Das war einer deiner schlimmsten Fehler. Und als ich in Ohnmacht gefallen bin und du mich deinen ›Liebling‹ genannt hast. O ja, ich habe es gehört.« Sie lächelte frech. »Ich dachte, das drücke doch ein etwas weitergehendes Gefühl als bloße Freundschaft aus.«

Er nahm ihre Hand und drückte einen Kuß in die warme Handfläche. »Etwas weitergehend, in der Tat«, antwortete er zärtlich. »Dieser verdammte Vogel, der dich so erschreckt hat, ließ mich fast vergessen –« Er verstummte, sah auf und hatte die Anmut, tief zu erröten. »Oh, Tiele – da sind Sie ja. Ich war so – zerstreut, daß ich nicht gesehen habe, was Daffy gerade hinuntergetragen hat. Hatte sie Jasper dabei?«

Tiele, der die Sprache wiedergefunden hatte, erwiderte:

»Nein. Ich glaube, sie hatte Miss Montgomerys Reisenecessaire und eine Reifrockschachtel. Und der Corporal trug Ihren Koffer, das weiß ich sicher. Sie wollen dem kleinen Mistkerl doch nicht etwa tatsächlich den Hals umdrehen?«

»Ich sollte es tun! Sie entschuldigen mich – in einer Sekunde bin ich wieder zurück.« Kaum fähig, sich loszureißen, streichelte Quentin Penelopes weiche Wange, dann ging er schnell in ihr Schlafzimmer.

Penelope ging zurück zum Sofa, setzte sich und sah Mr. Tiele verlegen an. »Sie waren so freundlich, und wir haben Sie schlecht behandelt, Sir«, gab sie zu. »Ich bitte Sie um Verzeihung dafür.«

Er ging zu ihr hinüber und lächelte zu ihr hinunter, immer noch deutliche Verehrung in den Augen. »Ich bin dankbarer, als ich Ihnen sagen kann. Ich weiß jetzt, daß ich nicht die entfernteste Ahnung von einer so hingebungsvollen Liebe hatte, wie Chandler und Sie sie füreinander empfinden. Ich bete nur, daß sie nicht so selten ist, daß ich keine Hoffnung haben kann, sie ebenfalls zu finden.«

Es wäre eine wirkliche Tragödie, dachte sie, wenn er sie nicht fände, denn er war wirklich ein prächtiger Mann, und sie sagte ernst, daß ein solches Glück zweifellos in der Zukunft auf ihn warte.

Keiner der beiden bemerkte, daß die Tür sich langsam einen Spalt öffnete ...

Von dem Augenblick an, als Quentin das Schlafzimmer betreten hatte, fixierte Jasper ihn mit haßerfüllten Augen, und als der große Mann durchs Zimmer kam, um den Käfig zu öffnen, begann der Kanarienvogel seinen Kriegstanz, schrie seinen Zorn heraus und schleuderte Dreck in alle Richtungen. Quentin kniff vor dieser Staubwolke die Augen zusammen, sagte

dem Vogel leise, aber deutlich, wer seine wahrscheinlichen Vorfahren waren, und griff in den Käfig nach der schaukelnden Stange, während Jasper kreischend herumflatterte.
Mit einer geschickten Drehung löste Quentin die Stange von der Schaukel. Ob diese offensichtliche Zerstörung von Eigentum, das er als das seine betrachtete, Jasper empörte oder ob er erschrocken war, konnte man schwer entscheiden. Was auch immer sein Antrieb war, der Kanarienvogel ergriff drastische Maßnahmen. Mit einem schrillen Kreischen landete er auf Quentins zurückweichender Hand und pickte ihn.
Der Schnabel eines gesunden Vogels hat mehr Kraft, als ein Uneingeweihter vermuten würde. Mit einem erschrockenen Fluch zog Quentin seine Hand zurück, und Jasper flog triumphierend aus dem Käfig und begann, schwindelerregend im Zimmer herumzuflattern.
»Verfluchtes Federvieh«, knurrte Quentin. Aber er hatte weder Zeit noch Lust, sich auf einen sicher längeren Kampf einzulassen, um den Vogel wieder einzufangen. Das Licht im Zimmer war trübe, und er trat ans Fenster, nahm sein Federmesser heraus und steckte die dünne Klinge vorsichtig in die hohle Stange, die er in der Hand hielt. Nachdem er ein wenig herumprobiert hatte, kam die Ecke eines Stückchens Pergament zum Vorschein. Quentin drehte es vorsichtig, bis er einen langen dünnen Zylinder aus der Stange gezogen hatte. Das Papier rollte sich in seiner Hand auf, und er sah hinunter auf das unschuldige Gedicht, das dort geschrieben stand, und wunderte sich wieder einmal, daß eine so lebenswichtige Nachricht darin versteckt war – oder doch ein Teil davon.
Er faltete das kostbare Fragment vorsichtig wieder zusammen und steckte es durch einen Deckel, der mit einem geschickt angebrachten Scharnier geöffnet werden konnte, in den Griff seines Floretts. Jasper schrie weiter herausfordernd, als Quen-

tin die Waffe wieder in die Scheide steckte, und er sah nachdenklich auf den Vogel. Rob würde es schaffen, das verdammte kleine Biest einzufangen, dachte er. Aber er mußte die Tür gut zumachen. Vorsichtig öffnete er sie ein wenig und beobachtete den Kanarienvogel. Als er sich umdrehte, hielt er abrupt inne, und jeglicher Gedanke daran, daß er Jasper im Zimmer einsperren mußte, war verschwunden.

Daß das alles passiert sein konnte, ohne daß er es gehört hatte, konnte er nur dem Kanarienvogel anlasten, denn sein Geschrei hatte die unvermeidlichen Geräusche wohl übertönt.

Duncan Tiele lag tot oder bewußtlos vor dem Sofa. Auf der anderen Seite des Zimmers stand Roland Otton hinter Penelope, eine Hand auf ihren Mund gepreßt, mit der anderen hielt er ihr eine Pistole an den Kopf.

»Eine unangenehme Geschichte, nicht wahr?« sagte er bedauernd, verlagerte seinen Griff auf ihr Handgelenk und drängte sie vorwärts. »Aber Sie haben sie sich selbst eingebrockt, das können Sie nicht leugnen.«

Quentin schnappte zischend nach Luft. »Ihr Schicksal hängt an meinem«, sagte er, krümmte die Finger seiner rechten Hand und fragte sich, wie lange er mit einem Florett umgehen konnte, wenn die Notwendigkeit auftauchte.

»Ja, natürlich. Aber – mein lieber Junge, was ich auch sonst bin, ich bin ein Patriot. Unser hochgeschätzter Captain Holt hat einen Haftbefehl für Miss Montgomery ausgestellt.« Er zuckte die Achseln, seine schwarzen Augen glitzerten höhnisch.

Diese schreckliche Neuigkeit erfüllte Quentin mit nackter Panik. Mit riesiger Anstrengung gelang es ihm, dies zu verbergen und seine Stimme unerschrocken klingen zu lassen. »Trotzdem, mein Kopf bringt Ihnen mehr ein als ihrer.«

»O ja. Aber wissen Sie, Chandler, ich finde es wirklich nicht schön, einen verwundeten Mann – äh, zu verhören.«

»Oder ihn zu brennen?« sagte Penelope voll Abscheu.

»*C'est la guerre,* meine Süße ... wie ich Ihnen schon einmal gesagt habe.«

Quentin stieß leise einen Kraftausdruck aus und stürzte sich nach vorn. Otton drehte Penelopes Arm auf ihrem Rücken nach oben. Sie brachte es fertig, nicht aufzuschreien, keuchte aber vor Schmerz, und sofort hob Quentin die Hand zum Eingeständnis der Niederlage und trat wieder zurück. »Tun Sie ihr nicht weh! Bitte, tun Sie ihr nicht weh. Ich werde Ihnen mein Schwert geben.«

Penelope kämpfte verzweifelt und rief: »Nein! Er kommt nicht von hier weg, Quentin. Rob wird kommen oder – «

»Aber niemand wird kommen, meine Hübsche«, schnurrte Otton. »Ihre Tante und Ihr Onkel und dic meisten Männer sind dabei, Captain Holt und seine herumhetzenden Männer voneinander zu trennen. Ich wußte, daß Ihr Geliebter ihnen entgehen würde. Ich habe ihn reiten sehen. Also bin ich hiergeblieben und habe gewartet. Mein Diener, ein achtenswerter Bursche, und einer Ihrer Stallknechte, Cole, blieben bei mir. Wir haben beobachtet, wie Ihr Vater abgefahren ist, und gesehen, aus welcher Richtung er kam. Meine Leute halten Ihre Diener in einem hübschen dunklen Zimmer unten mit der Pistole in Schach. Nicht, daß sie es wagen würden, einen Wirbel zu veranstalten, weil ... nun, sehen Sie nur hinaus, Chandler.«

Quentin ging ans Fenster und sah hinaus in das schwindende Nachmittagslicht. Überall waren Uniformen zu sehen, Soldaten schlenderten vergnügt in die Schenke oder schwatzten auf dem Hof mit Kameraden.

»Gerade auf dieser Scite von Winchester ist ein Regiment stationiert. Sie haben eine Vorliebe für diese klapprige alte Wirtschaft. Ein Ruf von Cole – ein Schuß, und sie werden im Handumdrehen hier oben sein«, bemerkte Otton.

Quentin warf einen Blick auf Tiele, der immer noch regungslos dalag. »Haben Sie ihn umgebracht?«
Mit erstickter Stimme sagte Penelope: »Er hat ihn furchtbar fest geschlagen.«
»Selbst unter diesen Umständen«, wies Otton Quentin hin, »können Sie mit mir leichter verhandeln als mit Delavale. Er ist ein sehr eifersüchtiger Mann, und, wissen Sie, Chandler, er hat den Verdacht, daß Sie eine kleine – äh, Liebelei mit der schönen Sybil hatten.« Tadelnd schüttelte er den Kopf. »So ein schlimmer Junge – wer hätte das gedacht, bei dem Zustand, in dem Sie waren?« Seine spöttische Stimme wurde hart. »Die verschlüsselte Nachricht. Schnell. Sonst liefere ich das Mädchen aus.«
Verächtlich antwortete Quentin: »Ob ich sie Ihnen gebe oder nicht, das tun Sie so oder so. Wer garantiert mir, daß Sie sie verschonen?«
»Mein Ehrenwort.«
Quentin sagte nichts, aber die geschürzten Lippen verrieten deutlich, wie er den Wert dieses Angebots einschätzte.
»Was ich auch sonst sein mag«, sagte Otton und wurde rot, »ich breche ein gegebenes Wort nicht. Geben Sie mir die Geheimschrift, und sie ist frei.«
»Und Quentin?« fragte Penelope verzweifelt.
Mit einem trägen Lächeln sagte Otton: »Ich will nur die Nachricht. Chandler kann seine Chance wahrnehmen.«
Quentin wußte es besser. Wenn er am Leben gelassen wurde, nahm man ihn möglicherweise gefangen, und nichts könnte ihn davon abhalten, beim Verhör zu sagen, daß Otton die Nachricht hatte und ihm erlaubt hatte, zu entwischen. Otton war nicht der Typ, der seinen eigenen Kopf riskierte. Aber – Penny würde frei sein. Nur das war jetzt von Bedeutung. Langsam griff er nach seinem Schwert.
Otton richtete die Pistole auf ihn. »Wenn ich abdrücke, wird sie

gefaßt werden, und Ihr Tod wird leichter sein als der des Mädchens.«
»Die Nachricht ist im Griff versteckt.«
Otton, der immer noch fest die Pistole auf ihn gerichtet hatte, knurrte: »Dann schnallen Sie Ihr Schwert ab, aber – seien Sie vorsichtig.«
Quentin gehorchte und bewegte sich ganz ruhig, wobei er auf eine letzte Möglichkeit zum Angriff lauerte. Er entfernte den Deckel und holte die Nachricht heraus. Die lange, drohende Pistole in Ottons Hand war regungslos, der Lauf glänzte im Feuerschein. Quentin hielt Otton die Nachricht entgegen, und eine Sekunde lang bewegte sich keiner. Außer Jasper. Seiner eigenen Stange beraubt, hatten seine Knopfaugen eine andere entdeckt. Hocherfreut sauste er durchs Zimmer, um auf dem Lauf der Pistole zu landen.
Captain Otton war anscheinend nicht mehr davor gefeit, vor schwirrenden Flügeln nahe vor seinem Gesicht zu erschrecken, als Penelope es gewesen war. Mit einem erschrockenen Aufschrei taumelte er zur Seite.
Penelope riß sich aus seinem gelockerten Griff und rannte in Sicherheit.
Gleichzeitig machte Quentin einen Satz nach vorn, wagte es nicht, den Augenblick zu riskieren, den es gedauert hätte, sein Schwert aus der Scheide zu ziehen, und schlug Otton mit einem Schlag der Scheide die Pistole aus der Hand.
Otton brüllte einen Fluch, ging aber schnell in Deckung, und sein Schwert schien ihm von selbst in die Hand zu springen. Quentin zog seine eigene Waffe aus der Scheide, indem er einfach den Griff zur Seite schleuderte, so daß die Scheide über den Tisch flog und eine Blumenvase umwarf. Es war gerade noch rechtzeitig, um Ottons wütende Attacke zu parieren. Als sie so zum erstenmal die Klingen kreuzten, wurde ihm nicht

nur klar, daß sein Gegner ein meisterhafter Fechter war, sondern auch, daß er selbst sehr wenig Zeit hatte. Als er Otton die Pistole aus der Hand geschlagen hatte, war ihm ein stechender Schmerz durch den Arm gefahren, und jetzt zahlte er für jeden Ausfall einen hohen Preis. Wenn ich nur linkshändig wäre ..., dachte er betäubt.
»Auch gut«, höhnte Otton und schwenkte vorsichtig die Klinge. »Ich hätte es doch nicht gewagt, die Pistole abzufeuern.«
Beim letzten Wort stürzte er blitzschnell nach vorn. Quentins Parade war kaum stark genug. Als er keuchend zurückwich, stolperte er ein wenig, und Otton lachte. »Erwarten Sie nicht von mir, daß ich Sie sofort töte, Chandler. Zuerst will ich diese Geheimbotschaft haben und sichergehen, daß Sie mich nicht an der Nase herumgeführt haben.«
Quentins verzweifelte Attacke war vergeblich, da Otton so heftig parierte, daß er beide Hände nehmen mußte, um sein eigenes Schwert festzuhalten. Grinsend jagte Otton ihn unbarmherzig, seine geschickten Attacken forderten wieder und wieder Quentins schwächer werdende Verteidigung heraus, und die wiederholten heftigen Stöße spielten Quentin so übel mit, daß er kaum fähig war, weiter zu kämpfen. Er wußte, daß er bald zu Boden gehen würde, und schrie keuchend: »Penny ... die Botschaft! Ins ... Feuer!«
Penelope hatte den Kampf beobachtet und war sich, zu Tode erschrocken, bewußt geworden, daß Quentin kaum eine Hoffnung hatte, den Kampf zu gewinnen. Ihre Angst um den Geliebten wog schwerer als ihre Sorge um die Botschaft, und ohne seine verzweifelte Bitte zu beachten, rannte sie zum Kamin und packte den Schürhaken. Die Schwerter bewegten sich in einem Hagel von Stahlklinge auf Stahlklinge, aber sie mißachtete die Gefahr und wartete auf ihre Chance, dann sprang sie mit einem Satz hinter Otton und schwang den Schürhaken.

Mit einem Wutschrei hechtete er außer Reichweite von Quentins strauchelndem Angriff und Penelopes Schürhaken, den sie wie einen Dreschflegel schwang. Er schlug mit der linken Hand zu, traf mit dem Handrücken Penelopes Kopf an der Seite und schleuderte sie weg.
Erstarrt sah Quentin, wie sie gegen den Tisch flog und zu Boden fiel. Er sah rote Nebelschwaden vor seinen Augen. Eine nie gekannte Wut ergriff Besitz von ihm. Mit einem wilden Schnauben schwang er das Schwert.
Otton, der herumwirbelte, um seinen kampfunfähigen Gegner niederzuschlagen, fand sich einem Wahnsinnigen gegenüber, und eine Attacke, die ihn durch ihre Kraft und Brillanz verblüffte, warf ihn zurück. Sein Angriff wurde plötzlich zu einer verzweifelten Verteidigung.
Quentin vergaß alles, außer einem besessenen Drang zu töten. Er spürte den pochenden Schmerz in seinem verletzten Arm nicht mehr, und seine Schwäche wurde vom aufsteigenden Feuer seiner Wut wie weggefegt. Die Zähne entblößt, die Augen zusammengekniffen, rückte er vor, sein Schwert war eine glitzernde Drohung, die dem verwirrten Otton aus jeder Ecke zu kommen schien, schlug wild in Sextstellung gegen seine eigene Klinge und ging wieder in Quartstellung, bevor er sich erholen konnte, blitzte feindselig vor seinem Hals, so daß er atemlos und ausmanövriert weiter und weiter zurückfiel. Quentins Schwert sauste auf seine Klinge und entwaffnete ihn beinahe. Wütend ripostierte er, aber bei seinem gefährlichen Stoß nach unten kam Quentin Ottons Attacke zuvor, konnte dem blitzenden Stahl kaum ausweichen und versetzte ihm mit aller Kraft einen Hieb.
Ottons Gesicht verzerrte sich plötzlich, er stolperte, und seine Waffe fiel klirrend zu Boden. Quentin machte eine schnelle Cavazion und trat zurück. Otton preßte die Hand auf die Brust,

sank auf die Knie und starrte Quentin in das weiße, finstere Gesicht. Blut drang ihm durch die Finger, aber er keuchte: »Bei – Gott ... Sie können ... kämpfen!« Hustend sank er mit dem Gesicht zu Boden.
»Gut gemacht! Verdammt gut gemacht!« schrie de Villars, der die letzten Sekunden des wüsten Kampfes von der Tür aus beobachtet hatte.
Atemlos hatte Penelope es geschafft aufzustehen und wankte zu Quentin hinüber. Er warf sein gerötetes Schwert fort und nahm sie in die Arme. »Bist ... du in Ordnung ... Liebste?« japste er.
Sie nickte, den entsetzten Blick auf de Villars gerichtet, der sich neben Otton gekniet und ihn umgedreht hatte.
»Ungeschickter Kerl«, sagte er mit einem bewundernden Lächeln zu Quentin. »Geben Sie mir Ihr Taschentuch. Sie haben den Halunken nicht getötet.« Er nahm das Taschentuch, das Quentin ihm reichte, und warf einen Blick auf Duncan Tiele, der sich stöhnend aufsetzte und sich den Kopf hielt.
»Einer kommt hoch. Einer am Boden.«
Quentin taumelte und fühlte sich plötzlich wie ein nasser Waschlappen.
De Villars sprang auf ihn zu, um ihn zu stützen, und sagte: »Ich korrigiere. Zwei am Boden!«
»Am Boden ...«, murmelte Quentin und sank dankbar auf das Sofa, »aber nicht ... im Aus, Treve.«
»O nein, lieber Junge. Ganz sicher nicht im Aus.«

Roland Otton wurde verbunden und von zwei schmutzigen Stallknechten, von denen keiner ein Wort sagte, an irgendein unbekanntes Ziel gebracht. Dennoch war Quentin völlig sicher, an den blinzelnden grünen Augen von einem der beiden einen verwegenen jungen Peer namens Horatio Glendanning erkannt zu haben.

Seine eigene Verletzung hatte sich durch das heftige Duell nicht gebessert, und obwohl er kein Aufhebens davon machte, hatte Penelope bemerkt, wie weiß er im Gesicht war, und darauf bestanden, sich die Verletzung anzusehen, während Quentin sich mit einem Glas Brandy stärkte und de Villars Tieles Kopf versorgte. Ihre Angst, Quentins Wunde könnte sich wieder geöffnet haben, erwies sich als ungerechtfertigt, aber sie war sehr entzündet und geschwollen. Als de Villars zu ihnen kam und sich den Schaden besah, fluchte er leise und sagte mit eisiger Stimme: »Ich hoffe, daß ich eines Tages das Vergnügen haben werde, Ihren Onkel kennenzulernen, Miss Montgomery.«

Penelope zuckte zusammen, und Quentin sagte schnell: »Nicht heute, hoffe ich, Treve. Erzählen Sie uns doch bitte, wie Otton uns gefunden hat und was mit unseren Freunden passiert ist.«

»Wir haben es geschafft, Ottons Männer zu überwältigen, ohne daß Ihren Leuten etwas passiert ist«, sagte de Villars, ging zum Tisch zurück und beugte sich über Tiele, der still und benommen dasaß. »Ihre Zofe, Ma'am, war in so einem Zustand, daß ich ihr befohlen habe, sich hinzulegen, bis Sie alle soweit sind, um abzufahren. Und wie er Sie gefunden hat – ich nehme an, Otton und Delavale sind Sir Brian hierhergefolgt. Der größte Teil dieser ordinären Mannschaft ist Freund Holt hinterhergefahren. Sie dachten vermutlich, wenn er Sie nicht erwischen würde, Chandler, könnten sie es. Haben Sie sie nicht gesehen?«

»Nun, es hat geregnet, wissen Sie. Ich wußte, daß ein verteufelt großer Haufen hinter mir hergestampft ist, aber dies hier ist mein Land, Treve. Ich kenne die Ebene wie meine Westentasche. Wir hatten eine Gouvernante, die in Salisbury gewohnt hat, und Gordon und ich haben mehrere Sommerferien bei ihr verbracht, als mein Vater im Ausland war. Ich habe meine

Verfolger zu den sumpfigsten Stellen gelockt und sie fluchend hinter mir gelassen.«
Penelope fragte: »Was ist mit meinem Pferdeknecht, Cole? Er – er kann die Jakobiten nicht ausstehen, aber er ist ein guter Mann. Ich hoffe, er ist nicht verletzt worden?«
»O nein«, antwortete de Villars und befestigte einen behelfsmäßigen Verband um Tieles Kopf. »Wir hatten eine kleine Unterhaltung, und er ist sofort nach Schottland abgesaust, wie Sie sich denken können. Fühlen Sie sich gut genug, um weiterzufahren, Quentin?«
»Natürlich. Dank Ihnen und der Tapferkeit meiner Lady bin ich vollkommen in Ordnung. Wir sollten sofort los, nehme ich an?«
Mit einem recht grimmigen Lächeln sagte de Villars: »Fünf Minuten eher wäre noch besser gewesen.«
Quentin stand auf und nahm Penelopes Hand. »Nun, meine Liebste – ich glaube, Sie müssen mit mir gehen.«
Penelope, die sich immer noch wunderte, warum Cole nach Schottland geritten sein sollte, nahm ihren Mantel und ihr Täschchen. »Ich habe keine Wahl«, sagte sie sittsam, »da ich nun auch ein gesuchter Flüchtling bin.«
Quentin sah finster drein. »Wenn man Otton glauben kann. Was gedenken Sie mit ihm zu tun, Treve?«
»Ich bezweifle, daß er in der nächsten Zeit irgend jemandem Verdruß bereitet.« De Villars grinste. »Trotzdem, wir werden dafür sorgen, daß er wegbleibt. Ich nehme an, bis er sich erholt haben wird, ist schon eine Amnestie erlassen, und das wird ihm den Wind aus den Segeln nehmen. Nun gut, machen Sie sich auf den Weg.«
Tieles verzweifelter Versuch, sie zu begleiten, wurde fest zurückgewiesen, und seine Proteste, er habe versprochen, Penelope zu begleiten, abgeschnitten, als sie ihn auf die blasse

Wange küßte und ihm überschwenglich für seine mutigen Anstrengungen dankte. Quentin schüttelte ihm die Hand, und Tiele sank wieder auf seinen Stuhl und sah bedauernd zu, wie de Villars das Paar in den tristen Gang hinausführte.

In einem bequemen Wohnzimmer unten saßen Daffy und Killiam, von denen der Abschied schmerzhafter war. Daffy war außer sich bei dem Gedanken, von ihrer geliebten Herrin getrennt zu werden, und bot sogar an, Jasper zurückzulassen, wenn sie nur mit ihnen fahren könnte. Killiam legte besitzergreifend den Arm um sie und sagte ihr, sie solle sich nicht solche Sorgen machen. »Wir reiten allein, wie, Sir?« fragte er. »Ich hätte es mir denken können.«

»Nicht wir beide, alter Freund.« Ruhig und entschieden sagte Quentin, »Sie kennen uns jetzt. Wenn wir als Gruppe reisen, haben sie uns in kürzester Zeit. Du mußt Daffy nach Lac Brillant bringen und dort auf uns warten. Ich würde sagen, du biegst am besten nach Norden ab und fährst auf der östlichen Straße zum Herrensitz. Paß auf deine Lady auf, alter Bursche. Und hab ein Auge auf diesen verdammten Vogel!«

Penelope rannte zu Daffy, um sie zu umarmen, und die Zofe schluchzte herzerweichend. »Oh – Miss – Sie können nicht so fahren! Ich – Ich meine, es – es ist nicht *schicklich!*«

Quentin legte die Arme um sie und gab ihr einen herzhaften Kuß auf die Wange. »Ihre *Miss* wird so bald wie möglich meine *Mistress* sein, meine liebe Daffy.« Er nahm die Hand des Corporals in seine beiden Hände. »Rob – viel Glück. Sag meinem Vater bitte, was hier passiert ist und daß wir im alten Leuchtturm warten, bis er uns eine Nachricht schickt, daß die Luft rein ist.«

Mit offensichtlicher Sorge sagte Killiam heiser, daß er tun würde, was der Major wünsche. »Und – Ihnen auch viel Glück, Sir«, fügte er düster hinzu. »Weiß Gott – Sie werden es brauchen!«

Quentin grinste ihn an, nahm Penelopes Arm und führte sie aus dem Zimmer.
Draußen heulte der Wind um das alte Wirtshaus, aber es hatte aufgehört zu regnen. Dutch Coachman hatte die Kutsche zu einer Auffahrt am Hintereingang eingefahren, die einst bessere Zeiten gesehen hatte. Mit wehender Kapuze wurde Penelope die Stufen hinaufgehoben. Quentin kletterte hinter ihr hinein und ließ das Fenster herunter. Er streckte die Hand hinaus, um sich von de Villars zu verabschieden. »Sie sind in Sicherheit, Treve?«
»Oh, machen Sie sich keine Sorgen um meinen Kadaver. Versuchen Sie um Himmels willen, ein wenig zu schlafen. Sie sehen völlig erschöpft aus! Ihre kostbare Botschaft haben Sie in Sicherheit gebracht, hoffe ich?«
Quentin klopfte auf den Griff seines Schwerts.
»Werden Sie in Farnborough übernachten?«
»Nicht, wenn wir es noch bis nach Guildford schaffen.«
»Sie nehmen am besten dies hier mit.« De Villars überreichte Quentin mehrere Papiere. »Eine Rechnung für ein Pferd, das Sie verkauft haben; ein Brief an Mrs. Bainbridge – das sind Sie, Ma'am; und ein Kostenvoranschlag von einem Landschaftsgärtner, der Ihre Ländereien neu gestalten soll. Ihr Besitz liegt in Kent und heißt *Bainbridge Hall*, und Sie sind ein bekannter Chirurg, Edward Bainbridge. Nein – danken Sie mir nicht. Auf Wiedersehen – Gott mit Ihnen.«
Quentin schob das Fenster hoch, setzte sich und nahm Penelope in die Arme. Die Kutsche rumpelte vorwärts, und die Reise begann. »Bainbridge Hall«, murmelte Penelope mit einem leisen Seufzer. »Wie wundervoll wäre es, wenn dieser Ort wirklich existierte. Und du und ich kämen zurück, und Freunde und geliebte Menschen würden auf uns warten.« Sie seufzte, und als sie keine Antwort erhielt, fragte sie: »Quentin ...?«
Aber er schlief bereits fest.

16

Dreimal wurden sie während der langen Fahrt nach Südosten angehalten. Quentin schlief wie ein Toter, und glücklicherweise waren die Soldaten müde; da sie bereits von mehreren erzürnten Gentlemen zusammengestaucht worden waren, akzeptierten sie nur zu bereitwillig Penelopes Papiere und erfüllten ihre Bitte, ihren Mann nicht zu wecken, da er Arzt sei und die ganze vorherige Nacht bei einem schwerkranken Patienten gesessen habe. Die Sonne wurde langsam von Wolken verdunkelt, und der heftige Ruck, als die Räder der Kutsche in ein Schlagloch gerieten, weckte Quentin schließlich. Er war sofort ganz wachsam und angespannt, da er eine mögliche neue Gefahr fürchtete. Penelope berührte seine Hand und murmelte: »Wie schön du geschlafen hast, mein Liebster.«

Diese liebevolle Bemerkung veranlaßte ihn dazu, die nächsten zehn Minuten zu nutzen, seine Verlobte von der Tiefe seiner Liebe zu überzeugen, und schließlich waren beide so hingerissen, daß er sie hastig von sich schob und sagte: »Das sollte besser genug sein, mein liebes Mädchen! Gott, du machst mich ganz verrückt!« Er spähte aus dem Fenster. »Wo, zum Teufel, sind wir?«

Beträchtlich mitgenommen brachte Penelope heraus: »Ein wenig östlich von Aldershot, glaube ich. Wir sind nicht sehr schnell vorangekommen, Liebster. Die Straßen waren so schlammig, und wir sind dreimal angehalten worden.«

Erstaunt, daß er das alles verschlafen hatte, zog er die Uhr heraus, die Gordon ihm zurückgelassen hatte, und war entsetzt, als er sah, daß es fast Viertel nach sieben war. »O Gott! Und wie der Himmel aussieht, werden wir heute abend nicht mehr sehr viel weiterkommen.« Er wandte sich wieder Penelope zu, begnügte sich aber damit, ihre Hand zu nehmen und sie an seine Lippen zu drücken. »Haben Sie sich überhaupt ausruhen können, Mrs. – äh ... Oh, verdammt! Wer sind wir diesmal?«

Sie lachte. »Bainbridge, Liebster. Und ich bin viel zu glücklich, um müde zu sein.«

Er hob ihr Kinn, küßte sie auf die Nasenspitze und murmelte: »Liebste Penelope Anne Montgomery – wie wenig habe ich dir zu bieten. Meine Zukunft ist zweifelhaft; meine Ländereien werden vielleicht eingezogen; und ich bin ein jüngerer Sohn ohne ein großes Vermögen, das ich dir zu Füßen legen könnte. Ich habe dich in den Schatten des Galgens gebracht und wollte dir doch nur Freude und Glück bringen.«

»Dummer Kerl«, sagte Penelope mit schwimmenden Augen. Sie legte den Kopf an seine Brust und schmiegte sich an sein Halstuch. »Wie lange ist es denn her, daß du mir überhaupt etwas bringen wolltest?«

»Schon sehr lange«, sagte er versonnen, die Wange an ihrem duftenden Haar. »Aber ich glaube, mit absoluter Sicherheit seit dem ersten Augenblick, als ich dich in diesem höllischen Zimmer stehen sah, während dein Onkel mich – verhört hat. Ich konnte nicht verstehen, was du gesagt hast, aber du erschienst mir wie ein Engel vom Himmel. Einen Moment lang ...« Er unterbrach sich, und fuhr dann ganz ruhig fort: »Weißt du, Penelope Anne – einen Moment lang habe ich wirklich geglaubt, ich sei tot.«

Zu bewegt, um etwas zu antworten, umarmte sie ihn fester und drückte einen Kuß auf sein Halstuch.

Er lächelte und redete weiter: »Ich fühlte mich sehr zu dir hingezogen, als du und Geoff in Lac Brillant wart. Weil ich meinem Papa gesagt habe, daß ich nicht heiraten würde, bevor ich dich nicht wiedergesehen hätte, bestand er darauf, daß ich

die Reise nach dem Kontinent machte. Nicht, daß er etwas dagegen gehabt hätte, aber er hielt mich für zu jung, um eine Entscheidung zu treffen. In Frankreich habe ich Charles Stuart kennengelernt und ihm sehr bald meine Gefolgschaft angeboten. Er hielt mich beschäftigt. Die Jahre verstrichen so schnell. Dann, als ich dich wiedergesehen habe ...« Er küßte ihr Haar und sagte einfach: »Dann habe ich es gewußt.«
Ihre Stimme zitterte vor Bewegung, als sie sagte: »Und hast angefangen, mich deine Schwester zu nennen. Du niederträchtiger Kerl!«
»Ja. Als ich wieder zu Verstand gekommen war. Zuerst war ich schwindlig vor Liebe. Jedesmal, wenn du gekommen bist, um mich zu verbinden, konnte ich mich kaum zurückhalten, dich zu umarmen und dir zu sagen, wie ich fühlte. Ich war so selbstsüchtig, daß ich einmal sogar aus dem Bett zur Tür geschlichen bin, um um dich anzuhalten.«
»Was hat dich abgehalten, Liebster?«
»Daffy.« Er fühlte, wie sie starr wurde, und sagte: »Nicht absichtlich. Es war an dem Morgen, als Otton sich an dich herangemacht hatte, und ich war außer mir. Daffy hatte uns alle schier um den Verstand gebracht, als sie hereingerannt kam und weinte, daß man ihr Jasper wegnehmen wolle, und du hast Rob und mich alleingelassen, um sie zu beruhigen. Rob hatte in der Nacht zuvor nicht viel geschlafen – «
»Aus einem seltsamen Grund«, neckte Penelope ihn.
Er zog sie am Ohrläppchen. »Niederträchtige Bainbridge. Auf jeden Fall hat er sich hingesetzt und ist bald eingedöst. Ich lag da und dachte daran, wie prächtig du dich benommen hast und wie klug du Sybil mit deiner ›Erkältung‹ hinters Licht geführt hast. Und ich hatte solche Sehnsucht, dich in die Arme zu nehmen. Ich schlich zur Tür und machte sie auf. Nur – du und Daffy, ihr wart noch nicht fertig. Sie war auf den Knien und

klammerte sich an dich, als wärest du ihre letzte Hoffnung, und du – «

Penelopes Augen weiteten sich. »Du – hast gehört, was sie gesagt hat?«

»Daß ich dir nichts bringen könnte außer Furcht, Sorgen und einen grausamen – «

»Oh, mein Liebster, das tut mir so leid! Wie mußt du dich gefühlt haben.«

»Ich fühlte mich wie ein unwürdiger, gemeiner Kerl, weil sie absolut recht hatte, und ich hätte eher an meine Aussichten denken sollen. Ihr habt mich nicht gesehen. Ich habe die Tür wieder zugemacht und mir geschworen, dich durch nichts Verdacht schöpfen zu lassen, wie sehr ich dich liebte.« Er seufzte. »Es war viel schwieriger, als ich es mir vorgestellt hatte. Und jetzt – sieh mich an! Nichts habe ich dir gegeben, außer – «

»Du hast mir das größte Geschenk gegeben, das man im Leben bekommen kann, mein Liebster. Liebe.«

Darauf gab es natürlich nur eine mögliche Antwort, und einige schwindelerregende Augenblicke später seufzte er und murmelte, Penelope immer noch fest im Arm: »Was für ein Leben werden wir haben, du und ich. Ich nehme dich mit in ein kleines Dorf außerhalb von Paris. Ein ganz reizendes Fleckchen. Dort gibt es eine Pension, wo wir wohnen können, bis wir uns ein Haus mieten – nur so lange, bis der König eine Amnestie erläßt, natürlich.«

»Was für ein Haus?« fragte sie verträumt.

»Ich dachte, ein kleines Landhäuschen vielleicht. Nicht zu groß. Ein gemütliches Häuschen mit einem Stückchen Garten, wo ich Gemüse anbauen kann und – «

Der Gedanke, daß dieser Aufrührer im Gemüsegarten graben sollte, ließ Penelope laut auflachen.

»Frechdachs«, brummte er und küßte sie aufs Haar. »Ich bin ein großes Talent mit der Schaufel, das kann ich dir sagen.«
»Das möchte ich sehen! Und kann ich eine Ecke in dem Stückchen Garten für Blumen haben, bitte?«
»Natürlich. Und abends, wenn wir erschöpft von der Gartenarbeit sind, gehen wir ins Haus und setzen uns an ein fröhliches Kaminfeuer ...« Er gähnte.
»Vor dem du einschlafen wirst, während ich das Essen mache, nehme ich an.«
»Gott, was für ein Querkopf! Nein, Madam. Mrs. Quentin Chandler wird einen Koch und ein hübsches kleines französisches Hausmädchen haben, das – «
»Das gut daran tun wird, die frechen Augen von *Mr.* Quentin Chandler zu lassen!«
Er lachte leise in sich hinein. »Und natürlich werden wir eine Katze haben. Und einen Hund ...« Und plötzlich erfüllte ihn das Bild, das er heraufbeschworen hatte, mit solch unerträglicher Sehnsucht, daß er ihr Gesicht hob, und während er mit der Fingerspitze ihre Wange nachzeichnete, sagte: »O Penelope Anne – wie sehr ich dich liebe. Glaubst du, du könntest es aushalten, mich zum Mann zu nehmen?«
Sie blinzelte gegen Tränen des Glücks an und sagte heiser: »Mit Freude und Stolz und ... für immer, mein Liebster. Oh ... mein Liebster ...«
Als Quentin benommen von ihrem Mund abließ, wurde ihm endlich das Geräusch bewußt, das er schon seit einigen Augenblicken undeutlich wahrgenommen hatte. »Guter Gott!« stöhnte er und griff nach dem Klingelzug.
Der Schlag der Kutsche ging auf, und Dutch Coachmans tropfendes Gesicht spähte zu ihnen herein. »Alles in Ordnung, Sir und Ma'am?« erkundigte er sich grinsend.
»Mein armer Bursche! Du bist völlig durchweicht. Fahr uns

schnell zu einem hübschen Gasthof. Etwas Ruhe und ein warmes Essen wird das Beste für uns alle sein.«

Kurz darauf, als das hübsche Zimmermädchen, das heißes Wasser und saubere Handtücher in das reinliche Zimmer im Gasthof *Zu den drei Wachteln* gebracht hatte, ihr den nassen Mantel abgenommen hatte, wandte Penelope sich an Quentin, der schläfrig in einem Stuhl vor dem kleinen Kamin saß und die Beine von sich streckte. »Wach auf, du Schlafmütze«, mahnte sie ihn und zog ihn sanft an den Haaren.

Er blinzelte zu ihr auf. Das grüne Kleid war verschmutzt und zerknittert, ihr Haar zerzaust, Regentropfen glitzerten hier und da in den herabhängenden Locken, aber als sie seinem Blick begegnete, leuchtete ein tieferes Rosa auf ihren Wangen auf, und scheu senkte sie die Wimpern. Er stand auf und sagte sehr leise: »Wie liebreizend du bist, meine Lady.«

»Ach was«, sagte sie mit etwas unsicherer Stimme. »Hast du vor, heute nacht noch weiterzufahren?«

»Wenn das Wetter aufklart. Ich muß mich beeilen, Liebste.«

»Wohin, Quentin? Kannst du es mir sagen?«

Er zog sie näher an sich, schwieg nachdenklich und lachte schließlich leise. »Du wirst es wissen, sobald du einen Wegweiser mit dem Ortsnamen siehst. Nein, Liebling – zu deinem eigenen Schutz sage ich dir nicht mehr, als daß es in der Nähe des Ashdon Forest liegt, und – « Er legte beide Arme um ihre Taille und sah sie auf eine Weise an, die ihren Atem seltsam durcheinanderbrachte und ihr Herz rasen ließ. »Penelope Anne«, seufzte er, »wie sehr wünschte ich, daß ich dich jetzt heiraten könnte.«

Obwohl sie fühlte, daß ihr Gesicht dunkelrosa sein mußte, hielt sie seinem Blick stand. »Ich auch. Ist – ist das möglich?«

»O ja. Wenn das Aufgebot vor drei Wochen bestellt worden wäre. Wenn ich eine Sondergenehmigung hätte.« Er küßte sie leicht auf die Augenbrauen und fühlte, wie sie zitterte. »Ich habe kaum eine Aussicht darauf.«

»Aber – wir *werden* heiraten. Morgen, oder ... übermorgen.« Sie sah, wie Begehren seine Augen in grüne Flammen verwandelte, und legte ihm die Arme um den Hals, ihre Haut brannte, als sie ihm ihren Mund darbot. Als er seinen Kopf wieder hob, bebte sie atemlos. »Ich will ...«, flüsterte sie, »dir gehören, Liebling. Jetzt. Heute nacht. Ich will nicht noch einen Tag warten.«

Noch einen Tag, dachte er, und der Mut verließ ihn. Was mochte morgen geschehen? Und wenn er gefangen und Penelope gehetzt wurde? Wenn er in den Tod ging, und sie blieb allein und unverheiratet zurück – vielleicht mit seinem Kind unter dem Herzen? »Nein«, sagte er mit rauher Stimme. »Bei Gott, habe ich deinem Ruf nicht schon genug geschadet, muß ich dich dazu auch noch verführen?«

»Du verführst mich nicht«, wandte sie ein.

»Oho«, schnitt er ihr mit einem unsicheren Grinsen das Wort ab. »Ich stoße dich also ab, oder? Merken Sie sich das, Mrs. Bainbridge – «

Sie legte ihm die Hand auf die Lippen. »Hör auf. Ich gehöre dir. Was immer geschieht. Willst du ... mich nicht?«

Er stöhnte und drückte sie wieder fest an sich, küßte ihr Haar, atmete den süßen Duft ihres Parfums ein und fühlte ihren weichen Körper, der sich so verlockend an seinen preßte. »Ob ich dich *will? Gott!* Wie kann ich dir sagen – « Er stieß sie weg von sich, drehte sich um und fuhr sich mit zitternder Hand über die Augen. Mit einer wahrhaft heroischen Anstrengung wandte er sich ihr wieder zu und sagte leichthin: »Nur gerade in diesem Augenblick, meine Liebe, will ich lieber etwas zu essen.« Und als er ihr mißtrauisches Stirnrunzeln sah, fügte er schnell hinzu: »Außerdem macht mein Arm mir verteufelt zu schaffen.«

»Aber«, wandte sie vernünftig ein, »du brauchst nicht – «

»Penelope Anne!« Lachende Fünkchen tanzten in seinen Augen. In geziertem Tonfall sagte er: »Ich war noch nie so schockiert!« und zog sich in das Schlafzimmer nebenan zurück.

Alleingelassen seufzte Penelope und tat, was sie konnte, um ihre Erscheinung wieder in Ordnung zu bringen. Sie vermißte Daffys erfahrene Hilfe, als sie ihr Haar hochsteckte, und sogar noch mehr, als sie ein einfaches Reisekleid aus cremefarbenem, blaubestickten Musselin und vielen Knöpfen am Rücken anzog. Sie kämpfte immer noch mit diesen höllisch schwer zu erreichenden Knöpfen, als ein Klopfen an der Tür Quentins Rückkehr ankündigte. In seinem Mantel aus burgunderrotem Samt sah er elegant und ausgeruht aus, schneeweiße Spitzen wellten sich um seinen Hals und die Handgelenke, sein Haar war gepudert und ordentlich zusammengebunden.

»Gut hast du das gemacht, Liebster«, sagte Penelope. »Wenn du vielleicht mit diesen lästigen Knöpfen fertig werden könntest ...?«

Er bemühte sich redlich, aber die Sache mit den Knöpfen zog sich beträchtlich lange hin, da er es für nötig hielt, mit jedem Knopf, den er schloß, ihren Rücken zu küssen. Penelope jagten Schauer dieser neuen elektrisierenden Erregung den Rücken hinunter, als er ihre Haut mit seinen Lippen berührte. Seine Hände waren sehr kalt, und sie fühlte, wie sie zitterten. Sie wirbelte herum, als er fertig war, und streckte die Arme nach ihm aus, aber er wich zurück und keuchte schwach, er dürfe sie nicht mehr küssen, er wage es nicht mehr.

»Feigling«, murmelte sie. »Das ist nicht fair.«

Er stimmte zu. »Ich bin ein selbstsüchtiger Halunke und fast verhungert!«

Im Speisezimmer saß nur noch ein weiteres Paar, ein offen-

sichtlich neureiches Ehepaar mittleren Alters und mit der seltsamen Angewohnheit, entweder gar nichts zu sagen oder gleichzeitig in leidenschaftlich erregte Worte auszubrechen. Die Perücke der Lady war viel zu übertrieben für einen einfachen Landgasthof, und ihr weites Reifrockkleid aus magentarotem Taft wurde durch ein protziges Granathalsband auch nicht schöner. Der Gentleman saß mit dem Rücken zu ihnen, und er blickte nicht auf, als sie eintraten, aber die Frau musterte mit zusammengekniffenen Augen schnell Penelopes Kleid, ihren Schal und ihr Haar, dann fiel ihr Blick auf Quentin. Darauf sah sie kaum noch irgendwo anders hin, außer wenn sie einen sporadischen Wortschwall mit ihrem Gatten wechselte. Außer einer höflichen Verbeugung, als er den Raum betreten hatte, schenkte Quentin ihrem Benehmen keine weitere Beachtung. Penelope wurde dagegen sehr verärgert.
Die Kellnerin eilte mit einer Schüssel wäßriger und lauwarmer Hühnersuppe an ihren Tisch. In der Suppe schwammen Klöße, die laut Quentins düsterer Bemerkung wenigstens kaum noch schwerer als Kanonenkugeln sein konnten. Penelope stellte fest, daß sie hungrig war, und vergaß die schlechten Manieren der anderen beiden Gäste, während sie mit ihrer Suppe kämpfte. »Lieber«, sagte sie sanft, »bist du nicht zu erschöpft, um heute nacht noch weiterzufahren?«
»Du vergißt, daß ich auf dem Weg hierher ein schönes Nikkerchen gemacht habe. Trotzdem bin ich wohl sehr schwach, denn ich will verdammt sein, wenn ich meine Gabel in dieses Ding hier hineinbekomme! Wie machst du – Lieber Gott! Kein Wunder, daß die Lady so herstarrt. Hier, Liebste ...« Er legte seine Hand über die Penelopes. »Steck dir den an, so schnell du kannst, ohne daß diese steife Kreatur in Ohnmacht fällt.« Er drückte ihr seinen Drachenring in die Hand, und als ihre Finger sich darum schlossen, murmelte er: »Wenn du ihn

umgekehrt trägst, sieht er aus wie ein Ehering – zumindest eine Zeitlang.«

Penelope gelang es, den Ring unauffällig über den Finger zu streifen. Er war ihr viel zu groß, aber das Gefühl, seinen Ring zu tragen, ließ einen Kloß in ihrem Hals aufsteigen, und Tränen brannten ihr in den Augen. Quentin sah ihre Pein und legte sie prompt falsch aus. Er plauderte leichtherzig und erzählte von irgendeinem Unsinn, in den er seinen Bruder hineingezogen hatte, als sie Kinder waren. Der Kellner räumte die leeren Teller ab und brachte einen Korb mit Brot, eine Platte mit kaltem Schweinebraten, einer halben Hammelpastete und eine Schüssel Wasser, in der ein paar blasse Karotten schwammen. Als Penelope aufsah, sah sie Quentins besorgten Blick auf sich gerichtet. Ein erleichtertes Lächeln hellte sein Gesicht auf. Er meinte: »Kein Wunder, daß diese Suppe dich verärgert hat. Schreckliches Zeug. Du solltest lieber – « Er sah auf den Tisch, sah die nassen Karotten und stöhnte: »O . . . Gott!«

Penelope lächelte ihn an. »Geoff war genauso. Er verabscheute Gemüse.«

»Du wirst mich schwerlich davon überzeugen, daß diese mickrigen Dinger Gemüse sind. Und was deinen Bruder betrifft, frage ich mich, warum Lord Hector diesen Burschen nicht besser erzogen hat. Wenn er seinen Hang nach Süßigkeiten nicht etwas zügelt, wird er fett wie eine Flunder sein, bevor er – «

Das Glas, das Penelope erhoben hatte, klirrte auf den Tisch. Die Frau in dem roten Kleid warf ihr einen hochnäsigen Blick zu, und ihr Mann drehte sich um, um Penelope neugierig anzusehen, stirnrunzelnd starrte er sie längere Zeit an. Der Kellner rannte herbei, um die Limonade aufzuwischen und ein neues Glas zu bringen.

»Du bist müde, armes Mädchen«, sagte Quentin besorgt.

»Gott, ich wünschte, ich müßte dich nicht noch weiterschleppen, aber – «

»Wie hast du das mit Geoff gemeint?« fragte Penelope drängend. »Weißt du etwa gar nicht, daß er bei Prestonpans gefallen ist?«

»Zum Teufel! Wie konnte – «

»Bei meiner Seele, sie *ist* es!« rief der Gatte der magentaroten Lady. Unbeeindruckt von dem verärgerten Blick, den Quentin ihm zuwarf, stand er auf und trat an ihren Tisch. »Verzeihen Sie, Sir, aber ich glaube, daß ich Ihre Begleiterin kenne. Miss Montgomery, nicht wahr? Erlauben Sie mir, Ihrem Gedächtnis nachzuhelfen, Ma'am. Ich bin Sir Leonard Epps. Ihr Papa und ich waren alte Freunde. Ich hoffe, es geht Ihnen gut?« Seine Brauen hoben sich fragend, als er zu Quentin sah, der höflich aufgestanden war.

Außer einem vagen Gefühl des Wiedererkennens konnte Penelope sich nicht erinnern, daß zwischen diesem Gentleman und ihrem Vater eine enge Freundschaft bestanden hätte. Verwirrt log sie: »Natürlich erinnere ich mich an Sie, Sir Leonard. Darf ich Ihnen meinen Gatten, John – äh, Somerville vorstellen?« Und sie hätte in den Erdboden versinken mögen, als ihr zu spät *Bainbridge* einfiel.

Sir Leonard schüttelte Quentin die Hand, aber er hatte Penelopes Zögern bemerkt, was seine Augen, zusammen mit ihrem tiefen Erröten, mißtrauisch glitzern ließ. Nach einigen flüchtigen höflichen Worten kehrte er zu seiner Frau zurück und beugte sich vor, um ihr etwas zuzubrummen. Lady Epps quälte sich ein dünnes Lächeln ab, und obwohl sie Penelope zunickte, waren ihre Augen eisig.

Aufgeregt durch die unerklärliche Bemerkung über ihren Bruder, erschrocken über ihren Schnitzer und sicher, daß Quentin jeden Augenblick in Gelächter ausbrechen würde, konzentrier-

te Penelope sich auf ihr Essen. Es war mittelmäßig. Sie aß wenig und lehnte den Nachtisch ab.
Quentin, der ihre Verwirrung deutlich bemerkt hatte, sagte: »Wir gehen am besten, Liebe«, und stand auf, um ihren Stuhl zurückzuschieben. Im selben Augenblick kamen Sir Leonard und seine Lady vorbei und murmelten einen Abschiedsgruß. Penelope griff nach ihrem Täschchen, und ihr zeitweiliger Ehering glitt ihr vom Finger, fiel auf den Boden und kullerte Sir Leonard vor die Füße.
Quentin bewegte sich sehr schnell, hob ihn auf und verbeugte sich vor dem erstaunten Sir Leonard. »Ein altes Familienerbstück«, erklärte er und sagte damit indirekt die Wahrheit. »Meine Liebe, da du so dünn geworden bist, sollten wir ihn enger machen lassen. Ich möchte nicht, daß irgendwelche Gentlemen dich für ungebunden halten.«
Er nickte dem schockierten Sir Leonard wütend zu, verbeugte sich vor Lady Martha, führte Penelope aus dem Zimmer und kicherte auf dem ganzen Weg die Treppen hinauf hysterisch.
»O ... Jupiter ...!« keuchte er, ging durchs Zimmer und ließ sich laut lachend aufs Bett fallen. »Hast du je schon zwei solche Käuze gesehen? Ich dachte, der alte Kerl würde sein Monokel verschlucken, und seine Lady sah aus, als würde ihr das Korsett platzen!«
»Wie schön für Sie, Sir«, sagte Penelope verärgert. »Ich war tödlich verlegen, und es ist eine Schande für mich.«
»Nun – tadel nicht mich, wenn du dich nicht an den Namen deines eigenen Mannes erinnern kannst! John Somerville, in der Tat! Ich war verdammt nahe daran, ihnen zu sagen, du hättest mich mit deinem ersten Mann verwechselt!«
»Oh, Quentin! Das hast du doch nicht etwa getan!«
Aber er lachte schon wieder so herzlich, daß sie kein vernünftiges Wort aus ihm herausbrachte, und schließlich setzte sie sich neben ihn und zog ihn an den Haaren.

Als er so dalag und zu ihr hinauflachte, wurden seine Augen weich, und er berührte ihre Lippen. »So ein süßer Mund.«
Sie küßte seine Finger, aber als er sich aufsetzte und den Arm um sie legte, sagte sie: »Nicht, mein Liebster. Nicht jetzt.«
Seine Mundwinkel zuckten. »Meinst du ›nicht mein Liebster‹ oder ›nicht, mein Liebster‹?«
»Quentin, bitte – es ist so wichtig für mich. Was hast du mit meinem Bruder gemeint?«
Sofort wurde er ernst. »Der Teufel soll mich holen, mich verdammten Narren. Natürlich ist es wichtig. Wie kommst du zu diesem Irrtum, Penelope Anne? Du hast doch sicher seine Briefe bekommen?« Er musterte ihr Gesicht, und als er sah, wie es alle Farbe verlor, sagte er: »Lieber Himmel? Du hast wirklich *geglaubt*, er sei gefallen?«
»J-ja«, flüsterte sie, und ihr Herz pochte wie verrückt. »Ist – er ... nicht?«
»Bei Gott, er ist nicht tot! Wie glaubst du, bin ich nach Highview gekommen, wenn nicht Geoff – O nein!« Er schlang die Arme um ihre schlaffe Gestalt. Voller Schrecken stöhnte er: »Nicht bewußtlos werden, Penny – so etwas Schreckliches kannst du nicht tun! Leg dich hin.« Er versuchte, ihre Hände von seinem Nacken zu lösen, und als ihm das nicht gelang, warf er einen verzweifelten Blick auf den Wasserkrug, der so nahe und doch so weit weg neben ihm auf dem Nachtkästchen stand.
Penelope kuschelte den Kopf an seine Brust, und das Zimmer verschwamm ihr vor den Augen. »Ich bin ... in Ordnung ... nur einen Augenblick«, flüsterte sie.
Irgendwie wurde sie gegen die Kissen gelehnt, und Quentin hielt mit zitternden Händen und weit aufgerissenen, ängstlichen Augen eine Flasche an ihre Lippen und bettelte, sie solle einen Schluck nehmen.
Sie gehorchte, hustete und nippte noch einmal, eine warme

Flüssigkeit breitete sich in ihr aus und vertrieb das Schwindelgefühl. »O danke, Liebster«, sagte sie und lächelte zittrig zu ihm auf.

»Jetzt siehst du aus, als würdest du gleich weinen«, stöhnte er. »Mein liebstes Mädchen, was hättest du getan, wenn ich dir gesagt hätte, daß der alte Geoff tot ist, wie du geglaubt hast? Und wie *konntest* du das in Dreiteufelsnamen glauben?«

»Ich bekam einen Brief aus Whitehall, der mir mitteilte, daß er – daß er bei Prestonpans verwundet worden ist.«

»Ja, das wurde er auch, der arme Kerl. Wochenlang bewußtlos, aber er ist durchgekommen.«

»Aber – man hat mir einen Brief geschickt, daß er getötet und von den Schotten in einem anonymen Grab bestattet worden sei.«

»Verdammte Idioten! Mein Gott, Penny, glaubst du, wenn das stimmte, wäre ich zu euch gekommen, um Hilfe zu suchen?«

Sie lehnte die Flasche ab, die er ihr erneut anbot. »Ich – ich wußte nicht, daß du zu uns *gekommen* bist. Ich hielt es für einen Zufall, daß mein Onkel dich gefangengenommen hatte. Und ich wußte, daß Geoff die Behandlung der entkommenen Rebellen verurteilt hätte.«

Quentin stöpselte die Flasche zu und stellte sie beiseite. »Nach der Niederlage bei Prestonpans war Schottland ein unsicherer Ort für König Georges Soldaten, wie du dir denken kannst. Geoff wurde von einer freundlichen schottischen Familie aufgenommen, aber monatelang hatte man ihn aufgegeben. Endlich begann es ihm besser zu gehen, aber die Familie war in Verdacht geraten, und es wurde notwendig, ihn anderswohin zu bringen. Sie versuchten, ihn an die Grenze zu schmuggeln, aber an jeder Ecke stießen sie auf ein Hindernis, und schließlich waren sie gezwungen, ihn nach Nordosten, nach Inverness zu bringen. Bald darauf ereignete sich die Tragödie von Culloden.«

Er runzelte die Stirn, ließ sie allein und ging zum Fenster, durch das er grübelnd in die Dunkelheit starrte. »Der Spieß wurde genau umgedreht. Wir erlitten eine zerschmetternde Niederlage, und *Jakobiten* wurden nun gejagt, nicht die Engländer.«

»Dem Himmel sei Dank, daß du davongekommen bist! Hat Geoff dir geholfen?«

»In der Tat. Die Lady, bei der er wohnte, war zufällig die Schwester von Lord Boudreaux und Großtante von Treve de Villars. Geoff entdeckte, daß sie ebenfalls eine standhafte Jakobitin war, und mit Treve und vielen anderen darin verwikkelt, Flüchtlinge in Sicherheit zu bringen. Du kannst dir denken, daß er sich auch hineingestürzt hat – bis zum Hals!«

»Aber nach der Schlacht war dort doch sicher eine englische Garnison. Mußte er nicht melden, daß er überlebt hatte?«

»Nun ... ja und nein. Er meldete, daß er überlebt hatte, aber – nicht als Geoffrey Delavale.« Quentin bemerkte ihre Verwirrung und erklärte: »Verstehst du, es hat eine Verwechslung gegeben, typisch für die Armee. In Geoffreys Brigade war ein Offizier namens Geoffrey Delacourt, der bei Prestonpans getötet worden war. Sie haben den armen *Delacourt* als vermißt gemeldet und deinen Bruder als tot und begraben. Bis nach Culloden wußte Geoffrey nichts von seinem vorzeitigen Tod. Zu dieser Zeit war er bei der Hilfe für flüchtige Jakobiten schon sehr engagiert und beschloß, seine falsche Identität beizubehalten, um seine Familie zu schützen. Sollte man ihn gefangennehmen, wärst du auf diese Weise nicht in Gefahr, und der Landsitz würde nicht konfisziert werden.«

»Gütiger Himmel!« rief Penelope angstvoll und setzte sich auf. »Dann ist er jetzt auch ein Flüchtling?«

Quentin kam zurück, um sie zu beruhigen. »Nein, nein. Aber er ist ein verdammtes Risiko eingegangen, das kann ich dir sagen. Im Grunde ist er ein hoffnungsloser Invalide. Aber tatsächlich ist er emsiger als ein Bienenschwarm und arbeitet Fluchtrouten aus. Deshalb ist er nicht nach Hause gekommen.« Er wurde ernst. »Ich weiß ganz genau, daß er dir mehrere Briefe geschrieben hat. Warum du sie nicht bekommen hast – « Seine Augen wurden schmal. »Dein Onkel ..?« Entsetzt darüber, daß ihre eigenen Verwandten eine solche Nachricht von ihr ferngehalten haben sollten, nickte sie wortlos.

»Dieser elendige Bastard! Ich wette, er ließ dich im Glauben, Geoff sei tot, in der Hoffnung, daß er dafür schon noch sorgen und dann erben würde!«

»Aber es wäre so leicht gewesen, meinen Bruder loszuwerden. Onkel Joseph hätte den Behörden nur von seinem Engagement für die Jakobiten erzählen brauchen, und – «

»Und der Besitz wäre eingezogen worden«, unterbrach er sie grimmig und nahm eine ihrer zitternden Hände. »Nein, das wagte er nicht. Er hoffte wahrscheinlich, eine Nachricht zu erhalten, daß Geoff heimkommen würde, und hätte ihn dann aus dem Hinterhalt überfallen. Verdammt, er ist wirklich ein Dreckschwein! Wenn ich daran denke, daß sie dich die ganzen Monate in diesen scheußlichen Trauerkleidern herumlaufen und um Geoff trauern ließen – als wäre es noch nicht schlimm genug, daß du deinen Vater verloren hast.«

»Ich erinnere mich«, flüsterte sie aufgeregt, »daß ich am ersten Tag, als du im Ankleidezimmer versteckt warst, meine Tante dabei überrascht habe, wie sie einen Brief las. Sie schien so schuldbewußt und ließ ihn schnell verschwinden. Ich dachte, er sei von einem ihrer Hausfreunde. Ich hätte mir nie träumen lassen, daß er von Geoff sein könnte.«

»Wahrscheinlich war er das, Liebe. Weiß der Himmel, wie viele Briefe sie abgefangen haben. Ich nehme an, sie erfuhren auf diese Weise, daß ich unterwegs war.«

»Oh ...!« Sie barg das Gesicht in den Händen. »Wie wird Geoff sich schämen, wenn er erfährt, wie seine eigenen Verwandten ihn betrogen haben. Denk nur – wenn du aufgegeben und ihnen die Nachricht – oder Geheimbotschaft, wie du sie nennst, überlassen hättest – wir wären dafür verantwortlich gewesen!«

Tröstend klopfte er ihr auf die Schulter. »Nun, ich habe es nicht getan – und auf jeden Fall habe ich nur einen Teil der Geheimbotschaft bei mir. Nur die erste Strophe.«

»Ich habe gesehen, daß es ein Gedicht ist. Es gibt also noch mehr Verse?«

»Ja. Ich weiß nicht, wie viele, aber wenn man sie alle zusammensetzt, verrät das Ganze, wohin der Schatz gebracht werden soll und wem man die Liste anvertrauen kann.«

Einen Augenblick war Penelope still. Dann sagte sie langsam: »Welch schreckliche Verantwortung. Liebster – der Himmel möge verhüten, daß sich die Notwendigkeit ergibt, aber – wenn irgend etwas schiefgehen sollte, was muß ich dann tun?«

Quentin runzelte die Stirn, und die schwache Vorahnung von Schwierigkeiten, die ihn schon den ganzen Tag verfolgt hatte, kehrte wieder, stärker als je zuvor. Kurz angebunden sagte er: »Nichts. Ich will dich nicht hineinziehen.«

Sie trocknete ihre Tränen. »Mein Bruder riskiert sein Leben, weil er in die Sache verwickelt ist. Ich bin darin verwickelt, weil ich dich liebe. Und ich bin darin verwickelt, weil du deine Mission jetzt schon erfüllt hättest, wenn meine Verwandten nicht gewesen wären. Sag es mir, Lieber.«

Er schwieg lange; seine Vernunft kämpfte mit dem Instinkt, sie zu schützen. Dann stand er auf, nahm seinen Schwertgurt und trug ihn zum Bett. Er zeigte Penelope, wie sie die kleine Platte am Griff des Schwertes öffnen mußte, und zog das Stückchen Pergament heraus, von dem das Leben und das Vermögen so

vieler Menschen abhingen. »Wenn ich gefaßt werden sollte und du irgendeine Möglichkeit hast, das zu tun, ohne dich in Gefahr zu bringen, mein Herz, dann gib es Treve oder meinem Bruder, oder Geoff. Sie wissen, was zu tun ist.«
»Darf ich sehen?« Sie nahm das Pergament und las:

Das Vieh schläft in der Nacht
Eulen singen schaurig.
Doch der Wind hält Wacht
Liebes, sei nicht traurig.
Hell bricht Tag herein.

Raunend weht der Wind
um die dunklen Mauern
Fledermaus und Elfenkind
Läßt er furchterschauern.
Unbesorgt sei, Liebste mein,
Bald wird Sommer sein.

»Lieber Himmel«, murmelte sie verwirrt. »Wer, um alles in der Welt, kann darin einen Sinn sehen?«
»Irgend jemand kann es offensichtlich. Für mich ergibt es keinen Sinn, das muß ich zugeben. Außer, daß es vielleicht auf einen Landsitz mit ummauerten Weiden anspielt, und weiß Gott, davon gibt es viele, vor allem im Norden.«
»Hmmmm«, sagte sie zweifelnd. »Aber was ist mit den Fledermäusen und den Elfen?«
Er lachte leise, nahm das Pergament wieder an sich und legte es wieder in seinen Behälter. »Es wurde nicht geschrieben, um so leicht entschlüsselt zu werden, das ist sicher. Vielleicht liegt der Schlüssel in den anderen Versen – wer weiß? Auf jeden Fall müssen wir uns auf den Weg machen. Es hat

anscheinend aufgehört zu regnen, und wir können es wagen, noch ein paar Meilen zu fahren, glaube ich.« Er musterte ihr Gesicht scharf. Sie sah müde aus, trotz ihres tapferen Lächelns, und unter ihren vertrauensvollen Augen lagen Schatten. Seit er wieder in ihr Leben getreten war, hatte sie einen Alptraum erlebt. Das hinterhältige Flüstern von Gefahr, das er innerlich verspürte, sagte ihm, daß sie viel sicherer wäre, wenn er sie hierließe ...

»Penelope Anne«, sagte er leise, nahm ihr Gesicht zwischen seine langen, feinfühligen Hände und blickte auf sie herab. »Wie sehr liebst du mich?«

Sie nahm jede Linie des geliebten Gesichts in sich auf und flüsterte, die Augen erfüllt von Liebe: »O mein Liebster. Weißt du es nicht?«

»Dann – um meinetwillen, tu, was ich dir sage.« Er setzte sich neben sie, nahm ihre Hand, die sie ihm sofort hinstreckte, und fuhr fort: »Es dauert zu lange. Ich kann nicht auf die Kutsche warten. Zu Pferde kann ich quer durch die Gegend reiten und den Weg abkürzen.«

Sie spürte die kalte und nun schon vertraute Hand der Furcht auf ihrem Herzen. Entschlossen sagte sie: »Ich kann sehr gut reiten.«

»Liebstes Mädchen – sei vernünftig. Schau nur, wie müde du bist. Penny, ich *muß* dich hierlassen.«

Ihre Hand umklammerte die seine fester. »Du bist weit erschöpfter als ich. Und wenn du gehst, werde ich dir folgen.«

»Lieber Himmel! Muß ich dich ans Bett fesseln, Frau?«

Geziert antwortete sie: »Zu welchem Zweck, lieber Sir?« Aber als er die Stirn runzelte, hob sie die Hand, um die Falten auf seiner Stirn zu glätten. »Wohin du auch gehst ...« Sie neigte den Kopf. »Hör zu ...«

Er hörte ein leises Prasseln, als würden zahlreiche kleine Füße

über die Fenster trappeln. »O nein!« stöhnte er und riß den Fensterflügel auf.
Penelope lief ihm nach und sah froh in die regennasse Dunkelheit, schnupperte die süße, reine Luft und lehnte sich an ihn, als sein Arm sich ganz natürlich um ihre Taille legte. »Gib zu, daß du in der Falle bist«, sagte sie.
Er schwieg und wußte, daß er weiterreiten sollte, Regen oder nicht.
Sie las seine Gedanken und legte den Arm um ihn. »Liebster, du kannst nicht. Du würdest wieder krank werden. Dein Arm war nach diesem fürchterlichen Duell mit Otton wieder stärker entzündet. Es wäre der Gipfel des Wahnsinns, wenn du heute nacht weiterreiten würdest, vor allem bei diesem Regen. Und du bist so erschöpft.«
Er war erschöpft, und sein Arm war wirklich eine Plage. Er sah hinunter auf ihr Gesicht, das so erfüllt von Liebe und Sorge war, und war verloren. »Delilah«, murmelte er heiser und zog sie an sich. »Nun gut, aber wir müssen im Morgengrauen aufstehen, also – früh zu Bett, alle beide.«
Sie hob das Gesicht und sagte mit einem leisen Seufzer: »Was immer du willst. *Was auch immer.*«
Was immer er wünschte ... Er küßte sie sanft und dann weniger sanft, und sie erwiderte seinen Kuß so süß und leidenschaftlich, daß er feige floh, die Tür laut hinter sich schloß und sich dagegen lehnte, die Augen geschlossen, heftig atmend, die Flamme des Begehrens im Widerstreit mit seinen edleren Regungen.
Alleingelassen spazierte Penelope ans Fenster, stieß es weit auf und ließ sich von der frischen Nachtluft die glühenden Wangen kühlen. Während sie so da lehnte und hin und wieder einen Regentropfen auf ihrer Haut spürte, flüsterte sie ein inniges Dankgebet, daß ihr Bruder noch lebte, und bat, daß dieser

tapfere und ehrenhafte Gentleman, der ihr Herz erobert hatte, nicht von ihr gerissen würde; daß dieses kostbares Leben nicht geopfert werden mußte und sie nicht in einer trostlosen, kummervollen Leere allein zurückblieb.

Sie war weit erschöpfter, als ihr zuvor bewußt gewesen war, und schlief fast ein, als sie sich über die Waschschüssel beugte, um ihre Zähne zu putzen. Und dennoch, kaum lag ihr Kopf auf dem Kissen, konnte sie nicht schlafen und lag da, starrte in die Dunkelheit und kämpfte gegen die schrecklichen Vorstellungen an, die sie überfielen. Sie versuchte, sich statt dessen auf das liebliche Bild zu konzentrieren, das Quentin heraufbeschworen hatte: das hübsche kleine Haus in Frankreich mit seinem Gemüsegarten, dem Hund und der Katze, und vielleicht, wenn Gott wollte, schließlich mit noch weiteren Gefährten ... einem kleinen Jungen vielleicht, mit den lachenden Augen seines Vaters und seinem unbezähmbaren Mut. Aber immer wieder schlich sich die Angst in ihre Gedanken, bis sie es nicht länger aushielt, die Bettdecke zurückwarf und sich aufsetzte. Sie sah auf die Tür nebenan, fühlte sich schrecklich allein und wußte, daß er so nahe war. Nur ein paar Meter trennten sie vom tröstlichen Gefühl seiner Nähe, von seinen starken Armen, die er um sie legte ...

Sie bemerkte kaum, daß der Holzboden unter ihren Füßen eiskalt war, ging zur Tür und legte die Hand auf die Täfelung. Von drinnen war kein Geräusch zu hören. Wenn er schlief, dann sehr ruhig. Vielleicht war er genauso wach wie sie. Vielleicht lag er ebenfalls da, starrte in die Dunkelheit und sehnte sich danach, sie im Arm zu halten.

Mit zitternden Fingern griff sie nach der Türklinke, aber im selben Augenblick bewegte sie sich schon. Die Tür ging auf. In Geoffs schwarzem Morgenmantel schnappte Quentin erschrocken nach Luft, als er sie erblickte.

Sie sahen einander über die Schwelle hinweg an, bewegungslos, die ernsten Gesichter nur schwach vom Schein der Kerze neben seinem Bett erleuchtet.
»Du auch?« murmelte er schließlich.
»Ich brauchte dich so.«
Er ballte die Hände zusammen. »Ich weiß. Ich habe anscheinend nicht mehr Willenskraft als – als –« Er stöhnte und breitete die Arme aus. Penelope kuschelte sich an ihn, und er hielt sie fest und streichelte ihr langes Haar, während er heiser flüsterte: »Kann es wirklich sündig und falsch sein, wenn man so sehr liebt?«
Sie fühlte das schnelle Schlagen seines Herzens und wußte, daß ihr eigenes seinem leidenschaftlichen Ruf antwortete. Und doch ... Sie hob den Kopf, und er sah im dämmrigen Licht den Ausdruck in ihren Augen.
»Was ist, mein Liebling? Hast du Angst vor mir?«
Sie erschauerte und umarmte ihn fester. »Nein. Aber – manchmal fürchte ich mich so vor allem. Oh, Quentin – halt mich fest. Halt mich fest!«
Er drückte sie ganz nahe an sich und fragte sich, ob sie schon eher befürchtet hatte, daß sie nur diese kurze Zeit zusammen hatten. Nur heute nacht. Über ihrem seidigen Haar sah er auf dem Nachttisch etwas glänzen. Er schob sie ein wenig zur Seite und ging zum Bett, um den Drachenring zu holen. Mit einem qualvollen Blick starrte er auf ihn hinunter, dann sah er wieder auf Penelope. Sie wartete dort, wo er sie stehengelassen hatte, geduldig und voll Vertrauen, wie ein reiner, leuchtender Engel; das lange Haar umrahmte ihr ausdrucksvolles Gesicht, das weiße Nachthemd mit den zarten rosa Seidenschleifen schien ihm noch zu betonen, wie rein sie war ... wie verletzlich.
Er fühlte sich demütig und unwürdig, als er die Hand ausstreckte. »Komm her, meine liebe Delilah.«

Sofort eilte sie zu ihm und legte ihre warme, weiche Hand in seine. Er führte sie ans Fenster und öffnete es. Der Regen hatte wieder aufgehört, und der Mond schob sich hinter dichten Wolkenfetzen vorbei, schien silbern auf die Bäume und Häuser und verwandelte die Straße in ein silbernes Band.

Quentin drehte Penelope herum, so daß sie ihm direkt ins Gesicht sah. Ernst und voll unbewußter Würde sagte er: »Ich kann dir keine große Kathedrale anbieten, Penelope Anne. Noch irgendeine andere Kirche als dieses kleine Zimmer; keinen anderen Zeugen als unseren Schöpfer. Aber – willst du mir die große Ehre erweisen, meine Frau zu werden?«

»Du weißt, daß ich das will, mein Liebster«, antwortete sie glühend.

»Jetzt?«

Sie sah fragend zu ihm auf, und er nahm ihre Hände und zog sie mit sich auf die Knie. Ihre Hände immer noch in den seinen, sagte er mit leiser, ehrfürchtiger Stimme: »Hier vor Gott nehme ich, Quentin Frome Chandler, dich, Penelope Anne Montgomery, zu meiner gesetzlich angetrauten Frau. Und ich gelobe, dich zu lieben und zu ehren, bis daß der Tod uns scheidet.«

Penelope schnürte es die Kehle zusammen, so daß sie eine Sekunde lang nichts sagen konnte, dann flüsterte sie: »Hier vor Gott nehme ich, Penelope Anne Montgomery, dich, Quentin Frome Chandler, zu meinem gesetzlich angetrauten Gatten. Um dich zu lieben, zu ehren und dir zu gehorchen. Bis daß der Tod uns scheidet.«

Er steckte ihr den Drachenring an den Finger und beugte sich herunter, um ihn zu küssen. Stockend sagte er: »Herr, du weißt, wie tief und ehrfürchtig meine Liebe zu dieser edlen Frau ist. Gewähre du, daß – daß ich ihr nie Grund gebe, diese wahre und heilige Verbindung zu bereuen. Amen.«

Unfähig zu sprechen, blinzelte Penelope ihn durch einen Nebel glücklicher Tränen an. Er hob den Kopf und blickte scheu auf ihr strahlendes Gesicht. Mit unbeschreiblicher Zärtlichkeit sagte er: »In den Augen des Herrn sind wir nun Mann und Frau, mein liebstes Mädchen. Und ich schwöre dir, daß ich dich so bald wie möglich noch einmal ehelichen werde, so daß auch den Gesetzen der Menschen Genüge getan ist.«

Er half ihr auf die Füße und fragte sie lächelnd: »Darf ich die Braut küssen?«

Mit einem glücklichen Schluchzer gewährte sie es ihm. Er küßte sie innig, schloß das Fenster, und sie gingen zum Bett hinüber.

Zitternd und erfüllt von anbetender Liebe und Vertrauen, umarmte Penelope ihn, wie eine Frau den Mann umarmt, den sie liebt. Sie empfand weder Scham noch Reue, nur eine anfängliche Scheu, die Quentins Erfahrung bald verbannte. Er ging sehr zart mit ihr um, und schnell war sie leidenschaftlich erregt. Sie verspürte einen kurzen, erschreckenden Schmerz, gemildert durch seine liebevollen Worte der Erklärung, dann stieg eine unbekannte Ekstase in ihr auf, eine wundervolle Verbindung ihrer Herzen und Gedanken und Körper. Als sie benommen wieder zur Erde zurückkehrte, lag sie in seine Arme gekuschelt, die heiße Wange an seiner Brust, ihren Körper an seinen gepreßt. Ein Gefühl nie zuvor erfahrener Vollkommenheit erfüllte sie, und sie seufzte vor Behagen.

Schläfrig und glücklich und ziemlich ziellos küßte Quentin sie auf die Augenbrauen. »Ich höre, wie sich in deinem Kopf alles dreht«, murmelte er. »Schlaf, mein Liebling.« Aber dann kam ihm ein Gedanke, und er fragte ängstlich: »*Was* denkst du?«

Leise und süß sprach ihre Stimme aus der Dunkelheit zu ihm. »Ich habe gedacht, daß es sicherlich noch nie eine Hochzeit gegeben hat, die gottgefälliger war als die meine.«

Erneut herrschte Stille. Dann sagte er genauso leise: »Mrs. Chandler ... habe ich erwähnt, daß – ich dich liebe?«
»Und ich dich. Quentin – o mein Liebster, ich liebe dich so – «
Aber irgendwie wurde dieser Satz nie beendet.

17

Als Penelope erwachte, spürte sie die Sonne auf ihrem Gesicht und innerlich eine große Aufregung; ein seltsames Gefühl, daß etwas Wundervolles geschehen war und daß dieser Tag höchst bedeutend war. Eine Minute lang konnte sie sich nicht erinnern, warum, aber dann spürte sie, wie etwas an ihrer Schulter drückte. Sie fand den Drachenring, und im Nu kehrte die Erinnerung zurück. Sie verspürte eine ungläubige Scheu, als sie den großen Ring wieder an den Finger steckte, und ihre Wangen wurden heiß, als sie an die Ereignisse der Nacht zurückdachte. Ihre Hochzeitsnacht ...
Sie hörte ein gedämpftes Brummen und warf einen vergnügten Blick auf die Verbindungstür, die Quentin rücksichtsvoll geschlossen hatte, als er sie verließ. Sie streckte sich, lächelte glücklich auf die verblaßten Bettvorhänge, die schreiend bunt geblümten Streifen der Tapete und hatte nicht das geringste daran auszusetzen. Sie war Mrs. Quentin Chandler, und ob die Gesetze der Menschen das anerkannten oder nicht, sie wußte ohne jeden Zweifel, daß ihr Geliebter durch die Worte, die er auf seinen Knien gesprochen hatte, so unwiderruflich an sie gebunden war, als hätte er sie in der größten Kathedrale des Landes vor einem Erzbischof und Hunderten von Gästen als Zeugen gesagt.
Ihre freudestrahlenden Augen glitten durch das kleine Zimmer und fielen zufällig auf ihre kostbare Uhr. Erschrocken schnapp-

te sie nach Luft. Viertel vor neun! Und Quentin hatte im Morgengrauen abfahren wollen! Sie setzte sich schnell auf, warf die Bettdecke zurück und steckte die Füße in ihre abgetragenen Pantoffeln. Als sie zur Verbindungstür lief und sie öffnete, begrüßte sie der lautstarke Beweis, daß ihr Liebster noch in tiefem, gesundem Schlaf lag. Kichernd dachte sie: *Sehr gesund!*, dann lief sie zu ihm und küßte ihn auf die Wange, ohne sich darum zu kümmern, daß sie vom Schlaf erhitzt und mit Bartstoppeln übersät war.
Er machte ein Auge auf, schaute einen Moment erschrocken, dann lächelte er fröhlich. »Mrs. ... Chandler ...«, sagte er gähnend und streckte die Arme nach ihr aus.
Penelope machte sich von ihm los und fuhr ihm durch das zerzauste Haar. »Wach auf, du Schlafmütze! Es ist fast neun!«
»Du lieber Himmel!« Er fuhr hoch und bat sie, nach heißem Wasser zu läuten. Nachdem sie das getan hatte, ließ sie ihn wieder allein, während er leise darüber schimpfte, daß das Zimmermädchen ihn nicht geweckt hatte.
Als er sich gewaschen, rasiert und angezogen hatte, war Penelope ebenfalls fertig, was ihn verblüffte. Er kam in ihr Zimmer, wo sie auf einem Stuhl am Fenster wartete, und nahm sie in die Arme. »Hat deine Vollkommenheit denn überhaupt keine Grenzen, liebe Gemahlin?« fragte er und bedeckte sie von der Stirn bis zum Hals hinunter mit Küssen. »Wann hätte ich mir träumen lassen, daß ich Schönheit, Mut und Pünktlichkeit in einem einzigen Stück finden würde, noch dazu einem so köstlichen?«
Penelope ergab sich seinen verführerischen Küssen und fragte sich träumerisch, ob er sie wirklich schön fand, während sie sich in einen goldenen Nebel gleiten ließ, bis er wieder so weit zu Verstand kam, um sich an die Uhrzeit zu erinnern.
Im Speisezimmer nahmen sie hastig ihr Frühstück zu sich, und

Quentin ging an die Pforte, um ihre Rechnung zu bezahlen. Penelope, die in der Halle stehengeblieben war, um einen schönen großen Collie zu streicheln, der sich in der Sonne wärmte, richtete sich auf und sah Lady Epps, die verächtlich die Augen von ihr wandte. Penelope lächelte grüßend und machte einen Schritt nach vorn, aber die Frau rümpfte deutlich die Nase, während Sir Leonard sie grimmig ansah, das Gesicht eine Studie der Empörung, den Kopf schüttelte und weiterging. Errötend dachte Penelope: Ich nehme an, sie halten uns für ein schamloses Paar, und fragte sich, was sie erst sagen würden, wenn sie vermuteten, auf welch unkonventionelle Weise sie am gestrigen Abend verheiratet worden war. Ungeduldig suchten ihre Augen nach ihrem Gatten. Es schien Schwierigkeiten mit dem Wirt zu geben, und Quentins hübsche Gesichtszüge waren gerötet. Penelope eilte an seine Seite und wurde vom Wirt mit einem schockierten Blick empfangen, während seine rundliche Frau schnaubte: »Wer hätte das gedacht!«
Quentin packte Penelopes Arm und führte sie schnell nach draußen. »Gott steh uns bei«, stöhnte er leise. »Ausgerechnet das noch!«
Dutch Coachman überwachte das Verladen des Gepäcks. Der Pferdeknecht, ein Familienvater, den sie mehrmals vor der immer gegenwärtigen Gefahr gewarnt hatten, war widerstrebend bereit gewesen, sie zu verlassen, so daß Dutch jetzt allein zurechtkommen mußte, aber Penelope bezweifelte, daß Quentin deswegen so besorgt war.
»Was ist los?« fragte sie ängstlich. »Hat dich jemand erkannt?«
Er half ihr die Stufen hinauf, dann sprang er selbst in die Kutsche und setzte sich neben sie, warf seinen Dreispitz auf den Sitz und fuhr sich verzweifelt mit der Hand durch die Haare. Als er aus dem Fenster sah, begegnete er dem Blick des Wirtes, der auf der Treppe stand, die Hände in die Seiten gestemmt, die

ganze stämmige Person ein Bild der Gehässigkeit. Quentin wandte sein scharlachrotes Gesicht ab und seufzte erleichtert, als die Kutsche einen Ruck nach vorne machte und in den sonnigen Morgen fuhr. »Gott sei Dank!« Er zog Penelopes Hand durch seinen Arm und lächelte sie trübe an. »Wir sind ein schönes Paar! Weißt du, ich hatte den Kopf so voll von meiner anbetungswürdigen Braut, daß ich wie ein absoluter Tölpel schon dabei war, meinen richtigen Namen zu sagen, als der Wirt mich danach fragte! Glücklicherweise bin ich schnell verstummt, als es mir klar wurde, aber dann konnte ich mich nicht an unseren gegenwärtigen falschen Namen erinnern!«

»O Himmel! Was hast du bloß gesagt?«

»Der Wirt hat mich angeschnauzt: ›Quentin? Ich hatte gedacht, Sie sagten Edward Bainbridge!‹, und hat mich angesehen, als wäre ich Ritter Blaubart persönlich. Und um das Faß vollzumachen, kam auch noch unsere neugierige Lady Epps daher. ›Guten Morgen, Mr. Somerville‹, sagte sie!«

»O – nein!« stöhnte Penelope.

»Der Wirt deutete auf meine Unterschrift von gestern abend und sagte mit unheilvoller Stimme: ›Sie meinen Mr. *Bainbridge*, nicht wahr, Ma'am?‹, und sie wurde so steif, daß ich mich wunderte, daß es sie nicht zerrissen hat! O Gott! Ich dachte, ich müßte in den Erdboden versinken!«

»Armer Liebling! Kein Wunder, daß ich gerade eben solch mißbilligende Blicke geerntet habe. Sie halten mich für ein gefallenes Mädchen.«

Er legte den Arm um sie. »Das bist du auch«, sagte er zärtlich. »Geradewegs in meine Falle. Denkst du heute morgen anders darüber, mein Liebling?«

Es gelang ihr, ihn zu überzeugen, daß sie keine Gewissensbisse hatte, und nach einem wundervoll unschicklichen Zwischenspiel rückte sie ihre Kapuze zurecht und wies ihren widerstre-

benden Gatten darauf hin, daß sie vernünftig miteinander reden sollten. »Ich muß Geoff sofort schreiben, Liebster«, sagte sie und erlaubte ihm, erneut ihre Hand zu erobern.
»Ich kann dir seine Anschrift geben, aber du mußt daran denken, daß er Captain *Delacourt* ist. Und du mußt sehr darauf aufpassen, was du schreibst.«
»Ja, das werde ich. Und – es geht ihm *wirklich* besser? Wo ist er verwundet worden?«
»Er hat ein Geschoß in die Brust bekommen, das seine Lunge getroffen hat.«
Bestürzt ballte sie die Hände zusammen. »Oh – wie schrecklich! Ich hätte sofort zu ihm fahren müssen, wenn ich es nur gewußt hätte.«
»Das wäre nicht möglich gewesen, fürchte ich.« Ruhig setzte er hinzu: »Geoff hat deswegen eine üble Zeit durchgemacht, aber es gibt viele Männer, die ihm ihr Leben verdanken.«
»Einschließlich deinem Leben! Wie stolz ich auf ihn bin! Aber – seit Culloden sind zwei Monate vergangen. Sicherlich kann er bald nach Hause kommen?«
»Es gibt immer noch viele Rebellen, die sich verstecken müssen, und jetzt hat er eine kleine Gruppe tapferer Burschen beisammen, die wahrscheinlich nicht aufgeben werden – Gott segne sie!«
Nachdenklich sagte sie: »Und – dieser Schatz – ist er noch in Schottland?«
»Er wurde auf mehrere Schiffsladungen verteilt und in verschiedene vorläufige Verstecke gebracht. Wir wollen das ganze Vermögen an einen wirklich sicheren Ort bringen und es verbergen, bis man es entweder den ursprünglichen Spendern zurückerstatten oder einen Fonds zur Unterstützung unserer Leute gründen kann, die überlebt haben. Viele meiner eigenen Männer sind ihrer Heimat, ihrer Höfe und ihres gesamten

Eigentums beraubt worden. Wenn wir den Schatz bis zur Amnestie in Sicherheit bringen können, kann das für Hunderte von Menschen bedeuten, daß sie verhungern oder überleben.«

Penelope seufzte. »Oh, wie schrecklich ist das alles.«

»Nun, ein Mann muß dafür kämpfen, was er für das Beste hält, Penelope Anne. Und er muß bereit sein, die Folgen auf sich zu nehmen. Schrecklich ist es, wenn die Menschen, die er liebt, unschuldige Kinder möglicherweise, wegen seiner Handlungen leiden müssen.« Er sah düster drein, und sie wußte, daß er an die bösen Worte dachte, die sein Vater geäußert hatte, als sie in Reading aufeinandergetroffen waren.«

Sie hielt zu ihm und sagte: »Du hast natürlich recht. Wenn keiner es wagte, für das Recht einzutreten, aus Angst um die Menschen, die er liebt, würden wir noch in der Sklaverei leben.«

»Sehr richtig.« Aber er sah immer noch beunruhigt aus und knurrte: »Ich würde mir nicht solche Sorgen machen, wenn es nicht um diese verdammte Liste ginge.«

»Liste? Von den Summen, die beigesteuert wurden?«

»Ja. Und von denen, die sie beigesteuert haben.«

»Meine Güte! Quentin – *du* hast doch nicht etwa –«

»Nein, nein. Du hast meine einzige Botschaft gesehen. Aber der arme Teufel, der die Liste bei sich hat, trägt die größte Verantwortung von uns allen. Ich möchte nicht in seiner Haut stecken.«

»Kennst du ihn?«

»Sehr gut. Ein prächtiger junger Bursche. Was mir Sorge bereitet, ist, daß es dieser Teufel von Fotheringay ist, der ihn fangen soll.«

»Der Mann, dem du so überzeugend etwas vorgeschnarcht hast.«

Er lächelte flüchtig. »Der ist es.«

»Und du hast Angst vor diesem Major Fotheringay.«
»Wenn alles stimmt, was ich von ihm gehört habe, muß man sich vor ihm fürchten.«
Er verfiel in brütendes Schweigen, und Penelope hütete sich, seine Gedankengänge zu unterbrechen, und legte nur den Kopf zurück, um sein Profil zu betrachten, während die Landschaft, die sie durchs Fenster sehen konnte, sich beständig veränderte.
Er drehte sich zu ihr herum. »Himmel, was bin ich für ein Trottel! Sitze hier herum und brumme in mich hinein, während ich dich lieben könnte ...«

Lady Leonard Epps war – wie sie ihrem Gatten mitteilte – mehr als schockiert, daß ein Mädchen von so vornehmer Abstammung wie Penelope Montgomery so schamlos mit einem fremden Mann durch die Gegend reiste. »Denn davon, daß er ihr Ehemann ist, mein lieber Sir Leonard«, erklärte sie und strich Marmelade auf ihren Toast, »davon werden Sie mich nie überzeugen! Ganz abgesehen von diesem gräßlichen Ring, der nicht im entferntesten wie ein Ehering aussah, wußte ich es von dem Augenblick an, als ich einen Blick auf diesen jungen – «, sie senkte die Stimme und ließ ihren Blick durch das fast gänzlich verlassene Frühstückszimmer gleiten, bevor sie fortfuhr, »als ich einen Blick auf diesen jungen Lebemann geworfen hatte – in dem Augenblick, als ich ihn *gesehen* habe, wußte ich, daß er das Mädchen verführt hatte!«
»Ich habe gestern abend bemerkt, wie Sie ihn angestarrt haben«, murmelte Sir Leonard, der sich für eine hinterhältige Bemerkung nicht zu schade war, wenn sich die Gelegenheit bot.
»Natürlich habe ich ihn angestarrt!« Kriegerisch funkelte sie ihren Gatten an. »Aber glaubst du, daß ihn das in Verlegenheit versetzt hätte? Nein! Völlig unverschämt hat er dreingeschaut! Der Wirt sollte öffentlich dafür getadelt werden, daß er solch

ein schamloses Benehmen duldet. Ich für meinen Teil werde nie wieder einen Fuß hierher setzen! Wie unangenehm, denn hier ist es nicht so teuer wie in den meisten anderen Gasthäusern in dieser Gegend. Und als gute Christin halte ich es für meine Pflicht, dem Wirt Bescheid zu sagen.«

Sir Leonard war weniger kämpferisch gestimmt als seine Frau, und seine Gedanken hatten sich in eine andere Richtung bewegt. »Erinnerst du dich, wie kühl Delavale immer war, wenn wir zu Besuch kamen?« fragte er nachdenklich. »Er brachte es immer fertig, daß ich mich ihm unterlegen fühlte.«

»*Ich* hatte mit Sicherheit nie diesen Eindruck! Ich bin der Meinung, daß ich diesen ganzen Montgomerys ebenbürtig bin, und so hat er es nie gewagt, sich mir gegenüber anders zu benehmen! Im Gegenteil, ich hielt ihn immer für ausgesprochen höflich.«

»Genau. Er wich immer höflich aus. *Noblesse oblige*, dachte ich immer. Marbury gegenüber hat er sich ganz anders benommen.«

»Natürlich. Der Rang Seiner Gnaden ist viel höher.«

»Verdammt, genau das will ich sagen, Mylady. Delavale dachte sich nichts dabei, mit Marbury zu streiten. Ich habe sogar einmal gehört, daß er ihn einen Stockfisch genannt hat!«

Verblüfft starrte sie ihn an.

»Das stimmt, ich versichere es dir. Aber mir gegenüber war er immer förmlich und höflich. Mich hat das immer wütend gemacht, das kann ich dir sagen. Und jetzt – denk nur, daß seine brave Tochter kaum besser als ein leichtes Mädchen ist!« Er lachte plötzlich laut. »Reich ist er, wie?«

»Abstoßend ist das«, erklärte seine Frau, warf die Serviette auf den Tisch und nahm ihr Täschchen. »Kommen Sie, Sir Leonard. Wir haben eine Pflicht zu erfüllen!«

So stand einige Augenblicke später der unglückselige Eigentümer der *Drei Wachteln* am Schreibtisch in seiner eigenen Eingangshalle, rang die Hände und beteuerte jammernd, daß er keine Ahnung gehabt habe, daß irgend etwas nicht so war, wie es sein sollte. »Sie schienen ein so wohlerzogenes Paar zu sein, Ma'am«, klagte er, »obwohl sie keine eigenen Diener dabei hatten. Ich bin ein gottesfürchtiger Mensch, ebenso wie meine Frau. Ich versichere Ihnen, daß ich niemals erlaubt hätte – «

»Tatsache ist«, unterbrach Mylady ihn mit ihrer hohen, schrillen Stimme, »daß Sie es erlaubt *haben*. Dieser ruchlose junge Schurke hatte das Mädchen eindeutig verführt, und indem Sie ihm ein Zimmer vermietet haben, trugen Sie dazu bei, daß sie in Schande gefallen ist!«

Da Lady Epps nicht den geringsten Versuch machte, ihre Stimme zu senken, zog die Diskussion mehrere interessierte Zuhörer an, und als der Wirt einen Rotrock unter ihnen entdeckte, fluchte er leise und erklärte energischer als zuvor: »Sie brauchen *mir* nichts vorzuwerfen, Ma'am. Der Herr erklärte, er sei verheiratet, und ich habe nichts Gegenteiliges bemerkt, außer, daß er vergessen hatte, welchen Namen er mir angegeben hatte, als er abfahren wollte. Da habe ich ihm meine Meinung gesagt!«

Der junge Offizier, dem dieser Disput auf die Nerven fiel, bahnte sich einen Weg durch die Zuhörer. »Wirt«, begann er, »ich brauche – «

»Sich an Ihre Manieren zu erinnern, das haben Sie nötig, Captain«, unterbrach Sir Leonard ihn scharf. »Meine Frau spricht gerade.«

Der Captain runzelte die Stirn, aber Mylady ließ ihm keine Chance zu antworten. »Und trotz dieser ungehobelten Unterbrechung«, kreischte sie weiter, »müssen Sie entweder blind oder ein Trottel sein, wenn Sie gedacht haben, sie seien verheiratet, Wirt! Ich will ja nicht übereifrig sein, aber der Ring war

für den Finger des Mädchens viel zu groß, er hätte ein Halsband sein können!«
»Noch war es ein Ehering«, warf ihr Gatte ein und fügte hastig hinzu: »Nicht, daß ich es bemerkt hätte, wenn er nicht heruntergefallen wäre, mir gerade vor die Füße.«
»Ein scheußliches Ding«, bestätigte seine Frau, »obwohl er behauptet hat, es sei ein Familienerbstück.«
Der Captain spitzte die Ohren. »Sah er aus wie ein Erbstück, Ma'am?« fragte er.
»Nun, wenn es eines war, bin ich nur froh, daß es nicht *meiner* Familie gehört! Es hatte die Form eines Drachenkopfes, mit scheußlichen, bösen roten Augen, und sicher – «
»Sie entschuldigen, Ma'am«, schritt der Captain ein, barsche Autorität in der Stimme. »Ich bedaure, daß ich Sie unterbrechen muß, aber wir suchen zufällig einen Mann mit einem solchen Ring.« Er machte eine ruckartige Kopfbewegung, und der Sergeant, der ihm ins Zimmer gefolgt war, begann sofort, die Zuhörer mit der Aufforderung: »Gehen Sie, gehen Sie jetzt weg« davonzutreiben.
Widerwillig gehorchten sie, während der Captain das Trio, das sich nun recht unbehaglich fühlte, aufforderte, sich auszuweisen. »Mein Name ist Holt«, sagte er kurz angebunden. »Das Gästebuch bitte, Wirt.«
Der Wirt streckte ihm das Gästebuch, das zahlreiche Eselsohren hatte, entgegen und betonte, er sei immer sehr vorsichtig und führe ein gutes, christliches Haus, gleichgültig, was jemand anderer sagen mochte.
Holts scharfe Augen glitten die Seite hinunter. »Hier ist nichts. Welchen Namen hat er benutzt?« Der Wirt deutete darauf, und Holt brummte: »Bainbridge. Hmmm. Die Lady, die den Drachenring trug, Ma'am. War sie groß? Recht anziehend, mit sehr schönen Augen und natürlichem Benehmen?«

»Eher frech«, sagte Ihre Ladyschaft verstimmt. »Mein Mann kennt ihre Famile recht gut, und ich kenne sie flüchtig. Ich schwöre, ich war noch nie so schockiert!«
»Sie kennen die Lady?« fragte Holt und warf einen kalten Blick auf Sir Leonard.
Der ältere Mann zögerte. Er war sich nicht zu gut für ein wenig Klatsch, vor allem, wenn es um die Familie eines Mannes ging, der die Nase so hoch getragen hatte wie Hector Delavale. Aber wenn es sich um eine ernste Angelegenheit handelte, sah es anders aus. »Ich – äh, ich bin nicht ganz sicher«, sagte er argwöhnisch. »Was haben Sie mit dem Mädchen zu tun?«
»Man hat sie im Verdacht, einem jakobitischen Flüchtling geholfen zu haben.«
Lady Leonard schnappte nach Luft und wurde sehr bleich.
»Sie meinen – sie wird wegen ... *Verrats* gesucht?« keuchte ihr Mann. »Oh, dann habe ich mich sicher getäuscht. Ich habe das Mädchen nicht mehr gesehen, seit sie ein Kind war, und es ist leicht möglich – «
»Wie Sie sagen«, unterbrach ihn der Captain, dem diese Reaktion wohlvertraut war. »Eine Beschreibung des Mannes bitte, Wirt.«
Durch und durch erschrocken befeuchtete der Wirt sich die Lippen und stammelte: »Nun, er war sehr groß, Captain, und – und sein Haar war braun, aber ein wenig rötlich ... und seine Augen so grün wie – «
Der Captain wirbelte auf dem Absatz herum. »Sergeant! Aufsitzen! Bei Gott, wir haben ihn!«
Er rannte auf den Hof und scheuchte die ehrfürchtige Menge vor der Tür auseinander. »Holt die Stallburschen her! Einer von ihnen muß gesehen haben, in welche Richtung die Kutsche gefahren ist.«
»Ich hab's gesehen, Sir«, bemerkte ein Pferdebursche mit

verschlagenen Augen, sehr erleichtert darüber, daß dieser unangenehme Zeitgenosse nicht wegen der kleinen Meinungsverschiedenheit letzte Woche gekommen war, bei der es um die Pistole gegangen war, die ruchlose Zigeuner aus der Satteltasche des Sergeanten gestohlen hatten.

»Raus mit der Sprache, Bursche!« fuhr Holt ihn an. »Welche Richtung?«

»An der Kreuzung sind sie nach links abgebogen, Sir. Nach Godalming.«

»Nach Süden! Ich wußte es doch!« Holt schwang sich mit strahlenden Augen in den Sattel. »Dieser verdammte Rebell will zur Küste! Im Galopp, Sergeant!« Und mit knarzendem Sattel und Hufgetrappel war er fort, die Truppe stob ihm hinterher.

In der plötzlich sehr stillen Eingangshalle warf Sir Leonard Epps einen besorgten Blick zu seiner Frau.

»Nun ... nun, *uns* kann man keinen Vorwurf machen«, verteidigte sie sich. »Schließlich hat sie sich das selbst eingebrockt.«

»Deshalb hat er also den Namen geändert.« Der Gastwirt wischte sich mit dem Taschentuch über die schweißnasse Stirn. »Armer Kerl. Armer Kerl.«

»Und sie schienen einander sehr ergeben«, brummte Sir Leonard. »Gott möge ihnen helfen!«

Und Ihre Ladyschaft hatte ausnahmsweise einmal gar nichts zu sagen.

Es bestand wirklich kein Grund, dachte Penelope, so nervös zu sein. Sie waren sehr weit gekommen, sehr schnell vorangekommen, mit relativ wenig Schwierigkeiten, nur einmal waren sie angehalten worden, als sie sich dem New Forest näherten. Der junge Leutnant, der die Truppe befehligte und seine

Aufgabe offensichtlich nicht gern erfüllte, war gewissenhaft genug gewesen, um ihre Papiere zu verlangen, dann hatte er ein lustiges Geplänkel mit Quentin angefangen und sie nach ein paar Minuten weitergewinkt. Quentin war ihr ein wenig unnatürlich erschienen, sein Humor war unerschöpflich, aber darunter lag eine Anspannung in seinem Verhalten, die ihr nicht entgangen war. An der Poststation, an der sie angehalten hatten, um die Pferde zu wechseln, hatten sie belegte Brote besorgt, aber er hatte sofort zur Weiterreise angetrieben, und sie hatten ihr Mittagessen in der schwankenden Kutsche verzehrt.

Es war jetzt ziemlich warm, und es war keineswegs seltsam, daß Quentin ein wenig auf dem Kutschbock sitzen wollte. »Ich möchte ein bißchen Luft schnappen, wenn du nichts dagegen hast, Liebe«, hatte er munter gesagt. Sie runzelte die Stirn. Er war so zärtlich zu ihr gewesen, so eifersüchtig auf jeden Vorfall, der sie nur ein paar Minuten lang trennte. Und jetzt – sie einfach so allein zu lassen, schien ... Aber sie war dumm. Sie waren fast in Sicherheit, denn er hatte ihr grinsend gesagt, daß sie bald einen Hinweis auf ihr Ziel finden würden. Sie fuhren gerade durch den New Forest, das Sonnenlicht sprenkelte die ruhige Straße vor ihnen mit Schatten, die sich ständig veränderten, die Bäume boten angenehme Kühle. Bald würde Quentin dieses schreckliche kleine Stückchen Pergament überbringen. Dann mußten sie nur noch nach Lac Brillant, und dann – ein Schiff, Frankreich, und ein neues Leben. Penelope lächelte verträumt. Eines Tages würde sie an all dies zurückdenken, während Quentin seinen Kohl pflanzte, und sie würde denken –

Sie wurde zur Seite geworfen und streckte die Hand aus, um sich zu stützen. Sie fuhren jetzt sehr schnell, denn die Kutsche begann wild zu schlingern, und die Bäume sausten blitzschnell vorbei. Erschrocken sprang sie auf, dann zitterte sie vor Angst, als sie plötzlich ein scharfes Knacken hörte, wie von einem spröden Ast, der sie streifte. Bevor sie das Geräusch einordnen konnte, knallten drei weitere Schüsse durch den Frieden des schläfrigen Waldes. Die Luke ging auf, und Quentins Gesicht spähte zu ihr herunter.

»Ich fürchte, sie haben uns ausspioniert, meine Liebe«, rief er. »Nein – sag nichts. Keine Zeit.« Er duckte sich, als wieder ein Schuß ertönte, fuhr aber fort: »Du mußt genau tun, was ich sage. Etwa eine Meile weiter kommt eine Seitenstraße. Dort biegen wir ab und bleiben dann ganz plötzlich stehen. Spring hinaus, so schnell du kannst. Dutch und ich fahren auf einen kleinen Weg, dann machen wir einen Bogen und kommen wieder zu dir zurück. Sobald du auf dem Boden gelandet bist, mußt du wegrennen und dich verstecken und warten, bis wir zurückkommen.« Er warf ihr seine Geldbörse hinunter. »Nur für den Fall, daß wir getrennt werden sollten; das wird dir helfen, zu meinem Vater nach Lac Brillant zu kommen, und –«

»Nein! *Nein!* Quentin – laß mich – «

»Bitte tu, was ich dir sage!«

Fort war er, die Luke knallte zu, und sein ungewohnt hartes Gesicht war verschwunden.

Penelope fühlte sich eiskalt vor Angst, nahm die Börse und steckte sie in ihren Beutel, sie kämpfte innerlich darum, mit dieser plötzlichen, aber schon so lange gefürchteten Katastrophe fertig zu werden.

Sie schrie leise auf, als sie wieder zur Seite geworfen wurde und ihre Schulter unsanft in Kontakt mit dem Türrahmen geriet. Sie hörte das Wiehern der erschrockenen Pferde. Die Kutsche machte einen wahnsinnigen Satz, dann hielten sie. Irgendwie bekam sie die Tür auf und sprang hinaus, ohne die Stufen herunterzulassen. Das Gefährt schwankte immer noch, und sie

fiel hart auf. Sie konnte Quentins Stimme hören, die außer sich vor Angst schrie: »Steh auf Penny! Renn!«
Sie krabbelte auf die Füße. Sie sah Quentins Gesicht, weiß und angstvoll. Dann gehorchte sie seiner gebieterischen Geste, stolperte von der Straße und hinein in den Wald, geblendet von Tränen, die Knie aufgeschlagen und zerkratzt, aber dieser Schmerz war bedeutungslos und weit weg, gar nichts, verglichen mit dem Schrecken und dem Kummer, die sie erfüllten. Schluchzend sah sie zurück, fiel erneut hin, und als sie gerade darum kämpfte, wieder auf die Beine zu kommen, gellte wieder ein ohrenbetäubender Schuß. Zu Tode geängstigt drückte sie sich an den feuchten Boden, kämpfte gegen ihr Schluchzen an, fühlte den Boden unter dem Donnern vieler Hufe erzittern und flüsterte halb hysterisch ein Stoßgebet, daß Gott Erbarmen mit ihrem Liebsten haben möge.
Die lauten Geräusche verklangen. Im Wald kehrte wieder Stille ein, die nur durch das herzzerreißende Weinen des Mädchens unterbrochen wurde, das zusammengekauert im Farn lag.

»Sie können Ihrer Lady Befehle erteilen, Master Quentin«, rief Dutch Coachman und handhabte die Zügel mit verzweifelter Geschicklichkeit, »aber mir können Sie nicht befehlen. Nicht in dieser Sache.« Er schnappte nach Luft, als eine Musketenkugel an seinem Ohr vorbeiflog. »Sie – Sie versuchen nur, mich in Sicherheit zu bringen.«
»Alter Narr!« Quentins Hand umklammerte die Zügel. »Laß los, verdammt!« Und als der Kutscher fluchte und die Kutsche einen Satz machte und den kurvigen Weg entlangschoß, rief er: »Dutch – um Gottes Liebe willen! Sie darf nicht allein gelassen werden, und ich muß diese verfluchte Nachricht überbringen. Ich flehe dich an – geh zurück zu ihr. Hilf ihr! Um meinetwillen, Dutch. Um ...«

Diesmal war der Schuß näher. Dutch Coachman heulte auf, und seine Hände auf den Zügeln wurden plötzlich schlaff. Quentin schlang stützend den Arm um ihn und ergriff mit der freien Hand verzweifelt die Zügel. »Dutch! Mein armer Junge – bist du – «

»Ich bin ... ganz quietschfidel ...«, witzelte der getreue Mann schwach. »Nur ... an der Seite. Eine Schramme wahrscheinlich.«

Er preßte seine rotfleckigen Finger auf die Rippen. Quentin warf schnell einen Blick nach hinten. Das Pferd von einem der Soldaten war in dem Schlamm, durch den sie gerade hindurchgespritzt waren, gestolpert und gefallen, und die Männer ritten wirr durcheinander. Die Kutsche raste vorwärts und erlangte einen schönen Vorsprung. »An der nächsten Kurve«, schrie Quentin. »Gehst du zurück zu ihr, Dutch?«

»Ich – ich werde es tun, Sir. Ich bringe sie zu Ihnen ... ich schwöre es.«

»*Jetzt!*«

Erneut wurden die armen Pferde heftig zurückgerissen. Wieder schlingerte und schwankte die Kutsche. Der Kutscher wurde nun wirklich zum Fliegenden Holländer, als er in einen hohen Gebüschhaufen sprang und ihn niedertrampelte.

Die Kutsche rollte weiter. Quentin rief: »Weiter! Hüa! Hü!« und schlug dem schweißbedeckten Gespann die Zügel auf den Rücken. Nach einer Minute sah er sich um. Die Soldaten hatten sich wieder formiert und holten schnell auf. Er packte die Peitsche, schwang sie und ließ sie laut über den Köpfen der Pferde knallen. Das war der Tropfen, der das Faß zum Überlaufen brachte. Sie nahmen das Gebiß zwischen die Zähne und gingen durch. Die Kutsche flog dahin. Quentin stemmte die Beine auf den Boden und betete. Die Straße machte durch die Bäume einen weiten Bogen nach links, und als sie wieder herauskamen und geradeaus weiterfuhren, sah er eine bucklige Brücke, die drohend näher kam. Angespannt dachte er: Nur noch ein paar Meilen. Aber dann wurde ihm klar, daß Holt diese Straße kennen mußte und genau das getan hatte, was er selbst unter diesen Umständen gemacht hätte. Ein Soldat war durch den Wald vorausgeschickt worden, um ihm den Weg abzuschneiden, und kam nun seitlich auf die Straße geritten, die Muskete erhoben. Die Kutsche dröhnte vorbei, geradewegs auf die Brücke zu. Quentin duckte sich, als die Muskete des Soldaten Feuer spie. Es gab einen ohrenbetäubenden Knall. Eines der Pferde wieherte und stolperte, als sie über die Brücke donnerten. Die Kutsche machte einen riesigen Satz in die Luft. Quentin wurde vom Kutschbock geschleudert. Er empfand einen flüchtigen Eindruck von Bäumen und Himmel, die langsam vorbeiwirbelten. Er fiel. Etwas Dunkles und Großes kam hinter ihm herunter. Wasser glitzerte, und ein Baum tauchte drohend auf, dahinter eine Steinmauer. Instinktiv streckte er die Arme nach vorn, um sich zu schützen. Ein heftiger Aufprall erfüllte ihn mit einem Schmerz, der zu stark war, um ertragen zu werden, und alles um ihn herum auslöschte ...

Es war jetzt Stunden her. Stunden voller Beten und Flehen und entsetzlichen Vorstellungen. Und er kam immer noch nicht. Penelopes Tränen schienen ebenso ausgetrocknet, wie ihre Hoffnung geschwunden war. Endlich stand sie auf und bürstete mechanisch über ihre Röcke. Ein kleiner Hase, der sie eine Weile lang beobachtet hatte, machte keinen Versuch davonzurennen, sondern kauerte sich auf den Boden, die langen Schnurrbarthaare zitterten, die hellen Augen hatte er fest auf sie geheftet. Fast als spüre er ihre Verzweiflung, dachte sie dumpf, und bliebe, um ihr Gesellschaft zu leisten. Sie hob ihr Täschchen auf. Der kleine Handspiegel war zerbrochen, aber zwei große Stücke waren übrig, und als sie sie nebeneinander in eine Astgabel stellte, konnte sie sich darin sehen. Sie erschrak, nicht vor ihrem schmutzverschmierten Gesicht, den geschwollenen Augen und aufgelöstem Haar, aber vor der dumpfen Hoffnungslosigkeit ihres Gesichtsausdrucks; als hätte man das Lebenslicht in ihr ausgeblasen und sie wäre schon tot.

»Mrs. Chandler – habe ich erwähnt, daß ich dich liebe ...?« Die Worte waren so deutlich, daß sie sie fast hörte und fast die Verehrung in seinen schönen grünen Augen und das halbe Lächeln um den feingeschnittenen Mund sehen konnte. Mrs. Chandler ... Eine Witwe vielleicht, bevor sie im legalen Sinne eine Ehefrau war. Sie hob die Hand. Der Drachenring funkelte in der Sonne, und als sie ihn zärtlich berührte, wunderte sie sich erneut, daß er trotz ihrer Stürze nicht vom Finger gerutscht war. Ihre Schultern strafften sich. Was würde ihr lieber Mann jetzt von ihr denken? Er hatte sie einmal eine tapfere Lady genannt – im Moment war sie nicht gerade sehr tapfer. Sie begann ihr Haar zu ordnen, so gut sie konnte, und wischte sich den Schmutz vom Gesicht. Wenn Quentin den Soldaten hätte entkommen können, wäre er jetzt schon hier, aber er hatte gesagt, sie müsse sich auf den Weg nach Lac Brillant machen, wenn er aufgehalten wurde. Es *war* doch sicher möglich, daß er zu weit von seinem Weg abgekommen war, daß er es nicht wagte, wieder einen Bogen zurück zu schlagen, um sie zu holen? Es *war* möglich, daß er jetzt einen verzweifelten Versuch machte, näher an Lac Brillant zu kommen, selbst wenn er es nicht wagte, bei den ganzen Soldaten, die ihm auf den Fersen waren, auf direktem Wege dorthinzufahren. Wenn er entkam, würde er sie wahrscheinlich dort suchen. Es hatte keinen Sinn, hier noch länger zu warten. Irgendwie mußte sie sich nach Lac Brillant durchschlagen.

Der Hase hoppelte gemächlich davon, als sie nach ihrer Haube

suchte. Sie fand das spitzengesäumte Stückchen Seide auf einer Lupine und befestigte es vorsichtig wieder auf ihren Locken. Wenigstens gab es ihr einen Hauch von Respektabilität. Sie entfernte kleine Ästchen von ihrem Schal und legte sich den zerrissenen Seidenstoff um die Schultern. Am Saum ihres Kleides klaffte ein breiter Riß, und der Musselin war verschmutzt und zerknittert. Sie strich ihn glatt, so gut es ging, und machte sich auf den Weg zurück zur Straße.
Zuerst ging sie langsam dahin, dann schneller, in Gedanken damit beschäftigt, eine plausible Erklärung für ihre mißliche Lage zu finden, falls ein guter Samariter vorbeikommen sollte und ihr half. Aber mit einem leichten Schrecken über die eigene Dummheit wurde ihr klar, daß sie nicht so offen neben der Straße hergehen durfte. Die Soldaten holten sie möglicherweise ein, bevor sie sie hörte, und sie würden nicht daran zweifeln, was ihr passiert war, besonders wenn dieser schreckliche Captain Holt bei ihnen war. Das wäre eine schöne Geschichte, wenn der liebe Quentin entkam und sie aus purer Unvorsichtigkeit gefangen wurde! Sie wandte sich von der verlassenen Straße ab und begann parallel neben ihr durch die Bäume zu gehen, was sie äußerst mühsam fand, denn ihre Röcke blieben im Unterholz hängen, und die dünnen Sohlen ihrer Halbstiefel schienen jeden Kieselstein zu finden, sosehr sie sich auch bemühte, sie zu vermeiden.
Weiter und weiter schleppte sie sich dahin. Der Nachmittag ging zu Ende, aber die Sonne schien immer noch heiß, und der Reifrock und das einschnürende Korsett, das sie trug, trugen zu ihrem Unbehagen bei. Sie fühlte diese Leiden, verbannte sie aber in einen fernen Teil ihrer Gedanken und konzentrierte sich hauptsächlich auf Quentin und wo – und in welchem Zustand – er jetzt wohl sein mochte.

Quentins Rückkehr zum Bewußtsein war ebenso verwirrend wie schmerzhaft. Er lag da und konnte doch etwas weiter unterhalb von sich Wasser sehen, und ein grauer Felsbrocken voller hellroter Spritzer lag direkt unter seinem Blick. Er fühlte sich äußerst unbehaglich, und als er sich bewegte, stellte er jammernd fest, daß er anscheinend aus einer einzigen großen Prellung bestand. Erst als seine Hand in sein Blickfeld kam, begriff er, daß er schändlicherweise über dem Ast eines Baumes hing und daß der Fleck auf dem Felsen, der langsam immer größer wurde, von seinen eigenen Fingerspitzen tropfte.
Dieser Schock rief ihm alles wieder ins Gedächtnis zurück. Er war anscheinend nur ein paar Minuten bewußtlos gewesen, denn er konnte Soldaten murren hören, und als er den Kopf hob, sah er, wie sie auf der Suche nach ihm die Böschungen hinunterkrabbelten. Er begann sich hochzuziehen, was schwieriger war, als er es sich vorgestellt hatte, und außerdem so schnell und leise wie möglich geschehen mußte, wenn die Soldaten die Quelle der Flecken auf dem Felsbrocken nicht entdecken sollten. Er bewegte sich verzweifelt vorsichtig und brachte es fertig, die Beine über den Ast zu grätschen und seinen Rücken an den Baumstamm zu lehnen. Er war enorm erleichtert, als er entdeckte, daß sein Schwert bei seinem Sturz durch die Äste nicht heruntergerissen worden war und daß das Versteck der Geheimbotschaft intakt war.
Die Soldaten kamen näher. Er wickelte die Ärmel seines Mantels um seinen verwundeten Arm, band sie zusammen und fluchte beredt mit leiser, ängstlicher Stimme, als er versuchte, die Blutung zu stillen. Offensichtlich war die Wunde an seinem Arm wieder aufgegangen, als er in den Baum gestürzt war, aber ein Seitenblick verriet ihm, daß er großes Glück gehabt hatte. Der Steinbogen, der die Auffahrt der Brücke stützte, war nur ein paar Fuß entfernt. Wenn er anstatt in das Geäst

darauf gefallen wäre, wären seine Schwierigkeiten für immer gelöst.
Die Soldaten untersuchten die Überreste der Kutsche, die halb im Fluß, halb auf der Straße auf der Seite lag. Außerdem gaben sie sich leisen und äußerst lästerlichen Vermutungen über die wahrscheinlichen Vorfahren ihres Captains hin. Quentin stimmte gänzlich mit ihren Ansichten überein; außerdem war er sich bewußt, daß in jedem Moment einer von ihnen nach oben sehen und ihn entdecken konnte, und er war sehr erleichtert, als in den nahen Wäldern lauter Tumult ausbrach. Erschrockene Vögel flogen laut schreiend auf, wahrscheinlich von irgendeinem wilden Tier in die Flucht gejagt, und überzeugten die Soldaten so, daß ihre Beute in diese Richtung gestolpert war. Mit aufgeregtem Hallo stürmten alle los.
Quentin verlor keine Zeit, kletterte den Baum hinunter und humpelte steif nach Osten. Nach einer Weile, als er keine Geräusche der Verfolgung hörte, blieb er an einem ruhigen Weiher stehen, kniete sich hin, um zu trinken, und sah sein Spiegelbild so voller Striemen und Kratzer, daß es ein Wunder war, daß seine Augen keine Verletzungen hatten. Außer seinen zahlreichen Prellungen und der Beschädigung seines Arms war ein böser Kratzer über seinem linken Knie seine einzige neue Verletzung. Ein paar lästige Belanglosigkeiten, verglichen damit, was ihm hätte passieren können. Er beglückwünschte sich selbst, daß er so knapp davongekommen war, und erschrak dann, als er entfernte Rufe und das Nahen lauter Hufschläge hörte. Er rannte, aber sie holten schnell auf. Er tauchte ins Dickicht, wohin ein Reiter ihm schwer folgen konnte. Bald wurde offensichtlich, daß die Soldaten gleichfalls von ihren Pferden abgestiegen waren und die Lücke erneut schlossen. Holt als tüchtiger Offizier, der er war, dachte Quentin, hatte zweifellos einen Mann vorausgeschickt, so daß das

Netz über den ganzen Wald ausgebreitet war, um sich um ihn zusammenzuziehen, wenn er ihn zu verlassen versuchte. Seine einzige Hoffnung war, daß sie erwarteten, er würde nach Süden gehen, während sein Weg ostwärts lag. Dennoch wagte er es nicht, in dieser Richtung weiterzugehen. Penny würde sein Ziel sicher wissen, wenn sie den Namen auf dem Wegweiser las, und er hatte nicht die Absicht, dieses verfluchte Pack zu seiner Liebsten zu führen.

Und so rannte er dahin, wo sie erwarteten, daß er hinrannte, machte keinerlei Versuche, seine Spuren zu verwischen, und lief nicht langsamer, bis er vor Erschöpfung taumelte und sein Kopf so benommen war, daß er wußte, daß er übertrieb. Er mußte die Richtung ändern, oder er würde bei weitem zu erschöpft sein, um seine Mission zu erfüllen.

Er ging wieder auf die Bäume zu und kämpfte darum, seinen schluchzenden Atem zu beruhigen, als seine Verfolger in Sicht kamen; er erschrak, als er sah, wie nahe sie hinter ihm gewesen waren. Wieder einmal war er davongekommen. Sie rannten vorbei, ohne stehenzubleiben, und die Geräusche ihres Vormarsches verklangen in der Ferne. Er kletterte hinunter und ging in einem gleichmäßigeren Schritt nach Nordosten, diesmal darauf achtend, daß er keine verräterischen Blutspuren hinterließ.

Die Sonne stand nun tief am Himmel, und er fühlte sich vor Durst wie ausgetrocknet, als er an einen rasch dahinfließenden Strom kam. Dankbar tauchte er in das herrlich kalte Wasser, trank mit der lebenswichtigen Zurückhaltung, die ihn die Erfahrung gelehrt hatte, und badete die Wunde an seinem Arm, die erneut unablässig schmerzte. Vage kam ihm der Gedanke, daß er mehr tun müsse. Er ging zur Böschung zurück und riskierte es, sich die Zeit zu nehmen, sich aus seinem Mantel und seinem Hemd zu befreien. Mit den Zähnen und der linken Hand gelang es ihm, den linken Ärmel abzureißen. Sein Taschentuch diente als Unterlage, und er band es fest um die Wunde. Seine Anstrengungen, einen Knoten zu binden, zwangen ihn in die Knie, aber er kämpfte gegen die Schwäche an und schaffte es nach einer kurzen Pause, einen ungelenken Knoten zu knüpfen, der seinen ungeschickten Verband festhielt. Als er das Ergebnis musterte, erinnerte er sich an Penelopes sanfte, sachkundige Hände. »Du würdest diese Pfuscharbeit sehr düster anschauen, Liebste«, sagte er bitter, dann hielt er inne, und sein Kopf hob sich in Panik, als er erneut die Geräusche seiner Verfolger hörte.

Fluchend mühte er sich in Hemd und Mantel, dann fing er an zu rennen. Je schneller er rannte, desto erhitzter und atemloser wurde er, und um so mehr verzehrte ihn die Furcht, er könnte gefaßt werden. Bald hatte er nur noch zwei Gedanken: erstens, daß er in seiner Geschwindigkeit nicht nachlassen durfte, und zweitens, daß er die Sonne immer hinter sich haben mußte. Wie wahnsinnig rannte er weiter, bis er mit jedem Atemzug ein Brennen in seiner Lunge und ein heftiges Stechen in der Seite spürte. Er fühlte sich schwindelig und erschöpft und halbblind, als er in der Nachmittagshitze durch lichten Wald wankte. Verschwommen sah er, wie der Umriß einer großen Eiche sich drohend gegen den vergoldeten Himmel abhob und daß es darunter hell war. Mit tiefen, kratzenden, keuchenden Atemzügen, die seine Lungen zu zerreißen schienen, stolperte er zu dem alten Baum und klammerte sich an ihm fest, schweißdurchnäßt und verzehrt von einem überwältigenden Bedürfnis, sich hinzulegen – die ganze verdammte Geschichte aufzugeben und sich von Jacob Holt irgendwohin schleifen zu lassen. Seine Knie gaben unter ihm nach. Er brach zusammen und rutschte an der rauhen Rinde herunter. Sie waren alle hinter ihm her, aber sie würden ihm Wasser geben ... sicher würden sie ihm wenigstens diesen höllischen Durst stillen ...?

»Dann ... kommt doch her«, krächzte er. »Verdammt, Holt ... komm doch!« Und er sank auf sein Gesicht und lag ausgestreckt da, unfähig, sich noch um irgend etwas zu kümmern.

Penelopes Herz machte einen hoffnungsvollen Satz, als sie hörte, wie Hufgetrappel sich näherte, aber das Gefährt, das in Sicht kam, fuhr nach Westen und sah so klapprig aus, daß sie es nicht gewagt hätte, ein Stück mitzufahren, selbst wenn es ihr angeboten worden wäre. Die schmale Straße wand sich weiter und weiter dahin. Schließlich bog sie um eine ziemlich scharfe Kurve und sah eine Brücke und tanzende Funken von Sonnenlicht auf einer Wasserfläche vor sich. Voll Vorfreude auf ein kaltes, nasses Taschentuch, das sie an ihr erhitztes Gesicht drücken konnte, beschleunigte sie ihren Schritt, nur um dann entsetzt innezuhalten. Ein totes Pferd lag neben der Straße, und eine Seite der Steinbrücke war am höchsten Punkt zertrümmert. Wahnsinnig vor Angst rannte sie die alte Brücke hinauf und spähte über die kaputte Mauer. Unten lag eine Kutsche, halb im Wasser, halb auf der Böschung, ein Rad fehlte, und das Wasser schwappte ihr sanft über die zerquetschte Seite.

Das Bild verschwamm Penelope vor den Augen, als sie hinunterstarrte. Sie klammerte sich an die Steinbrocken und wurde sich benommen bewußt, daß sie immer wieder flüsterte: »Lieber Gott ... Lieber Gott ...« Sie zwang sich, damit aufzuhören, und erst dann hörte sie, wie jemand leise rief: »Miss Penny ... er ist nicht hier. Miss Penny!«

Ihr Herz machte einen erneuten Satz, und sie blickte wieder suchend über den Schauplatz. »Dutch ...? Sind Sie das? Wo sind Sie?«

»Hier unten, Miss. Unter der Brücke.«

Schnell rannte sie auf der gegenüberliegenden Seite die Brücke hinunter und kletterte um die Böschung herum. Dutch Coachman, Mantel und Hemd neben sich, hatte versucht, eine tiefe Wunde an seiner Seite zu baden. Mit einem Aufschrei der Erleichterung und des Mitleids lief sie auf ihn zu und ergriff seine ausgestreckte Hand. »Oh, wie *froh* bin ich, Sie zu sehen! Lassen Sie mich helfen.«

»Es ist nichts Schlimmes, Miss«, sagte er entschuldigend. »Hat mich nur ein bißchen an der Seite erwischt, kann man sagen.«

Sie hätte sein blasses, zerfurchtes Gesicht küssen können, und sie hieß ihn, sich auf die Böschung zu setzen, während sie die häßliche Wunde reinigte und verband. Ein Streifen, den sie aus ihrem Petticoat riß, diente als behelfsmäßige Binde, und sie versicherte ihm, daß sie selbst nur einige Prellungen erlitten hatte. »Machen Sie sich keine Sorgen um mich. Sagen Sie mir bitte, was Major Chandler passiert ist.«

Er erzählte ihr, was er wußte. »Ich muß ein bißchen benommen gewesen sein, nachdem ich von der Kutsche gesprungen bin, Miss Penny. Master Quentin hat mich gebeten, zurückzugehen und Ihnen zu helfen, und ich hab gedacht, ich wär auf dem richtigen Weg, bis ich an die Brücke gekommen bin. Dann habe ich nur noch daran gedacht, zu suchen, ob er hier war.« Seine Augen wichen den ihren aus. Unbehaglich fuhr er fort: »Und er ist nicht hier. Entweder haben die Soldaten ihn erwischt, oder – « Er sprach nicht weiter und biß sich auf die Lippe.

Sie starrte ihn an, die Hände regungslos, und flüsterte: »Oder – er ist ... tot.«

Er senkte den ergrauten, lockigen Kopf. Er stöhnte: »Sagen Sie das nicht, Miss! Das dürfen Sie nicht einmal denken! Ich habe den Major schon als kleinen Jungen gekannt. Er war so ein ausgelassener, mutiger kleiner Kerl. Und ist so ein prächtiger

Mann geworden. Ich kann es nicht ertragen zu denken, daß er – daß er ...« Seine Stimme brach ab.

Penelope, die ihn immer noch anstarrte, sagte: »Aber Sie denken es. Warum? Haben Sie etwas gefunden, das Sie mir nicht erzählt haben?«

Ohne aufzusehen, schüttelte er den Kopf.

»Dutch Coachman«, sagte sie mit unnahbarer, unnatürlich ruhiger Stimme: »Ich muß es wissen. Verstehen Sie – ich bin die Frau des Majors.«

Er schnappte erschrocken nach Luft und riß den Kopf hoch.

Penelope streckte die Hand aus. Der Kutscher blickte hinunter auf den Drachenring. »Donnerwetter aber auch«, murmelte er.

Penelope legte letzte Hand an den Verband. »Ich muß es wissen.«

Er seufzte tief. »In Ordnung, Ma'am. Warten Sie nur, bis ich mich ein wenig respektabler hergerichtet habe.«

Sie wartete ruhig, während er sein Hemd anzog, und half ihm in den zerrissenen Mantel. Er nahm ihren Arm und führte sie sanft an den Fluß. »Schauen Sie her, Ma'am.« Mit einer raschen, widerstrebenden Geste deutete er nach vorn. »Hier, auf dem großen Felsen. Ich fürchte, da – da gibt es nicht mehr viel zu zweifeln ...«

Penelope stand bewegungslos da.

Während er sie beobachtete, dachte der kleine Mann, daß er noch nie einen so tragischen Gesichtsausdruck gesehen hatte, und wappnete sich bereits für die Tränen, die Ohnmacht, die folgen würden. Aber nichts davon war der Fall.

Sie flüsterte: »Kann – kann es nicht vielleicht von einem der Pferde sein?«

Er schüttelte den Kopf. »Nein, Ma'am. Eines ist oben auf der Straße getötet worden – liegt immer noch da, das arme Tier. Und ich habe gesehen, wie die anderen weggerannt sind. Die

Deichsel muß zerbrochen sein, als die Kutsche sich überschlagen hat.«
Die Augen weit aufgerissen und fest auf den schrecklichen Fleck geheftet, fragte Penelope leise: »War noch mehr Blut zu sehen ...? Das v-vielleicht von hier weiterführte?«
»Nein, Ma'am. Das ist das einzige – das einzige, was mich ein bißchen hoffen läßt.«
Sie warf einen Blick auf sein Gesicht. »Warum?«
»Nun, ich schätze, wenn der Major getötet worden wäre, Ma'am, oder schwer verletzt, müßte man sehen, wohin sie ihn gebracht hätten. Aber – wenn er hingefallen ist und nicht so arg verletzt war, so daß er noch aufstehen und weiterrennen konnte, nun – dann würde er nicht so eine Spur hinterlassen. Sie würde die Soldaten geradewegs zu ihm führen; und er ist gejagt worden, Ma'am. Er weiß es. Wenigstens ... Ich könnte mir vorstellen, daß es so war.«
»Sie meinen, er würde seine Verletzung verbinden, damit es keine Spur gibt, der man folgen könnte. Ja. ja, natürlich.« In ihren Augen strahlte neue Hoffnung auf, und sie fragte begierig: »Welchen Weg würde er nehmen, Dutch Coachman? Wissen Sie es?«
Die verzweifelte Hoffnung in ihren Augen griff ihm ans Herz. Er wollte sie nicht trüben, wie ungerechtfertigt sie auch sein mochte, und sagte, er wüßte es. »Ich habe einen Wegweiser gesehen, ein wenig weiter von hier an der Straße. Wahrscheinlich ist das der richtige Weg, obwohl ich glaube, daß der Major erst versuchen wird, die Soldaten abzuhängen, bevor er in diese Richtung läuft.«
Er half ihr wieder die Böschung hoch, und zusammen gingen sie weiter; ein ungleiches Paar: der kleine, untersetzte Mann, der sich gebückt mit vorsichtigen Schritten vorwärtsbewegte, und das große, schlanke Mädchen, das deutlich hinkte, aber den

Kopf hoch erhoben hatte und den Blick ungeduldig auf den Wegweiser vor ihnen richtete.

Als sie nahe genug waren, um das Schild lesen zu können, blieb Penelope stehen. Zum Erstaunen des Kutschers erbebte sie und brach in schallendes Gelächter aus. »O ja«, keuchte sie. »Natürlich, da entlang ist er gegangen. Lieber kleiner Schnarcher. Er sagte mir, ich würde Bescheid wissen, sobald ich den Wegweiser sähe.« Und plötzlich brach sie zusammen, barg das Gesicht in den Händen und schluchzte gequält auf.

Während er einen Arm tröstend um ihre schmalen Schultern schlang und sie beruhigte, so gut er konnte, wurde dem Kutscher klar, daß seine Zweifel ungerechtfertigt gewesen waren. Wenn die schöne junge Frau hier diese Eigenheit von Master Quentin kannte, dann war sie *sicher* seine Frau. Ein schwaches Lächeln schlich sich in seine Augen, als er sie erneut zusammenkniff, um den Wegweiser zu entziffern.

Der eine Arm dieses nützlichen breiten Schilds wies den Reisenden nach Norden zu der grünen Hügellandschaft der Wealds, nach »Tunbridge Wells«, wie die Inschrift lautete. Der andere Arm deutete nach Südosten, und eine geschickte Hand hatte mit einem Schnörkel »To Little Snoring« daraufgeschrieben.

18

Der vierhundert Jahre alte Turm der gotischen Kirche, die dem heiligen Franz von Assisi geweiht war, ragte freundlich über das noch ältere Dorf von Little Snoring. Malerische strohgedeckte Häuschen säumten die einzige Straße des Orts, hier und da lag ein kleines Geschäft dazwischen, und schließlich das einzige Wirtshaus der Ortschaft. Ein paar Enten suchten am

Weiher der Dorfwiese nach Futter, lärmende Kinder warfen ihnen altes Brot hin und kreischten vor Freude, wenn die Enten geschäftig quakend zu den Brocken watschelten, die sie ihnen anboten.
Dieses liebliche Bild ländlichen Friedens wurde jedoch durch einen Streit gestört. Und dieser Streit paßte um so weniger in die Idylle, als er sich ausgerechnet auf den Stufen der Kirche abspielte; die Hauptfiguren bestanden aus einem jungen Vikar in schwarzer Robe und einem grimmigen Offizier, dessen Soldaten niedergeschlagen, gelangweilt oder ungeduldig darauf warteten, daß Captain Holt seinen Willen durchsetzte. Und zwangsläufig setzte er ihn durch. Der Vikar warf den Kopf ärgerlich zurück und trat zur Seite. Der Captain nickte, der Sergeant stieg vom Pferd und führte die Truppe in das alte, heilige Gebäude.
Einige Leute aus dem Dorf spazierten vorbei, um zu beobachten, was hier vor sich ging; und als die Soldaten fünf Minuten später wieder auftauchten, beantworteten sie ihre Fragen träge und schwerfällig und grinsten, als die erfolglosen Soldaten wieder aufsaßen.
Holt wendete sein ermattetes Pferd und rief warnend: »Wenn der Rebell *hierher* kommen sollte, Pater, möchte ich Sie nur daran erinnern, daß jeden, der einen Flüchtling schützt, eine schreckliche Strafe erwartet. Dieser Mann wird wegen Hochverrats verfolgt, und jeder, der ihm oder seiner Lady hilft, wird sein Los teilen. Sie sind verpflichtet, ihn aufzuhalten – oder alle beide – und den nächsten Militärstützpunkt zu benachrichtigen.«
Ein ruhiger Blick war seine einzige Antwort. Holt wendete sein Pferd und rief über die Schulter: »Auf dieses Paar ist eine hohe Belohnung ausgesetzt, Leute!«
»Na so was!« rief ein bäurisch plumper Kerl, der anscheinend der Dorftrottel war.

»Wollen Sie, daß wir die Lady abmurksen, bevor wir sie übergeben?« erkundigte ein anderer sich und hob unschuldig die Augenbrauen.
Gelächter erhob sich, und Holt errötete ärgerlich.
»Wär vielleicht besser als das, was *er* für das arme Ding auf Lager hat«, steuerte eine dicke, verächtlich dreinschauende Frau bei, die sich die seifigen Hände an der Schürze abwischte.
Ein Soldat sprengte im Galopp herbei, und Holt drehte sich ungeduldig zu ihm um.
»Wir sind auf seiner Spur, Sir«, rief der Kavallerist und zügelte sein Pferd. »Die Männer sind ihm dicht auf den Fersen, er rennt wie ein Hase und blutet wie ein abgestochenes Schwein!«
Unter den versammelten Dorfbewohnern erhob sich ein Murren. Holt achtete nicht darauf und ritt seinen Männern in leichtem Galopp voran; Pfiffe und Buhrufe folgten ihnen.
»Verdammte Bluthunde«, stöhnte der Dorfidiot. Seine Stimme hatte einen unerwartet kultivierten Klang. Er blickte auf den Priester und fügte hinzu: »Tut mir leid, Charles.«
Der junge Pater Albritton machte eine ungeduldige Handbewegung, seine blauen Augen blickten zornig. »Sie bringen mich dazu, mich meines Namens zu schämen«, knurrte er. »Verschwende deine Zeit nicht mit Entschuldigungen, Chandler.« Er schritt wieder zurück in die alte Kirche und öffnete die beiden Türflügel weit, als wolle er das Heiligtum lüften.
Ein paar Minuten später verließ Gordon Chandler Little Snoring auf einem stämmigen Esel und ritt nach Süden.
Zwei Stunden später wurden die aufregenden Ereignisse an vielen Abendbrottischen im Dorf immer noch besprochen. Straße und Wiesen waren mittlerweise verlassen, die Enten waren aus dem Wasser gewatschelt und saßen vereint unter der Trauerweide. Nur das vereinzelte Bellen eines Hundes störte den Frieden des ruhigen Sommerabends. Bald darauf verstummte er jedoch, und wieder kehrte Stille ein.

Als Quentin aufwachte, stellte er fest, daß seine Lungen nicht mehr schmerzten; aber er hatte immer noch rasenden Durst. Die Soldaten waren sehr leise. Er blickte finster auf eine Schnecke, die neben ihm saß. Er fühlte sich sehr schwach, und möglicherweise spielte seine Phantasie ihm Streiche. Andererseits hätte sie ihn auch schon zuvor zum Narren halten können. Vielleicht war er gar nicht mehr verfolgt worden, seit er den Fluß erreicht hatte. Mühsam setzte er sich auf und sah sich um. Kein einziger Rotrock war in Sicht, und außer dem entfernten, zivilisierten Geräusch von klapperndem Geschirr war alles ruhig. Er roch köstlichen Küchenduft und erholte sich ein wenig in der kühlen Luft des frühen Abends, aber dieser Durst mußte gestillt werden, selbst wenn er dafür mit dem Leben bezahlen mußte. Er hievte sich auf die Füße und lehnte sich an die Eiche. Der hellere Platz unter der Eiche war jetzt rot – eine große Wiese, hier und da von Stechginsterbüschen gesprenkelt, lag in das Licht des Sonnenuntergangs getaucht und führte bis zum Gitterzaun eines alten Friedhofs.
»Jetzt ... ganz bestimmt!« krächzte er. »Chandler – ich glaube, du hast's geschafft!«
Voll neuen Mutes taumelte er vorwärts. Die Wiese war anscheinend wirklich sehr groß, aber wenn er es nur bis zum ersten Stechginsterbusch schaffte, wäre das schon ein Anfang. Auch eine Reise von tausend Meilen beginnt mit dem ersten Schritt, erklärte er der Wiese feierlich. Sein eigener erster Schritt war wacklig, die Beine unter ihm unsicher, aber er wußte, daß sein Zustand sich nicht bessern würde, wenn er wartete.
Er duckte sich und rannte schwankend und taumelnd los. Zuvorkommend erhob sich der Stechginsterfleck und schwamm auf ihn zu, und schließlich kniete er in seinem Schatten, atmete keuchend und schmerzvoll, umklammerte

den pochenden Arm und sah sich verzweifelt um, ob er gesehen worden war. Niemand schrie auf, kein Mann rannte mit einem Prügel oder einer Heugabel hinter ihm her, keine roten Uniformen und keine Bajonette waren zu sehen, die ihn niedersäbeln wollten. Er faßte neue Energie und versuchte es noch einmal. Wie er schließlich über diese Wiese kam, hätte er nicht sagen können, aber nach einer ebenso endlos scheinenden wie entsetzlichen Zeitspanne befand er sich zwischen den Grabsteinen. Die Hintertür der Kirche stand offen, und das kühle Dämmerlicht im Innern lockte, verhieß ein Ende der Anstrengung, wenn er es nur noch bis dahin schaffte, denn die Aussätzigentür konnte nicht weit sein. Und – bestimmt war dort Wasser ...?

Er suchte sich einen Weg durch die Grabsteine, aber diese Steine hier waren widernatürliche Dinger, die entweder verschwanden oder plötzlich wieder auf seinem Weg auftauchten, so daß er in sie hineinstolperte. Keuchend und erschöpft ließ er den Kopf hängen und sah, daß der Boden nur eine Handbreit von seiner Nase entfernt war. Sehr seltsam, wie das zugehen mochte. Endlich wurde ihm klar, daß er auf dem Boden entlanggekrochen war, aber man ging doch nicht auf allen vieren in die Kirche. Mit einer gewaltigen Anstrengung krabbelte er wieder auf die Beine und taumelte entschlossen auf die Tür zu, die ihm anscheinend immer ausweichen wollte. Eine große schwarze Marmorplatte tauchte drohend vor ihm auf, und der weiße Engel darauf stieß ihn mit einem seiner Flügel. Das war nun wirklich das Äußerste, was er ertragen konnte, erklärte er dem Engel. Er setzte sich auf die Marmorplatte und sagte dem Engel seine Meinung.

Dutch Coachman war ganz sicher, daß der Major, wenn er noch lebte, sich jetzt einen Weg durch den Wald nach Little Snoring suchte, denn Dutch wußte, daß diese hochwichtige Nachricht irgendwo in diesem Dorf überbracht werden mußte.

»Aber er ist doch sicher zu schwach und zu verletzt, um sich jetzt darum zu sorgen«, wandte Penelope müde ein. »Er muß sich selbst in Sicherheit bringen.«

Der Kutscher lächelte schwach. »Nicht Master Quentin. Er hat sein Wort gegeben, Ma'am. Eher stirbt er, als es zu brechen. Sehen Sie den kleinen Hügel dort drüben, wo die hohen Bäume sind?«

Penelope legte die Hand über die Augen, um sie vor der Sonne abzuschirmen, und entdeckte den kleinen, waldbedeckten Hügel. »Ja, ich sehe ihn. Glauben Sie wirklich, daß er dort sein könnte?«

»Würd mich nicht überraschen, wenn er die Soldaten in die Tasche steckt und dann dahin geht, von wo aus er einen Blick auf das Dorf werfen kann. Ich werd hinaufgehen, Ma'am.«

Zweimal war er während ihrer endlosen Wanderung gefallen. Das zweite Mal hatte sie lange gebraucht, um ihn wieder zu Bewußtsein zu bringen, und sie hatte darauf bestanden, daß er sich ausruhte und wieder zu Kräften zu kommen versuchte. Jetzt zog sie ihn protestierend am Arm. »Nein, Dutch, Sie können nicht! Sie sind nicht in der Lage, da hinaufzuklettern. Und ich bin so erhitzt und müde – ich weiß, daß *ich* es nicht könnte.«

»Lieber Gott, Miss Penny«, sagte er mit sanftem Tadel. »Als ob ich das von Ihnen erwarten würde. Nein, Miss. Im Dorf drüben ist anscheinend eine hübsche kleine Kirche. Sie warten da drin auf mich.«

Sie machte Einwände dagegen und sagte ergeben, sie würde mit ihm gehen, für den Fall, daß er wieder zusammenbrechen sollte, aber als er ihr klarmachte, daß Master Quentin genausogut in der Kirche Zuflucht gesucht haben könnte, erschien ihr das gut möglich, und so sah sie schließlich seine untersetzte Gestalt zwischen den Bäumen verschwinden und wandte die eigenen Schritte dem verschlafenen Dorf und dem ruhigen Frieden der alten Kirche zu.

Als sie ängstlich durch eine weit offenstehende Seitentür eintrat, fand sie das Innere kühl, dämmrig und verlassen vor. Sie fand es seltsam, daß gar niemand da war, aber dann überlegte sie, daß um diese Abendstunde wohl jeder zu Hause beim Essen war.

Das hohe Gewölbe des Heiligtums war in rotes Licht getaucht, der Sonnenuntergang verwandelte die Westfenster in eine einzige Pracht. Das Eichengestühl, mit dem Alter gedunkelt, sah einladend aus, und sie ging nach hinten und ließ sich mit einem Seufzer der Erleichterung in der Dämmerung niedersinken. Sie streckte die schmerzenden Beine aus und lehnte sich dankbar zurück, aber dann fiel ihr ein, daß sie sich in einem Gotteshaus befand und noch kein einziges Gebet für ihren Liebsten gesprochen hatte. Sie zog sich eine Soutane über, sank auf die Knie, neigte ehrfürchtig den Kopf und betete.

Ihre Gebete wurden von einem seltsamen Geräusch unterbrochen, einer Art gedämpften Schlurfens, unterbrochen von leisem Plumpsen und schweren Atemzügen. Penelope öffnete die Augen. Die Kirche war genauso leer wie vorhin, als sie eingetreten war. Tatsächlich war alles so still, daß es ihr langsam seltsam vorkam. Der Vikar oder der Kurat mußten doch irgendwo in der Nähe sein, oder jemand, der saubermachte oder Blumen in Vasen ordnete?

»Oh ... verdammt ...!«

Sie schnappte nach Luft und sprang auf die Füße. Diese unerwarteten Worte waren nur ein Ächzen gewesen, aber die Stimme war wunderbar vertraut. Sie schirmte die Augen mit einer Hand gegen die leuchtenden Westfenster ab, hastete zum

Seitenschiff, ging auf den Altar zu und suchte mit verzweifelter Angst jede Bank ab. Abrupt blieb sie stehen.

Quentin hatte es geschafft, ins Innere der Kirche zu kriechen, und hatte endlich die Aussätzigentür entdeckt. Die alte Kirche war in der Form eines Kreuzes gebaut worden, und in der südöstlichen Ecke, wo der kürzere Teil des Gebäudes das Hauptschiff in zwei Teile schnitt, war vor langer, langer Zeit eine kleine Tür eingebaut worden: eine kleine Tür, kaum höher als ein Viertelmeter und kaum einen Fußbreit, die in Augenhöhe in die Mauer eingelassen worden war und hinter der die unglücklichen Aussätzigen stehen konnten, damit sie den Altar sehen und die Messe hören konnten. In diese kleinen Nische in der dicken Mauer sollte Quentin die Geheimbotschaft legen, lauteten seine Instruktionen. Er hatte sich so bemüht, aber jetzt hatte er nicht mehr die Kraft, zu ihr zu gelangen, wie sehr er auch mit sich kämpfen mochte. Er konnte nicht einmal mehr kriechen, denn seine Beine waren schwer wie Blei, und er war so müde und schwerverletzt, aber am allerschlimmsten war der Durst.

Weiter, Chandler! dachte er, hielt sich an der schweren Bank fest, zog mit aller Kraft und brachte es fertig, seinen versagenden Körper ein kleines Stückchen weiter nach vorn zu ziehen. Verzweifelt stöhnte er und legte den Kopf auf die ausgestreckten Arme.

Da hörte er einen leisen Aufschrei und Stoffrascheln, und als er ungläubig aufblickte, sah er ein Traumbild auf sich zukommen. Ihr Haar war aufgelöst, auf einer Wange hatte sie einen Schmutzstreifen, ihr Kleid war zerrissen und eine zerknitterte Masse, aber er sah sie mit den Augen der Liebe, und sie war für ihn der schönste Anblick, den er je gesehen hatte.

Penelope sank auf der breiten Bank in die Knie, und Quentin kämpfte sich hoch, flüsterte ihren Namen und streckte die

Arme nach ihr aus. Sie nahm ihn in die liebevollen Arme und küßte ihn auf die Stirn, das zerkratzte Gesicht und die trockenen, aufgesprungenen Lippen. Und unter Küssen flüsterte sie: »O mein Liebster, mein armer Liebling. Wo bist du verletzt?«

»Nur ... dieser dumme Arm«, ächzte er und sah sie anbetungsvoll an. »Wie hast du ... mich nur gefunden?«

»Weil es mir bestimmt war, liebstes Herz. Oh, aber du bist ja ganz voll Blut! Ich hole nur schnell – «

»Zuerst – mein Schwert, Liebste. Die – die Geheimbotschaft.«

Er sah so erschöpft aus, daß sie Angst bekam, aber sie respektierte seinen Wunsch, öffnete die kleine Kammer im Griff seines Schwerts und nahm die Botschaft heraus.

»Da ... drüben. Die Aussätzigentür im ... im Eck. Leg sie nur ... auf den Sims.«

Sie gehorchte, dann rannte sie zum Weihwasserbecken und tauchte mit einem hastigen Gebet um Vergebung ihr Taschentuch hinein und flog zurück zu Quentin.

Er keuchte erleichtert, als sie sein Gesicht kühlte und ihm die trockenen Lippen befeuchtete. Mit schwacher Freude sagte er, »Wir haben es *geschafft!* Penelope Anne, wir – «

Sie preßte ihm die Hand auf den Mund. Erbleichend drehte sie sich zum Haupteingang um. Draußen war das Geräusch von Hufen zu hören, und Räder ratterten über das Kopfsteinpflaster. Einen wundervollen Augenblick lang hatte sie zu hoffen gewagt, daß sie davonkommen würden. Daß das Häuschen in Frankreich wirklich auf sie wartete ... Daß Quentin seinen Gemüsegarten haben würde. Nun wich sie zurück, als ein Mann brüllte: »Was sollen wir hier? Was soll an diesem verdammten Ort außer Staub schon sein? Treadway – nehmen Sie ein paar von den Leuten und suchen Sie das Dorf ab. Stehen Sie nicht herum, um mit den Bauerntölpeln zu quatschen!«

Erschauernd flüsterte Penelope: »Onkel Joseph ...«

Quentin zog ihre Hand von seinen Lippen. »Geh, Liebste! *Bitte* – geh jetzt. Du kannst dich verstecken, wenn – «

»Nein, Liebster.«

Verzweifelt begann er sie anzuflehen, als schwere Schritte durch den Vordereingang stampften. Lord Joseph brummte: »Leer wie ein Politikerschädel! Na gut. Am besten werfe ich mal einen Blick hinein.«

Quentin bemühte sich vergebens aufzustehen, nur um hilflos wieder in Penelopes Arme zu sinken. Sie drückte ihn fest an sich und beobachtete schreckensstarr, wie der Schatten ihres Onkels auf dem rosig überhauchten Fußboden näher kam.

»Joseph?« rief Lady Sybil. »Sind Sie da drin? Treadway hat in der Wirtschaft so einen Flegel gefunden, der etwas zu wissen scheint.«

Der Schatten, der stehengeblieben war, zog sich nun zurück.

»Nun, bei Jupiter, das wird auch Zeit! Wir sind nahe dran, Sybil, das sage ich dir. Vor Einbruch der Nacht werden wir ihn haben. Ich wußte es, daß wir nur diesem Holt nachzufahren brauchten, und er kam geradewegs hierher.«

»Und ist wieder weg, Mylord.«

Der Schatten war jetzt verschwunden. Penelope atmete hastig und faßte gegen alle Wahrscheinlichkeit wieder Hoffnung.

»Schau her, Sybil«, grunzte Joseph. »Du suchst sicherheitshalber noch weiter. Ich bin bis zu der Bank dort am Pfeiler gekommen. Wir dürfen nichts riskieren. Dieser Abschaum von einem Rebellen schleicht vielleicht hier herum.«

»*Was?* Du willst mich doch nicht etwa allein lassen? Und wenn Chandler hier *ist*? Du sagst selbst, daß er vor nichts zurückschreckt!«

»Oh, um Himmels willen! Nach dem, was ich gehört habe, ist der Kerl halbtot, aber – na schön – nimm das, wenn du magst. Der Hahn ist gespannt – paß auf.«

Quentin streckte seine bebende Hand aus, um Penelopes Wange zu streicheln.
Sie lächelte und hielt ihn fester, drückte einen Kuß auf die nassen Haarsträhnen, die ihm in die Stirn fielen. Ihre Augen weiteten sich vor Entsetzen, als Sybils Schatten auftauchte, und voll unbewegter Faszination sah sie starr zu, wie der Schatten länger wurde, bis sie den langen, schmalen Gegenstand in der kleinen Hand ihrer Tante sehen konnte: Josephs Pistole. Sie konnte Sybils Kleid rascheln hören, ihr leises, stöhnendes Murren. Die Anspannung wurde so groß, daß sie kaum noch atmen konnte, und es war fast eine Erleichterung, als der Saum des schwarzen Samtmantels in ihr Blickfeld kam und schließlich Sybils liebliches Gesicht, eingerahmt von der pelzgefaßten schwarzen Kapuze, auf sie herunterstarrte.
Mylady quietschte erschrocken auf. Erbleichend hob sie die Pistole mit dem langen Lauf und richtete sie auf Quentin, der in Penelopes Armen lag, das blutige, schweißverschmierte Gesicht an die Brust des Mädchens gepreßt. Er hob eine Hand zu einem schwachen Winken, und die Winkel seines blassen Mundes verzogen sich zu demselben launigen Lächeln, das sie zum erstenmal auf dem Gesicht eines älteren Herrn gesehen hatte. Ihre Augen wanderten zu Penelope. In diesem Gesicht, das sie nie für hübsch gehalten hatte und das nun eine seltsam stolze Schönheit besaß, stand tiefe Traurigkeit. Penelope sagte nichts, aber sie beugte sich instinktiv ein wenig tiefer über den Mann, den sie so zärtlich in ihren Armen wiegte, als wolle sie ihn schützen.
»Joseph ...!« rief Mylady schrill.
Hinter ihr sagte Pater Albritton: »Die Tugend der Barmherzigkeit, mein Kind.«
Sybil kreischte und fuhr herum, die Pistole einen Augenblick auf den Priester gerichtet.

Als er die unerfahrenen, bebenden Finger auf dem Drücker sah, dachte Pater Albritton ganz richtig, daß er noch nie in größerer Gefahr geschwebt hatte, aber er blieb unbewegt stehen.

»Sie – sie haben es sich selbst zu verdanken, sie sind Verräter«, keuchte Sybil.

»Vielleicht. Aber *Sie* haben nur eine unsterbliche Seele«, erklärte er mit ernstem Lächeln.

»Und nur ein Leben zu leben!« gab sie zurück. Ohne einen weiteren Blick auf das schweigende Paar floh sie und rief krächzend: »Joseph! Joseph!«

Albritton ging schnell an den Bänken entlang. »Mein armer Junge! Hier, lassen Sie mich Ihnen helfen.« Er schaffte es, Quenin halb auf die Bank zu ziehen, aber der verwundete Mann sackte zusammen, und Penelope eilte zu ihm, um ihn zu stützen. Quentins Kopf sank an ihre Schulter. »Wenn Sie vielleicht etwas Wasser für ihn hätten«, bat sie.

»Natürlich.« Der Priester wandte sich um.

»Nein!« keuchte Quentin. »Bitte – Pater ... würden Sie uns erst ... trauen?«

Der Geistliche verzog den Mund zu einem schiefen Lächeln. »Haben Sie das Aufgebot bestellt, mein Sohn? Haben Sie eine Sondererlaubnis?«

»Ich bin nicht Ihr ... Sohn«, sage Quentin verärgert. »Verdammt, Sie sehen jünger aus als ich!«

Penelope zuckte zusammen und sah den Gottesmann mit einer stummen Bitte um Verständnis an.

Albritton grinste. »Sie sind zwei Jahre älter als ich, soweit ich mich erinnere, Chandler.«

Entsetzt suchten Quentins angestrengte Augen das schöne junge Gesicht. Was er dort las, beruhigte ihn. »Wissen Sie«, sagte er müde, »ich bezweifle, ob Jesus Christus nach einer ... Sondergenehmigung gefragt hätte.«

Albritton zögerte. »Ich bezweifle, ob Gott selbst danach gefragt hätte.« Er kam näher. »Ihr Name, Ma'am?«

Mit rasendem Herzen sagte Penelope ihn, glitzernde Tränen in den Augen, und betete, daß Onkel Joseph nicht hereinplatzte und sie davonschleppte, bevor sie dies beendet hatten.

»Es muß eine schnelle Zeremonie sein, fürchte ich«, sagte der Priester, als sich draußen plötzlicher Tumult erhob. »Quentin Chandler, nehmen Sie Penelope Anne Montgomery zu Ihrer gesetzlich angetrauten Ehefrau ...?«

Leise sprachen sie ihre Antworten. Ihre Augen, aus denen sie einen Augenblick lang Kummer und Sorge und die Furcht vor einem entsetzlichen Schicksal, das sie nur zu bald trennen würde, verbannten, trafen sich in einem so zärtlichen Blick, daß dem Priester das Herz um ihretwillen weh tat, und er sprach den abschließenden Segen mit versagender Stimme. Die liebliche junge Braut beugte sich hinunter, um ihren Gatten zu küssen, und Chandler hob schwach den linken Arm, um sie zu umarmen, bevor er wieder niedersank.

Albritton sah weg, einen feuchten Schleier über den Augen, eilte zur Orgel und begann Bachs schöne Kantate »Jesus meine Freude« zu spielen.

Quentin kuschelte seinen Kopf näher an seine süße Frau und sagte: »Was sie uns auch immer ... tun mögen – ich werde nie aufhören, dich zu lieben, meine Penelope Anne.«

Sie küßte ihn wieder und murmelte: »Der Tod darf uns nicht trennen, mein Liebling.«

»Warum sollte er das auch?« sagte er schwach, die Augen auf ihr ausdrucksvolles Gesicht geheftet. »Er hat es bisher ... nie getan.«

»Das hast du also auch gespürt?«

»Ja. Seit ich dich das erste Mal – «

Der reine Klang der Orgel verstummte plötzlich. Quentin drückte Penelopes Hand fester.

Zahlreiche Füße kamen in das Seitenschiff gerannt.
Penelopes Zähne klapperten, sie schloß die Augen und betete um Mut.
»Ich liebe dich«, sagte Quentin deutlich.
»Na ausgerechnet«, rief Trevelyan de Villars. »Wir reiten den ganzen Tag, *ventre à terre,* versuchen Sie einzuholen – während *Sie* herumliegen und es sich gutgehen lassen!«
Als Penelope mit wild klopfendem Herzen den Kopf herumriß, sah sie Gordon Chandler, de Villars und einen strahlenden Dutch Coachman, die dastanden und sie beobachteten. »Oh ... mein Gott!« schluchzte sie. »Oh – *mein Gott!* Sind Sie alle ... auch gefaßt?«
»Sie sind alle fort, tapferes Mädchen«, sagte Gordon und eilte durch die Bank hinter ihnen, um ängstlich auf seinen übel zugerichteten Bruder zu spähen und seine Hand zu ergreifen, die sich der seinen so zitternd entgegenstreckte. Er blinzelte schnell und schimpfte: »Siehst du, was passiert, wenn ich dir nur einen Augenblick den Rücken kehre!«
»Aber ... aber meine Tante ... hat uns *gesehen!*« stammelte Penelope, die vergebens zu verstehen suchte, was vor sich ging.
»Bei Gott, wirklich!« sagte de Villars. »Diese Schönheit in schwarzer Spitze?« Seine dunklen Brauen hoben sich anerkennend.
»Dann hat sie es Ihrem Onkel sicher nicht gesagt«, sagte Gordon. »Wir haben sie abfahren sehen – ein wahres Bild wütender Enttäuschung. Vielleicht steckt in der Frau schließlich doch noch etwas Gutes.«
»In uns allen steckt Gutes«, sagte Albritton mit sanftem Vorwurf.
De Villars wirbelte herum. »Der Teufel hol dich, Charles«, rief er und lachte, als er den jungen Mann erkannte, den er seit den Tagen in der Universität nicht mehr gesehen hatte. »Warum,

um Himmels willen, steckst du ... in dieser ... lächerlichen Kluft ...« Stockend hielt er inne, sein hochrotes Gesicht war sehenswert. »Oh ...«, stöhnte er. »Gott! Du bist *wirklich* ein Priester!«
Albritton warf den Kopf zurück und brach in Gelächter aus.
Viel zu verblüfft, um diese wunderbare Rettung begreifen zu können, sah Penelope hinunter auf Quentin.
In seinen Augen glänzten Tränen. Er drehte das Gesicht zu ihrer Brust und weinte.
Sie beugte sich hinunter und küßte ihn auf das zerzauste Haar, dann sah sie auf, und ihr froher Blick wanderte von einem treuen Gesicht zum nächsten. Alle sahen so liebevoll aus, so verständnisvoll und vielleicht ein wenig ehrfürchtig. Ihr Blick fiel auf die Aussätzigentür.
Die Botschaft war verschwunden.

Dutch Coachman lehnte sich auf seinem Stuhl vor und sagte leise und eindringlich: »Wir müssen sie wegbringen, Sir.« Er sah zum Studierzimmer des Vikars hin, wo Quentin auf einem Sofa lag, während seine Braut sich sanft um seinen Arm kümmerte. »Sie werden wieder hierherkommen. Bald wahrscheinlich.«
Albritton seufzte und erhob die Augen zu dem Mann, der neben ihm am Schreibtisch lehnte. »Stimmst du ihm zu, Treve?«
De Villars nickte. »Entweder dieser Halunke von Onkel oder unser ehrgeiziger Captain Holt.« Er neigte den dunklen Kopf näher zu seinen Freunden und murmelte: »Was wir auch tun, es muß schnell gehen, Gentlemen. Wenn sie unseren alten Quentin noch einmal erwischen, können wir, glaube ich, auf die Beerdigung seiner Frau warten, genau wie auf seine. Wir haben – « Er unterbrach sich, die grauen Augen weit aufgerissen. »Heda ...«, murmelte er und wiederholte dann grinsend, »Heda! Bei Gott, eine *Beerdigung*!«

Der kleine Trauerzug bewegte sich langsam die ausgefahrene Landstraße entlang, voran der Leichenwagen, gezogen von Rappen, auf deren Köpfen hohe Federn wippten; die Trauerkutsche dahinter, von zwei dunkel gekleideten Vorreitern eskortiert.

In der Kutsche, den Schleier aus dem bleichen Gesicht zurückgeschlagen, umklammerte Penelope fest die Hand ihres neuen Schwagers. Ihre zitternden Finger waren eiskalt, trotz des warmen Nachmittags. Gordon legte seine freie Hand auf sie und sagte tröstend, »Nicht aufgeben, tapfere kleine Lady. Nur noch zwanzig Meilen.«

»Zwei Stunden«, flüsterte sie. »O Gordon – *warum* mußte es nur so heiß werden? Mein armer Liebling muß in diesem schrecklichen S-Sarg ja geröstet werden!«

Er faßte ihre Hand fester. »Nur Mut, meine Liebe. Quentin ist bisher überall durchgekommen, und wenn er im Moment auch ein wenig matt ist, keine Sorge, er ist zäh wie Leder.«

»Aber ich mache mir Sorgen. Wirklich, ich kann mir nicht helfen, aber ich habe Angst, daß wir – daß wir das Schicksal herausfordern. Stundenlang über diese schrecklichen Straßen zu rumpeln und zu holpern!«

»Nun, es sind mehr als fünfzig Meilen, sehen Sie. Und wir können es nicht wagen, im Galopp zu reisen, denn das würde sehr unschicklich aussehen.«

Sein Versuch, sie zum Lächeln zu bringen, gelang nicht. Mit brechender Stimme sagte sie: »Ich kann nur sagen, daß ich in dieser gutgefederten Kutsche schon voller blauer Flecke bin. Aber – Quentin ... oh, hätte er doch nur das Laudanum genommen, wie Trevelyan vorgeschlagen hat, dann müßte ich nicht denken, welche Qualen er auszustehen hat.«

Gordon preßte die Lippen zusammen. Er war während dieser endlosen Stunden selbst von dieser Vorstellung gequält wor-

den, obwohl *Rabble* sie so fröhlich angelächelt hatte, als sie den Deckel über seinem bleichen Gesicht geschlossen hatten. Ruhig sagte er: »Er wagte es nicht, Penny. Wenn er normal einschläft und wir angehalten werden, wird Dutch den Leichenwagen scharf genug bremsen, um ihn zu wecken. Aber wenn er das Laudanum genommen hätte, würde er sich wahrscheinlich um Kopf und Kragen schnarchen, wenn ein Suchtrupp so grausam sein sollte zu verlangen, daß der Sarg geöffnet würde.«
Sie schnappte nach Luft. »Mein Gott! Daran habe ich gar nicht gedacht! Aber das würden sie doch sicher nicht tun? Besonders, wenn Treve ihnen sagt, Quentin sei an den Pocken gestorben.«
Grimmig dachte Gordon, daß er nicht im geringsten erstaunt wäre, wenn eine solch unerhörte Forderung erhoben würde, und betete, daß sein Bruder nicht trotz der Luftlöcher erstickte, die sie in den Holzsarg gebohrt hatten.
Der Gegenstand ihrer Beunruhigung lag keuchend in seinem beengenden Quartier und fragte sich, warum sein sadistischer Freund de Villars eine Route gewählt hatte, die durch die Sahara führte, und einen Leichenwagen gemietet hatte, der offensichtlich viereckige Räder hatte. Als er zum tausendstenmal gegen den Sargrand geschleudert wurde, fluchte er und konzentrierte sich verzweifelt auf alles, was er seinem Wohltäter erzählen würde, wenn er je wieder aus dieser Folterkammer herauskam ...
Sie fuhren ein wenig nördlich an Woodchurch vorbei und waren fast zu Hause, als sie wieder angehalten wurden. Diesmal von einem Sergeant, der ein wichtigtuerischer, herrischer Kerl mit frischer Gesichtsfarbe, kleinen, braunen Augen und einer lauten, schmetternden Stimme war.
Penelope wurde es übel vor Angst, als sie hörte, wie er de Villars und Albritton ausfragte und die beiden empört auf-

schrien, als er winkte, den Sarg zu öffnen. Sie klammerte sich an Gordons Arm. Er sagte nur knapp: »Zeit für Sie zu erscheinen. Glauben Sie, Sie können mit diesem Klotz umgehen?«

»Ich will es versuchen ... Ich muß!«

Als sie und Gordon auftauchten, hatten die Soldaten bereits die Tür des Leichenwagens geöffnet und waren dabei, den Sarg auf den Boden zu stellen. Ohne sich verstellen zu müssen, schrie sie entsetzt auf. »Was machen Sie mit meinem armen Mann?«

Schnell warf de Villars ein: »Ich habe sie gewarnt, meine liebe Lady. Sie wollten mir nicht glauben. Sollen sie es eben tun. Bleiben Sie beiseite, um Ihretwillen.«

Unbehaglich wichen die Soldaten zurück. Mit seinem lauten Lachen sagte der Sergeant: »Ah, diese Geschichte kennen wir schon! Wir sind gesunde, kräftige Männer. Lassen uns keine Angst von Pocken einjagen. Macht den Deckel auf, Burschen, aber schnell!«

»Das *können* Sie nicht tun«, jammerte Penelope verzweifelt. »Ohhh – so ein *Frevel!*«

Erneut zögerten die Soldaten und beäugten ihren Vorgesetzten mit deutlicher Beklommenheit. Der Sergeant, der abstieg und neben die Witwe trat, brüllte: »Aufmachen, sage ich! Der arme Herr wird nichts dagegen haben, wenn er wirklich tot ist.«

Der Deckel wurde aufgerissen. Wenn Quentin atmete, konnte man es zumindest nicht sehen. Er sah entsetzlich aus, seine Gesichtszüge waren so wächsern und bleich, daß er wirklich ein Leichnam zu sein schien. Mit einem leisen Aufstöhnen wurde Penelope ohnmächtig und sank dem nicht sehr bereitwilligen Sergeant in die Arme.

»Lassen Sie sie los, Sie brutales Vieh«, donnerte Gordon und entriß ihm Penelopes überzeugend schlaffe Gestalt.

Nervös überließ ihm der Sergeant seine Last und jaulte: »Ich hatte keine böse Absicht. Ich habe nie –«

»Verdammt, dafür werde ich Sie degradieren lassen, das schwöre ich Ihnen«, unterbrach ihn de Villars mit wildem Zorn. »Ihr Männer seid alle Zeugen, wie brutal der rohe Kerl diese arme trauernde Witwe behandelt und beleidigt hat!«
Der Sergeant, der sich wohl bewußt war, daß manch einer seiner Untergebenen noch alte Rechnungen mit ihm zu begleichen hatte, protestierte: »Das habe ich nicht. Ich habe nur meine Pflicht getan.« Bei diesen Worten fiel sein Blick wieder auf den Leichnam, und er schrie triumphierend auf. »*Der* soll tot sein? Ich freß einen Besen, wenn ich je eine Leiche gesehen habe, die schwitzt wie ein Ochse! Schaut ihn nur an – triefnaß ist er, jawohl!«
Gordon, der Penelope Luft zufächelte, wurde ganz weiß.
De Villars, den man nicht unterkriegen konnte, nickte feierlich. »Totentau«, erklärte er.
Charles Albritton, der immer noch auf dem Pferd saß und sich für verzweifelte Maßnahmen wappnete, warf den Kopf herum und starrte seinen erfinderischen Freund ungläubig an.
»Totentau?« echote der Sergeant und grinste höhnisch. »Was, zur Hölle, soll das denn sein? Wie kommt es, daß ich nie davon gehört habe?«
»Ich bin Leichenbestatter«, sagte de Villars. »Ich bezweifle, daß Sie schon so oft mit Leichen zu tun hatten wie ich. Das ist die natürliche Kondensation im Körper, vor allem wenn es heiß ist, verstehen Sie, und der Kadaver in einem geschlossenen Behälter liegt.« Er erwärmte sich für sein Thema und fügte mit makaber klingender Stimme hinzu: »Mein Gott, Mann, ich habe schon gesehen, daß der Totentau wie eine Fontäne hochgeschossen ist, wenn man den Sargdeckel hochgehoben hat.« Er lenkte sein Pferd ein wenig vom Sarg weg. »Man sagt, er reinigt den Kadaver von Krankheitskeimen, die dann auf den nächsten lebenden Körper übergehen. An Ihrer Stelle würde ich die Lady wegführen, Mr. Gordon.«

Wie ein Mann rannten die Soldaten in Sicherheit. Der Sergeant, der Schwierigkeiten hatte, sein Pferd zu beruhigen, das Dutch Coachman hinterhältig mit einer Nadel gestochen hatte, beschloß, daß es nun genug sei, und schwang sich in den Sattel. Die Truppe entfernte sich geschwind. Es war eindeutig seine Pflicht, sie anzuführen. Er gab seinem Pferd die Sporen. »Lassen Sie diesen Leichenwagen schnell von der Straße Ihrer Majestät verschwinden«, rief er über die Schulter und galoppierte die staubige Straße hinunter; sein Schrei: »Im Schnellschritt, Männer. Vorwärts ...!« war völlig überflüssig.
De Villars ging zum Sarg und beugte sich über die Leiche. »Bist du in Ordnung, alter Junge?«
Quentin blinzelte aus verschwommenen Augen zu ihm auf. »*Toten ... tau?*« keuchte er schwach, und die Andeutung eines Lächelns verzog seine bleichen Lippen. »Verdammt, Treve! Als – als hätte ich es nicht schon schwer genug, mußt du ... mich auch noch zum Lachen bringen!«

Es war verflixt anstrengend, die Augen zu öffnen, aber Quentin fühlte sich warm und, abgesehen von einem unangenehmen Gefühl im Arm, ziemlich bequem. Benommen drehte er den Kopf und erblickte fleckenlos saubere Laken, vertraute Bettvorhänge und ein leeres, aber offensichtlich kürzlich benutztes Rollbett neben sich. Nachdenklich starrte er es an, als eine Seitentür aufging, und eine Erscheinung in weißrosa Gaze leise in das luxuriöse Schlafzimmer kam.
»Penelope«, rief er, seine Stimme war nur ein krächzendes Flüstern, und er wollte sich mühsam aufsetzen.
Mit einem Schluchzen der Freude rannte Penelope zum Bett, setzte sich und legte ihrem Mann die kühle Hand auf die Stirn. »Dem Himmel sei Dank! Das Fieber ist endlich vorbei!«
»Mach dir keine Sorgen darum, Frau. Küß mich!«

Sie erfüllte ihm diesen Wunsch so zärtlich, daß einige wundervolle Minuten verstrichen, bevor er unsicher murmelte: »Endlich? Ich glaube, wir sind in Lac Brillant?« Und voll plötzlicher Angst fragte er: »Keine Soldaten in der Nähe? Otton hat nicht – «

Sanft legte sie ihm die Hand auf die Lippen. »Nein, mein Liebling. Dank deiner tapferen Freunde sind wir in Sicherheit. Vor drei Tagen haben wir dich hergebracht, und du hast geschlafen, nur so schrecklich fiebrig – « Sie brach ab. »Aber jetzt geht es dir besser, Gott sei Dank!«

Er küßte die Hand, die seine Wange streichelte, warf einen Blick auf das Rollbett und sagte: »Du bist also bei mir geblieben, treu wie immer, meine Liebste.«

»Nicht ich. Dein altes Kindermädchen hat alles in die Hand genommen, sobald man dich hereingetragen hatte.« Zu diesem Zeitpunkt hatte sie ihn tatsächlich für tot gehalten; sie erschauerte bei dieser Erinnerung und fuhr schnell fort: »Ich habe versucht, mich um dich zu kümmern, aber sie wollte nichts davon wissen. Man hat mich weggepackt und gründlich verwöhnt, und sie hat für dich gesorgt, als wärst du ein kleines Kind. Welch eine Hingabe flößt du deinen Dienern ein, mein Liebster.«

Er lächelte sie an, und seine eingefallenen Augen waren so beredt, daß sie sich erneut über ihn beugte und ihn küßte.

Die Tür öffnete sich. Das Kindermädchen, deren Tracht vor Reinlichkeit strahlte, blieb mit kämpferisch blickenden Augen auf der Schwelle stehen.

Quentin murmelte: »Was will mein Vater tun, Liebste? Ich will nicht Verderben über ihn bringen.«

»De Villars hat eine Jolle besorgt, die auf uns wartet. Sobald du kräftig genug bist, werden wir fort sein.« Penelope glitt neben dem Bett auf die Knie, nahm Quentins schmale Hand und

preßte sie an ihre Wange. »O Liebster – stell dir vor. Endlich sind wir zusammen in Sicherheit, und dennoch *muß* meine Tante gewußt haben, daß Geoffrey lebt.«
»Ganz sicher hat sie das gewußt. Erinnere dich nur, daß du sie ertappt hast, wie sie an diesem ersten Morgen in Highview den Brief gelesen hat.«
»Dann muß sie in Little Snoring auch gewußt haben, daß sie und mein Onkel Titel und Besitz verlieren würden.«
Quentin unterdrückte die grimmige Bemerkung, die ihm in den Sinn kam. »Und doch«, überlegte er, »hat sie uns nicht verraten. Vielleicht hatte es doch eine Wirkung, als Albritton sie an ihre unsterbliche Seele gemahnt hat.«
»Hmmmm. Oder Sybil hatte ein weiches Gefühl für einen gewissen älteren Herrn.«
Mit einem deutlichen Mangel an Reue grinste er sie an.
»Schuft.« Sie küßte seine Hand und murmelte: »Ich hatte die Hoffnung schon fast aufgegeben, aber weißt du, mein einziger Liebster, ich glaube, daß wir sehr bald sicher in unserem kleinen Häuschen in der Nähe von Paris sein werden.«
»Wo ich meinen Kohl züchten werde, und« – er warf ihr einen schelmischen Blick zu –, »und wo wir auch ... noch andere Sachen großziehen könnten.«
Glücklich über das schalkhafte Glitzern, das wieder in seinen Augen aufleuchtete, fragte sie scheu: »Vielleicht ...?«
»Nun ... ich dachte, es wäre nett, eine – äh, Katze zu haben. Glaubst du, wir finden eine weiße, Penelope Anne ... mit langem, seidigen Fell ...?«
Penelope lachte fröhlich. »Abscheulicher Kerl! Du weißt sehr gut, daß du etwas anderes gemeint hast.«
»Schlaues Frauenzimmer«, gab er zurück und sah sie mit anbetenden Augen an. »Ich wünschte, du würdest mir sagen, was ich sonst noch gemeint haben könnte.«

Sie kroch zu ihm aufs Bett und kuschelte sich in seinen gesunden Arm. Und sie flüsterte ihm ins Ohr, was er wirklich gemeint hatte.
Das alte Kindermädchen hörte sein tiefes Lachen. Lächelnd schloß sie die Tür und sang leise, als sie den Gang hinunterschritt.